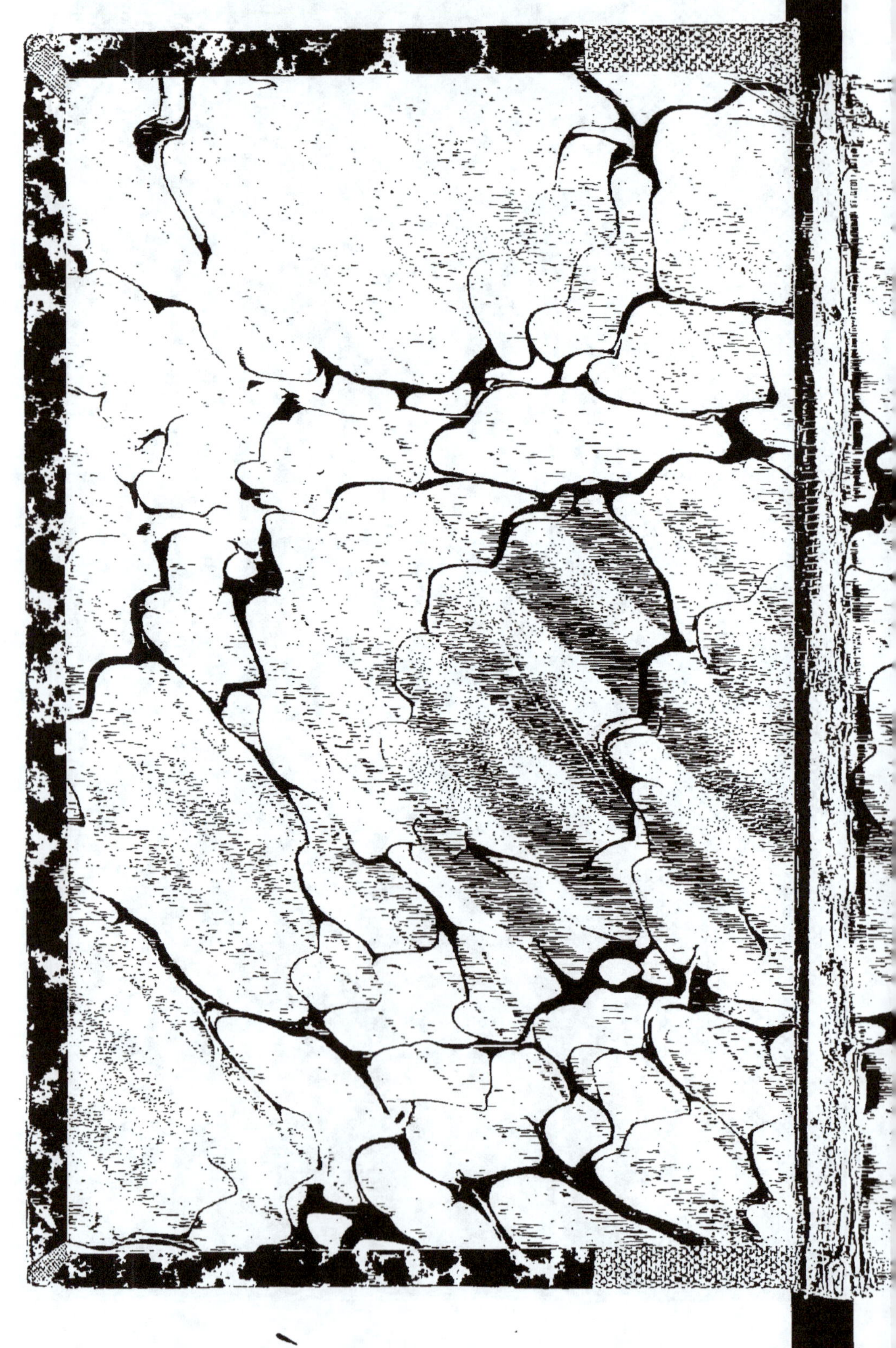

Le Voyage Artistique à Bayreuth

par

Albert Lavignac

Professeur d'harmonie
au Conservatoire de Paris

Ouvrage contenant de *Nombreuses Figures*
et *280 Exemples en musique*

PARIS
LIBRAIRIE CH. DELAGRAVE
15, RUE SOUFFLOT, 15
1897

LE VOYAGE ARTISTIQUE

A BAYREUTH

SOCIÉTÉ ANONYME D'IMPRIMERIE DE VILLEFRANCHE-DE-ROUERGUE
Jules Bardoux, Directeur.

Le Voyage Artistique à Bayreuth

par

Albert Lavignac

Professeur d'harmonie
au Conservatoire de Paris

Ouvrage contenant de Nombreuses Figures
et 280 Exemples en musique

PARIS

LIBRAIRIE CH. DELAGRAVE

15, RUE SOUFFLOT, 15

1897

A Monsieur HENRY ROUJON

Directeur des Beaux-Arts.

AVERTISSEMENT

En écrivant un mil et unième ouvrage sur *Richard Wagner* et son œuvre, je n'ai pas eu la prétention de faire mieux que ce qui a été fait précédemment. J'ai voulu faire autre chose : un véritable *Guide pratique du Français à Bayreuth*, répondant aux désirs et aux curiosités de ceux de nos nationaux qui n'ont pas encore accompli ce petit voyage, si facile pourtant et si plein d'attraits ; j'ai voulu aussi leur indiquer dans quel état d'esprit on doit l'entreprendre, et les séduisantes études préliminaires auxquelles on doit s'astreindre si l'on veut en jouir pleinement ; j'ai voulu enfin présenter le style wagnérien dans la clarté spéciale qui lui est propre, en le dégageant des nébulosités dont l'enveloppent parfois certains de ses commentateurs, sans se rendre compte que, loin d'aplanir la route, ils la hérissent de difficultés ; c'est la seule critique que je me permette de leur adresser : ils écrivent pour des wagnériens, non pour des néophytes.

Je n'ai certes pas lu tout ce qui a été écrit sur Wagner, — une vie humaine n'y suffirait pas, et il faudrait être polyglotte, — mais un très grand nombre d'ouvrages importants, principalement les beaux travaux de MM. *Ernst, Schuré, Chamberlain, de Brinn' Gaubast,* la biographie de M. *Adolphe Jullien,* et celle du Dictionnaire anglais de *Grove,* les Lettres de Wagner et son autobiographie, les écrits de *Wolzogen* et *Maurice Kufferath,* etc., tous très remarquables à des points de vue divers, et je me suis efforcé d'en condenser la quintessence. Mais mes documents les plus précieux sont ceux que j'ai recueillis moi-même sur place, parmi lesquels il en est beaucoup qui seront imprimés ici pour la première fois, et que je dois à l'obligeance de M. A. von Gross, le grand maître des *Bühnenfestspiel;* d'autres pour lesquels mon savant ami J.-B. Weckerlin, bibliothécaire au Conservatoire, m'a singulièrement facilité les recherches ; j'ai également mis à contribution les inépuisables archives de M. Lascoux, un passionné wagnérien de la première heure, et l'érudition de mon ami Vincent d'Indy, auquel j'ai emprunté sans scrupule des paragraphes entiers d'une certaine lettre.

A tous ces aimables collaborateurs j'adresse ici l'expression de ma vive gratitude. Je dois aussi un remerciement à mon élève Paul Jumel, qui m'a aidé dans le classement des notes comme dans la correction des épreuves.

Paris, 1897.

A. L.

LE
VOYAGE ARTISTIQUE
A BAYREUTH

CHAPITRE PREMIER

COMMENT ON VA A BAYREUTH

> « Qui veut comprendre le poète
> doit aller dans le pays du poète. »
> Gœthe.

On va à Bayreuth comme on veut, à pied, à cheval, en voiture, à bicyclette, en chemin de fer, et le vrai pèlerin devrait y aller à genoux. Mais la voie la plus pratique, au moins pour les Français, c'est le chemin de fer.

Tout d'abord, il faut avoir retenu, assez longtemps à l'avance, ses places pour le théâtre et ses billets de logement. On peut faire cela de deux manières, soit en écrivant directement à M. A. von Gross, banquier à Bayreuth, soit par l'intermédiaire de la maison Durand et fils, 4, place de la Madeleine, à Paris. En principe, les meilleures places comme les meilleures chambres sont données aux premiers demandeurs; pour en être assuré, ce n'est pas trop tôt de s'inscrire dès le mois de février des années de floraison wagnérienne. Si l'on est nombreux, on fera bien de demander que toutes les places ne soient pas sur le même rang, mais distribuées en nombre égal

1

sur deux ou plusieurs rangs voisins, tout en restant con-
tiguës. Pour les chambres, il est utile de spécifier si on
les désire à un ou deux lits, aussi s'il est nécessaire
qu'elles communiquent entre elles; faute de cette précaution, on serait exposé à se voir réserver des logements
en nombre voulu, mais séparés, à des étages différents,
ou même dans des immeubles entièrement distincts.

Peu de jours après avoir écrit, on reçoit du *comité d'organisation* les billets de théâtre, dont le prix invariable
est de 20 marks (25 francs) par personne et par représentation, qu'on doit payer de suite. Puis le *comité des
logements* vous envoie à son tour les billets de logement
portant votre nom, le nom et l'adresse de l'habitant, le
nombre de chambres et de lits, les dates de l'occupation
et le prix de location; les meilleures chambres, très suffisamment confortables, coûtent 5 marks (6 fr. 25) par personne et par nuit, mais on peut être logé très convenablement à partir de 3 marks (3 fr. 75); ce compte ne se solde
qu'à la fin du séjour, de la main à la main, avec le propriétaire qui a mis à votre disposition une partie de sa maison.

L'inconvénient qui pourrait résulter du fait de retenir
ainsi ses places longtemps d'avance n'est pas si grand
qu'on pourrait l'imaginer, car, même plusieurs mois après,
si quelque circonstance obligeait à renoncer au voyage,
on trouverait aisément à céder tout ou partie de ses billets, le nombre des demandes excédant toujours celui des
places disponibles.

Toutefois, s'il est bon pour un groupe nombreux, tenant
au confortable, de s'inscrire de bonne heure, il est certain
que ce n'est pas indispensable au même degré pour une
personne voyageant seule, encore moins pour un jeune
homme s'accommodant d'un gîte quelconque; celui-là peut
même espérer trouver une stalle et un lit en arrivant à

l'improviste et en s'adressant au comité des logements installé à la gare ; mais c'est une chance à courir.

Le prix des places de chemin de fer, de Paris à Bayreuth, est de 111 fr. 75 en 1re classe, et de 77 fr. 45 en 2e classe ; il y a aussi des billets mixtes (1re classe en France, 2e en Allemagne) ; ceux-là coûtent 92 fr. 45. La compagnie de l'Est délivre également des billets d'aller et retour, valables quinze jours, aux prix de 170 fr. 75 en 1re, 121 fr. 65 en 2e, ou 141 francs en classe mixte. Si on veut profiter de l'Orient-Express, ce qui est à la fois le plus commode et le plus rapide, il faut ajouter un supplément de 23 fr. 80 au billet de 1re classe.

L'Orient-Express, contenant un wagon-restaurant, part de la gare de l'Est à 6 heures 50 du soir, et passe à Stuttgard le lendemain matin à 7 heures 35 (heure de l'Europe centrale, en avance de 55 minutes sur l'heure française). Les formalités de douane se font dans le train en marche ; il n'est pas nécessaire d'avoir de passe-port. C'est à Stuttgard qu'il faut descendre ; là se trouve en correspondance un train qui vous conduit à Bayreuth en 6 heures et demie environ, en passant par Nuremberg.

Si on préfère faire le voyage par petites étapes, ce qui est moins fatigant, les villes intéressantes ne manquent pas sur le parcours. Sans vouloir faire une concurrence déloyale au Guide Bædeker, j'en signalerai quelques-unes qui méritent d'être visitées, soit à l'aller, soit au retour.

Il y a d'abord **Nancy**, ville très monumentale d'aspect, quoique moderne, et qui, bien que plus vivante, n'est pas sans quelque rapport avec Versailles. Tout y est large, spacieux, propre aussi.

La *Place Stanislas* est une des plus belles que nous ayons

en France, avec de magnifiques grilles en fer forgé, de superbes fontaines, un arc de triomphe dans le style corinthien, érigé en 1757 en l'honneur de Louis XV. Sur cette place, dont le milieu est occupé par la statue du roi Stanislas, beau-père de Louis XV, se trouvent réunis l'*Hôtel de ville*, l'*Évéché*, le *Théâtre*, et des hôtels particuliers construits sur des plans uniformes, au moins en ce qui concerne leurs façades, et conservant le style corinthien.

Il y a à voir : l'ancien *Palais Ducal*, construit de 1329 à 1512, mais dont il ne reste que peu de chose; les *tours de la Cräffe*, qui datent de 1463; l'*Église des Cordeliers* (1477), la *Chapelle Ronde* (1611), la *Cathédrale* (1742); mais la place Stanislas à elle seule, surtout si on tombe sur un soir de clair de lune, est suffisante pour justifier l'arrêt.

Strasbourg! Je conçois qu'un sentiment patriotique porte le voyageur français à n'en pas faire une étape joyeuse, car moi-même, depuis 1870, ayant dû y passer plusieurs fois, j'ai toujours évité de m'y arrêter. Mais il n'en est peut-être pas de même pour ceux qui n'ont pas connu Strasbourg français, et pour eux, s'ils ont le courage de le visiter, il y a au moins une belle chose à voir, et qui mérite d'être connue : la *Cathédrale*, dans laquelle on trouve réunis presque tous les styles du moyen âge. Certaines parties de la crypte peuvent remonter à Charlemagne; dans les parties basses on reconnaît le style byzantin; plus haut, l'ogive apparaît de plus en plus parfaite; encore plus haut se manifeste l'époque de la décadence. La flèche a exactement 142^m,12 de hauteur; l'ascension en est fort curieuse, et difficile dans la partie la plus élevée, où les escaliers sont à l'extérieur. Je ne sais si on l'autorise actuellement; autrefois il fallait une permission spéciale, en raison du danger. La vue s'y étend jusqu'à la Forêt Noire. Dans le transept se trouve une curieuse, horloge astronomique, avec beaucoup de personnages se mouvant automatiquement; c'est au coup de midi qu'il faut l'aller voir.

Ne pas négliger de visiter, à côté de la cathédrale, la *Maison de l'architecte* Erwin de Steinbach, si elle existe toujours.

Ensuite il y a **Stuttgard**. Là, nous sommes bien franchement en Allemagne; la ville, essentiellement moderne, offre peu d'intérêt; son *Vieux Château* du xvie siècle et ses églises peuvent pourtant être vus rapidement entre deux trains si l'on se rend de là à **Rothenbourg,** petite ville très intéressante à explorer, et pour laquelle on ne regrettera pas d'avoir quitté la voie directe. En effet, il s'en faut de beaucoup que Rothenbourg soit sur la ligne de Paris à Bayreuth; de Stuttgard, il faut d'abord aller à Ansbach (distant d'environ 158 kilomètres), où il y a une bifurcation d'Ansbach à Steinach (32 kilomètres), et enfin, par un autre embranchement, de Steinach à Rothenbourg (11 kilomètres).

On trouve là une ravissante ville du moyen âge avec de fort belles *fortifications* merveilleusement conservées, de curieuses *maisons anciennes,* un *Hôtel de ville* mi-gothique, mi-Renaissance, avec une belle tour; l'*Église Saint-Jacques,* de style gothique, sans transept, mais avec deux chœurs, et contenant des vitraux magnifiques. La *porte de l'Hôpital* est la plus intéressante de la ville, et les maisons les plus pittoresques sont celles de la *Herrengasse,* qui part, ainsi que la *Schmiedgasse,* de la place du Marché.

De Rothenbourg, en repassant par Steinach, on rejoint facilement la ligne directe à **Nuremberg,** qui mérite une visite sérieuse; on peut, sans regrets à craindre, lui consacrer deux jours entiers. Là, tout comme à Rothenbourg, on se trouve d'un coup transporté en plein moyen âge, et la seule chose qui détonne, c'est le costume moderne des habitants, les tramways et la lumière élec-

Nuremberg. — Place du Marché.

trique, dans ces ruelles montueuses et pittoresques. Il y a beaucoup de choses à voir. Trois églises : *Saint-Laurent,* gothique, construite de 1287 à 1477, contient d'intéressantes tapisseries datant du XIVe siècle, de beaux candélabres en bronze qui valurent à leur auteur, *Peter Vischer,* son titre de maître dans la guilde des ciseleurs de bronze; puis, surtout, le tabernacle qui se trouve à gauche du grand autel, et dont la merveilleuse dentelle de pierre est due au ciseau du maître *Adam Kraft.* L'artiste, qui figure avec ses deux aides à la base du monument, s'était engagé à terminer son œuvre en trois ans, et devait alors recevoir pour prix de son travail la somme de 700 florins; mais, ayant été en retard de quatre ans, il fut réduit à 70 florins par le donateur du tabernacle.

Sur une des plus vastes places de la ville est située l'*Église Notre-Dame,* dont les multiples clochetons étagés produisent un joli effet; devant le portail, d'un beau style ogival, se trouve une grille de fer forgé fort intéressante; l'intérieur est décoré richement de peintures polychromes qui se marient avec bonheur à l'éclat discret des ors. Le jubé produit un effet remarquable, surtout vu du baptistère qui forme vestibule.

Plus austère est *Saint-Sébald,* dont les plus anciennes parties datent du xiiie siècle, et le chœur de 1377. Elle possède plusieurs œuvres d'Albert Dürer, et, au milieu du chœur, le tombeau du saint, magnifique monument en bronze coulé par Pierre Vischer de 1508 à 1519; on y voit les douze apôtres, des Pères de l'Eglise, puis enfin, au sommet, l'enfant Jésus tenant dans ses mains un globe qui est la clef au moyen de laquelle l'édifice entier peut être démonté.

Comme ces trois églises, l'*Hôtel de ville* mérite aussi une visite; sa grande salle, voûtée en bois et ornée de fresques, date de 1340; l'une de ces fresques représente à n'en pas douter une exécution au moyen de la guillotine, ce qui amoindrit regrettablement les droits du docteur Guillotin à la reconnaissance des criminels.

Une après-midi entière n'est pas de trop pour se faire une idée du *Musée Germanique*, qu'on peut assimiler à notre Cluny, merveilleusement installé dans une ancienne Chartreuse et un couvent de moines augustins qui se trouvait à côté. Les innombrables richesses qu'il contient sont néanmoins à l'étroit dans ce cadre pittoresque, et des architectes de goût ont dû l'élargir par l'adjonction de bâtiments modernes dans le style des anciens. La chapelle de la Chartreuse et le cloître qui l'entoure sont réservés aux sculptures ; on y voit la célèbre Vierge de Nuremberg. Dans les salles du haut sont entassées de superbes collections d'armes, de faïences, d'ouvrages d'horlogerie, d'orfèvrerie, puis des instruments de précision, des manuscrits et des reliures précieuses, des étoffes, broderies et costumes anciens, des jouets dont la fabrication était si habile à Nuremberg, des meubles, des peintures, des vitraux, *une belle salle d'instruments de musique,* etc., etc.

Moins longue est la visite du *Musée de Torture,* que l'on voit dans la *tour des Grenouilles,* située à l'entrée du château, tout au nord de la ville ; là, une jeune et blonde conductrice vous détaille, le sourire aux lèvres, soit en allemand, soit dans un patois où l'anglais a la prétention de dominer, la façon de se servir des horribles et nombreux instruments de supplice dont la vue seule donne froid dans le dos aux gens qui aiment quelque peu le confortable. Ils s'alignent sous les portraits des instigateurs de toutes ces atrocités, des margraves à la physionomie calme et débonnaire. En passant par la chambre spéciale où se trouve la terrible Vierge de fer ou Vierge noire (qu'il ne faut pas confondre avec la suave et douce Vierge de Nuremberg du Musée Germanique), on arrive au sommet de la tour, d'où l'on a une vue superbe sur la Pegnitz, qui serpente comme un ruban d'argent dans la prairie fertilé. Inutile de chercher à savoir de votre guide en quel endroit aurait pu avoir lieu le fameux concours des Maîtres Chanteurs, et si quelque souvenir en est parvenu aux habitants actuels de Nuremberg; la blonde enfant reste bouche bée à vos questions et ignore totalement qu'il ait jamais existé un Hans Sachs, une corporation des Maîtres Chanteurs, et un compositeur du nom de Richard Wagner pour les célébrer! Elle ne connaît rien en dehors de ses chers instruments de torture.

En sortant de cette lugubre tour, la visite du *Burg* s'impose ; non que les appartements tout modernes de décoration soient bien intéressants, mais la vue, de plusieurs fenêtres, est fort belle et étendue ; c'est surtout extérieurement que les bâtiments valent par la façon pittoresque dont ils sont campés tout au sommet de l'éminence qui domine la ville, et entourés de leur ceinture de remparts, envahie actuellement par une riche végétation et d'élégants jardins. Du pied de ces remparts une galerie souterraine vient aboutir à un puits très profond dont on vous montre l'orifice à l'entrée du Burg.

Il faut aussi visiter la vieille ville dans ses recoins, admirer ses *belles fontaines* avec leurs grilles de fer forgé, parcourir ses *fortifications* en partie couvertes, formant chemin de ronde et curieusement parsemées de tours, tourelles et clochetons de toutes les formes et de toutes les grandeurs ; les différents *ponts* sur la Pegnitz, dont plusieurs encore couverts de maisons, qui offrent des points de vue très pittoresques... Mais ce qui nous touche particulièrement, c'est que Nuremberg est la patrie de notre bon *Hans Sachs*, le héros des Maîtres Chanteurs, qui y naquit en 1494 pour y mourir en 1576. On ignore sa valeur en tant que cordonnier, mais comme poète il est certain qu'il fut d'une rare fécondité, car on évalue à

6,048 (je dis : six mille quarante-huit) le nombre des pièces de vers, courtes ou développées, d'un genre ou d'un
autre, qu'il a produites. La première doit être une « ode à
la Trinité », composée en 1514, quand il avait vingt ans.
C'est en 1519 que Sachs fut admis dans la corporation
des Maîtres Chanteurs et aussi qu'il se maria. Il prit une

Nuremberg. — La Pegnitz.

part active à la réforme luthérienne, mais sans se mêler
personnellement, autrement que par ses écrits et sa pro-
pagande privée, aux promoteurs de la révolution religieuse; un de ses pamphlets, sorte de prophétie contre la
papauté, fut pourtant brûlé sur l'ordre de la municipalité
nurembergeoise; plus tard, sa muse s'attaqua volontiers
à la politique, et enfin, quand il devint vieux, il écrivit
encore nombre de drames, de comédies, et une quantité

prodigieuse de chansons populaires pleines de verve, de franchise et de bonne humeur; des farces, des fables, dont le caractère distinctif est toujours *le bon sens, le ju-*

Statue de Hans Sachs.

gement sain, en dépit d'un style souvent incorrect et d'une certaine rudesse de formes.

Le Musée Germanique conserve un très grand nombre de ses œuvres, soit imprimées, soit à l'état de manuscrit; sa *statue* en bronze orne l'une des plus belles places de la ville, et non loin de là on montre encore l'emplacement qu'occupait son échoppe de cordonnier, telle qu'on la voit au deuxième acte des *Maîtres Chanteurs ;* si la maison même a subi des modifications, le quartier a conservé son ancien aspect, et l'on peut encore, avec un peu de bonne volonté, reconstituer la scène.

C'est aussi à Nuremberg qu'est né, en 1471, *Albert Dü-*

Hans Sachs (par Alb. Dürer).

rer, le plus grand peintre de l'Allemagne et l'un des plus admirables graveurs qui aient jamais existé. Je crois pourtant que le Musée Germanique n'a conservé que deux toiles de lui, une Descente de croix et un Charlemagne, la plupart de ses tableaux étant disséminés dans les musées d'Allemagne, d'Autriche et d'Italie ; mais on voit la maison que le maître habitait à Nuremberg, qui contient

beaucoup de reproductions de ses œuvres; et, à très peu
de distance, sa *statue*.

La maison de Dürer.

Dans la même rue, en descendant vers l'église Saint-
Sébald, on trouve une vieille masure très basse, comme

accrochée au flanc de la petite chapelle Saint-Moritz, et
qui a pour enseigne une assez grosse petite cloche placée
en saillie ; si on y entre, il vous est servi, pour la modi-
que somme de 40 pfennigs, dans une salle basse à vieux
vitraux, dont les murs sont garnis d'antiques bahuts, de
plats, de pichets d'étain ou de faïence et autres curiosités

Bratwurstglocklein.

authentiques de tous genres, un lunch bien local, composé
de choucroute, de saucisses et d'excellente bière. C'est
une célébrité qui remonte à plusieurs siècles (*Bratwurstglocklein*).

Le poète Carmen Sylva y a son portrait, au bas duquel
sa main royale a tracé une dédicace.

De Nuremberg on va en deux heures à **Bamberg**, ville
très ancienne et curieuse sur la Reignitz, et qui mérite
bien les quelques heures qu'on lui consacrera.

Bratwurstglöcklein intérieur).

Les bords de la rivière y sont jolis; c'est dans une île qu'est construit l'*Hôtel de ville,* qui ne date que du XVIIIᵉ siècle, mais est intéressant par ses fresques extérieures. Plusieurs églises valent d'être visitées : la *Cathédrale,* l'*Église Saint-Michel* et l'*Église Sainte-Marie.*

L'ancienne Résidence, datant du XVIᵉ siècle, n'est pas banale. Si on a le temps, on pourra compléter l'excursion en allant voir le château d'Altenbourg, à une demi-heure de la ville, qui possède une jolie chapelle et de la tour duquel on a une fort belle vue.

De Nuremberg à Bayreuth, le trajet se fait en 2 heures 20 minutes environ. Les trains sont fréquents et commodes; la contrée que l'on traverse est ravissante : on longe la vallée de la Pegnitz, qui fait de nombreux circuits dans une campagne accidentée et verdoyante.

Peu avant l'arrivée à Bayreuth, à gauche dans le sens de la marche du train, l'œil aperçoit au loin, au delà de la gare, et sur une riante colline, le but de notre pèlerinage, le fameux *Théâtre des Fêtes,* qui détache sur le ciel son bâtiment rouge, orné, pendant la saison théâtrale seulement, de deux grandes oriflammes bleu et blanc, les couleurs bavaroises.

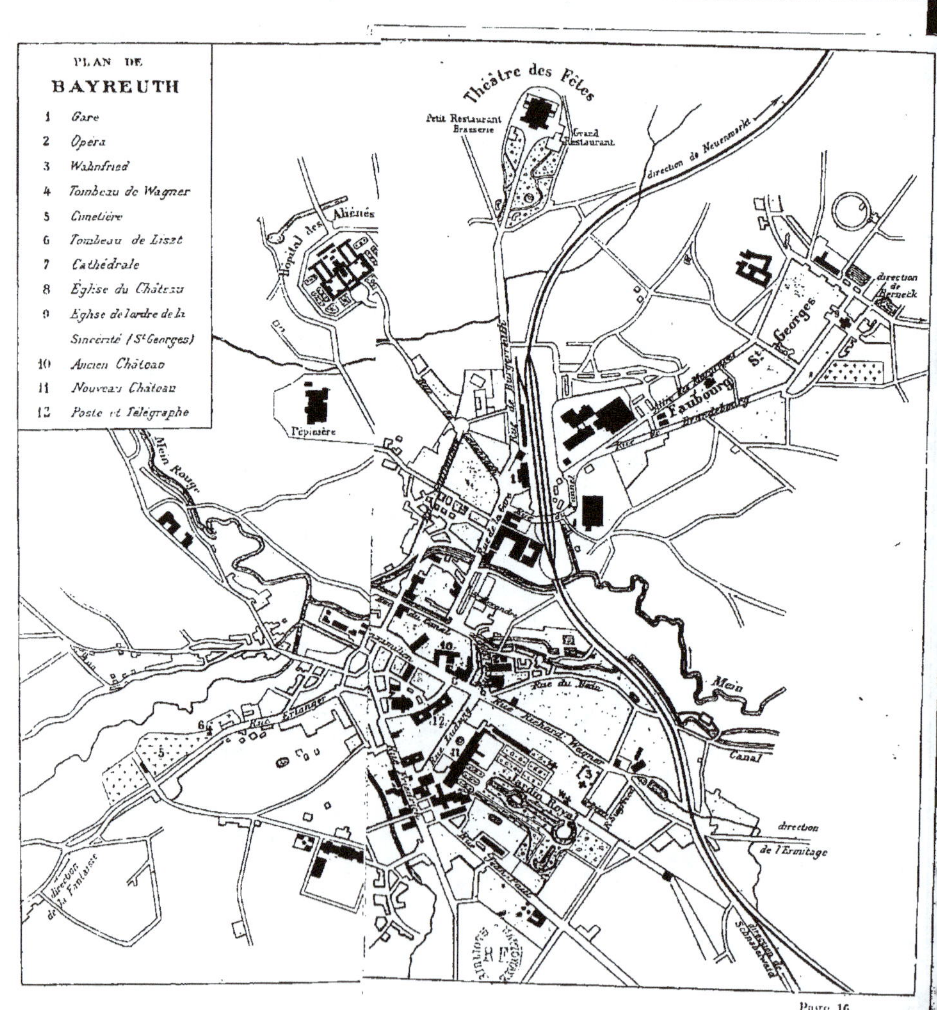

PLAN DE
BAYREUTH
1 Gare
2 Opéra
3 Wahnfried
4 Tombeau de Wagner
5 Cimetière
6 Tombeau de Liszt
7 Cathédrale
8 Église du Château
9 Église de l'ordre de la
Sincérité (St Georges)
10 Ancien Château
11 Nouveau Château
12 Poste et Télégraphe
Théâtre des Fêtes
Petit Restaurant
Brasserie
Grand
Restaurant
direction de Neunmarkt
Hôpital des Aliénés
direction
de Berneck
St Georges
Faubourg
Brandenbourg
Pépinière
Mein Rouge
Rue Erlanger
Rue du Bain
Rue Richard Wagner
Jardin Royal
Mein
Canal
direction
de l'Ermitage
direction
de la Fantaisie
direction de
Schwabach

CHAPITRE II

LA VIE A BAYREUTH

« O vous... qui habitez le rivage
consacré à la vierge aux flèches d'or,
où le même sentiment religieux réunit tous les Grecs en assemblées fa-
meuses : la flûte harmonieuse va
bientôt vous faire entendre, non
des accents de douleur, mais des
chants sacrés pareils à ceux de la
lyre. »

SOPHOCLE.

Bayreuth, ainsi qu'en témoigne la belle allure de plusieurs de ses monuments et la largeur de ses voies, a eu
son époque de splendeur alors qu'elle était la résidence
des Margraves, pendant le XVIIe et la première moitié
du XVIIIe siècle. Elle est maintenant redevenue une bonne
ville de province, aisée et tranquille; la vie doit y être
paisible et confortable, à en juger par quelques beaux
hôtels particuliers donnant assez l'impression de palais,
par les coquettes maisons qui s'alignent dans les quar-
tiers aristocratiques, et l'élégant *Théâtre* dont la salle,
une véritable merveille dans le style « rococo », atteste
des grandeurs passées. Ce théâtre, qui se tait respectueusement quand son célèbre et écrasant voisin prend la
parole, offre toutes les douceurs de la musique italienne,
de l'opéra-comique et même de l'opérette aux habitants de
Bayreuth, qui semblent accueillir avec intérêt les *Dragons
de Villars, Lucie de Lamermoor* et la *Fille de Mme Angot.*
Mais c'est aux approches des représentations du Théâ-

Bayreuth. — Théâtre des Margraves.

tre des Fêtes qu'il faut voir la ville sortir de son calme accoutumé et se parer pour recevoir ses hôtes, chaque fois plus nombreux.

Un bon mois à l'avance, les artistes venant de tous les points de l'Allemagne, et même de l'étranger, pour coopérer à la grande œuvre, commencent à animer de leur présence les rues habituellement silencieuses, se répandant dans les brasseries et sillonnant du matin au soir la route menant au théâtre, où les appellent les multiples répétitions.

Les hôtels font leur toilette; les habitations particulières, destinées aussi à recevoir les étrangers, s'organisent de leur mieux : rien n'est trop beau, dans l'idée de ces braves gens si hospitaliers, pour les locataires attendus. La ménagère, qui a nettoyé sa maison de haut en bas avec un soin scrupuleux, se dépouille, en l'honneur de ses visiteurs, de tous ses bibelots, dont elle orne leurs chambres à profusion, les entremêlant de guirlandes et de gerbes de fleurs artificielles. Elle choisit dans ses armoires ses draps les plus brodés et les assujettit d'une façon désespérante aux couvertures, toujours trop étroites, à l'aide d'un système compliqué de boutons. Les premières nuits, on est un peu désorienté; mais on se fait assez vite à cette mode bizarre, et l'on ne tarde pas à s'endormir facilement sous l'œil bienveillant des portraits de famille du logeur, au milieu desquels se trouvent toujours quelque buste de Wagner et une lithographie de Frantz Liszt.

Pendant cette période de préparatifs et de travail, c'est surtout aux environs du Théâtre des Fêtes que se concentre l'activité. Les artistes n'ont pas toujours le temps, après la répétition du matin, de redescendre en ville à l'heure du déjeuner, et prennent souvent leur repas

Salle du théâtre des Margraves.

dans la vaste salle du restaurant qui se trouve aux alentours et qui, lui aussi, se fait élégant et s'enguirlande des couleurs bavaroises, pour recevoir dans quelques jours les nombreux hôtes auxquels il servira les menus les plus variés d'une bonne cuisine française. En attendant, il fournit au personnel du théâtre un très confortable dîner (en Allemagne on dîne à une heure) pour la modeste somme de 1 mark. Rien de plus amusant que ces réunions où l'on voit Siegfried fraterniser avec Mime, et Parsifal nullement effarouché par la présence des Filles-Fleurs. A une table dressée en plein air dîne, toujours entouré d'un groupe familial, M. Hans Richter, que sa barbe, d'un blond ardent, son chapeau à larges bords et son veston de velours feraient reconnaître entre mille.

Mais l'heure sonne; c'est le moment de se remettre au travail : le grand break, attelé de deux chevaux blancs, bien connu des habitants de Bayreuth, arrive et, décrivant une courbe savante, dépose devant le perron du théâtre l'inspiratrice et l'oracle de tout ce petit peuple, Mme Wagner, la vaillante dépositaire des traditions et des volontés du Maître, dont l'activité ne se dément jamais, et qui assiste à toutes les études, veillant aux moindres détails. Voilà aussi M. von Gross, qui seconde les efforts de Mme Wagner de toute sa compétence des affaires et de son dévouement éclairé.

On se dirige alors du côté de la salle, dont la porte se referme, gardée consciencieusement par un vieux serviteur de Walinfried. Le silence se fait jusqu'à la tombée de la nuit et n'est plus troublé que par les rares promeneurs, habitants de la ville, qui montent parfois jusque-là pour jouir du panorama et des splendides couchers de soleil qu'on a des jardins en terrasses avoisinant la salle des Fêtes.

Les répétitions ordinaires sont rigoureusement à huis

clos; mais aux répétitions générales de chaque œuvre, qui ont lieu dans les jours précédant l'ouverture de la saison, Mme Wagner convie toutes ses relations de Bayreuth (qui ne retiennent pas les places des séries, avant tout réservées aux étrangers) et aussi les familles des artistes du théâtre, ses auxiliaires fidèles.

Théâtre des Fêtes.

Il serait d'ailleurs mauvais, au point de vue de la sonorité, que ces dernières répétitions eussent lieu dans la salle vide; le capitonnage apporté par les spectateurs en modifie sensiblement les conditions d'acoustique.

La date fixée depuis des mois pour la première représentation arrive enfin : chacun est à son poste, armé et prêt; la ville se pavoise, et on ne craint pas, disons-le

en passant, d'y arborer, parmi les pavillons de toutes
nationalités, les couleurs françaises, ce qui achèvera de
rassurer, dès le début, les gens doutant — s'il y en a encore
— du bon accueil des Bavarois.

En quelques heures Bayreuth achève de prendre son
animation des grands jours.

Les gens très limités comme temps arrivent souvent
au dernier moment; mais c'est un assez mauvais calcul,
et nous ne saurions trop engager ceux qui peuvent faire
autrement à se réserver au moins une demi-journée de
repos, pendant laquelle ils se familiariseront avec l'atmosphère morale très particulière à ce petit pays, avant de
gravir l'allée verdoyante qui les mènera au théâtre. On
ne va pas là comme on va à l'Opéra de Paris ou de quelque autre ville, y apportant ses soucis de la veille et son
indifférence mondaine. Ou du moins on n'y devrait pas
aller ainsi, car c'est se priver volontairement d'une des
plus intenses émotions artistiques qu'il soit donné d'é-
prouver, que d'entrer dans la salle des Fêtes de Bayreuth
sans être dans l'état d'âme correspondant avec ce qu'on
y vient écouter. Malheureusement c'est ce qui arrive
souvent depuis que le pèlerinage wagnérien est devenu à
la mode, comme il est à la mode d'aller à Spa ou à Monte-
Carlo. Je sais bien qu'il est impossible de faire passer
un examen aux spectateurs avant de leur permettre l'accès de la salle, ni de s'assurer que, soit par leur éducation
musicale, soit par l'intelligent intérêt qu'ils prennent aux choses d'art, ils sont dignes d'entrer dans le
sanctuaire; mais il faut avouer qu'il est pénible d'entendre les réflexions saugrenues prouvant combien est profane certaine fraction du public qui fréquente maintenant
Bayreuth. J'ai entendu une dame demander « de qui était
la pièce. » que l'on donnait le lendemain; et une autre se

réjouir de ce qu'on allait jouer *Sigurd* (!), qu'elle aimait beaucoup. Son voisin, un musicien éclairé à qui elle faisait cette étourdissante confidence, se disposait, respectueux, mais navré, à la tirer de sa grave erreur et commençait à lui esquisser le sujet de la *Tétralogie*, ce qui, du reste, l'intéressait vivement, car elle n'en avait pas la

Théâtre des Fêtes. — Façade.

moindre idée, quand, l'obscurité envahissant la salle et les grondements de l'admirable prélude du premier acte de la *Walkyrie* se faisant entendre, il dut interrompre cette éducation, bien tardivement commencée, hélas !

Une grande heure avant le moment fixé pour le spectacle, on voit se former la longue file de voitures conduisant le public au théâtre. Ces voitures, trop peu nombreuses pour l'affluence d'amateurs, sont prises d'assaut;

il est bon de les retenir à l'avance si l'on ne veut pas
aller à pied, ce qui constitue d'ailleurs une charmante
promenade d'environ vingt minutes, par les contre-allées
ombragées accompagnant l'avenue principale. Les landaus
et victorias, guimbardes quelque peu démodées, faites
pour être traînées par deux chevaux, n'en ont jamais
qu'un seul, attelé au côté droit de la flèche, la cavalerie
étant insuffisante aussi, ce qui leur donne un aspect du
plus comique effet.

Si vous êtes arrivé dans les premiers, vous avez tout
le loisir d'examiner les nouveaux venus et de constater
que les toilettes ont singulièrement gagné en élégance
depuis quelques années. Autrefois tout le monde se con-
tentait du simple costume de voyage; puis, peu à peu le
niveau a monté, et si l'on voit encore quelques tenues de
touristes, elles sont en minorité. Je parle ici surtout
pour les dames, qui arborent les toilettes claires et franchement habillées. Le seul point gênant pour elles c'est
le chapeau, qu'elles ne consentent pas à confier aux ves-
tiaires pendant les actes, durant lesquels il leur est pourtant sévèrement défendu de le garder sur la tête. Elles se
résignent donc à le tenir sur leurs genoux, ce qui n'est
que médiocrement commode.

Ce moment d'attente en plein air et en plein jour, car
les représentations commencent à quatre heures, est tout
à fait charmant. (On commence par exception à cinq heures le jour du *Rheingold*.) La situation du théâtre, habilement choisie par Wagner, dominant la riante campagne,
avec la ville pour premier plan, et les bois et les prés de
cette verte Franconie comme horizon, est absolument
séduisante. Par exemple, il ne faut pas qu'il pleuve; car
le bâtiment, si bien combiné pour le reste, n'offre, sous
ses galeries extérieures ouvertes à tous les vents, qu'un

abri sommaire, où s'entasse alors le public parmi les parapluies ruisselants d'eau. Mais Dieu protège sans doute les spectateurs de Bayreuth, car il fait généralement beau, et on peut rester dehors jusqu'au dernier moment.

Pénétrons maintenant dans la salle, avec laquelle nous allons faire connaissance, pendant qu'elle est encore brillamment éclairée.

On y accède de la façon la plus simple : pas de messieurs en habit noir assis derrière un comptoir. Un employé se trouve seulement à chacune des nombreuses entrées, pour s'assurer que vous ne vous trompez pas de porte, et détache le coupon de la représentation du jour. Vous reviendrez ensuite après chaque entr'acte sans que personne s'inquiète de vous.

La salle, que nous décrirons plus loin en détail, donne assez, avant l'ouverture du rideau, l'impression d'une ruche en activité ; chacun s'y agite, plus ou moins excité, causant avec son voisin, échangeant ses impressions, racontant ses précédentes venues dans la cité musicale ; puis on cherche dans les rangs éloignés les amis ou simplement les « figures de connaissance » qu'on sait être à la même série que soi.

Pendant ce temps la galerie réservée aux têtes couronnées, et qu'on appelle « la loge des Princes », se garnit. Voici les places de Mme Wagner qui se meublent à leur tour. Sa silhouette aristocratique se profile sur le fond de la loge ; elle s'installe avec ses gracieuses filles sur le premier rang, et M. Siegfried Wagner, le vivant portrait de son père, vient les rejoindre quand ses fonctions ne le retiennent pas à l'orchestre ou sur la scène.

Cependant le dernier appel de la fanfare (voyez ch. VI) retentit au dehors ; les rares retardataires entrent enfin. Tout à coup l'obscurité envahit la salle, le calme se fait.

Je l'aimerais mieux plus complet, se produisant dès l'entrée. Il me semble que toute cette agitation est une mauvaise préparation à ce qui va suivre ; mais on ne peut l'empêcher.

L'œil ne distingue rien d'abord, puis il arrive à s'orienter dans la faible clarté produite par quelques lampes laissées en veilleuse tout en haut, près du plafond.

A partir de ce moment on entendrait une mouche voler ; chacun se recueille, et une bonne émotion vous fait battre le cœur. Alors, parmi les buées lumineuses et dorées qui sortent des profondeurs de « l'abîme mystique », montent, chaudes, vibrantes et veloutées, les incomparables harmonies, inconnues ailleurs, qui, s'emparant de tout votre être, vous transportent dans le monde du rêve...

Le rideau s'ouvre par le milieu et vient se masser de chaque côté de la scène, laissant voir des décors fort beaux pour la plupart. La critique, qui ne perd jamais ses droits, désapprouve, presque toujours à tort selon nous, bien des choses ; mais laissons-la de côté, ainsi que la représentation, dont nous traiterons à fond plus tard, pour reprendre nos impressions à la fin de l'acte, alors que, le dernier accord venant de se faire entendre, nous sortons de notre extase pour aller respirer l'air pur du dehors.

Constatons en passant que l'atmosphère de la salle, grâce probablement à un ingénieux système de ventilation, ne nous a jamais semblé méphitique, comme dans la plupart des théâtres à nous connus ; on n'éprouve pas en y rentrant la sensation asphyxiante si désagréable ordinairement.

Rien de plus délicieux et de plus reposant que ces entr'actes passés en pleine campagne, rien de plus gai non plus ; on se retrouve là nombreux, on entend parler français de tous côtés, et on a la sensation d'être chez soi comme à la sortie du Conservatoire, des concerts Lamoureux ou Colonne. Le souvenir de la « patrie absente » ne se présente pas du tout triste à la pensée.

C'est généralement une fois le spectacle fini que l'on va

Un entr'acte.

souper dans un des grands restaurants qui avoisinent immédiatement le théâtre. Il y en a un troisième un peu plus haut, un peu plus isolé, où les gens qui aiment à prolonger leur recueillement trouveront un asile calme, et pourtant confortable

Il est prudent de retenir sa table d'avance au grand restaurant, sans quoi l'on risque de souper fort tard. La cuisine y est très soignée. On peut à volonté combiner un menu des plus raffinés... que l'on vous fait payer en conséquence, ou s'y réconforter d'une façon amplement suffisante pour un prix très raisonnable. Les artistes s'y donnent souvent rendez-vous, et il n'est pas rare, lorsque arrive après la représentation un des interprètes qui ont le plus charmé le public, de voir tout le monde se lever spontanément pour lui faire une chaude et bruyante ovation. Et cela d'autant plus volontiers que *jamais* ils ne viennent sur la scène recueillir les suffrages de leurs admirateurs. C'est une coutume établie par Wagner dès l'origine. Il était même, au début, sévèrement interdit d'applaudir à la fin de l'ouvrage, et les exécutions de l'*Anneau,* qui pendant la première année ont défrayé le programme des Fêtes, se terminaient dans un silence respectueux et ému, qui cadrait certes mieux avec l'impression poignante laissée par l'admirable scène finale, que de bruyantes démonstrations ; quelques regrettables infractions eurent pourtant lieu, l'enthousiasme se manifestant sous sa forme accoutumée, dont Wagner ne voulait pas, et qu'il eut beaucoup de peine à refréner. Il est toujours resté de tradition de ne pas applaudir à *Parsifal,* mais pour les autres œuvres le public a forcé la consigne : on ne peut empêcher ses bravos d'éclater à la fin des représentations ; il s'était même mis en tête, en 1896, dès la fin de la première série, de *voir* M. Richter, qui avait conduit d'une façon magistrale la *Tétralogie.* Pendant plus d'un quart d'heure des applaudissements frénétiques, des appels à faire crouler la salle, se sont fait entendre de toutes parts ; mais le vaillant et modeste artiste, fidèle à la chose établie, n'a pas cédé au vœu général, et est resté obstinément invisible, évitant même de se montrer au souper, où il craignait sans doute de voir recommencer la manifestation. Pareille scène s'est renouvelée pour M. Mottl huit jours plus tard. Il avait littéralement électrisé son public par sa façon admirable de mener l'or-

Place Maximilien.

chestre; mais, aussi réservé que son émule, il s'est dérobé avec la même modestie. Et quand vint le tour de M. Siegfried Wagner de conduire l'œuvre de son père, il se conforma tout aussi respectueusement à la tradition, malgré les rappels sympathiques de toute l'assistance.

Les matinées passent vite à Bayreuth; en attendant l'heure du théâtre, on visite la ville, les monuments, qui n'offrent, à vrai dire, qu'un intérêt secondaire ; mais la flânerie y est charmante.

Les guides locaux diront au lecteur qu'il faut voir l'ancien Château où se trouve une tour dans laquelle on peut monter en voiture (comme au Château d'Amboise), et d'où l'on découvre une assez belle vue sur la contrée avoisinante, véritablement gaie, riante et fertile ; le Nouveau Château aussi, qui renferme une collection de tableaux médiocres ; ils lui désigneront les statues de rois, d'écrivain et de *pédagogue* qui ornent les places, et lui indiqueront le nombre d'églises à visiter en lui énumérant les tombeaux de Margraves qu'elles renferment. Les touristes consciencieux ne manqueront certainement pas de faire cette tournée en détail. D'autres, au contraire, tenant à bien affirmer qu'ils viennent uniquement en pèlerinage musical, ne *veulent* pas connaître autre chose que le chemin menant au Théâtre des Fêtes.

Beaucoup emploient leurs matinées à relire la partition qu'ils doivent entendre le soir, ou le poème, et ce ne sont pas les plus malavisés. On peut même se procurer à prix d'or des pianos passables, mais il faut être milliardaire pour louer un piano à queue ! — Dans toutes les rues résonnent les accords harmonieux, et des nombreuses fenêtres ouvertes sortent à flots les leit-motifs bien connus.

Les flâneurs se contentent, pour se reposer l'esprit, des promenades tranquilles de par les rues, des stations aux boutiques des libraires où l'on voit la collection classique des portraits du Maître, les photographies des principaux artistes et une lithographie représentant « une soirée à Wahnfried ». Il y avait aussi autrefois les magasins de « souvenirs de Bayreuth », qui se livraient à toutes les extravagances possibles et étaient vraiment amusants.

C'est alors qu'on voyait des annonces comme celles-ci :

DERNIÈRE NOUVEAUTÉ　　SOUVENIR DE BAYREUTH　　**DERNIÈRE NOUVEAUTÉ**

Se composant d'une très joli boîte décorée de scènes d'opéras de Richard Wagner et contenant de **pains d'épices** d'un goût exquisit; très recommandé à tous les visiteurs des fêtes.

REICHSTE AUSWAHL

In **Manschetten - Knöpfen** und **Cravatten-Nadeln** mit dem **Bildnisse** unseres grossen Meisters **Richard Wagner.**

Mais ils sont devenus plus sobres maintenant, et on aurait eu de la peine à trouver cette année les foulards avec le Théâtre des Fêtes imprimé en deux couleurs, et les plastrons de chemise tout brodés de leit-motifs.

L'heure du déjeuner arrive vite ainsi; on se dirige alors, selon sa bourse ou ses goûts, soit vers un des restaurants élégants et en renom qui se trouvent dans les rues fréquentées et dans tous les grands hôtels : c'est là que l'on rencontre les étoiles et les premiers sujets du théâtre; soit vers les brasseries, plus pittoresques, plus couleur locale, comme Vogl ou Sammet, où se donnent souvent aussi rendez-vous les artistes et les vieux habitués de Bayreuth, après les représentations.

On y déguste en plein air la bière si excellente du pays, servie dans des chopes d'une hauteur et d'une capacité invraisemblables, surmontées d'un couvercle d'étain, et qui embarrassent autant les novices que le vase au long col embarrassait le renard de la fable. Ces chopes se payent le prix étonnant de 15 pfennigs. A cette bière bavaroise il ne messied pas de joindre une omelette aux confitures, ou ces délicieux *pfannkuchen* dont la cuisine allemande a le secret, ou encore un plat de saucisses et de choucroute. Que les palais délicats ne se récrient pas : ce qui semble grossier chez soi devient exquis servi dans le cadre voulu. Le buffet de la gare offre aussi pour les déjeuners une ressource à laquelle personne ne pense; mais on y est bien traité, et servi plus promptement qu'ailleurs.

Disons ici que, contrairement à l'opinion répandue, le voyage de Bayreuth ne constitue pas forcément une dépense excessive, et peut être à la portée des bourses moyennes. Songeant combien il serait profitable et instructif pour des étudiants musiciens ou même pour des jeunes gens amateurs dans une situation modeste de pouvoir assister à ces représentations modèles, nous avons étudié le plan de ce voyage au point de vue économique, nous appliquant même, dans ce but, à expérimenter des restaurants de différents niveaux, qui nous ont paru très acceptables; et nous avons compté qu'un jeune homme ne craignant pas de voyager en seconde, et de mettre vingt-quatre heures pour arriver à Nuremberg, dépensera pour son chemin de fer, aller et retour, à peu près 130 francs (le billet double est de 121 fr. 25). Comptons-lui environ 40 francs de faux frais et de frais de buffet pendant les deux jours qu'il passe en route en allant et en revenant, soit 170 francs. Il pourra très convenablement vivre à Bayreuth pour une douzaine de francs par jour, chambre et repas. Reste donc à voir combien de représentations il voudra s'offrir et à se rappeler que le prix unique des places est de 25 francs. En admettant qu'il assiste à quatre, ce qui a constitué jusqu'à présent[1] les plus longues séries, nous arriverons, sans être grand mathématicien, à conclure qu'il peut, pour 350 francs, se défrayer de tout pendant six jours d'absence. Il est certain qu'il ne lui faudra pas faire de folies ni même de dépenses inutiles, qu'il devra se contenter d'une simple valise pour éviter les excédents de bagages (on n'a droit à aucune franchise en Allemagne), qu'il se servira de ses jambes pour les excursions, et qu'il ne rapportera pas de cadeaux à chacun des membres de sa famille. Mais en revanche que de souvenirs profonds, inoubliables, il se rapportera à lui-même, et quelle précieuse leçon il en aura tirée !

Pour celui qui entend voyager confortablement, sans se rien refuser, la dépense à prévoir est de 500 à 600 francs.

Pendant les jours de repos réservés entre les représentations ou pendant les matinées, il est agréable de faire quelques-unes des excursions qu'offrent les environs.

On peut aller à **Berneck**; le trajet est d'environ deux heures en voiture : il vous fait voir un coin pittoresque dans la riante vallée de l'Œllnitz; la petite ville, bien campée sur le rocher, est située dans un pays montagneux et agreste; c'est une jolie promenade à faire.

Il y a aussi l'**Ermitage**, dont le beau parc et la célèbre charmille méritent plus l'attention que les horribles constructions du château, incrustées de haut en bas de coquillages et de galets taillés. Mentionnons pourtant une assez gracieuse colonnade en hémicycle, ainsi que les bassins où l'on fait jouer en votre honneur différents jets d'eau rappelant de très loin ceux de Versailles.

---

1. Pour la première fois, en 1897, il y aura cinq œuvres représentées : la *Tétralogie* et *Parsifal*.

La **Fantaisie,** dont le parc est ouvert au public, est une propriété particulière presque toujours louée, pendant la saison, à quelque hôte de marque. De la terrasse du château on a une vue ravissante et mélancolique qui fait penser à certaines compositions de Gustave Doré.

Pièce d'eau à l'Ermitage.

Tous ces endroits sont naturellement pourvus de restaurants où l'on peut déjeuner; on s'y retrouve avec ses voisins de la veille et du lendemain, et aussi avec les artistes qui viennent en famille se délasser de leurs intéressants mais rudes travaux. Le courant sympathique s'établit bien vite avec eux, et l'on ne résiste pas au plaisir d'aller leur serrer la main et les féliciter, même si on ne les connaît pas particulièrement, sur leur intelligente interprétation. On peut s'exprimer en français si l'on ne

parle pas l'allemand : il est des choses que l'on comprend
dans toutes les langues. C'est, à mon gré, un des charmes
de la vie de Bayreuth que ces fréquentes rencontres avec
les artistes, ces vaillants combattants dont l'existence offre
souvent d'intéressantes particularités.

La Fantaisie.

On a aussi l'occasion de les voir à Wahnfried quand la
bonne chance veut qu'on ait quelque titre à y être présenté.
— Mme Wagner, dominant toutes les fatigues que lui causent ses surmenantes occupations, donne chaque semaine,
pendant la saison des Fêtes, des réunions auxquelles elle
convie ses amis personnels et un petit nombre d'heureux
élus. C'est un souvenir précieux entre tous que celui des
moments passés dans cette maison du Maître, encore si
pleine de lui, et parmi ceux qui l'ont connu et entouré.

Comment dépeindre le charme exceptionnel de la maîtresse du logis et l'exquise affabilité avec laquelle elle accueille les plus modestes comme les plus autorisés admirateurs de Wagner? Nous en sommes, pour notre part, profondément touché, ainsi que de sa gracieuse et très particulière courtoisie à l'égard des Français. Mme Wagner est admirablement secondée dans son rôle par son fils et par ses toutes charmantes filles, qui rivalisent d'amabilité en recevant leurs hôtes.

On applaudit à ces réunions les interprètes du théâtre, et quelquefois aussi des artistes étrangers, merveilleusement accompagnés par M. Mottl, qui, ne se contentant pas de ses qualités hors ligne de chef d'orchestre, est aussi un pianiste de la plus haute valeur.

Le grand hall central de la villa, où se fait la musique, est orné d'un fort beau buste de Wagner et des statues de ses principaux héros : le Hollandais, Tannhauser, Lohengrin, Walter de Stolzing, Hans Sachs... Une frise peinte en grisaille représente les scènes marquantes de la *Tétralogie*. La superbe bibliothèque attenante à ce hall atteste, par le nombre et le choix des volumes qu'elle renferme, de l'érudition rare comme de l'éclectisme de celui qui l'a composée. On y admire aussi, parmi une profusion d'objets d'art et de souvenirs précieux, des toiles remarquables, portraits intéressants du Maître et de sa compagne.

La villa se trouve située dans un beau parc à l'extrémité de la rue Richard-Wagner, anciennement nommée *Rennweg*, l'une des artères principales de la ville. Elle est construite dans le style des villas romaines et a pour fronton, au-dessus de la porte d'entrée, une fresque allégorique représentant Wotan avec ses deux corbeaux, entouré de la Tragédie et de la Musique, auprès desquelles se tient « le

jeune Siegfried, le chef-d'œuvre de l'avenir ». Au-dessous
on lit une inscription dont voici la traduction : « Ici, où
mon imagination a trouvé la paix, que cette maison soit
appelée par moi la paix de l'imagination. »

C'est dans l'enceinte même de la propriété, à l'endroit
choisi d'avance par lui, que le Maître dort son dernier

Wahnfried.

sommeil, tout près de ceux qui l'ont tant aimé et qui ne
vivent que pour vénérer et glorifier sa mémoire. Le dimanche matin on peut, accomplissant un pieux pèlerinage,
pénétrer jusqu'à la tombe sévère et nue ; par la grille
alors ouverte, qui donne sur la promenade de la ville, un
beau parc planté d'arbres séculaires.

L'abbé Liszt repose non loin, au cimetière de Bayreuth,
dans une chapelle encore encombrée des témoignages de
regrets de ses nombreux fanatiques. La mort l'a surpris

en 1886, au cours des représentations, à Bayreuth, où il était venu, déjà souffrant, rendre visite à sa fille, et apporter encore une fois l'hommage de son affectueuse admiration à l'œuvre de l'ami qu'il avait été un des premiers à comprendre, et qu'il n'avait cessé de consoler et de réconforter dans le pénible chemin de la gloire.

Quand on lit la correspondance de Wagner, ses biographies, et qu'on se rend compte des luttes qu'il a eu à soutenir, des difficultés sans nombre qui se sont trouvées sur sa route, des mauvais vouloirs, des entraves inintelligentes qui ont retardé pendant des années l'épanouissement de ses travaux, qui sont allés, non jusqu'à le faire douter de son génie, il le sentait trop vibrant en lui pour pouvoir le méconnaître, mais jusqu'à le faire douter s'il pourrait jamais lui permettre de déployer ses ailes; quand on se rappelle toutes ces amertumes, toutes ces tristesses, et qu'on voit maintenant l'œuvre debout, vivante, grandissant chaque jour et groupant autour d'elle tant de dévouements fidèles, cette ville de Bayreuth, presque ignorée jusqu'ici et portant aujourd'hui inscrit pour toujours en lettres d'or dans son histoire ce nom prestigieux qui lui met une auréole lumineuse, ces milliers de pèlerins accourant de tous les points du monde pour apporter ici le tribut de leur culte enthousiaste, et qu'on songe que tout cela est le résultat de la volonté et de la grandeur de pensée émanant d'un cerveau humain, on reste silencieux, pensif, pénétré d'admiration pour cette prodigieuse intelligence et cette organisation inouïe, dont on ne retrouverait pas le pendant parmi les annales du passé.

Richard Wagner.

CHAPITRE III

BIOGRAPHIE

« Il fallait qu'il fût malheureux,
car c'était un homme de génie. »
H. HEINE.

RICHARD WAGNER naquit le 22 mai 1813 à Leipzig, de *Carl-Friedrich-Wilhelm Wagner*, employé de police élevé au grade de chef de police par Davoust pendant l'occupation française, et de *Johanna-Rosina Bertz*, qui mourut en 1848.

Parmi les huit frères et sœurs de Richard Wagner, plusieurs embrassèrent la carrière théâtrale : *Albert*, qui fut le père de *Johanna Jachmann*, cantatrice connue ; *Johanna-Rosalie*, épouse de *Oswald Marbach*, fut actrice distinguée ; *Clara-Wilhelmine*, qui chanta aussi avec talent.

Après la bataille de Leipzig, une épidémie enleva le père de famille, qui laissa sa veuve dans une situation précaire. Elle se remaria en 1815 à *Ludwig Geyer*, acteur, dramaturge et peintre de portraits ; Geyer emmena sa femme et les enfants de celle-ci à Dresde, où l'appelait son engagement, et prit en grande affection le petit Richard, qui l'aima comme un père, et dont il voulait faire un peintre. Mais l'enfant montrait peu de dispositions pour le dessin et manifestait au contraire un penchant marqué pour la musique. Wagner raconte lui-même que la veille de la mort de son beau-père, en 1821, ayant joué au piano des morceaux que ses sœurs lui avaient appris, il entendit le moribond dire d'une voix faible, dans la pièce à côté : « Aurait-il le don de la musique ? »

Dès son plus jeune âge, il eut un véritable culte pour Weber ; il savait par cœur le *Freyschütz* et se cachait pour contempler son auteur, qui venait fréquemment voir Mme Geyer, dont l'intelligence attirait les artistes.

Dès le début de ses études à la *Kreutzschule* de Dresde, se révéla chez lui un grand penchant pour la littérature ainsi qu'une facilité évidente pour la versification. Eschyle, Sophocle et Shakespeare excitaient vivement son admiration, et il conçut, sous l'empire de ce sentiment, un grand drame dont les quarante-deux personnages mouraient tous au cours de la pièce, si bien qu'il dut les faire reparaître à l'état de spectres pour pouvoir terminer son cinquième acte !

En 1827 il avait été retiré de la *Kreutzschule,* où il faisait sa troisième, et placé à l'*École Nicolaï* de Leipzig en quatrième, ce qui le découragea complètement. Il devint fort mauvais élève et négligea ses études pour s'occuper exclusivement de son drame. Il entendit pour la première fois à cette époque, aux *Gewandhaus Concerts,* les Symphonies de Beethoven et *Egmont,* qui firent sur lui une profonde impression. Dans son enthousiasme, il voulut écrire de la musique de scène pour sa fameuse œuvre, et se mit à ce travail avec ardeur, à la grande désolation de sa famille, qui ne croyait pas à sa vocation. Pourtant il insista tellement auprès d'elle qu'il obtint de prendre des leçons de musique auprès d'un organiste nommé *Müller.* Ne doutant de rien, il écrivit une *Ouverture* à grand orchestre, qu'il parvint à faire exécuter. « Ce fut, dit-il lui-même, le point culminant de mes absurdités. Ce qui me fit surtout du tort, ce fut un roulement de timbales *fortissimo,* lequel revenait régulièrement toutes les qua-

tre mesures tout le long du morceau. La surprise qu'é-
prouva alors le public se changea en une mauvaise humeur non dissimulée, puis en une gaieté qui m'affligea
fort ! »

Les troubles de juillet 1830 survenant alors, le jeune
Richard tourne uniquement ses pensées vers la politique
révolutionnaire, et, s'y jetant à corps perdu, il abandonne
toute étude, y compris la musique. Il entre pourtant à
l'*Université* de Leipzig pour suivre les cours d'esthéti-
que et de philosophie, mais il se livre surtout aux extravagances de la vie d'étudiant. Il s'en dégoûte heureusement vite et sent le besoin de se remettre à ses travaux.
Il a la bonne chance de trouver en l'excellent *Théodor
Weinlig* un remarquable professeur qui sait gagner sa
confiance et lui fait faire une étude approfondie de la
fugue et du contrepoint. Il apprend alors à connaître et à
apprécier Mozart et compose une *Polonaise* et une *Sonate*, maladroite imitation des procédés de Beethoven et
de Schubert, qu'il dédie à son maître Weinlig. Ces deux
morceaux furent publiés chez Breitkopf et Härtel, où on
les trouve encore. Les leçons ne durèrent que six mois,
car il en profita d'une façon remarquable et « acquit
ainsi, comme il l'a écrit lui-même, l'*indépendance dans sa
manière d'écrire* ».

Il partit en 1832 pour Vienne, qu'il trouva toute à la
musique française et aux « pots pourris ». En revenant
il s'arrêta à Prague et parvint à y faire exécuter plusieurs
compositions, entre autres une *Symphonie*. Il y écrivit le
poème et le premier numéro d'un opéra, *la Noce*, dans
lequel se fait sentir la déplorable influence de la mauvaise école française, et qu'il déchira l'année suivante,
parce que le sujet déplaisait à sa sœur Rosalie.

En 1833 commence réellement sa carrière de musicien ; il se rend à Wurtzbourg près de son frère Albert, chanteur distingué, et, tout en remplissant les fonctions de chef des chœurs au théâtre de la ville, il compose, d'après une fable de Gozzi, le livret et la musique d'un opéra romantique, *les Fées,* qui contenait beaucoup de bonnes choses et était manifestement inspiré de Beethoven et de Weber. Des fragments en furent exécutés au théâtre de Wurtzbourg, mais il ne vit jamais le feu de la rampe. Le manuscrit devint plus tard la propriété du roi de Bavière.

C'est en 1834 que Wagner entendit pour la première fois Mme *Schrœder-Devrient,* dont le talent dramatique eut sur son génie une si puissante influence, en lui faisant comprendre quelle force pourrait avoir l'intime union du poème et de la musique. Bien plus tard, dans le courant de sa carrière, il disait d'elle : « Chaque fois que je compose un caractère, c'est elle que je *vois.* »

C'est à cette époque aussi qu'il commença à écrire son opéra *la Défense d'aimer* (intitulé aussi *la Novice de Palerme*), qu'il acheva en 1836, alors qu'il était directeur du théâtre de Magdebourg. Une seule exécution de cette œuvre (dans laquelle il abandonna tout à fait ses premiers modèles pour subir l'ascendant de la musique française et italienne) eut lieu précipitamment le même hiver, avant le licenciement de la troupe du théâtre ; depuis, après avoir causé mille ennuis à son auteur, elle ne fut jamais reprise.

En quittant Magdebourg, l'artiste, en proie à des embarras financiers, se rendit à Berlin, puis à Kœnigsberg, où il passa une année stérile et composa en tout une ouverture, *Rule Britannia.* C'est à Kœnigsberg qu'il épousa la cantatrice *Minna Planner,* à laquelle il s'était fiancé un an avant, à Magdebourg ; mais il avait dû ajourner son union faute d'argent pour se mettre en ménage.

En 1837 il obtient le poste de Directeur Musical du théâtre de Riga. Il écrit alors plusieurs morceaux et un commencement d'opéra bientôt abandonné, parce qu'il s'aperçoit avec dépit qu'il est en train de faire de la musique « à la Adam ».

Il éprouve alors le besoin de s'atteler à une œuvre importante, dans laquelle il donnera libre essor aux facultés artistiques qu'il sent grandir en lui. Il se met au travail avec ardeur, et quand il quitte Riga en 1839, les deux premiers actes de son *Rienzi* sont achevés. L'espoir de faire exécuter son ouvrage sur une grande scène le détermine à partir pour Paris.

Il s'embarque avec sa femme et son chien, un grand danois du nom de Robber, sur un voilier à destination de Londres.

C'est pendant la traversée, qui fut terrible, se prolongea trois semaines, et au cours de laquelle le navire dut chercher un refuge dans les fjords de Norvège, que Wagner recueillit de la bouche des matelots la légende du *Hollandais volant*. Il garda de cette lutte grandiose avec les éléments déchaînés, et durant laquelle il vit plusieurs fois la mort face à face, une profonde impression, qui mûrit son génie et eut sur lui une influence décisive.

Après un arrêt insignifiant à Londres, il débarqua à Boulogne, où il séjourna quatre semaines. Il y fit la connaissance de Meyerbeer, qui parut écouter avec intérêt les deux actes de *Rienzi* et lui donna des lettres d'introduction pour Léon Pillet, directeur de l'Opéra, l'éditeur Schlesinger, propriétaire de *la Gazette musicale*, et diverses autres personnes. Le jeune compositeur arriva à Paris armé d'espérances qui se résolurent presque toutes en déceptions : Meyerbeer, éloigné constamment de la capitale à cette époque, ne put rendre effectif le bienveillant appui qu'il lui avait promis. Le théâtre de la Renaissance, sur le point de jouer son opéra *la Défense d'aimer,* fit malencontreusement faillite, et le directeur de l'Opéra, quand il lui proposa timidement son *Rienzi,* enveloppa un refus formel dans de banales phrases de politesse. Du reste, notre première scène française ne répondit pas du tout, quant à l'interprétation, à ce qu'il en attendait, et les chanteurs italiens qu'on y appréciait si fort à cette époque achevèrent de le dégoûter de la musique italienne.

Par contre, il prit un immense intérêt à l'audition des Symphonies de Beethoven, aux Concerts du Conservatoire, alors dirigés par Habeneck; l'exécution de la Neuvième surtout excita au plus haut point son admiration; c'était, du reste, sa préférée entre toutes.

Les ressources pécuniaires s'épuisaient cependant; le ménage avait quitté la rue de la Tonnellerie pour s'établir rue du Helder, dans un appartement meublé à neuf : c'est là qu'il connut toutes les angoisses de la misère. Wagner dut accepter d'écrire la musique d'un vaudeville, *la Descente de la Courtille.* Il en ébaucha un commencement, qui fut déclaré injouable par les interprètes. Il chercha ensuite vainement à se faire engager comme choriste dans un petit théâtre du boulevard! On l'y refusa à cause de son manque de voix.

Il écrivit alors la musique des *Deux Grenadiers* de Heine, et trois mélodies sur des paroles de Ronsard et de Victor Hugo; il en tira quelque peu d'argent.

Il termina à cette époque une magistrale Ouverture sur *Faust,* qui ne fut jouée que quinze ans plus tard, et dans laquelle l'influence de Beethoven se fait de nouveau profondément sentir.

Se trouvant, par l'avortement de tous ses projets, maître de son temps, il se remit à *Rienzi,* qu'il destinait alors au théâtre de Dresde, où son nom n'était pas inconnu et où chantaient alors Mme Devrient et le célèbre ténor *Tichatschek*. Il termina son ouvrage en novembre et l'envoya à Dresde, où il fut immédiatement reçu. Il y fut exécuté en 1841.

C'est à cette époque, 1840, que Meyerbeer, de passage à Paris, le fait entrer de nouveau en relations avec Léon Pillet, le directeur de l'Opéra, à qui il soumet l'esquisse de son poème *le Hollandais volant*, appelé depuis en France *le Vaisseau fantôme*, emprunté en partie à la légende recueillie pendant la traversée, et en partie au *Salon* de H. Heine. L'idée plut tellement à Pillet, qu'il lui proposa... de la lui acheter pour la faire traiter par un autre. Wagner refusa tout d'abord énergiquement, comptant reprendre la question plus tard, quand Meyerbeer, de nouveau absent, pourrait lui prêter son appui; et il se mit, pour se procurer les secours pécuniaires dont il avait le plus grand besoin, à écrire dans la *Gazette musicale* plusieurs articles, entre autres *Une Visite à Beethoven*, et *la Fin d'un musicien allemand à Paris*, qui eurent assez de succès. Il fit aussi, pour augmenter ses ressources, les réductions au piano de la *Favorite*, l'*Elisire d'Amore*, la *Reine de Chypre* et le *Guittarero*, puis des arrangements d'opéras pour piano et... pour cornet à pistons !

L'hiver 1841 se passe à lutter ainsi avec la misère. Au printemps, apprenant que son projet du *Hollandais volant* a été divulgué à un auteur qui s'apprête à en tirer parti, il se décide à en céder la propriété pour la France. Avec la modeste somme qu'il en retire (500 francs) il se réfugie à Meudon et, reprenant l'idée dont il a été dépossédé, il se met à la traiter en vers allemands.

Ce n'est pas sans une profonde émotion qu'ayant fait venir chez lui un piano, il se demande s'il sera encore

capable d'écrire, après avoir passé de si longs mois éloigné, par les difficultés matérielles, de toute atmosphère
musicale. Enfin il s'aperçoit avec joie qu'il est plus que
jamais apte à la composition, et en sept semaines il termine les trois actes, poème et musique, de son ouvrage.
L'ouverture seule est retardée par de nouveaux embarras
d'argent. Pendant ce temps il était entré en pourparlers
avec Munich et Leipzig pour sa partition, qui est refusée
sous prétexte qu'elle ne pourrait plaire à l'esprit allemand! Il l'avait pourtant écrite en vue de ses compatriotes.
Mais enfin, grâce à l'intervention de Meyerbeer, elle est
acceptée en principe par le Théâtre Royal de Berlin; on
ne l'y joua qu'en janvier 1844.

La perspective de l'exécution de ses deux dernières
œuvres en Allemagne le décide à quitter ce Paris où il a
tant et si diversement souffert, mais qui, en somme, ne
lui a pas été inutile et où il a lié, comme il le dit lui-même,
de précieuses et solides amitiés.

Il le quitte donc avec sa femme au printemps de 1842,
heureux, ému jusqu'aux larmes de retrouver sa patrie
allemande, à laquelle il jure une fidélité éternelle.

Rienzi fut monté avec un très grand luxe et joué à Dresde
en octobre 1842, avec le concours de Mme Devrient et de
Tichatschek; il eut un énorme succès. A l'issue de la
première représentation, qui dura de six heures à minuit,
l'auteur proposa des coupures auxquelles s'opposèrent les
artistes, qui ne voulaient pas voir retrancher une seule
note de leurs rôles. Deux autres représentations eurent
lieu devant une salle comble, et lorsque, à la fin de la
troisième, le chef d'orchestre, Rességuier, remit au jeune
compositeur un bâton d'honneur, l'enthousiasme du public
tourna au délire.

Encouragés par cette réussite qui dépassait leurs espé-

rances, les directeurs du théâtre de Dresde s'empressè-
rent de monter le *Hollandais volant,* qui fut représenté
en 1843. Mme Schrœder-Devrient remplissait le rôle de
Senta. Mais le public, qui attendait un opéra dans le style
de *Rienzi,* fut un peu déçu, ou plutôt étonné. L'œuvre n'en
fut pas moins appréciée par des musiciens d'autorité :
Spohr et Schumann en parlèrent avec éloge; on la donna
avec succès à Riga et à Cassel, et l'année suivante ce
furent MM. Bötticher et Tzschiesche et Mlle Marx qui
l'interprétèrent à Berlin.

Les qualités de chef d'orchestre dont avait fait preuve
Wagner en dirigeant *Rienzi* lui valurent, au commencement de 1843, le poste de Hofkapellmeister à Dresde. Il
avait hésité à se présenter au concours qui s'était ouvert
à cet effet; mais c'était pour lui l'indépendance, lui permettant de se livrer à ses travaux, libre de tout souci
matériel. Il se décida à en tenter les chances, et triompha
de ses compétiteurs en conduisant d'une façon magistrale
Euryante, de son maître vénéré Weber.

Il inaugura ses nouvelles fonctions en dirigeant les œuvres de Berlioz, qui faisait alors une tournée en Allemagne
et qui apprécie dans ses Mémoires le zèle et le dévouement dont il fit preuve en cette circonstance. Par contre,
le compositeur français n'accorde que de maigres éloges
à *Rienzi* et au *Vaisseau,* qu'il eut l'occasion d'entendre.

Pendant les sept années où Wagner remplit ces importantes fonctions (1843-1849), il monta successivement
Euryante, Freyschütz, Don Juan, la *Flûte enchantée,* la
Clémence de Titus, Fidelio, la *Vestale,* le *Songe d'une nuit
d'été, Armide,* etc., etc.

La présence de Spontini, venu à son instigation à Dresde
pour y diriger sa *Vestale,* fut féconde en dérangements,
mais aussi en enseignements pour le jeune compositeur.

Les exigences du vieux maître vis-à-vis de l'orchestre lui causèrent bien des embarras, dont il sut triompher patiemment. Il ne cessa de montrer une grande déférence à l'auteur de la *Vestale,* qui le prit en affection et lui donna amicalement, en le quittant, ce singulier conseil : « Quand j'ai entendu votre *Rienzi,* j'ai dit : C'est un homme de génie, mais il a déjà fait *plus qu'il ne peut faire.* Croyez-moi, *renoncez* dès maintenant à la composition dramatique. »

Il avait tout d'abord espéré pouvoir rénover bien des choses autour de lui, et relever le niveau artistique à Dresde ; mais il se heurta à des résistances et à des préjugés qui lui firent abandonner ses projets de réforme. Il apporta pourtant une grande ténacité dans les études de la 9ᵐᵉ Symphonie de Beethoven, et, parvenant à communiquer son enthousiasme à ses musiciens, il obtint une exécution merveilleuse, qui fut une véritable révélation pour son public dilettante. A ce concert assistaient, dit-on, deux de ses futurs disciples et collaborateurs, Hans de Bulow et Hans Richter.

Au milieu de ses multiples occupations, il trouva le temps d'écrire une cantate, *la Cène des apôtres,* qui fut exécutée en 1843 à l'église Notre-Dame, mais dont les très remarquables qualités passèrent tout à fait inaperçues. Son œuvre principale durant cette période fut l'édification de son opéra *Tannhauser.*

Il en avait, pendant les dernières semaines de son séjour en France, conçu une première idée en lisant les légendes de *Tannhauser* et de *Lohengrin* dans le vieux minnesinger Wolfram d'Eisenbach, et il fut séduit par le parti que l'on pouvait tirer du concours de chant à la Wartburg. Dès cette époque, abandonnant l'esquisse à peine ébauchée d'un poème sur *Manfred,* il rompit décidément

à tout jamais avec les sujets historiques, qui lui opposaient
mille entraves, pour ne plus traiter que les sujets d'ordre
purement humain, qui seuls lui paraissaient justifier l'emploi simultané de la poésie et de la langue musicale.

En 1844 il avait été mis à la tête du comité qui s'était
formé à Dresde pour y ramener les cendres de Weber,
mort à Londres en 1826. Il composa pour la circonstance
une *Marche funèbre* sur deux motifs d'*Euryante*, et un
chœur pour voix d'hommes, qui produisirent un excellent
effet.

C'est sous l'influence de cet événement, qu'il avait pris
grandement à cœur, qu'il termina en 1845 la musique de
Tannhauser (non telle qu'elle est jouée maintenant; il lui
fit subir plus tard de nombreux remaniements : la scène
du Vénusberg, entre autres, est devenue bien plus importante par la suite, ainsi que la scène finale du troisième acte).

Le théâtre de Dresde s'empressa de monter l'ouvrage,
avec une grande richesse de décors et de mise en scène :
mais il ne répondit pas plus que le *Vaisseau fantôme* à
l'attente du public, qui avait encore espéré voir le compositeur revenir au genre qui lui avait valu un si grand
succès avec *Rienzi*, et il atteignit à grand'peine sept
représentations. Le rôle de Tannhauser était tenu par
Tichatschek et le fatiguait. Mme Devrient avait accepté
par dévouement le rôle de Vénus, persuadée de n'en rien
pouvoir tirer. Le personnage d'Élisabeth était confié à
une débutante, Johanna Wagner, nièce de l'auteur.

L'insuccès de *Tannhauser* fut un grand déboire pour
Wagner, qui s'était flatté d'amener le public à lui sans lui
rien sacrifier de son côté. « Un sentiment d'isolement
complet m'envahit, écrivit-il; ce n'était pas vanité; je
m'étais sciemment préparé ma déception, et j'en restais

maintenant tout étourdi. Une seule pensée me vint : amener le public à comprendre et à participer à mes vues, et faire son éducation artistique. »

Les musiciens ne furent pas plus indulgents pour lui que le vulgaire. Mendelssohn, Spohr et Schumann critiquèrent vivement l'ouvrage, tout en reconnnaissant qu'il renfermait çà et là de bonnes choses. Schumann alla même jusqu'à écrire à son sujet, en 1853 : « C'est de la musique d'amateur vide et déplaisante ! » Spohr, à la même époque, avoue pourtant que « l'opéra contient certaines choses nouvelles et belles que tout d'abord il n'aimait pas, et qu'il s'était habitué à plusieurs parties ».

L'année qui suivit, 1846, fut troublée pour Wagner par de nouveaux soucis de toutes sortes ; la publication de ses opéras *Rienzi, le Vaisseau fantôme* et *Tannhäuser* l'entraînèrent dans de désastreuses complications financières ; puis il se lança à cette époque dans la politique et se fit de nombreux ennemis ; la presse devint de plus en plus sévère pour lui et influença les directeurs de théâtre, qui refusèrent de jouer ses œuvres, le regardant comme un excentrique et un personnage difficile à vivre.

Se retirant alors pour un temps des agitations politiques, il reprit activement son nouvel ouvrage *Lohengrin,* à peine ébauché en 1845 et dont le sujet lui avait été fourni, comme celui de *Tannhauser,* par W. d'Eisenbach. Il y travailla tout en comprenant qu'il s'éloignait plus que jamais du goût actuel du public, uniquement engoué, à ce moment, des opéras de Donizetti. La direction du théâtre de Dresde s'en rendit si bien compte aussi, qu'elle en remit indéfiniment l'exécution, et que la seule partie de l'œuvre que put entendre son auteur à cette époque fut le finale du premier acte, exécuté en septembre 1848 pour l'anniversaire de l'inauguration de la chapelle royale.

Une fois sa partition de *Lohengrin* terminée, Wagner songea à un drame sur *Jésus de Nazareth ;* puis il en abandonna le projet, dont il reprit plus tard l'idée mystique sous une autre forme, et hésita une dernière fois entre un sujet historique, *Frédéric Barberousse,* et une idée purement mythique, *Siegfried,* dont il trouvait l'embryon dans le vieux poème des *Niebelungen* et dans les *Eddas* scandinaves.

Il se décida pour le mythe, et écrivit dès lors le poème de *la Mort de Siegfried ;* mais son travail fut interrompu pendant toute la période de troubles politiques qui éclatèrent alors en Allemagne.

Il élabora à ce moment tout un plan de réformes qui ne tendaient à rien moins qu'au bouleversement complet de l'état des choses musicales en Saxe.

C'est à cette époque qu'il se lia avec Auguste Rœckel et avec le révolutionnaire Bakounine, qui prit rapidement un grand empire sur lui. Se jetant avec sa fougue habituelle dans la politique militante, il prononça dans un club dont il faisait partie plusieurs discours imprudents, qui déplurent fort en haut lieu de la part d'un kapellmeister de la Cour !

Craignant à juste titre d'être inquiété à Dresde, il alla à Weimar rejoindre *Liszt,* qui dirigeait alors activement les répétitions de *Tannhauser,* et avec lequel il s'était intimement lié, en dépit de l'aversion qu'il avait vouée dans sa jeunesse aux virtuoses en général, et à celui-ci en particulier. Mais un ordre d'arrestation vint aussitôt le troubler dans sa quiétude : il était signalé comme un agitateur dangereux ! Liszt lui procura rapidement un passe-port sous un faux nom, et il dut au plus vite quitter sa patrie. L'exil qui commençait pour lui devait durer douze ans.

Tout d'abord il se dirigea sur Paris, où il espérait faire exécuter ses ouvrages. Mais quel théâtre aurait été à ce moment disposé à monter une œuvre tragique ? Il tenta aussi de publier une série d'articles sur des sujets artistiques et révolutionnaires, et dans lesquels il aurait exposé les idées qui bouillonnaient alors dans son cerveau. Mais sa proposition fut accueillie plus que froidement par le directeur du *Journal des Débats* auquel il s'était adressé. Voyant qu'il n'avait rien à faire à Paris, il partit en juin 1849 pour Zurich, où sa femme vint le rejoindre et où il trouva plusieurs de ses amis, réfugiés politiques comme lui.

La vie d'exil ne lui fut pas dure ; il devint citoyen de Zurich et rencontra de suite des sympathies éclairées, qui l'entourèrent d'une atmosphère intelligente et dévouée. Cette période fut une des plus profitables et des plus fécondes de son existence. Dans cette calme retraite où il se reprit tout entier, son génie, s'élevant graduellement à chaque production, arriva à trouver sa forme définitive et atteignit à sa plus haute expression. C'est à pas de géant qu'il marche, de sa première œuvre conçue dans l'exil, à la dernière, *Tristan*. Dès lors il a trouvé sa voie et n'a plus qu'à continuer ainsi.

Éprouvant décidément le besoin de faire connaître ses théories politiques et socialistes et laissant pour un temps toute production musicale, il publia successivement plusieurs écrits : *l'Art et la Révolution,* puis *l'Œuvre d'art de l'avenir.* En 1850, enfin, la *Nouvelle Gazette musicale* de Leipzig fit paraître un article ayant pour titre : *Du Judaïsme dans la musique,* signé Freigedank, mais dans lequel tout le monde reconnut avec raison le style et les idées de Wagner. Cet article fut apprécié de bien des façons différentes, et violemment blâmé par ses adversaires, qui l'accusaient d'une noire ingratitude envers Meyerbeer, son premier protecteur en France et aussi en Allemagne, spécialement visé par lui dans cet écrit virulent, qui agita vivement le monde musical.

Tous ces travaux ne suffisant pas à l'activité du Maître, il composa en même temps un drame intitulé *Wieland le Forgeron,* qu'il destinait à l'Opéra de Paris, en dépit du décourageant accueil qu'il y avait reçu à plusieurs reprises. Il l'y présenta, sur les conseils de Liszt, au commencement de 1850, et le nouveau refus qu'il essuya fut cause de désordres nerveux dans sa santé.

C'est dans le courant de 1850 que Wagner, retrouvant dans ses cartons *Lohengrin* qu'il y avait presque oublié, le recommanda à Liszt alors à Weimar. Liszt s'empressa de le monter pour les fêtes de l'anniversaire de Gœthe. L'œuvre eut un immense retentissement, bien qu'après la première représentation l'auteur dût autoriser, à contre-cœur, quelques coupures. Les critiques qui avaient été conviés de toutes parts s'en occupèrent dans un sens généralement favorable, et c'est de cette époque que date vraiment la renommée de Wagner en Allemagne. *Lohengrin* fut joué avec succès dans maintes villes les années suivantes.

Vers 1851, dans une lettre à son ami Rœckel, Wagner constate que sa célébrité se développe d'une façon inattendue, mais qu'il la doit à l'incompréhension du véritable esprit de ses œuvres, les artistes comme le public n'en voyant que le côté efféminé et n'en saisissant ni le caractère grandiose ni l'énergique passion. Deux ans plus tard, en écrivant au même, il se réjouit « de ne devoir plus travailler uniquement pour l'argent. Quoi que j'entreprenne ici (Zurich), jamais je ne fais payer (ce que je ne ferais d'ailleurs jamais, fussé-je privé de toute ressource), car faire de l'art pour de l'argent, c'est ce qui pourrait m'éloigner à jamais de l'art, comme c'est aussi, au demeurant, ce qui provoque tant d'erreurs au sujet de l'essence des œuvres d'art. »

A Zurich il dirigea plusieurs concerts symphoniques au théâtre de la ville, assisté par deux de ses jeunes disciples *Karl Ritter* et *Hans de Bulow*, et se remit à son travail des Nibelungen. Il n'avait tout d'abord eu l'intention de traiter que *la Mort de Siegfried* (qui devint plus tard *le Crépuscule des dieux*); puis il fut conduit successivement, pour la clarté du drame, à écrire *Siegfried*, puis la *Walkyrie*, et enfin le Prologue de ces trois parties, *l'Or du Rhin*. En 1852, ses poèmes étant terminés, il en donna une première lecture, sauf le prologue, aux veillées de Noël chez ses amis Wille à Mariafeld, près de Zurich, en trois soirées. Mme Wille raconte à ce propos que le dernier soir de cette lecture elle fut obligée, appelée près d'un de ses enfants malade, de quitter un instant le salon, et que Wagner, mécontent de ce manque de forme, la gratifia à son retour du nom de Fricka[1] ! Son caractère nerveux, quoique essentiellement bon au fond, l'entraînait souvent à s'irriter.

Quand il était surexcité, il parlait volontiers français.

Il commença à écrire la musique de sa *Tétralogie* dès 1853, en débutant par celle du Prologue.

Il raconte lui-même qu'au cours d'un voyage en Italie, pendant une nuit d'insomnie à la Spezzia, il conçut nettement le plan musical de *l'Or du Rhin*, et que, ne voulant pas l'écrire sur le sol italien, il revint en toute hâte à Zurich, où il se mit à l'œuvre. En mai 1854, *l'Or du Rhin* fut terminé. Il acheva la partition de la *Walkyrie* dans l'hiver 1854-1855, et les deux premiers actes de

---

[1] Dans la Tétralogie, Fricka est la déesse du mariage, douée d'un caractère assez grincheux.

Siegfried en 1857. Une longue interruption survint alors. Il laissa de côté la *Tétralogie* pour s'occuper de *Tristan*, qui cadrait mieux, pendant cette période, avec son état d'âme.

Tout en s'adonnant à ce colossal travail, Wagner avait mené de front bien d'autres occupations. Il avait monté *Tannhauser* à Zurich et, au cours d'un long séjour que fit auprès de lui Liszt, organisé à Saint-Gall un concert dans lequel il conduisit la Symphonie Héroïque et où Liszt dirigea ses Poèmes Symphoniques, Orphée et ses Préludes.

A cete époque on lui offrit d'aller donner des concerts en Amérique; mais il déclara « n'être pas disposé à se trimbaler comme donneur de concerts, même pour beaucoup d'argent ».

Pourtant en janvier 1855 il accepta, « plutôt en curieux et pour voir ce que font les gens là-bas », d'aller diriger huit concerts de la « Philharmonic Society » de Londres. Il noua alors des rapports pleins de cordialité avec Berlioz, qui conduisait dans le même temps l'orchestre de la société la « New-Philharmonic ». Une correspondance s'établit même entre eux au retour de Wagner en Suisse.

Le prince Albert apprécia fort la musique du Maître allemand, bien que celui-ci ne l'introduisît que fort discrètement dans ses programmes. Après l'audition de l'ouverture de *Tannhauser*, qui excita l'enthousiasme général, la famille royale fit demander l'auteur dans sa loge pour le féliciter. La presse anglaise pourtant fut dure pour lui. On lui reprocha, entre autres, vivement, dit-on, de conduire par cœur les Symphonies de Beethoven. Wagner alors, pour complaire à son auditoire, parut au prochain concert avec une partition; le public s'en montra fort satisfait et prétendit ensuite que l'exécution avait ainsi été bien meilleure ; mais quelle fut l'indignation de tous lorsqu'on s'aperçut, un peu plus tard, que la partition était celle du *Barbier* et qu'elle était à l'envers sur le pupitre !

Wagner écrivait encore à son ami Rœckel : « Si, au demeurant, une chose avait pu accroître mon mépris du monde, ce serait mon expédition de Londres. Laisse-moi seulement te dire en peu de mots que je paye cruellement la sottise que j'ai faite en acceptant cet engagement, entraîné que j'étais, malgré les expériences déjà subies, par une folle curiosité. »

Pendant son séjour à Londres, le Maître confia à Klindworth le soin de réduire ses partitions au piano.

C'est à son retour d'Angleterre que, tout en souffrant de fréquents accès d'érysipèle facial, il termina l'instrumentation de la *Walkyrie;* puis, qu'effrayé du travail lui restant à accomplir pour achever l'*Anneau du Nibelung,* qu'il n'entrevoyait pas alors la possibilité de faire exécuter sur aucune scène, et désirant édifier une œuvre qui eût quelque chance d'être facilement représentée, il se mit à travailler activement au poème de *Tristan.*

Parmi le petit cercle choisi que le Maître aimait à fréquenter à Zurich se trouvait, avec Willé et Gottfried Semper, le poète Herweg, fervent disciple et admirateur de Schopenhauer. Il fit connaître les œuvres du philosophe à Wagner, qui en conçut une vive impression. C'est sous l'influence de ces idées et aussi de la tragédie intime qui se jouait en ce moment dans son âme, que Wagner écrivit son nouveau drame, qu'il termina en 1859.

Il fut tout d'abord question de jouer à Karlsruhe, où le rôle de Tristan devait être tenu par *Schnorr,* un jeune ténor du plus grand talent, qui avait voué un véritable culte à la musique de Wagner. Mais le Maître ne connaissait le chanteur que par ouï-dire, et hésitait à prendre comme interprète un personnage affligé d'un embonpoint exagéré, dont il craignait l'effet ridicule sur la scène. Il raconte dans ses Souvenirs qu'étant à Karlsruhe en 1852 au moment où Schnorr y chantait *Lohengrin*, et ne l'ayant encore jamais vu, il alla incognito l'entendre, et fut tellement impressionné par l'intelligence hors ligne dont fit preuve l'artiste dès les premières notes de son rôle, que, retrouvant en cette circonstance une émotion analogue à celle que lui avait causée, dans son adolescence, Mme Schrœder-Devrient, il écrivit de suite à Schnorr pour l'inviter à venir le voir. Schnorr, accompagné de sa femme, passa alors plusieurs semaines à Bieberich avec le Maître et Hans de Bulow, qui était venu les rejoindre. Il travailla l'*Anneau* et surtout *Tristan*, qui devint par la suite une de ses plus magnifiques interprétations.

L'espoir qu'avait eu Wagner de faire représenter *Tristan* à Karlsruhe ne tarda pas à être déçu, malgré la bienveillante sympathie que lui montrait le grand-duc de Bade. Il n'obtint pas non plus l'autorisation de séjourner d'une manière définitive dans les États badois, ni de rentrer en Allemagne comme il le désirait tant.

Tournant de nouveau ses vues sur Paris, il y arriva en septembre 1859, avec l'espérance d'y faire entendre son œuvre; mais il dut bientôt renoncer à une exécution qu'il rêvait de confier à des interprètes allemands. Il comptait aussi sur *Tannhauser* et *Lohengrin* traduits en français. M. Carvalho, alors directeur du Théâtre Lyrique, avait eu quelque velléité de monter *Tannhauser*. Il vint même un soir rue Matignon chez le compositeur, qui lui joua son ouvrage, mais ne put arriver à lui en faire comprendre l'intérêt.

Le Maître, qui, malgré ses succès croissants en Allemagne, n'était guère plus connu à Paris que lorsqu'il y vint pour la première fois, résolut alors, pour se présenter au public parisien et l'initier à sa musique, de donner quelques concerts, qu'il organisa aussitôt à la salle Ventadour. Les répétitions eurent lieu à la salle Beethoven, passage de l'Opéra. Hans de Bulow conduisait les chœurs, composés en grande partie d'amateurs allemands. Au programme figuraient l'Ouverture du *Vaisseau fantôme,* plusieurs pièces de *Tannhauser* et de *Lohengrin* et le Prélude de *Tristan.*

Wagner atteignit son but et attira sur lui l'attention du monde dilettante, mais le résultat financier des trois premiers concerts fut maigre ; aussi, après avoir constaté le déficit de 6,000 francs, n'accepta-t-il pas l'offre que le maréchal Magnan lui faisait, de la part des Tuileries, de la salle de l'Opéra pour une quatrième audition. Il donna deux concerts à Bruxelles, qui ne furent pas plus heureux, pécuniairement parlant.

Un découragement bien légitime commençait à le prendre, lorsqu'un intelligent patronage vint lui apporter un appui sur lequel il ne comptait pas. Mme de Metternich et quelques membres de la colonie allemande à Paris surent si bien intéresser Napoléon III en sa faveur, que le souverain, généralement assez indifférent aux choses musicales, donna l'ordre de monter *Tannhauser* à l'Opéra. Tout d'abord cette nouvelle n'enchanta pas le Maître, qui craignait avec raison le public, fort travaillé par une presse hostile, devant lequel il allait avoir à produire son œuvre ; pourtant la direction se montra si large quant aux questions de mise en scène, si empressée à fournir à l'auteur toutes les répétitions voulues, tous les artistes dont il pouvait désirer le concours (on avait engagé exprès pour le rôle de Tannhauser le ténor allemand Nieman, qui avait une bonne prononciation française), que Wagner se

il n'était pas de mode d'apprécier Wagner; et le grand artiste, renonçant, par dignité, à imposer plus longtemps son œuvre à un public inapte à en saisir l'intérêt, retira sa partition et reprit la route de l'Allemagne, que ses dévoués protecteurs avaient réussi pendant ce temps à lui rouvrir.

Comment s'étonner si, par la suite, Wagner conserva quelque amertume contre un public dont tant de fois il avait recherché les suffrages, qui l'avait accueilli d'abord avec une indifférence ignorante, bien pénible pour un génie qui a conscience de sa valeur, et finalement avec une dureté inhospitalière touchant de bien près à la grossièreté? Disons en passant que Wagner, en dépit de la légende qui s'est formée et qui pendant longtemps nous a valu d'être privés de connaître et d'admirer son œuvre dans notre pays, ne s'est jamais rendu coupable envers la France des sorties haineuses qu'on lui a prêtées. Ceux qui veulent s'en convaincre n'ont qu'à lire sa lettre à M. Monod; qu'ils prennent aussi sa boutade appelée *Une Capitulation* qu'on lui a tant reprochée : ils pourront la trouver d'un esprit douteux et lourd, mais verront que c'était simplement une plaisanterie, une farce de mauvais goût dirigée aussi bien contre ses compatriotes que contre nous. D'ailleurs il ne l'avait pas écrite pour être publiée, et par conséquent avec l'idée de nous offenser. Elle n'a été imprimée que plusieurs années après la guerre, et en allemand.

Il faut tenir compte aussi, pour le comprendre, du caractère du Maître, singulièrement fougueux et porté aussi bien aux accès de gaieté impétueuse où son esprit, mis en belle humeur, n'épargnait personne, qu'à des phases de tristesse où il désespérait de tout et se trouvait profondément malheureux. Citons à ce propos l'intéressante appréciation de M. Monod :

« Il exerce sur ceux qui l'approchent un irrésistible
ascendant, non seulement par son génie musical, par l'o-
riginalité de son esprit, par la variété de ses connaissances, mais surtout par une puissance de tempérament et de
volonté qui éclate dans toute sa personne. On sent qu'on
est en présence d'une sorte de force de la nature qui
s'agite et se déchaîne avec une violence presque irres-
ponsable. Quand on l'a vu de près, tantôt d'une gaieté
sans frein, livrant passage à un torrent de plaisanteries
et de rires; tantôt furieux, ne respectant dans ses attaques
ni titres, ni puissances, ni amitiés, toujours obéissant à l'éclat irrésistible du premier mouvement, on finit
par ne plus lui reprocher trop durement les manques de
goût, de tact et de délicatesse dont il s'est rendu coupable; on est tenté, si l'on est juif, de lui pardonner sa brochure sur le *Judaïsme dans la musique;* si l'on est Français, sa pantalonnade sur la *Capitulation de Paris;* si l'on
est Allemand, toutes les injures dont il a accablé l'Allemagne; comme on pardonne à Voltaire *la Pucelle* et certaines lettres à Frédéric II; à Shakespeare certaines plaisanteries et certains sonnets, à Gœthe certaines pièces
ridicules, à Victor Hugo certains discours. On le prend
tel qu'il est, plein de défauts, peut-être parce qu'il est
plein de génie, mais incontestablement un homme supérieur, un des plus grands et des plus extraordinaires
que notre siècle ait produits. »

Mme Judith Gautier, qui a vécu dans l'intimité de Tribschen[1] et avait voué au Maître une profonde admiration, dit
à son tour : « Il y a dans le caractère de Richard Wagner,
il faut bien le reconnaître, des violences et des rudesses
qui sont cause qu'il est si souvent méconnu, mais seule-

1. Habitation de Wagner sur le lac des Quatre-Cantons, en face
de Lucerne.

ment de ceux qui ne jugent que par l'extérieur des choses. Nerveux et impressionnable à l'excès, les sentiments qu'il éprouve sont toujours poussés à leur paroxysme; une peine légère est chez lui presque du désespoir, la moindre irritation a l'apparence de la fureur. Cette merveilleuse organisation, d'une si exquise sensibilité, a des vibrations terribles; on se demande même comment il peut y résister : un jour de chagrin le vieillit de dix ans; mais, la joie revenue, il est plus jeune que jamais le jour d'après. Il se dépense avec une prodigalité extraordinaire. Toujours sincère, se donnant tout entier à toutes choses, d'un esprit très mobile pourtant, ses opinions, ses idées, très absolues au premier moment, n'ont rien d'irrévocable; personne mieux que lui ne sait reconnaître une erreur; mais il faut laisser passer le premier feu. Par la franchise, la véhémence de sa parole, il lui arrive assez souvent de blesser, sans le vouloir, ses meilleurs amis; excessif toujours, il dépasse le but et n'a pas conscience du chagrin qu'il cause. Beaucoup, froissés dans leur amour-propre, emportent sans rien dire la blessure, qui s'envenime dans la rancune, et ils perdent ainsi une amitié précieuse; tandis que, s'ils avaient crié qu'on les blessait, ils eussent vu chez le Maître des regrets si sincères, il se serait efforcé avec une effusion si vraie de les consoler, que leur amour pour lui s'en serait accru. »

A ces deux portraits joignons, pour les compléter, celui tracé dans une récente publication par M. Émile Olivier, le beau-frère de Richard Wagner : « Le double aspect de cette personnalité puissante se marquait sous son masque; la partie supérieure, belle d'une vaste idéalité, éclairée par des yeux réfléchis, profonds, sévères, doux ou malins suivant l'occasion; la partie inférieure, grimaçante et sarcastique; une bouche froide, calculée, pincée, s'y creusait en retrait au-dessous d'un nez impérieux, au-dessus d'un menton projeté en avant comme la menace d'une volonté conquérante. »

Wagner, en 1861, rentrait dans sa patrie avec le désir de plus en plus grand de faire exécuter *Tristan;* mais, malgré la renommée qu'il avait acquise dans ces dernières années, augmentée par son échec si retentissant à Paris, qui lui avait valu une recrudescence de sympathie parmi ses compatriotes, aucun directeur ne se souciait de monter sa partition. Le Grand-Duc de Bade, après s'être montré disposé pour l'œuvre, s'en désintéressa, et à Vienne, où l'on mit les répétitions en train, on renonça à la cinquante-septième, sous prétexte que le ténor Ander était à bout de forces.

Les années qui suivirent alors furent parmi les plus pénibles de la vie du Maître. Tout concourait à l'accabler : la grande déception que lui causa la mauvaise fortune de *Tristan,* l'isolement de sa vie, car son foyer était maintenant désert, et son ménage dissous; sa femme, créature bonne et dévouée, mais terre à terre, n'avait pas su comprendre son génie : de là des heurts continuels qui s'étaient résolus à la longue par une séparation.

Quelques années plus tard, des bruits malveillants coururent à ce propos sur Wagner : on l'accusa de laisser sa femme sans ressources, et elle écrivit elle-même, quelques jours avant sa mort, pour démentir ces calomnies, attestant que son mari lui avait toujours fourni, au contraire, des subsides très suffisants.

De nouveaux embarras pécuniaires le talonnèrent encore, ses opéras lui rapportant fort peu, d'après les arrangements consentis en Allemagne entre théâtres et auteurs. Il eut pourtant enfin la satisfaction de voir représenter son *Lohengrin* à Vienne, au mois de mai. C'est alors qu'il se mit à écrire le poème et à travailler à la partition des *Maîtres Chanteurs*, dont il avait jeté le premier essai sur le papier dès 1845, aussitôt après l'achèvement de son *Tannhauser*, auquel il voulait dès lors faire un pendant comique.

Le poème des *Maîtres Chanteurs* fut terminé à Paris pendant un court séjour qu'y fit Wagner en 1862, et aussitôt publié par la maison Schott, de Mayence, qui avait déjà traité avec le Maître pour l'*Anneau du Nibelung*. Mais la musique, dont il s'occupa pourtant dès ce moment, ne fut terminée qu'en 1867.

Toute l'année 1863 fut employée par Wagner à voyager en Allemagne et en Russie et à donner des concerts qui rétablirent un peu l'état de ses finances. La Grande-Duchesse Hélène, qui était une musicienne intelligente et une admiratrice passionnée de ses œuvres, contribua puissamment à son succès en Russie.

A ses programmes figuraient les Symphonies de Beethoven et des fragments des *Maîtres Chanteurs* et de l'*Anneau*. Il fit aussi exécuter à Vienne, avec un succès très grand, l'ouverture de *Freyschütz* telle qu'elle avait été écrite par Weber et telle aussi qu'on ne la donnait jamais. Au retour de son voyage en Russie, Wagner s'était fixé à Penzig, aux environs de Vienne, où il vivait paisiblement entre ses deux domestiques et son chien fidèle. (Wagner de tout temps a passionnément aimé les animaux : « Je suis particulièrement ému, de plus en plus profondément, de nos rapports avec les animaux si odieusement maltraités et torturés par nous; je suis on ne peut plus heureux de pouvoir, aujourd'hui, m'abandonner sans honte à la forte compassion que j'ai de tout temps éprouvée pour eux, et de n'avoir plus à recourir à des sophismes pour

essayer d'embellir la méchanceté des hommes à ce point
de vue. ») Des mesures d'économie indispensables lui
firent renoncer à cette installation ; il alla demander asile
à ses amis de Zurich, avec l'intention de terminer là ses
Maîtres Chanteurs.

Quant à la *Tétralogie,* il avait à cette époque abandonné
totalement l'espoir de la faire jamais représenter (il lui
eût fallu pour cela le théâtre idéal que ses rêves avaient
conçu depuis longtemps, mais qu'il ne croyait pas devoir
jamais exister), et en avait publié le poème, dès 1853,
comme œuvre littéraire, sans plus s'occuper d'en compléter la musique.

C'est en 1864, alors qu'abreuvé d'amertumes de toutes
sortes il était arrivé au summum du découragement et ne
se sentait plus la force de lutter, qu'intervint dans sa vie
cette protection inouïe, inespérée, qui, changeant d'un coup
de baguette la face de sa destinée, lui permit de prendre
un nouvel essor, délivré désormais de toutes les entraves
misérables où s'était débattu si longtemps son génie.

Le jeune roi *Louis II de Bavière,* devenu souverain à
dix-neuf ans par la mort de son oncle Maximilien II, admirateur ardent, passionné, du Maître, dont les œuvres
avaient été ses seules éducatrices, s'empressa, quinze jours
après son avènement, d'appeler auprès de lui le grand
artiste pour le mettre à même, écartant de son chemin
toutes les difficultés matérielles et mesquines, de terminer
ses *Nibelungs* abandonnés et de faire représenter magnifiquement ses autres œuvres.

Voici en quels termes il racontait cet événement le jour
même, 4 mai 1864, à son amie de Zurich Mᵐᵉ Wille :
« Vous savez que le jeune roi de Bavière m'a fait chercher ; je lui ai été présenté aujourd'hui. Il est malheureu-

sement si beau, si intelligent, si ardent et si grand, que je crains que sa vie ne s'évanouisse dans ce monde vulgaire comme un rêve fugitif et divin. Il m'aime avec l'ardeur et la ferveur du premier amour, il sait et connaît tout ce qui me concerne. Il veut que je reste à jamais près de lui, que je travaille, que je me repose et que je fasse exécuter mes œuvres; il veut me donner tout ce dont j'ai besoin; il veut que je termine les *Nibelungs,* et il les fera exécuter comme je le désire. Et tout cela, il l'entend sérieusement et littéralement, comme vous et moi quand nous parlions ensemble. Tout souci pécuniaire doit m'être enlevé; j'aurai tout ce dont j'ai besoin, à la seule condition que je reste auprès de lui. Que dites-vous de cela? qu'en dites-vous? Est-ce pas inouï? est-ce que cela peut être autre chose qu'un rêve? »

Le premier soin de Wagner fut, par reconnaissance pour le roi, de se faire naturaliser Bavarois et de composer en l'honneur de son souverain une marche militaire, *Huldigungsmarsch;* puis il élabora, sur la demande de son royal ami, le projet d'une école nationale de musique à établir à Munich; mais ce projet ne fut pas mis à exécution, par suite du mauvais vouloir des musiciens de cette ville. Dès l'année 1864, il fit jouer dans la capitale de la Bavière le *Hollandais volant,* et dirigea des concerts uniquement composés de ses œuvres; mais les Bavarois, déjà mécontents et inquiets de la faveur inouïe du compositeur, dont on craignait l'influence sur le roi, n'assistèrent pas à ces auditions, et la salle resta presque vide. Cependant le royal protecteur, sans s'inquiéter de ces manifestes hostilités, s'occupait activement dès lors de l'érection du théâtre rêvé par Wagner et en étudiait les plans avec Gottfried Semper, l'ami du Maître. Puis il faisait venir de Dresde, en payant un dédit au directeur du théâtre,

Schnorr et sa femme pour chanter *Tristan*. Il profita de la présence de l'interprète incomparable pour se faire donner une splendide et unique représentation de *Tannhauser*.

L'étude de *Tristan* fut dirigée avec la plus grande autorité par Hans de Bulow, le disciple et ami du Maître, nommé à cette époque, sur les instances de Wagner, pianiste du roi de Bavière. L'exécution, qui eut lieu dans le courant de 1865, fut superbe. Wagner connut alors l'intime et profonde satisfaction d'entendre son œuvre telle qu'il l'avait rêvée et voulue. Schnorr apportait dans l'interprétation du personnage de Tristan une telle intelligence, une telle intensité d'émotion, que Wagner, bouleversé lui-même jusqu'au fond de l'âme, déclara, après la quatrième représentation, qu'il n'en voulait pas d'autre et refusa de laisser son ami s'épuiser par un effort au-dessus des forces humaines. Schnorr, qui avait contracté, pendant le troisième acte de la dernière soirée, un rhumatisme causé par les courants d'air de la scène, mourut quinze jours après à Dresde, et priva ainsi les ouvrages du Maître de leur plus merveilleux protagoniste.

Cependant, la cabale organisée contre le protégé du roi prenait une tournure menaçante, et le souverain dut, le 30 novembre 1865, pour calmer les esprits, éloigner de lui pendant un temps le grand artiste. Il paraît pourtant certain qu'en tant que politique il n'avait aucune influence sur le roi; lorsqu'il abordait ce sujet, a-t-il raconté lui-même, le prince regardait en l'air et se mettait à siffler. Ce que le peuple pouvait redouter avec plus de raison, c'était les dépenses excessives auxquelles il entraînait le souverain.

Wagner, dont le système nerveux était très éprouvé et avait besoin de repos, fit alors un court voyage dans le midi de la France et en Suisse et vint s'installer à Tribschen, près de Lucerne. Le roi n'abandonnait pas pour cela son protégé, et vint le voir dans le plus strict incognito.

Le Maître profita de cette période de calme pour écrire quelques articles dans le journal de son vieil ami Auguste Rœckel; il publia une brochure sur *l'Art allemand et la Politique allemande,* et termina la partition des *Maîtres Chanteurs.* C'est à cette époque que Hans de Bulow présenta au Maître un jeune musicien de grande valeur, *Hans Richter,* qui se fit alors son secrétaire fidèle et dévoué et devint par la suite un des plus merveilleux auxiliaires des représentations de Munich et de Bayreuth.

La première exécution des *Maîtres Chanteurs* eut lieu à Munich en juin 1868. Wagner avait confié les études de son œuvre à son ami Bulow, qui s'acquitta de sa tâche avec le dévouement le plus éclairé. Toutefois le Maître put venir assister aux dernières répétitions et aux six représentations qui obtinrent un succès enthousiaste.

Il se remit alors activement à la composition de la musique de l'*Anneau,* qu'il avait abandonnée en 1857, au milieu du second acte de *Siegfried.* Il acheva *Siegfried* en 1869, et le premier acte du *Crépuscule* en 1870; mais ce n'est qu'en 1874 qu'il le termina complètement. Il y a donc un écart de vingt-deux ans entre la première ébauche et le parachèvement de la *Tétralogie.* Il est vrai que dans l'intervalle se placent *Tristan* et *les Maîtres.*

En 1870 Wagner, rendu libre cinq ans auparavant par la mort de sa première femme, épousa la fille de son ami Liszt, Mme Hans de Bulow. L'année suivante elle lui donna un fils, qu'il appela Siegfried, du nom de son héros favori.

A l'occasion de la naissance de l'enfant, qui eut pour marraine Mme Judith Gautier, une exquise fête de famille eut lieu à Tribschen; le Maître avait caché dans le jardin de la villa un petit orchestre d'élite dirigé par

Hans Richter, et qui entonna, au moment où Mme Wagner sortit sur le perron, une délicieuse pièce composée par l'heureux père, sur une vieille berceuse allemande, et quatre leit-motifs qui se trouvent réunis dans le troisième acte de *Siegfried* : la Paix, le Sommeil, Siegfried trésor du monde, la Décision d'aimer. Cette pièce fut publiée sous le nom de *Siegfried-Idyll* en 1877.

Le roi Louis II, impatient d'entendre l'*Or du Rhin*, en avait exigé une représentation à Munich, malgré toutes les difficultés de mise en scène et d'exécution qui se présentèrent. Le résultat fut médiocre, et l'œuvre, incomprise d'un public mal préparé, fut accueillie froidement. L'année suivante la *Walkyrie* obtint un bien plus grand succès, mais ces représentations ne faisaient qu'augmenter le désir qu'avaient le Maître et son royal protecteur d'édifier une scène spéciale pour y donner l'ensemble de la *Tétralogie*.

Après avoir publié ses deux études sur *l'Art de diriger* et sur *Beethoven*, Wagner se mit en campagne pour trouver le pays idéal où installer son théâtre.

La vie du Maître pendant les années qui suivirent, si intimement liée avec l'histoire du Théâtre de Bayreuth, sera tracée à la fin de ce chapitre. Disons pourtant qu'en 1875 Wagner eut la satisfaction d'entendre à Vienne *Tannhäuser* et *Lohengrin* exécutés intégralement. C'est lui qui dirigea les répétitions. On donna également avec succès *Tristan* à Berlin en 1876. En 1877, la série de concerts qu'il consentit à aller diriger à Londres alternativement avec son dévoué collaborateur Hans Richter, lui valut des marques de sympathie de la famille royale, et des ovations enthousiastes de la part du public londonien, qui apprécia hautement aussi son remarquable lieutenant. Il fit exécuter avec succès sa *Kaisermarsch* et des fragments de toutes ses œuvres. Mais le résultat pécuniaire ne fut pas très brillant ni correspondant à l'effort tenté.

Wagner avait, en 1877, écrit le poème de *Parsifal*, emprunté par lui à la légende du Graal, chantée par les vieux trouvères et dont l'idée initiale avait déjà hanté son cerveau lorsque, en 1852, à Zurich, il projetait son *Jésus de Nazareth*. Il emporta avec lui à Londres son nouveau poème, dont il donna lecture à un groupe intime chez M. Édouard Dannreuther, son ami et son historiographe fidèle (dans la remarquable étude biographique duquel beaucoup de renseignements ont été puisés pour cette brève esquisse de la vie du Maître). Il composa la musique des deux premiers actes de *Parsifal* dans le courant de l'année 1878 ; le prélude fut exécuté dans une fête intime à Bayreuth, à l'occasion des fêtes de Noël ; il termina le troisième acte en 1879.

Obligé par des raisons de santé (il souffrait cruellement d'un douloureux érysipèle) de passer ses hivers en Italie, il acheva en 1882, à Palerme, l'orchestration de cette œuvre, qu'il sentait devoir être la dernière.

Pour la représenter on rouvrit le Théâtre des Fêtes, fermé depuis 1876. Les seize représentations qu'on en donna marchèrent merveilleusement et eurent le plus grand succès. Le Maître se donna le plaisir, le dernier soir, de prendre des mains du distingué chef d'orchestre, Hermann Levi, le bâton de directeur et de conduire lui-même son œuvre.

Une nouvelle série de représentations eut lieu l'année suivante ; elles fatiguèrent beaucoup le Maître, qui, au cours des répétitions, s'était même trouvé une fois sérieusement atteint d'un accès d'étouffements. Une maladie de cœur, constatée à son insu par son médecin, le minait lentement. Il partit pour Venise avec sa femme et sa famille

Funérailles de Wagner. — Les discours à la gare.

23 février 1883, à l'instant où, quittant son piano, il...
...qu'il venait de jouer et de chanter la première...

au commencement de l'hiver 1882-1883 et s'installa au palais Vendramin-Calergi, une des plus splendides résipences vénitiennes, située sur le grand canal.

Le cortège funèbre dans la rue de l'Opéra.

C'est là qu'une crise fatale l'emporta subitement, le 13 février 1883, à l'instant où, quittant son piano, sur lequel il venait de jouer et de chanter la première scène de

L'Or du Rhin, il s'apprêtait à monter en gondole pour sa promenade journalière.

Le corps fut rapporté en grande pompe à Bayreuth, où ses amis et ses admirateurs lui firent des funérailles émues et solennelles. Il fut accompagné à sa dernière demeure par les accents poignants et grandioses de la *Marche funèbre de Siegfried.*

Maintenant il repose sous une simple pierre sans inscription, gardé par son fidèle chien Russ enterré sous un tertre voisin, et parmi les ombrages mêmes de sa villa de Wahnfried, non loin de ce théâtre qui semble symboliser et synthétiser l'aspiration, l'œuvre de toute sa vie, et sur lequel le pèlerin qui vient à Bayreuth sent encore planer le souffle de son colossal génie.

Tombeau de Richard Wagner.

Historique du Théâtre.

L'idée d'édifier un Théâtre modèle, spécialement destiné à l'exécution de ses grands drames, et expressément construit en vue de cette affectation, a longuement germé dans l'esprit de Wagner avant qu'il lui fût donné de la mettre à exécution.

Déjà, en 1836, dans une *Communication à mes amis,* on voit Wagner déclarer qu'il n'écrit plus dorénavant des « pièces de répertoire », et que son désir est de voir ses œuvres représentées « à un endroit fixe et dans des conditions spéciales ».

En 1853, après le succès de ses concerts à Zurich, il avait déjà conçu l'idée d'établir un théâtre sommairement construit, mais approprié à toutes ses exigences, *en Suisse,* pour y faire représenter, *pendant un an,* toutes ses œuvres, y compris la Tétralogie de l'*Anneau,* ainsi qu'il ressort d'une lettre adressée à son ami Rœckel, prisonnier politique à Waldheim, alors que lui-même était exilé, et datée de Zurich, 8 juin 1853.

Plus tard, en 1862, dans la *préface de l'Anneau du Nibelung,* il exprima encore plus nettement le désir de construire un théâtre nouveau pour y instituer des fêtes théâtrales, et là il émet cette idée que le concours des particuliers serait nécessaire, et surtout la haute protection d'un souverain... curieux pressentiment, car deux ans après, en 1864, l'avènement au trône de Bavière du roi Louis II, âgé de dix-neuf ans, vint mettre le comble à ses vœux. De 1865 à 1870, *Tristan, les Maîtres Chanteurs, l'Or du Rhin* et *la Walkyrie* furent représentés à Munich. Alors fut décidée en principe la construction d'un Théâtre de Fêtes; le roi l'aurait voulu à Munich; Wagner ne le voulut pas.

Toutefois, dès 1867, un grand artiste de ses amis, l'architecte Gottfried Semper, avait été chargé par le roi Louis II de dessiner un plan réalisant les idées de Wagner; mais Semper ne comprenait que le grandiose, les formes fières et imposantes; il présenta un projet tel que le roi lui-même fût effrayé des dépenses exorbitantes qu'il eût entraînées, dépenses fort au-dessus des ressources de la cassette royale.

Wagner dut alors reconnaître que, malgré tout son prestige, l'appui du roi restait encore insuffisant, et il prit le parti, pour arriver à ses fins, de s'adresser à la nation allemande tout entière, en faisant vibrer les cordes de son orgueil artistique.

C'est au mois de mai 1871 qu'après avoir parcouru et examiné plusieurs localités, il visita, pour la première fois, la jolie petite ville de Bayreuth, qui le séduisit au premier coup d'œil. Il prit alors le conseil d'amis sérieux, d'hommes pratiques, notamment MM. Feustel et Gross, qui obtinrent de la municipalité la cession à titre gracieux des terrains nécessaires à l'édification de son théâtre et de sa maison d'habitation[1], et ce fut le 9 novembre de cette même année que, dans la maison de M. Feustel, située à proximité de la gare, entre la *Hirchenstrasse* et la *Mittelstrasse,* maison désormais historique, il fut décidé que le Théâtre des Fêtes s'élèverait à Bayreuth, et non ailleurs.

L'architecte Semper fut de nouveau chargé des plans définitifs. Il ne manquait plus que l'argent, et la dépense prévue était de 1,125,000 francs!!!

Mais Wagner n'était pas homme à se laisser démonter

---

1. La ville n'a pas eu à se repentir de cette intelligente et artistique largesse; elle y trouve son compte dans le mouvement de voyageurs qu'amènent les Représentations des fêtes. C'est pour elle une véritable résurrection.

pour si peu. A ce moment, il n'était bruit dans toute l'Allemagne artistique que de ses écrits, de ses manifestes; ses concerts attiraient la foule, et les représentations de ses dernières œuvres obtenaient le plus éclatant succès; des cercles wagnériens se créaient; il profita de cette effervescence, et, sur le conseil, dit-on, d'un de ses plus enthousiastes admirateurs, le pianiste Tausig, il émit 1,000 actions de 1,125 francs l'une, moyennant lesquelles le souscripteur-fondateur acquerrait le droit d'assister aux trois représentations complètes, en quatre soirées chacune, de la *Tétralogie*. Les actions pouvaient se fractionner en tiers, chaque tiers permettant d'assister à l'une des représentations.

Le conseil d'administration avait pour président M. Friedrich Feustel, riche banquier de l'Allemagne du Sud, et se composait de MM. Adolphe Gross; Théodor Muncker, de Bayreuth; Emil Heckel, de Mannheim; Friedrich Schœn, de Worms.

L'un d'eux, M. Heckel, avait fondé à Mannheim la première des associations wagnériennes et avait acquis la certitude que beaucoup de gens, dans l'impossibilité de verser 1,125 francs, seraient pourtant disposés à venir en aide à l'œuvre, dans la mesure de leurs moyens. Aussi le conseil d'administration, devenant comité de patronage, encouragea et provoqua même la création de cercles wagnériens non seulement en Allemagne, mais dans le monde entier, en France, en Russie, en Hollande, en Belgique, en Suède, en Angleterre, en Italie, en Égypte, aux États-Unis, dont la mission était de recueillir des souscriptions, si minimes qu'elles fussent, pour la triple représentation de l'*Anneau du Nibelung,* car c'était là le seul but poursuivi : exécuter trois fois la *Tétralogie*.

A peine avait-on réuni le tiers de la somme totale nécessaire, on procéda, en grande solennité, à la pose, par Wagner lui-même, de la première pierre du Théâtre des Fêtes. Cela eut lieu le 22 mai 1872 (soixante-neuvième anniversaire de la naissance de Wagner).

A cette occasion, un concert fut donné dans la salle si élégante des anciens margraves de Bayreuth; on y exécuta la *Kaisermarsch* et la Symphonie avec chœurs de Beethoven, avec quelques adjonctions qui ne sont peut-être pas absolument respectueuses; c'est un détail.

Plus de quatre cents artistes allemands, tant chanteurs qu'instrumentistes, étaient accourus à cette cérémonie imposante, à l'issue de laquelle Wagner adressa une véritable proclamation à ce vrai petit peuple d'artistes.

Les travaux furent aussitôt commencés, sous la direction des architectes Runkwitz et Brückwald; mais l'argent manqua, les souscriptions n'arrivaient plus; sans hésiter, Wagner se mit en campagne et donna, dans les plus grandes villes d'Allemagne, des concerts qui rapportèrent près de 250,000 francs, un concert à Pesth, avec Liszt, plusieurs à Vienne; de plus, il accepta de composer une *Marche de Fête* en vue de l'ouverture de l'Exposition universelle de Philadelphie, en 1876, qui lui fut payée 25,000 francs; tout cela allait à la caisse de Bayreuth, mais eût encore été insuffisant sans une nouvelle générosité de Louis II, qui avança la somme manquante, se réservant de se rembourser sur les actions vendues ultérieurement.

Ce n'est donc qu'au bout de quarante ans de luttes et d'efforts incessants que Wagner vit se réaliser le projet colossal qui germait en lui depuis 1836, et peut-être avant. Voilà une belle leçon de persévérance et un bon sujet de méditation à l'usage des gens au découragement trop facile.

Les premières répétitions d'étude durèrent deux mois pleins, juillet et août 1875, et furent reprises, en 1876, du 3 juin au 6 juillet; alors seulement le succès de l'entreprise put être définitivement considéré comme certain, et furent fixées les dates des répétitions générales et des représentations; alors aussi on vit pour la première fois le spectacle réconfortant d'artistes convaincus, abandonnant leurs emplois lucratifs, ou sacrifiant leur temps de vacances pour venir se ranger sous la bannière de l'art nouveau, et donnant ainsi l'exemple de cet esprit d'abnégation, de cette abstraction de toute prétention personnelle, qui sont restés et doivent rester la caractéristique de l'artiste à Bayreuth.

Les répétitions générales devaient commencer le 6 août. Dès le 5, désirant y assister intégralement, était arrivé le roi de Bavière, le protecteur quasi miraculeux. Il aurait aimé y être tout seul; mais dès le début de la première répétition il dut renoncer à ce projet de gourmet; la sonorité de la salle, absolument vide, ne rendait pas du tout l'effet cherché, et, de la meilleure grâce, il consentit à ce qu'on y laissât entrer... tout le monde. Alors se produisit une bousculade générale, qui nécessita l'intervention de la police. Cet incident suggéra aux organisateurs l'idée de faire payer l'entrée pour les répétitions suivantes, d'où résulta une recette imprévue d'environ 24,000 francs.

Les trois représentations de la *Tétralogie* eurent lieu, comme cela avait été annoncé, la première du 13 au 16 août, la deuxième du 20 au 23, la troisième du 27 au 30, chacune d'elles commençant un dimanche, se terminant un mercredi, et séparée de la suivante par trois jours de repos, comme la tradition s'en est encore conservée à Bayreuth.

Mais si le succès artistique fut grand, il en fut autrement du succès financier, car le déficit total était de 187,500 francs (150,000 marks), les frais étant de beaucoup plus considérables qu'on ne l'avait prévu. Ce déficit ne pouvait, en aucune manière, affecter les souscripteurs, qui avaient rempli leurs engagements, et il retomba tout entier sur Wagner seul. Il fallait parer à ce nouveau désastre. Wagner partit donc pour Londres, où il alla donner, au printemps de 1877, une série de concerts, ce qui lui était toujours pénible; de plus, il permit à un impresario, dont le nom ne m'est pas parvenu, de prendre possession des décors de la *Tétralogie* pour les colporter de ville en ville; ces décors étaient fort beaux, et, ce dut être un crève-cœur pour lui de les abandonner ainsi[1]. Tout cela ne suffisait pas; la générosité du jeune roi de Bavière et de quelques-uns des anciens fondateurs dut encore intervenir, et enfin Wagner se trouva entièrement libéré de ses engagements, avec la satisfaction d'avoir accompli loyalement et sans défaillance, grâce à sa persévérante ténacité, le rêve de sa vie, la création du Théâtre de Fêtes et la représentation intégrale de sa *Tétralogie*.

Mais pendant six ans, jusqu'en 1882, il fut impossible de rouvrir le théâtre, faute d'argent, malgré l'excellente gestion du conseil d'administration.

De son vivant, Wagner vit donc seulement trois fois son théâtre ouvert : en 1876, pour l'inauguration, puis en 1882 et en 1883.

Depuis sa mort, on a joué huit fois : en 1884, 1886, 1888, 1889, 1891, 1892, 1894 et 1896, sous l'administration active et infatigable de M. von Gross, exécuteur tes-

---

1. Il entendait seulement les prêter. Mais ils furent totalement perdus, et lors de la reprise de la *Tétralogie*, en 1896, il a fallu en faire de nouveaux; de même pour les costumes et accessoires.

tamentaire de Wagner et tuteur de son fils. Mme Wagner n'a jusqu'ici prélevé aucun tantième sur les recettes, ce théâtre étant considéré par elle non comme une entreprise industrielle, mais comme une œuvre exclusivement artistique. Quand une année laisse un bénéfice, ce bénéfice est mis en réserve, afin d'assurer l'exploitation à la prochaine saison et de couvrir les frais d'amélioration et de renouvellement du matériel, ainsi que l'entretien du théâtre.

La salle du théâtre-modèle contient 1,344 places disposées en amphithéâtre et en éventail dans un bâtiment rectangulaire. Chaque stalle consiste en un siège canné, large, se relevant comme un strapontin, et sans aucun appui pour les bras. En raison de la disposition en éventail, le nombre des places n'est pas le même à chaque rangée ; la première n'en contient que trente-deux, et la trentième en a cinquante-deux ; les sièges sont placés d'une façon alternative d'une rangée à l'autre, ce qui fait qu'on est aussi peu gêné que possible par ses voisins, et que de partout on voit bien. Toutefois, il est certain que les meilleures places, tant pour la vue que pour l'acoustique, sont celles des 4me, 5me, 6me, 7me, et 8me rangs, au centre.

Derrière cet amphithéâtre, et occupant conséquemment le fond de la salle, se trouve une série de neuf loges, confondues sous la dénomination générale de Loge des Princes ; ces places sont réservées aux souverains et aux invités personnels de Mme Wagner. Je crois pourtant qu'on en peut obtenir quelquefois à prix d'argent, mais officiellement elles ne sont pas à la disposition du public, qui n'a rien à regretter, car on y est plutôt moins bien qu'ailleurs, trop loin.

Enfin, au-dessus de la Loge des princes il y a encore une large galerie contenant deux cents places, affectées

Vue intérieure de la salle du Théâtre des Fêtes.

aux entrées de faveur pour le personnel... On y entend merveilleusement, mais on voit assez mal, et il y fait très chaud. Tout compris, la salle peut donc contenir 1,500 spectateurs environ.

Il n'y a pas de contrôle ; l'entrée et la sortie se font au moyen de dix portes latérales, cinq à droite, cinq à gauche, donnant accès directement de l'extérieur dans la salle et commandant chacune un certain nombre de rangs.

L'éclairage consiste en une double rangée de lampes électriques à incandescence ; la rangée inférieure, placée à mi-hauteur des colonnes qui entourent la salle, est entièrement éteinte une minute avant le commencement de chaque acte ; l'autre, toute proche du plafond, est seulement mise en veilleuse ; l'obscurité est donc presque totale.

L'aération est parfaite ; il ne fait jamais trop chaud, et l'on ne sent pourtant aucun courant d'air.

L'orchestre, rendu invisible au moyen d'un double écran qui le recouvre en partie, est disposé sur des gradins continuant ceux des spectateurs et se prolongeant, en descendant, au-dessous de la scène comme dans une sorte de cave qui a reçu le nom « d'espace mystique » ou « abîme mystique ». Là, les instruments sont groupés par familles exactement comme dans les grands concerts symphoniques, sauf que c'est juste le contraire, que le chef d'orchestre et les violons sont en haut, et les instruments bruyants en bas, tout au fond ; sauf aussi que les premiers violons sont à droite, les seconds à gauche ; c'est tout simplement un orchestre ordinaire renversé.

L'espace réservé à la scène et aux loges d'artistes est un peu plus grand que la salle ; le rideau partage à peu près le bâtiment en deux parties égales, dans le sens de

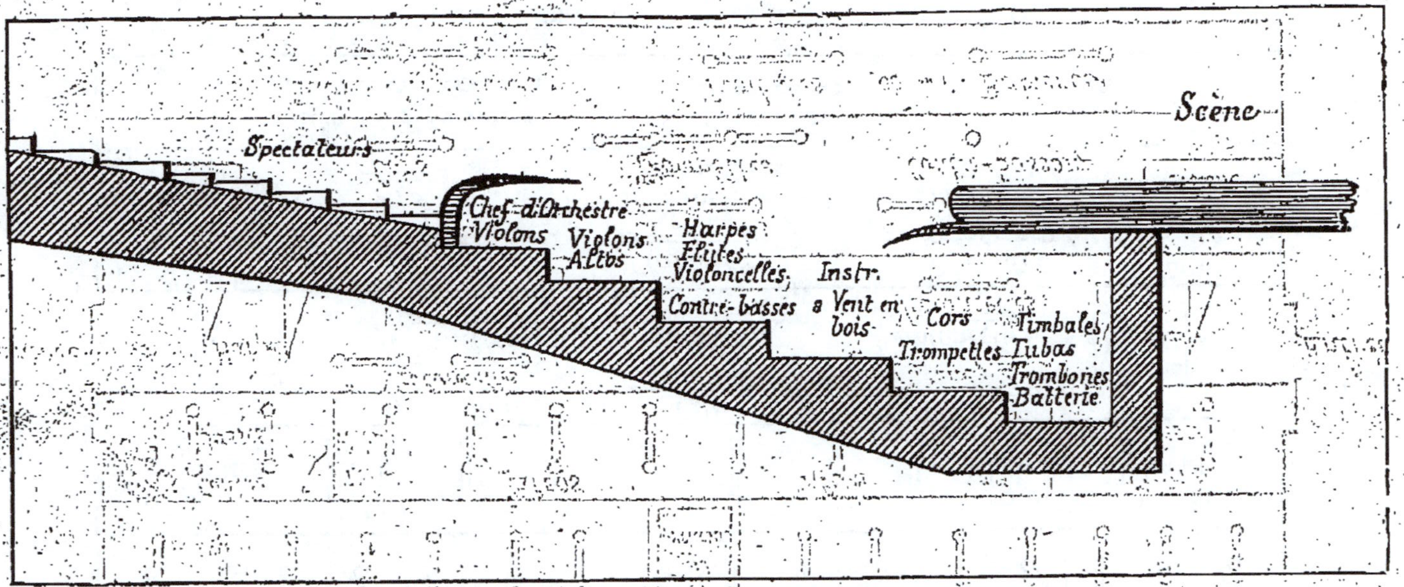

Coupe de l'orchestre.

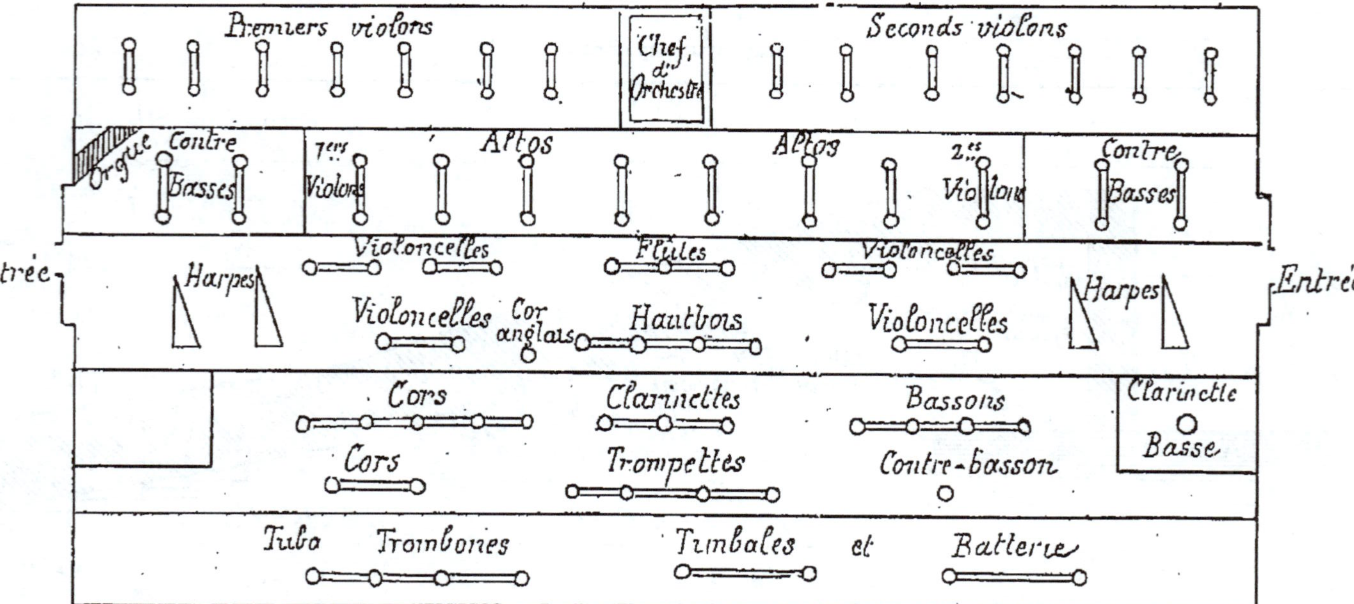

Disposition de l'orchestre.

sa longueur. La scène a donc une profondeur très suffisante, peut-être même superflue, car on ne l'emploie jamais complètement, et le fond sert de magasin d'accessoires. Les aménagements intérieurs du théâtre n'ont
rien de particulier ; c'est ce qu'on voit partout, ou à peu
près, dans tous les théâtres bien machinés ; la hauteur
des combles et la profondeur des dessous permettent d'y
enlever ou d'y plonger un décor entier, qu'on peut également faire disparaître par les côtés. Les loges d'artistes,
assez spacieuses, sont d'une extrême simplicité.

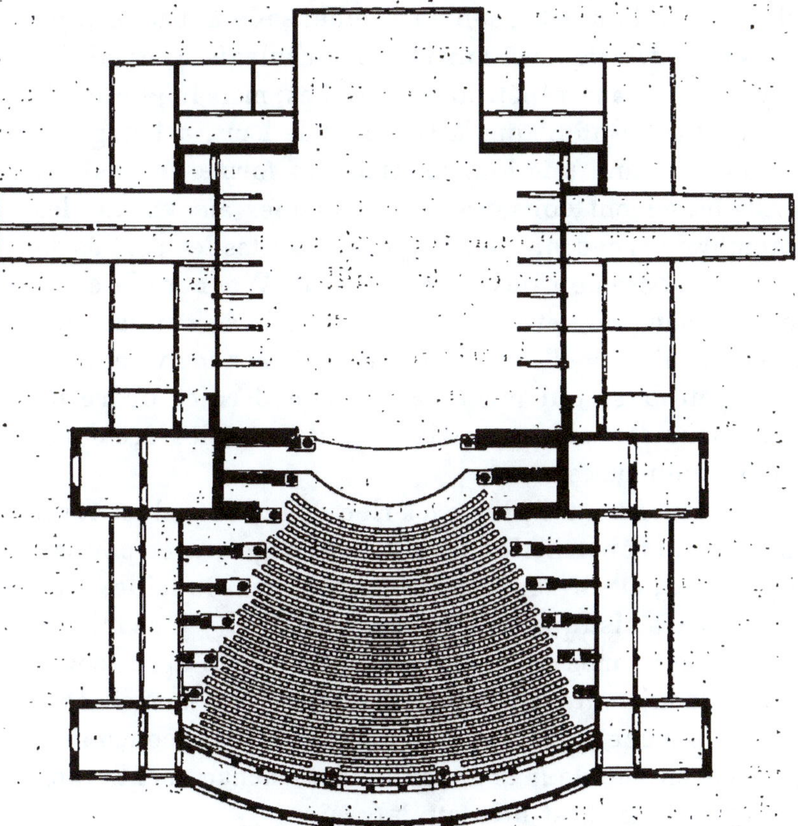

La salle, l'orchestre et la scène.

Une petite pièce sert de foyer aux instrumentistes pour y accorder leurs instruments, ce qu'ils ne doivent pas faire dans l'orchestre, où le silence est imposé.

Il n'y a pas de foyer pour le public; la campagne voisine en tient lieu lorsqu'il fait beau, ce qui est fréquent en juillet et août; en cas de mauvais temps, on se réfugie dans l'un des cafés-restaurants qui ont été établis tout à proximité, dès 1876, et subsistent toujours. Pourtant, de plain-pied avec la Loge des Princes, dans le petit avant-corps construit après coup en 1882, il existe trois beaux salons, dont l'un est meublé en buffet salle à manger, qui peuvent servir de foyer aux invités privilégiés; ces pièces servent aussi aux répétitions partielles, mais le public n'y pénètre pas. Enfin, tout à fait dans le haut, à l'étage de la galerie, dans une longue pièce en forme de couloir, sont pieusement conservées, suspendues aux murs, les innombrables couronnes envoyées de toutes les parties du monde à l'occasion des funérailles de Wagner; là aussi on voit, sous un verre protecteur, l'ardoise sur laquelle il avait l'habitude d'écrire les heures de rendez-vous pour les répétitions, qui porte encore son dernier ordre du jour. Dans des pièces voisines s'entassent les archives, déjà volumineuses.

Extérieurement, l'édifice n'a rien de remarquable. C'est une grande construction en briques rouges, avec poutres apparentes, et un soubassement en pierre de taille, d'un aspect peu artistique en lui-même; ce qu'il y a de mieux, c'est l'avant-corps en forme de Loggia, ajouté après coup, avec balcon, contenant les salons de réception; mais tout cela n'a aucune prétention architecturale; c'est conçu uniquement en vue de la commodité, des aménagements intérieurs, et ce but est bien atteint

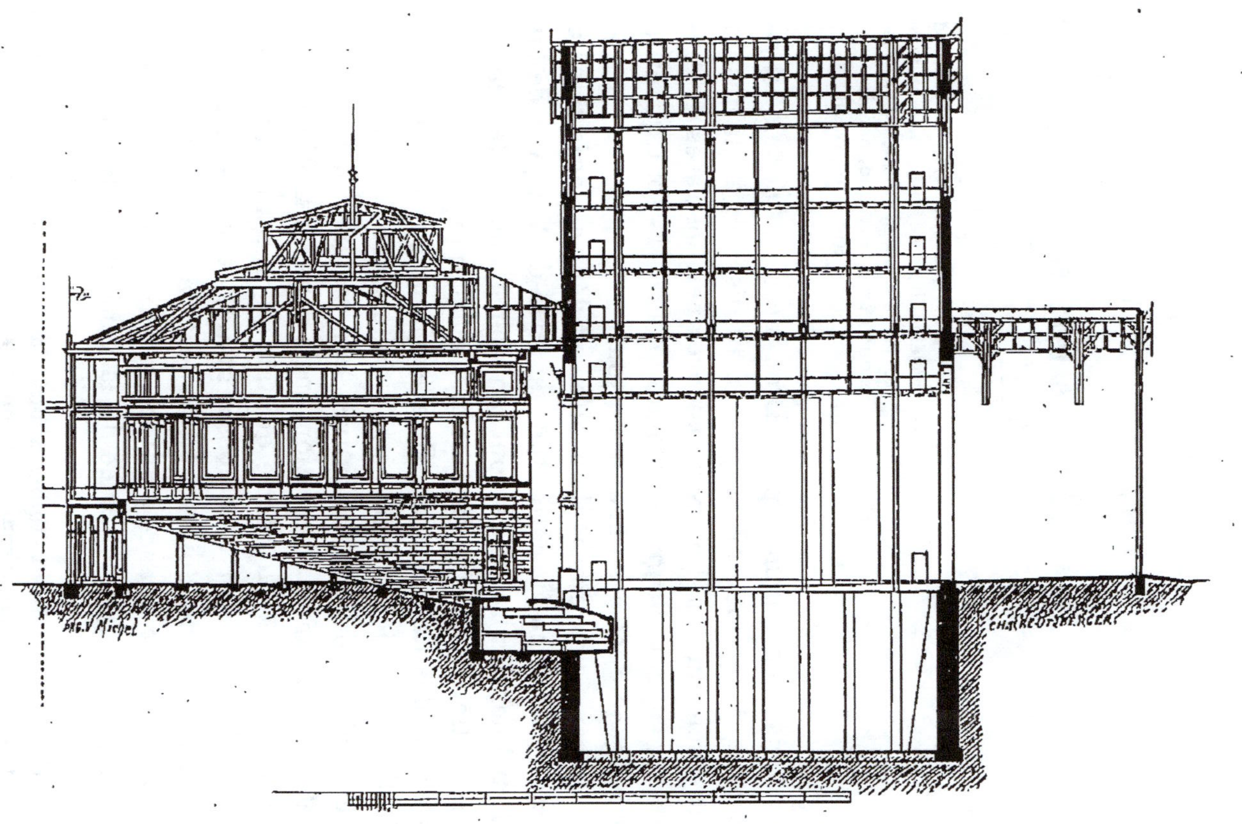

Coupe de la salle, de l'orchestre et de la scène.

CHAPITRE IV

ANALYSE DES POÈMES[1]

« L'art parfait, l'art qui prétend
révéler l'homme tout entier, exigera
toujours ces trois modes d'expression : geste, musique, poésie. »
RICHARD WAGNER.

Nous n'en sommes plus, Dieu merci, et depuis longtemps, à l'époque où Wagner était discuté, avait besoin
de défenseurs ; s'il lui reste encore quelques rares détrac-
teurs, esprits chagrins ou paradoxaux, ils sont quantité
négligeable, et pas gênants du tout.

Aussi me paraîtrait-il absolument déplacé, et je tiens à
le dire au début de cette étude du style de Wagner, de lui
distribuer des louanges dont il n'a cure, comme de réfuter
les critiques qu'il a eu à subir, mais que personne ne
s'avise plus de formuler. Ce n'est donc pas par tiédeur,
je l'explique ici une fois pour toutes, que je m'interdis
l'emploi d'épithètes laudatives qui resteraient toujours
inférieures à mon admiration, mais dans un sentiment de
profond respect, le même qui fait qu'on n'applaudit pas
à *Parsifal*. Devant ce colossal génie, devant son œuvre
gigantesque, on doit s'incliner le front découvert, mais
rester muet, le silence étant en certains cas la plus haute
et la plus éloquente forme de la vénération. Si Wagner

1. Ceux qui voudront étudier à fond l'art dramatique si puissant
de Wagner ne pourront consulter d'ouvrages plus sérieusement écrits
et plus sincères que ceux de MM. *Ernst, Kufferath* et *Stewart Chamberlain;* ce dernier n'est pas encore traduit en français.

vivait encore, personne ne s'aviserait, je pense, de demander à lui être présenté pour lui faire des compliments sur son talent. On regarde le soleil, on le contemple dans sa course, mais on n'a pas la prétention de le féliciter sur sa puissance ; de croire qu'on augmentera en quelque chose sa gloire en y ajoutant l'appoint infime de son appréciation personnelle. Voilà pourquoi je m'abstiendrai systématiquement de tout témoignage admiratif, me renfermant, à cet égard, dans le silence contemplatif, qui seul me paraît suffisamment respectueux.

A présent donc, tout le monde admire Wagner, mais de différentes façons et à des degrés divers, résultant de la somme de culture intellectuelle de chacun, comme de ses études antérieures et de son initiation spéciale. Ce sont ces degrés dans l'admiration individuelle, ces nuances, que je voudrais d'abord préciser et faire nettement distinguer.

Il y a d'abord l'admirateur *exclusif* de Wagner, celui pour lequel il n'existait rien avant, et rien ne peut être créé après. Cette intransigeance, si honorable qu'elle soit, me paraît exagérée, excessive, et je dirai même peu respectueuse à l'égard du Maître de Bayreuth, qui avait ses enthousiasmes passionnés, qu'il ne cachait pas ; il me semble qu'on peut et doit admettre tout au moins ceux pour lesquels lui-même professait une admiration sans bornes : Sophocle, Eschyle, Shakespeare, Gœthe, Bach, Beethoven, Weber... Or, il est assez difficile d'admettre Bach sans accorder quelque attention à certains de ses devanciers, ne fût-ce que Palestrina, Monteverde, Heinrich Schütz, et à son contemporain Hændel ; on ne peut guère séparer Beethoven de Mozart et Haydn, dont il dérive ; il est impossible de reconnaître une valeur à Weber en dédaignant totalement les œuvres de Mendelssohn, de Schubert, de Schumann, dont les partitions ornent encore la splendide bibliothèque de Wahnfried, comme elles ornaient l'esprit de son illustre fondateur.

Les sympathies de Wagner pour Bellini et d'autres maîtres italiens ne sont pas plus douteuses ; il les a affirmées, et on en retrouve des traces indubitables dans la structure mélodique de ses œuvres.

Or, tous ces maîtres et bien d'autres, longtemps avant qu'on ne les puisse considérer comme des précurseurs de Wagner, celui-ci n'existant pas, étaient par eux-mêmes de puissants génies, et c'est une idée très fausse de croire qu'on l'élève en les abaissant, eux dont les travaux ont préparé sa voie triomphale en lui fournissant les éléments nécessaires. Le mont Blanc ne paraîtrait pas plus haut parce qu'on nivellerait les montagnes voisines ; tout au contraire, c'est en s'élevant sur leurs cimes qu'on découvre le mieux toute sa majesté. Le wagnérien intransigeant et exclusif me fait assez l'effet d'un alpiniste qui nierait l'existence du Buet ou de la Jungfrau, croyant de bonne foi, en ce faisant, augmenter le prestige qui s'attache invinciblement au plus haut sommet européen.

J'irai plus loin : je crois que pour pouvoir se vanter, vis-à-vis de soi-même, de comprendre réellement et en entier Wagner, il faut avoir d'abord la conviction de comprendre (je dis *comprendre* dans le sens d'*apprécier*, je ne dis pas : *admirer*) tout ce qui l'a honorablement précédé dans l'évolution de l'Art. Et tel qui prétend ne comprendre *que* le Wagner, qui rejette impertinemment comme indignes de son attention les œuvres de nos grands contemporains, croyant se décerner, en ce faisant, un brevet de haute intelligence musicale, ne prouve qu'une chose, c'est qu'il ne comprend rien du tout.

Il y a l'admirateur *rationnel*, celui dont l'admiration est

basée sur l'étude et l'analyse des classiques par lesquels
a été constitué progressivement, au moyen d'efforts séculaires, l'édifice de l'art allemand, déjà superbe lorsque
Wagner (un classique lui aussi, puisqu'il les résume tous
en sa prodigieuse personnalité) est arrivé pour lui apporter son colossal et splendide couronnement.

Celui-là, c'est l'admirateur complet et érudit; il apprécie les beautés d'ordre purement musical de J.-S. Bach;
il voit se développer avec Gluck le sens de la déclamation
expressive; il pénètre dans les profondeurs philosophi-
ques du style de Beethoven, et se rend compte que de lui
date la science toute moderne de l'orchestration; il saisit
comment Weber et Schumann sont entraînés dans l'évolution romantique et l'idéalisme; et lorsqu'il retrouve en
Wagner tous ces éléments réunis et d'autres encore, tous
portés à une puissance supérieure et mis au service d'un
dramaturge grand parmi les plus grands, il a le droit de
dire qu'il admire, parce qu'il comprend ce qu'il y a à
admirer. Des beautés de tout genre dont fourmille l'œuvre
de Wagner, aucune ne lui est cachée, toutes lui apparaissent dans un épanouissement d'autant plus complet
qu'il en connaît mieux les origines, et son seul embarras
est de savoir où porter sa plus grande admiration; car
Wagner, lorsque cela lui plaît, est aussi pur d'écriture
que Bach; car sa déclamation est encore plus expressive
et plus vraie que celle de Gluck; car son orchestre efface,
par sa richesse et sa variété, celui pourtant si prodigieux
de Beethoven, de Weber et de Mendelssohn; car il est
aussi poétique et moins nébuleux que Schumann; car,
en tout, il a surpassé chacun de ceux dont il avait fait
ses modèles, et qu'au-dessus de tout cela plane, comme
la colombe du Graal, le souffle de son inspiration personnelle, la note individuelle et caractéristique de son

génie, qui fait que, tout en pouvant établir sûrement les grandes lignes de sa généalogie artistique, on ne saurait le confondre avec aucun de ceux qui l'ont précédé, et que chacune de ses pages est comme scellée de son sceau de la marque indélébile de son génie incommensurable.

Il y a encore l'admirateur *intuitif,* sans aucune connaissance musicale, mais doué d'une exquise sensibilité qui lui tient lieu d'érudition. Je n'oserais pas dire qu'il comprend, mais il sent. C'est autre chose, et c'est la même chose.

Ce qui le captive d'abord, c'est le caractère grandiose de la manifestation artistique ; peu à peu il en pénètre les détails par des auditions fréquemment renouvelées, et surtout en s'aidant du poème ; car, s'il est ignorant en musique, il est loin d'être illettré ; peu à peu aussi l'assimilation des Leit-motifs avec des situations analogues le frappe, s'impose à son esprit d'observation et le pénètre d'émotion ; il cherche toujours à les chanter, et toujours les chante faux ; l'instrumentation lui en impose par sa pompe et son inépuisable richesse de coloris, sans qu'il s'inquiète de savoir comment elle est faite ; il se laisse imprégner avec bonheur de tous ces effluves, il subit l'ascendant du grand art allemand, mais il serait incapable d'expliquer à un autre la cause de son émoi, parfois même de se l'expliquer à lui-même ; quand il l'entreprend, il patauge, mais il est ému et sincère.

Celui-là est peut-être le plus sympathique des admirateurs, celui dont le suffrage instinctif a le caractère le plus flatteur ; mais ce n'est pas le plus heureux : car plus il est artiste au fond de l'âme, et plus il souffre du manque d'instruction technique qui lui permettrait de comprendre et d'analyser ce qu'il ressent si vivement.

Il y a enfin l'admirateur *partiel,* celui qui fait des

restrictions, qui trouve trop noir le commencement du deuxième acte de *Lohengrin,* qui se plaint de la longueur des récits de Wotan ou de Gurnemanz, qui voudrait qu'on fît des coupures dans les duos de Tristan avec Iseult ou avec Kurwenal,... tout en reconnaissant par ailleurs des beautés qui le passionnent et le transportent.

C'est un admirateur au premier degré de l'initiation ; et s'il est de bonne foi, s'il n'a pas l'entêtement de se buter dans son impression première, il verra graduellement s'agrandir son horizon. S'il est musicien, le plus simple pour lui est d'étudier attentivement et sans parti pris les partitions, en s'attachant surtout à la déclamation[1] ; s'il appartient à la catégorie des amateurs intuitifs, c'est par la lecture et l'analyse du poème, ainsi que par des auditions réitérées, qu'il parviendra au même résultat. Cela pourra être long, mais il y arrivera ; car on n'aime pas Wagner à moitié, et ce qu'on n'admire pas, c'est qu'on ne l'a pas compris.

Autrefois j'ai fait sur moi-même une expérience que je ne regrette pas, mais que je ne recommencerais pour rien au monde, car elle est des plus pénibles. La série de représentations auxquelles je devais assister se composait de *Parsifal, les Maîtres Chanteurs, Tristan et Iseult,* puis une deuxième fois *Parsifal.* J'avais consacré plusieurs semaines à une étude approfondie de *Parsifal,* qui ne pouvait me réserver aucune surprise ; je connaissais très suffisamment *les Maîtres Chanteurs,* qui d'ailleurs se comprennent de suite ; mais (et c'est en cela que résidait l'expérience) *je n'avais pas lu une seule note de « Tristan et*

---

1. Bien entendu, je parle ici de la partition *allemande,* et autant que possible de la partition d'orchestre. Si on ne parle pas assez l'allemand pour comprendre la langue poétique, fort difficile, de Wagner, il est aisé de se procurer une traduction mot à mot.

Iseult », dont je ne connaissais que quelques fragments par des exécutions insuffisantes.

Or, voici ce qui est arrivé : les deux journées de *Parsifal* furent pour moi deux journées du bonheur le plus pur, inoubliables ; je vivais réellement au milieu des chevaliers du Graal, et, au début des entr'actes, il me semblait rêver quand je me promenais dans la campagne en fumant des cigarettes ; l'illusion scénique était donc aussi complète que possible, et l'impression bienfaisante que j'en ai ressentie ne pourra jamais s'effacer de ma mémoire. Je me suis plus amusé aux bouffonneries, pourtant un peu grosses, des *Maîtres Chanteurs* que jamais au Palais-Royal, en même temps que j'étais profondément remué par l'attendrissante bonté de Sachs et son touchant esprit de sacrifice. Quant à *Tristan,* je n'y ai rien compris, mais rien, rien, absolument rien. Est-ce clair ?

Il faut un certain courage pour avouer ces choses-là, surtout lorsque depuis on a réussi à pénétrer les innombrables beautés de *Tristan et Iseult;* mais je voudrais que mon triste exemple servît à d'autres, et pour cela il fallait bien le raconter.

On ne doit donc aller à Bayreuth qu'après avoir fait une étude préalable sérieuse des œuvres qu'on y va entendre, et cette étude doit porter autant sur le poème que sur la musique. Plus elle sera prolongée et intelligemment conduite, et plus on pourra se promettre de jouissance.

Il va sans dire que je ne range dans aucune catégorie d'admirateurs les malheureux atteints de snobisme, qui vont à Bayreuth par genre, pour faire de la toilette, qui se posent en intimes de la famille Wagner... et se font expliquer la pièce par M. Ernst pendant les entr'actes. Le diagnostic de leur affection — hélas ! incurable — est des plus faciles : il suffit de se mettre au piano et d'improviser quelques mesures dépourvues de tout bon sens, qu'on décore du nom de leit-motif ; aussitôt ils tombent en pâmoison. Mais cette expérience n'est pas sans quelque danger ; car si par hasard ils s'en aperçoivent, ils peuvent vous sauter aux yeux.

Ce n'est donc pas pour eux que j'écris, non plus que pour l'admirateur rationnel, auquel je n'aurais rien à apprendre, mais pour l'intuitif et l'admirateur à restrictions ; ceux-là seuls peuvent trouver leur avantage à être guidés et à profiter de l'expérience d'un autre pour diriger leurs recherches avec une certaine méthode, seul moyen de ne rien négliger.

Il convient d'examiner d'abord la structure générale, les grandes lignes de l'œuvre.

Tous les grands ouvrages de Wagner sont divisés en trois actes[1] ; je n'ai vu nulle part la raison qui l'a porté à adopter cette division, dont le parti pris est évident, mais il me semble qu'elle est moins fatigante que celle en quatre ou cinq actes ; j'aime mieux deux longs entr'actes que quatre petits ; d'ailleurs cette coupe se trouve admirablement convenir à chacun des sujets traités par Wagner, ainsi qu'on peut s'en convaincre par la lecture des poèmes ou des brèves analyses qui suivent.

Les actes eux-mêmes ne sont plus divisés, comme dans l'opéra, en morceaux séparés, mais en scènes s'enchaînant entre elles sans solution de continuité, tellement que dans bien des cas il serait difficile de préciser, à quelques mesures près, où finit l'une, où commence l'autre. Sauf cette façon de tout relier par une trame orchestrale per-

---

1. A la seule exception de *Rienzi*, qui a cinq actes, et affecte d'ailleurs la forme de l'opéra.

6

manente, cette division du drame musical par scènes n'est point du tout une innovation de Wagner. Il n'a fait qu'en amplifier la forme et lui donner, pour ainsi dire, force de loi après la déviation dramatique qui a pris naissance au commencement de notre siècle.

Presque tous les musiciens des xviie et xviiie siècles, et surtout les Français, ont toujours divisé leurs œuvres dramatiques par scènes, suivant en cela les usages de la tragédie en vers.

Dans la plupart de ces scènes étaient intercalés, il est vrai, des *airs* à une, deux ou trois voix, voire des airs purement instrumentaux; mais il existe dans les œuvres musicales de cette époque beaucoup de scènes où la marche de l'action est traitée sans qu'aucun *air* proprement dit (l'air n'étant alors qu'une réflexion sur la situation) y figure.

Pour ne citer qu'un exemple dans l'une des plus belles tragédies lyriques du xviiie siècle, et des plus connues, prenons le deuxième acte de *Dardanus* de Rameau. Nous trouvons :

Scène première. — Un prélude orchestral s'enchaînant à un récit très mélodique d'Isménor qui n'est, à proprement parler, ni un air, ni ce que les anciens appelaient le récitatif accompagné.

Sans interrompre, suit la

Scène ii. — Dialogue entre Isménor et Dardanus ; ce dialogue contient un passage de vingt-quatre mesures intitulé *air*, parce que la phrase musicale s'y expose d'une façon régulière, mais qui n'a rien de commun avec le type *air* usité plus tard ; puis le dialogue continue et s'enchaîne à un second *air* de huit mesures seulement, qui n'est, à vrai dire, qu'une suite du dialogue, et ne peut pas plus passer pour un air tel que nous l'avons entendu depuis, que la phrase mélodique de Gurnemanz sur « le charme du Vendredi Saint » ne peut porter cette dénomination.

Scène iii. — La grande incantation d'Isménor et de ses « ministres », coupée d'airs symphoniques accompagnant une pantomime et de récits très mélodiques (notamment le fameux *récit* accompagné par les doubles-cordes), est bien vraiment une *scène dramatique*, et non un air construit musicalement. Cette scène se continue à l'arrivée d'Anténor par un dialogue très mouvementé entre Anténor et Dardanus sous la figure d'Isménor.

Scène iv. — Dardanus et Iphise, contenant un *air*, ou plutôt une phrase mélodique d'Iphise, de quarante mesures, plus semblable à nos airs d'opéra en raison de sa coupe « mineur et majeur », « andante et allegro », puis le dialogue continue et se termine sur la reconnaissance de Dardanus par Iphise, action qui clôt l'acte, ainsi qu'il était d'usage alors ; mais en somme, durant tout cet acte, le musicien ne tient compte que de la *marche de l'action dramatique* et de l'expression exigée par les péripéties de cette marche, sans arrêter le dialogue autrement que d'une façon très courtement épisodique.

C'est exactement, toutes réserves faites sur le rôle de la musique ambiante, l'ossature des scènes wagnériennes, et cette coupe n'est point particulière à Rameau ; nous la retrouvons chez tous les auteurs des deux siècles précités, avant que la virtuosité ait rendu sans intérêt la partie récitée (alors partie la plus importante de l'action) et ait donné une prépondérance exagérée à la partie *air* (sonate ou concerto de voix), ingérence de la forme symphonique dans la construction du drame, qui a engendré tout notre système actuel d'opéra avant Wagner.

Il ne faut donc pas croire qu'en cela consiste ce qu'on a appelé la *réforme* wagnérienne, mot impropre, puisqu'il ne s'agit pas ici de modifications ou d'améliorations apportées à une forme déjà existante, mais *d'une conception nouvelle de l'œuvre d'art elle-même*. C'est plus vaste et plus profond. C'est là une des choses que Wagner a eu le plus de peine à faire saisir; et, parmi ses admirateurs les plus fervents et les plus passionnés, il en est un bon nombre qui ne le comprennent pas encore.

Ce n'est pas dans un ouvrage d'aussi modeste envergure que celui-ci qu'on peut entreprendre de discuter à fond cette question fort souvent controversée : qui fut le plus grand chez Wagner, du poète ou du musicien, du compositeur ou du dramaturge ?

On ne peut pourtant pas la négliger complètement, sous peine de laisser trop de choses dans l'obscurité.

Pour établir une sorte de terrain neutre entre ceux qui veulent voir en Wagner surtout le poète dramatique, et ceux, plus nombreux, qui admirent de préférence en lui le musicien, déplaçons la question en y introduisant un troisième terme, et disons : Wagner était avant tout *un profond philosophe*, dont la pensée revêtait tour à tour, avec une égale facilité, la forme poétique et la forme musicale; et c'est ainsi qu'il faut le concevoir pour le bien comprendre sous ses deux aspects.

Les philosophes de l'antiquité étaient souvent, à la fois, mathématiciens, astronomes, poètes, musiciens, et au besoin législateurs. Ils possédaient donc des aptitudes bien tranchées, qui n'étaient pourtant que des manifestations variées de leur haute intelligence, de leur génie. Or, le génie de Wagner, absolument tendu, dès sa prime jeunesse, vers un but unique, l'extension et l'exaltation de la puissance dramatique, se trouvait en présence de deux modes d'expression, la musique et la poésie, aussi énergiques et aussi incomplets l'un que l'autre, et il pressentait qu'en les fondant en un art unique il les porterait à leur extrême puissance.

Tout l'effort de sa vie, sa direction inébranlable à travers les luttes, sa fixité d'idées, l'unité de ses œuvres, témoignent de cette conviction, avec laquelle un caractère opiniâtre comme le sien ne pouvait se laisser dévier de la ligne droite, du but obstinément poursuivi.

L'art nouveau qu'il a créé, dit-il lui-même, dérive de l'ancien théâtre grec. Or, chez les Grecs, nous voyons réunis sous le seul nom de musique trois arts qui à présent nous semblent distincts : la poésie, déjà dans sa splendeur; la musique, alors bien rudimentaire; et la danse, qu'il faut considérer comme de la mimique; les mêmes personnages formant le chœur chantaient sur des paroles rythmées et dansaient à la fois; cet ensemble constituait l'art des Muses, la musique, qui était donc un art complexe si jamais il en fut. Et l'on n'a jamais entendu dire qu'il fût question en ce temps-là, comme de nos jours, d'une collaboration entre un poète, un musicien et un chorégraphe; la tragédie entière sortait, tout armée, du cerveau d'un seul et unique auteur, lequel était un philosophe poète et musicien.

Tel est aussi Wagner, un génie dramatique complet, se suffisant à lui-même et ayant pour principe inné que la plus haute puissance tragique ne se peut obtenir que par l'union intime et de tous les instants entre la musique et la poésie aidées de la mimique, chacune d'elles restant dans sa sphère d'action et y déployant, sans gêner l'autre, ses moyens les plus intensifs.

Ceci demande quelque explication; car, dira-t-on, de tout temps cela s'est fait, on a mis de la musique sur des paroles. C'est bien aussi ce qui a fait que pendant un temps Wagner a cru que la forme de l'opéra pourrait correspondre à son *desideratum;* on y trouve, en effet, au moins depuis Gluck, la concordance expressive du mot avec la note, du son avec la parole, du vers avec le sentiment mélodique; mais il est incontestable que le scénario,

6

tout en étant pour le compositeur un canevas indispensable comme point de départ, devient secondaire, et qu'à l'exécution l'intérêt du spectateur s'attache presque uniquement à la musique. Ce n'est donc pas là la fusion intime rêvée, puisque le drame est absorbé par la partie purement musicale, et que le librettiste lui-même est astreint à scinder son œuvre littéraire selon des formes de convention, pour les seuls besoins de la musique. Dans d'autres circonstances, au contraire, on sent que l'intervention de celle-ci est comme superflue, qu'elle n'ajoute rien à l'action, dont le caractère prosaïque et terré à terre se passerait même volontiers de la forme versifiée.

Serait-ce que tous les genres de sujets ne conviendraient pas à la musique et au mode d'expression qui lui est particulier?

C'est ici qu'entre le musicien et le poète intervient le philosophe, et voici comment il résout cette question :

« Tout ce qui, dans un sujet de drame, s'adresse à la raison seule, ne peut s'exprimer que par la parole; mais, à mesure que le contenu émotionnel grandit, le besoin d'un autre mode d'expression se fait sentir de plus en plus, et il arrive un moment où le langage de la musique est le seul adéquat à ce qu'il s'agit d'exprimer. Ceci décide péremptoirement du genre de sujets accessibles au poète-musicien, ce sont les sujets d'un ordre *purement humain*[1], et débarrassés de toute convention, de tout élément n'ayant de signification que comme forme historique. » (RICHARD WAGNER, 1858.)

1. « Ce que Wagner appelle « le fond purement humain » est ce qui constitue l'essence même de l'humanité; ce qui plane au-dessus des différences superficielles de temps, de lieu, de climat, au-dessus des conditions historiques ou autres, en un mot tout ce qui procède directement de la source divine. » (H.-S. CHAMBERLAIN, *le Drame wagnérien*.)

Voilà qui fixe un premier point essentiel, à savoir *le choix du sujet*.

Dorénavant Wagner n'acceptera plus de lui-même des sujets comme *Rienzi,* qui est historique, comme le *Vaisseau fantôme,* qui n'est que légendaire; il gravira les degrés du Montsalvat ou ceux, tout aussi mystérieux, du Walhalla, et se maintiendra à des hauteurs où la raison et le raisonnement n'ont plus le droit d'intervenir. Là, en effet, l'émotion et la musique règnent en maîtresses souveraines, et la fantaisie peut à l'aise prendre son essor.

Cette question du choix des sujets a donc une importance capitale, et le drame wagnérien ne peut se mouvoir que dans les régions du mysticisme, du surnaturel, de la mythologie, ou de la pure fable, comme dans *Tristan et Iseult.* Il ne dérogera pas à cette loi en traitant le sujet des *Maîtres Chanteurs,* qui sous son apparence légère recèle un vrai drame de sacrifice et d'abnégation, lequel drame se déroule à l'intérieur de l'esprit de Sachs, et par cela appartient au domaine émotionnel musical.

On voit donc déjà ici que le musicien, par cette conception même, est indissolublement lié au dramaturge, et qu'il serait inutile, oiseux même, de chercher à établir une priorité en faveur de l'un ou de l'autre, puisque en vérité ils ne font qu'un et qu'il n'en peut être autrement.

La précision de la parole et l'accent plus pénétrant des sonorités musicales lui paraissaient tous deux également nécessaires à l'expression de sa vaste pensée, qu'un seul de ces deux moyens eût été impuissant à exprimer dans son étendue, comme dans toute sa splendeur. Il faut aussi y adjoindre la mimique, le jeu de scène; car Wagner, contrairement à ses devanciers allemands, essentiellement symphonistes, a pour objectif *unique* le théâtre. Il n'écrivait ses poèmes qu'en vue de les mettre lui-même en musique, et il eût été sans doute fort mal à son aise s'il lui eût fallu travailler sur le libretto d'un autre, ce qu'il n'a jamais essayé de faire[1]. Ce qui fait sa grande et incomparable force, c'est qu'il résume en lui seul tous les éléments nécessaires à la *mise debout* de l'œuvre d'art dramatique telle qu'il l'a conçue, impressionnante et émotionnante au suprême degré, laquelle œuvre reste véritablement une, d'un bloc, et par cela même plus émouvante et plus attachante.

Il écrivait ses poèmes longtemps avant d'en écrire la musique; mais en les écrivant il devait la pressentir, cette musique; elle devait même planer, en quelque sorte, sur sa conception poétique, et y être contenue à l'état latent; car sans elle, sans sa vivification, ces mêmes poèmes resteraient incomplets; on y sent un besoin de quelque chose de supérieur, de plus élevé, qui ne peut être que la musique et qui a, peut-être même inconsciemment, présidé à leur inspiration.

Là où cesse la puissance du langage parlé, commence l'action de la musique, seule capable de dépeindre ou provoquer des états d'âme, et là aussi où la parole devient insuffisante, Wagner poète doit appeler le concours de Wagner musicien.

Il ne faut pas plus voir en lui un poète qui sait mettre ses vers en musique, qu'un compositeur qui se fait à lui-même ses poèmes; mais un génie complet, un philosophe, un grand penseur, qui a à sa disposition deux langages, deux moyens de se faire comprendre de ses semblables, la poésie et la musique, et qui, des deux réunis, n'en fait plus qu'un seul, d'une intensité expressive absolument incomparable. Par la poésie, Wagner nous révèle l'homme

---

1. N'entrent pas en ligne ici ses mélodies, fort remarquables d'ailleurs, sur des poésies de Victor Hugo, Ronsard et Henri Heine.

extérieur, celui qui parle, qui agit; avec la musique, il nous fait pénétrer dans les profondeurs de la pensée intime de l'homme intérieur; avec la musique aussi, il nous élève au-dessus de l'humanité terrestre, et nous transporte dans les régions surnaturelles de l'idéal.

L'équilibre à établir entre ces deux formes du langage dramatico-musical fut l'objet des constantes préoccupations de Wagner, comme aussi de nombreux tâtonnements. Il y tendit constamment, dès ses premières œuvres, et, là, d'une façon inconsciente; dans *Tannhauser* et *Lohengrin,* il en approche considérablement; et l'équilibre est complet, parfait, dans tous ses derniers ouvrages, *Tristan, les Maîtres Chanteurs, la Tétralogie* et *Parsifal,* qui apparaît comme le chef-d'œuvre par excellence de l'Art Nouveau et complexe qu'il s'agissait de créer; là, la fusion est complète, le compositeur et le dramaturge ne font plus qu'un, et l'émotion atteint sa plus haute puissance.

Il semblerait donc que la façon la plus normale d'analyser des œuvres douées d'une telle cohésion fût de s'attaquer à la fois à la musique et au poème, puisqu'ils sont indissolublement inséparables.

Mais, après un essai, j'ai reconnu que ce système, pour séduisant qu'il soit, manquerait totalement de clarté. J'y ai donc renoncé, à regret, et je vais tout d'abord raconter ici les poèmes, rejetant à un chapitre suivant ce qui a trait plus spécialement à la musique.

En ce qui concerne les poèmes, mon seul désir est d'arriver à les présenter sous leur aspect réel, qui, au fond, est toujours simple, en suivant l'action pas à pas, sans pourtant négliger les détails nécessaires à la complète intelligence du drame; mais je m'abstiendrai systématiquement de commentaires, de digressions, d'annotations superflues, l'œuvre étant là pour s'expliquer elle-même dans les parties qui doivent être comprises, et les autres parties puisant souvent un prestige tout particulier dans le troublant mystère où le Maître s'est plu à les ensevelir. Il me semblerait presque aller à l'encontre de ses vœux en cherchant à apporter une lumière factice là où il a désiré l'obscurité, et le spectateur que je prétends guider n'y gagnerait rien, puisque en ce faisant je le priverais de l'une des jouissances intellectuelles qui lui sont réservées, la pénétration par lui-même de l'essence intime du drame.

Toutefois, le côté musical ne sera jamais complètement séparé de la conception poétique.

Au début de chaque analyse de poème, je place un tableau synthétique de l'ouvrage entier, que je crois devoir expliquer, parce qu'il est fait dans une forme neuve.

La première colonne contient *le nom des personnages dans l'ordre exact de leur première apparition en scène*, avec l'indication de leur voix ; elle résume aussi en quelques mots leur caractère, leur généalogie quand il y a lieu ; les autres, en nombre variable, font savoir, acte par acte, tableau par tableau, scène par scène, les réapparitions successives des mêmes personnages.

On peut donc ainsi être renseigné, en un coup d'œil, sur le caractère du personnage, sur le timbre de sa voix, sur l'importance de son rôle, sur les scènes auxquelles il prend part, sur le nombre d'acteurs en scène à un moment précis, sur l'intervention des chœurs et la nature des voix qui les composent, sur les grandes divisions de l'ouvrage, etc.[1].

1. Dans tous ces tableaux, le signe □ indique une partie de rôle muet ; l'acteur est *en scène*, mais ne parle pas.

TANNHAUSER

PERSONNAGES selon l'ordre de leur première entrée en scène.	1er ACTE — 1er tabl. — 1	1er ACTE — 1er tabl. — 2	1er ACTE — 2me tabl. — 3	1er ACTE — 2me tabl. — 4	2me ACTE — 1	2me ACTE — 2	2me ACTE — 3	2me ACTE — 4	2me ACTE — 5	3me ACTE — 1	3me ACTE — 2	3me ACTE — 3	3me ACTE — 4	3me ACTE — 5
Les Sirènes (*Chœur :* sopr., contr.).	■	··	··	··	··	··	··	··	··	··	··	··	··	··
Vénus (sopr.). Déesse de la beauté, qui a séduit Tannhauser, et l'a entraîné dans son domaine.	□	■	··	··	··	··	··	··	··	··	··	··	■	■
Tannhauser (ténor). Chevalier-poète et chanteur, aime Elisabeth, qu'il a abandonnée pour Vénus.	□	■	■	■	··	■	··	··	■	··	··	■	■	■
Un jeune Pâtre (sopr.). Personnage épisodique.	··	··	■	··	··	··	··	··	··	··	··	··	··	··
Les Pèlerins (*Chœur :* tén., basses).	··	··	■	··	··	··	··	··	··	■	··	··	··	■
Le landgrave Hermann (basse). Prince de Thuringe, seigneur de la Wartburg, oncle d'Elisabeth.	··	··	··	■	··	··	■	■	■	··	··	··	··	··
Walther (ténor). Chevalier-poète et chanteur.	··	··	··	■	··	··	··	··	■	··	··	··	··	■
Biterolf (baryt.). Chevalier-poète et chanteur.	··	··	··	■	··	··	··	··	■	··	··	··	··	■
Wolfram (baryt.). Chevalier-poète et chanteur, aime discrètement Elisabeth.	··	··	··	■	··	■	··	··	■	■	■	■	■	■
Henri (ténor). Chevalier-poète et chanteur.	··	··	··	■	··	··	··	··	■	··	··	··	··	■
Reinmar (basse). Chevalier-poète et chanteur.	··	··	··	■	··	··	··	··	■	··	··	··	··	■
Élisabeth (sopr.). Nièce du landgrave Hermann, aime Tannhauser.	··	··	··	··	■	■	■	··	■	■	··	··	··	··
Le Peuple (*Chœur :* sopr., ténors, basses.).	··	··	··	··	··	··	··	■	■	··	··	··	··	··
4 Pages (sopr., contr.).	··	··	··	··	··	··	··	■	··	··	··	··	··	··
Les Seigneurs (*Chœur :* ténors, basses).	··	··	··	··	··	··	··	··	■	··	··	··	··	··
Les Jeunes Pèlerins (*Chœur :* sopr., contr.).	··	··	··	··	··	··	··	··	■	··	··	··	··	■

TANNHAUSER

OU LE TOURNOI DES CHANTEURS A LA WARTBURG

1er Acte.

Scène I. —La scène représente le *Vénusberg* ou royaume souterrain de Vénus (près d'Eisenach). Tout au fond de la grotte, éclairée d'une lumière rose et qui s'étend à perte de vue, un lac bleu dans lequel nagent des sirènes et des naïades.

Sur les plages et sur les tertres sont étendus des groupes amoureusement enlacés; des nymphes et des bacchantes dansent dans un mouvement de plus en plus effréné. Au premier plan, à gauche, sous un magnifique dais, un somptueux lit de repos sur lequel est étendue *Vénus*. A ses pieds, et la tête appuyée sur ses genoux, est **Tannhauser.**

Les sirènes invitent les habitants du voluptueux empire à s'enivrer des délices de l'amour; les danses s'animent de plus en plus, puis l'apaisement se fait, les couples s'éloignent, et des vapeurs qui montent en s'épaississant devant l'arrière-plan ne laissent plus voir que le groupe formé sur le devant de la scène par Vénus et Tannhauser.

Scène II. — Le chevalier, semblant sortir d'un songe, passe sa main sur son front comme s'il voulait chasser son rêve; il croit entendre les cloches de son pays natal, déserté, hélas, depuis si longtemps! En vain son amante cherche-t-elle à le calmer; le souvenir des merveilles terrestres, du firmament étoilé, des vertes prairies, du radieux printemps, le hantent; il regrette ces choses et

voudrait les retrouver. Vénus lui rappelle quelles souffrances il endurait sur cette terre et les compare aux joies
qu'il goûte à présent auprès d'elle. Elle l'engage à prendre sa harpe et à chanter l'amour, l'amour qui lui a conquis la déesse de la beauté.

Saisissant résolument l'instrument, il célèbre les eni-
vrantes extases de la volupté que la déesse, faisant de lui
l'égal des dieux, lui a prodiguées si généreusement ; mais
son chant se termine par un cri de lassitude : il ne veut
plus de ces ivresses et demande à s'en éloigner pour
jamais. En vain l'enchanteresse veut-elle le retenir, menaçante, suppliante tour à tour. Par deux autres fois il
entonne l'hymne dans lequel il exalte la beauté de sa
reine et les enchantements de son empire, jurant de les
chanter toujours ; mais son aspiration à voir la fraîche
nature, les bois verdoyants, devient de plus en plus im-
périeuse ; il supplie la déesse de le laisser partir.

En proie à une violente colère, elle y consent enfin, le
menaçant de toutes les douleurs sur cette terre qu'il veut
absolument revoir, et souhaitant dans sa haine qu'il regrette amèrement le séjour qu'elle lui avait fait si doux et
qu'elle lui ferme à tout jamais ; puis, par un prompt retour, elle cherche à le retenir encore, se faisant de nouveau séductrice et enveloppante.

Le chevalier n'aspire qu'à la régénération, au repentir, à la mort ; animé d'une exaltation toujours croissante,
il appelle à lui, dans un élan plein de ferveur, le secours
de la Vierge Marie.

Sa prière, entendue sans doute de la divine protectrice, rompt l'enchantement qui le tenait asservi : un coup
formidable se fait entendre ; le royaume de volupté disparaît soudain, et le pécheur, délivré, se trouve tout à coup
dans la belle vallée que domine, à droite, la *Wartburg*.

Scène iii. — Au fond, dans le lointain, le *Hœrselberg,* qui donne accès à la contrée maudite. A gauche, un chemin parmi les arbres et les rochers descend jusque sur le devant de la scène; à droite, une route dans la montagne, à mi-chemin de laquelle est une image de la Vierge.

On entend, dans les bois à gauche, les cloches des troupeaux; un berger assis sur une haute roche chante et célèbre le printemps qui vient de renaître, puis il joue du chalumeau. Pendant ce temps on perçoit dans le lointain, à droite, venant de la montagne, des chœurs de voix d'hommes. Ce sont de *vieux pèlerins* se rendant à Rome pour obtenir l'expiation de leurs fautes, et chantant les louanges de Jésus et de la Vierge, dont ils implorent le céleste appui. Ils traversent lentement la scène, chantant toujours, puis s'éloignent; le berger agite son chapeau à leur passage et se recommande à leurs prières.

Tannhauser, qui pendant toute la scène est resté debout, immobile, dans une extase muette et profonde, tombe alors à genoux, suppliant à son tour ce Dieu qu'il a si cruellement offensé; pendant que de lointaines cloches d'églises se font entendre dans la vallée, il mêle son ardente prière à celle des pèlerins, dont le chant se perd peu à peu dans l'espace. Des larmes étouffent la voix du pécheur; il pleure amèrement sur ses crimes et fait vœu de les expier en fuyant le repos et cherchant les souffrances.

Scène iv. — C'est dans cette pose pleine d'une douloureuse humilité que le trouvent le *Landgrave* et les *Chevaliers chanteurs* qui, revenant de la chasse, sortent des bois. *Wolfram,* un de ses anciens compagnons, le reconnaît; oui, c'est bien lui le chevalier Henri Tannhauser, qui prenait si souvent et si victorieusement part aux poétiques tournois de la Wartburg, et qui disparut mystérieusement pendant sept années.

Tous lui souhaitent une bienvenue pleine de cordialité et le pressent de questions, auxquelles il répond d'une façon évasive. Ses amis, heureux de l'avoir retrouvé, veulent le retenir parmi eux ; il s'en défend, secrètement fidèle au vœu qu'il vient de formuler ; mais Wolfram prononce un nom qui a sur lui une puissance invincible : c'est celui d'*Élisabeth*, la nièce du Landgrave, chaste et pure jeune fille qui aimait en secret Tannhauser et qui, depuis la disparition du chevalier, languit, silencieuse et désolée, fuyant les réunions qu'elle ornait jadis de sa présence.

Tannhauser ému se laisse alors convaincre, et, entonnant avec ses compagnons un chant plein d'allégresse, demande à être conduit près de la douce créature pour laquelle il sent son amour renaître. Le Landgrave, sonnant du cor, rassemble ses chasseurs, qui montent sur leurs coursiers, et le cortège prend joyeusement le chemin de la Wartburg.

2me Acte.

Scène i. — Le théâtre représente la salle des chanteurs à la Wartburg. De larges baies, au fond, laissent apercevoir l'enceinte du château, puis la campagne à perte de vue.

Élisabeth, émue et joyeuse, entre dans la salle qu'elle a si longtemps désertée et qu'elle salue avec allégresse, se sentant renaître à l'approche de l'élu de son cœur.

Scène ii. — Il ne tarde pas à paraître, accompagné de son loyal compagnon Wolfram, qui demeure à l'entrée de la salle, tandis que Tannhauser, dans un élan impétueux, se précipite aux pieds de la princesse. Éperdue, elle le relève et lui demande d'où il vient. — D'une contrée lointaine qu'il a déjà oubliée, répond-il, et d'où seul un miracle l'a fait s'échapper. — Elle s'en montre radieuse, mais se reprend, confuse de cet élan profane, tout en laissant, avec une grâce empreinte d'une pudeur exquise, échapper le secret de son cœur virginal.

Tannhauser rend grâce au dieu de l'amour qui lui a permis de trouver, à l'aide de ses mélodies, le chemin de cette âme pure. Élisabeth mêle son hymne de bonheur à celui de son chevalier, tandis que Wolfram, qui aimait la jeune fille d'une tendresse discrète et profonde, contemple avec tristesse l'écroulement de son propre espoir.

Scène iii. — Pendant que les deux chevaliers s'éloignent ensemble, le Landgrave paraît, tout heureux de voir sa nièce revenir à la gaieté et à la vie; il sollicite une confidence, que la jeune fille, émue, ne lui fait qu'à demi, mais il respecte son secret : le concours qui se prépare se chargera de le dévoiler peut-être !

Entendant les trompettes annoncer les seigneurs qu'il a conviés, il va, ainsi qu'Élisabeth, à l'entrée de la salle, recevoir ses invités, qui arrivent en masse.

Scène iv. — Les chevaliers, donnant la main aux nobles dames et conduits par des pages, saluent d'abord leur hôte le Landgrave et prince de Thuringe, puis se rangent sur des estrades disposées autour du siège surmonté d'un baldaquin, que vont occuper le Landgrave et sa nièce.

Scène v. — Les chanteurs, auxquels des tabourets ont été réservés en face de l'assemblée, entrent à leur tour et s'inclinent avec grâce et dignité. Tannhauser est à une extrémité, et Wolfram à l'autre.

Le Prince alors se lève, rappelle à l'assistance les mélodieux concours qui ont eu lieu déjà dans cette même salle et les glorieuses couronnes qui y ont été disputées, alors que ses armées combattaient, victorieuses, pour la majesté de l'Empire allemand.

Mais ce que le Landgrave propose de fêter en ce jour

heureux, c'est le retour d'un vaillant poète que des destinées mystérieuses ont longtemps retenu éloigné de la Wartburg. Peut-être ses chants révéleront-ils son odyssée... Et le généreux prince termine en proposant comme sujet de tournoi la définition de l'amour, engageant le vainqueur à oser briguer la plus haute et la plus précieuse récompense, que sa nièce Élisabeth sera heureuse d'accorder comme lui.

Les chevaliers et les dames applaudissent à sa décision, et quatre pages s'avancent pour recueillir dans une coupe d'or les noms des candidats, afin de décider de l'ordre de l'épreuve.

Le nom de *Wolfram d'Eisenbach* sort le premier. Tandis que Tannhauser, appuyé sur sa harpe, semble perdu dans sa rêverie, le chevalier se lève et développe sa conception de l'amour. Il le comprend pur, éthéré, respectueux, et le compare à une belle source d'eau limpide qu'il craindrait de troubler par son approche. Sa seule vue remplit son âme d'ineffables voluptés, et il préférerait verser jusqu'à la dernière goutte du sang de son cœur, plutôt que de la souiller de son contact.

Son discours terminé, il reçoit de chaleureuses approbations de l'assemblée. Mais Tannhauser, se levant vivement, combat cette définition de l'amour, qui n'est pas la sienne ; il conçoit la passion moins idéale et sous une forme plus matérielle, plus charnelle. Élisabeth, qui dans sa candeur accepte aveuglément la manière de voir de Tannhauser, fait un mouvement pour applaudir, mais s'arrête timidement devant le maintien grave et froid de l'assemblée. *Walther de la Wogelweide*, puis après lui *Bitterolf*, prennent part au débat, exprimant les mêmes idées que Wolfram. Tannhauser, répondant avec vivacité, défend de plus en plus chaleureusement ses théories de l'amour païen, fait de voluptés et de jouissances, qu'il oppose à la pure et respectueuse extase célébrée par les autres chevaliers. La discussion s'envenime, les épées sortent de leurs fourreaux; le Landgrave fait de nobles efforts pour apaiser le tumulte; Wolfram appelle l'assistance du Ciel pour faire triompher la vertu par son chant, mais Tannhauser, au comble de l'exaltation et de la démence, évoque le souvenir des jouissances passées, de la déesse qui les lui a fait connaître, et engage les mortels ignorants de ces ardeurs brûlantes à se rendre au Venusberg, où elles leur seront révélées!

Un cri d'horreur s'échappe de toutes les poitrines à cette évocation criminelle; tous s'écartent du maudit, échappé du royaume de Vénus, et qui ose les souiller de sa présence!

Seule Élisabeth, dont le visage a revêtu une expression de douleur effrayante, demeure à sa place, en s'appuyant d'un geste égaré à son siège.

Le Landgrave et les chevaliers se réunissent pour punir le réprouvé, qui est resté immobile, extasié. Ils se précipitent sur lui l'épée en main, mais Élisabeth se jette devant eux, faisant au coupable un rempart de son corps : — Que vont-ils faire, quel mal leur a-t-il causé? Vont-ils, en plongeant le pécheur dans l'abîme de la mort, au moment où son âme est sous l'influence d'un charme maudit, le condamner sans rémission à la pénitence éternelle? Ont-ils le droit d'être ses juges? — Elle, la pure et triste fiancée, si cruellement désabusée, s'offre à Dieu comme victime d'expiation; c'est elle qui, souffrant pour le criminel, implorera le Ciel afin qu'il envoie au pécheur le repentir et la foi nécessaires à sa rédemption.

Tannhauser, qui peu à peu est revenu de son égarement et a entendu la prière d'Élisabeth, tombe à terre, vaincu par la douleur et le remords. Le Landgrave et les chevaliers, touchés par la généreuse supplication de la miséricordieuse princesse, remettent leurs épées au fourreau ; le Landgrave engage alors celui dont l'âme est chargée d'un forfait si lourd, à aller implorer son pardon à Rome, se joignant pour cela à une troupe de jeunes pèlerins qui, partant de tous les points de la Thuringe, entreprennent en ce moment le saint voyage. S'il revient absous par le Souverain Pontife, les siens oublieront à leur tour sa faute. Tous se joignent au Landgrave pour lui promettre alors l'oubli de son crime.

Les chants pieux se font entendre dans le lointain : c'est la troupe des *jeunes pèlerins* déjà en marche pour la cité bénie. Tous écoutent avec émotion, et Tannhauser, maintenant soutenu par la divine espérance, se précipite avec exaltation à la suite des pécheurs repentants.

3me **Acte.**

Scène i. — Le paysage est le même qu'à la fin du 1er acte, mais avec un aspect automnal. Le jour est à son déclin ; on aperçoit dans la montagne Élisabeth qui, prosternée aux pieds de la Vierge, prie avec ferveur. Wolfram descend des bois à gauche et s'arrête en l'apercevant ; il contemple la sainte créature qui implore jour et nuit le Ciel pour celui qui l'a si cruellement trahie. Déjà, pense Wolfram, l'automne s'approche, annonçant le retour des pèlerins. Sera-t-il parmi les élus qui ont reçu l'absolution de leurs fautes ?...

Absorbé dans ses réflexions, il continue à descendre, lorsqu'on perçoit dans le lointain un chœur de *vieux pèlerins* qui s'approchent ; il s'arrête de nouveau. Élisabeth a entendu les chants ; elle supplie les bienheureux du ciel de l'assister dans ce moment plein d'angoisse, et se lève pour voir passer les pieux voyageurs, qui célèbrent le Seigneur et les grâces qu'il a bien voulu leur prodiguer. Élisabeth cherche anxieusement Tannhauser parmi la sainte cohorte ; ne l'apercevant pas, elle s'agenouille dans une attitude de douloureuse résignation, pendant que la procession s'éloigne, et, dans une ardente invocation à la Mère de Dieu, où elle s'accuse des désirs profanes et des pensées mondaines qui ont jadis occupé son cœur, elle supplie la Divine Consolatrice de la rappeler à elle, de lui ouvrir le séjour des bienheureux, d'où elle pourra plus efficacement prier pour celui qui porte toujours le fardeau de son crime. Son regard illuminé est tourné vers le ciel ; elle se relève lentement, et quand Wolfram, qui l'a contemplée avec une émotion profonde, s'approche d'elle et lui demande la grâce d'accompagner ses pas, elle lui fait comprendre par un geste affectueux et reconnaissant que la route qu'elle doit prendre est celle qui mène au ciel, et que personne ne doit l'y suivre. Elle gravit lentement le sentier se dirigeant vers le château.

Scène II. — Wolfram la regarde tristement s'éloigner, puis, resté seul, il prend sa harpe et, après avoir préludé, fait entendre un chant plein d'une mélancolique poésie, dans lequel il salue la suave étoile du soir, dont la pure lumière, éclairant la nuit profonde qui enveloppe la vallée, montre son chemin au voyageur angoissé. A cette douce étoile, il confie celle qui va quitter à tout jamais la terre pour s'élancer dans le séjour des bienheureux.

Scène III. — Pendant son chant la nuit est survenue ; un pèlerin excédé de fatigue, les vêtements déchirés, le visage défait, s'avance, péniblement appuyé sur son bâton ; c'est Tannhauser, en qui Wolfram reconnaît avec effroi le pécheur non pardonné. Comment osé-t-il reparaître dans la contrée ?

Tannhauser, d'un air sinistre, lui demande le chemin, qu'il connaissait si bien autrefois, mais qu'il ne retrouve plus, du Vénusberg. A ces mots, Wolfram est frappé d'épouvante ; son ancien compagnon n'a donc pas été à Rome implorer la grâce divine ? La colère de Tannhauser éclate alors, et, dans un récit d'une poignante désespérance, il retrace les étapes de son douloureux voyage, son humilité, son désir de souffrance qui lui faisait multiplier les épreuves et les difficultés de la route ; puis son arrivée à Rome, son immense espoir à la vue du Pontife qui promettait la rédemption à tous les repentirs, et enfin l'effondrement de tout son être après qu'ayant confessé, éperdu, ses crimes passés, il s'est vu, seul parmi des milliers de pécheurs, repoussé impitoyablement par le représentant de Dieu, par le Souverain Pontife, qui l'a déclaré à jamais maudit et lui a prophétisé les souffrances d'une fournaise infernale dans laquelle l'espérance ne refleurirait pas plus que ne reverdirait jamais son bâton de pèlerin.

Tel fut à ce moment l'excès de son désespoir, qu'il tomba inanimé, expirant, sur le sol ; mais maintenant, revenu à lui, il mesure l'étendue de sa misère ; une seule issue lui reste, vers laquelle il se précipite avec l'âpreté de la désespérance : à lui Vénus, à lui l'enchantement corrupteur de ses ardentes voluptés !

Scène IV. — En vain Wolfram veut-il arrêter l'évocation maudite sur les lèvres du malheureux et l'entraîner avec lui : Vénus a entendu l'appel qui lui a été fait, elle s'empresse d'accourir. Un nuage léger envahit la vallée, de délicieux parfums emplissent les airs, on aperçoit dans l'atmosphère voilée de rose les danses des nymphes séduisantes ; bientôt on distingue dans la lumière brillante la déesse étendue sur un lit de repos. Elle appelle à elle Tannhauser enivré, lui rappelant les plaisirs sans nombre qui l'attendent de nouveau dans son royaume. Wolfram lutte désespérément, voulant arracher son ami à ces fatales séductions; mais Tannhauser résiste à toutes les vertueuses exhortations du chevalier. Encore un instant, et sa perdition va être consommée, Vénus va s'emparer à tout jamais de sa proie, lorsque, pour la seconde fois, le nom d'Élisabeth, cet ange de pureté, prononcé par Wolfram, produit son effet béni. En l'entendant, Tannhauser reste comme foudroyé, immobile.

Scène v. — A ce moment un chœur d'hommes venant du lointain annonce la fin des souffrances de la pieuse martyre. Son âme, affranchie désormais des douleurs terrestres, s'est élancée, radieuse, dans les sphères célestes, où elle prie pour le pèlerin au pied du trône de Dieu.

Vénus, comprenant enfin qu'elle est vaincue, disparaît avec tout son entourage magique.

De la vallée descendent alors les longues théories de nobles accompagnant le Landgrave, puis les pèlerins qui portent sur un brancard le corps de la sainte en chantant un cantique d'actions de grâces. Sur un signe de Wolfram, ils déposent la mortelle dépouille d'Élisabeth au milieu de la scène; Tannhauser tombe à côté, invoquant le secours de la Bienheureuse, puis il meurt accablé par la douleur et le repentir.

A ce moment s'avancent les jeunes pèlerins portant la crosse reverdie et couverte de fleurs, miraculeuse manifestation du pardon divin, et tous les assistants, saisis d'une émotion profonde, font entendre un alléluia de reconnaissance pour Celui qui, prenant en pitié les souffrances du pécheur et exauçant les prières de sa douce protectrice, a accordé au coupable sa suprême miséricorde.

LOHENGRIN

PERSONNAGES — selon l'ordre de leur première entrée en scène.	1er ACTE			2me ACTE					3me ACTE 1er tabl.	2me tabl.	
SCÈNES :	1	2	3	1	2	3	4	5	1	2	3
Un héraut d'armes (basse). Apparaissant le plus souvent escorté de 4 trompettes sonnant l'appel au Roi.	■	■	■			■					
Les chevaliers Brabançons (*chœur : tén., basses*).	■	■	■			■	■	■	■		■
Le Roi Henri (basse). Roi d'Allemagne. Personnage historique : Henri Ier, l'Oiseleur, empereur d'Allemagne.	■	■	■				■	■			■
Les Chevaliers saxons (*chœur : ténors, basses*).	■	■	■			■	■	■	■		■
Frédéric de Telramund (baryt.). Comte brabançon. Autrefois fiancé à Elsa. Epoux d'Ortrude ; devient par ambition traître à l'honneur, et accusateur de l'innocente Elsa.	■	■	■	■	■	■	■	■		□	
Ortrude (mez. sopr.). Épouse de Frédéric ; fille de Ratbold, roi des Frisons ; héritière de la couronne de Brabant à défaut d'Elsa et de son frère. Magicienne, sacrifie aux dieux païens. Mauvais génie de Frédéric.	□	■	■	■	■		■	■			■
Elsa de Brabant (sopr.). Fille et héritière du duc de Brabant ; faussement accusée du meurtre de son jeune frère par Frédéric et Ortrude. Epouse Lohengrin.		■	■		■		■	■		■	■
Jeunes filles (*chœur : sopr., contr.*). Suivantes d'Elsa.		■	■				■	■	■		■
Lohengrin (ténor). L'un des Chevaliers du Graal, fils de Parsifal ; défenseur d'Elsa, qu'il épouse. Il est proclamé Protecteur du Brabant.			■				■	■		■	■
4 Nobles brabançons (2 ténors, 2 basses). Conspirent avec Frédéric contre Lohengrin.						■					
4 Pages (2 sopr., 2 contr.).						■					
Les Pages (*chœur : sopr., contr.*).							■	■	■		

LOHENGRIN

1er Acte.

SCÈNE 1. — L'action a lieu au xᵉ siècle, en *Brabant ;* la première scène se passe sur les bords de l'*Escaut,* aux environs d'*Anvers*. Au second plan, à gauche, un énorme chêne plusieurs fois séculaire, derrière lequel coule le fleuve, qui décrit une vaste courbe, de sorte que l'on aperçoit une deuxième fois ses méandres tout à fait à l'arrière-plan.

Au lever du rideau, le souverain d'Allemagne, *Henri l'Oiseleur,* est assis sous le chêne, entouré des *comtes* de *Saxe,* de *Thuringe* et des seigneurs qui forment le Ban du Roi. En face d'eux se tiennent la noblesse et le peuple de Brabant, ayant à leur tête *Frédéric de Telramund* et son épouse *Ortrude*.

Le héraut d'armes, s'avançant, sonne l'appel du Roi et demande pour lui l'obéissance de ses sujets brabançons ; tous jurent fidélité. Le roi Henri se lève alors et expose à ses féaux la situation de l'Allemagne : il rappelle ses luttes acharnées avec les Hongrois, les fréquentes invasions du côté de l'orient, la trêve de neuf années qu'il a obtenue et employée à fortifier les frontières, à exercer ses armées ; mais, maintenant que le délai est expiré, l'ennemi, refusant toute conciliation, s'avance de nouveau, menaçant, et le souverain organise une levée en masse de son peuple pour repousser ses adversaires et leur imposer le respect de l'empire allemand, qu'ils ne songeront plus alors à insulter.

Mais à son arrivée dans cette province, à laquelle il venait demander assistance, quelle n'a pas été sa peine en apprenant les discordes à laquelle elle est en proie! Que s'est-il donc passé, et pourquoi vit-elle sans prince et livrée aux luttes intestines? Le souverain interroge à ce sujet Frédéric de Telramund, le chevalier vertueux qui répondra sans détour.

Frédéric, promettant à son roi et suzerain un récit véridique, expose ainsi les faits qui se sont écoulés :

Le vieux duc de Brabant, en mourant, a laissé deux enfants : une fille, *Elsa,* et un jeune prince, héritier de son trône, *Godefroid,* dont il avait confié l'éducation à son fidèle chevalier Telramund. Quelle n'a pas été un jour la douleur de celui-ci en apprenant que le jeune prince, pendant une promenade qu'il faisait avec sa sœur, avait disparu, sans que l'on puisse retrouver sa trace! Saisi d'horreur à la pensée d'un crime que seule Elsa avait pu perpétrer, Frédéric s'est hâté de renoncer à la main de la jeune fille, qui lui avait été promise, et de s'unir à Ortrude; à présent, il demande justice contre l'odieuse coupable, tout en rappelant au roi Henri que c'est lui qui maintenant a les droits directs à l'héritage du Brabant par sa parenté avec le vieux duc, et aussi par Ortrude, son épouse, issue de sang princier.

Tous les assistants, émus par l'accusation du chevalier, essayent de prendre la défense d'Elsa; le roi lui-même doute de son forfait; mais Frédéric, acharné, explique les noirs desseins de la jeune fille, disant qu'elle a au cœur un amour secret, auquel elle serait plus libre de s'adonner si elle restait maîtresse souveraine du Brabant à la place de son frère assassiné par elle.

Henri décide alors de faire comparaître l'accusée et d'instruire sans retard son procès. Il invoque l'aide de

Dieu pour que la sagesse du Très-Haut l'éclaire dans cet instant solennel.

SCÈNE II. — Elsa s'avance lentement, d'un air grave et triste, suivie du cortège de ses femmes; son aspect sympathique et doux gagne tous les cœurs; le souverain lui demande si elle veut l'accepter comme juge et si elle sait de quel crime elle est accusée. Qu'a-t-elle à alléguer pour sa défense ? — A toutes ces questions elle n'a répondu que par des gestes de résignation, puis, les yeux perdus dans le vague, elle murmure doucement le nom de son frère. La curiosité de tous est excitée par cette étrange attitude, et, le roi l'engageant à s'expliquer, Elsa, se parlant plutôt à elle-même et plongée dans une sorte d'extase, se rappelle le jour où, accablée de douleur, elle adressait au Seigneur une ardente supplication, et tomba dans un lourd sommeil; dans ce sommeil, un chevalier vêtu d'une armure étincelante lui apparut, envoyé par le Ciel pour la protéger. C'est lui qu'elle attend; il sera son défenseur et fera éclater son innocence.

Voyant la douce créature rêver ainsi, le roi ne peut croire à sa culpabilité; Frédéric persiste pourtant dans son rôle d'accusateur, et, pour se faire mieux écouter, rappelle à tous sa vaillance passée, défiant ceux qui voudraient, prenant parti pour Elsa, combattre contre lui. Tous les nobles se récusent. Henri, ne sachant comment décider, en appelle au jugement de Dieu et demande à Elsa qui elle choisit pour défenseur; elle répète encore une fois que, confiante en la protection du Seigneur, elle attend le chevalier qui doit combattre pour elle et auquel elle accordera, en récompense de son dévouement, son cœur et sa couronne.

Le roi fait sonner ses trompettes aux quatre points cardinaux et ordonne de proclamer le combat; mais un silence lugubre répond seul à la proclamation. Elsa, tombant aux genoux du souverain, l'adjure de faire répéter de nouveau l'appel, que son chevalier n'a pas entendu de sa retraite lointaine. Henri accède à sa demande, et les trompettes sonnent encore une fois. Elsa, dans une ardente prière au Très-Haut, le supplie de ne pas l'abandonner.

Tout à coup, ceux des assistants qui se trouvent près du rivage aperçoivent au loin sur le fleuve une nacelle tirée par un cygne et portant un chevalier, debout, revêtu d'une armure d'argent. Ils appellent toute l'assemblée, chacun crie au miracle, l'admiration est à son comble; cependant le cygne continue d'avancer en suivant les méandres du fleuve, et le frêle esquif dépose bientôt le voyageur sur la rive. Le roi contemple la scène de la place qu'il occupe; Elsa regarde, ravie; Frédéric est en proie au plus profond étonnement, et Ortrude, dont le visage est empreint d'une haineuse et inquiète expression, porte tour à tour ses regards de colère sur Elsa et sur le mystérieux arrivant.

SCÈNE III. — Le chevalier, en quittant sa nacelle, se penche sur le cygne et, lui adressant de touchants adieux, lui enjoint de retourner vers les contrées lointaines d'où ils viennent; le cygne oriente la nacelle vers la route déjà parcourue et vogue majestueusement en remontant le cours du fleuve. Le mystérieux inconnu le suit des yeux avec mélancolie, puis, quand il l'a perdu de vue, il redescend vers le roi Henri et, le saluant avec respect, il lui annonce qu'il vient, envoyé de Dieu, pour défendre l'innocente jeune fille accusée injustement du plus noir des crimes. Ensuite, s'adressant à Elsa, qui depuis son arrivée le suit du regard sans bouger et dans une sorte d'extase, il lui demande si elle veut lui remettre le soin de défendre son honneur et si elle aura confiance en son bras pour combattre son ennemi. Sur la réponse affirmative d'Elsa, que ces paroles ont enfin tirée de sa contemplation muette et qui se jette à ses genoux pour lui exprimer une ardente reconnaissance, il la prie, lorsqu'il l'aura défendue victorieusement, de consentir à devenir son épouse ; si elle lui accorde ce bonheur, il implorera une grâce de plus : c'est qu'elle ne cherchera jamais à savoir, soit par persuasion, soit par surprise, ni quel est son nom ni d'où il vient. Il insiste solennellement sur cette clause importante, et, la jeune fille lui ayant fait la promesse formelle de ne jamais essayer de percer le mystère qui a entouré sa venue, de ne jamais lui demander son nom ni son origine, il la presse tendrement sur son cœur, aux yeux du roi et du peuple charmés.

Puis il confie à la garde du roi sa fiancée, dont il proclame hautement l'innocence, et appelle le comte de Telramund au combat dont Dieu sera le juge.

Frédéric laisse voir un trouble profond ; son entourage, convaincu maintenant de l'injustice de sa cause, l'engage à refuser le combat ; mais, craignant de passer pour un lâche s'il se dérobe, il répond par une provocation à la provocation de son adversaire. Le roi désigne alors trois témoins pour chacun des champions, que le héraut d'armes met bientôt en présence, après leur avoir rappelé les conditions de la lutte. Les deux chevaliers engagent le fer, et, après plusieurs passes habiles, l'inconnu étend Frédéric à terre à la merci de son épée ; d'un coup il le pourrait transpercer ; mais, jugeant l'épreuve assez convaincante ainsi, il lui fait grâce de la vie et, se tournant vers le souverain bienveillant, il reçoit de ses mains Elsa émue et radieuse. Tous partagent l'allégresse du vainqueur ; les chevaliers et les nobles envahissent le champ clos, et, tandis que Frédéric se traîne douloureusement sur le sol en pleurant son honneur perdu, tandis qu'Ortrude poursuit l'élu de Dieu de ses murmures haineux, la noblesse saxonne élève le vainqueur sur son propre bouclier; de même les Brabançons, plaçant Elsa sur le bouclier du roi recouvert de leurs manteaux, portent en triomphe les deux fiancés hors de la scène, au milieu des chants de joie et des clameurs enthousiastes de tout le peuple émerveillé.

2me Acte.

SCÈNE I. — Le théâtre représente la cour intérieure du burg d'Anvers. Au fond le *Palas*, ou demeure des chevaliers, dont les fenêtres sont vivement éclairées; à droite, le parvis de l'église, et plus au fond la porte qui donne dans la ville; à gauche, la *Kemenate*, ou demeure des femmes, à laquelle on accède par un escalier couronné d'une sorte de balcon.

Au lever du rideau, un couple sombrement et misérablement vêtu est assis sur les marches de l'église. Ce sont le chevalier de Telramund et son épouse. Frédéric se répand en imprécations contre sa compagne : que ne lui reste-t-il pas une arme pour la frapper et se débarrasser à jamais de son odieuse présence! C'est elle qui l'a engagé dans ce combat et lui a fait perdre l'honneur; elle qui, menteuse et calomniatrice, lui a affirmé avoir vu de loin, dans la forêt, Elsa accomplir son forfait; elle encore qui, antérieurement, l'a engagé à renoncer à la main de la jeune fille pour briguer son alliance à elle, Ortrude, qui prétendait, comme dernier rejeton de la race des Ratbold, être bientôt appelée à régner sur le Brabant!

Ortrude répond à peine à ce flot de reproches et impute à Frédéric la honte de sa défaite; que n'a-t-il su opposer une pareille rage à son adversaire! il aurait bientôt vaincu ce soi-disant protégé de Dieu! Mais, quoi qu'il en soit, dit-elle, tout peut encore se réparer, car les sciences occultes qu'elle a approfondies lui ont révélé ce qu'elle avait à faire et vont lui en fournir les moyens : que Telramund la laisse agir, et elle répond du succès. Il faut avant tout circonvenir Elsa et insinuer dans son cœur un ferment de curiosité à l'égard du passé de son époux. S'ils peuvent obtenir que, manquant à sa promesse, elle le questionne sur son origine et la lui fasse divulguer, le charme qui protège le mystérieux chevalier sera rompu. D'ailleurs, pour le forcer à se révéler il suffirait d'accuser le héros d'avoir trompé le tribunal à l'aide d'un sortilège. A défaut de ces moyens, il en reste un autre : si pendant le combat Frédéric avait réussi à entamer le corps de son adversaire de la moindre parcelle, le charme protecteur aurait également cessé de le défendre. Il faudrait donc le provoquer de nouveau et tâcher de le blesser légèrement, car, quelque légère que fût l'égratignure, elle suffirait à rompre l'enchantement.

En écoutant ces perfides paroles, Frédéric, tout à sa haine, reprend courage et jure à son épouse de la seconder dans ses ténébreux desseins.

Scène II. — A ce moment Elsa, vêtue de blanc, vient s'accouder au balcon de la Kemenate pour rêver à son bonheur. Ses deux ennemis sont toujours sur les marches de l'église, mais l'obscurité l'empêche de les apercevoir.

Ortrude s'approche sous le balcon et, appelant d'une voix humble et gémissante, se fait reconnaître d'Elsa; elle implore sa pitié. Qu'a-t-elle fait pour être si cruellement frappée? Elle se le demande en vain. Est-ce parce qu'elle a épousé celui qu'Elsa avait si dédaigneusement repoussé? En quoi a-t-elle pu encourir une telle disgrâce? Et, continuant ses hypocrites discours, elle excite la pitié de la douce Elsa, qui, émue d'une si grande infortune, lui promet sa protection et sa rentrée en grâce.

Pendant que la jeune fille quitte le balcon pour descendre auprès d'elle, Ortrude, voyant déjà sa victime entre ses mains, lance une farouche évocation aux dieux païens, Wotan et Freïa, auxquels elle sacrifie en secret, mais reprend son attitude suppliante au retour d'Elsa, qui la relève avec bonté, lui promettant de plaider sa cause auprès de l'époux qui va la conduire à l'autel ; elle entend que son amie, sa protégée, parée elle-même d'atours magnifiques, accompagne le cortège nuptial.

Ortrude, feignant la plus vive reconnaissance, dit vouloir lui témoigner toute sa gratitude en lui donnant un sage conseil : cet époux mystérieux auquel Elsa va lier son existence, il ne faut pas se fier aveuglément à sa parole ; un jour peut-être s'en retournera-t-il comme il est venu, délaissant sa trop confiante compagne. Elsa, troublée par le discours d'Ortrude, lui répond qu'elle ne peut douter de celui qu'elle aime, et repousse ces insinuations ; mais l'œuvre de perfidie germera quand même. Ortrude pénètre avec sa victime dans le palais, pendant que Frédéric, resté devant l'église, inaperçu, mais ayant tout entendu, lance sa malédiction sur la douce créature.

SCÈNE III. — Le jour commence à poindre.

Il se lève maintenant tout à fait ; les soldats sonnent le réveil et se répondent d'une tour à l'autre. Des valets, sortant du burg, vont tirer de l'eau à la fontaine, le gardien ouvre la porte massive, le mouvement populaire s'accentue. Quatre trompettes se montrent au seuil du palais et sonnent l'appel du roi ; les nobles et les chevaliers envahissent la cour et se saluent en causant.

Le héraut d'armes paraît et proclame, de par la volonté

du roi, que Frédéric est banni de l'Empire pour avoir affronté de mauvaise foi le jugement de Dieu ; de plus, il menace du même sort quiconque lui donnerait asile ou protection. Puis, après une nouvelle sonnerie de fanfares, il déclare, toujours au nom du roi, que l'étranger envoyé de Dieu à qui Elsa fait le don de sa main, décline, en acceptant la couronne, le titre de duc, qu'il entend remplacer par celui de Protecteur du Brabant, et invite ses nouveaux sujets à se préparer sans retard aux combats où, accompagnant le roi dans ses expéditions guerrières, ils récolteront une nouvelle moisson de gloire.

Le peuple, qui a suivi avec attention la proclamation du héraut d'armes, partageant les sentiments du roi en ce qui concerne Telramund aussi bien que son enthousiasme à l'égard du chevalier inconnu, approuve avec joie ses projets belliqueux ; mais, tandis que la foule devise avec entrain, il se forme sur le devant de la scène un groupe de quatre nobles, mécontents des agissements du Protecteur et jaloux de sa nouvelle autorité. Voyant leurs malveillantes dispositions à l'égard de son ennemi, Frédéric s'approche d'eux sournoisement et leur révèle en quelques mots le projet de la lutte qu'il veut entreprendre contre l'étranger.

Le cortège nuptial s'avance, et Frédéric n'a que le temps de se dissimuler derrière les seigneurs qui le dérobent à la vue de l'assistance.

Scène iv. — Elsa paraît au milieu du cortège, vêtue de sa toilette de mariée. Ortrude la suit, également parée avec richesse ; mais, au moment où sa bienfaitrice va monter les degrés de l'église, elle laisse éclater sa colère et, se plaçant vivement entre Elsa et la porte du temple, elle prétend ne pas rester plus longtemps au second rang et reconquérir la place qu'un jugement trompeur lui a fait perdre. Quel est-il, cet inconnu qui a surpris la bonne foi de tous au détriment d'un chevalier jusqu'ici unanimement estimé? Peut-il justifier de sa noblesse?, dire quelle est son origine et de quelle contrée il vient? S'il a défendu à celle qu'il épouse de l'interroger à ce sujet, c'est sans doute qu'il a de graves motifs pour garder son secret. En vain Elsa cherche-t-elle à arrêter ce flot de paroles haineuses, Ortrude ne cesse le scandale qu'en voyant approcher le cortège du roi.

Scène v. — Le souverain, n'ayant entendu que de loin le colloque, demande quelle en était la cause, et le fiancé, apprenant ainsi la noirceur d'âme d'Ortrude, la chasse avec énergie. Après ce rapide incident, le cortège se reforme et se prépare à entrer dans l'église, lorsque Frédéric, à son tour, en arrête la marche et, malgré la foule qui veut l'écarter, s'approche du roi et profère l'accusation qu'il avait préparée contre son adversaire : il le déclare formellement coupable d'avoir surpris la confiance générale au moment du combat, et prétend vouloir au moins connaître le nom et l'origine de celui qui lui a ravi l'honneur. Le roi et toute l'assemblée attendent anxieusement la réponse du chevalier, qui, se défendant de toute déloyauté, refuse de révéler son origine à Telramund. Il n'est qu'une seule personne à qui il répondra si elle le demande, c'est Elsa, qui, troublée, ne pose pas néanmoins la fatale question ; mais on la sent inquiète au fond de l'âme, car le venin produit son effet. Le roi et les seigneurs brabançons ne doutent pas, eux, du parfait honneur du Protecteur du Brabant ; toutes les sympathies du souverain comme celles du peuple sont pour lui. Cependant Frédéric et Ortrude considèrent à l'écart leur victime, Elsa, et suivent sur ses traits les dangereuses pensées que leurs perfidies ont fait naître en elle. Tandis que le souverain prodigue à son protégé de nobles paroles de confiance, le traître s'approche à la dérobée d'Elsa anxieuse et effrayée ; il lui conseille, pour s'attacher à jamais son époux et se rendre maîtresse du charme qui le liera pour toujours, de consentir à accepter son appui à lui, Frédéric. Il lui déclare qu'il sera cette nuit même aux abords de l'appartement nuptial, prêt à répondre à son premier appel. Le fiancé d'Elsa, surprenant cet odieux aparté, marche menaçant vers son ennemi, dont il devine les ténébreuses menées. Il le chasse et demande une dernière fois à Elsa si elle a assez confiance en lui pour ne jamais chercher à pénétrer son origine ; sur la réponse affirmative et passionnée de celle-ci, il la conduit à l'autel, accompagné des vœux de tout le peuple. Les cloches sonnent à toute volée, les orgues se font entendre dans l'église, et la fiancée, qui, au moment de pénétrer dans le temple, a rencontré une dernière fois le regard menaçant d'Ortrude, franchit le portail en se serrant, effrayée, contre son époux.

3me **Acte.**

Scène i. — La première scène nous fait entrer dans la chambre nuptiale, richement décorée. A droite, près d'une fenêtre largement ouverte sur des jardins, se trouve un lit de repos très bas. A gauche, porte donnant sur des appartements. Au fond, une autre porte par laquelle entre le cortège accompagnant les nouveaux époux, Elsa entourée de ses femmes, et le Protecteur escorté du roi et des nobles.

Les seigneurs et les femmes chantent un chœur, offrant leurs vœux au jeune couple, puis le roi présente Elsa à son époux ; des pages enlèvent ensuite au chevalier le riche manteau que portaient ses épaules, pendant que les suivantes ôtent également à Elsa le vêtement qui couvrait sa robe nuptiale ; puis l'assistance, après avoir salué les mariés, s'éloigne en continuant ses chants, qui se perdent peu à peu.

Scène ii. — Elsa, accablée par une douce émotion, tombe dans les bras de son amant, qui l'entraîne vers le lit de repos, où il la tient tendrement enlacée. Il murmure à son oreille des paroles d'amour, auxquelles elle répond avec ardeur : leurs cœurs, avant de se connaître, s'étaient déjà entendus et compris. Ne l'avait-elle pas déjà vu en rêve, celui que, dans sa détresse, elle avait appelé pour la défendre ? et lui, à cet appel lointain, n'était-il pas accouru, attiré par la force invincible de l'amour ?

Il redit alors passionnément le nom de la bien-aimée, qui déplore de ne pouvoir à son tour prononcer celui de l'époux auquel elle s'est donnée tout entière ; pourquoi ne consentirait-il pas à le lui révéler maintenant qu'ils sont seuls et que nulle oreille indiscrète ne peut les entendre ? Il feint de ne pas comprendre ces paroles et, l'embrassant avec tendresse, il l'entraîne près de la fenêtre pour respirer avec elle les parfums enivrants qui montent des fleurs. Mais Elsa, obsédée par la fatale idée que lui ont suggérée Ortrude et Frédéric, réitère sa question, se fait plus pressante ; en vain son époux la conjure-t-il d'avoir en lui la confiance absolue que lui a eue en elle alors que, sans preuves, il a cru en son innocence et s'en est porté garant, Elsa insiste ; le chevalier, pour la calmer, lui assure qu'elle n'a rien à craindre de son origine, qui est plus élevée même que celle du roi, et que la région d'où il vient est splendide et divine.

Ces paroles ne font qu'exciter la fièvre de curiosité d'Elsa, qui se change bientôt en un véritable délire : elle croit voir arriver le cygne venant lui ravir son héros, et, au comble de l'angoisse et de la déraison, elle formule nettement les questions fatales qu'elle s'était engagée par serment à ne jamais poser. Fût-ce au prix de sa vie, elle veut connaître le nom de son époux, savoir qui il est et d'où il vient.

A peine a-t-elle prononcé ces mots, qu'il a vainement essayé d'arrêter sur ses lèvres, que Frédéric et les quatre nobles brabançons qui l'accompagnent font irruption dans la pièce, brandissant leurs armes. Elsa, revenant à elle, se précipite sur l'épée de son chevalier, qu'il avait déposée sur le lit de repos, et la lui donne; il fond sur Frédéric et l'étend d'un seul coup mort à ses pieds. Les compagnons du traître, effrayés, tombent aux genoux du héros, tandis qu'Elsa, épuisée, s'évanouit entre les bras de son époux, qui la considère avec douleur. Il ordonne alors aux quatre nobles de porter le corps de Telramund au tribunal du roi; puis, appelant les femmes d'Elsa, il leur commande de parer leur maîtresse et de la conduire devant le souverain, en présence de qui il répondra aux néfastes questions qu'elle a eu la triste imprudence de lui poser.

Un rideau vient voiler toute la scène. On entend des trompettes et des fanfares guerrières.

Scène iii. — Quand la toile se relève, la scène représente de nouveau le cours de l'Escaut, la place où avait atterri la nacelle, la prairie et le chêne : le même décor qu'au premier acte.

Les nobles brabançons qui se réunissent pour aller combattre sous la bannière royale, défilent les uns après les autres, suivis de leurs écuyers et de leurs porte-étendard; les comtes acclament l'arrivée du roi Henri, qui les remercie de leur noble ardeur. On n'attend plus que le Protecteur du Brabant; mais soudain des exclamations d'effroi retentissent, à la vue des quatre nobles portant le cadavre de Telramund sur une civière. Elsa suit, pâle et défaite, et le roi, qui s'est avancé à sa rencontre, lui demandant la cause de son trouble, la conduit à un siège élevé disposé pour elle, puis il revient prendre sa place sous le chêne.

Le chevalier paraît alors, vêtu de son armure d'argent; il s'avance seul et sans escorte; son visage est empreint d'une profonde tristesse, et il répond au bienveillant accueil du souverain en exprimant la douleur qu'il éprouve de ne pouvoir conduire ses armées au combat. Il n'est venu à ce rendez-vous que pour remplir de pénibles devoirs : tout d'abord, se justifier d'un acte qu'il a dû accomplir pour défendre sa propre vie; et il raconte le guet-apens dont il a failli être victime de la part de Telramund. Était-il bien dans son droit en tuant son ennemi, et son souverain l'absoudra-t-il ? Henri le rassure sur la légitimité de sa cause et se détourne avec horreur du cadavre du traître exposé à sa vue.

Alors le héros, poursuivant sa triste mission, accuse hautement et devant tous la femme qu'il aime, d'avoir manqué à la promesse qu'elle lui avait solennellement faite à cette même place, et maintes fois renouvelée. Aveuglée par les perfides conseils de ses ennemis, elle a follement trahi son serment, et, puisqu'elle l'exige, c'est ici, en présence de tous, qu'il va lui livrer le redoutable secret dont tous deux payeront la révélation par la perte de leur bonheur :

Dans une contrée mystérieuse et lointaine, sur un sommet vierge de tout contact profane, s'élève, au milieu d'un château magnifique, un temple qui n'a son égal dans nul autre pays. Dans ce temple on garde un vase précieux apporté autrefois par une légion d'anges, et qui ne doit avoir pour gardiens, dans son tabernacle sacré, que des chevaliers de la plus pure et la plus noble essence. Ce vase est doué d'une force divine et miraculeuse, qu'une colombe, descendant des célestes régions, vient renouveler une fois l'an : ce vase, c'est le *Saint-Graal*.

Quiconque est élu son gardien reçoit par ce fait même un pouvoir surnaturel, mais à la condition expresse qu'il ne laisse pénétrer son secret par aucun être humain ; car, aussitôt sa qualité connue, s'il restait au milieu des hommes, il serait déchu de sa force et de sa puissance ; donc ce qui obligeait le héros à cacher si rigoureusement son origine, c'est qu'il est l'un des serviteurs du Graal. Son père, *Parsifal*[1], est le prince de ces chevaliers, à la légion glorieuse desquels il appartient, lui, **Lohengrin.**

A ce nom prononcé pour la première fois, toute l'assistance se sent envahie par un saint respect ; Elsa succombe sous l'empire de l'émotion, et Lohengrin, la retenant dans ses bras, lui fait de tendres et douloureux adieux. C'est en vain que l'infortunée, comprenant alors toute l'étendue de sa faute, veut retenir son époux bienaimé et lui offre de racheter sa malheureuse curiosité par la plus dure des expiations ; c'est en vain aussi que le souverain et les guerriers conjurent le chevalier de rester à la tête de leurs armes : Lohengrin doit partir. Déjà le Graal s'irrite d'une si longue absence ; mais, avant de s'éloigner, il veut laisser une promesse consolatrice au monarque qui l'a accueilli avec une si noble confiance, et il lui annonce solennellement que plus jamais le sol allemand n'aura à subir la honte de l'invasion barbare. C'est à la pureté de leur souverain que les vassaux de Henri devront ce bonheur.

Tout à coup une clameur partant des bords du fleuve

1. Tout comme les *Templiers*, les Chevaliers du Saint-Graal faisaient vœu de chasteté et de célibat. Seul leur Grand-Maître, le Prêtre-Roi, en était relevé, afin de perpétuer la dynastie.

se fait entendre. Ce sont les assistants qui ont aperçu le cygne conduisant la nacelle, vide cette fois, comme il l'avait fait au début en amenant le chevalier. Lohengrin s'approche de lui, le contemple avec tristesse, lui disant quel est son chagrin de le revoir dans de si pénibles circonstances, lui qui avait pensé le retrouver un jour dans des contrées meilleures, libre et dégagé du charme qui le tient enchaîné. Le sens de ses paroles échappe aux assistants.

Se retournant ensuite du côté d'Elsa, Lohengrin, en proie à un intense chagrin, lui dit combien il avait espéré pouvoir un jour lui ramener ce frère qu'elle croyait à jamais perdu. Cette joie lui est interdite, puisqu'il s'éloigne; mais si jamais Godefroid est rendu à sa tendresse, qu'elle lui donne, au nom du chevalier disparu, ce cor, qui lui sera précieux dans le péril; cette épée, qui le rendra invincible; et cet anneau, qui rappellera à sa mémoire le défenseur de l'infortunée sans appui. Il dépose des baisers sur le front d'Elsa, qui tombe inanimée dans les bras de ses femmes; puis il se dirige vers la nacelle, pendant que tous manifestent une douleur profonde.

Alors paraît Ortrude, donnant les signes d'une joie cruelle; s'adressant à Elsa, elle lui révèle que *le cygne* mystérieux qui remmène à tout jamais le héros bien-aimé n'est autre que *Godefroid* lui-même, qu'elle a, par ses maléfices, transformé ainsi, et qui va maintenant être irrévocablement perdu; que si Lohengrin était resté, il aurait pu, grâce à sa puissance, délivrer l'enfant et rendre à la tendresse de sa sœur l'héritier du Brabant.

Lohengrin, qui s'apprêtait à monter dans la nacelle, s'est arrêté en entendant cette nouvelle révélation de la noirceur d'Ortrude. Il tombe à genoux au bord du fleuve et élève au ciel une ardente et muette prière. On voit alors planer au-dessus de la nacelle une colombe blanche : c'est la colombe du Graal. Lohengrin s'approche du cygne et lui enlève la chaîne qui l'attachait à la nacelle; le cygne plonge et disparaît, mais au même moment il est remplacé par un adolescent dans lequel tous les assistants reconnaissent le jeune duc de Brabant, Godefroid.

Lohengrin s'élance alors dans la nacelle, dont la douce colombe prend immédiatement la direction.

Tandis qu'elle s'éloigne, Elsa, transfigurée par une joie fugitive, reçoit son frère dans ses bras, puis elle tombe inanimée, voyant que son bien-aimé l'a quittée à tout jamais. Ortrude, sentant ses sortilèges déjoués, se traîne agonisante, et expire de rage, pendant que les nobles, heureux de la délivrance de leur jeune suzerain, l'entourent de manifestations enthousiastes.

TRISTAN ET ISEULT

PERSONNAGES — selon l'ordre de leur première entrée en scène.	1er ACTE					2me ACTE			3me ACTE		
SCÈNES :	1	2	3	4	5	1	2	3	1	2	3
Un Jeune Matelot (ténor). Personnage épisodique.	■ *(invis.)*	■									
Iseult (soprano). Princesse, quelque peu magicienne, fille des souverains d'Irlande; fut fiancée à Morold, que tua Tristan; devient l'épouse du roi Marke. Aime Tristan, d'abord en secret.	■	■	■	■	■	■	■			■	■
Brangaine (soprano). Suivante et confidente dévouée d'Iseult.	■	■	■	■	■	■	■	■			■
Kurwenal (basse). Écuyer; serviteur vieux et fidèle, passionnément attaché à Tristan.		■		■	■			■	■		■
Tristan (ténor). Chevalier d'origine bretonne; neveu du roi Marke; défenseur du trône de Cornouailles. Aime Iseult, d'abord en secret.		■			■		■	■	■	■	
Les Matelots (*chœur* : ténors, basses). *(invisibles.)*		■	■		■						
Chevaliers, Écuyers, Hommes d'armes (*chœur* : ténors, basses).		■			■						
Mélot (ténor). L'un des chevaliers du roi Marke. Traître à l'amitié de Tristan. Aime Iseult secrètement et se venge d'elle.								■			■
Le Roi Marke (basse). Prince généreux, roi de Cornouailles, oncle de Tristan. Épouse Iseult.								■			■
Un Berger (ténor). Personnage épisodique.									■		■
Un Pilote (basse). — —											■

TRISTAN ET ISEULT

Iseult, princesse d'Irlande, a été autrefois fiancée à
Sire Morold, chevalier irlandais, qui, allant guerroyer en
Cornouailles, a trouvé la mort dans un combat avec **Tristan,** le neveu du roi Marke. L'adversaire peu généreux a
eu la cruelle ironie d'envoyer la tête de sa victime à la
princesse, qui a découvert dans la plaie profonde un
éclat d'acier provenant de l'arme du meurtrier.

Mais Tristan, au cours de la lutte, a été lui-même
atteint par la lame empoisonnée de Sire Morold, et sa
blessure ne veut pas se fermer; alors il se souvient que
la jeune souveraine d'Irlande a le secret de baumes précieux, seuls capables de guérir son mal, et il décide d'aller
lui demander le secours de sa science.

Il se fait conduire en barque, mourant, jusqu'en Irlande,
et, se présentant comme un inconnu à Iseult, sous le nom
de *Tantris,* il implore son assistance. La jeune princesse,
émue des souffrances du moribond, le soigne avec dévouement; mais un événement imprévu lui fait un jour
découvrir la vérité : l'épée de Tantris est celle qui a donné
la mort à son fiancé, car à sa lame est une brèche se rapportant exactement au fragment d'acier trouvé dans la
blessure de Morold.

Indignée, Iseult brandit l'arme sur la tête de l'impos-
teur; elle va lui porter le coup atal, lorsque leurs yeux
se rencontrent : le regard de Tristan supplie, et Iseult lui
fait grâce. Elle tait à tous le secret qu'elle a découvert;
Tristan retournera sain et sauf dans son pays et délivrera
la princesse de sa vue odieuse. Le chevalier part, après

avoir protesté de sa reconnaissance et de son dévouement; mais, ô trahison! il revient bientôt, sous son vrai
nom de Tristan et entouré d'un luxueux appareil, demander la main de la jeune fille pour son oncle le roi Marke.
Les parents d'Iseult acceptent l'alliance pour leur fille,
qui par obéissance doit partir sous la conduite du chevalier pour les États de son futur époux.

Mais son âme est secrètement rongée par la douleur :
car ce héros qu'elle a sauvé et qui la trahit si indigne-
ment, elle s'en croyait aimée, et l'aime sans se l'avouer,
en dépit du passé sanglant qui se dresse entre eux.

Tel est l'état des choses quand le rideau s'ouvre pour
le premier acte.

Nous l'esquisserons, ainsi que les deux autres, à très
grands traits et brièvement. Les situations sont simples,
et les péripéties peu nombreuses dans le poème de *Tristan*. Tout l'intérêt du drame réside dans les états d'âme
des héros. Comment les expliquer sans atténuer la poignante émotion qui en résultera à l'audition? Ne vaut-il
pas mieux laisser chacun la percevoir et la sentir selon
sa propre nature, que la déflorer en insistant inutilement
sur des détails d'ordre purement psychologique?

1er Acte.

Scène i. — *Iseult* est sur le navire qui la mène en
Cornouailles; une tente formée de riches tapisseries est
dressée sur le pont et complètement fermée au fond. La
princesse est étendue sur un lit de repos; la mélancolique chanson qu'un matelot fait entendre dans la hune
la blesse et l'irrite, et elle laisse éclater son désespoir
en apprenant de sa suivante, *Brangaine,* que la terre est
proche et que le voyage touche à son terme.

Scène ii. — Elle envoie sa compagne ordonner à

Tristan de paraître devant elle ; depuis le commencement de la traversée il l'évite avec persistance, oubliant ainsi tous les égards qu'il doit à sa souveraine. Brangaine porte l'ordre de sa maîtresse au chevalier, qui, profondément troublé en entendant prononcer le nom d'Iseult, se remet cependant, mais refuse, avec respect et fermeté, de quitter le gouvernail du navire confié à sa garde.

Scène iii. — Brangaine vient rapporter à sa maîtresse la réponse du chevalier, et Iseult, se laissant alors aller à toute son amertume, révèle à sa compagne une partie de son secret, lui raconte les soins empressés qu'elle donna jadis à Tristan, qui l'a si mal récompensée de sa pitié envers lui. Cachant la vraie cause de sa douleur, elle se révolte à l'idée de devenir l'épouse du prince de Cornouailles, qu'elle juge indigne de sa gloire, à elle dont la couronne d'Irlande a ceint le front. Brangaine cherche en vain à la calmer et à justifier la conduite de Tristan, qui a, selon elle, brillamment payé sa dette de reconnaissance en lui faisant don d'un royaume aussi beau que celui de Cornouailles. Iseult reste pensive et, se parlant à elle-même, déplore d'être condamnée au supplice de vivre toujours près d'un être accompli auquel elle ne saurait inspirer d'amour. C'est à Tristan qu'elle pense ; mais Brangaine, se méprenant sur le sens de ses paroles, l'engage, si elle craint de n'être pas assez aimée du roi Marke, à avoir recours aux philtres merveilleux que sa mère, la reine d'Irlande, lui a remis à son départ. Il en est un qui soumet infailliblement ceux qui le boivent à la puissance de l'amour. Iseult accueille avec une sombre résolution le conseil de sa suivante et se fait apporter par elle le précieux coffret contenant les breuvages magiques. Mais ce n'est pas le philtre amoureux qu'elle choisit ; il lui en faut un plus puissant encore, et elle s'empare du

flacon rempli de la liqueur de mort : c'est celle-là qu'elle
fera prendre à Tristan.

SCÈNE IV. — Il faut se hâter, car la terre est proche :
déjà l'on aperçoit le pavillon d'allégresse qui flotte au
faîte du château royal. *Kurwenal,* l'écuyer fidèle du chevalier, vient annoncer l'entrée au port. Iseult alors fait
demander à Tristan un moment d'entretien et ordonne à
Brangaine épouvantée de verser dans une coupe le breuvage fatal; en vain la suivante éperdue essaye-t-elle de la
détourner de son fatal dessein, Iseult commande, impé-
rieuse; elle fait un violent effort pour paraître calme à
l'arrivée de Tristan, qui se présente respectueusement
devant elle.

SCÈNE V. — Ils se considèrent longuement en silence;
enfin Iseult, après lui avoir reproché l'éloignement dans
lequel il s'est tenu pendant le voyage, lui rappelle la
dette de sang qui est entre eux et qu'elle n'a pas oubliée :
elle n'a pas pardonné le meurtre de son fiancé; et puisque
nul homme ne s'est présenté pour venger le mort, c'est
à elle de frapper le coupable. Tristan l'a écoutée, pâle et
sombre; il lui présente le glaive et est prêt à mourir.

Mais non, lui dit Iseult; elle ne doit pas priver le roi
de son plus fidèle soutien, celui auquel il doit titre et
couronne; et si une fois déjà elle a épargné le meurtrier de Morold, elle doit lui pardonner encore. Qu'il
boive donc à la coupe de réconciliation et d'oubli. Pendant que les matelots poussent des cris d'allégresse à
l'approche de la terre, Brangaine a été, chancelante, préparer le philtre fatal. Iseult lui arrache la coupe des
mains et la présente à Tristan.

Tristan, qui a pénétré les sombres desseins d'Iseult,
s'empare résolument du breuvage qui le délivrera des
maux dont son cœur aussi est accablé; il le porte à ses

lèvres et boit; mais Iseult lui arrache alors la coupe et achève de la vider, puis la jette au loin.

Tous deux, en proie à une émotion intense, se regardent avec extase; dans l'attente du moment suprême, leurs yeux ne cherchent plus à celer le secret qui dévore leurs âmes; enfin ils tombent dans les bras l'un de l'autre et restent longuement enlacés, tandis que Brangaine, se détournant avec accablement, commence à mesurer la portée de son erreur volontaire : au philtre de mort elle a substitué le breuvage d'amour!... Les deux amants, perdant le sentiment de la réalité, sont tout à leur mutuelle contemplation; ils s'aperçoivent à peine du mouvement que produit autour d'eux l'arrivée au port. Iseult revêt machinalement le manteau royal; Brangaine, pour la rappeler à elle, lui révèle alors avec désespoir la fatale substitution qu'elle a osé opérer. Tristan et Iseult se regardent éperdus; Iseult tombe évanouie dans les bras de sa suivante, tandis que l'équipage acclame joyeusement l'arrivée du roi sur le navire.

2me Acte.

Scène i. — Le seuil de la demeure d'Iseult, accédant par des degrés à un parc planté de grands arbres et sur lequel il règne une nuit d'été claire et radieuse. Une torche allumée est placée près de la porte.

On entend au loin des fanfares de chasse qui s'affaiblissent peu à peu et auxquelles Brangaine, debout sur les marches, prête une oreille attentive. Iseult, en proie à une grande agitation, sort de ses appartements et interroge sa suivante. Elle attend impatiemment que la chasse royale se soit éloignée du palais pour donner le signal qui amènera Tristan à ses pieds; mais Brangaine la supplie d'être prudente : elle soupçonne des pièges tendus autour des deux amants et suspecte surtout *Mélot,* qui, dès la première heure, alors que le roi venait sur le pont du navire recevoir sa fiancée, scrutait l'attitude agitée de Tristan et d'Iseult et a dû découvrir la cause du trouble qui régnait dans leurs âmes. Depuis, il les épie constamment; et cette chasse nocturne organisée à son instigation doit cacher un piège, celer quelque perfidie. Malgré les protestations de la reine, qui a une foi aveugle en la fidélité de Mélot, le confident, l'ami de Tristan, Brangaine se désole de la désobéissance qui lui a fait substituer le philtre d'amour au breuvage fatal; mieux eût valu le sombre et bref dénouement que ces cruelles angoisses. Elle s'accuse amèrement de tous les maux qui peuvent fondre sur sa maîtresse.

— Non, lui dit celle-ci, Brangaine n'est pas coupable ; dame Minne[1] a tout fait : c'est elle, à qui la vie et la mort sont soumises, qui a transformé la haine en amour; Iseult est désormais sa vassale et subira aveuglément ses arrêts.

Malgré Brangaine qui l'exhorte à la prudence, elle arrache la torche et l'éteint sur le sol : c'est le signal convenu avec Tristan. Brangaine se détourne consternée et monte lentement l'escalier qui conduit à la plate-forme de la maison.

Iseult alors fouille du regard l'avenue, cherchant à voir dans la nuit; enfin ses gestes indiquent qu'elle a aperçu le bien-aimé; son émotion est à son comble.

Scène ii. — Tristan entre impétueusement; ils se précipitent dans les bras l'un de l'autre d'un élan passionné. Leurs cœurs débordent d'amour et de ravissement; ils maudissent la lumière du jour, si hostile à leur bonheur; n'est-ce pas le jour qui amena Tristan en Irlande afin de

---

1. *Minne* personnifiait l'amour. Elle était la protectrice des amants.

solliciter Iseult pour le roi Marke? le jour encore qui, baignant le chevalier d'une fausse lueur, l'avait fait paraître digne de haine à celle qui déjà le chérissait du fond du cœur?... Ah! que n'ont-ils pu, les deux amants, s'ensevelir à tout jamais dans le doux crépuscule de la nuit et de la mort, qui eût indissolublement uni leurs âmes, leurs destinées!... Ils s'asseyent sur un banc de fleurs et se tiennent longuement enlacés, appelant le trépas si ardemment désiré par eux.

Tandis qu'absorbés dans leur extase ils laissent s'envoler les heures et perdent la notion du temps, Brangaine, qui veille en haut de la plate-forme, les avertit que le jour redouté se lève et ramène avec lui le danger. Par deux fois elle les arrache à leur mutuelle contemplation; puis on l'entend pousser un cri d'alarme, et en même temps le brave et dévoué Kurwenal entre précipitamment le dos tourné et jouant de son épée.

Scène iii. — Derrière lui se pressent tumultueusement, suivis de quelques courtisans, Mélot et le roi Marke, qui s'arrêtent en face du couple et le considèrent attentivement avec des expressions diverses. Brangaine est accourue auprès de sa maîtresse, qui s'est détournée et devant laquelle Tristan, d'un mouvement instinctif, a étendu son manteau pour la dérober aux yeux des arrivants.

Mélot se vante au roi, qui est resté frappé d'une douloureuse stupeur, du service signalé qu'il vient de lui rendre et dont le prince n'a pas le triste courage de le remercier. Il est tout à la profonde douleur que lui cause l'affreuse découverte qu'il vient de faire. Ce Tristan, qu'il regardait comme l'honneur et la vertu mêmes, en qui il avait mis l'espoir de ses vieux ans, refusant jusqu'alors, pour lui laisser un jour intact son héritage, de prendre une nouvelle épouse après que la mort lui eut ravi la pre-

mière; c'est lui, ce neveu perfide qui lui amena la beauté
merveilleuse que, dans son adoration, le généreux roi a
respectée comme l'eût fait un père; c'est lui encore qui,
après avoir rendu, par la possession de ce trésor, son cœur
plus sensible à la douleur, vient lui faire cette cuisante
blessure, et verse en son âme le cruel poison du doute
envers ce qu'il aimait le plus au monde. Pourquoi l'avoir
précipité dans cet enfer dont rien ne pourra l'arracher
désormais? Tristan, qui a écouté les reproches du noble
prince avec une tristesse croissante, lève sur lui un regard plein de pitié; son secret, il ne peut le dire; nul ne
le saura jamais. Se tournant ensuite vers Iseult, qui le
contemple avec des yeux suppliants, il lui annonce son
départ pour la sombre contrée où sa mère autrefois l'en-
fanta dans la douleur et la mort. C'est là qu'il offre un
asile à la bien-aimée, si elle veut le suivre dans sa triste
retraite. Iseult lui répond que rien ne l'empêchera de
s'attacher à ses pas, il n'a qu'à lui montrer la route; son
amant la baise doucement au front; mais alors Mélot, bondissant de rage, tire son épée et provoque Tristan, qui se
met vivement en garde. Leurs armes se croisent, et Tristan s'affaisse, blessé par son adversaire. Il tombe dans
les bras de Kurwenal, tandis qu'Iseult, éplorée, se précipite sur son sein.

3ᵐᵉ Acte.

SCÈNE I. — La scène représente les jardins incultes et
désolés du vieux manoir de Tristan, *Karéol*, situé en Bretagne, sur une hauteur au bord de la mer. Au loin, on aperçoit
la ligne d'horizon par-dessus les murs à moitié en ruine
et envahis par la végétation. Au fond, une porte de château
féodal avec des meurtrières. Au milieu de la scène, à l'ombre d'un grand tilleul, la litière sur laquelle repose Tristan.

L'infortuné se meurt de la blessure que lui a faite le traître Mélot ; son fidèle Kurwenal l'a amené dans une barque, expirant, jusqu'au domaine de ses ancêtres et le dispute au trépas, attendant avec une impatience désespérée l'arrivée d'Iseult, qu'il a envoyé chercher en Cornouailles par un serviteur dévoué. Un pâtre, qui a été placé en vigie au haut de la falaise pour signaler l'arrivée du navire portant Iseult dès qu'il poindra à l'horizon, fait entendre sur son chalumeau une mélodie triste et plaintive, à laquelle il substituera des accents joyeux si la voile tant désirée se montre au large.

Au lever du rideau, il a quitté pour un instant son poste d'observation, et vient s'enquérir des nouvelles de son seigneur ; quelle mystérieuse et sombre aventure l'a réduit en si triste état ? Kurwenal refuse de répondre et l'envoie de nouveau guetter l'horizon désert, où nul vaisseau ne paraît. Le berger reprend la mélancolique mélopée, dont le rythme tire l'agonisant de sa mortelle torpeur. Il ne reconnaît tout d'abord pas les lieux qui l'entourent ; le bon Kurwenal l'aide à rassembler ses souvenirs ; mais la seule pensée qui se présente nette à son esprit est celle d'Iseult. Son amour le reprend tout entier, il appelle éperdument la bien-aimée, et une factice lueur de vie le ranime lorsque son fidèle serviteur lui promet la prochaine venue de l'adorée. Dans sa fièvre, il voit défiler devant ses yeux toute sa triste vie, sa jeunesse malheureuse, son voyage néfaste vers la terre d'Irlande et le breuvage terrible, cause apparente de tous ses malheurs ; son exaltation va grandissant, mais ses forces le trahissent, et il tombe évanoui. Kurwenal épouvanté le ranime avec peine. Que n'arrive-t-il pas, le navire qui apportera la joie et la guérison ?

Scène ii. — Soudain une mélodie joyeuse se fait entendre ; c'est le signal convenu pour annoncer la bonne nouvelle. Déjà Kurwenal, qui, sur les instances de Tristan, est monté en haut de la tour, voit flotter parmi les voiles le pavillon d'allégresse. C'est Iseult qui arrive ; le navire a passé le cap redouté et entre au port. La bien-aimée fait des signes, elle s'élance sur le rivage, et Kurwenal va la recevoir, laissant Tristan en proie à la plus grande agitation. Le blessé, croyant désormais pouvoir défier le trépas, se précipite au-devant de son amie ; mais il a trop présumé de ses forces : elles l'abandonnent, et il tombe en expirant dans les bras de l'adorée.

La mort, appelée autrefois avec tant d'ardeur, l'a enfin exaucé ; la nuit, bienheureuse adversaire du jour hostile, l'enveloppe de ses voiles. S'agenouillant près de lui, Iseult l'enlace doucement et le supplie de la laisser guérir sa profonde blessure, de vivre encore, ne fût-ce qu'une heure ; mais, le voyant à jamais sourd à sa voix, elle tombe mourante sur le corps de celui qu'elle a tant aimé.

Scène iii. — Kurwenal a assisté, muet de douleur, à cette scène navrante ; ses regards ne peuvent se détacher de Tristan. On entend à ce moment un cliquetis d'armes : le berger accourt pour annoncer qu'un second navire vient d'entrer dans le port. Une grande confusion se produit alors. Kurwenal, croyant à une incursion hostile de la part du roi Marke, se précipite sur Mélot, qui entre un des premiers, et le tue. Il est lui-même blessé mortellement dans la lutte et vient expirer auprès du corps de son maître bien-aimé. Cependant, quelle méprise était la sienne ! Le noble et magnanime roi, instruit trop tardivement, hélas ! par Brangaine, des désastreux effets du philtre et enfin convaincu que la fatalité seule a rendu traîtres les deux êtres qu'il a tant chéris, venait leur apporter son pardon et les unir à tout jamais. Il reproche doucement à Iseult de n'avoir pas su tout lui avouer ; il eût été si heureux de découvrir l'innocence de son ami le plus cher ! L'infortunée ne le comprend pas : d'un œil hagard, elle contemple la dépouille mortelle de Tristan, mais déjà son âme s'est envolée auprès de celle de son amant, et elle expire, transfigurée par la mort bienheureuse, dans les bras de sa fidèle Brangaine.

Le roi Marke bénit les cadavres, au milieu de l'émotion profonde de tous les assistants.

LES MAITRES CHANTEURS

LES MAITRES CHANTEURS

PERSONNAGES — selon l'ordre de leur première entrée en scène.	1er ACTE			2me ACTE							3me ACTE (1er tabl.)				(2e tabl.)
scènes :	1	2	3	1	2	3	4	5	6	7	1	2	3	4	5
La Communauté des Fidèles (*chœur : sopr., contr., tén., basses*).	■														
Walther de Stolzing (ténor). Jeune chevalier franconien, poète et musicien de génie, amoureux d'Eva, dont il obtiendra la main en triomphant au concours des Maîtres Chanteurs.	■	■	■					■	■	■		■		■	■
Eva (sopr.). Fille de Pogner, est la précieuse récompense promise au vainqueur du concours. Aime Walther.	■				■		■	■	■	□				■	■
Madeleine (sopr.). Nourrice, confidente et servante d'Eva; fiancée au jeune apprenti David.	■			■	■		■	■	■	■				■	■
David (ténor). Élève et apprenti de Sachs, fiancé de Madeleine.	■	■	■	■	■	■			■	■	■			■	■
Les Écoliers (*chœur : contr., tén.*). Bande d'étourdis toujours disposés au vacarme, et élèves des Maîtres des différentes corporations de la ville de Nuremberg.		■	■	■						■					■
Pogner (basse). Orfèvre, bourgeois de Nuremberg, et Maître Chanteur. Père d'Eva, qu'il a eu l'idée d'offrir comme récompense au concours.			■			■			■	■					■
Beckmesser (baryton). Greffier, personnage ridicule et antipathique, pédant, jaloux; Maître Chanteur et *Marqueur* de la corporation. Aspire à la main d'Eva.			■						■	■			■		■
Hans Sachs (baryton). Cordonnier et poète populaire. Maître Chanteur; personnage d'une extrême bonté, doux et tendre philosophe, protecteur des amours de Walther et Eva, qu'il veut unir.			■	■		■	■	■	■	■	■	■	■	■	■
Vogelsang (ténor). Fourreur. Membre de la corporation des Maîtres Chanteurs.			■						■	■					■
Nachtigal (basse). Ferblantier.			■						■	■					■
Kothner (basse). Boulanger.			■						■	■					■
Ortel (basse). Savonnier.			■						■	■					■
Zorn (ténor). Étameur.			■							■					■
Moser (ténor). Tailleur.			■							■					■
Eisslinger (ténor). Épicier.			■						■	■					■
Foltz (basse). Chaudronnier.			■						■	■					■
Schwartz (basse). Chaussetier.			■							■					■
Le Veilleur de nuit (basse). Personnage comique et purement épisodique.									■	■					
Voisines (*chœur : sopr.*).										■					
Compagnons (*chœur : tén., basses*).										■					■
Vieux Bourgeois (*chœur : basses*).										■					
Les Cordonniers (*chœur : tén., basses*).															■
Les Tailleurs (*chœur : tén., basses*).															■
Les Boulangers (*chœur : tén., basses*).															■
Gens du peuple (*chœur : sopr., contr., tén., basses*).															■

(marge gauche : LES MAITRES CHANTEURS)

LES MAITRES CHANTEURS

Je crois bien faire en donnant moins d'extension à l'analyse du poème des *Maîtres Chanteurs* qu'à celles des drames, parce qu'ici, même pour une première audition, le spectateur a beaucoup moins besoin d'être renseigné.

C'est une comédie toute faite d'esprit et de tendresse émue ; et si l'ignorance de la langue allemande s'oppose à ce que l'on en comprenne les nombreux jeux de mots et les coq-à-l'âne, le caractère gai et enjoué de la musique, la mimique suggestive des acteurs en rend la compréhension presque aussi aisée que s'il s'agissait d'une simple pantomime.

L'essentiel est de bien saisir les caractères principaux : Sachs, c'est le type de la bonté, de la droiture, du bon sens ; Beckmesser, son antithèse, c'est le pédant ridicule et haineux ; Pogner trouve sublime l'idée de mettre sa fille au concours ; David est un gai compagnon, et Madeleine une brave servante ; Walther et Éva sont des amoureux, de nature avant tout poétique.

Les Maîtres Chanteurs en eux-mêmes ne sont nullement grotesques, parce qu'ils sont convaincus : ce sont de bons et honnêtes bourgeois qui se sont érigés en conservateurs de l'art du chant, et sont à cheval sur les règles traditionnelles, dont ils n'aiment pas qu'on s'écarte.

Tous leurs noms sont rigoureusement historiques, ainsi qu'il appert d'un écrit publié à Altdorf, en 1697, par J.-Christophe Wagenseil ; on y voit aussi que l'assemblée des Maîtres avait lieu, à l'issue de l'office de midi, en l'église Sainte-Catherine, aujourd'hui fermée. Les dénominations cocasses des divers modes et les règles de la tablature sont exposées dans ce même ouvrage, d'une extrême rareté.

Mais il y avait quatre marqueurs; Wagner a dû les réunir en un seul pour composer le désopilant et antipathique personnage de Beckmesser, sur le dos duquel se joue toute la pièce.

1er Acte.

Scène I. — L'action a lieu à *Nuremberg*, au commencement du XVIᵉ siècle. La première scène se passe dans l'église Sainte-Catherine; le décor, planté de biais, ne permet d'apercevoir que les derniers bancs de la nef, qui est censée se prolonger vers la gauche.

Les fidèles achèvent de chanter un psaume. Deux femmes, assises au dernier rang, fixent l'attention d'un jeune gentilhomme, le chevalier *Walther de Stolzing*, qui, adossé à un pilier, ne quitte pas du regard la plus jeune d'entre elles, *Eva*, la fille de *Veit Pogner*, orfèvre et bourgeois de la ville de Nuremberg.

Walther adresse une muette mais éloquente supplication à la jeune fille, qui lui répond timidement par une mimique discrète et un peu confuse.

Une fois l'office terminé, le temple se vide peu à peu, et le chevalier s'approche de celle qu'il aime. L'innocente enfant, malgré sa candeur, ne serait pas fâchée de se ménager un tête-à-tête avec le beau gentilhomme; elle feint, avec une ingénuité charmante, d'avoir oublié sur son banc, dans l'église, un fichu, qu'elle envoie reprendre par sa nourrice. Pendant ce temps, Walther la supplie de décider de son sort et de prononcer le mot qui encouragera ses espérances; depuis son arrivée à Nuremberg, où il a reçu une si cordiale hospitalité de Pogner, le père d'Eva, il adore la jeune fille et aspire à devenir son fiancé, si toutefois elle est libre.

La nourrice est revenue sur ces entrefaites, et Eva, pour pouvoir prolonger l'entretien, l'expédie encore à la recherche d'une broche, tombée en route probablement. Le tête-à-tête se continue à souhait pour les deux amoureux, car *Madeleine* à son tour a oublié son livre de psaumes et s'éloigne une troisième fois. Quand elle s'approche de nouveau et qu'elle voit le chevalier, elle le remercie vivement d'avoir gardé Eva en son absence et l'invite à revenir voir maître Pogner. N'a-t-il pas été bien accueilli dès son arrivée à Nuremberg, qu'on ne l'ait plus revu? Mais le jeune homme déplore cette visite faite à la maison de l'orfèvre, car depuis qu'il a aperçu Eva, c'est fait de son repos. La nourrice se récrie à cette déclaration faite à haute voix en plein temple, et qui va compromettre sa jeune maîtresse; elle veut partir, mais Eva l'arrête : elle ne sait comment répondre elle-même à Walther qui demande si elle est fiancée, et désire que sa compagne parle pour elle. Madeleine, un instant distraite par la vue de son amoureux, l'apprenti *David,* qui sort de la sacristie, Madeleine explique alors à Walther qu'Eva est promise... sans l'être : l'orfèvre Pogner a résolu d'offrir la main de sa fille comme récompense au vainqueur du concours qui va s'ouvrir entre les Maîtres Chanteurs de Nuremberg. Personne ne connaît donc encore l'heureux élu, que du reste Eva sera libre de refuser s'il lui déplaît.

La jeune fille appuie vivement sur cette dernière partie du récit de sa nourrice et déclare avec feu à celle-ci, pendant que Walther, en proie à une grande émotion, parcourt la salle à grands pas, qu'il faut absolument qu'elle obtienne le chevalier. Elle s'est sentie à première vue gagnée par lui; d'ailleurs ne ressemble-t-il pas à David?...

— A David ? s'écrie la nourrice stupéfaite, pensant à son promis à elle. — Oui, réplique Eva ; le roi David, non celui que l'on voit sur la bannière des Maîtres, mais le David peint par Dürer et représenté par le peintre, le glaive au côté, la fronde à la main, et la tête auréolée de boucles d'or. — Quiproquo compliqué, amusant à la scène.

Ce nom de David plusieurs fois répété a attiré l'attention de l'apprenti, qui va et vient, préparant la séance qui va avoir lieu d'ici un instant dans la sacristie même. A cette séance de présentation, on doit émanciper, nommer Maître, l'apprenti qui n'aura pas manqué aux règles de la tablature. — Le chevalier arrive donc à point pour subir l'épreuve, réplique Madeleine. — Elle confie le jeune gentilhomme à David pour que celui-ci l'initie. Il est lui-même l'élève de Hans Sachs, aussi bien comme cordonnier que comme chanteur, et étudie depuis longtemps dans l'espoir d'obtenir quelque jour la maîtrise : il renseignera donc parfaitement le chevalier sur les difficultés à vaincre pour le concours du lendemain et l'épreuve préparatoire qui va avoir lieu immédiatement. Et les deux femmes se retirent chez elles.

Scène II. — Il s'agit d'abord, explique David, de gravir le premier échelon et obtenir ses lettres de franchise. Mais l'accolade de Maître Chanteur ne se gagne pas si promptement, et il y a auparavant plusieurs grades à conquérir. Il faut apprendre à connaître et à chanter sans hésitation les mélodies et les timbres pour devenir *chanteur*. Et David, dans une longue énumération, cite à Walther tous les titres, parfois burlesques, des modes avec lesquels il devra se familiariser : le bref, le long, le traînard, l'aubépin parfumé, la tortue, la tige de cannelle, le veau, la grenouille, le pélican fidèle, etc. Ensuite il lui faudra composer des paroles s'adaptant exactement à l'un des modes déjà connus; c'est ce qui lui vaudra le grade de *poète*.

Puis enfin vient la troisième et plus redoutable épreuve: l'édification d'une œuvre complète, *poème et musique*, dans laquelle le juge ne devra pas relever plus de sept infractions aux règles établies. Si Walther triomphe de cette difficulté dernière, honneur à lui, il recevra la couronne fleurie des vainqueurs et sera proclamé *Maître Chanteur*.

Les apprentis, qui pendant toute cette scène n'ont cessé de harceler et d'interrompre David, tout en aménageant la salle, ont finalement apporté au milieu du théâtre une estrade entourée de rideaux noirs; puis ils dressent une chaire, un pupitre, et placent un tableau noir auquel est suspendu un morceau de craie au bout d'une ficelle. Accompagnés de David, ils souhaitent bonne chance au candidat, en le plaisantant et en dansant une ronde autour de lui, puis ils se reculent avec respect en voyant arriver, les uns après les autres, les Maîtres.

Scène III. — Un des membres de la corporation, *Beckmesser*, personnage ridicule et antipathique, accompagne Veit Pogner et insiste auprès de lui pour obtenir la main d'Eva, qu'il convoite, mais dont il devine n'être pas aimé. L'orfèvre lui promet, sans toutefois s'engager à rien, sa bienveillance, ce qui ne suffit pas au grotesque personnage, inquiet sur l'issue de son projet; aussi accueille-t-il à contre-cœur toute figure nouvelle venue et dévisage-t-il avec malveillance Walther lorsque le jeune chevalier s'approche de Pogner, étonné de le trouver dans la salle des délibérations, lui déclarant qu'il veut affronter l'épreuve et se faire recevoir tout à l'heure membre de la compagnie. Pogner, au contraire, est ravi à cette idée et promet un cordial appui au gentilhomme.

L'assemblée est maintenant au complet, *Hans Sachs* venant d'arriver; l'un des Maîtres fait l'appel, ce qui donne lieu, dans le texte allemand, à une série de plaisanteries et de jeux de mots plus ou moins spirituels dont le sens échappe à la traduction.

Pogner alors prend la parole pour rappeler de quelle importance est la fête qui doit les réunir le lendemain, jour de la Saint-Jean. Des prix sont réservés aux vainqueurs du concours de chant, et lui, Pogner, voulant réagir contre la réputation d'avarice que l'on fait dans toute l'Allemagne à la bourgeoisie, voulant prouver qu'il ne met rien au-dessus de l'art, a décidé que ce qu'il offrirait comme prix au triomphateur, ce serait son trésor le plus précieux, sa fille unique, Eva, avec tout le bien constituant son avoir. Une seule restriction est faite à cet engagement : Eva sera libre de refuser le vainqueur s'il ne lui plaît pas; mais elle ne pourra toutefois pas choisir un époux en dehors de la corporation des Maîtres Chanteurs.

Sur ce discours de Pogner, une foule de discussions s'élèvent, accompagnées des acclamations bruyantes des apprentis, heureux de manifester d'une façon tapageuse. Les uns approuvent l'orfèvre, d'autres critiquent son idée : parmi ceux-ci Beckmesser, qui, se croyant sûr de la victoire, sent combien cette condition dernière lui sera défavorable. Hans Sachs propose de joindre le jugement du peuple à celui des Maîtres, certain que, dans son simple bon sens, il saura donner de sages avis et se trouvera tout naturellement d'accord avec le sentiment de la jeune fille; les apprentis applaudissent bruyamment à cette motion, mais plusieurs des Maîtres repoussent l'idée, ne voulant pas laisser le vulgaire s'immiscer dans leurs affaires. L'orfèvre ayant fait comprendre à Sachs combien de complications entraînerait cette nouvelle clause, il y renonce avec sa caractéristique bonne grâce. Une petite escarmouche a lieu alors entre le cordonnier et Beckmesser; ce dernier, ayant voulu ridiculiser l'excellent Hans, s'entend dire par lui *qu'ils sont trop vieux tous deux* pour aspirer à la main de la jeune fille, ce qui vexe fort le grotesque personnage.

Enfin l'effervescence se calme, et Pogner présente à ses collègues le jeune chevalier, de la noblesse et de l'honorabilité duquel il se porte garant, qui demande à subir l'épreuve de Maîtrise. Beckmesser, voulant créer des difficultés à celui chez qui il pressent un rival, essaye d'ajourner l'examen; mais les Maîtres passent outre et se préparent à écouter le candidat, lui demandant tout d'abord quel est l'artiste dont il a reçu les précieuses leçons.

Walther a étudié la poésie, dit-il, dans le silence des longues veillées d'hiver, en relisant cent fois le bouquin poudreux d'un des plus célèbres Minnesingers de l'Allemagne; c'est donc ce vieux maître qui lui a enseigné l'art poétique. Quant à la musique, il l'a apprise en entendant chanter les oiseaux des bois, alors qu'au printemps la nature, débarrassée des frimas, s'éveille au souffle embaumé du renouveau.

Sur ces explications, les discussions recommencent. Les uns, Beckmesser en tête, qui n'a cessé de ricaner pendant les réponses du gentilhomme, déclarent les prétentions de Walther absurdes; d'autres, aux idées artistiques plus larges, comme *Vogelsang,* Pogner et Sachs, préjugent mieux du jeune candidat et décident la corporation à l'entendre. Walther accepte l'examen, et, pour gagner le bien précieux auquel il aspire, il tâchera de traduire poétiquement et mélodiquement les souvenirs de son enfance : il chantera sous l'invocation de l'Amour dans lequel il a mis toute son espérance. Beckmesser est désigné comme « marqueur »; c'est lui qui s'enfermera dans la chaire entourée de rideaux apportée tout à l'heure par les apprentis, pour inscrire sur le tableau noir les fautes de l'aspirant; il s'installe dans son tribunal, après avoir souhaité la meilleure chance à son rival, accompagnant ce souhait d'une grimace ironique et mauvaise.

Walther se recueille un moment, tandis qu'un des Maîtres, *Kothner,* qui s'est fait apporter par les apprentis un grand tableau accroché à la muraille, lui lit les règles de la tablature qu'il va avoir à appliquer s'il veut être reçu; puis il monte dans la chaire réservée aux candidats, et, après avoir évoqué la gracieuse image d'Eva pour se donner du courage, il entonne la première strophe de son poème musical, dont il fait un hymne à la nature, au printemps et à l'amour.

Pendant qu'il dit le premier couplet, on entend s'agiter Beckmesser dans la loge du juge et marquer avec rage les fautes sur le tableau noir. Le gentilhomme, un instant troublé, se remet et poursuit la deuxième strophe; mais le greffier, sans lui laisser le temps d'entamer la troisième, ouvre les rideaux et déclare d'une voix criarde que le nombre des erreurs permises est de beaucoup dépassé, qu'il a perdu et n'a plus qu'à se retirer. Il montre alors à l'assemblée le tableau tellement criblé de rageurs coups de craie, que tous éclatent de rire. Le débat recommence alors, plus vif que jamais; le jaloux greffier, triomphant, pérore au milieu de ses confrères, se moquant des efforts malheureux du jeune chevalier et ralliant à son avis tous les vieux Maîtres routiniers qui n'ont pas su comprendre quelle fraîche poésie émanait de l'œuvre de Walther; de leur côté, les partisans du gentilhomme, Pogner et Sachs, défendent la forme nouvelle qu'il a adoptée; Sachs réclame au moins pour son protégé que l'on veuille bien l'entendre jusqu'au bout : il a régulièrement le droit de terminer l'épreuve ; et d'ailleurs, ajoute le poète-cordonnier, est-il bien juste qu'il soit jugé par celui-là même qui est son rival en amour ?... A ces mots, le dépit de Beckmesser ne connaît plus de bornes. En vain Pogner veut-il calmer l'effervescence générale : la plupart des Maîtres prennent fait et cause contre Walther, très énervé lui-même, et qui n'a guère pour le défendre que le bienveillant Sachs, dont l'âme d'artiste sympathise avec celle du jeune homme.

Beckmesser recommence avec un nouvel acharnement sa campagne de dénigrement ; tous se rangent de son côté, et c'est au milieu du tumulte général que Walther, remontant à la tribune, entonne sa troisième et dernière strophe, dont il fait, dans l'excitation du désespoir, une critique amère à l'égard de ses persécuteurs.

Le bon Sachs admire la courageuse attitude du gentilhomme ; mais elle ne sert qu'à lui attirer plus encore le mécontentement des entêtés bourgeois, qui déclarent, à l'unanimité, qu'il a perdu, perdu sans appel. Tout le monde se sépare avec agitation. Les apprentis, se mêlant aux Maîtres, ajoutent encore au désordre et à la confusion. Ils entament de nouveau une ronde folle autour de la loge du marqueur et essayent d'entraîner dans leur sarabande Sachs, qui, resté enfin seul, témoigne par un geste expressif de toute sa déconvenue et de son découragement. Les assistants se dispersent.

2me Acte.

Scène I. — La scène représente un côté de rue à Nuremberg, coupé au milieu par une ruelle qui va tourner à l'arrière-plan. Le coin qu'elle forme à droite est occupé par la maison de Pogner, riche habitation bour-

geoise à laquelle on accède par quelques marches ; en
haut du perron, une porte à voussure avec des bancs de
pierre. Devant la maison, un tilleul au milieu d'un massif
d'arbustes, et devant le tilleul, un banc. Le coin de gauche est formé par la demeure, plus modeste, de Hans
Sachs ; la porte de son atelier de cordonnier, divisée ho-
rizontalement en deux vantaux, ouvre directement sur la
rue et est ombragée par un sureau touffu. La maison a,
du côté de la ruelle, deux fenêtres, dont la première appartient à l'atelier, et la seconde à la chambre de l'apprenti
David.

L'acte se passe pendant une belle soirée d'été, la nuit
tombe peu à peu. David et d'autres apprentis ferment
avec des volets les boutiques de leurs maîtres, tout en
chantant et en célébrant d'avance la fête de la Saint-Jean
qui doit avoir lieu le lendemain. Les garnements accompagnent de leurs lazzi leur camarade David en essayant
d'imiter la voix de Madeleine, qui sort sans bruit de la
maison de l'orfèvre, un panier au bras, et appelle à voix
basse son amoureux, à qui elle apporte des friandises,
mais auquel elle veut avant tout demander des nouvelles
de l'examen de chant qui a eu lieu le matin. Le chevalier
est-il sorti victorieux de l'épreuve ? Sur la réponse néga-
tive de David, elle lui retire vivement le panier, dans lequel il plongeait déjà : il n'y a pas de récompense pour
le porteur de mauvaises nouvelles ; et elle rentre à la
maison en manifestant sa désolation par des gestes expressifs. Les apprentis, qui avaient suivi la scène de loin,
se rapprochent de leur camarade penaud, qu'ils félicitent
de la bonne fortune qu'il a d'épouser une vieille fille, et
dansent autour de lui ; David, furieux, va leur distribuer
des coups, lorsque Sachs, sortant de sa boutique, demande
la raison de tout ce bruit et renvoie dans sa chambre le

jeune batailleur, qui, en punition de sa mutinerie, ira dormir sans avoir sa leçon de chant. Tandis qu'ils rentrent tous deux, les apprentis se dispersent, et l'on voit apparaître du côté de la ruelle Eva revenant de la promenade, appuyée sur le bras de son père.

Scène ii. — Pogner, secrètement préoccupé du concours du lendemain, du sort de sa fille, voudrait causer avec son ami Sachs, et regarde par la fente du volet si le cordonnier est encore éveillé ; la jeune fille, soucieuse aussi, sans en rien vouloir laisser paraître, garde le silence. Elle espère vaguement pour le soir même la visite de celui qu'elle aime et dont elle n'a pas eu de nouvelles depuis le matin ; aussi ne prête-t-elle qu'une oreille distraite aux propos de son père, voulant l'entretenir du tournoi qui se prépare et dont elle sera l'héroïne ; elle insiste pour quitter le banc où ils sont assis et pour regagner la maison.

Pogner passe le premier, et la jeune fille, restée sur le seuil, échange rapidement quelques mots à voix basse avec sa nourrice qui la guettait. Elle apprend de Madeleine l'échec du gentilhomme et forme le projet d'aller en cachette, après souper, demander de plus amples informations à son vieil ami Sachs. Madeleine a encore un message pour elle, de Beckmesser ; mais celui-là lui importe peu : Eva n'en prend pas note et remonte à son tour chez elle.

Scène iii. — Sachs, après avoir adressé à son apprenti quelques paroles de morale sur sa turbulence, lui fait installer près de la porte l'établi et l'escabeau et l'envoie dormir. Quant à lui, il s'installe avec l'intention d'avancer son ouvrage ; mais, à peine seul, sa rêverie l'envahit malgré lui ; il quitte son travail, et, s'accoudant au vantail de la porte, il donne le vol à ses pensées, qui se reportent sur l'épreuve du matin : Quelle poésie dans ce chant, formé cependant contre toutes les règles reçues ! comme cet hymne au printemps était nouveau, plein de fraîcheur ! comme il émanait d'une âme d'artiste, et qu'il a su gagner le cœur du bon Sachs !

Scène IV. — Pendant qu'il devise ainsi avec lui-même, Eva, qui est sortie de sa demeure, s'est approchée de la porte de l'atelier, regardant de tous côtés si on ne l'a pas aperçue ; elle souhaite le bonsoir à son vieil ami, et, s'asseyant près de lui sur le banc de pierre, elle cherche à amener la conversation sur le sujet qui la préoccupe tant : le concours du lendemain dont elle doit être la récompense. — Qui prendra part à ce concours, se demande-t-elle ? Le poète-cordonnier, qui a le grade voulu pour tenter l'épreuve, n'aura-t-il pas l'idée de se mettre sur les rangs ? — Elle l'interroge d'une manière détournée, mais est bientôt rassurée : l'excellent Sachs l'aime comme une enfant qu'il a vue naître, mais ne prendra pas pour femme une aussi jeune fille : ce serait folie de sa part ; d'ailleurs, n'a-t-il pas été marié et père de famille déjà ?... Et il repousse l'idée sur laquelle Eva insiste, et qui lui tient peut-être plus au cœur qu'il ne voudrait se l'avouer à lui-même. — N'a-t-il pas alors le projet de favoriser Beckmesser ? — Non encore, répond le digne homme, qui voit fort bien où veut en venir la fine mouche ; aussi quand, après quelques nouveaux détours, elle arrive à parler de l'examen du matin, demandant qui s'y présentait, ne peut-il s'empêcher, en songeant à l'amour fraîchement éclos dans ce jeune cœur qu'il chérit à son insu et qu'on ne lui donnera jamais, d'avoir un moment de tristesse, et se fait-il, malgré toute sa bonhomie, un malin plaisir de critiquer le chant qu'a produit Walther, en assurant que le jeune chevalier, avec ses idées baroques et nouvelles, n'arrivera jamais à rien et peut, dès à présent, renoncer pour toujours à l'espoir d'obtenir le grade de Maître.

Eva, à ces mots, ne peut retenir son dépit; elle se lève vivement en déclarant que si Walther ne trouve pas grâce auprès des pédants routiniers de Nuremberg, il sera certainement apprécié ailleurs près des cœurs chauds, ardents et accessibles au progrès. Puis, sans plus attendre, elle s'éloigne avec Madeleine, qui est venue l'appeler à voix basse.

Le bon Sachs, à qui l'attitude de sa jeune amie a appris ce qu'il voulait savoir, la suit d'un regard pensif en la voyant partir boudeuse, et se promet généreusement de protéger de tout son pouvoir ses innocentes amours. Il s'occupe alors à fermer le vantail supérieur de sa porte, qui ne laisse plus passer qu'un mince filet de lumière, pendant que les deux femmes, retirées à l'écart, discutent vivement à mi-voix. Madeleine essaye de faire rentrer Eva, que son père a appelée à plusieurs reprises; mais la jeune fille est décidée à attendre sur la place le chevalier, qui ne peut manquer de venir et auquel elle veut absolument parler. La nourrice lui transmet alors le message de Beckmesser : ce ridicule soupirant demande à faire entendre à sa belle le chant avec lequel il concourra le lendemain, et qu'il va venir débiter avec accompagnement de luth sous ses fenêtres, ce soir même, pour le soumettre à son approbation. Eva, voulant se débarrasser de lui, envoie Madeleine se poster au balcon à sa place, à la grande désolation de la gouvernante, qui craint d'exciter ainsi la jalousie de David. Mais Eva n'écoute rien; elle pousse sa compagne dans la maison, d'où Pogner ne cesse de l'appeler, et reste, malgré Madeleine qui cherche à l'entraîner aussi, sur le seuil, prêtant l'oreille à un

bruit de pas qui annonce sans doute la venue tant désirée de Walther.

Scène v. — C'est en effet le jeune chevalier qui arrive
par la ruelle. Eva se précipite à sa rencontre et lui déclare, très exaltée, que, quoi qu'il advienne, c'est lui qu'elle
choisit, envers et contre tous, comme compagnon et
comme époux. Walther, encore ému et indigné de son
échec du matin, raconte à son amie avec quel mépris ces
Maîtres arriérés l'ont accueilli, lui qui, plein de courage,
réconforté par son amour, s'était prêté à leurs épreuves.
Aussi voit-il bien que jamais il n'acquerra ce titre, condition indispensable, d'après la volonté de l'orfèvre, pour
obtenir la main d'Eva ; une seule ressource leur reste,
s'ils veulent être l'un à l'autre : c'est de fuir ensemble, de
conquérir la liberté... Dans sa fièvre et son excitation,
il croit entendre les railleries des Maîtres le poursuivant
encore et proclamant leurs prétentions sur sa bien-aimée ;
farouche, il met la main sur la garde de son épée ; mais le
bruit lointain qu'il a entendu, c'est seulement la trompe
du veilleur de nuit qui fait sa ronde et invite au repos les
habitants de la ville. Les deux amoureux n'ont que le
temps de se dissimuler à sa vue : Eva disparaît dans l'intérieur de la maison avec Madeleine, qui est revenue la
chercher, et Walther se blottit derrière le tilleul pendant que Sachs, qui a surpris leur conversation, ouvre un
peu plus sa porte et baisse sa lampe pour continuer d'observer sans être aperçu, se promettant bien de surveiller
les deux imprudents et de les empêcher de commettre
leur folie.

Le veilleur s'est éloigné, et Walther sort de sa retraite,
attendant avec anxiété le retour d'Eva. Elle reparaît bientôt, affublée des vêtements de sa nourrice, qu'elle a pris
pour se mieux cacher. Elle indique déjà à son ami le

chemin par lequel ils vont fuir, lorsque Sachs, qui les guettait de l'intérieur de sa boutique, projette vivement sur eux la lumière de sa lampe à travers la porte grande ouverte.

Scène VI. — Les deux fugitifs ainsi éclairés ne savent à quoi se résoudre : prendre par la rue, c'est risquer de rencontrer le veilleur; s'aventurer dans la ruelle sous les regards du cordonnier est impossible. Walther veut aller éteindre la lampe du voisin gênant, mais apprend avec étonnement qu'il n'est autre que ce Sachs qui l'a si bien défendu le matin même et qui, lui dit Eva, le dénigre maintenant tout comme les autres.

Sur ces entrefaites se présente pour eux une nouvelle difficulté, sous les traits disgracieux de Beckmesser venant donner sa sérénade. L'irritation du chevalier redouble en reconnaissant son ennemi déclaré; mais Eva le calme en l'assurant que le personnage ridicule ne saurait rester longtemps là et partira une fois sa chanson chantée. Elle entraîne son ami vers le banc, et ils se cachent tous deux derrière le buisson.

Sachs, qui, à l'arrivée de Beckmesser, avait détourné sa lampe, projette de nouveau sa lumière dans la rue au moment où le greffier commence à accorder son luth pour chanter, et, s'installant à son établi, il entonne à tue-tête un chant populaire, tout en tapant à coups redoublés sur sa forme. Le grotesque Beckmesser, furieux, cherche cependant à faire bonne contenance et entame la conversation avec Sachs pour arriver à le faire taire et chanter à son tour; mais le malicieux cordonnier ne se prête nullement à ses combinaisons; il feint de croire que Beckmesser est venu le presser pour la livraison d'une paire de souliers, et se met à y travailler avec ardeur, en redoublant son vacarme. Le chant qu'il a choisi a pour but d'exaspérer l'horrible greffier, dont la fureur augmente d'une réjouissante façon, et de prévenir Walther et Eva qu'un ami est au courant de leur escapade et saura se mettre en travers de leur projet insensé. La jeune fille est désolée et a toutes les peines du monde à calmer l'irritation du chevalier, quand, par une heureuse diversion, la fenêtre d'Eva s'ouvre doucement et laisse apercevoir, confuse, une forme féminine qui n'est autre que Madeleine vêtue des vêtements de sa maîtresse. Ce tour joué à son prétentieux rival amuse Walther, qui maintenant suit la scène avec intérêt. Beckmesser, se croyant en présence de la bien-aimée, veut absolument lui roucouler sa mélodie; aussi prend-il comme prétexte qu'il est venu la chanter à Sachs pour avoir son avis; mais le rusé Hans décline toute compétence et s'acharne bruyamment sur les souliers du greffier, qui semblent concentrer entièrement son intérêt. Beckmesser insiste, s'emporte; Sachs, sous une apparente naïveté, continue imperturbablement ses taquineries et s'entête à ne pas vouloir lâcher son assourdissant travail. La situation s'éternise de la façon la plus comique; le greffier est sur les épines : pourvu qu'Eva impatientée ne quitte pas la fenêtre!... Enfin ils finissent par s'entendre tant bien que mal : Beckmesser, vaincu par la ténacité bonasse du cordonnier, accepte en soupirant d'être jugé par Hans, qui ne laissera pas pour cela ses chers souliers et marquera les fautes du poète en enfonçant à coups de marteau les clous dans les semelles. Le chanteur se place bien en vue de la fenêtre d'Eva qui s'est ouverte toute grande, et commence, après avoir préludé sur le luth que, dans sa fureur, il a accordé faux, son premier couplet, bientôt interrompu par un, puis par deux, trois coups. Il se retourne sans bruit, mais furieux, contre ce nouveau marqueur, qui l'arrête à chaque instant par des observations sur ses vers et finit par l'engager tranquillement à recommencer de nouveau son chant. Dans ce chant, il célèbre la journée qui va bientôt se lever, le concours qui va avoir lieu, et la belle jeune fille qui en sera le prix. Au fur et à mesure que son œuvre se déroule, les coups de marteau de Sachs redoublent, s'accélèrent, se précipitent. A chacun d'eux, Beckmesser fait une grimace significative et, pour tâcher de les étouffer, il chante de plus en plus fort, donnant ainsi à son morceau, qu'il voulait langoureux et expressif, une allure bruyante, saccadée et tout à fait ridicule. Sachs alors lui demande, avec le plus grand sérieux, s'il a fini sa chanson : pour lui, Sachs, il a terminé son travail, grâce aux nombreuses fautes qu'il a eu à marquer; puis, lui donnant en deux mots son appréciation peu flatteuse sur son œuvre poétique, il lui éclate de rire au nez et lui tourne le dos. Beckmesser exaspéré, mais qui n'en veut pas démordre, continue à chanter sous les fenêtres de sa belle, bien que celle-ci se soit retirée avec un geste de désapprobation; il crie à tue-tête d'une voix de fausset et fait un tel bruit que les voisins réveillés commencent à se montrer aux fenêtres. David paraît comme les autres et, croyant comprendre que c'est à Madeleine, qu'il reconnaît de loin, que s'adresse la sérénade, il bondit dans la rue, un gourdin à la main, et, fondant sur le greffier, lui brise son luth et lui administre une volée qui continuera pendant toute la scène suivante. Les habitants du quartier descendent alors dans la rue à moitié endormis, et, sous prétexte de séparer les deux combattants, se querellent entre eux. Les apprentis accourent de toutes parts, enchantés de compliquer le tumulte, puis les compagnons tisserands, corroyeurs, bouchers, potiers, etc., etc.; les Maîtres et les bourgeois de la ville, attirés par le bruit, arrivent à leur tour; chacun

se dispute et bataille avec son voisin : les femmes s'en
mêlent en reconnaissant leurs maris, leurs frères; la bagarre est à son comble, le tumulte général, tout le monde
crie, est excité, on ne voit de tous côtés que nez qui sai-
gnent et yeux pochés. Madeleine, de sa fenêtre, est arrivée
à faire lâcher prise à David, qui tapait toujours sur Beckmesser; mais Pogner, qui croit voir en elle Eva, dont elle
a les vêtements, la fait rentrer dans la maison et lui enjoint
de se tenir tranquille, puis il descend au rez-de-chaussée
et paraît sur le seuil de sa porte. Depuis le commencement
de la bagarre, Eva et Walther, pleins d'inquiétude, sont
restés blottis sous le tilleul; mais, profitant du tumulte général, ils songent de nouveau à la fuite; le chevalier s'a-
vance l'épée à la main, suivi de sa compagne, pour se frayer
un chemin parmi la foule à la faveur de la nuit, car la
lampe du cordonnier n'éclaire plus la scène; mais Sachs,
qui n'a cessé de surveiller les tourtereaux et vient de faire
lâcher prise à David en l'envoyant d'un coup de pied rouler dans la boutique, tandis que Beckmesser tout éclopé
s'enfuit au plus vite, Sachs s'avance au milieu de la rue et
pousse Eva vers sa maison, où l'orfèvre, croyant reconnaître Madelon, la reçoit et l'enferme vivement; Hans alors
saisit Walther par le bras et l'entraîne dans sa boutique,
dont il ferme la porte derrière lui. A ce moment, les compagnes des belligérants ont l'idée, pour calmer ces furieux,
de les arroser d'eau en criant : « Au feu! » La déroute alors
commence; puis on entend au loin la trompe du veilleur
de nuit qui se rapproche peu à peu; les bourgeois, compagnons et apprentis prennent peur, se dispersent en un
clin d'œil et disparaissent dans leurs maisons, dont ils
ferment rapidement fenêtres et portes, de sorte que, quand
le veilleur arrive sur la place pour inviter les habitants au
repos, le quartier a repris son calme accoutumé; le bon-

homme, croyant avoir rêvé lorsqu'il a entendu les échos lointains de la bataille, se frotte les yeux et ne trouve plus qu'une ville endormie dans la superbe clarté de la lune qui vient de se lever.

3ᵐᵉ Acte.

Scène i. — Nous entrons maintenant dans l'atelier de Sachs. Au fond, la porte de la rue, dont le panneau supérieur est ouvert. A gauche, une fenêtre garnie de pots de fleurs et donnant sur la ruelle; à droite, une porte ouvrant sur un cabinet.

Le cordonnier est assis dans un grand fauteuil près de la fenêtre, éclairé par les rayons d'un soleil matinal; il est absorbé dans la lecture d'un gros in-folio qu'il tient sur ses genoux, et n'entend pas arriver son apprenti; qui, de la rue, avance la tête avec précaution et jette un regard dans la pièce, puis, se voyant inaperçu, entre sur la pointe des pieds et dépose doucement derrière l'établi un panier qu'il avait au bras. Il en examine avec curiosité le contenu et en tire successivement des fleurs, des rubans, puis un gâteau et un saucisson, qu'il se dispose à entamer, lorsque, au bruit que fait Sachs en tournant une feuille de son livre, il tressaute et cache vivement ses richesses. Puis, redoutant la colère de son maître à l'égard de sa pétulante conduite de la nuit dernière, il entame sa justification en un flot de paroles que Sachs, toujours à sa lecture, n'entend pas. David, pénétré de son sujet, continue à plaider sa propre cause avec une ardeur touchante et comique à la fois, jetant de temps à autre un regard expressif et inquiet sur ses provisions, pour lesquelles il tremble. Le bon poëte ferme enfin son livre et, sortant peu à peu de sa rêverie, est tout étonné de voir à ses genoux David, que la frayeur a fait trébucher et qui le regarde craintivement. Sachs, apercevant les fleurs et les rubans, se met à deviser, tranquillement et sans courroux, au grand plaisir de David, de la fête qui se prépare, et fait réciter à son élève sa leçon, le verset sur la Saint-Jean. Le jeune homme, dans son trouble, débite les paroles du verset sur l'air de la ridicule sérénade de Beckmesser, puis, à un signe d'étonnement de Sachs, il reprend dans le ton juste, cette fois, son cantique, qui a pour sujet le baptême d'un enfant de Nuremberg transporté sur les rives du Jourdain et nommé Johannès en latin ou Hans en allemand ; cette transition amène le chanteur à souhaiter la fête de son maître, en lui offrant avec élan les fleurs et friandises qu'il a dans son panier ; il termine en formant le vœu que Sachs, triomphant au concours et obtenant la main d'Eva, orne ainsi sa maison d'un gracieux visage qui y amènerait la gaieté. L'excellent homme lui répond doucement, mais d'une façon réservée, en ne lui livrant pas le fond intime de ses pensées, pensées tristes de renoncement à un bonheur entrevu et que, dans son courageux bon sens, il ne s'est jamais avouées à lui-même, et il l'envoie se parer pour la fête dont l'heure approche. David, tout ému et heureux d'avoir esquivé sa réprimande, baise avec respect la main de son maître et entre dans sa chambre, pendant que le poète-philosophe reprend le fil de sa rêverie, tenant toujours son in-folio sur les genoux. Il médite profondément sur la nature humaine, si prompte, hélas ! à la méchanceté, à la querelle. Comme un rien suffit à déchaîner les passions, à faire s'entrechoquer les hommes ! Pourquoi ces placides habitants de Nuremberg étaient-ils aussi enragés la nuit dernière ? Une cause inconnue, puérile à coup sûr, les a déchaînés les uns contre les autres : les effluves d'un sureau en fleur, l'intention malicieuse d'un kobold, la lourdeur de

l'air en cette nuit de Saint-Jean peut-être?... Cette idée
de la Saint-Jean qui surgit tout à coup dans son cerveau
lui rappelle qu'il a une tâche à accomplir en ce jour maintenant arrivé. Il s'agit de manœuvrer habilement et de
mettre tout en jeu pour aboutir au bonheur des deux
enfants dont il protège les amours.

Scène ii. — A ce moment la porte du cabinet s'ouvre
et livre passage à Walther, qui reste un instant immobile
à contempler Sachs; celui-ci se retourne et laisse glisser
l'in-folio de ses genoux à terre.

Walther, qui a reçu une cordiale hospitalité de son protecteur, a passé sous son toit une nuit réconfortante et
réparatrice, pendant laquelle il a fait un rêve d'une idéale
beauté. Hans l'invite alors à prendre ce rêve comme base
de son Chant de Concours : car il veut lui voir tenter
l'aventure, malgré sa déconvenue de la veille. Il ne faut
pas garder rancune à d'honnêtes gens qui ont pu se tromper en toute sincérité et ont été un peu troublés par la
forme nouvelle et impétueuse du lied qu'on leur présentait. Sachs ne perd nullement espoir de voir son protégé
réussir; sans cela n'aurait-il pas été le premier à favoriser la fuite et l'union des deux amoureux? Allons, vite
au travail, et que Walther compose un beau chant de
Maître.

Mais d'abord, qu'entend-on par chant de Maître? réplique le gentilhomme; à quoi servent ces règles étroites
qu'ils prétendent imposer à tous? Le génie peut-il s'accom-
moder ainsi des entraves que l'on met à son essor? — Certes, lui dit le bon Sachs, au printemps de la vie, alors
que toute l'ardeur, la sève de la jeunesse affluent au cœur,
au cerveau, le génie peut se passer des règles et réussit
souvent sans leur secours à produire une œuvre belle et
forte; mais quand les ans, quand la vie avec son cortège

de tristesses, ont glacé cet élan, refroidi ces ardeurs, celui qui n'est plus guidé par l'enthousiasme et par les illusions juvéniles ne saura rien créer s'il ne peut s'appuyer sur la science; ceux qui se sont donné la peine de formuler, de grouper ces règles, ont été justement des hommes éprouvés par les misères de la vie et qui se sont rendu compte de la nécessité d'un tel soutien. Et Sachs, après une mélancolique allusion à son propre état d'âme, termine en engageant le jeune chevalier à commencer sans retard son travail; il racontera son rêve, qui lui servira de base, de sujet, et son maître lui enseignera par quels procédés le mettre d'accord avec les règles des Maîtres Chanteurs, de façon à ce qu'il puisse être approuvé et couronné par eux.

Walther, dans une première strophe, chante d'abord, recueillant ses souvenirs, un merveilleux jardin parfumé des plus suaves senteurs et s'ouvrant à lui dans la clarté d'une aube éclatante.

A merveille, lui dit Sachs, qui l'engage à composer immédiatement la deuxième strophe, pour que la similitude soit parfaite. Walther continue, en un second couplet, à dépeindre le jardin enchanteur, puis, sur les conseils de son professeur, ajoute la conclusion, dans laquelle il célèbre une beauté radieuse qui s'offre à ses regards enivrés et le mène vers l'arbre de la vie. Sachs, ému de la poésie qui se dégage du premier *bar*[1], invite le jeune poète à en composer un deuxième, dans lequel Walther

---

1. « Chaque chant de Maître ou *Bar* a sa mesure régulière... Un *Bar* comprend le plus souvent différentes strophes... Une strophe se compose ordinairement de deux *Stollen* qui se chantent sur la même mélodie. Un *Stoll* se compose d'un certain nombre de vers; lorsqu'il est terminé, on l'indique par une croix. Vient ensuite l'*Abgesang* (l'envoi); il comprend aussi un certain nombre de vers, que toutefois l'on chante sur une autre mélodie. » (WAGENSEIL [1697].)

met encore toute son âme. Il en faudrait un troisième ;
mais le chevalier saura bien l'édifier au moment même du
concours ; il s'agit pour l'instant d'aller revêtir ses vêtements de fête, car l'instant solennel approche. Sachs, plein
de confiance sur l'heureuse issue de l'épreuve que va abor-
der son protégé, lui ouvre la porte de la chambre et le
fait passer, avec un air de grande déférence.

Scène iii. — Beckmesser paraît alors à la fenêtre et,
ne voyant personne, se risque à entrer. Il est en grande
toilette, mais a une démarche piteuse, qui se ressent encore de la volée que lui a administrée David la veille. Il
boite, se frictionne les membres et paraît furieux ; il fait
des gestes de colère en regardant la maison de Pogner et
la fenêtre d'Eva, puis il va et vient, et tout à coup s'arrête
en apercevant sur l'établi le papier sur lequel Sachs vient
de griffonner la composition de Walther. Il la parcourt
indiscrètement et laisse éclater sa fureur, croyant que le
cordonnier est l'auteur pour son propre compte de cet
essai poétique. Puis il cache précipitamment le papier
dans sa poche, car il entend s'ouvrir la porte de la chambre ; c'est Hans qui arrive, paré aussi de ses habits de
fête et qui, paraissant heureusement surpris de sa visite,
lui demande, sur un ton de malicieux empressement, comment il se trouve des souliers terminés et livrés la veille.
Hélas ! les semelles qui ont servi de cible aux coups du
marqueur improvisé sont bien minces et ne préservent
guère leur propriétaire des cailloux du chemin ; mais c'est
bien de cela vraiment qu'il s'agit ! Le greffier déclare à
Sachs qu'il voit clair maintenant dans son jeu et lui revau-
dra quelque jour sa traîtresse plaisanterie de la veille,
plaisanterie destinée à le ruiner, lui, Beckmesser, dans
l'esprit de la jolie Eva, et au contraire à servir les projets
ambitieux du cordonnier près de celle dont il convoite et

la personne et la richesse. Sachs a beau protester de son innocence et de son peu de prétentions sur la jeune fille, le greffier refuse de le croire et, voulant le confondre, tire de sa poche le feuillet sur lequel est écrite l'ébauche du morceau de Walther et le lui présente. Le cordonnier raille le vilain personnage sur le procédé peu délicat dont il vient d'user en dérobant cet essai poétique; et, pour lui prouver le peu de cas qu'il fait de ce chiffon de papier, il le lui abandonne. Beckmesser est surpris et ravi de posséder une poésie de Sachs pour lui servir de Chant de Concours : quelle aubaine ! Il change absolument d'allure envers celui qu'il vient d'injurier si violemment, et, après s'être assuré que le morceau lui est bien donné en toute propriété, que Sachs n'en revendiquera jamais la paternité, il se fait bonhomme, patelin, flatteur, et s'en va, toujours clopin-clopant, mais triomphant, persuadé que son talent personnel de musicien, uni au travail de Sachs, lui vaudra haut la main le prix qu'il ambitionne et qu'aucun rival ne saurait lui disputer. Sachs le suit du regard en souriant et en songeant que l'acte indiscret de cette nature basse et vile va servir merveilleusement ses projets.

Scène iv. — A peine Beckmesser a-t-il le dos tourné que la mignonne Eva, exquise dans sa blanche toilette de fiancée, paraît à l'entrée de la boutique; elle vient sous prétexte de montrer à son vieil ami les souliers qu'il lui a faits et qui, prétend-elle, ne lui vont pas et la blessent. Le bon Sachs comprend fort bien le manège de la rusée, mais feint de ne pas s'en apercevoir, non plus que du cri qu'étouffe la jeune fille à l'arrivée de Walther, qui se montre sur le seuil de la porte, vêtu d'un brillant costume; Walther reste en extase devant la blonde beauté qui s'offre à ses regards. Sachs, qui tourne le dos, semble toujours absorbé dans l'examen du fin soulier ; il l'enlève, pour l'arranger, du pied de sa jeune amie, se dirige vers l'établi comme s'il n'avait rien vu, et philosophe tout en travaillant ; il exprime le plaisir qu'il aurait si, pendant qu'il accomplit sa besogne, quelqu'un voulait lui chanter de poétiques couplets. Qu'il en a entendu de jolis tout à l'heure et qu'il voudrait en connaître la suite ! Walther, qui a compris l'invite, se met à chanter le troisième *bar* de son Morceau de Concours, qui traite, comme les autres, de son amour, et de son culte pour l'objet de sa passion. Sachs, qui s'est occupé tout le temps de son travail, rapporte les chaussures et les remet à Eva, restée jusqu'ici immobile et comme en extase. Elle comprend alors ce qui vient de se passer ; troublée par cette musique si poétique, par la délicate bonté de son noble ami, par son dévouement à leur cause, vaincue par l'émotion, elle éclate en sanglots et tombe dans les bras de Sachs, qu'elle presse sur son cœur, tandis que Walther, s'approchant aussi, serre les mains de l'homme excellent qui a tant fait pour lui. Hans, pour cacher l'attendrissement qui le gagne, lui aussi, se livre, moitié riant, à quelques considérations plaisantes sur son difficile métier de cordonnier... et de confident de jeunes filles qui cherchent des maris ; puis, pour pouvoir laisser seuls les deux tourtereaux, il feint de chercher David ; mais Eva le retient ; elle veut lui exprimer toute la reconnaissance dont son cœur déborde et toute l'affection qu'elle éprouve pour lui, affection qui lui aurait fait le choisir pour époux si un autre amour plus violent n'avait pris place en son cœur. Le bon Sachs repousse cette pensée : s'il l'a eue un instant, la triste histoire de *Tristan et Iseult* et du roi Marke lui a servi d'exemple et l'a empêché de s'égarer dans un rêve téméraire. Il ne s'appesantit pas sur ces pensers dangereux et appelle

10.

vivement Madeleine, qui, en habits de fête, rôde autour de la maison, puis David, paré aussi, et propose de procéder au baptême du *mode* nouveau qui vient de naître de la poétique imagination du jeune chevalier. Il s'en déclare le parrain, désigne Eva comme marraine et David pour témoin ; mais, comme un Apprenti ne saurait être appelé à une telle dignité, il confère de suite à son élève le grade de Compagnon et lui donne, à la grande joie du jeune homme, l'accolade, sous la forme d'un vigoureux soufflet. Puis il offre à son filleul tous ses vœux de réussite, qu'il aurait voulu formuler dans une joyeuse chanson, si son pauvre cœur, un peu meurtri par toutes les luttes qu'il vient de soutenir, lui en avait laissé les moyens.

Eva et Walther unissent leurs voix et leurs vœux pour le prochain succès, qui les comblerait de bonheur. David et Madeleine, tout heureux de voir leurs affaires de cœur en si bon chemin, grâce au grade auquel vient d'être élevé le nouveau Compagnon, se mêlent à l'allégresse générale.

Tandis qu'Eva se rend chez son père afin de l'engager au départ pour la prairie où doit avoir lieu le Concours, et que David ferme les volets de la maison de Sachs, l'orchestre passe à un air joyeux, qui se résout en un rythme de marche, et le rideau se referme rapidement.

Scène v. — Quand il s'ouvre de nouveau, la scène représente la prairie à travers laquelle serpente la Pegnitz ; et on aperçoit dans le lointain la ville de Nuremberg ; le paysage est animé par des tentes sous lesquelles on vend des rafraîchissements, et par un va-et-vient continuel de bateaux qui déposent sur la rive les bourgeois et leurs familles en grande toilette. Sur le côté droit, une estrade, déjà pavoisée de trois côtés avec les bannières des corporations, est dressée et garnie de bancs. Les apprentis des Maîtres Chanteurs, en vêtements de fêtes, remplissent

les fonctions de commissaires et font les honneurs aux
nouveaux arrivants; ils conduisent et font placer les corporations, parmi lesquelles on remarque surtout: les Cordonniers, qui chantent un couplet en l'honneur de saint
Crépin, lequel volait le cuir pour faire des souliers aux
pauvres; puis, précédés des fifres et des fabricants d'instruments de musique pour les enfants; les Tailleurs, qui
proclament, en un joyeux chant, la bravoure et la ruse d'un
des leurs qui sut sauver la ville des attaques de l'ennemi
en s'affublant de la peau d'un bouc. Les Boulangers succèdent ensuite aux tailleurs, vantant l'utilité de leur métier, sans lequel on mourrait de faim; mais ils sont inter-
rompus par l'arrivée d'une nacelle pavoisée et chargée
de gracieuses jeunes paysannes, au-devant desquelles se
précipitent, pour les aider à débarquer, les Compagnons
et les Apprentis; ces derniers l'emportent auprès des
nouvelles venues, qu'ils entraînent pour les soustraire aux
Compagnons et avec lesquelles ils se mettent à valser.
David, qui fait partie de la bande joyeuse, prend une
belle fille par la taille et danse avec entrain, effarouché
un instant par la menace que lui font ses camarades de
l'arrivée de Madeleine.

Enfin, les Compagnons, qui étaient restés en observation au débarcadère, signalent l'approche des Maîtres
Chanteurs. Chacun quitte précipitamment sa danseuse;
David, en prenant congé de la sienne, lui donne un baiser
enthousiaste; et tout le monde se range sur la rive pour
laisser passer les Maîtres qui se rendent en cortège jusqu'à l'estrade, ayant à leur tête Kothner portant la bannière, et Pogner qui tient Eva par la main. La jeune fille
est suivie de compagnes richement parées aussi et de
Madeleine. Le peuple salue avec joie la docte Corporation et agite les chapeaux sur son passage. Eva et son

père vont occuper les places d'honneur sur l'estrade ; Kothner plante bien en vue la bannière des Maîtres Chanteurs, et les apprentis invitent l'assemblée au silence.

Sachs alors s'avance pour parler à la foule ; mais le peuple, à la vue de son poète aimé, celui qui sait si bien chanter ses souffrances et ses espérances, fait retentir de nouveau des exclamations enthousiastes et, avec une touchante spontanéité, entonne un beau chant que Hans a composé jadis et qui est dans toutes les mémoires comme dans tous les cœurs. Sachs, qui pendant tout le temps est resté perdu dans une lointaine rêverie, abaisse, ému, ses regards sur ses compatriotes et les remercie de leur accueil. Puis, s'adressant aux Maîtres, il leur rappelle combien est élevé le but du Concours qui va s'ouvrir et comme est précieux le Prix réservé au vainqueur. Il demande que tout poète ait le droit de se présenter librement et sans conditions, pouvu qu'il puisse justifier de son passé sans tache, qui sera une sûre garantie de bonheur pour l'adorable enfant qui constituera une si haute récompense. Pogner remercie en termes chaleureux l'ami qui a bien voulu se faire l'exact interprète de ses sentiments, puis Sachs désigne, pour subir le premier l'épreuve, Beckmesser, qui depuis un long moment déjà s'efforce en cachette d'apprendre par cœur la poésie dérobée chez le cordonnier, et, n'y parvenant pas, s'essuie le front en donnant les marques du plus comique désespoir.

Il quitte l'estrade des Maîtres et se hisse tant bien que mal sur le tertre couvert de gazon qui doit servir de chaire aux concurrents, aidé malicieusement par les Apprentis, qui se moquent de lui, le bousculent et le font trébucher, en riant sous cape. Le peuple, voyant paraître ce disgracieux personnage, exprime son étonnement et plaisante à voix basse, tandis que le candidat, après avoir fait à Eva une prétentieuse révérence, commence sur le thème de sa sérénade une adaptation de ce qu'il croit être les paroles du manuscrit dérobé; mais la mémoire lui fait défaut, il s'embrouille, perd toute suite dans les idées et se met à débiter un flot de paroles incohérentes qui constituent les coq-à-l'âne les plus ridicules et exorbitants.

La foule stupéfaite commence à chuchoter; lui cependant ne perd pas son aplomb ni sa prétention, et continue de plus belle, confondant, interposant ou dénaturant tous les mots de la poésie, formant ainsi des phrases extravagantes; les chuchotements du peuple s'élèvent et finissent par se fondre en un bruyant éclat de rire. Le greffier ainsi bafoué se retourne furieux vers Sachs et le dénonce à tous comme un fourbe et un traître qui est l'auteur de cette œuvre grotesque. Hans ramasse avec calme les feuillets que Beckmesser a froissés et jetés à terre, et, déclarant qu'il n'est pour rien dans cette poésie, désigne, en montrant Walther, son véritable père; à l'appui de son dire, il enjoint en même temps au jeune chevalier d'en donner la preuve en chantant sur les paroles de ce poème la mélodie qui a été faite pour l'accompagner. Il passe aux Maîtres le manuscrit, et Walther, qui s'est élancé d'un pas délibéré vers le tertre, commence son Chant, formé de trois strophes.

La première de ces strophes célèbre le jardin merveilleux, resplendissant à la lumière du matin, dans lequel lui est apparue la femme qu'il aime, son Eva, qui résume pour lui les délices du paradis. La deuxième chante l'onde pure et la source sacrée vers laquelle l'a guidé sa muse, l'envoyée du Parnasse. Enfin la troisième exalte à la fois l'amour et la poésie, puisque c'est sous les traits de la bien-aimée que s'est montrée à lui l'inspiratrice, là

muse au front divin, et que la douce image d'Eva est insé-
parablement unie dans son âme à la première manifestation de génie qu'elle y a fait éclore.

Les Maîtres émus écoutent avec ravissement; le peuple commence à manifester librement son admiration
pour le jeune poète, et, sans attendre la décision du tribunal, proclame avec enthousiasme sa victoire. Les Maîtres sanctionnent alors le jugement de la foule et décer-
nent le prix à Walther, au milieu de la joie générale. Eva,
qui depuis le commencement a écouté avec extase le
chant de son bien-aimé, s'avance radieuse au bord de
l'estrade et dépose sur le front du vainqueur, agenouillé
devant elle, une couronne de myrtes et de lauriers; puis
elle le conduit à son père, devant lequel ils s'inclinent
tous les deux et qui étend ses mains pour les bénir.

La foule acclame Hans, qui a si judicieusement su comprendre et défendre le poète méconnu hier et admiré
maintenant; mais la tâche du bon Sachs n'est pas tout à
fait terminée : le jeune vainqueur, peu soucieux de la Maîtrise que veut lui conférer Pogner, dédaigne de s'enrôler dans la phalange des Maîtres Chanteurs et refuse la
chaîne ornée de l'image du roi David qui est l'insigne de
l'ordre. Hans lui fait comprendre quelle serait son ingratitude s'il agissait ainsi envers ces hommes qui viennent de lui décerner le Prix si précieux à son bonheur;
il lui rappelle aussi tout le mérite qu'ils ont eu de conserver intactes les nobles traditions de l'art allemand, et
termine en faisant un chaud panégyrique du génie et de
l'art national, qu'il sent menacés par les vicissitudes que
traverse l'Empire et qu'il recommande au patriotisme et
à la fidélité de tous.

A ces mots, les exclamations du peuple recommencent,
plus enthousiastes que jamais; Eva prend la couronne

du front de Walther pour la poser sur celui de Sachs; les deux fiancés l'entourent à l'envi, pendant que Pogner, pour lui rendre hommage, fléchit le genou devant lui. Toutes les mains applaudissent, les chapeaux s'agitent, et le rideau se referme sur une véritable apothéose du poète populaire que les Maîtres Chanteurs, dans un élan général, semblent désigner comme leur chef à tous.

Il est facile de voir dans le sujet des « Maîtres Chanteurs » une sorte de pendant gai et comique au poème de Tannhauser; ce qui était, d'ailleurs, dans la pensée de Wagner.

LA TÉTRALOGIE

DE

L'ANNEAU DU NIBELUNG

La Tétralogie[1], ou plus exactement **La Trilogie de l'Anneau du Nibelung** (*der Ring des Nibelungen*), festival scénique en un prologue : **L'Or du Rhin** (*das Rheingold*), et trois journées : **La Walkyrie** (*die Walküre*), **Siegfried** (*Siegfried*) et **Le Crépuscule des dieux** (*Gœtterdæmmerung*), a été tirée par Wagner des *Eddas scandinaves* et du vieux poème des *Nibelungs*, mais considérablement remaniés, modifiés, amplifiés par l'art merveilleux de son puissant génie.

Les quatre drames qui forment l'ensemble du *Ring* développent les péripéties produites par la malédiction que le Nibelung Alberich a attachée à l'Anneau dispensateur de la puissance, forgé par lui avec l'Or du Rhin dérobé aux Ondines, et qu'à son tour Wotan lui a ravi. A travers maintes vicissitudes, la bague maudite cause la perte de tous ceux qui la possèdent ; la série de catastrophes qu'elle suscite aboutit à la ruine finale de la race des dieux et ne prend fin que lorsque sa dernière victime, Brünnhilde, rendant aux flots purificateurs du Rhin le trésor qu'on lui avait dérobé, délivre enfin le monde du terrible anathème.

Ces *personnages* appartiennent à la mythologie scandinave, mais sont souvent modifiés, parfois même dénaturés par le caprice de l'auteur.

---

1. Le vrai nom est : *Trilogie avec prologue*, mais l'appellation de *Tétralogie* est consacrée par l'usage.

LA TÉTRALOGIE DE L'ANNEAU DU NIBELUNG

PERSONNAGES (selon l'ordre de leur première entrée en scène.)

L'OR DU RHIN

- **Les Filles du Rhin.** { Woglinde (sopr.). / Wellgunde (mezzo). / Flosshilde (contr.). } Nymphes ou Nixes gardiennes de l'Or du Rhin.
- **Alberich** (baryt.). Gnome hideux, Roi des Alfes noirs ou Nibelungs, race de nains habitants des cavernes et habiles forgerons.
- **Fricka** (mezzo). Déesse du Mariage, Épouse de Wotan, sans enfants; sœur de Freïa, Donner et Froh.
- **Wotan** [le Voyageur] (baryt.). Roi des Dieux; père des 9 Walkyries, dont Erda est la mère. Père aussi de Siegmund et Sieglinde. Époux de Fricka.
- **Freïa** (sopr.) Déesse de l'Abondance et de l'Amour. Sœur de Fricka, de Donner et de Froh.
- **Fasolt** (baryt.). L'un des Géants chargés par Wotan de construire le palais des Dieux, le Walhalla.
- **Fafner** le [Dragon] (basse). Autre Géant, qui, dans *Siegfried*, se transforme en dragon.
- **Froh** (ténor). Dieu de la Joie. Frère de Donner, de Fricka et de Freïa.
- **Donner** (baryt.). Dieu du Tonnerre. Frère de Fricka, de Freïa et de Froh.
- **Loge** (ténor). Dieu du Feu, des Flammes, et aussi de la Ruse et du Mensonge, astucieux et malfaisant.
- **Mime** (ténor). Nain ou Nibelung, forgeron, père adoptif, mais haineux, de Siegfried, qui le tue.
- **Erda** (contr.). Déesse de la Sagesse et de la Terre. Mère des Nornes, et des Walkyries, dont le père est Wotan.

LA WALKYRIE

- **Siegmund** (ténor). Fils de Wotan (sous le nom de Wælse), frère et époux de Sieglinde, père de Siegfried.
- **Sieglinde** (sopr.). Fille de Wotan (sous le nom de Wælse), épouse de Hunding, puis de Siegmund, son frère. Mère de Siegfried.
- **Hunding** (basse). Premier époux de Sieglinde, qui le déteste, car elle lui a été vendue.
- **Brünnhilde** (sopr.). L'aînée des Walkyries, fille de Wotan et d'Erda, épouse de Siegfried, puis, par trahison, de Gunther.
- **Les Walkyries.** { Helmwige, Gerhilde (sopr.). / Waltraute (mez.). / Ortlinde, Siegrune, Rossweisse (mez.). / Grimgerde, Schwertleite (contr.). } Vierges guerrières, filles de Wotan et d'Erda, sœurs de Brünnhilde.

SIEGFRIED

- **L'Oiseau** (sopr.). Personnage prophétique et mystérieux.

LE CRÉPUSCULE DES DIEUX

- **Les Nornes.** { 1re Norne (contr.). / 2me Norne (mez.). / 3me Norne (sopr.). } Filles de la Terre, qui filent la destinée des Dieux comme celle des humains, et connaissent l'avenir.
- **Gunther** (baryton). Fils de Gibich et de Grimhilde, frère de Gutrune; demi-frère de Hagen; époux, par trahison, de Brünnhilde.
- **Hagen** (baryt.). Fils du nain Alberich et de Grimhilde (séduite par l'or du gnome) et demi-frère de Gunther et de Gutrune.
- **Gutrune** (sopr.) Fille de Gibich et Grimhilde; sœur de Gunther, demi-sœur de Hagen; épouse, par trahison, de Siegfried.

Présence par scène (SCÈNES — ■ = en scène):

Personnages	OR 1	OR 2	OR 3	OR 4	WK I-1	WK I-2	WK I-3	WK II-1	WK II-2	WK II-3	WK II-4	WK II-5	WK III-1	WK III-2	WK III-3	SG I-1	SG I-2	SG I-3	SG II-1	SG II-2	SG II-3	SG III-1	SG III-2	SG III-3	CR Prol	CR I-1	CR I-2	CR I-3	CR II-1	CR II-2	CR II-3	CR II-4	CR II-5	CR III-1	CR III-2	CR III-3
Woglinde	■			■																														■		
Wellgunde	■			■																														■		
Flosshilde	■			■																														■		
Alberich	■		■	■															■		■								■							
Fricka		■		■				■																												
Wotan		■	■	■				■	■					■	■			■		■			■	■													
Freïa		■		■																																
Fasolt		■		■																																
Fafner		■		■															■	■																
Froh		■		■																																
Donner		■		■																																
Loge		■	■	■																																
Mime			■													■	■	■	■	■																
Erda				■																		■														
Siegmund					■	■	■			■	■	■																								
Sieglinde					■	■	■			■		■																								
Hunding						■						■																								
Brünnhilde									■		■	■	■	■	■									■	■			■				■	■		■	■
Les Walkyries													■	■																						
L'Oiseau																					■															
Les Nornes																									■											
Gunther																										■	■					■	■		■	■
Hagen																										■	■		■	■	■	■	■		■	■
Gutrune																										■	■				■	■	■			■

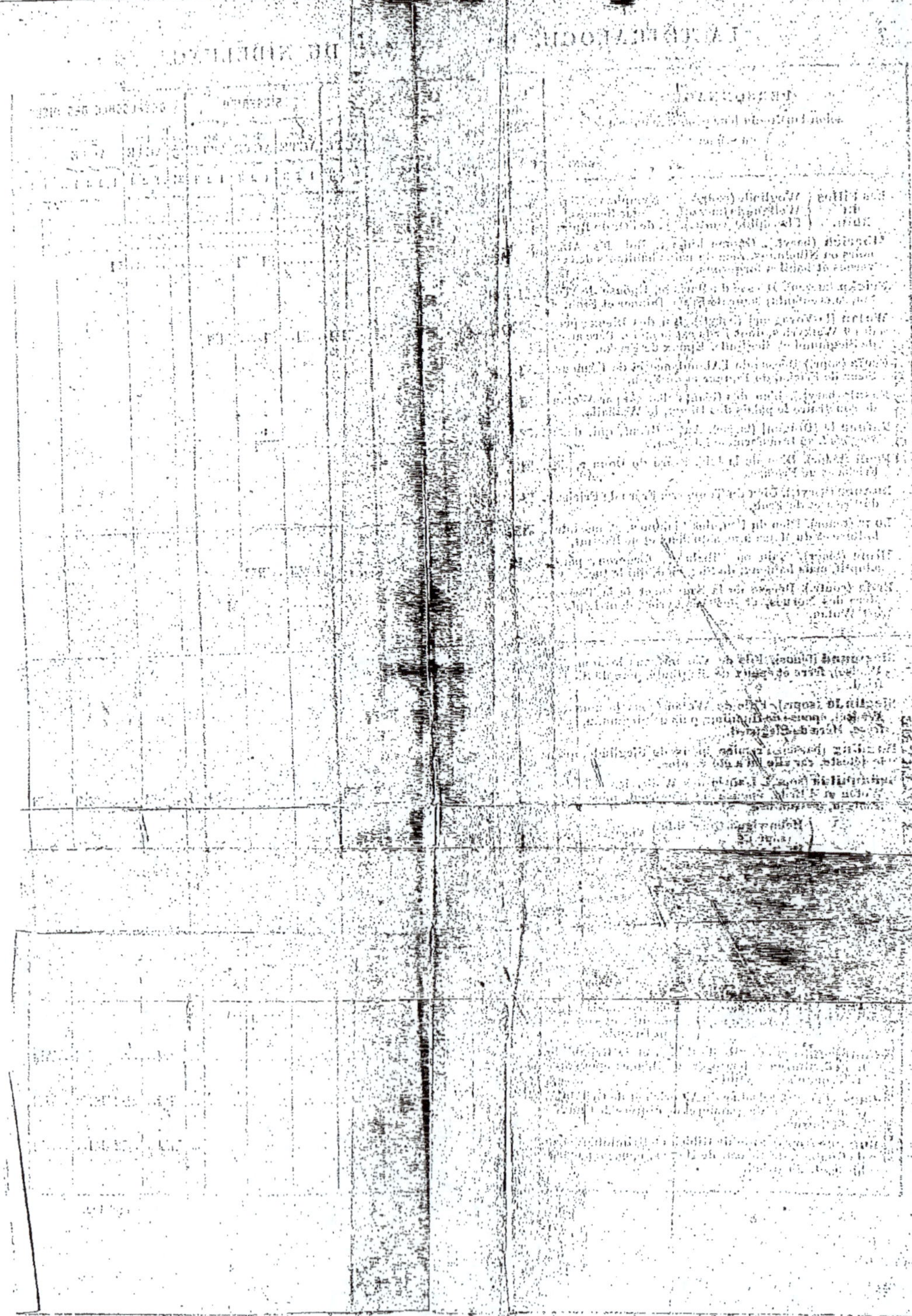

Il faut les accepter ici, non tels que la tradition nous les rapporte, mais selon la conception propre au poème de Wagner, et avec le caractère qu'il attribue à chacun d'eux.

Ce n'est à vrai dire ni la mythologie du Nord, ni celle du Rhin. — C'est la mythologie wagnérienne, tout comme la religion du Graal, que nous avons entrevue dans « Lohengrin » et que nous retrouverons dans « Parsifal », n'est pas la religion chrétienne, mais un culte spécial sorti du cerveau de Wagner, avec l'aide de quelques légendes également poétisées et transformées.

L'OR DU RHIN

Scène I. — L'action du premier tableau de ce prologue se passe dans les profondeurs du *Rhin*, parmi les eaux verdâtres et limpides, les rochers et les cavernes.

Les trois *Ondines*, ou Nixes, filles du Rhin, folâtrent au milieu des flots tout en gardant le précieux trésor, l'Or pur, qui leur fut confié par leur père.

Alberich, le plus astucieux, le plus avide et le plus hideux des *Nibelungs*, sortes de gnomes ou nains repoussants, habitant, dans les entrailles de la terre, le noir royaume de Nibelheim, Alberich s'est glissé dans l'humide demeure, et, plein de désirs voluptueux, voudrait séduire les nymphes; tour à tour elles l'attirent par de trompeuses promesses, puis se moquent de lui; mais elles lui révèlent, par leurs bavardages, la magie du dépôt dont elles ont la garde : l'Or du Rhin, forgé en anneau par l'audacieux qui saura s'en rendre maître, donnera à son possesseur un pouvoir illimité sur tout l'univers, car il sera plus puissant que les dieux mêmes, mais à la dure et formelle condition de renoncer à tout jamais à l'amour.

Le gnome, rendu furieux par les refus narquois des

Ondines, sent s'éveiller en lui, à leurs paroles impruden-
tes, une nouvelle convoitise, celle de l'Or et de la domination ; il escalade le rocher sur lequel brille le trésor et,
malgré les lamentations des trois Nixes, s'en empare,
après avoir formulé sa renonciation à l'amour : c'est lui
qui forgera l'anneau enchanté et détiendra la puissance
suprême. Il s'éloigne en laissant éclater un triomphant
et sinistre ricanement.

Le fleuve, dès qu'il n'est plus éclairé par son joyau,
s'emplit de ténèbres épaisses, dans lesquelles disparaissent les Ondines à la poursuite de l'Alfe[1] ravisseur. Des
flots sombres montant de tous côtés envahissent la scène
de haut en bas, puis finissent par se calmer et s'éclaircir ;
ils font place peu à peu à un brouillard, qui se dissipe et
découvre, éclairée par le jour naissant, une contrée rocheuse traversée au second plan par la vallée au fond de
laquelle coule, invisible, le Rhin. Au loin se dresse, sur
le sommet d'une montagne élevée, un Burg aux multiples
coupoles étincelant aux rayons de l'aurore.

Scène ii. — Le dieu *Wotan* et son épouse *Fricka*, reposant sur un tertre, s'éveillent et contemplent l'édifice
que viennent de construire, sur les ordres du dieu, les
géants *Fasolt* et *Fafner*. La récompense promise pour ce
travail par le Maître de l'univers, et à l'instigation du
rusé dieu *Loge*, doit être *Freïa*, la déesse de la jeunesse,
de l'amour et de la beauté, sœur de Fricka et des dieux
Froh et *Donner*; mais Fricka est effrayée à l'approche de
l'imminente échéance, car les géants vont venir réclamer
leur salaire; elle reproche à Wotan l'engagement inconsidéré qu'il a pris, et la construction du palais qu'elle-

---

1. Les Alfes (ou Albes) sont des génies tantôt supérieurs et beaux :
les Alfes lumineux; tantôt inférieurs : les Alfes ténébreux, « plus
noirs que la poix ». Alberich était un Alfe noir.

même avait pourtant désiré, espérant y retenir son volage époux.

Wotan lui promet de ne point abandonner Freïa, qui arrive éplorée et poursuivie par Fafner et Fasolt. Elle appelle à son aide les dieux ses frères ; un débat s'élève entre eux et les géants, et menace de s'envenimer, lorsque apparaît Loge, que Wotan avait envoyé de par le monde, à la recherche d'une compensation à offrir aux constructeurs en échange de la radieuse divinité. Mais Loge n'a rien trouvé que l'on puisse préférer à la femme et à la jeunesse. Un seul être, le nain Alberich, a renoncé à ces biens précieux pour l'Or qui donne la puissance, et il a maudit l'amour. Loge raconte le rapt du trésor par le gnome et les lamentations des filles du fleuve, qui implorent l'assistance du maître des dieux. Les géants, ayant entendu ce récit, sont frappés de convoitise ; ils se concertent longuement et proposent d'échanger Freïa contre l'Or du Rhin. Ils mettent Wotan en demeure de se le procurer pour le leur donner, et emmènent la déesse en otage, se réservant de la garder si le trésor ne leur est pas promptement livré. A peine ont-ils entraîné Freïa, les dieux commencent à dépérir, car elle seule savait cultiver les Pommes d'Or qui leur donnaient la jeunesse éternelle[1]. Wotan prend alors la résolution de descendre au sombre royaume des Alfes et d'y conquérir l'anneau, non pour le rendre aux Nixes, mais pour en faire la rançon de la déesse. Accompagné de Loge, il s'enfonce au milieu des rochers dans les entrailles de la terre à la recherche du Nibelheim.

----

1. Loge seul conserve sa vigueur, car, en sa qualité de dieu secondaire, il ne participait point à la nourriture régénératrice. C'est à cause de son infériorité que nous le verrons, dans la suite du drame, séparer sa cause de celle des autres dieux.

SCÈNE III. — Une épaisse vapeur jaillit de la crevasse par laquelle ils sont passés (la faille du soufre) et enveloppe le paysage de nuages opaques qui assombrissent toute la scène et la plongent dans une totale obscurité. Quand les ténèbres se dissipent, on se trouve dans un vaste souterrain hérissé de rochers; à droite, au fond, un passage descendant de la surface de la terre; à gauche, dans une caverne, une forge avec des lueurs incandescentes et des tourbillons de fumée rougeâtre.

C'est le royaume des Alfes noirs, où Alberich, grâce à l'anneau magique qu'il a forgé avec l'Or du Rhin, commande aux autres Nibelungs et leur fait fouiller les profondeurs du sol pour en extraire les richesses accumulées; il s'est fait fondre par l'un d'eux, *Mime,* habile forgeron, les mailles d'un heaume enchanté, le « Tarnhelm », qui le rendra invisible. Mime aurait bien voulu, par malice, conserver son ouvrage; mais Alberich, grâce au talisman, se dérobe à la vue de son esclave et le roue de coups. Les plaintes du misérable sont entendues de Wotan et de Loge qui descendent par l'orifice de la caverne. Ils lui font raconter ses infortunes, le travail auquel il est contraint, et lui promettent assistance. A ce moment on voit défiler en longues théories dans le fond de la grotte le peuple des Nibelungs, ployant sous le poids des lingots et des trésors réunis par les ordres d'Alberich; celui-ci injurie ses frères et les pousse devant lui à coups de fouet; mais quand il aperçoit les deux nouveaux venus, c'est vers eux qu'il tourne ses invectives, les prévenant, lorsqu'il les a reconnus, des projet de vengeance qu'il a formés contre leur race, maintenant qu'il a la toute-puissance. Wotan, outré, lève sa lance sur l'audacieux; mais Loge, plus retors et plus politique, arrête ce mouvement de colère du dieu, et, s'adressant au nain, le félicite sur son

pouvoir si grand, dont il doute cependant... Piqué au jeu
dans son amour-propre, et voulant lui montrer ce dont
il est capable, Alberich, à l'aide du casque magique, se
transforme d'abord en dragon terrifiant, puis en crapaud
immonde ; Wotan et Loge peuvent alors s'en emparer
facilement en mettant le pied dessus ; ils l'ont à leur merci,
le garrottent et remontent avec leur prisonnier, écumant
de rage, à la surface de la terre.

Scène iv. — La caverne s'emplit de vapeurs comme
précédemment ; et lorsqu'elles s'éclaircissent, le décor est
le même qu'à la deuxième scène, mais l'arrière-plan reste
enveloppé de brumes. Wotan et Loge, sortant du gouffre,
traînent derrière eux le nain fou de colère. A leur tour
de le railler. Ils l'obligent d'abord à leur livrer le trésor
qu'il a amassé et que, sur ses paroles magiques, les Nibelungs apportent de leur retraite profonde ; puis ils exigent, malgré ses récriminations, le heaume enchanté forgé
par Mime, et enfin le forcent, malgré sa résistance folle
et les injures qu'il bave dans sa méchanceté exaspérée, à
leur livrer l'anneau qu'il voulait garder comme suprême
ressource. Alberich, au comble de la fureur, se voit arracher le talisman par Wotan ; mais, dans une farouche et
sinistre imprécation, il voue aussitôt à une terrible malédiction celui qui s'emparera de son bien : « Que désormais son charme engendre la mort pour quiconque le portera ;... que celui qui le possédera soit rongé d'angoisse,
et celui qui ne le possédera pas dévoré d'envie ;... que nul
n'en tire profit, mais soit voué à l'égorgeur ;... que la peur
enchaîne le lâche ;... que le maître de l'anneau soit l'esclave
de l'anneau,... et cela jusqu'à ce que le Nibelung rentre
en possession du bien qui lui est ravi ! »

Il s'abîme dans les profondeurs de la crevasse après
avoir proféré ces terrifiantes paroles. Wotan, qui ne tient

pas compte de leur menaçante portée, met paisiblement la bague à son doigt et se perd dans sa contemplation.

Les géants paraissent alors vers la droite, venant chercher le trésor qu'on doit leur livrer en échange de Freïa. A l'approche de la déesse, les autres divinités sentent leur vigueur et leur jeunesse les animer de nouveau et lui font fête ; mais Fasolt met un terme à leurs épanchements en réclamant la rançon promise. Il plante en terre son pieu et celui de Fafner et prétend que l'on amoncelle entre eux assez de richesses pour lui masquer, comme le ferait un rideau, la vue de l'enchanteresse qu'il aime et dont il regrette de se séparer. Lui et son compagnon entassent les joyaux précieux, y compris le heaume magique, mais par un interstice on voit encore briller le doux regard de Freïa ; pourtant les trésors sont tous réunis là ; il ne reste plus que l'anneau dont on puisse disposer pour combler le vide ; les géants l'exigent énergiquement. Wotan refuse, un débat s'élève, ils vont remmener pour toujours la déesse, lorsque la lumière s'obscurcit, et la divinité, l'âme antique de la terre, *Erda,* la mère des trois Nornes qui filent le câble du destin, Erda, celle qui sait toutes choses et rêve l'avenir, apparaît dans les profondeurs d'une grotte parmi les rochers et baignée d'une lueur pâle et voilée. Déjà elle prévoit le crépuscule des dieux et conjure Wotan de céder l'anneau merveilleux, mais maudit. Wotan, étonné de ses paroles, l'interroge : il veut savoir et se précipite vers l'antre mystérieux pour la contraindre à s'expliquer ; mais la prophétesse a déjà disparu ; le dieu s'abîme alors dans une profonde méditation, puis enfin, résolument, se décide à jeter l'anneau sur le trésor. Les géants se le disputent aussitôt, éprouvant ainsi, eux les premiers, l'effet de la malédiction que le Nibelung y a attachée : ils en viennent aux mains, et Fafner, frappant brutalement Fasolt, l'étend mort à ses pieds d'un coup de massue. Il reste donc seul possesseur de la bague maudite et des richesses; il les entasse tranquillement dans un grand sac qu'il a apporté, et disparaît, le traînant après lui, sans même jeter un coup d'œil sur le cadavre de son frère. Les dieux épouvantés restent muets d'horreur; le ciel s'assombrit, un nuage lugubre se forme.

Donner, le dieu des tempêtes, pour rasséréner l'atmosphère, appelle à lui tous les nuages et disparaît dans une nuée; le tonnerre gronde, la foudre éclate, puis les brouillards se dissipent et laissent voir un merveilleux arc-en-ciel édifié par Froh au plus fort de la tempête et qui servira de pont pour arriver au Burg inaccessible. Wotan, après avoir ramassé une épée oubliée par Fafner, et provenant de son butin, invite les dieux à pénétrer avec lui dans le *Walhalla* qu'il a payé d'un salaire maudit; mais il prévoit la lutte qu'il va avoir à soutenir avec les puissances de l'ombre. Le rusé Loge, qui de son côté est pénétré des mêmes pressentiments que Wotan, songe à séparer sa cause de celle des autres dieux et à édifier sa propre fortune sur leur ruine.

On entend dans les profondeurs de la vallée les filles du Rhin qui pleurent leur trésor perdu; les dieux leur répondent par un rire sans pitié et s'engagent sur la route lumineuse qui leur est ouverte.

Le rideau se referme lentement.

LA WALKYRIE

1er Acte.

Scène I. — L'action va se dérouler dans une vaste cabane rustique construite autour d'un énorme frêne qui couvre le sol de ses racines et dont la puissante ramure traverse la toiture. Dans le tronc de l'arbre on aperçoit la garde d'une épée dont la lame tout entière est enfoncée et dont la poignée se voit confusément dans l'ombre. A droite, au premier plan, un brasier devant lequel est un amoncellement de peaux de bêtes formant une sorte de lit de repos. Au pied de l'arbre qui occupe tout le milieu, une table rustique et des escabeaux. Derrière le brasier, des degrés conduisant à un garde-manger. A gauche, un escalier menant à une chambre.

L'orage gronde avec force au dehors, la chaumière est déserte.

La porte du fond s'ouvre brusquement et livre passage à un guerrier sans armes, les vêtements en désordre, l'air harassé de fatigue ; tout en lui dénote un fugitif. Après avoir fouillé du regard la pièce inhabitée, il se laisse glisser sur les fourrures devant le foyer, et, cédant à la lassitude, ne tarde pas à s'endormir.

L'habitante de la rustique demeure, *Sieglinde,* survient, et apercevant, étonnée, cet inconnu, elle l'éveille et s'enquiert avec sollicitude de son état ; elle lui donne à boire et apprend de lui que, traqué par ses ennemis, trahi par ses armes qui se sont brisées entre ses mains, il a dû chercher son salut dans la retraite. Il accepte l'hydromel que lui verse Sieglinde et dont, selon l'usage, il lui demande de goûter avant lui, mais veut fuir sans retard son hospitalité, car il apporte le malheur partout où il repose. — Hélas ! lui répond-elle, la tristesse depuis longtemps habite cette maison, ce n'est pas lui qui l'y attirera ; et elle l'engage à attendre le retour de son époux, *Hunding,* qui va rentrer de la chasse.

Scène II. — Ils se considèrent mutuellement avec une attention soutenue et un intérêt toujours croissant, quand le maître du logis se fait entendre au dehors ; il paraît sur le seuil de la chaumière ; surpris de la présence de l'étranger, il interroge Sieglinde du regard. Renseigné par elle, il demande à son hôte de lui dire son odyssée et le fait asseoir avec eux à sa table. Une chose le frappe pendant le récit de l'inconnu : c'est la ressemblance qui existe entre sa femme et le nouveau venu.

Celui-ci leur raconte alors sa vie, qui semble vouée au malheur. Son enfance s'était écoulée heureuse entre son père, qui avait nom *Wälse* (le loup), sa mère et une sœur jumelle. Mais un jour, au retour de la chasse, son père et lui trouvèrent leur habitation réduite en cendres et la mère assassinée ; quant à sa jeune sœur, nul ne put jamais en retrouver la trace. Les auteurs de ce forfait étaient les *Neidings,* fils de la haine et de l'envie. A partir de ce moment, son père et lui errèrent dans la forêt jusqu'au jour où le vieillard, traqué lui-même par leurs ennemis, disparut à son tour.

Lui, poursuivi sans cesse par la destinée, ce qui l'a fait surnommer *Wehwalt* (qui cause le malheur), repoussé de tous, sans armes, vient enfin d'éprouver un dernier échec en voulant affranchir une jeune femme sans défense que les siens allaient livrer à un fiancé détesté ; il a vu sa protégée mourir sous ses yeux, tandis que lui, accablé par le nombre, a dû renoncer à la lutte.

Dès les premières paroles de ce récit, que Sieglinde a écouté avec une émotion profonde, Hunding reconnaît dans le fugitif un adversaire de sa race que les siens venaient justement de l'appeler à combattre ; il lui accordera néanmoins l'hospitalité pour la nuit, mais le provoquera dès l'aube prochaine pour une lutte sans merci. Il se retire menaçant et ordonne à son épouse de le suivre, après lui avoir préparé sa boisson du soir. Sieglinde,

absorbée dans ses pensées, va chercher dans une armoire
des épices qu'elle mêle au breuvage de son maître, puis,
en s'éloignant, elle jette un long et tendre regard à l'é-
tranger et semble lui indiquer le tronc du frêne où se
trouve fichée l'épée. Hunding, surprenant ce regard, lui
enjoint de rentrer dans son appartement, où on l'entend
s'enfermer avec elle.

Scène III. — La scène n'est plus éclairée que par le feu
mourant dans l'âtre, qui, en s'écroulant, projette sa lumière sur la poignée de l'arme et la fait scintiller dans
l'ombre. Le guerrier, sans l'apercevoir, se demande avec
inquiétude s'il trouvera jamais le glaive promis jadis par
son père pour le défendre dans la détresse suprême : puis
ses pensées prennent un autre cours : il se souvient avec
ravissement de la beauté de Sieglinde et du sentiment profond qu'elle a fait naître en son cœur : le rayon qui éclaire
cet arbre, est-ce le regard de la bien-aimée qui l'a allumé ?... Mais le feu s'éteint, la nuit devient presque totale, et Sieglinde, vêtue de blanc, sortant avec précaution
de sa chambre, s'avance doucement vers son hôte.

Elle a versé à son époux un breuvage assoupissant, afin
de pouvoir s'entretenir avec celui dont la vue ravit son
âme. Elle lui révèle que le jour de ses tristes noces avec
Hunding, à qui des brigands l'avaient vendue, un vieillard drapé dans un ample manteau et coiffé d'un large
chapeau cachant un de ses yeux, est entré dans cette chaumière, causant l'effroi à tous, sauf à elle, qui sentait en ce
vieillard un protecteur et a reconnu en lui les traits d'un
père chéri. Enfonçant jusqu'à la garde une épée dans le
tronc du frêne, il a promis que cet acier appartiendrait au
héros qui pourrait l'arracher de sa gaine vivante. Aucun
n'a pu jusqu'ici triompher, malgré des efforts renouvelés ;
mais Sieglinde pressent que le vainqueur sera l'ami que

le sort lui envoie, celui qui saura guérir les blessures de son cœur et auquel, dans un élan passionné, elle promet le don de sa personne. Le fils de Wälse l'étreint ardemment ; ils se regardent avec ivresse, lorsque la porte de la chaumière s'ouvre spontanément, mue par une main invisible, et laisse voir la forêt baignée dans la douce atmosphère d'une nuit radieuse et inondée par la blanche clarté de la lune, projetant ses rayons lumineux sur les deux amants, qui peuvent ainsi se contempler ravis. « Qui donc est sorti ? » murmure Sieglinde effrayée. Personne n'est sorti, mais quelqu'un est entré : c'est le doux Printemps, c'est le Renouveau qui vient leur chanter son épithalame et célébrer l'amour qui fleurit au fond de leurs cœurs.

En considérant de nouveau son bien-aimé, Sieglinde croit l'avoir déjà vu autrefois ; leurs souvenirs se réveillent en même temps. Ce regard si brillant qu'ils possèdent tous les deux, c'est le signe distinctif de l'héroïque race des *Wälsungs ;* ils sont enfants du même père, et le nom de *Siegmund* doit être celui du héros à qui Wälse destina la vaillante épée. A lui aussi est réservé de délivrer Sieglinde du joug odieux qui la tient enchaînée. Siegmund, plein d'enthousiasme, s'élance vers le frêne, et, saisissant la poignée du glaive, l'arrache avec une force irrésistible, en la nommant à son tour *Nothung,* l'arme promise à sa détresse. Sieglinde, enivrée de joie et d'amour, se précipite dans les bras de son fiancé.

Le rideau se referme rapidement.

2ᵐᵉ Acte.

Scène I. — La scène représente une contrée montagneuse, sauvage et aride ; à droite, un chemin taillé dans le roc monte à une sorte de plate-forme pierreuse. Sous cette plate-forme se trouve une grotte. Au milieu du théâtre s'ouvre un passage étroit avec un chaos de rochers à l'arrière-plan; puis, vers la gauche, encore un amoncellement de blocs dans lequel s'élève une route qui fait un coude et va aboutir aux rochers du fond.

Wotan remet entre les mains de sa fille préférée, la vierge guerrière *Brünnhilde,* le sort de Siegmund, qu'il veut voir sortir vainqueur de la lutte avec Hunding. La **Walkyrie** se retire, heureuse de la mission qui lui est confiée, en poussant son cri de guerre et annonçant à son père la venue de la déesse Fricka, qui s'avance dans un char conduit par deux béliers et vient combattre la résolution de son époux.

L'amour coupable de Siegmund et de Sieglinde l'offense, elle, la gardienne des liens sacrés du mariage et de la famille, et elle réclame la victoire pour Hunding, le mari outragé, qui lui a confié sa défense. En vain le dieu soutient-il la cause de ceux qui s'aiment et qu'il trouve libres de suivre l'entraînement de leur amour; en vain expose-t-il à la déesse les motifs impérieux qu'il a de conserver Siegmund pour accomplir l'acte qui devra sauver les dieux du péril extrême : la déesse, déjà maintes fois blessée par les infidélités de son volage époux, a bien voulu consentir à supporter la présence des Walkyries, ses filles illégitimes, qui du moins, elles, sont respectueuses de son autorité; mais que le dieu vienne à présent protéger le couple criminel, vivant témoignage de ses amours avec une mortelle, alors que, sous le nom de Wälse, il errait dans les forêts, cela, elle ne le tolérera pas.

Wotan, au fond de sa conscience, est forcé de reconnaître la légitimité des revendications de sa compagne. Ne représente-t-elle pas l'ordre établi, la sagesse des choses, et n'a-t-il pas jadis payé sa précieuse conquête, lorsqu'il a voulu boire à la source de sapience, de l'abandon d'un de ses yeux?

Après une lutte violente avec lui-même, il fait le serment que réclame Fricka, et, resté seul en proie à une sombre douleur, tandis que la déesse s'éloigne, forte de la promesse obtenue, il rappelle Brünnhilde pour lui dicter de nouvelles instructions.

Scène ii. — La Walkyrie, saisie d'inquiétude en présence de l'allure triomphante de Fricka, s'approche vivement de son père, qu'elle trouve accablé par l'assaut qu'il vient de subir et le serment qu'il a été contraint de faire. Navrée de l'abattement de ce père chéri, elle jette au loin ses armes, son bouclier, et se laisse tomber devant lui dans un mouvement plein de confiance et d'affection; elle le conjure de décharger son cœur. Il se confie alors à sa fille préférée, celle qui est la vaillante expression de sa volonté et de sa pensée la plus intime. Devant elle il revoit, descendant au plus profond de son âme, les fautes qui l'ont amené à ce résultat : l'ambition qui s'est emparée de son cœur lorsque l'ardeur de l'amour légitime s'est éteinte en lui; les traités qu'il a contractés, avide de domination et sur les conseils du rusé Loge, pour asservir les autres dieux; le rapt de l'anneau, qui lui a valu la haine implacable du Nibelung Alberich. Cet anneau, il eût fallu le rendre aux abîmes du Rhin pour faire cesser tous les dangers qu'il suscite, mais Wotan en a fait le payement du Burg que lui ont construit les géants, le Walhalla, et il est maintenant la propriété de Fafner, qui le garde avec un soin jaloux au fond de sa caverne.

Dans sa détresse, le dieu a voulu consulter Erda, qui déjà une fois lui avait donné de salutaires avis; il l'a contrainte à lui dire toute sa pensée; puis, la séduisant à l'aide d'un philtre d'amour, il l'a rendue mère de neuf vierges guerrières, Brünnhilde et ses sœurs, dont il voulait faire l'instrument de son salut : les Walkyries ont reçu de lui la mission d'amener au Walhalla tous les héros morts sur les champs de bataille, et de peupler ainsi le royaume de Wotan de défenseurs intrépides pour le jour où l'armée d'Alberich s'avancerait menaçante. Mais toutes ces précautions seraient vaines si le gnome pouvait de nouveau s'emparer de l'anneau maudit ; il faut l'en empêcher à tout prix, et pourtant Wotan ne peut dérober à Fafner ce qu'il lui a donné jadis. Un seul pourrait accomplir ce prodige : ce serait un héros libre, indépendant, et qui agirait inconsciemment, sans en avoir reçu la mission. Le dieu avait choisi Siegmund son fils pour être ce héros ; dès longtemps il l'a préparé à cet acte de rédemption : il a erré avec lui dans les forêts, le stimulant à la témérité ; il l'a armé d'une épée invincible ; mais à quoi serviront maintenant tous ces soins, puisque Fricka a contraint son époux à céder à ses vœux ?

La fureur et le désespoir de Wotan éclatent à la pensée d'abandonner celui qu'il aime et qu'il aurait voulu protéger, et, dans sa désolation, il maudit sa souveraineté et souhaite la fin des dieux. Cette fin, il la prévoit ; Erda la lui a annoncée pour le jour où naîtrait un fils à Alberich : or ce fils est enfanté, il va voir le jour ; et Wotan, dans l'excès de sa colère, lui lègue les tourments et les splendeurs funestes de la divinité.

En vain Brünnhilde plaide-t-elle la cause de Siegmund, qu'elle sait aimé de son père ; elle voudrait agir selon le secret désir du dieu, en dépit du serment qu'il a fait ; mais Wotan est inébranlable ; il lui enjoint avec amertume d'obéir à Fricka ; et, menaçant la Walkyrie de son châtiment si elle tentait de transgresser ses ordres, il s'éloigne dans la montagne.

Brünnhilde, effrayée, affligée, ramasse tristement ses armes et se dirige vers la grotte où est son coursier *Grane,* en contemplant Siegmund et Sieglinde qui montent le ravin.

Scène iii. — Sieglinde, sourde aux paroles d'amour que lui murmure Siegmund, le conjure de fuir à présent; elle ne veut plus se donner à celui qu'elle aime après avoir appartenu de force à un maître détesté.

Les accents lointains du cor et de la meute de Hunding la font tressaillir; son ami ne pourra lutter contre tant d'adversaires, et son épée sera impuissante à le défendre. Folle de douleur et d'angoisse, entendant l'ennemi se rapprocher, elle croit voir, en son hallucination, son amant devenir la proie des dogues furieux, et, poussant un cri déchirant, elle s'évanouit. Siegmund l'étend avec précaution sur le sol et, mettant un baiser sur son front, il s'assied sur un tertre et place sur ses genoux la tête de sa bien-aimée.

Scène iv. — Pendant ce temps Brünnhilde s'avance, conduisant avec gravité son noble coursier. Elle se montre au guerrier et lui annonce qu'il est désigné pour périr dans le combat qui s'apprête; elle n'apparaît qu'aux héros voués à la mort glorieuse : il doit se préparer à la suivre au Walhalla. Siegmund, méprisant le trépas, lui demande si, dans la demeure des dieux, il retrouvera sa Sieglinde adorée. — Non, lui répond Brünnhilde, ce sont les Walkyries qui lui verseront l'hydromel; Sieglinde doit rester encore sur cette terre. — Le guerrier refuse alors les joies du séjour enchanté, s'il ne doit pas les partager avec sa compagne chérie; il luttera sans crainte contre Hunding, grâce à l'arme invincible dont son père lui a annoncé le succès; mais si celui-ci lui retire maintenant sa protection, s'il faut périr, qu'*Hella*[1] le prenne : il ne veut pas partager le sort des immortels, et, avant de mourir, il tuera sa fiancée, afin que nul être ne la touche vivante. — Il tire son épée et va transpercer Sieglinde toujours évanouie; en vain Brünnhilde lui révèle-t-elle qu'en frappant sa compagne, c'est deux vies qu'il va trancher, car Sieglinde porte en elle un gage de son amour; il veut quand même lui donner le coup fatal, lorsque la Walkyrie, touchée de compassion devant tant de fidélité, arrête son bras et, lui promettant son appui et son assistance pour l'heure du combat, lui donne rendez-vous sur le champ de bataille et s'éloigne avec Grane. Siegmund, transfiguré par le bonheur, la suit des yeux.

Scène v. — Il dépose doucement Sieglinde endormie sur un siège de pierre et s'élance dans la direction de l'ennemi, au milieu des lourdes nuées d'orage qui se forment et assombrissent tout le fond de la scène. Les fanfares guerrières de l'adversaire se rapprochent de plus en plus.

Sieglinde, dans son rêve, évoque ses souvenirs d'enfance : elle revoit l'incendie néfaste qui a consumé sa maison et dispersé les siens, puis elle est brusquement réveillée par l'éclat du tonnerre qui gronde de toutes parts ; on entend, venant des rochers de l'arrière-plan entourés de brouillards, les voix des deux combattants, Siegmund et Hunding, qui se provoquent mutuellement. Sieglinde veut s'élancer pour les séparer, elle est aveuglée par les éclairs et chancelle. On aperçoit alors Brünnhilde dans la nue au-dessus de Siegmund, qu'elle protège et encourage de la voix ; il va donner à Hunding le coup mortel, lorsque Wotan, apparaissant à son tour dans un

---

1. Hella personnifie la mort vulgaire. A elle appartiennent ceux qui périssent loin des combats.

sillage de feu, étend son épieu entre les deux ennemis ; à ce contact, la lame de Siegmund se brise, et Hunding peut lui enfoncer son arme dans le cœur. Les ténébres envahissent la scène ; on distingue à peine Brünnhilde enlevant Sieglinde inanimée et la plaçant sur son coursier pour disparaître avec elle. A ce moment le nuage s'entr'ouvre et laisse voir Hunding retirant son épée du corps de Siegmund. Wotan contemple avec désespoir le cadavre de son fils et lance à Hunding un si terrible regard que celui-ci tombe foudroyé à ses pieds ; puis le dieu laisse éclater son courroux furieux contre la fille rebelle qui a osé lui désobéir, et s'élance à sa poursuite pour la châtier terriblement. Il disparaît parmi les éclairs et la tourmente.

Le rideau se referme rapidement.

3me Acte.

SCÈNE I. — La scène représente un plateau rocheux au sommet d'une montagne. Quelques sapins le parsèment d'une maigre verdure ; dans le lointain, séparés des premiers plans par de larges vallées, d'autres sommets qui, pendant les premières scènes, sont cachés par des brouillards balayés par le vent et montant sans cesse des profondeurs. A droite, une éminence rocheuse dans laquelle se taille une sorte d'escalier ; au milieu du théâtre, au second plan, un bloc aride formant un poste d'observation au-dessus de la vallée. A gauche, plusieurs sentiers donnant accès au plateau ; derrière, un sapin plus vaste que les autres étend ses larges ramures au-dessus de ses racines puissantes.

Quatre des Walkyries, *Gerhilde, Ortlinde, Waltraute, Schwertleite,* armées de pied en cap, sont étagées en observation jusqu'au sommet du rocher de droite ; elles font entendre leur cri de guerre pour appeler leurs sœurs, qui, à l'exception de Brünnhilde, arrivent tour à tour, chevauchant dans les airs sur des nuées rapides et ayant, attachés à leurs selles, des cadavres de guerriers morts en héros et destinés au Walhalla. Les nouvelles venues, *Helmwige, Siegrune, Grimgerde,* et *Rossweisse,* font paître leurs chevaux, encore animés de l'ardeur de la lutte, et attendent la retardataire Brünnhilde, qui paraît bientôt, hors d'haleine, montée sur son beau coursier Grane et portant en croupe une femme vivante... Sieglinde.

Interrogée par ses sœurs, elle leur apprend qu'elle fuit la fureur de Wotan, auquel elle a osé désobéir et qui, courroucé, la poursuit ; elle les conjure de l'aider à sauver sa protégée ; mais les Walkyries ne veulent pas attirer sur elles la colère du dieu et refusent. Sieglinde, désespérée de survivre à celui qu'elle aimait, reproche à Brünnhilde de l'avoir dérobée à la mort et l'adjure de lui plonger son épée dans le cœur ; mais Brünnhilde lui révèle qu'elle porte un Wälsung en son sein, qu'elle doit vivre pour conserver les jours de ce fils qui naîtra bientôt, et qui sera un héros vaillant. Sieglinde, effrayée d'abord, puis saisie d'une joie immense, veut maintenant vivre à tout prix ; sur le conseil des Walkyries, et pour sauver son enfant, elle se réfugiera seule dans la forêt qui s'étend vers l'est et qui est habitée par Fafner, gardien jaloux du trésor funeste. Jamais Wotan ne porte par là ses pas ; elle sera donc en sûreté dans cette retraite.

Mais il faut se hâter, car l'orage précurseur de la venue de Wotan se rapproche de plus en plus ; des éclairs sillonnent la nue, et Waltraute signale bientôt l'arrivée du père des dieux.

Brünnhilde hâte la fuite de l'infortunée et, l'exhortant à supporter vaillamment la rude vie qu'elle va mener solitaire, elle lui promet que l'enfant qu'elle porte dans ses flancs sera un héros sublime entre tous. Son nom sera *Siegfried,* et sa mère l'armera, quand il en sera temps, de l'épée de son père, qui n'est autre que l'Épée des Dieux, brisée par Wotan lui-même dans le combat funeste, et dont la Walkyrie a soigneusement recueilli les tronçons, qu'elle confie à Sieglinde. La fugitive bénit Brünnhilde pour sa tendre sollicitude et s'élance dans la forêt vers la retraite désignée.

Pendant cette dernière scène, l'orage a redoublé d'intensité.

Scène ii. — Entre les roulements du tonnerre on entend gronder la voix de Wotan ; Brünnhilde ne peut plus fuir ; pâle, éperdue, elle se cache au milieu de ses sœurs ; elles essayent en vain de la dérober au regard de leur père, qui, en proie à une colère terrible, réclame la coupable. La vierge se détache alors du groupe des Walkyries, et, dans une attitude respectueuse, mais ferme et héroïque, vient se soumettre aux volontés de son juge. Il éclate alors en reproches contre cette fille autrefois aimée entre toutes, qu'il se plaisait à charger des plus glorieuses missions, qui était l'enfant de son vœu et qui maintenant, rebelle, a osé le braver. C'en est fait d'elle : il l'exile du Walhalla, la renie et la prive à jamais de son essence divine. Il la laissera, sans défense, endormie sur le bord du chemin, et le premier passant qui l'éveillera pourra en faire son esclave ; elle filera le lin, soumise à un mortel, et sera la risée de tous.

Les autres Walkyries poussent des cris de désespoir et essayent en vain de fléchir leur père, qui les menace du même sort si elles tentent de défendre la révoltée.

Elles s'enfuient en donnant les signes d'une douleur farouche, et on les aperçoit bientôt dans le lointain, chevauchant parmi les nuages.

La tempête, qui n'a cessé de gronder, se calme peu à peu ; les brouillards se dissipent, une nuit sereine fait place à la tourmente et enveloppe la nature.

Scène III. — Brünnhilde, qui était restée abîmée aux pieds du dieu, lève la tête et cherche à rencontrer le regard de son père pour implorer son pardon. Elle l'adjure d'examiner sa faute avec plus de douceur : son crime était-il tellement infâme qu'elle ait mérité une peine si cruelle et si dégradante ? D'abord il lui avait commandé de soutenir et de faire triompher le Wälsung ; ce n'est que sous la pression d'une promesse arrachée par contrainte qu'il a détourné sa protection de son fils ; mais elle, Brünnhilde, l'enfant de son cœur, a cru agir selon sa pensée intime et son secret désir, en favorisant quand même Siegmund. — Non, lui dit Wotan, elle ne devait pas s'arroger le droit de faire ce qu'il eût si volontiers accompli en personne, sans le fatal serment arraché par Fricka ; elle ne devait pas, à l'heure même où son père, torturé par le destin, rêvait, dans son désespoir, de s'anéantir à tout jamais, se laisser aller au doux bonheur d'écouter sa tendre compassion ; le dieu persiste dans son arrêt rigoureux : il la bannit pour toujours de sa présence, et, puisqu'elle s'est laissé dominer de son plein gré par l'amour, c'est l'amour qui désormais fera d'elle son esclave.

La Walkyrie infortunée adjure son père de se souvenir, s'il la bannit de son existence, qu'elle a fait partie autrefois de son être divin, et que ce serait se déshonorer lui-même que de la livrer au premier venu, un lâche peut-être... Un nouveau héros va naître de la race des

Wälsungs, valeureux et brave ; que ce soit lui son sauveur et son maître !... Sur le nouveau refus du dieu, elle le supplie au moins de permettre qu'un obstacle terrible se dresse autour d'elle pendant le fatal sommeil, afin que seul un mortel inaccessible à la crainte puisse, en triomphant du danger, s'assurer sa conquête. Le dieu, enfin touché par la vaillance de son enfant infortunée, sent son cœur paternel se fondre devant tant de fierté dans la détresse ; il consent à exaucer son dernier vœu : autour d'elle il élèvera un foyer ardent, dont le feu dévorant chassera les timides, et que seul sera capable de franchir le héros désiré ; puis, la relevant, il la tient longuement embrassée sur son sein en lui faisant de tendres adieux. — Que ces lèvres, qui chantaient si joyeusement la gloire des héros, se taisent ; que ces yeux lumineux qu'il a si souvent baisés avec bonheur et dont la vue l'a maintes fois réconforté aux heures de tristesse, se ferment à jamais pour l'éternel infortuné, et ne se rouvrent que pour le mortel heureux qui saura la conquérir. — Dans un suprême baiser, il lui enlève sa divinité et lui clôt les paupières. Brünnhilde, vaincue par le sommeil, s'endort peu à peu ; il la conduit alors sur un tertre de mousse ombragé par un sapin aux lourdes branches, à l'abri duquel il l'étend inanimée. Il la contemple, ému, puis ferme son casque, étend à côté d'elle sa lance en signe de commandement, et la couvre de son long bouclier d'acier de Walkyrie.

Puis, frappant trois fois le roc de son épieu, il évoque Loge, le dieu du feu. Une flamme s'allume, grandit et enveloppe bientôt le rocher d'une redoutable et grandiose ceinture de feu, formant un rempart inaccessible autour de la vierge endormie.

Ici le rideau se referme très lentement.

SIEGFRIED

1er Acte.

Scène i. — Le décor représente une vaste caverne au milieu de la forêt, et dans laquelle *Mime* a établi son gîte et sa forge. Au fond et à droite, de larges ouvertures naturelles par lesquelles on aperçoit la verdure des bois ensoleillés. A droite, au premier plan, un lit recouvert de peaux de bêtes; au second plan, à gauche, le fourneau et le soufflet de la forge dont la fumée s'échappe par une vaste cheminée, naturelle aussi. Au premier plan, une armoire dans laquelle le gnome renferme ses aliments. Escabeaux épars.

Mime forge, en maugréant, une nouvelle épée pour **Siegfried**, qui prend un malin plaisir à briser sans cesse les lames que le nain lui présente.

Ah! que ne peut-il venir à bout de ressouder les tronçons de *Nothung,* l'arme de Siegmund! Entre les mains de l'adolescent, elle triompherait aisément de *Fafner,* qui, changé en dragon, est toujours détenteur de l'anneau magique. Siegfried pourrait s'emparer du talisman, que lui, Mime, saurait bien à son tour lui soustraire; mais, vains efforts! Les débris de l'épée mystérieuse ne veulent pas se réunir entre ses mains! Plein de dépit, il continue à frapper sur l'enclume tout en devisant avec lui-même.

Siegfried, vêtu en habitant des forêts, un cor d'argent en sautoir, paraît, joyeux, menant en laisse un ours qu'il a capturé dans les bois et qu'il excite contre Mime effrayé. Il raille celui-ci de sa poltronnerie, puis, détachant l'ours, qui s'enfuit dans la forêt, il réclame du Nibelung l'arme qu'il lui avait commandée, et qu'il brise sur l'en-

clume au premier essai, comme il l'avait fait des précédentes. Son discours témoigne clairement du peu d'affection et d'estime qu'a su lui inspirer le nain ; et Mime
récapitule vainement toutes les peines, tous les soins qu'il
a pris de lui depuis sa naissance, Siegfried va s'étendre
sur le lit de repos et jette à terre, d'un méprisant coup
de pied, les aliments que le nain lui présente ; il le bafoue
et se demande comment, étant donnée l'aversion que lui
inspire ce misérable gnome, il revient chaque jour ici
après ses courses à travers la forêt. — Cela prouve, lui
répond son père nourricier, qu'en dépit de ses boutades
Mime est cher à son cœur. — Mais Siegfried rit à cette
idée ; il pose de nouvelles questions au nain et se refuse
à croire que cet avorton louche et méchant soit l'auteur
de ses jours, comme le fourbe veut le lui persuader. Il le
presse de lui dire quels étaient ses vrais parents ; Mime
cherche à éluder la réponse, puis finit par lui avouer, contraint par le jeune homme irrité, qu'il est né d'une malheureuse fugitive qui, accablée de tristesse et d'angoisse,
avait un jour cherché refuge dans la forêt et est morte
en le mettant au monde. Siegfried manifeste une grande
émotion à ce récit. L'astucieux nain veut sans cesse en
revenir à l'énumération de ses bienfaits envers l'enfant
que la pauvre Sieglinde mourante avait confié à ses soins,
mais l'impétueux adolescent l'interrompt sans pitié et le
force à lui révéler la fin de son histoire. Il apprend peu
à peu que sa mère, avant d'expirer, lui a donné son nom
de Siegfried, et que son père avait été tué dans un combat, laissant pour tout héritage les tronçons d'une épée
qui s'était brisée pendant la lutte suprême et dont lui, le
Nibelung, détient maintenant les morceaux. Sur cette révélation, Siegfried s'emporte ; il somme le nain de lui ressouder les fragments du glaive paternel, avec lequel il veut,

libre et joyeux, quitter la forêt et parcourir le monde ; cette épée, il la lui faut de suite ; il exige que Mime la lui forge sans retard, et s'élance hors de la grotte après avoir menacé le nain, qui, resté seul, se désespère : il ne sait pas plus comment faire pour manier l'acier rebelle que pour retenir près de lui celui dont le bras inconscient devait, selon ses ténébreuses machinations, lui conquérir le trésor qui fait son envie et qui est si bien gardé dans le repaire par l'effroyable dragon.

Scène ii. — Pendant qu'il se livre à ces décourageantes réflexions, entre dans sa caverne un inconnu amplement drapé dans un sombre manteau, coiffé d'un large chapeau lui cachant une partie du visage. Cet inconnu, qui n'est autre que le dieu *Wotan*, refuse de révéler sa personnalité à Mime ; il s'intitule *le Voyageur* et demande à se reposer des fatigues de la route. Malgré le mauvais accueil du gnome, qui voit en lui un espion dont la présence l'effraye et l'inquiète, le dieu entre et, s'asseyant au foyer, dit à son hôte que souvent, errant sur le dos de la terre, il a payé l'hospitalité reçue, par les sages conseils qu'il donnait à qui voulait l'interroger, et il offre sa tête en gage à Mime si celui-ci, le questionnant, n'apprend point, par ses réponses, ce qu'il lui importerait de savoir. Le nain, pour se débarrasser de l'importun, accepte la gageure et lui pose trois questions, que le Voyageur promet d'élucider : « Quelle est la population vivant dans les entrailles de la terre ? demande tout d'abord Mime. — Ce sont les Nibelungs, que leur chef Alberich avait asservis grâce à la puissance de l'anneau magique, lui répond l'inconnu. — Quelle race respire à la surface du globe ? — La race des géants, dont les princes, Fasolt et Fafner, ont conquis les richesses du Rhin et l'anneau maudit. Fafner a tué son frère, et, changé en dragon, il garde maintenant le trésor. » Mime, profondément intéressé par les réponses du Voyageur, lui demande encore : « Quels sont les habitants des cimes nébuleuses? — Ce sont les Alfes de lumière qui habitent le Walhalla, et leur chef, Wotan, a conquis l'univers grâce à sa lance, sur laquelle sont gravés les pactes divins. »

En achevant ces mots, l'inconnu frappe le sol de son bâton, un roulement de tonnerre se fait entendre, arrachant Mime à sa rêverie. Le nain, satisfait des réponses qui lui ont été faites, veut maintenant éloigner le Voyageur, dans lequel il a enfin reconnu le père des dieux; mais celui-ci le questionne à son tour, prenant sa tête en gage s'il ne répond pas à ses interrogations : « Quelle race est persécutée par Wotan, malgré l'amour qu'il a pour elle? — Les Wälsungs, répond Mime, qui en trace rapidement l'historique. — Quelle épée pourra, suivant les ténébreuses menées d'un Nibelung avisé, tuer Fafner par l'entremise de Siegfried et rendre le nain maître de l'anneau? — Nothung! s'écrie Mime entraîné par l'intérêt que lui inspire la question. — Enfin, quel est l'habile forgeron qui saura ressouder les merveilleux débris du glaive? » A ces mots Mime tressaute d'effroi; cette demande réveille toutes ses angoisses, et le Voyageur, riant de son émoi, lui apprend que seul celui qui ne connaîtra pas la peur pourra triompher du problème. Le nain n'a pas su répondre à cette dernière interrogation : sa vie appartient donc à l'étranger, qui s'éloigne dans la forêt en léguant la tête du gnome à « celui qui n'a jamais appris la crainte ».

Scène iii. — Se retrouvant seul, Mime s'affaisse derrière l'enclume; cette peur, qu'il faudrait ne jamais avoir ressentie pour pouvoir marteler victorieusement l'acier, elle l'envahit tout entier; déjà, dans son affolement, il croit voir s'approcher le dragon, le terrible Fafner; il

tremble de tous ses membres, pousse des cris et se roule
sur le sol.

C'est dans cet état que le trouve Siegfried en rentrant
de son expédition dans la forêt. Il réclame de nouveau
son épée; mais le nain sait maintenant qu'il ne pourra la
lui forger lui-même, puis comprend que l'adolescent, qui
n'a jamais connu la crainte, est celui à qui le Voyageur a
légué sa tête en partant. Pour échapper au péril, il lui
faudra, coûte que coûte, imprimer l'effroi dans cette âme
téméraire, et pour cela, il imagine de déclarer à Siegfried
qu'il ne peut, selon le vœu de sa mère, quitter cette solitude sans avoir auparavant appris la peur. Pour l'y exciter, il lui fait un tableau troublant de la forêt à l'heure où
l'ombre l'envahit de toutes parts, où des murmures mystérieux se mêlent aux grognements farouches des fauves.
— Siegfried la connaît bien, cette heure indécise dans les
bois, mais elle n'a jamais jeté l'angoisse dans son cœur.
— Mime alors lui parle du dragon terrible, Fafner, qui
étrangle et dévore tout ce qui tente de l'approcher, et
dont le repaire, *Neidhöhle*, la caverne d'envie, se trouve
à l'extrémité de la forêt.

Ce récit du nain ne fait qu'éveiller la curiosité du bouil-
lant enfant : c'est devant le repaire du monstre qu'il veut
aller chercher la peur; il va donc partir, mais non sans
être armé de Nothung, et il somme une dernière fois
Mime de la lui forger. Sur les nouveaux atermoiements
du méchant gnome, qui se sait impuissant pour une telle
besogne, Siegfried lui arrache des mains les morceaux
de l'épée et se met lui-même à réduire le métal en limaille
pour le travailler ensuite avec ardeur. En l'honneur de
l'arme chérie, il entame un joyeux chant, qui alterne avec
les imprécations de l'Alfe haineux, sentant renaître toutes
ses angoisses et voyant son plan ténébreux s'écrouler.

Le nain va cependant tenter un dernier effort pour s'assurer le succès : il laissera le téméraire vaincre le dragon avec son épée fameuse, puis, comme ce combat l'aura épuisé, Mime lui présentera, sous prétexte de le réconforter, un breuvage enchanté dont quelques gouttes l'endormiront d'un profond sommeil et le lui livreront sans défense. Alors le Nibelung n'aura plus qu'à se frayer son passage vers la grotte, où il s'emparera facilement du trésor si ardemment et si longuement convoité par lui. Déjà il se voit en possession de l'anneau renfermant le charme tout-puissant, et savoure par avance à longs traits les enivrements de la royauté souveraine. Il prend dans son armoire les sucs nécessaires à son infernale cuisine, qu'il met cuire sur l'extrémité du fourneau de la forge.

Cependant Siegfried, tout en chantant, a fini de marteler son arme merveilleuse; il la trempe, puis la brandit sur l'enclume, que cette fois il fend en deux d'un mouvement plein de force et d'aisance. Le nain, arraché à ses méditations, sursaute et tombe affolé par terre, tandis que l'adolescent élève joyeusement son épée en signe de triomphe.

2ᵐᵉ Acte.

Scène I. — L'action se passe dans la forêt, devant la caverne ou Fafner assoupi garde son trésor. A droite, au premier plan, des roseaux touffus ; au milieu, un vaste tilleul aux puissantes frondaisons et dont les racines offrent une sorte de banc naturel. Au second plan, qui est un peu surélevé, se trouve, à gauche, à demi cachée par un amas de rochers, l'ouverture de l'antre du dragon. L'arrière-plan est formé par une muraille de rocs à pic. Une nuit obscure règne sur toute la scène.

Alberich veille anxieusement aux abords de Neidhöhle,

le repaire du monstre auquel il conserve l'espoir d'arracher son trésor, lorsque arrive, accompagné d'un souffle de tempête, le Voyageur, subitement éclairé par un rayon de lune qui perce la nuée.

L'Alfe, rendu furieux par la présence de son ennemi, éclate en menaces et en injures contre le dieu, qu'il soupçonne de vouloir assister Siegfried dans sa lutte avec le monstre. Mais Wotan, qui est venu pour voir et non pour agir, ayant la ferme volonté de ne protéger en rien le héros dont il a été contraint d'abandonner la race, répond à Alberich que le seul qu'il ait à redouter, c'est Mime. Mime seul désire l'anneau, dont l'adolescent ignore la puissance magique. Wotan, lui, le dédaigne. A l'appui de son dire, il propose au Nibelung l'idée d'avertir le monstre du danger qui le menace et de lui offrir la vie sauve en échange du talisman. Le dragon Fafner, réveillé de son lourd sommeil, se refuse à la proposition qui lui est faite : il ne veut pas se départir de son inutile puissance. Le dieu, riant de la déconvenue du nain, s'éloigne au milieu des grondements de l'orage, en lui conseillant de tenter une démarche conciliatrice auprès de son frère Mime.

Le Nibelung, le suivant de son regard haineux, renouvelle ses imprécations, se jure de poursuivre sa conquête et d'écraser un jour la race détestée des dieux. Il se cache dans un creux du rocher ; l'aube commence à poindre.

Scène ii. — Mime et Siegfried arrivent, Siegfried armé de son épée. Il s'assied sous le grand tilleul, son compagnon se place en face de lui et commence à vouloir le terroriser en lui montrant le repaire qui s'ouvre béant à quelques pas d'eux, en lui dépeignant l'horrible monstre, habitant de ce gouffre, qui engloutit dans sa gueule épouvantable ceux qui ont l'imprudence de l'approcher, qui répand sur eux une bave venimeuse consumant la chair de ses victimes, ou les étreint dans sa longue queue et les étouffe en les brisant.

Siegfried, très calme à ce récit, se promet d'enfoncer Nothung dans le cœur du monstre ; et lorsque Mime insiste et lui prédit qu'il ressentira la peur en se trouvant face à face avec le dragon, il s'impatiente et l'oblige à s'éloigner, en le menaçant à son tour de l'affreuse bête.

Resté seul en attendant le combat, Siegfried pense avec joie qu'il va quitter à tout jamais ce nain odieux qui lui fait horreur ; il songe aussi avec un profond attendrissement à cette mère qu'il aurait tant aimée et dont les caresses lui ont été refusées. Il se plaît à se la représenter belle et douce, avec des yeux clairs et brillants comme ceux des gazelles. Il soupire et médite, puis est tiré de son rêve par les murmures de la forêt qui montent de tous côtés et emplissent son âme d'une poésie mystérieuse ; par le chant joyeux d'un oiseau posé au-dessus de sa tête et dont il regrette de ne pouvoir comprendre le doux langage ; peut-être lui parlerait-il de cette mère tant aimée ? Il veut essayer d'imiter son gazouillement et taille un roseau avec son épée pour s'en faire un chalumeau ; mais il ne peut tirer que des sons criards de ce primitif instrument, et, le jetant de dépit, il le remplace par son cor d'argent, avec lequel il sonne sa joyeuse fanfare.

C'est ainsi que jadis, demandant à la forêt un cher compagnon, il n'a trouvé que l'ours et le loup ; que viendra-t-il maintenant ?

En se parlant ainsi, Siegfried se retourne et se trouve en présence de Fafner, qui, sous la forme d'un reptile hideux, s'est avancé vers le milieu de la scène et fait entendre un grognement sonore. L'adolescent rit à sa vue et ne s'effraye nullement des paroles menaçantes du monstre ; il le raille sur les mignonnes dents qu'il exhibe, et, tirant

12.

son épée, se place résolument en face de lui. Le dragon essaye vainement de lui lancer sa bave mortelle et de l'enlacer dans sa queue pour le broyer : le jeune héros déjoue ses calculs et, profitant d'un instant où son ennemi se retourne, il lui enfonce Nothung dans le cœur. Fafner expirant admire le courage de cet enfant qui a osé le braver ; il lui révèle quelle personnalité il cachait sous cette forme hideuse, et ses dernières paroles sont un utile avis à Siegfried, qui devra se tenir en garde contre les noires menées de celui qui l'a conduit jusqu'ici ; puis il roule inanimé sur le sol. Au moment où Siegfried retire son épée de la poitrine du monstre, sa main est inondée d'un sang brûlant qui sort de la blessure ; il porte involontairement ses doigts à ses lèvres pour essuyer le sang, puis il reste un instant rêveur. Soudain son attention est attirée par le chant des oiseaux, dont il lui semble maintenant comprendre la signification. Est-ce d'avoir goûté au sang qui opère en lui un tel prodige ? L'oiseau, dans un langage intelligible, lui conseille de pénétrer dans la caverne et de s'emparer du Tarnhelm et de l'anneau, dont il lui révèle la puissance. Le héros remercie son gracieux protecteur et disparaît dans les profondeurs de la grotte.

Scène iii. — Pendant qu'il l'explore, Mime sort de sa retraite, et, ne voyant plus Siegfried, veut se diriger vers la caverne, lorsque Alberich, surgissant à son tour de sa cachette, lui barre le passage. Une furieuse discussion s'engage alors entre les deux nains au sujet du trésor convoité. Mime finit par proposer un partage à son frère, qui le repousse avec dédain : il lui offre l'anneau et gardera pour lui le Tarnhelm, pensant, dans sa ruse, qu'il lui sera facile, plus tard, à l'aide du casque enchanté, de ravir la bague à son frère. Celui-ci refuse avec mépris ; la querelle s'envenime, et, chacun se jurant à lui-même que le trésor

lui appartiendra tout entier, ils disparaissent au milieu
des arbres et des rochers pour laisser place à Siegfried,
qu'ils voient avec rage sortir de la caverne en considérant
longuement la coiffure magique et l'anneau. Il s'arrête sous
l'arbre, se demandant à quoi lui seront utiles ces joyaux
qu'il n'a recueillis que sur l'avis de l'oiseau, dont il n'a pas
compris exactement la portée, et qui lui rappellent seulement sa victoire, dans laquelle il n'a pas appris la peur.

Au milieu du silence, les murmures de la forêt reprennent, grandissent et montent en une adorable symphonie
jusqu'à l'âme de l'adolescent, qui, en communion complète
maintenant avec les voix mystérieuses de la nature, en
perçoit pleinement le sens sublime et caché. Le chant de
l'oiseau se fait de nouveau entendre pour l'instruire de la
traîtrise de Mime : Siegfried n'aura qu'à écouter attentivement les paroles du gnome pour en comprendre le sens
véritable. En effet, l'astucieux s'avance, méditant la trahison qui doit lui assurer la victoire si longuement convoitée ;
son langage le trahit malgré lui, et ses paroles correspondent exactement avec ses vilains sentiments intimes, bien
qu'il veuille les faire rassurantes et affectueuses : il a toujours haï l'enfant qui lui a été confié, mais il voulait s'en
faire un instrument pour conquérir le trésor ; il lui présente maintenant, sous prétexte de le réconforter, un breuvage empoisonné, et lorsque sa victime sera couchée par
terre, les membres raidis par la mort, il lui enlèvera enfin
le talisman, objet de son ardent désir. Siegfried, indigné
des odieux calculs du fourbe, brandit son épée et, le trans-
perçant, l'étend à ses pieds ; puis il ramasse le corps et le
jette dédaigneusement au fond de la caverne, devant laquelle il roule ensuite le cadavre du dragon ; ils garderont
ainsi ensemble les richesses entassées dans l'antre.

Fatigué par tous ses exploits, le héros s'étend au pied

de l'arbre ; les mélodies de la forêt se font de nouveau entendre, et il demande à son gentil compagnon, l'oiseau, de
chanter encore. L'ami qui lui a déjà donné de si précieux
conseils ne peut-il continuer à le guider, lui, si seul au
monde et qui aspire si ardemment aux affections dont son
cœur sevré est avide ? L'oiseau merveilleux lui révèle alors
que sur un rocher solitaire dort, entourée de flammes qui
la gardent jalousement, la plus belle des femmes ; elle y
attend le fiancé qui saura braver le feu pour la conquérir ; Brünnhilde est son nom ; elle n'appartiendra qu'au
héros dont l'âme n'aura jamais été accessible à la peur.

Siegfried, dont le cœur est vierge de toute crainte, reconnaît en lui-même l'élu qui doit triompher. Ravi, exalté,
ivre de désirs, il s'élance à la conquête de la bien-aimée ;
l'oiseau, qui lui montrera le chemin, plane dans les airs,
et le héros, poussant des cris d'allégresse, suit la route
qui lui est indiquée.

3me Acte.

Scène i. — Le décor représente un étroit défilé dans
une contrée rocheuse d'aspect sévère et dénudé. Une
crypte, dont on aperçoit la sombre ouverture, est taillée
dans la montagne qui se dresse à pic au second plan. A
gauche un passage parmi les chaos de rochers ; une obscurité relative règne sur le paysage.

Le Voyageur s'est arrêté à l'entrée de la crypte, au sein
de laquelle repose de son éternel sommeil Erda, l'âme
antique de la terre. Il l'évoque, et par la puissance de son
charme la force à s'éveiller. Il veut l'interroger, car elle
est la sagesse du monde ; aucun mystère ne lui est inconnu,
et le dieu est avide de partager sa science.

La prophétesse émerge lentement de sa mystérieuse retraite, enveloppée d'une lueur confuse ; sa chevelure et

ses vêtements scintillants semblent couverts de givre. Elle
s'est arrachée avec peine, et sous l'influence du charme, à
son profond assoupissement, mais elle ne sait rien : tout
son savoir l'abandonne lorsqu'elle veille ; elle ne peut
répondre à Wotan, et elle lui conseille de s'adresser aux
Nornes, qui dans le câble des destins filent et tissent toute
la science de leur mère éternelle. — Mais ce que cherche le dieu, ce n'est pas de connaître l'avenir : il voudrait
le modifier. — Pourquoi n'interrogerait-il pas la fille de
son vœu, la voyante Brünnhilde? lui demande la Vala[1].
Alors Wotan lui apprend le châtiment qu'il a dû infliger à
la vierge rebelle. — Peut-il, maintenant qu'il l'a privée de
sa divinité, la consulter encore ? — La déesse médite longuement ; ses pensées se troublent depuis qu'elle est éveillée ; elle ne veut pas conseiller celui dont elle blâme
les agissements, celui, qui, après avoir ordonné à la Walkyrie d'agir, la punit d'avoir agi ; qui tour à tour protège
ou entrave la justice et qui se parjure pour tenir ses serments ; d'ailleurs elle ne peut pas changer les lois immuables de ce qui doit être. Elle demande à être délivrée
du charme et à se replonger dans son sommeil séculaire.
— Wotan, ne pouvant rien obtenir d'elle, la laissera donc
redescendre dans sa sombre retraite. Que les destins s'accomplissent : il ne luttera plus contre la fin ; ce qu'il a
décidé autrefois, maintenant il l'exécutera avec joie ; et le
monde que, dans sa colère, il avait voué à la haine du Nibelung, il le lègue maintenant au fils des Wälsungs : le
héros qui, libre de toute crainte, a su se conquérir l'anneau magique, va réveiller Brünnhilde, et la fille déchue
des dieux accomplira, consciente, l'acte libérateur qui
affranchira le monde ; c'est elle qui rendra au Rhin l'or

1. Vala est le nom que donnaient les Scandinaves aux prophé-
tesses.

maudit qui a causé de si grands malheurs ; c'est elle aussi qui, embrasant le Walhalla d'un incendie grandiose, déterminera la fin des dieux. Wotan alors rompt le charme qui retenait la prophétesse ; elle disparaît dans l'abîme, qui est de nouveau plongé dans l'obscurité ; la tempête se calme, et le voyageur attend, silencieux, l'arrivée de Siegfried.

L'aube matinale commence à éclairer la scène ; l'oiseau protecteur s'approche en voletant, puis tout à coup inquiet, car il a aperçu les deux corbeaux qui accompagnent toujours le Maître du Monde, il disparaît à tire-d'aile.

Siegfried s'avance joyeux en suivant le chemin que lui a indiqué l'oiseau.

Scène ii. — Le dialogue s'engage entre lui et Wotan qui l'interroge, et à qui il raconte son odyssée, son exploit avec le dragon, l'épée merveilleuse qu'il a entre les mains et la douce conquête qu'il aspire à faire.

Ces paroles ravivent momentanément chez le dieu l'angoisse des événements qui vont se dérouler et qu'il acceptait tout à l'heure encore avec une ferme volonté ; une dernière fois il est tenté d'agir, et cherche à s'opposer à la marche du jeune héros. Siegfried veut suivre quand même la route que l'oiselet lui avait montrée avant de fuir la présence des corbeaux de Wotan ; il s'irrite contre l'importun qui veut lui barrer la route, et déclare qu'il le privera, s'il résiste, du seul œil qui lui reste ; mais le Voyageur, dédaignant le courroux du jeune téméraire et se disant gardien du rocher où dort Brünnhilde, menace de ses flammes l'audacieux qui veut passer outre ; dans un accès de colère, il lui ferme le passage avec sa lance. Siegfried, dont l'impatience est à son comble, tire son épée et en frappe l'épieu de Wotan, qui se brise avec fracas. Le tonnerre gronde, un océan de feu emplit la scène; le dieu, se sentant décidément vaincu, cède la place au jeune et impétueux combattant et disparaît dans l'embrasement général.

Siegfried, maintenant tout à sa conquête, sonne une fanfare joyeuse et se précipite au travers des flammes qui envahissent de plus en plus la montagne; on entend le son du cor qui s'éloigne et indique que le sonneur escalade le rocher; puis le feu s'apaise, les nuées disparaissent et laissent voir sous un ciel d'azur le rocher où dort Brünnhilde. Le décor est le même qu'au troisième acte de la *Walkyrie*.

Scène III. — Siegfried, dont la fanfare a cessé, regarde autour de lui avec étonnement; il aperçoit un noble coursier qui sommeille à l'ombre des sapins, puis des armes en acier brillant qui reluisent au soleil; il s'approche, et voit un guerrier armé qui repose, endormi, la tête serrée par un heaume. Il détache doucement le heaume pour mettre plus à l'aise le dormeur. Une magnifique chevelure s'échappe de la coiffure. Siegfried reste stupéfait et en admiration. Il veut maintenant ôter la cuirasse étouffante; du tranchant de son épée il coupe avec précaution les lanières qui tiennent l'armure : il demeure confondu et troublé en voyant un gracieux corps de femme enveloppé d'un blanc vêtement aux plis harmonieux. Un charme troublant l'envahit soudain, une angoisse mortelle l'étreint, et dans son émoi il évoque le souvenir de sa mère. Est-ce la peur qu'il éprouve enfin? Était-il réservé à cette adorable créature de la lui faire connaître?

Pour réveiller la jeune fille, il dépose un long baiser sur ses lèvres; Brünnhilde ouvre alors les yeux, et ils se contemplent avec ravissement.

La Walkyrie se dresse lentement et adresse un salut

solennel à la lumière du soleil, dont ses regards ont été privés si longtemps. Qui l'a éveillée de son interminable sommeil? Siegfried ému se nomme, bénissant la mère qui l'a enfanté, la terre qui l'a nourri, et lui ont permis de voir se lever ce jour bienheureux.

Brünnhilde mêle son chant d'allégresse et de reconnaissance à celui de Siegfried, ce Siegfried bien-aimé qui, avant même d'être engendré, a été l'objet de son amour et de sa sollicitude.

Ces paroles singulières donnent le change au jeune héros : n'est-ce pas sa mère qu'il croyait à tout jamais perdue pour lui et qu'il a retrouvée? — Non, lui dit la vierge en souriant, sa mère ne lui est point rendue, mais il a près de lui celle qui l'a toujours aimé, qui pour lui a toujours lutté, car c'est inconsciemment, mais par le fait de son amour, qu'elle a autrefois transgressé les ordres de Wotan et mérité la longue expiation sur le rocher et l'exil du Walhalla. A cette pensée, une tristesse l'envahit; elle veut résister aux ardentes caresses du héros et ressaisir sa virginité divine, son essence éternelle; elle contemple avec regret l'acier éclatant de sa cuirasse, l'armure brillante qui protégeait autrefois son chaste corps contre les regards des profanes; elle fait appel à sa sagesse, à sa clairvoyance passées, et comprend avec effroi qu'elle n'en est plus animée; son savoir reste muet, les ténèbres descendent dans sa pensée : la fille des dieux est devenue une simple femme!

Mais en même temps l'amour terrestre monte en son âme et l'envahit toute; en vain veut-elle lutter encore avec elle-même et repousser les ardeurs de Siegfried qui la supplie d'être à lui; l'amour est le plus fort. Brünnhilde en est enivrée : elle abandonnera la cause des dieux. Qu'ils périssent tous, race vieillie et sans force; que le

Walhalla s'écroule, que le Burg tombe en poussière, que les éternels finissent...

Nornes, rompez le câble des destinées divines ; que le crépuscule des dieux commence : la vierge ne vit plus que pour l'amour de Siegfried, son bien, son tout, son étoile... Éperdue, elle se précipite dans les bras de son époux, qui la reçoit extasié.

LE CRÉPUSCULE DES DIEUX

PROLOGUE. — Le décor représente, ainsi qu'au troisième acte de la *Walkyrie*, le rocher de Brünnhilde, mais la scène est plongée dans la nuit noire. Le lointain s'éclaire seul d'un vague reflet de flammes.

Les *trois Nornes*, drapées dans de longs vêtements flottants, tressent le câble d'or de la destinée, qu'elles se passent tour à tour. *La première*, la plus âgée, est assise au second plan à gauche, sous le sapin ; *la deuxième* est étendue à l'entrée de la grotte de droite ; et *la troisième*, la plus jeune des trois, est assise au pied du roc qui commande la vallée. La première Norne montre à ses sœurs la clarté qu'entretient sans cesse Loge autour du rocher de Brünnhilde, et elle les engage à chanter et à filer. Elle attache le câble d'or à une des branches du sapin et se souvient que jadis elle accomplissait sa tâche avec joie, s'abritant sous les puissantes ramures du frêne du monde, au pied duquel bruissait une source fraîche d'où sortait la sagesse. Un jour vint où Wotan s'approcha de l'onde limpide pour y boire, et paya la redevance sacrée du sacrifice d'un de ses deux yeux ; puis il cueillit un des plus vigoureux rameaux de l'arbre pour s'en faire un épieu de combat. Mais, à dater de ce moment, le frêne périclita, son feuillage jaunit, tomba ; au cours des siècles,

le tronc périt, et la source en même temps se tarit. —
Qu'arriva-t-il alors? Et la Norne, jetant le câble à sa
deuxième sœur, l'invite à parler à son tour. — Wotan,
reprend la Sibylle, avait gravé sur son épieu les runes
des traités qui faisaient sa force; il vit, sombre présage,
son arme brisée dans sa lutte avec un jeune héros; alors
il réunit les guerriers du Walhalla et leur fit abattre le
frêne du monde. Qu'advint-il depuis? demande la Norne à
sa plus jeune sœur, à qui elle lance la corde. — Les héros
formèrent un bûcher colossal autour de la demeure des
éternels, et Wotan est silencieusement assis au milieu de
l'auguste assemblée des dieux. Si le bois, s'embrasant,
allume le Burg magnifique, ce sera la fin des maîtres du
monde. Wotan a asservi le rusé Loge et l'a fixé en
flammes claires autour du rocher de Brünnhilde; puis il a
plongé les éclats de son arme brisée au cœur du flam-
boyant. Que se passe-t-il alors? — Le fil que tressent les
Nornes s'embrouille, le roc tranchant l'entame; c'est
l'anathème d'Alberich, le ravisseur de l'or du Rhin, qui
porte ses funestes fruits; enfin le câble se rompt par le
milieu, et avec lui s'évanouit la clairvoyance des trois
sœurs, qui se lèvent épouvantées; elles en renouent les
bouts avec précipitation et, se liant entre elles, elles descendent dans les profondeurs de la terre retrouver Erda,
leur mère éternelle.

Le jour s'est levé progressivement; il brille maintenant
de tout son éclat et laisse voir Siegfried arrivant armé en
guerre, et Brünnhilde qui l'accompagne, tenant son noble
coursier Grane par la bride.

L'amoureux couple, qui goûte déjà depuis de longs
jours un radieux bonheur, échange des serments de fidélité. Brünnhilde a transmis à son époux les runes sacrées

que les dieux lui avaient enseignées; elle lui a donné toute sa science et ne lui demande en retour que sa constance, sa tendresse; elle l'excite à de nouveaux exploits. Siegfried, qui va partir après l'avoir encore assurée de son amour, lui donne en gage de sa fidélité l'anneau dérobé à Fafner, et qui ne vaut pour lui que par les vertus qu'il a dû déployer afin de le conquérir.

Brünnhilde, ravie, lui fait don, en échange, de Grane, le noble compagnon qui l'a jadis si souvent portée à ses prouesses guerrières. Que le superbe coursier, au milieu des combats, rappelle Brünnhilde au souvenir de son époux.

Le couple se sépare après un dernier embrassement; Siegfried descend le rocher, conduisant sa monture; Brünnhilde le suit longtemps du regard, extasiée, et l'on entend dans le lointain retentir la joyeuse sonnerie du cor du héros.

1er Acte.

Scène i. — Le décor représente le palais des *Gibichs*, sur les bords du Rhin. La grande salle, largement ouverte à l'arrière-plan, est de plain-pied avec la rive; elle laisse voir le fleuve dans toute sa largeur. A droite, au second plan, une table autour de laquèlle sont des sièges. A gauche et à droite, l'entrée des appartements privés.

Gunther et sa sœur *Gutrune,* enfants de la dynastie des Gibichs, conversent avec *Hagen,* fils de leur mère *Grimhilde,* et rendent hommage à la sagesse de ce frère qui leur a toujours donné d'utiles avis.

Hagen, le continuateur de la noire pensée de son père Alberich, qui poursuit toujours l'idée de la reconquête de son anneau dérobé par Wotan, Hagen, instruit des vaillants exploits de Siegfried et de ses amours avec la Walkyrie, mais les taisant soigneusement, conseille à son frère et à sa sœur, ignorants de ces faits, de consolider leur dynastie par de glorieuses unions : pour Gunther, il veut Brünnhilde, la vierge qui dort sur un rocher inaccessible, protégée par un océan de flammes; mais à Gunther n'est pas réservé de franchir l'obstacle redoutable : Siegfried seul peut accomplir l'acte héroïque, Siegfried, le dernier rejeton des Wälsungs, qui a vaincu Fafner et s'est emparé du trésor des Nibelungs.

C'est lui que Hagen destine à la fille des Gibichs. Il cédera facilement l'objet de sa victoire à Gunther si son cœur est asservi aux charmes de Gutrune, et à cela elle pourra aider en faisant boire au héros certain breuvage enchanté qui fera son âme oublieuse des serments passés et le rendra l'esclave de celle qui versera le philtre.

Le frère et la sœur adoptent avec enthousiasme le projet de Hagen et attendent impatiemment celui qui doit réaliser leurs vœux, que ses courses peuvent amener d'un moment à l'autre dans leurs parages.

Scène ii. — Le son du cor se fait entendre dans la direction du Rhin, annonçant justement l'arrivée de Siegfried. Hagen aperçoit le jeune guerrier dirigeant d'une main habile la barque qui le porte avec Grane. Gunther descend sur le rivage pour le recevoir, et Gutrune, après avoir contemplé de loin le héros, se retire dans ses appartements, en proie à une émotion visible.

Siegfried débarque avec son coursier et demande aux deux hommes lequel d'eux est Gunther, dont il a entendu vanter la gloire et auquel il vient offrir, à son choix, le combat ou son amitié. Gunther se nomme et répond à son hôte par des serments d'alliance et de fidélité. Hagen, qui a pris soin de Grane et l'a emmené par la bride, revient et interroge Siegfried sur les richesses des Nibelungs, dont il le sait maître ; mais le héros, dédaigneux de ces inutiles trésors, les a laissés dans le repaire du dragon ; il n'en a pris que ce heaume accroché à sa ceinture et dont Hagen lui révèle la puissance magique, sans toutefois frapper son attention. Il possède encore un autre objet provenant du trésor conquis : c'est un anneau qu'il a donné à une noble femme, comme gage de sa foi. Hagen alors appelle Gutrune, qui arrive, portant une coupe, qu'elle présente en signe de bienvenue à Siegfried.

Celui-ci s'incline et, au moment de vider la coupe, s'absorbe en un souvenir tendre et ému pour Brünnhilde, jurant au fond de son cœur de ne jamais oublier leur fidèle et brûlant amour.

Il boit et rend la corne à Gutrune confuse et troublée ; mais, sous le charme du philtre, la passion s'allume soudain dans ses yeux en regardant la jeune fille ; il lui fait part du sentiment qui vient de l'envahir tout entier, et demande sur-le-champ à Gunther de lui donner sa sœur. Gutrune, oppressée par le remords qu'elle éprouve de forcer ainsi le sentiment du héros, lui fait signe qu'elle n'est pas digne de lui, et quitte la salle en chancelant. Siegfried, charmé, l'a suivie des yeux, et interroge alors son ami sur lui-même. A-t-il déjà fait choix d'une épouse ?

Gunther lui répond en lui disant la difficulté qu'il aura pour conquérir celle qu'il aime, Brünnhilde, emprisonnée par les flammes sur un rocher solitaire. Siegfried, à ce nom tout à l'heure tant aimé, est vaguement frappé par une réminiscence qui s'efface de suite ; le philtre continue son œuvre ; il offre à Gunther de poursuivre pour lui cette conquête, et n'y met qu'une condition, le don de Gutrune en récompense.

A l'aide du Tarnhelm, il prendra l'aspect de son hôte et lui ramènera la fiancée promise. Ils s'engagent par un

solennel serment à ne jamais trahir leur alliance, et ci-
mentent le pacte en buvant tour à tour dans une corne,
ayant auparavant mêlé au breuvage quelques gouttes de
leur sang. Hagen, qui a refusé de participer à l'engagement
fraternel, prétextant de son origine bâtarde, et s'est tenu
à l'écart, brise la corne d'un coup d'épée, tandis que
Gutrune, inquiète et agitée, est venue présider au départ
des guerriers ; il médite et pense avec une ironie mé-
chante que ces deux vaillants, égarés, l'un par ses perfides conseils, l'autre par son odieux sortilège, sont en
train d'édifier sa fortune à lui, l'humble fils du Nibelung.

Un superbe rideau se déploie sur le devant de la scène
et la ferme ; lorsqu'il se rouvre, on voit, comme au prologue, le rocher de la Walkyrie.

Scène iii. — Brünnhilde, silencieuse et pensive, est
assise à l'entrée de la grotte, contemplant l'anneau que
Siegfried lui a donné, et qu'elle couvre de baisers passionnés. Elle entend au loin un bruit jadis familier :
c'est le galop d'un coursier aérien ; elle prête l'oreille,
et, ravie, s'élance au-devant de Waltraute, la Walkyrie sa
sœur, qui vient la trouver dans sa retraite et dont elle ne
remarque pas l'expression d'inquiétude ; est-ce le pardon
du dieu trop sévère que sa compagne chérie lui apporte
enfin ? Wotan s'était adouci envers la coupable, puisqu'il
avait permis que le feu dévorant la protégeât dans son sommeil, et que de son châtiment même sortît sa félicité ; elle
appartient maintenant à un héros dont l'amour l'enivre
d'orgueil et qui a fait d'elle la plus heureuse des femmes.

Waltraute, qui ne partage pas l'allégresse de sa sœur,
est venue à elle pleine d'angoisse et, malgré la défense de
Wotan, pour la conjurer de sauver le Walhalla du malheur
qui le menace : depuis l'exil dont il a frappé la fille de
son vœu, le dieu des armées, inquiet, découragé, n'a cessé

de parcourir le monde comme un voyageur solitaire : un jour, il rentra de ses courses vagabondes, tenant à la main son épieu brisé; muet et sombre, il ordonna alors d'un geste à ses héros d'abattre le frêne du monde et d'en former un vaste bûcher autour de la demeure des éternels; puis il convoqua le conseil des dieux, et depuis, il trône, immobile et farouche, parmi eux et les héros, considérant avec douleur son arme vaincue; c'est en vain que ses filles, les vierges guerrières, l'implorent et veulent le réconforter; il reste sourd à leurs prières, attendant ses deux corbeaux qu'il a envoyés au loin et qui, hélas! ne viennent lui rapporter aucune nouvelle rassurante!

Une seule fois, ému des caresses de sa fille Waltraute, son regard s'est voilé au souvenir de Brünnhilde, et il a laissé tomber ces paroles : « Si elle rendait aux filles du Rhin l'anneau maudit, les dieux et le monde seraient sauvés. » Alors, Waltraute a quitté furtivement la demeure endeuillée, pour venir supplier sa sœur d'accomplir l'acte rédempteur.

Brünnhilde, à ces mots, se révolte : sacrifier l'anneau de Siegfried, le gage sacré de leur amour, plus précieux pour elle que la race des dieux, que la gloire des éternels? A cela jamais elle ne consentira, dussent les splendeurs du Walhalla s'écrouler à l'instant; et elle laisse s'éloigner sa sœur désolée, emportant sa décision immuable.

Waltraute, au comble du désespoir, s'enfuit vers le palais de son père, accompagnée par une nuée d'orage sillonnée d'éclairs; la nuit est venue, et la flamme qui entoure le rocher brille d'un éclat inusité.

On entend le cor de Siegfried qui retentit dans le lointain. Brünnhilde, ravie, s'élance au-devant de lui, puis recule épouvantée à l'aspect d'un guerrier inconnu : c'est son époux qui, toujours sous l'influence du philtre maudit

qui aveugle son âme, et grâce au pouvoir du heaume, se
présente à elle sous les traits de Gunther, au nom duquel
il veut la conquérir. L'infortunée, frappée d'horreur, se
débat en vain, appelant dans sa détresse Wotan, dont elle
croit éprouver de nouveau le courroux. Elle invoque vainement le pouvoir de l'anneau, ses forces la trahissent.
Siegfried la terrasse et, lui arrachant la bague, qu'il passe
à son propre doigt, il la déclare fiancée de Gunther et la
force à entrer dans la grotte, où il la suivra, mais où,
fidèle à la parole donnée à son allié, il la gardera intacte
pour le fils de Gibich. Il en prend Nothung, son épée,
à témoin.

2ᵐᵉ Acte.

Scène i. — Le Rhin offre une belle et longue perspective, et forme vers la gauche un brusque coude passant
devant le palais des Gibichs, que l'on aperçoit de profil au
premier plan à droite. Des rives du fleuve, qui sont escar-
pées et rocheuses, monte à droite, au second plan, un chemin au bord duquel sont étagées des pierres de sacrifice,
les deux premières dédiées à Fricka et à Donner, enfin
une troisième, plus grande que les autres, consacrée à
Wotan.

Il fait nuit obscure. Hagen, assis immobile et en armes à
la porte du palais qu'il garde, semble dormir, bien qu'il
ait les yeux ouverts. Son père, Alberich, accroupi devant
lui, dirige son rêve et, lui parlant à voix basse, l'excite à
la lutte dans laquelle il s'est engagé pour reconquérir
l'anneau sur Wotan le maudit : déjà le dieu est affaibli
par sa propre lignée ; un Wälsung lui a brisé son épieu,
instrument de sa force et de sa puissance, et le dieu dé-
sarmé, amoindri, voit avec angoisse approcher sa fin et
celle du Walhalla. Si Hagen veut aider l'Alfe qui l'a en-

gendré, il peut recueillir à son profit la souveraineté des dieux. L'anneau, dont il faut s'emparer à tout prix, est aux mains de Siegfried; mais le héros, n'en connaissant pas la puissance ou la dédaignant, échappe par cela même à la malédiction qui s'attache à la possession du talisman; il faut donc ruser avec lui et agir en toute hâte, afin que, conseillé par la noble femme dépositaire de la bague magique, il n'ait pas le temps de rendre aux filles du Rhin le trésor qu'elles réclament avec tant d'instances et qui dès lors serait irrévocablement perdu pour les Nibelungs.

Scène ii. — Hagen, toujours rêvant, jure à son père, à lui-même, qu'il saura s'emparer de l'anneau. Alberich disparaît, excitant son fils à tenir sa promesse. Une ombre épaisse couvre Hagen, le jour point du côté du Rhin, et le soleil se lève, se reflétant dans le fleuve et éclairant l'arrivée de Siegfried, qui, transporté par la puissance de son heaume magique, vient du rocher où il a conquis Brünnhilde pour Gunther, annoncer la bonne nouvelle à la fille de Gibich.

Gutrune, ravie, se fait conter le nouvel exploit de son fiancé et apprend avec joie que Gunther, ayant par un habile subterfuge reçu son épouse des mains du vainqueur, est en route avec elle pour le palais de ses pères.

Scène iii. — Il faut se hâter de préparer la réception du nouveau couple; Hagen, qui était en observation sur la hauteur, appelle à son de trompe les vassaux de son frère; ils accourent en armes, se demandant quel danger court leur seigneur et maître; mais Hagen les rassure : il s'agit seulement de souhaiter la bienvenue à l'épouse qu'il a conquise à l'aide de Siegfried, et de préparer des sacrifices aux dieux qui leur ont été propices. Sur l'autel de Wotan, qu'ils immolent un vigoureux taureau; un sanglier pour Froh, un bouc pour Donner, et qu'ils consacrent une douce brebis à Fricka, pour qu'elle accorde aux nouveaux époux un heureux hymen.

Les vassaux, entraînés par les gaies paroles de Hagen, habituellement sombre et farouche, se réjouissent et jurent protection à leur future souveraine.

Scène iv. — La barque amenant Gunther et Brünnhilde vient d'atterrir. Le guerrier en sort avec sa triste fiancée, qui se laisse conduire, pâle et les yeux baissés. Il la présente aux vassaux, qui l'acclament joyeusement, puis à Gutrune et à son futur époux.

Brünnhilde, en voyant Siegfried, reste muette d'épouvante et s'arrête en le regardant fixement; lui, inconscient de ce qui se passe dans l'âme de l'infortunée, supporte avec calme son regard; elle est sur le point de défaillir, Siegfried froidement la soutient; elle aperçoit l'anneau au doigt du parjure; alors elle se redresse avec violence et demande comment la bague que lui a arrachée Gunther et qu'il dit être le gage de leur union est en la possession d'un autre. Le fils de Gibich se trouble et ne sait que répondre. Siegfried, perdu dans sa rêverie en contemplant l'anneau, se souvient seulement qu'il l'a conquis jadis dans sa lutte avec le dragon; il l'affirme loyalement. Hagen, se mêlant au débat, feint de soupçonner le Wälsung de trahison et engage Brünnhilde à la vengeance; celle-ci, en proie à une douleur et une révolte suprêmes, déclare Siegfried fourbe et infâme; elle accuse les dieux de tous les maux qui l'accablent et repousse Gunther qui cherche à la calmer, le reniant pour son époux et désignant le fils de Wälse comme celui à qui elle s'est donnée, corps et âme.

L'émotion est à son comble; Siegfried veut se disculper d'une telle traîtrise; tous le somment de déclarer sous la foi du serment qu'il n'a point failli à la parole donnée et qu'il a respecté en Brünnhilde l'épouse de Gunther. Il l'affirme solennellement sur l'arme que lui présente Hagen : qu'il périsse par cette arme même, s'il a forfait à l'honneur.

Scène v. — Brünnhilde s'avance, indignée, terrible, appelant la vengeance, par ce fer aigu et tranchant, sur le traître et le parjure, et tandis que Siegfried s'éloigne, insouciant de ses menaces et ne songeant plus qu'à sa nouvelle fiancée, qu'il entraîne dans le palais, la malheureuse créature, restée en proie à la plus affreuse des douleurs, se demande avec angoisse de quel cruel sortilège elle a été la victime, quel est l'astucieux ennemi qui lui a suscité une pareille infortune et comment elle dénouera, maintenant qu'elle a perdu sa science divine, les liens odieux qui l'enserrent. Hagen s'approche alors de la pauvre abandonnée et lui offre le secours de son bras pour la venger ; mais à cette proposition elle rit amèrement : n'a-t-elle pas elle-même pris soin de rendre le héros invulnérable ? et d'ailleurs sa bravoure ne paralyserait-elle pas quiconque voudrait se mesurer avec lui ? — Hagen connaît son infériorité dans une telle lutte ; mais n'y aurait-il aucun moyen secret de vaincre le coupable ?

Brünnhilde lui révèle alors qu'un seul point est attaquable, qu'elle n'a point compris dans ses enchantements, sachant bien que jamais il ne tournera le dos à l'ennemi : si Hagen peut l'atteindre entre les épaules, il lui portera là un coup mortel. — Le misérable se promet de profiter du précieux avis ; il fait part de son projet à Gunther, resté à l'écart, abîmé dans ses pensées et accablé par l'accusation de lâcheté que porte contre lui son épouse. Gunther frémit à la pensée de trahir celui qu'il a nommé son frère d'armes ; mais Hagen cherche à endormir ses remords : il lui rappelle à voix basse quelle puissance découlera pour lui de cet acte, puisqu'il le rendra maître de l'anneau. Gunther hésite encore en songeant à la douleur de Gutrune. Ce nom réveille toute la haine jalouse de Brünnhilde : cette femme qui a dû, par un charme, lui ravir son époux, il faut qu'elle soit châtiée dans son amour ; et Brünnhilde associe ses instances à celles de Hagen. Siegfried périra donc, Günther s'y résigne ; la chasse qui doit avoir lieu le jour suivant fournira le prétexte de sa mort : un sanglier l'aura frappé dans un lieu isolé.

Pendant que le noir complot se trame, Siegfried et Gutrune, accompagnés de leur cortège nuptial, paraissent, la tête ornée de fleurs et de feuillages. Ils invitent leurs frère et sœur à les imiter, et tandis que Gunther, prenant la main de Brünnhilde, suit la joyeuse assemblée avec elle, Hagen, resté à l'écart, invoque l'assistance de son père Alberich, l'Alfe haineux, et se jure à lui-même d'être bientôt le possesseur de l'anneau tant convoité.

3ᵐᵉ Acte.

SCÈNE I. — La scène représente un ravissant paysage des bords du Rhin ; les eaux azurées du fleuve, encaissées entre deux rives montagneuses et agrestes, permettent de voir dans leurs flots transparents les Ondines qui prennent leurs ébats. Au premier plan, une sorte de plage occupe le devant du théâtre ; à droite, un sentier monte escarpé, parmi les rochers, et atteint les sommets élevés de la rive.

Woglinde, *Wellgunde* et *Flosshilde*, les trois filles du Rhin, tout en évoluant dans l'onde, se lamentent sur la perte de leur or, dont l'éclat pur égayait jadis le fond du fleuve, voué maintenant à l'obscurité et à la tristesse. Si le possesseur du trésor voulait consentir à le leur rendre !...

Justement, le son du cor dans le lointain leur apprend

que le héros vient dans leurs parages. Elles plongent pour aller délibérer entre elles, quand Siegfried, armé de toutes pièces, apparaît sur la hauteur, égaré dans la campagne à la poursuite du gibier.

Les Ondines reparaissent, interrogent le chasseur et lui offrent de lui retrouver l'ours qui s'est dérobé à ses coups, s'il veut leur abandonner en échange l'anneau d'or qu'il a au doigt.

Il refuse la proposition des Nixes : donner un bien conquis au prix d'un combat terrible avec le dragon Fafner, jamais! Elles le taquinent, se moquent de son avarice et de la crainte qu'il a, lui si beau, si fort, d'être battu par sa femme si elle s'apercevait de l'absence de la bague, et elles disparaissent de nouveau sous les flots. Siegfried, ébranlé par ces railleries, se décide presque à leur offrir le joyau auquel il tient si peu ; il les rappelle ; mais les trois sœurs, qui se sont concertées et sont devenues graves, lui conseillent de conserver l'anneau jusqu'à ce qu'il comprenne la malédiction qui y est attachée; alors il le leur abandonnera avec joie. Elles savent de funestes choses concernant Siegfried : son anneau maudit, fait avec l'or du Rhin, voué au malheur, par l'anathème de celui qui l'a forgé, quiconque s'en rendra possesseur. Comme Fafner a péri, il périra lui-même, à moins qu'il ne rende le joyau aux gouffres du fleuve; seuls ses flots auraient le pouvoir d'annuler la malédiction, cette malédiction que les Nornes ont tressée dans le câble du destin. Siegfried ne se laisse pas troubler par ce qu'il regarde comme de vaines menaces; il n'attache aucune foi au récit des nymphes et bravera les prophéties alarmantes des Nornes, dont Nothung saura, au besoin, trancher la corde. Cet anneau lui assure, dit-on, l'empire du monde : il le donnerait volontiers aux gracieuses Nixes si elles lui offraient, en échange, l'amour et ses douces extases ; car la vie sans l'amour, il s'en soucie comme de ceci (en prononçant ces paroles, il prend une motte de terre, qu'il jette au loin) ; mais ce n'est pas devant des menaces qu'il cédera jamais, car la peur lui est inconnue.

Les Ondines, le voyant sourd à leurs exhortations, renoncent à convaincre un insensé qui n'a pas su conserver et apprécier le bien le plus précieux qui lui était échu, l'amour de la Walkyrie, et ignore même avoir gaspillé son bonheur tandis qu'il s'acharne à la possession du talisman qui le voue à la mort. Mais, heureusement pour elles, aujourd'hui même son héritage passera aux mains d'une noble femme qui, elle, écoutera leurs prières et y fera droit. Elles se hâtent d'aller la trouver. — Siegfried les suit de l'œil en souriant et en admirant leurs ébats gracieux.

Scène ii. — Des fanfares de chasse se font entendre au loin et se rapprochent peu à peu ; le jeune chasseur répond joyeusement de son cor d'argent. Gunther et Hagen descendent la colline avec leur suite. Les serviteurs préparent le repas, tandis que les chasseurs s'étendent à terre et se mettent à boire en causant. Siegfried, tout en confessant qu'il a fait une chasse nulle, raconte, insouciant, sa rencontre avec les sœurs, qui lui ont prédit sa mort pour le jour même. Gunther se trouble et regarde furtivement Hagen, qui demande à Siegfried de lui parler du temps où, dit-on, il savait converser avec les oiseaux. — Mais le héros a cessé depuis longtemps de comprendre leurs gazouillements, auxquels il préfère maintenant de douces paroles de femme. Hagen insiste, ainsi que Gunther, pour connaître cette aventure. Siegfried leur retrace alors son enfance dans la forêt en compagnie de Mime, le gnome astucieux dont il a mis à néant les noirs projets, son combat contre Fafner à l'aide de Nothung, sa vaillante épée, la conquête du trésor et les sages conseils de l'oiseau merveilleux. Quand le héros est arrivé à ce point de son récit, Hagen mêle en cachette à son breuvage un philtre réveillant ses souvenirs endormis; Siegfried, dès lors en pleine possession de sa mémoire, raconte devant tous, au profond étonnement de Gunther, qui l'écoute avec une émotion croissante, son odyssée victorieuse pour aller délivrer Brünnhilde et la délicieuse récompense qui l'attendait pour prix de sa vaillance. Gunther, abîmé de stupéfaction, semble commencer à comprendre. A ce moment, deux corbeaux sortant d'un buisson voisin viennent tournoyer au-dessus de Siegfried, qui se retourne pour les regarder; Hagen profite de ce moment pour fondre sur celui que sa haine guette si lâchement, et lui enfoncer son épieu entre les deux épaules. Gunther, plein d'horreur, s'élance, trop tard hélas! pour détourner le bras du meurtrier. Siegfried lève son bouclier pour écraser le traître, mais ses forces l'abandonnent, et il tombe sur le sol, tandis que son lâche assassin s'éloigne tranquillement et gagne la hauteur. Avant d'expirer, Siegfried peut encore envoyer un suprême adieu à la bien-aimée qu'il n'a toujours pas conscience d'avoir trahie et dont le radieux souvenir adoucit ses dernières souffrances. Il meurt en emportant la chère vision dans son cœur extasié.

Les vassaux placent le corps du héros sur une litière de verdure. Le funèbre cortège se forme : Gunther le premier suit le cadavre, en donnant les signes du plus profond désespoir. Les rayons de la lune éclairent le lugubre défilé, puis des brouillards se dégageant du Rhin viennent envahir le devant de la scène. — Quand ils se dissipent, le théâtre représente de nouveau la grande salle du palais des Gibichs, plongée cette fois dans l'obscurité.

Seul le fleuve, à l'arrière-plan, est éclairé par le brillant reflet de la lune.

Scène iii. — Gutrune sort du palais endormi et silencieux, attendant, inquiète, le retour de son époux et de son frère ; elle est envahie par de sombres pressentiments. Le rire enfiévré et sinistre de Brünnhilde a interrompu son sommeil. Est-ce cette femme qu'elle a vue dans le lointain se diriger vers le fleuve ? Elle s'assure en effet que Brünnhilde a quitté ses appartements, et elle est sur le point de rentrer dans le palais ; mais elle entend la voix de Hagen qui la glace d'effroi. Voici le retour des chasseurs : comment n'entend-elle pas le son éclatant du cor de Siegfried ? Elle interroge Hagen, qui d'abord lui dit que son époux revient et de se préparer à le saluer, puis lui apprend brutalement que le héros ne fera plus entendre sa joyeuse fanfare, car il a trouvé la mort dans un combat contre un sanglier furieux.

Le funèbre cortège arrive à ce moment, et toute la foule des serviteurs se presse, apportant des torches et des brandons. Les chasseurs, parmi lesquels se trouve Gunther, déposent le corps au milieu de la salle. La consternation est générale. La malheureuse Gutrune tombe évanouie en voyant sans vie celui qu'elle aimait. Gunther veut la relever ; mais, revenant à elle, elle repousse avec horreur son frère, qu'elle accuse d'avoir assassiné son époux. Gunther se disculpe et dévoile alors le crime de Hagen, qu'il maudit et voue au malheur et à l'angoisse. Le traître s'avance impudemment et proclame avec hauteur son acte odieux ; il exige comme droit de dépouille la bague qui brille au doigt du héros. Gunther lui défend de toucher à l'héritage de Gutrune. Hagen le menace, ils dégainent tous deux, et Gunther, frappé par l'épée de son frère, tombe mort à ses pieds. L'assassin veut alors s'emparer de l'anneau et se jette sur le corps de Siegfried pour le prendre ; mais la main du cadavre se dresse menaçante, serrant l'anneau entre ses doigts… L'épouvante est à son comble. Gutrune et ses femmes poussent des cris aigus.

Brünnhilde, paraissant alors au fond du théâtre, s'avance, calme et imposante, et veut faire taire ces clameurs ; elle, la femme abandonnée et trahie par tous, vient pour venger le héros dont la mort ne sera jamais assez dignement pleurée.

Gutrune éclate en reproches, l'accusant d'avoir attiré tous les malheurs sur leur maison ; mais Brünnhilde, avec noblesse, lui impose silence, elle, l'épouse légitime que seule Siegfried a jamais aimée et à laquelle il avait juré une éternelle fidélité. Gutrune alors, au comble du désespoir, comprend quel rôle odieux Hagen lui a fait jouer en lui conseillant de faire usage du philtre maudit, et, appelant sur le misérable l'anathème, elle tombe abîmée de douleur sur le corps de Gunther. Hagen, dont le regard est animé d'une expression de défi, reste à l'écart, absorbé dans une sombre rêverie.

Brünnhilde, après avoir contemplé longuement et douloureusement le visage de Siegfried, ordonne avec solennité aux vassaux de former sur les bords du fleuve un bûcher destiné à recevoir le corps du héros ; puis on lui amènera Grane, son fidèle et noble coursier, avec qui elle veut partager les honneurs sacrés réservés au plus valeureux des guerriers.

Pendant que les vassaux entassent les fortes bûches sur lesquelles les femmes jettent des tapisseries et des fleurs, Brünnhilde se perd de nouveau dans la contemplation du bien-aimé, le pur des purs, le cœur loyal entre tous, celui qui cependant l'a trahie, abandonnée, elle, la seule qu'il

ait chérie. — Comment cela s'est-il fait? O Wotan, dieu
inexorable, qui n'a pas craint, pour réparer sa faute éternelle, de vouer sa fille à cette extrême détresse en sacrifiant ainsi celui qu'elle aimait! Combien douloureusement
elle a appris, par l'excès de son malheur, ce qu'il lui fallait
savoir! Maintenant elle voit, elle sait, elle comprend tout,
mais au prix de quelles souffrances!...

Elle aperçoit, tourbillonnant dans les airs, les deux
noirs messagers du Père des combats : qu'ils retournent
au Walhalla annoncer que maintenant tout est accompli,
consommé, et que la race divine aura bientôt cessé d'ê-
tre. Repose, repose, ô race des dieux!...

Elle fait signe aux vassaux de porter sur le bûcher la
dépouille de Siegfried, à qui elle enlève d'abord l'anneau,
qu'elle passe à son doigt. Cet anneau néfaste dont elle
reprend possession, elle le lègue aux Filles du Rhin :
qu'elles viennent le rechercher tout à l'heure, au milieu
de ses cendres, après que le feu l'aura purifié de la malédiction qui a pesé si lourdement sur tous ceux qui l'ont
possédé !

Elle s'approche du bûcher où repose déjà le corps
du héros, et, brandissant une torche, elle enjoint de nouveau aux corbeaux d'aller alors dire à Wotan ce qui se
passe ici; puis, qu'ils volent jusqu'au rocher où elle a
dormi, et ordonnent à Loge, qui y séjourne encore, de se
transporter au Walhalla et d'embraser la royale demeure
des dieux; car le crépuscule éternel commence pour eux,
et le feu qui va bientôt la consumer elle-même se propa-
gera jusqu'à l'inaccessible retraite du Maître du monde.

Elle lance le brandon sur le bûcher, qui s'enflamme
aussitôt. Puis, se retournant une dernière fois vers le
peuple assemblé, elle lui lègue, dans un suprême adieu, le
trésor de sa science sacrée : la race des dieux est éteinte,

l'univers est sans maître ; mais il lui reste un bien précieux entre tous et qu'il doit apprendre à chérir plus que l'or, plus que la gloire et la grandeur : c'est l'*amour,* qui seul peut sortir victorieux de toutes les épreuves et donner la félicité parfaite.

Brünnhilde reçoit son coursier Grane, que deux jeunes gens lui amènent ; elle lui enlève tous ses harnais, le débride, lui montre le bûcher où repose son maître, puis, s'élançant sur le noble animal, elle bondit avec lui dans les flammes, qui s'élèvent en crépitant et gagnenttoute la scène. Le peuple consterné se disperse, puis le bûcher s'écroule en dégageant une épaisse colonne de fumée. Bientôt la nuée se dissipe, et l'on aperçoit les flots du Rhin qui débordent maintenant et montent jusqu'au seuil du palais, amenant les trois Ondines sur leurs eaux.

Hagen, qui a observé toute la dernière scène avec une sombre angoisse, se précipite, poussant un dernier et formidable cri de convoitise, au milieu des flots pour y chercher l'anneau ; mais il se voit saisi et entraîné au fond de l'abîme par Wellgunde et Woglinde, tandis que Flosshilde se montre à la crête des vagues, brandissant joyeuse **l'Anneau** enfin reconquis !...

Au loin le ciel s'embrase : l'incendie gagne tout l'horizon, et les vassaux, muets de stupeur, contemplent le sinistre et saisissant spectacle de l'anéantissement du palais des dieux, qui s'abîme dans l'horreur grandiose d'un océan de feu.

C'est par cet émouvant cataclysme que se termine la quatrième et dernière journée de **l'Anneau du Nibelung.**

———

PARSIFAL

Sur un pic inaccessible des Pyrénées, le *Montsalvat*, se dresse un burg élevé par Titurel pour conserver en une demeure inviolable et inabordable aux profanes le vase sacré dans lequel but le Christ lors de son dernier repas avec ses disciples. Cette coupe sainte, le *Graal*, contenant le sang qui s'échappa des divines blessures du Sauveur sur la croix, ainsi que la *Lance* qui causa ces blessures, ont été confiés par des messagers célestes au pur chevalier, dans un temps de luttes impies où les ennemis de la foi menaçaient de profaner ces précieuses reliques.

Titurel, après leur avoir construit un sanctuaire grandiose, a groupé autour de lui, pour l'aider à les garder, une élite de chevaliers que leur pureté a rendus dignes de ces augustes fonctions. Le Graal récompense ces nobles serviteurs de leur pieuse fidélité, en les investissant d'une force et d'une vaillance miraculeuses qui leur permettent d'entreprendre, pour l'exaltation de leur foi, des œuvres dont ils ne pourraient sortir victorieux sans son divin secours; et chaque année une colombe descendant des célestes espaces vient renouveler la force du saint Graal et de ses chevaliers.

Un habitant de la contrée voisine du Montsalvat, Klingsor, voulant, pour le rachat de ses fautes, s'enrôler dans la pieuse phalange, a vainement essayé de faire taire en son âme l'instinct du péché; n'y pouvant parvenir, il en a détruit les aspirations brutales en portant sur lui-même une main profanatoire; son indigne action lui ayant à tout jamais fermé les portes du Burg sacré, il écouta

…rée	1er ACTE — 1er tableau.	1er ACTE — 2me tabl.	2me ACTE — 1er tabl.	2me ACTE — 2me tabl.	3me ACTE — 1er tableau.	3me ACTE — 2me tableau.
…l, ayant servi sous	■	■			■	□
…yers du Graal sont …s serviteurs de la …Vase saint renfer- …aveur.	■					
…ante des Chevaliers …Klingsor et encline …térieure.	■		■	■	■	□
…vieux Titurel: s'est …ela incapable de cé- ….	■	■				■
	■					
…de; devient Prêtre- …mfortas.	■	□		■	■	■
…: tén., basses).		■			■	
…ur de la coupole.		■ (invisibles)				■
…nnot de la coupole.		■ (invisibles)				■
…quel un ange confia …ansi leur serviteur		■ (invisible.)				
…nt pu devenir ser- …t l'ennemi acharné			■	■		
…astiques et sédui- …perdre les Cheva-				■		

l'esprit du mal et reçut de lui les enseignements maudits de l'art de la magie. Plein de haine alors contre ceux qui l'ont renié comme frère, il a employé son fatal pouvoir à transformer la lande aride en un jardin plein de délices où croissent, moitié fleurs, moitié femmes, des êtres fantastiques d'une beauté irrésistible, déployant leurs séductions pour s'appliquer à perdre ceux des chevaliers du Graal qui sont assez faibles pour tomber dans leurs pièges.

Beaucoup déjà s'étaient laissé entraîner, lorsque Amfortas, le fils du vénérable Titurel, à qui son père affaibli par les ans avait cédé la couronne, Amfortas voulut mettre fin à ces enchantements funestes et descendit lui-même, secondé par l'assistance sacrée, dans le repaire des coupables délices; mais, hélas! il ne fut pas plus fort que ceux qui l'avaient précédé, et succomba comme eux. O comble de la honte et de la défaite! son ennemi s'empara de la lance sacrée, la relique précieuse confiée à sa garde, et, la tournant contre son défenseur même, fit au flanc d'Amfortas une profonde blessure, qu'aucun remède ne put jamais cicatriser.

L'infortuné roi regagna cependant le Montsalvat, y rapportant la souillure du péché, avec d'éternels remords, plus cuisants encore que la plaie inguérissable qui saigne à son côté.

Depuis ce temps, la confrérie auguste des chevaliers est plongée dans la tristesse et la honte, chacun d'eux prenant sa part de l'humiliation et des douleurs du roi déchu. Lui-même, cherchant vainement un remède à ses souffrances physiques et morales, les voit s'accroître chaque fois qu'il doit, comme prêtre-roi, célébrer les saints mystères, et chaque fois il en recule l'accomplissement avec effroi. C'est en vain qu'il demande au lac sacré qu'abrite la forêt, le soulagement bienfaisant de ses ondes fraîches; en vain que des régions les plus éloignées ses chevaliers lui rapportent des baumes précieux.

Un jour où, prosterné devant le tabernacle, il implorait la pitié du Seigneur, il entendit une voix céleste prophétisant la guérison de sa blessure et le rachat de ses fautes par un Être tout de pureté et de miséricorde, un *Chaste,* un *Simple,* qui viendrait rendre au Graal son éclat immaculé et, après avoir ravi aux mains criminelles de Klingsor la lance profanée, la rapporterait au sanctuaire, où un seul de ses attouchements cicatriserait la plaie jadis faite par elle au prince oublieux de sa sainte mission.

Ce *chaste fou,* ce héros plein de compassion pour les douleurs d'autrui, ce sera Parsifal, le prédestiné que les desseins de la Providence auront amené par des chemins mystérieux jusqu'au Montsalvat, en le lançant à la poursuite d'un cygne sacré; qui, ayant assisté au sublime sacrifice, ayant été témoin de la détresse morale et physique d'Amfortas, aura senti son âme éclairée d'une céleste lumière, compris quelle tâche auguste et régénératrice lui était réservée, et conçu du péché une sainte horreur, qui le préservera des embûches infernales que Klingsor lui tendra à son tour avec l'aide de son âme damnée, son esclave Kundry, dont il a fait la vassale de ses criminelles volontés.

Cette figure étrange de Kundry, créée de toutes pièces par Wagner, apparaît tour à tour comme la servante passionnément dévouée des chevaliers du Graal quand elle est livrée à sa propre nature, ou comme leur ennemie acharnée, l'instrument de leur déchéance, lorsque, subissant malgré elle le magique ascendant de Klingsor, elle se transforme en une femme « effroyablement belle » et devient le moyen de séduction le plus irrésistible des jardins enchantés. Les pieux chevaliers ignorent cette double nature et ne voient en elle qu'un être bizarre, malade, indompté, dont les fréquentes et longues absences, précédées d'un profond sommeil, correspondent toujours à un nouveau malheur venant fondre sur eux; mais c'est elle qui a séduit, perdu Amfortas, et c'est sur elle encore que compte le sorcier pour faire sombrer la vertu du chaste fou. Effroyables missions contre lesquelles l'infortunée se révolte; aussi la voit-on sombre et angoissée chaque fois qu'elle sent s'appesantir sur ses yeux le lourd sommeil hypnotique dans lequel la plonge Klingsor lorsqu'il veut la soumettre à son odieuse puissance. Elle expie ainsi le crime d'une existence antérieure, alors qu'étant Hérodiade, elle a poursuivi de son rire cruel et impie le Christ gravissant le Golgotha. Ce ricanement sauvage, elle le retrouve dans sa nouvelle incarnation lorsqu'elle est sous le charme maudit de l'enchanteur : alors, devenant sa digne servante, elle l'égale en perversité. Mais quand elle est délivrée de l'ensorcellement, elle aspire, autant que sa nature sauvage et inculte le lui permet, au bien, au rachat des fautes de l'enchanteresse, dont elle conserve un vague et inconscient souvenir. C'est ce qui lui fait rechercher avec tant d'ardeur les baumes qui pourront guérir la blessure d'Amfortas, cette blessure à laquelle elle a coopéré, et ne vouloir aucun remerciement pour prix de ses peines; et c'est aussi cette aspiration au repentir, à la rédemption, qui, triomphant enfin, avec le secours de la grâce divine, de la noire magie et des ensorcellements de Klingsor, lui permettra de se régénérer dans l'eau sainte du baptême que versera sur son front Parsifal devenu, par l'accomplissement de sa mission sacrée, prêtre et prince du Graal à la place d'Amfortas.

Ces explications préliminaires étaient absolument nécessaires pour l'intelligence de la brève analyse qui suit.

1er Acte.

PREMIER TABLEAU. — La première scène se passe dans
une clairière de la forêt qui entoure le Burg du Montsalvat. Sur la gauche, un chemin monte au château situé sur
l'éminence. A l'arrière-plan à droite, la déclivité de la
route fait pressentir un lac dans un bas-fond.

On est à la pointe du jour. *Gurnemanz,* un des plus
vieux chevaliers du Graal, et deux jeunes écuyers dorment
sous un arbre. Aux sons des trompettes qui, dans la direction de l'édifice, font entendre une fanfare solennelle,
Gurnemanz s'éveille et invite les jeunes gens qu'il a tirés
de leur sommeil à faire avec lui la prière du matin. Ils
s'agenouillent tous trois; puis, lorsqu'ils ont terminé leur
méditation, Gurnemanz engage ses compagnons à s'occuper du bain dans lequel Amfortas va chercher l'apaisement de ses souffrances. Il demande à deux chevaliers qui
s'approchent, descendant du Burg, comment se trouve le
prince, et si le nouveau remède appliqué à sa blessure lui
a apporté quelque soulagement. Sur leur réponse néga-
tive, le vieux serviteur baisse mélancoliquement la tête,
découragé, mais non surpris. A ce moment, un des jeunes
écuyers signale la venue d'un nouveau personnage, qu'il
désigne, ainsi que ses compagnons, sous les noms divers
de cavale d'enfer, d'amazone sauvage, et l'on voit apparaître une femme à la physionomie bizarre, au teint foncé,
aux yeux perçants et au regard farouche, qui porte de
longues tresses noires et flottantes et est vêtue d'un costume étrange; c'est *Kundry.* Elle arrive précipitamment,
paraissant exténuée par une longue course, et présente
à Gurnemanz un flacon de cristal contenant un baume

qu'elle a été chercher dans les régions les plus reculées de l'Arabie, pour adoucir les douleurs de l'infortuné Amfortas; puis, cédant à la fatigue, elle se laisse tomber à terre et reste couchée, tandis qu'arrive le cortège de chevaliers et d'écuyers accompagnant la litière du roi, ce qui détourne d'elle l'attention des assistants.

Le malheureux prince, torturé sans répit par ses souffrances, implore du Ciel la mort ou la venue du Fou plein de compassion qui doit mettre un terme à son martyre; il accepte toutefois des mains de Gurnemanz le baume apporté par Kundry et veut en remercier l'étrange créature; mais elle, inquiète et agitée, fait peu d'accueil à la reconnaissance du roi. *Amfortas* ordonne à ses serviteurs de porter sa litière jusqu'au lac sacré, et le cortège s'éloigne, suivi tristement du regard par le respectable chevalier.

Les écuyers alors apostrophent Kundry méchamment, la traitant de magicienne et lui reprochant de fournir au roi des drogues nuisibles; mais Gurnemanz prend sa défense et leur rappelle de quel dévouement, au contraire, elle fait preuve chaque fois qu'il s'agit de rendre service aux chevaliers du Graal, d'aller, prompte comme l'éclair, porter un message à ceux que leur mission retient dans les contrées lointaines.

Depuis longtemps déjà elle est connue au Montsalvat, et lorsque Titurel consacra le Burg, il la trouva endormie parmi les buissons de la forêt. C'est là toujours qu'on la découvre après chacune de ses longues absences inexpliquées, mais qui coïncident fatalement avec un nouveau malheur venant fondre sur les serviteurs du Graal. Pendant la dernière de ces absences a eu lieu le néfaste combat si funeste à Amfortas. Où errait-elle pendant ce temps et pourquoi elle, si dévouée habituellement, n'est-elle point venue au secours du prince infortuné ? Kundry reste silencieuse à cette question, et Gurnemanz, se plongeant de nouveau dans ses pensées douloureuses, retrace à ses jeunes compagnons toutes les phases de l'humiliante défaite.

Ses auditeurs lui demandent ensuite de les instruire sur les origines du Graal: il leur en fait une longue narration, au cours de laquelle Kundry, toujours étendue sur le sol, manifeste une violente agitation, et il termine en leur révélant la promesse consolante venue d'en haut, qui soutient seule le courage du prince si éprouvé.

A peine a-t-il achevé son récit, que des cris se font entendre du côté du lac : ce sont des chevaliers qui ont aperçu un cygne sauvage, hôte respecté de la contrée et aimé du roi, qui vient d'être blessé par une main inconnue. L'animal, battant de l'aile, vient tomber expirant sur le sol, tandis que des écuyers, ayant découvert le meurtrier, l'amènent à Gurnemanz, qui l'interroge sur son inutile cruauté et la lui reproche paternellement.

Le coupable, *Parsifal,* est un adolescent qui semble inconscient de l'acte qu'il vient de commettre. Il ne sait dire ni son nom ni dans quelle contrée il a vu le jour; il se rappelle seulement que sa mère se nommait Herzeleïde (Cœur-Brisé), et qu'il vivait avec elle parmi les forêts et les plaines sauvages. — C'est Kundry qui, après avoir observé attentivement le jeune innocent, complète les renseignements qu'il a si imparfaitement donnés : il a vu le jour après la mort de son père Gamuret, tué dans un combat; et sa mère, espérant lui épargner le même sort, l'a élevé loin des humains et de leurs luttes. — Parsifal se souvient alors qu'un jour, ayant vu passer des hommes brillamment armés, montés sur de nobles bêtes, il a vainement cherché à les atteindre, puis que, dans sa pour-

suite, s'étant égaré, il a eu à se défendre contre des animaux sauvages et contre des hommes pleins de force ;
mais dans sa naïveté il ne s'est même pas rendu compte des
méchantes intentions de ces hommes à son égard. — Kundry alors lui apprend que, dans une de ses courses désor-
données, elle a rencontré Herzeleïde succombant au
chagrin que lui causa la disparition de son fils, et qu'elle
l'a vue expirer sous ses yeux. Parsifal, hors de lui à cette
nouvelle, se précipite sur Kundry et l'étranglerait sans
l'intervention de Gurnemanz, qui délivre la malheureuse.
L'inconscient semble alors regretter sa violence ; il est
saisi d'un tremblement et va se trouver mal ; mais Kundry
s'est déjà élancée vers une source voisine et, rapportant
de l'eau fraîche dans une corne, le soigne et le ranime.

Gurnemanz approuve cet acte de pardon et de charité ;
mais l'étrange créature se détourne avec tristesse, re-
poussant cette approbation ; elle demande seulement à
se reposer de l'immense fatigue par laquelle elle se sent
envahie, et, pendant que le digne chevalier s'occupe de
l'adolescent, elle se traîne vers un buisson voisin pour
y dormir. Soudain l'idée de ce sommeil impérieux, an-
goissant, qui précède toujours pour elle l'odieux enchantement, la révolte ; elle lutte et veut s'y soustraire : mais
la force mystérieuse l'emporte sur sa résistance, et elle
tombe inanimée derrière le buisson, où elle reste inerte
et invisible.

Pendant ce temps on perçoit du côté du lac le mouvement des chevaliers et des écuyers accompagnant le
retour d'Amfortas au palais après son bain. Gurnemanz,
soutenant la marche encore chancelante de Parsifal, s'apprête à le conduire au Burg sacré, où il le fera assister
au repas mystique des serviteurs du Graal. Qui sait si
cet innocent, providentiellement guidé dans les chemins

inaccessibles du Montsalvat, n'est pas ce Chaste Fou, cet élu destiné à la rénovation du Graal ?...

Le chevalier et Parsifal semblent marcher, mais c'est en réalité le décor qui se déroule derrière eux ; et, après un long parcours dans les rochers, ils franchissent une porte donnant accès dans de vastes galeries souterraines qu'ils semblent parcourir toujours en montant.

Deuxième tableau. — On entend des bruits de cloches et de trompettes qui paraissent se rapprocher ; enfin ils se trouvent dans une immense salle couronnée par une coupole lumineuse. Les sonneries des cloches partent du sommet de cette coupole. Parsifal est comme fasciné par la grandeur du spectacle qui s'offre à ses yeux, et Gurnemanz l'observe avec attention pour surprendre dans son attitude la révélation espérée.

A droite et à gauche, au fond de la salle, s'ouvrent deux portes, laissant passer en deux longues théories les chevaliers qui, dans une attitude grave et recueillie, viennent se placer autour des tables sur lesquelles se trouvent des coupes. Ils se préparent à célébrer les agapes spirituelles comme les avait instituées le Sauveur.

Après eux arrive le cortège du roi, couché sur sa litière et entouré de frères servants et d'écuyers. Deux pages qui le précèdent portent une châsse soigneusement voilée, qu'ils déposent sur un autel surélevé auprès duquel est placé comme un trône le lit de repos où l'on a étendu Amfortas. Derrière ce lit de repos est une chapelle obscure et en contre-bas, d'où sort une voix grave, celle de Titurel, engageant le pauvre infortuné à célébrer sans retard le saint mystère. Amfortas, qui sait quelles souffrances accompagnent pour lui l'acte sacré, veut en retarder l'accomplissement ; il supplie son père d'officier à sa place ; mais le vieillard, à qui reste à peine une étincelle de vie, s'y refuse et somme son fils de remplir sans tarder son devoir. Amfortas, au comble de l'angoisse, invoque la pitié des assistants, supplie le Créateur de mettre fin à ses douleurs physiques, à ses souffrances morales, mille fois plus cruelles encore : il subit toutes les tortures qu'a endurées le Seigneur sur la croix ; il voit comme lui s'écouler tout son sang par la blessure que rien ne peut faire refermer, et son cœur est ulcéré de honte et de remords en se voyant, lui si indigne, inflexiblement désigné pour accomplir le divin sacrifice.

Mais il supplie en vain : la voix de Titurel se fait entendre de nouveau, ordonnant qu'on découvre le Graal. Les enfants dévoilent la châsse et en retirent le calice, qu'ils placent devant l'officiant. Amfortas s'abîme dans une ardente prière en s'inclinant devant la coupe sainte ; il célèbre la *Cène,* la cène mystique du Montsalvat ; une ombre épaisse envahit la salle, et un rayon de lumière surnaturelle, descendu de la coupole, vient embraser le vase sacré d'une lueur pourpre et éclatante. Amfortas alors, transfiguré par la foi, élève le Graal devant toute l'assistance pieusement agenouillée. Peu à peu les ténèbres se dissipent, l'éclat du calice pâlit, et lorsque le roi l'a déposé sur la table, lorsque le jour est revenu par degrés, on aperçoit toutes les coupes pleines de vin, et un pain est à côté de chacune d'elles. Les chevaliers prennent place autour des tables, pendant que des voix d'adolescents se font entendre, célébrant les louanges du Très-Haut en un cantique d'actions de grâces.

Gurnemanz veut faire asseoir Parsifal à ses côtés ; mais celui-ci, absorbé dans son ravissement, ne comprend pas l'invite : depuis son arrivée il est resté immobile, debout, tournant le dos aux spectateurs et comme stupéfié.

Les chevaliers, après avoir communié sous les deux

espèces, se donnent l'accolade fraternelle. Pendant ce temps, Amfortas, qui est sorti peu à peu de son extase, manifeste par des signes la douleur que lui cause de nouveau la blessure dont le sang s'échappe avec violence. Tous s'empressent autour de lui, ses écuyers le recouchent sur sa litière, et le cortège se reforme dans le même ordre qu'à l'arrivée, entourant le roi et la châsse précieuse. Le jour disparaît graduellement, et les cloches se font entendre encore.

Parsifal, qui, bien qu'immobile, semblait pendant l'office avoir vécu les terribles souffrances d'Amfortas, portant comme lui, avec angoisse, les mains à son flanc, est toujours plongé dans le rêve qui le sépare du reste du monde. Gurnemanz, ne se rendant pas compte de ce qui se passe dans l'esprit de l'adolescent, et déçu dans son attente, le prend brusquement par le bras et le chasse hors de la salle, le bannissant, avec de dures paroles, du séjour sacré auquel il ne le croit pas digne de demeurer.

2me Acte.

PREMIER TABLEAU. — Le théâtre représente le repaire du magicien *Klingsor*, situé dans une tour dont le toit est absent. Un escalier descend dans les profondeurs de la tour, et de nombreux instruments, servant à l'art cabalistique, miroirs magiques, etc., meublent la salle, plongée dans une obscurité presque totale.

Klingsor, par ses sortilèges, attire vers sa région maudite Parsifal, que Gurnemanz, imprudent et ignorant de ce qui se passait dans cette âme naïve, a rejeté hors du Montsalvat. Le magicien, plus perspicace, pressentant dans le pur adolescent l'élu qui doit sauver et régénérer le Graal, veut tenter de le perdre comme il l'a fait d'Amfortas, et appelle à son aide pour cela *Kundry*, dont il a préparé le nouvel asservissement en la plongeant dans son lourd sommeil magnétique.

Il se livre à des incantations et fait brûler des herbes, dont les épaisses vapeurs emplissent la scène. De ces fumées violettes et sinistres émerge confusément et tout au fond de la salle la forme vague et comme fluidique de Kundry. S'éveillant de sa léthargie, elle répond à l'envoûteur par un cri de douleur et d'angoisse qui se résout en un long gémissement. Il se met à la railler de son attachement pour les chevaliers du Graal, vers lesquels elle retourne dès qu'elle est libérée du pouvoir magique, et lui rappelle en ricanant de quelle aide précieuse elle lui a été malgré tout, lorsqu'il s'est agi de faire succomber la pureté et la vertu d'Amfortas. L'infortunée, cherchant à recouvrer la parole, se débat contre ces odieux souvenirs et les maudit d'une voix rauque et entrecoupée. Mais Klingsor, impitoyable, poursuit en lui annonçant que, pour aujourd'hui même, il lui réserve une victoire encore plus éclatante, car il s'agit de vaincre un être protégé des faiblesses de la chair par le rempart de l'innocence. Kundry, au comble de l'angoisse, refuse en vain d'obéir : le maudit lui rappelle qu'il est son maître, le seul sur qui le pouvoir magique de sa beauté ne saurait avoir de prise... Kundry, poussant alors un éclat de rire strident, le raille à son tour sur sa chasteté forcée ; le sorcier, rendu furieux par cette allusion, lui déclare qu'on ne l'insulte pas en vain : combien chèrement a-t-il fait payer à Titurel et à sa race le mépris qu'ils lui ont témoigné lorsqu'il a voulu s'enrôler dans leur pieuse cohorte !

Mais voici venir le jeune héros, que le sorcier, monté sur la muraille de la tour, aperçoit au loin : plus de résistance, il faut se préparer à le vaincre. Kundry lutte encore, mais en pure perte : le charme transformateur commence à opérer, le rire sinistre s'empare d'elle, se résolvant subitement en un cri de douleur, puis elle disparaît tout à coup pour aller accomplir sa mission maudite, et avec elle s'évanouit la lueur violacée qui l'enveloppait. Pendant ce temps, Klingsor voit, de son poste d'observation, la troupe damnée des chevaliers par lui ravis au Graal se précipiter sur Parsifal, qui les met rapidement hors de combat, puis le sorcier disparaît ainsi que sa tour, qui s'abîme dans les profondeurs du sol, laissant la place à des jardins enchantés, remplis d'une végétation luxuriante, de plantes tropicales, de fleurs géantes et fantastiques. Au fond s'élève un château dans le style oriental, dominant plusieurs étages de terrasses.

Deuxième tableau. — Parsifal, debout sur la muraille qui, seule, subsiste du décor précédent, considère avec étonnement le spectacle qui s'offre à ses yeux. Soudain, du palais et des bosquets, sortent en désordre les *Filles-Fleurs,* les jeunes et belles enchanteresses que Klingsor a créées pour la perdition des chevaliers du Graal, et qui accourent en déplorant les désastreux effets du combat entre leurs compagnons et le jeune héros. Elles maudissent tout d'abord Parsifal ; mais, après avoir constaté qu'il ne leur veut aucun mal, elles essayent sur lui le pouvoir de leurs charmes et cherchent à le séduire, oubliant pour lui les preux qu'elles ont déjà asservis et damnés.

Elles se dissimulent tour à tour dans les massifs pour y revêtir des costumes leur donnant l'aspect de gracieuses fleurs vivantes, et, entourant le jeune homme, elles se disputent sa conquête, se faisant lascives et troublantes, pour le mieux gagner ; mais c'est en vain, car il les repousse résolument et veut les fuir. — Alors on entend une voix sortant d'un bosquet et appelant doucement : « Par-

sifal ! » L'innocent, se souvenant subitement que sa mère
le nommait ainsi, s'arrête ému, tandis que les filles-fleurs
s'éloignent à regret, sur l'injonction de la voix inconnue ;
il se retourne lentement vers le bosquet qui s'est entr'ouvert, et y voit étendue sur un lit de fleurs une jeune
femme d'une radieuse beauté, qui lui sourit et l'invite à
s'approcher.

C'est Kundry, qui, transformée par les artifices du magicien et entièrement soumise maintenant à sa domination,
va poursuivre ses perverses menées.

Pour mieux s'emparer du chaste adolescent que sa simplicité protège, elle fait d'abord vibrer en lui le sentiment de l'amour filial, le seul qui ait jamais eu accès dans
son cœur pur ; elle lui raconte la tendresse d'Herzeleïde
pour l'être faible auquel elle a donné le jour dans la solitude des bois ; sa sollicitude de chaque instant, ses alar-
mes sans nombre, puis son désespoir causé par la fuite
de l'enfant ingrat, et enfin sa mort solitaire et cruelle quand
elle eut perdu tout espoir de revoir son fils bien-aimé.
Parsifal, à ce récit, manifeste la plus vive douleur et s'a-
dresse à lui-même de véhéments reproches pour avoir oublié ainsi la plus douce des mères ; l'enchanteresse alors
feint de vouloir le consoler ; elle l'enlace doucement et
veut lui persuader que l'amour seul guérira ses remords.
L'adolescent, tout à ses larmes, ne songe pas à résister,
mais lorsque, se faisant plus pressante encore, elle im-
prime sur ses lèvres un long et ardent baiser, il se lève
soudain, en proie à une indicible terreur, et porte la main
à son cœur, où il semble ressentir une profonde douleur.
Le souvenir d'Amfortas s'est présenté à sa pensée ; il revoit
la cruelle blessure que rien ne peut guérir, la honte,
l'humiliation, l'angoisse, le remords causés par la faute
irrémédiable ; il revit la terrible *Cène* dont on l'a rendu

témoin là-haut au Montsalvat; il se rappelle les lamentations de l'infortuné qui a failli à sa mission divine; il entend jusqu'aux plaintes de ce Dieu de miséricorde et de
bonté dont on a trahi et souillé le sanctuaire, qui ont retenti
au plus profond de son cœur et l'ont illuminé d'une pres-
cience mystique. Cette terrible vision le sauvera des sortilèges amoncelés pour sa perdition; et quoique la corrup-
trice ait allumé dans ses veines, par son infernal baiser, un
feu qui le torture et le dévore, il la repousse avec violence,
ainsi qu'aurait dû le faire Amfortas lorsqu'elle lui offrit
les fatales séductions de sa beauté maudite. C'est en vain
que Kundry, prise maintenant à ses propres pièges, le
conjure de répondre à l'amour qu'elle sent vibrer en elle,
en vain qu'elle cherche à exciter sa pitié en lui révélant
les souffrances qu'elle endure depuis l'outrage qu'elle jeta
jadis à la face du Sauveur, le poursuivant de son rire
cruel et impie, en vain qu'elle le supplie de la régénérer
et de la racheter en partageant sa passion : Parsifal ne
se laisse pas vaincre, un rayon divin a inondé son âme
et éclairé sa route. Si la pécheresse veut le suivre dans la
voie du renoncement et du sacrifice, il purifiera son esprit pervers, il lavera et effacera le passé criminel dans
la source de vie et de vérité; là seulement est le salut pour
elle comme pour tous ceux qui ont péché; mais, pour mériter cette grâce inespérée, il faut qu'elle aide celui qu'elle
voulait perdre en lui facilitant l'accomplissement de sa
mission sacrée et qu'elle lui fasse retrouver les routes
mystérieuses et inaccessibles qui le mèneront vers Amfortas.

Kundry, en entendant prononcer ce nom, éclate de son
ricanement infernal et maudit, puis, ivre de colère et d'a-
mour, elle supplie et menace tour à tour le héros, lui promettant, s'il cède à ses séductions, de le guider dans les

chemins désirés, ou lui faisant redouter, s'il lui résiste, la
même lance qui jadis a vaincu et blessé celui dont il veut
s'ériger le défenseur.

Elle lui offre de nouveau ses caresses, mais Parsifal la
repousse avec horreur ; elle tombe en proférant les plus
terribles imprécations et en maudissant tous les efforts
qu'il fera désormais pour retrouver le Montsalvat.

Klingsor, accouru aux cris de Kundry, brandit et lance
avec force l'épieu sacré dont il veut blesser Parsifal ;
mais l'arme reste miraculeusement suspendue au-dessus
de la tête du héros, qui s'en empare pour tracer solennellement dans les airs un large signe de croix. A ce signe,
l'enchantement créé jadis par Klingsor se trouve subitement rompu : le castel magique s'écroule, les jardins se
dessèchent et deviennent arides comme un désert, les
filles-fleurs gisent sur le sol comme des plantes fanées,
et Parsifal, debout sur la muraille, s'adressant, avant de
s'éloigner, à Kundry, étendue à terre, épuisée par la
lutte, lui rappelle qu'il l'attend là-bas, aux sources radieuses de la vie, de la miséricorde et du pardon.

3me Acte.

PREMIER TABLEAU. — Le troisième acte nous ramène
sur le territoire sacré du Montsalvat, mais en un autre site
qu'au premier acte. La scène représente un paysage printa-
nier ; au fond, une prairie émaillée de fleurs et montant en
pente douce ; à droite, la lisière d'un bois avec une source
au premier plan ; à gauche, un rocher auquel est adossée
une pauvre chaumière habitée par Gurnemanz. Le bon
chevalier, parvenu à un grand âge, vit en ermite dans la
forêt, pleurant toujours la détresse du Graal que nul ne
vient secourir.

Au lever du rideau, le jour naît à peine ; mais le soli-

taire sort de sa demeure, attiré par des gémissements
plaintifs partant d'un taillis épais. Il s'en approche et
découvre le corps inanimé de Kundry, dont le sommeil
semble troublé par des rêves pénibles. Depuis combien de
temps la malheureuse est-elle parmi ces broussailles? Il la
tire hors du buisson, la porte sur le gazon et s'efforce, par
de vigoureuses frictions, de la faire revenir à elle. Elle finit
par se ranimer et, regardant aux alentours avec stupeur,
fixe longuement l'ermite. Elle répare le désordre de ses
vêtements et de ses cheveux; son aspect est le même,
mais pourtant moins farouche, moins sauvage, qu'au temps
où elle était la servante des chevaliers. Son teint a pâli,
et l'expression de ses yeux s'est faite en quelque sorte
plus douce, plus soumise. Elle se met à vaquer, comme
par habitude, à des travaux domestiques, sans profé-
rer une parole, au grand étonnement du vieillard, surpris de ne recevoir aucun remerciement pour sa sollicitude. Il lui en fait l'observation; Kundry répond à ses
reproches d'une voix rauque et entrecoupée, et par ce seul
mot : « Servir. » Mais, hélas! plus n'est besoin de son dévouement empressé! plus de messages à porter au loin!
les serviteurs du Graal restent mornes et sombres dans
leur domaine!

Kundry, qui décidément a repris son humble allure de
servante des chevaliers, ayant trouvé dans la cabane une
cruche vide, est venue la remplir à la source; de là elle
aperçoit du côté de la forêt un nouvel arrivant, qu'elle
indique par signes à Gurnemanz.

Un chevalier couvert d'une armure noire, la visière
baissée, sort des bois, marchant lentement et d'un pas
hésitant; c'est Parsifal qui erre depuis longtemps à la
recherche des chemins du Graal, dont l'avait éloigné la
malédiction de l'enchanteresse. Il s'assied, exténué, sur

un tertre, et ne répond que par des signes de tête aux questions pleines d'aménité et de bienveillance que lui adresse, sans le reconnaître, le pieux ermite. Le vieillard l'invite à quitter son appareil de combat, qu'il n'est pas convenable de porter dans le domaine sacré : on n'y doit pas marcher en armes, la visière baissée, surtout en ce jour anniversaire de la divine expiation du Sauveur. Parsifal lui fait comprendre par un geste qu'il ignorait être au Vendredi Saint, puis, se levant, il plante en terre la lance qu'il tenait à la main, il dispose à côté son épée et son bouclier ainsi que son casque, et, s'agenouillant, il se recueille dans une ardente prière. Gurnemanz, qui avec Kundry a suivi, étonné, les mouvements du chevalier, le reconnaît alors ; il est saisi d'émotion à sa vue ; Kundry, elle aussi, est troublée en présence de Parsifal et détourne la tête.

Le pur héros, qui est sorti de sa méditation, se relève, et, s'adressant enfin au vieux chevalier, lui témoigne le bonheur qu'il éprouve de se retrouver, après tant d'efforts, sur cette terre du Graal dont il a vainement cherché l'accès pendant si longtemps : la malédiction terrible qui pesait sur lui l'égarait sans cesse quand il croyait toucher au but, lui suscitant d'innombrables ennemis, dont il reçut de nombreuses blessures, car il ne devait pas employer, pour combattre, la sainte lance enfin reconquise avec l'aide divine, et qu'il voulait rapporter intacte, pure de toute souillure, au sanctuaire où elle brillera désormais d'un éclat immaculé. Gurnemanz se sent envahir par une émotion intense à la vue de l'arme sacrée qu'il a si longtemps désiré contempler de nouveau et dont le retour doit changer les tristes destinées du Graal en une nouvelle ère de gloire et d'allégresse.

Il apprend à Parsifal la grande détresse de la noble et

sainte confrérie, les souffrances toujours grandissantes
du roi infortuné, mais lâche, qui a résolu, pour mettre un
terme à ses tortures et pour appeler plus promptement
la mort à son secours, de ne plus accomplir ses saintes
fonctions. C'est en vain que ses chevaliers le supplient :
il ne leur distribue plus la nourriture céleste, et les laisse
s'alimenter de mets grossiers qui ne soutiennent plus
leurs forces défaillantes. Enfin, ô comble d'infortune ! le
vieux et noble Titurel, privé comme tous de la vue réconfortante et sacrée du Graal, n'a pu survivre à sa misère,
et vient de mourir, victime de la faute de son propre fils.

Au récit de toutes ces tristesses, Parsifal manifeste la
plus profonde douleur; il s'accuse de tous les maux qui
pèsent sur le Graal, et dans l'excès de son chagrin il est
sur le point de tomber en défaillance. L'ermite le soutient,
et Kundry s'empresse pour le rafraîchir avec l'eau qu'elle
a apportée dans un bassin ; mais le vieillard éloigne la
femme, et mène près de la source sainte le chevalier, qui
y trempera ses membres lassés par son long voyage et
souillés par la poussière des chemins. Que son corps soit
pur comme son âme, car aujourd'hui même, sans doute, il
sera appelé à accomplir une solennelle et grande mission.

Tandis que Gurnemanz enlève la cuirasse du héros
et que Kundry lui baigne les pieds, il témoigne d'une voix
faible encore le désir d'être conduit sans retard vers
Amfortas. Le vieux chevalier lui répond affirmativement :
ce même jour il le mènera au sanctuaire où doivent avoir
lieu les funérailles de Titurel, et pendant lesquelles son
fils infortuné, coupable de cette mort auguste, a promis
de découvrir encore une fois le Graal et d'officier, quelles
que soient ses souffrances. Mais ces saintes fonctions,
dont il n'est plus digne, il faut désormais qu'il s'en dé-
mette et en laisse le soin à celui qui a su sortir victorieux

des épreuves dangereuses. A Parsifal doivent revenir les titres et les droits de prince et de pontife du Graal. Il en a le sentiment ainsi que Gurnemanz; aussi demande-t-il au noble serviteur de Dieu de répandre sur sa tête l'eau purificatrice du baptême. Pendant que le vieillard asperge le front penché du néophyte, Kundry, nouvelle Madeleine pieusement agenouillée devant son seigneur, répand sur ses pieds, qu'elle essuie ensuite avec son opulente chevelure, les parfums précieux d'une ampoule d'or qu'elle a tirée de son sein. Parsifal, lui prenant l'ampoule des mains, demande alors à Gurnemanz d'achever son œuvre de sanctification et de l'investir de la double auréole de pontife et de roi.

Le vieux chevalier, dont la vie entière a été un long exemple de pureté et d'austérité, est digne d'accomplir ce grand acte : il salue en Parsifal l'élu du Seigneur, le Chaste auquel sa compassion pour les souffrances d'autrui a donné la force d'accomplir l'acte héroïque qui va rendre au Graal sa vigueur et son éclat disparus. Alors, répandant sur sa tête le contenu de l'ampoule d'or, il le fait Prince et Roi du Graal, il le fait Prêtre, appelant sur lui en des paroles solennelles la bénédiction et la grâce du Très-Haut.

A peine investi de ses saintes fonctions, Parsifal, sachant qu'ici même est une pécheresse avide du pardon et qui attend avec anxiété le rachat de son âme, puise avec ses mains, sans être aperçu, de l'eau à la source et prononce sur la tête de Kundry, toujours agenouillée, les paroles rédemptrices qui effaceront les souillures du passé maudit. La pauvre créature, se sentant enfin sous la sauvegarde de la clémence divine, s'incline jusqu'à terre et donne un libre cours à son émotion et à ses larmes.

Reportant alors ses regards sur le radieux paysage

qui l'environne, Parsifal admire la beauté des bois et de la prairie, leur calme épanouissement, la pureté des floraisons de cette contrée bénie, qu'il compare avec les fleurs du mal entrevues jadis. Mais il s'étonne de la sérénité de la nature en ce jour anniversaire de deuil et de douleur où tout ce qui vit, respire, devrait se lamenter et se désespérer. Non, lui dit Gurnemanz, la nature fécondée par les larmes et le repentir du pécheur se relève au contraire, vivifiée à cette rosée bienfaisante; toutes les créatures, sentant planer sur elles le céleste pardon, s'élancent en un hymne reconnaissant vers le divin Rédempteur; l'homme purifié par le sublime sacrifice adresse à son Sauveur un long cantique d'amour; la joie et l'allégresse animent la création tout entière, et c'est ce qu'expriment les fleurs des prairies en se montrant si radieuses en cette journée bénie; c'est l'Enchantement du Vendredi Saint!

Kundry, sortant de sa longue extase, lève sur Parsifal, au milieu de ses pleurs, un regard profond et calme qui semble l'implorer. Il la baise doucement au front et se souvient des compagnes de la pécheresse qui, elles, n'ont pas su répandre les larmes de repentir et de rédemption. Mais on entend au loin les cloches : c'est le Montsalvat qui appelle à lui ses serviteurs pour la funèbre cérémonie.

Gurnemanz revêt respectueusement celui qu'il vient de sacrer Roi, de l'armure et du long manteau des chevaliers du Graal qu'il est allé chercher dans sa chaumière. Il ouvre la marche, suivi de l'Élu qui porte solennellement la Lance, et de Kundry humblement repentante. La contrée se déroule comme au premier acte, mais en sens inverse, car nous étions sur l'autre versant du Montsalvat : la forêt disparaît, les trois voyageurs s'engagent, après avoir franchi des portes dans le rocher, dans des galeries où l'on aperçoit de longues files de chevaliers vêtus de deuil.

Le son des cloches se rapproche, et l'on pénètre enfin dans la grande salle du Burg, qui est dégarnie de ses tables et présente un aspect lugubre. Les portes latérales s'ouvrent, donnant passage aux chevaliers qui, d'un côté, escortent le cercueil de Titurel, et de l'autre accompagnent la litière d'Amfortas précédée de la châsse voilée du Graal.

Deuxième tableau. — Un catafalque occupe le milieu de la scène, et derrière, sous un dais, se trouve le trône d'Amfortas.

Les deux cortèges, entamant un chant dialogué, redisent la mort lamentable du vieux Titurel privé de la vue réconfortante du calice sacré, et annoncent la suprême célébration des saints mystères par le prince coupable dont la faute a causé tous ces grands malheurs. Ils placent le cercueil sur le catafalque, Amfortas sur son lit de repos, et le somment de remplir encore une fois son office. Mais lui, épouvanté, se dresse sur sa couche et, implorant son père, le héros vaillant et pur, il lui demande grâce, le supplie d'avoir pitié de son atroce martyre et de ne pas prolonger ses tortures en l'obligeant à contempler une fois de plus la coupe sacrée dont la vue ne lui donnera une force nouvelle que pour souffrir encore. Il appelle la mort à son secours : elle vient, la libératrice dont il sent déjà les bienfaisantes ténèbres l'envelopper, et il contracterait de nouveau un pacte avec la vie et les angoisses sans fin ? Non, non, rien ne le forcera à vivre : que ses chevaliers achèvent l'œuvre de destruction, qu'ils plongent leurs épées dans la plaie béante, qu'ils délivrent le malheureux de son horrible tourment, et, de lui-même, le Graal reprendra son éclat et sa splendeur ternis ! Au paroxysme de l'exaltation, en proie à une extase angoissante, Amfortas a déchiré son vêtement et découvert son affreuse blessure ; tous se sont écartés avec effroi... Alors

Parsifal, qui, accompagné de Gurnemanz et de Kundry, a pu se faire place sans être remarqué, s'avance en brandissant le fer de la Lance sacrée, dont il touche le flanc de l'infortuné; Amfortas, sentant ses douleurs s'apaiser, comprenant que ses supplications ont enfin été exaucées, s'abîme dans un saint ravissement; il chancelle et tombe dans les bras de Gurnemanz. Parsifal prononce alors sur lui des paroles de bénédiction et de paix et présente aux serviteurs du Graal, émus et ravis, la Sainte Lance enfin reconquise par lui, le fou hésitant, à qui le Très-Haut a donné, avec la compassion des souffrances humaines, la force nécessaire pour accomplir l'acte héroïque et rédempteur. Puis, se déclarant désormais le serviteur et le pontife du Graal, il ordonne de découvrir la châsse et, en retirant la coupe sacrée, il se prosterne devant la sainte relique et l'adore avec ferveur. A son tour il célèbre la *Cène*. Le calice s'embrase et répand sa lumière sur toute l'assemblée. Titurel, revivant un moment, se lève et bénit l'assistance, tandis qu'une Colombe blanche descend des hauteurs de la coupole et plane au-dessus de l'Élu, qui, prenant le Graal, trace avec lui un large et solennel signe de croix sur la foule en adoration. Kundry tombe inanimée aux pieds de Parsifal, devant lequel Amfortas et Gurnemanz s'inclinent en une muette admiration, tandis que l'ensemble des chevaliers, des pages et des écuyers, échelonnés à tous les étages de l'édifice jusqu'au sommet de la coupole, font entendre à mi-voix, de tous les points de l'église, un immense cantique d'amour et d'actions de grâces.

CHAPITRE V

ANALYSE MUSICALE

Ce chapitre est le complément du précédent, avec lequel originairement il ne devait faire qu'un. De même
qu'en étudiant les poèmes il m'a été impossible d'éviter
totalement de parler de la musique, il arrivera souvent ici
que, pour mieux faire pénétrer le sens intime de l'action
musicale, je serai entraîné à des retours sur l'action dramatique. Peu importe, si c'est plus clair ainsi.

Et déjà, avant de commencer, je rappelle que le rôle
spécial de la musique, tel que le conçoit Wagner, est de
mettre directement le spectateur en communion avec l'esprit même du personnage, d'éclairer les dessous de sa
pensée, de le rendre comme transparent pour nous auditeurs, qui arrivons ainsi à le connaître souvent mieux qu'il
ne se connaît lui-même.

La musique peut donc être en contradiction avec la
parole, mais non avec l'action ; si nous sommes, par exemple, en présence d'un être retors, faux ou subtil, elle nous
révèle son mensonge et nous permet de saisir le mobile
véritable de ses actes, fussent-ils inconscients.

Ajoutons que, par une convention inévitable, les personnages en scène sont seuls censés ne pas entendre le perpétuel commentaire orchestral.

A présent entrons dans le domaine musical, et examinons séparément chacun de ses éléments constitutifs.

Il convient d'abord d'étudier **la mélodie wagnérienne** et de comprendre en quoi elle consiste.

La pauvreté de la langue française veut que ce mot de *mélodie* évoque infailliblement chez nous l'idée de la mélodie d'origine italienne, la cantilène, basée sur la carrure des phrases, le sentiment de la tonalité et la terminaison invariable par une cadence parfaite, telle qu'elle a été pratiquée non seulement en Italie, mais aussi bien en France depuis Monsigny jusqu'à Félicien David et au delà, qu'en Allemagne par Mozart et Haydn.

Or cette forme rythmique et purement tonale, d'ailleurs parfaitement logique, n'est ni inconnue de Wagner ni méprisée par lui, puisqu'il en fait souvent emploi, notamment dans la Romance de l'étoile et la Marche de *Tannhauser*, dans le chœur des Fileuses du *Vaisseau fantôme*, dans la Marche nuptiale, la Marche religieuse et le Chœur des Fiançailles de *Lohengrin*, dans le Chant de concours et le Motif de la couronne des *Maîtres Chanteurs*, et en maintes autres occasions jusqu'en ses derniers ouvrages.

Mais ce n'est là qu'une des façons de concevoir la mélodie, et il faut donner au mot lui-même une plus large acception pour saisir comment il est envisagé par Wagner, qui a déclaré que, selon son sentiment, « en musique tout est mélodie ».

La *mélodie pure*, la mélodie par essence, la seule à laquelle on devrait réellement réserver ce nom, serait celle qui est complète par elle-même et ne réclame aucun concours harmonique; le langage scientifique musical l'appelle plus volontiers *homophonie*. Peu importe le mot; l'homophonie et la mélopée sont des formes purement mélodiques. Les Hymnes des premiers chrétiens, tels que peut nous en donner idée le plain-chant catholique lorsqu'on l'exécute sans accompagnement, c'est-à-dire dans sa pureté native, avaient aussi caractère purement mélodique; on n'y trouve pourtant aucune trace de phrases carrées, et le sentiment de la tonalité est tout autrement compris que de nos jours. Il en est de même de la musique orientale, même actuelle, et de beaucoup d'airs populaires de tout pays, qui ont été conçus sans accompagnement, et auxquels on ne peut en adapter aucun sans les dénaturer plus ou moins. Le choral luthérien, lui, de création plus récente, revêt de suite la forme polyphonique et la tonalité moderne, mais toute idée de carrure en est absente; la ponctuation seule est indiquée par des cadences suivies de points d'orgue; personne cependant n'aura l'idée de nier que son chant constitue une véritable mélodie... Au temps de Palestrina, le chant occupait le plus souvent la partie grave de l'harmonie, la basse... Il fut un temps où le *cantus firmus* était dévolu au ténor, *discantus;* actuellement on a l'habitude de le placer à la partie la plus aiguë.... Voilà bien des acceptions diverses d'un seul mot.

Il ne faut pas oublier qu'étymologiquement *mélodie* vient du grec *mélos* (qui signifie *nombre, rythme, vers, membre de phrase*) et *ôdé* (chant, ode); c'est donc à proprement parler : le chant d'un membre de phrase, d'un vers. Par le mot *mélos* les anciens entendaient aussi la douceur de la voix articulée, le chant de la parole, la musique du discours.

Ceci posé, pour bien établir que la mélodie peut se

comprendre de différentes manières, il importe de saisir que la mélodie wagnérienne n'est astreinte ni aux lois de la carrure, ni à se mouvoir dans une tonalité unique, ni à se terminer par une cadence parfaite. C'est la mélodie libre et infinie, dans le sens de non finie, c'est-à-dire ne se terminant jamais et s'enchaînant toujours à une autre mélodie, admettant aussi toutes les modulations. C'est, si on aime mieux, une suite ininterrompue de contours mélodiques, de tronçons de mélodie ayant plus ou moins le caractère vocal. L'exemple de telles mélodies discontinues est donné par Beethoven dans son développement symphonique, où il n'étonne nullement; mais il appartenait à Wagner de transporter la symphonie au théâtre et d'en faire le commentaire vivant de l'action, le puissant auxiliaire de la parole.

Le plus souvent, donc, c'est à l'orchestre qu'est dévolue cette mélodie perpétuelle, laissant ainsi au chanteur toute liberté dans sa déclamation musicale, au grand profit de la vérité de la diction. Ces deux points, la sincérité absolue de l'accent dramatique et sa liaison intime de tous les instants avec le tissu symphonique, peuvent être considérés comme la caractéristique du style wagnérien parvenu à sa plus complète expansion.

Dans le genre, fort en vogue en France depuis quelques années, qu'on appelle l'adaptation musicale, honorable dérivé de l'ancien mélodrame, nous voyons un déclamateur, tragédien ou comédien, réciter des vers dont l'orchestre, ou parfois, hélas! le piano, s'efforce de souligner l'accent.

Quoique hybride, cette combinaison peut atteindre à une intensité considérable[1]; mais quelle difficulté d'exé-

1. Meyerbeer, l'un des premiers, en a donné l'exemple dans une des dernières scènes de *Struensée*.

cution, et aussi quelle complication pour l'auditeur s'il veut s'intéresser également à la musique et au poème récité? Le musicien et le déclamateur n'ayant entre eux rien de commun, ni la mesure ni l'intonation, n'ont aucun moyen de se mettre d'accord ni de marcher rigoureusement ensemble; on doit se contenter d'un à peu près.

Qu'à la déclamation proprement dite on substitue la déclamation lyrique, que les vers soient scandés et l'intonation réglée au moyen de la notation musicale, tout en laissant à l'orchestre son rôle à la fois mélodique et symphonique, et on aura réalisé une partie du programme wagnérien, la cohésion intime de la parole chantée et de la trame orchestrale, toutes deux convergeant vers le même but, la puissance et la clarté de l'accent dramatique, et chacune d'elles conservant, avec sa liberté d'allure, ses plus énergiques moyens d'expression.

Mais un autre élément entre dans la composition du tissu mélodique sans fin tel que le comprend Wagner. C'est le **leit-motif** [1]. Pour en faire entrevoir l'essence, j'aurai recours à une comparaison. Quand nous lisons un roman dans lequel les personnages ou les sites sont vigoureusement tracés, comme dans Walter Scott, Victor Hugo, George Sand, Balzac ou Zola, ces personnages ou ces sites, bien que souvent de pure fantaisie et sortis de l'imagination du romancier, se gravent dans notre esprit selon une forme, une silhouette ou une disposition de perspective désormais invariables. Que, dix ans plus tard, nous relisions le même roman, ces mêmes images, et non d'autres, se représenteront à notre pensée d'une façon frappante, avec les mêmes attitudes, les mêmes jeux

1. Motif typique, motif conducteur.

de physionomie, les mêmes détails qu'à la première lecture, si bien qu'il nous semblera retrouver de vieilles connaissances ou voyager dans un pays déjà parcouru ; mais si, à une nouvelle lecture, nous avons affaire à une édition illustrée, quelle que soit la valeur du dessinateur, nous serons souvent choqués en n'y reconnaissant plus nos mêmes personnages, en y voyant notre paysage idéal autrement interprété que nous ne l'avions conçu.

Donc, lorsque nous sommes vivement frappés par la description d'un caractère, nous y attachons instinctivement une *image* qui lui reste propre (tout en nous étant personnelle), qui devient pour nous sa synthèse. Nous ne pourrons plus nous le figurer autrement ; la seule pensée du personnage évoquera l'*image,* qui à son tour et inversement, si elle se présente la première à notre souvenir, ramènera l'idée du personnage avec tous les détails de son caractère, tel que nous l'avons compris primitivement.

Le nom du héros lui-même est indissolublement lié au *type* sous lequel nous nous le représentons.

Il en est de même d'une localité décrite, d'un intérieur, comme encore d'une action émouvante, un meurtre, un tournoi, une scène de torture, une apparition surnaturelle... Nous nous les figurons une première fois sous l'influence du prestige de l'écrivain, et elles restent ainsi définitivement fixées dans notre esprit.

Cette impression ne s'efface pas avec le temps ; elle peut être modifiée dans ses détails par la réflexion, par la maturité, comme par la lecture d'autres ouvrages dans lesquels les mêmes hommes ou les mêmes faits seront présentés sous un autre aspect, sous un jour nouveau ; mais les grandes lignes subsisteront toujours.

C'est ce dont chacun a pu se rendre compte.

Qu'on admette à présent, ce qui n'est pas difficile, que

Wagner *pensait en musique,* c'est-à-dire que chaque idée objective ou subjective revêtait chez lui une forme musicale, un contour mélodique qui lui restait dorénavant attaché, et on aura, je crois, la meilleure notion élémentaire de ce qu'est un Leit-motif.

C'est, en quelque sorte, la matérialisation, sous forme musicale, d'une idée, quelle qu'elle soit, et Wagner n'est ni le premier ni le seul à avoir ainsi pensé en musique, donné un corps nettement reconnaissable et perceptible par l'audition à un personnage, à un fait, ou une impression déterminée.

Le langage musical, malgré son manque de précision, et peut-être même par cela, constitue l'expression la plus haute, la plus pure et la plus sincère de la pensée humaine, la plus dégagée de matérialité et de convention. — Quiconque arrive à penser en musique comme il penserait dans une langue dont la pratique lui est familière, voit par cela même le cercle de ses idées s'élargir étrangement. — Cette faculté, dans sa plénitude, est réservée à l'élite, mais il n'est pas un seul vrai musicien qui n'en ait eu le pressentiment.

Là est l'origine du Leit-motif. Des traces embryonnaires de motifs typiques peuvent déjà être relevées dans Gluck, Mozart et Beethoven[1]; elles deviennent plus fréquentes dans Weber, et encore plus caractérisées dans Meyerbeer et Berlioz, ceux-ci des contemporains de Wagner. On peut dire que cette faculté d'assimiler une conception intellectuelle ou un état d'âme à un contour musi-

----

1. Dans ses œuvres purement symphoniques, Beethoven n'avait pas à attacher à un motif l'idée d'un personnage, mais à coup sûr chacun des motifs choisis par lui pour donner lieu à un développement est associé à une pensée philosophique qui s'en dégage, et devient par là, dans l'ordre symphonique, l'équivalent absolu de ce qu'est le Leit-motif dans l'ordre dramatique.

cal qui en devient la représentation quasi hiéroglyphique, a existé à l'état latent chez tous les compositeurs et en tout temps; mais aucun n'avait songé à l'ériger en principe, à en faire l'un des points fondamentaux d'un système. C'était un fait isolé, pourtant expressif, mais qui pouvait échapper à l'attention de l'auditeur superficiel.

Wagner lui-même, dans ses premières œuvres, jusqu'à *Rienzi*, ne semble pas y faire attention. C'est dans le *Vaisseau fantôme* qu'on en voit chez lui la première et assez modeste application; trois formes caractéristiques, qu'on trouve réunies dans la Ballade de Senta ainsi que dans l'Ouverture: un appel, un dessin d'accompagnement, un contour purement mélodique, sont l'objet de fréquents rappels. Dans *Tannhauser* nous trouvons déjà cinq motifs typiques nettement caractérisés, et neuf tout au moins dans *Lohengrin*; mais leur emploi est intermittent, épisodique, limité à certaines scènes importantes sur lesquelles ils doivent appeler fortement l'attention; s'ils ne constituent pas encore la partie essentielle du développement symphonique, ils y sont pourtant déjà employés avec plus d'insistance et de sagacité que jamais auparavant.

C'est à partir de ce moment que Wagner a compris la puissance extraordinaire de ce nouvel engin, et dans toutes les œuvres suivantes qui constituent sa dernière manière, dans *Tristan*, dans les *Maîtres Chanteurs*, dans la *Tétralogie* et dans *Parsifal*, nous en voyons l'emploi désormais systématique à l'état de parti pris absolu et raisonné.

Le Leit-motif wagnérien est toujours court et simple, facile à retenir et à reconnaître. Il est presque toujours présenté une première fois dans son entier sous des paroles fixant le sens qui lui est attaché, ou dans un moment où l'action scénique ne permet pas de se méprendre sur sa signification. Ensuite il pourra se représenter modifié à l'infini, soit comme rythme, soit dans les détails de son contour mélodique ou dans son harmonisation, soit dans son instrumentation, morcelé, dénaturé, anobli ou ridiculisé, *par augmentation, par diminution, renversé*[1], il restera toujours reconnaissable et fera naître chez l'auditeur, même passif, un état d'âme analogue à celui qui a accompagné sa première apparition.

Là est sa force ; en quelques notes, il évoque tout un ensemble d'idées, et cela sans plus d'effort pour l'auditeur que si on faisait passer devant ses yeux une image connue. C'est un portrait musical, mais souvent de convention et de pure imagination.

En effet les Leit-motifs ayant caractère imitatif et descriptif sont en minorité ; j'en citerai pourtant quelques-uns qui sont de véritables onomatopées musicales : le ricanement nerveux de Kundry, le galop des chevaux dans la Chevauchée, les mugissements du Dragon, les bruits de la Forge, et peut-être par-dessus tout l'ondulation des flots au début de l'*Or du Rhin ;* ceux-ci s'adressent directement à l'oreille. Ce sont des images sonores.

D'autres appellent puissamment à l'esprit, par leur caractère même, l'idée de la chose qu'ils veulent représenter : le Walhalla est grandiose, solennel ; l'Épée étincelle, le Feu pétille ; le motif de la Cène, dans *Parsifal,* s'épand comme un immense signe de croix... Là encore il est difficile de s'y tromper. On pourrait en citer beaucoup d'autres aussi typiques, notamment dans les *Maîtres Chanteurs.*

Mais ce n'est pas là un caractère indispensable au Leit-motif, dont la forme est, au contraire, dans la plupart des

1. Procédés de contrepoint.

cas, beaucoup plus libre, plus arbitraire. De là sans doute les notables divergences dans les noms qu'attribuent à un même thème les divers commentateurs ; pour n'en citer qu'un exemple, il est un motif dans *Tristan* qui est considéré par l'un comme représentant la Vengeance, par un autre le Héros, par un troisième le Destin. A vrai dire, cela n'a pas une importance capitale ; ce n'est pas un nom qu'il faut leur attacher, c'est une idée, ou, mieux, un ensemble d'idées, une conception philosophique : le nom n'est qu'une étiquette ; pourtant, dans la suite de cet ouvrage, je m'efforcerai de désigner chaque motif par le vocable sous lequel il est le plus généralement connu, afin d'éviter les méprises.

Le plus souvent le Leit-motif consiste en un contour mélodique de quelques notes qui pourra être modifié dans sa contexture même, dans son rythme, dans son harmonie ou dans son orchestration ; ces diverses transformations ne lui enlèvent jamais sa signification première, mais en font varier soit l'importance, soit l'expression momentanée ; il passera ainsi tour à tour par des phases de tendresse, d'héroïsme, de tristesse ou de joie, sans jamais cesser de s'appliquer à son objet spécial ; il possède une exquise sensibilité quand il a à dépeindre, par exemple, le personnage de Walther dans sa fierté chevaleresque, puis triste, anxieux, ou encore caricaturé par son rival ; il acquiert une éloquence émouvante s'il doit décrire le Walhalla détruit, en ruine, après nous l'avoir fait connaître dans sa splendeur ; il est parfois spirituel jusqu'à l'inconvenance ; lorsque, dans la *Walkyrie,* la vertueuse Fricka s'indigne des amours incestueuses de Siegmund et de Sieglinde, l'orchestre indulgent les excuse en murmurant : « C'est le printemps, » avant même que Wotan ait ouvert la bouche pour répondre.

Dans d'autres cas, plus rares, le Leit-motif revêt une forme harmonique invariable ; seules alors pourront changer la structure rythmique et les combinaisons instrumentales ; j'en donnerai comme exemple l'Harmonie du Voyageur, l'Harmonie du Casque (*Tarnhelm*), l'Harmonie du Sommeil éternel dans la *Tétralogie ;* l'Harmonie du Cygne dans *Lohengrin* et *Parsifal ;* l'Harmonie du Songe dans les *Maîtres Chanteurs*.

Encore plus rarement la caractéristique du motif est son rythme persistant, comme dans le motif de la Forge, de *Siegfried,* comme dans la Chevauchée, encore.

Quelle que soit celle de ces catégories (*mélodique, harmonique, rythmique*) à laquelle ils appartiennent, les Leit-motifs se présentent toujours à l'auditeur sans exiger d'effort d'attention ou de recherche de sa part ; Wagner les met constamment en relief d'une façon quelconque, les souligne en quelque sorte, les répète s'il le faut, et ils ne peuvent passer inaperçus que dans le cas où ils n'ont pas une importance réelle. C'est donc une erreur de se torturer l'esprit à les chercher ; ils viennent vous prendre eux-mêmes pour peu que vous sachiez en quoi ils consistent, dès que vous vous intéressez à l'action dramatique. Ce sont de véritables guides, des conducteurs précieux qui expliquent et commentent les situations, ne vous laissent pas vous égarer en des suppositions erronées, et apportent au scénario une clarté analogue à celle d'une légende placée sous un dessin.

Plusieurs formes de motifs typiques semblent hanter spécialement Wagner et s'offrir à son esprit à diverses occasions : tels les deux accords par lesquels il représente le Cygne, aussi bien dans *Lohengrin* que dans *Parsifal*. Et quoi de plus naturel ? N'est-ce pas toujours le Cygne du Graal ? Sans quitter les mêmes ouvrages, on peut observer que la première entrée des trombones, dans le Prélude de *Lohengrin,* fait pressentir par sa terminaison le motif de la Lance, de *Parsifal;* ceci s'explique encore, car le Prélude de *Lohengrin* ne raconte pas autre chose que les mystères du Montsalvat. Plus involontaire est peut-être la similitude pourtant justifiée d'un groupe d'accords fréquemment répétés dans l'entr'acte du 3e acte de *Tannhauser* (qui se retrouvent ensuite dans le récit de Tannhauser revenant de Rome), avec le thème de la Foi, de *Parsifal.* On peut citer d'autres analogies : entre deux fragments appartenant l'un à la Romance de l'Étoile, l'autre au grand Duo de Tristan avec Iseult; aussi entre une phrase qui se trouve à l'orchestre dans les *Maîtres Chanteurs,* 44 mesures après le commencement du Choral du Jourdain (3e acte, scène I), et une autre belle phrase chantée par Fricka à la 97me mesure de la 2e scène de l'*Or du Rhin;* ici la ressemblance est plus harmonique que mélodique; c'est comme un air de famille; mais, toujours dans les *Maîtres Chanteurs,* 21 mesures avant le Souvenir de Jeunesse (3e acte, scène II), le contour mélodique de Walther reproduit exactement celui de l'austère déesse du mariage; or, il parle justement, à ce moment-là, de l'amour conjugal; il n'y faut pas voir un effet du hasard; entre la Colère de Wotan et les Hésitations de Brangaine... Enfin, deux fois Wagner se cite *musicalement* lui-même avec un à-propos admirable : la première en intercalant deux motifs de *Tristan* (le Désir et la Consternation), au 3e acte des *Maîtres Chanteurs,* peu avant le célèbre Quintette du Baptême; la deuxième en introduisant dans *Parsifal* quelques mesures de *Tannhauser*[1].

---

1. Un rapprochement des plus curieux peut être fait entre la fin

Une chose assez remarquable, c'est que certains de ces motifs ont une prédilection marquée pour une tonalité voulue, ou les tonalités voisines ; le motif du Walhalla affectionne les tons fortement bémolisés ; l'Épée apparaît le plus souvent en *ut ;* le Feu préfère de beaucoup les dièses, et la Walkyrie dort en *mi* majeur, etc.

Bien qu'il ne soit pas fait des motifs typiques un usage constant et exclusif, ce qui occasionnerait une trop forte tension, il faut reconnaître en eux les plus puissants matériaux de la Symphonie wagnérienne, aussi bien au point de vue mélodique qu'en ce qui concerne l'harmonie.

Wagner ne recherche jamais les voix extraordinaires. Il n'écrit pas en vue de procurer à tel ou tel chanteur l'occasion de pousser une note que lui seul peut atteindre, ou de faire parade de sa virtuosité. Il écrit simplement pour Soprano, Contralto, Ténor et Basse, Mezzo-Soprano ou Baryton, ne demandant à chacun que ce qu'il peut normalement donner ; maintenant chaque voix dans la *tessitura* qui lui est convenable, mais faisant table rase des fioritures, des roulades, des trilles, que l'école italienne considérait comme l'embellissement du style vocal, et dont jusqu'à lui ni l'école allemande ni l'école française ne s'étaient entièrement débarrassées.

Il écrit surtout et avant tout pour des musiciens, pour des gens sachant chanter juste et rigoureusement en me-

de l'Ouverture du *Vaisseau fantôme* (les 15 premières mesures du 6/4) et le début de l'*Or du Rhin* par l'entrée de Woglinde. C'est exactement le même procédé harmonique, et presque le même contour mélodique.

(Bien que le *Vaisseau fantôme* sorte du cadre de cette étude, limitée aux œuvres qui forment le répertoire de Bayreuth, il m'a paru intéressant de signaler cette réminiscence, à onze ans de distance.)

sure; il ne s'agit pas ici de se pâmer sur une belle note, et le chef d'orchestre n'est pas là pour *suivre* le chanteur; car la forme même de sa mélodie, telle que nous venons de la décrire, qui passe constamment de la scène à l'orchestre et de l'orchestre à la scène (séjournant bien plus longtemps à l'orchestre), exige l'interprétation symphonique. Il n'en peut être autrement, et c'est là le secret de sa puissance; elle est instrumentale et commentatrice du vers ou de l'action, et c'est en cela qu'elle diffère de la mélodie italienne et française, basée sur la carrure et l'effet chatoyant du contour vocal, de la vocalise.

Les ornements mélodiques sont rares dans Wagner; le *grupetto* semble réservé à l'expression des sentiments amoureux, passionnés, ou bien alors il entraîne l'idée de la suprême élégance.

Mais ce qui est loin d'être rare, c'est l'emploi épisodique des formes mélodiques les plus franchement italiennes. Voir *le Chant d'amour* dans *Tristan* (page 325 ci-après); la phrase en *ré* bémol de Flosshilde, au 1er tableau de l'*Or du Rhin*; puis, à la scène II, la deuxième partie de la phrase de Fricka (déjà citée précédemment, page 270), reprise aussitôt par Wotan un ton plus bas, et qui a reçu le nom de *la Fascination de l'amour* (page 380). Il faut d'ailleurs se souvenir que Wagner a fort admiré, au moins en un temps, l'élégance et la souplesse de la phrase vocale de Bellini... « Chez Bellini c'était la claire mélodie, ce chant si simplement noble et beau qui nous a charmés; retenir et croire cela n'est vraiment pas un péché; ce n'en est peut-être pas un non plus que de prier encore le Ciel, avant de se coucher, pour que vienne aux compositeurs allemands l'idée de telles mélodies et une telle façon de traiter le chant. » (RICHARD WAGNER, *Étude sur Bellini.*)

Pour momentanée qu'elle fût, cette impression a existé, et il en est toujours resté trace. Wagner était donc un éclectique ; il savait, dans chaque école, discerner ce qu'il y avait de réellement beau, et vraiment, chez Bellini, ce n'était pas l'harmonie.

Le système harmonique de Wagner se rapproche beaucoup de celui de J.-S. Bach et de Beethoven dans sa troisième manière ; c'est dire qu'il relève plus des procédés du contrepoint que de ceux de l'harmonie proprement dite. Non qu'il les ignore, mais parce que la nécessité de combiner fréquemment les Leit-motifs entre eux, d'une façon simultanée, devait le conduire à placer au-dessus de tout la marche indépendante des parties, telle que la comporte le style fugué ; c'était la seule manière de pouvoir jouer librement avec eux, de les faire apparaître tantôt dans une partie, tantôt dans une autre, en variant sans cesse leurs aspects, de les faire s'entre-croiser, s'enlacer, se chevaucher, courir les uns après les autres comme le font dans la fugue le sujet et ses contre-sujets.

Il nous faudrait entrer dans des considérations trop techniques pour analyser ici la structure harmonique des œuvres de Wagner. Disons seulement que ceux qui croiraient voir dans certains passages des incorrections seraient absolument dans l'erreur ; si quelques enchaînements d'accords sont irréguliers selon les règles strictes de l'harmonie, ils apparaissent d'une logique irréfutable lorsqu'on les considère avec la hauteur de vue du contrepoint, d'un contrepoint considérablement élargi et dramatisé, très libre, et enrichi des hardiesses de l'harmonie moderne, avec l'emploi très fréquent de l'accord de 5te augmentée et ses renversements, qu'on trouve déjà chez Schumann, avec un luxe extraordinaire de pédales, souvent déguisées, et un mépris évident des contraintes conventionnelles.

D'ensemble, il est incontestable que ce système n'est pas simple, mais ses complications sont toujours ingénieuses et appropriées aux circonstances. Elles ne sont d'ailleurs pas continuelles ; il suffirait de citer le motif du Walhalla (*l'Or du Rhin,* au début de la scène II), entièrement construit en accords parfaits ; d'autres exemples ne sont pas rares ; toutefois c'est l'exception.

La conduite des modulations, au point de vue purement musical, ne paraît pas importer beaucoup à Wagner, et en cela il se sépare nettement de Beethoven et de Bach ; le choix des tonalités n'est guidé chez lui que par l'intérêt dramatique et des considérations du domaine de l'orchestration ; une fois l'action engagée, la modulation est perpétuelle, et, en bien des endroits, le plus malin serait dans l'impossibilité de dire en quel ton on est ; il en résulte une impression de vie et de lutte d'une inconcevable puissance. En revanche, au début des actes, on le voit attacher fréquemment une importance extraordinaire à l'établissement de la tonalité première, importance sur laquelle j'aurai l'occasion de revenir.

La cadence parfaite est d'une extrême rareté, ce qui est la conséquence inévitable du système de la mélodie continue ; en effet, le sens de la cadence parfaite est la conclusion, l'achèvement ; or, toutes les phrases de Wagner s'enchaînant les unes aux autres sans se terminer à chaque instant, la cadence doit être presque exclusivement réservée aux fins d'actes ou parfois de scènes, là où le repos est obligatoire ; on en rencontre bien par-ci par-là dans le discours musical, mais dissimulées, atténuées, sans importance ; ce n'est que dans les grandes conclusions qu'on en trouve de nettement caractérisées, bien amenées et pressenties. Aucun auteur n'a fait de la cadence parfaite un emploi si restreint ; il est pourtant un cas où il en fait un usage très caractéristique, et d'autant plus frappant qu'il lui semble réservé : c'est lorsque le sens affirmatif de la parole dénonce le côté spécialement loyal et chevaleresque du caractère d'un héros; la page suivante (276) présente trois remarquables exemples, pris dans des ouvrages différents, de cette belle et noble forme, d'un caractère solennel et héraldique, très fréquente chez Wagner dans ce cas spécial, qu'on pourrait appeler la formule de loyauté, et qui ne trouve sa place qu'aux moments de grande émotion, dans l'annonce de la mort (*Walkyrie*), dans la Marche funèbre de Siegfried (*Crépuscule*)...

D'une façon générale, les accords consonants sont beaucoup moins fréquents que les accords dissonants, et encore sont-ils rarement présentés dans leur pureté native, mais presque toujours dénaturés par des artifices de composition, des retards, des appogiatures, des altérations, beaucoup d'altérations surtout, qui leur enlèvent la plus grande partie de leur caractère de repos. Tout cela est voulu, logique. Il est certain que l'accord dissonant, avec ses notes à marche contrainte, avec ses résolutions diverses, est infiniment plus vivant, plus passionnel que l'accord parfait, réservé par Wagner à l'expression, plus rare dans le drame, des sentiments de calme et de placidité.

Quant aux duretés qui étonnent parfois le lecteur de la partition réduite au piano, elles sont considérablement atténuées par le choix des instruments et la variété des

VOYAGE A BAYREUTH

(LOHENGRIN — Scène finale)

(LA WALKYRIE Acte II Scène IV)

(LE CRÉPUSCULE — Scène finale)

timbres ; elles sont plus apparentes que réelles ; elles disparaissent dans l'exécution symphonique, et à Bayreuth
on ne s'en aperçoit pas le moins du monde ; tout l'ensemble est admirablement fondu, d'une douceur, d'une harmonie et d'une plénitude incomparables, sauf de rares
exceptions voulues dans une intention pittoresque.

L'attention de l'auditeur est bien plus sollicitée par le
mouvement individuel des parties, par leur caractère
expressif, par l'intérêt que leur communique l'apparition
suggestive des Leit-motifs, par la diversité des timbres
instrumentaux, que par l'individualité des accords considérés en eux-mêmes. Chaque voix symphonique chante
une partie indépendante ayant son sens propre, dialo-
guant avec les autres, toujours appropriée à la nature et
au timbre de l'instrument interprète, sans traces de formules banales d'accompagnement, sans remplissage d'aucun genre.

Autrefois on disait que dans Wagner il n'y avait pas
de mélodie ; je crois être plus dans le vrai en disant qu'il
n'y a pas d'accompagnements, mais des superpositions
de mélodies.

Constatons en plus, pour tâcher d'être complet, la disparition totale des *marches d'harmonie,* que presque toutes les écoles abandonnent aujourd'hui en raison de leur
banalité ; la suppression des redites, des *reprises* d'un
motif principal annoncées par une *rentrée,* ceci au même
titre que la suppression de toute répétition de vers ou de
mots ; toujours et partout du nouveau, de l'invention, de
l'imprévu et de l'ingénieux, toujours de la création, de la
sincérité et de la vie..., et nous aurons, je crois, touché
aux principaux points caractéristiques de ce qu'on nomme
un peu trop brièvement *la formule wagnérienne,* formule
qu'on ne saurait trop admirer et contempler, mais que

nos compositeurs feront bien de ne pas chercher à imiter, cela par deux raisons :

La première, suffisante par elle-même, c'est que c'est impossible : « *Pour la continuer dans le vrai sens du mot, il faudrait un homme de la même envergure que lui; et si cet homme existe, il ne consentira pas à jouer le rôle d'un imitateur : il voudra, lui aussi, inventer quelque chose de nouveau* [1]. »

La deuxième, c'est qu'il faut toujours être de son pays et en parler la langue. Or, de même que Wagner déplorait en ces termes les tendances des musiciens allemands à imiter l'art français :

« *J'ai reconnu aux Français un art admirable pour donner à la vie et à la pensée des formes précises et élégantes; j'ai dit, au contraire, que les Allemands, quand ils cherchent cette perfection de formes, me paraissent lourds et impuissants* [2]. » de même, dis-je, les Français, à leur tour, doivent se mettre en garde contre cette fausse forme de l'admiration qui conduit au plagiat; ils doivent conserver intactes les qualités propres de notre style national, qui ont toujours été et seront toujours, en littérature comme en musique, la clarté, l'élégance et la sincérité d'expression.

Si Wagner était là pour les conseiller, c'est certainement ce que sa propre logique le conduirait à leur dire.

L'orchestration de Wagner est encore plus riche et plus colorée que celle de Beethoven. Cela tient certainement en grande partie aux nouveaux timbres qu'il y a introduits, cor anglais, clarinette-basse, contrebasson, trom-

1. *La Musique et les Musiciens*, p. 494.
2. R. Wagner, Lettre à M. Monod (25 octobre 1876).

bones [1], la famille des tubas, la trompette-basse [2]; en partie aussi à la façon dont il a complété les groupes d'instruments à vent, écrivant trois parties de flûtes, trois de hautbois, trois de clarinettes, etc. (au lieu de deux généralement employées jusqu'alors, sauf dans Meyerbeer et Berlioz), ce qui lui permet d'obtenir un accord complet avec un timbre homogène [3]; en partie encore à la division fréquente des instruments du Quatuor à cordes; mais surtout et avant tout à sa profonde science de l'instrumentation, à son ingéniosité sans pareille, qui l'a conduit à de prodigieuses trouvailles.

Chaque instrument est traité par Wagner avec la même sûreté de main que s'il en avait joué lui-même; il a su comme personne s'en assimiler les ressources, et il ne lui demande que ce qui est bien vraiment dans ses moyens. C'est souvent difficile d'exécution, jamais ingrat, jamais maladroit ni gauche.

Malgré le nombre considérable d'exécutants qu'il exige, jamais on ne le voit avoir recours, dans son orchestration, à des procédés compliqués; les combinaisons sont toujours simples et claires, ce dont résulte une sonorité à la fois franche et puissante. Les Leit-motifs se promènent sans cesse dans tout l'orchestre, passant d'un pupitre à un autre; mais chacun d'eux toutefois possède une prédilection pour un instrument ou un groupe en harmonie avec son caractère, chez lequel il a pris naissance, et chez lequel il revient élire domicile chaque fois qu'il doit se produire avec une importance prépondérante; parfois

---

1. Beethoven avait déjà employé le Contrebasson et les Trombones, mais à titre exceptionnel.
2. La Trompette-basse ne figure que dans la *Tétralogie*.
3. Sonorité d'orgue.

on l'a reconnu dès sa première note, sous l'influence de ce timbre caractéristique.

On voit maintenant clairement, je crois, comment, dans le style musical de Wagner, tout concourt, mélodie, harmonie et orchestration, à accentuer et à préciser l'action dramatique : la mélodie, mélopée ou récitatif mesuré, par sa belle diction et le souci constant de l'excellence de la prosodie; l'harmonie, par ses procédés audacieux et l'emploi des motifs conducteurs; l'orchestration, par la richesse jusqu'alors sans pareille de son coloris.

Avant d'entreprendre l'analyse de chaque œuvre prise séparément, je voudrais appeler l'attention du lecteur sur la partie purement symphonique qui constitue les **Préludes**, auxquels Wagner a attaché un intérêt spécial et de nature psychologique, dont ne se doute même pas, hélas ! le public de l'Opéra; car s'il s'en doutait, il ne profiterait probablement pas de ce moment pour causer plus bruyamment que jamais, se moucher, fermer les portes avec fracas..., il ferait tout cela avant, comme à Bayreuth.

Jusqu'à *Tannhauser* inclusivement, Wagner, se conformant à l'usage, a écrit des *Ouvertures* pour ses opéras.

A partir de *Lohengrin,* ce sont des *Préludes,* et chaque acte à le sien[1].

Dans les Préludes, Wagner philosophe s'adresse directement à l'âme par la musique; il lui fait subir une sorte de préparation, il la dispose à son gré, et cela sans jamais donner à ces pièces instrumentales une extension excessive.

Le but d'un Prélude, sa raison d'être, est essentiellement

---

1. Une seule exception, l'Ouverture des *Maîtres Chanteurs;* mais les *Maîtres Chanteurs* eux-mêmes sont une exception dans l'œuvre de Wagner.

de préparer l'esprit du spectateur, de le placer dans l'état d'âme que l'auteur juge le plus convenable pour qu'il subisse dans sa plénitude l'impression des faits qui vont faire l'objet de l'acte suivant. Ce but peut être poursuivi au moins de quatre façons différentes :

1° Par simple apaisement, c'est-à-dire dégageant seulement l'esprit des préoccupations extérieures, en y amenant un calme complet, afin qu'il devienne malléable et facilement accessible aux moindres émotions ;

2° Par le rappel de faits précédents que le spectateur a pu perdre de vue pendant l'entr'acte, et dont le souvenir lui est nécessaire pour la parfaite intelligence de ce qui va suivre ;

3° Inversement, par des emprunts faits à l'avance à l'acte suivant, pour préparer l'auditeur aux événements qui vont se dérouler ; en ce cas, l'action commence en quelque sorte pendant le prélude ;

4° En plongeant l'esprit dans le vague, en excitant la curiosité et en captivant l'attention par des harmonies indécises, des sonorités étranges, des modulations imprévues, incohérentes même, ne laissant rien pressentir de ce qui va se passer ; c'est la forme la plus troublante, celle qui prépare le mieux aux émotions poignantes.

Selon les circonstances, Wagner emploie toutes ces formes ; ne pouvant multiplier les exemples, j'en donnerai un seulement de chacune, laissant au lecteur le soin de compléter.

1re forme : apaisement : *l'Or du Rhin.*

2e forme : rappel de motifs : 3e acte de *Siegfried.*

3e forme : annonce de motifs : 2e acte de *Lohengrin.*

4e forme : vague : 3e acte de *Parsifal.*

Toutefois, la troisième forme, et ensuite la deuxième, sont de beaucoup les plus fréquentes.

16.

Une chose très intéressante c'est l'insistance extraordinaire avec laquelle Wagner, au début de beaucoup de ses Préludes, établit la tonalité; on chercherait vainement des exemples analogues chez tout autre compositeur; c'est surtout dans la *Tétralogie,* où toutes les proportions sont gigantesques, que ce système s'affirme d'une façon saisissante.

Dans *l'Or du Rhin,* les 136 premières mesures reposent sur un seul et unique accord parfait en *mi* ♭ majeur; le Prélude de la 2ᵉ scène ne contient, pendant 15 mesures, que des accords parfaits à l'état fondamental, appartenant au ton de *ré* bémol ou aux tonalités voisines, et venant aboutir dans le ton de la dominante; l'enchaînement de la 2ᵉ scène à la 3ᵉ se fait au moyen d'une pédale de dominante, sur *fa,* d'abord inférieure, puis supérieure, qui se prolonge pendant 55 mesures.

Dans la *Walkyrie,* au 1ᵉʳ acte, la tonalité est établie au moyen d'une pédale supérieure de tonique qui dure 64 mesures, après lesquelles on reste encore longtemps sans s'éloigner du ton de *ré.* Au 3ᵉ acte, la prédominance du ton de *si* mineur, accusée par la dominante *fa* ♯, s'accentue et se maintient pendant 34 mesures, jusqu'au lever du rideau.

Dans *Siegfried,* au 1ᵉʳ acte, une longue pédale inférieure de dominante sur la note *fa* pendant 50 mesures, laquelle devient pédale supérieure pendant 33 autres mesures, et à laquelle succède une pédale de tonique de 12 mesures sur *si* ♭, voilà de quoi bien affirmer une tonalité.

Dans le *Crépuscule des dieux,* au 3° acte, c'est encore plus marqué, car le ton de *fa* n'est pas quitté pendant 149 mesures embrassant non seulement le Prélude, mais encore le Trio des Ondines qui le suit.

Citerai-je encore le premier Prélude de *Parsifal,* qui,

sauf pendant quelques mesures, ne quitte pour ainsi dire pas le ton de *la* ♭?

En dehors des Préludes, les longues et imposantes tenues sont assez fréquentes ; le thème de l'Arc-en-ciel, presque à la fin de *l'Or du Rhin,* donne lieu à un accord parfait sur *sol* ♭, qui se prolonge pendant 20 mesures dans un mouvement lent; dans *Lohengrin,* les longues fanfares qui saluent le lever du soleil, au 2ᵉ acte, scène III, ne contiennent pas moins de 58 mesures, augmentées encore par des points d'orgue, sur le seul accord parfait majeur de *ré,* auxquelles succèdent immédiatement (avec un seul accord transitoire) 15 mesures sur l'accord parfait d'*ut* majeur. On pourrait multiplier ces exemples intéressants, qui démontrent que c'est surtout au début des actes ou des scènes que Wagner aimait à solidement *asseoir* la tonalité, contrairement à Beethoven, qui insistait plus volontiers pour la *rétablir* fermement lors de la péroraison finale.

Les ensembles sont rares, sauf dans *Tannhauser* et *Lohengrin,* qui participent encore, en cela notamment, de la coupe de l'opéra.

A partir de *Tristan,* abstraction faite des *Maîtres Chanteurs,* où ils jouent un rôle considérable, on peut les compter :

Dans le Duo qui termine le 1ᵉʳ acte de *Tristan* il y a un ensemble de 42 mesures; le grand Duo du 2ᵉ acte, scène II, donne lieu à quatre ensembles tous admirables, le premier commençant par un dialogue de plus en plus serré, le dernier contenant des dissonances fort curieuses, car elles sont aussi douces à entendre que cruelles à la lecture.

Dans l'*Or du Rhin,* les cris de joie des nymphes et l'Adoration de l'Or; à la scène III, Wotan et Loge disent quelques mots ensemble; dans la *Walkyrie*, l'Octuor vocal de la Chevauchée, dont parfois les huit parties sont indépendantes; dans *Siegfried* on ne peut pas considérer ainsi les quelques notes simultanées de Mime et de Siegfried à la fin du 1er acte; mais au 3e, au moment du réveil de Brünnhilde, il y a un véritable ensemble d'une douzaine de mesures, puis un autre, plus développé, qui termine la pièce; dans le *Crépuscule des dieux*, les Nornes chantent bien un instant à la fois, mais à l'unisson; ensuite Siegfried et Brünnhilde terminent leur Duo par quelques exclamations en 3ces ou 6tes; autre ensemble de quelques mesures lorsque Siegfried et Gunther signent leur pacte le verre en main; à la fin du 2e acte, un véritable Trio entre Brünnhilde, Gunther et Hagen; au 3e acte, le séduisant Trio des Filles du Rhin, très développé, qui devient même Quatuor par l'arrivée de Siegfried.

Dans *Parsifal* on n'en trouve pas un seul.

On remarquera, dans cette énumération, que les ensembles n'ont jamais lieu qu'entre personnages ayant à exprimer des sentiments analogues. Partout ailleurs chacun parle à son tour, comme dans la tragédie classique, ce qui est beaucoup plus intelligible, et sans répéter les vers, ce qui est bien plus vivant.

Peu de choses sont connues sur **la manière de composer de Wagner.** Ce qui est certain, c'est qu'il écrivait d'abord son *poème*, et n'entreprenait de le mettre en musique que lorsqu'il était complètement achevé, parfois même après l'avoir laissé reposer plusieurs années : le poème de *Tannhauser* fut terminé en 1843, et la musique en 1845; le poème de l'*Or du Rhin* fut terminé en 1852, et la musique en 1854.

En ce qui concerne la *musique*, il la concevait comme

Beethoven, en marchant, en allant, venant et gesticulant ;
quand elle commençait à prendre corps, il se la jouait à
lui-même au piano, assez gauchement, dit-on, pour bien en
arrêter les contours, puis seulement alors il entreprenait
d'écrire. Il écrivait sur deux ou trois portées comme pour
le piano ou pour l'orgue, peut-être aussi parfois sur un
plus grand nombre, et il ne passait au travail d'*orchestration* qu'après avoir parachevé la composition : le *Crépuscule
des dieux* fut terminé en 1872, son orchestration en 1874 ;
Parsifal fut terminé en 1879, son orchestration en 1882.

De plus, il menait toujours plusieurs œuvres de front,
généralement deux, travaillant simultanément à la musique de l'une, au scénario de l'autre.

Tout cela est fort déroutant ; car lorsqu'on examine de
près son œuvre, tout, poème, déclamation lyrique, contexture mélodique et harmonique, orchestration, ne forme
plus qu'un seul bloc, et il semble, tellement est parfaite la
cohésion de toutes ces parties, que l'ensemble a dû être
lui-même coulé d'un jet, la musique venant s'adjoindre
d'elle-même à la parole, et entraînant nécessairement à
sa suite des combinaisons instrumentales qui ne sauraient
être autres que ce qu'elles sont, tellement elles réalisent
l'idéal de la perfection. C'est là une illusion ; le labeur
était beaucoup plus complexe, et plus longue la gestation :
la première ébauche des *Maîtres Chanteurs,* terminés en
1867, remonte à 1845 (22 ans d'écart) ; la première ébauche de *Parsifal,* terminé en 1882, date de 1857 (ici 25 ans) :
c'était *Le Charme du Vendredi saint.*

Dans les **analyses**, nécessairement brèves et sèches
qui vont suivre, de chacune des œuvres admirables que
l'on exécute à Bayreuth, je n'ai pas la prétention de *cata-
loguer* tous les Leit-motifs.

Il y a pour cela plusieurs raisons :

D'abord je crois que nul ne pourrait se vanter de n'en laisser échapper aucun, car il en est qui consistent en deux notes seulement, et n'apparaissent que deux ou trois fois; rien ne prouve d'ailleurs que Wagner lui-même les ait considérés comme tels; ce sont peut-être de simples réminiscences involues et purement géniales, des accents analogues reproduits sans intention arrêtée dans des circonstances elles-mêmes analogues.

Ensuite, de semblables catalogues très complets, peut-être plus que complets, existent; il y en a de très bien faits, et je les indiquerai.

Mais la raison principale, c'est que cela m'eût paru sortir du cadre de ce livre, qui est un simple *Guide* pour les non initiés, et qu'il est préférable pour eux de posséder bien à fond un nombre restreint de thèmes qu'ils reconnaîtront infailliblement, qu'un nombre plus considérable qui leur occasionnerait souvent des confusions regrettables. Toutefois, je ne négligerai jamais de signaler, en dehors des thèmes principaux, ceux qui, bien que secondaires, ont une importance réelle et sont fréquemment reproduits. Ceux qui voudront ultérieurement pousser leurs recherches plus loin, pénétrer une œuvre plus à fond, pourront toujours le faire à l'aide des catalogues dont j'ai déjà parlé.

Appliquant ici aux Leit-motifs le même procédé que j'ai employé pour les personnages dans l'analyse des poèmes, je place en tête de chaque analyse musicale un tableau synoptique des diverses scènes dans lesquelles apparaît un même motif.

Toutefois, il faut bien tenir compte :

1° Que ces tableaux ne contiennent que les motifs les plus importants;

2° Que de ces motifs importants je ne signale que les emplois très nettement caractérisés;

3° Que les partitions réduites au piano[1] ne peuvent pas toujours et partout présenter tous les motifs contenus dans la partition d'orchestre.

Tels qu'ils sont, je crois que ces tableaux seront instructifs et faciliteront les recherches.

On y pourra juger instantanément de l'importance relative des motifs par la fréquence de leur emploi, les grands motifs essentiels traversant toute l'œuvre, et les motifs simplement épisodiques ne figurant que dans deux ou trois colonnes voisines; on y verra quelles sont les scènes dans lesquelles un motif donné a déjà paru ou reparaîtra; quels sont les motifs qui forment la charpente de telle ou telle scène, etc. En comparant entre eux les divers tableaux relatifs à des ouvrages d'époques différentes, on voit en quelque sorte le procédé se former, l'emploi des Leit-motifs, purement accessoire dans *Tannhauser,* devenir déjà considérable dans *Lohengrin,* puis, à partir de *Tristan,* absolument systématique et organisé.

Dans les analyses, comme dans les tableaux, les thèmes seront présentés dans l'ordre de leur première apparition intégrale, en suivant le cours du drame, ce qui permettra de les découvrir sans difficulté en feuilletant attentivement

---

1. Les réductions les plus complètes et les plus fidèles de *Tristan,* des *Maîtres Chanteurs,* de la *Tétralogie* et de *Parsifal* sont celles de Klingworth, qui ne s'adressent qu'aux virtuoses; les amateurs seront plus à leur aise avec la réduction, parfois incorrecte, de Klein-michel. C'est à cette dernière édition que sont empruntés, avec l'autorisation des maisons Schott et Cie et Breitkopf et Härtel, la plupart des exemples de ce volume. MM. Durand et fils m'ont donné une autorisation analogue en ce qui concerne les partitions de *Tannhauser* et de *Lohengrin.*

la partition, sans jamais avoir à revenir en arrière. Les parties de texte entre [ ] et les exemples gravés en petits caractères concernent certaines transformations de motifs, qu'il m'a paru spécialement intéressant de signaler, ne pouvant songer à les indiquer toutes. Ces modifications peuvent ne se présenter que dans les actes ou scènes ultérieures; l'endroit précis en sera toujours mentionné.

En dehors des Leit-motifs je signalerai aussi, dans plusieurs ouvrages, certaines grandes phrases *de caractère indépendant* formant par elles-mêmes un tout complet, une mélodie terminée, sur lesquelles il est nécessaire d'apporter son attention; aussi des *Chorals,* des *Chansons,* parfois étrangers à la structure générale, d'autres fois s'y reliant indirectement, dont plusieurs ont reçu des noms spéciaux.

En ce qui concerne les noms mêmes, qui sont la chose la moins importante, je répète que je choisirai toujours de préférence ceux sous lesquels les motifs typiques me paraissent être le plus généralement connus.

TANNHAUSER

Bien que Wagner ait intitulé **Tannhauser** *action*[1], manifestant par cela l'intention de créer une nouvelle forme dramatico-musicale, il est bien certain que par sa coupe générale, avec morceaux d'ensemble, airs, duos, finales… et ouverture, cet ouvrage se rattache encore musicalement aux procédés de l'ancien opéra, et qu'on y retrouve maintes fois l'influence de l'admiration que Wagner professait hautement pour Weber. Disons même que c'est un *Opéra* dans toute la force du terme. Toutefois Wagner

1. *Handlung.*

s'y dessine déjà par une tendance marquée à éviter les répétitions de paroles, par la souplesse des liens qui unissent les morceaux, par la beauté et la pureté de la diction, et surtout peut-être par l'absence de toute idée de concession au goût public. On y trouve aussi de grandes envolées et des formes mélodiques qui lui sont bien personnelles.

DÉSIGNATION des principaux Leit-motifs de **TANNHAUSER** dans l'ordre de leur première apparition intégrale.	Ouverture.	1er ACTE				Prélude.	2me ACTE					Prélude.	3me ACTE				
SCÈNES :		1	2	3	4		1	2	3	4	5		1	2	3	4	5
Le Vénusberg............	●	●									●				●		
Le Chant des Pèlerins....				●							●	●					
Élisabeth................					●												●
Le Chant de Wolfram											●		●				
La Damnation............												●			●		

L'ouverture contient en raccourci tout le résumé du drame.

En premier lieu apparaît le fameux *Chœur des Pèlerins*[1], représentant l'élément religieux ; il est d'abord présenté avec une gravité pleine d'onction, puis majestueusement développé sous un dessin persistant des violons, et il s'éteint en s'éloignant. Sans transition, le motif du *Vénusberg* nous transporte au séjour de la luxure et des jouissances maudites.

1. Je crois superflu de noter en musique ici les thèmes ayant caractère indépendant, qui sont dans la mémoire de tous, et d'une riche abondance dans *Tannhauser*.

LE VÉNUSBERG

[D'une allure qui rappelle à la fois Weber fantastique et Mendelssohn féerique, celui-ci a le caractère de Leit-motif, car nous le retrouverons dans la scène du concours (2ᵉ acte, scène v), chaque fois que Tannhauser va prendre la parole, trahissant ainsi avant lui son état d'esprit; puis encore au 3ᵉ acte, à la fin de la scène ɪv, où il annonce l'apparition de Vénus.]

Plus loin éclate comme une fanfare l'*Hymne à Vénus,* d'abord en *si* majeur, puis, après de beaux développements symphoniques, dans le ton principal, *mi* majeur ; une longue pédale de dominante ramène le *Chœur des Pèlerins,* bientôt escorté du trait strident des violons, et l'Ouverture se termine par une large et étincelante péroraison.

C'est une coupe très classique, très belle aussi.

1ᵉʳ Acte.

Au lever du rideau, et comme encadrés dans une bacchanale qui reproduit la plupart des motifs profanes de l'Ouverture, une *Danse de Bacchantes,* un *Chœur de Sirènes,* puis le grand Duo entre Tannhauser et Vénus, dans lequel apparaît par trois fois, et chaque fois un demi-ton plus haut (en *ré* ♭, en *ré,* en *mi* ♭) l'*Hymne à Vénus,* déjà entendu dans l'Ouverture. Cette scène, d'une exaltation toujours croissante, est d'un effet des plus saisissants.

Au deuxième tableau, un berger prélude sur son chalumeau, et fredonne une *chanson* d'un tour archaïque, à laquelle s'enchaîne immédiatement, pendant que continue à se dérouler en capricieuses arabesques la rustique ritournelle, le *Chant des Pèlerins* en forme de choral.

[Il reparaîtra à l'orchestre au début de la grande phrase du Land-grave qui coupe le Finale du 2e acte, comme encore à la fin de ce même acte.]

Il n'est séparé que par une fanfare de chasse du *Septuor,* qui lui-même est interrompu lorsque Wolfram prononce le nom d'*Élisabeth* répété comme en extase par Tann-hauser.

[Une disposition absolument semblable se retrouve au début du Finale du 3e acte, lorsque les mêmes personnages évoquent le sou-venir d'Élisabeth, dont le cortège funèbre passe devant eux.]

Ensuite le Septuor reprend et se termine par un bel ensemble.

2mo Acte.

Après un court entr'acte, le 2e acte débute par un *Air* d'Élisabeth, précédé d'un récitatif; ici encore on retrouve la couleur de Weber: vient un *Duo* dans la forme consacrée entre Élisabeth et Tannhauser, un récitatif entre le Landgrave et sa nièce, puis la *Marche* avec Chœurs annonçant le Concours des chanteurs. Au début de cette scène du concours, Wolfram chante l'amour sur une belle mais froide cantilène, qui donne lieu à une vive discussion entre Tannhauser, Walther et Biterolf; ici se place le beau

CHANT DE WOLFRAM

Chant de Wolfram, large et chaude mélodie, d'une coupe noble et pure, célébrant l'amour chaste et respectueux.

Ce n'est point ainsi que le comprend Tannhauser, qui discute, et dont chaque réplique, comme nous l'avons déjà fait observer, est annoncée par un rappel du *Vénusberg.*

Biterolf prend la parole à son tour et le provoque ; avant la réponse dédaigneuse de Tannhauser, troisième apparition du même motif.

Enfin, Tannhauser, au comble de l'exaltation, entonne une dernière fois son *Hymne à Vénus*[1], encore un demi-ton plus haut que précédemment (en *mi* majeur), et l'acte s'achève par un ensemble puissant, très mouvementé et longuement développé.

3ᵐᵉ Acte.

Cet acte est certainement le plus beau de l'ouvrage. Un imposant *Entr'acte,* qui serait mieux nommé Prélude, le précède, contenant, dans ses développements, des rappels du *Chœur des Pèlerins* et l'annonce du thème de *La Damnation,* qui ne paraîtra que plus tard.

Les Pèlerins reviennent de Rome, chantant avec recueillement le chœur que nous a fait connaître l'ouverture ; Élisabeth exhale une suave *Prière,* et remonte lentement la colline, comme en extase, accompagnée des regards de Wolfram, que souligne tristement le motif du *Chant de Wolfram,* confié maintenant à la clarinette-basse. C'est

---

1. Ces fréquentes répétitions de l'*Hymne à Vénus* en font le motif principal et dominant de l'ouvrage, mais ne le transforment pas en Leit-motif, car il ne sort jamais que de la bouche de Tannhauser, et il est toujours chanté *in extenso.* Il figure aussi dans l'Ouverture, mais, au cours de l'œuvre, il ne donne lieu à aucune allusion symphonique, à aucune insinuation, ce qui est le propre des Leit-motifs.

alors que celui-ci, après un récit plein d'ampleur, soupire la célèbre *Romance de l'Étoile*.

Aussitôt, à l'entrée de Tannhauser, tout s'assombrit, le thème de *La Damnation* se fait entendre, lugubre et terrifiant,

et, après un court dialogue avec Wolfram, Tannhauser entreprend l'émouvant Récit de son voyage à Rome, au cours duquel *La Damnation* se fait encore entendre. Ce récit, l'une des plus belles pages de l'ouvrage, est empreint du désespoir le plus navrant, de l'émotion la plus étreignante. Soudain l'orchestre mystérieux, dont les sons semblent jaillir du sein de la montagne, reprenant avec persistance des fragments empruntés au motif du *Vénusberg*, annonce l'apparition de Vénus, soulignée par un ingénieux rappel du *Chœur des Sirènes*.

Tannhauser va faiblir de nouveau et se laisser enlever, lorsque dans le lointain on entend les voix des Pèlerins qui transportent le corps d'*Élisabeth*. Tannhauser se prosterne sur son cercueil et y tombe mort. Il est sauvé !

Alors toutes les voix réunies entonnent un immense chant de foi et d'espérance, merveilleux et grandiose épilogue qui s'élève comme une sorte d'Alléluia joyeux et triomphal, pour trouver son épanouissement splendide sur les premières mesures du thème religieux de l'Ouverture,

nous laissant sous l'influence consolatrice du grand acte
de Rédemption qui vient de s'accomplir sous nos yeux.

————————

Il est encore dans la partition certaines formes, soit
mélodiques, soit harmoniques, que l'on peut considérer
comme des Leit-motifs d'ordre secondaire ou épisodique,
comme, par exemple, le *Chant des Sirènes* du 1er acte,

qui accompagne, au 3e acte, l'apparition de Vénus ;
La deuxième phrase du *Chœur des Pèlerins,*

qui se retrouve dans leur *Chant* en forme de Choral, puis,
à la 27e mesure de l'Entr'acte du 3e acte, après avoir déjà
figuré dans l'ouverture, et dont Wagner fera plus tard
un nouvel emploi dans « Parsifal » ;

Enfin la belle harmonie[1] qui traverse tout le récit du
Voyage à Rome, *Le Pardon,*

et a déjà une grande importance dans l'Entr'acte précédent; et peut-être d'autres...

On peut encore remarquer, à titre de rappel mélodique, cette phrase de Vénus dans le Duo du 1er acte,

qui se retrouve intentionnellement (dans le ton de *mi* bémol) vers le milieu de l'Entr'acte qui précède le 2e acte;
encore celle-ci,

1. Cette belle harmonie, par son onction, offre beaucoup de rapports, comme caractère, avec certains motifs de « Parsifal », notamment la *Foi.*

chantée par Wolfram dans le Septuor, peu après le motif *Élisabeth,* reproduite à l'orchestre pendant le discours que le Landgrave adresse aux chanteurs après la Marche, et peut-être quelques autres.

LOHENGRIN

DÉSIGNATION des principaux Leit-motifs de **LOHENGRIN** dans l'ordre de leur première apparition intégrale.	Prélude.	1er ACTE			Introduction.	2me ACTE					Introduction marche.	3me ACTE		
SCÈNES :		1	2	3		1	2	3	4	5		1	2	3
Le Graal	●		●	●				●					●	●
Elsa			●	●		●								●
Lohengrin			●	●				●		●			●	●
La Gloire			●	●										●
Le Jugement de Dieu			●	●						●			●	●
Harmonie du Cygne				●									●	●
Le Mystère du Nom				●		●				●			●	●
Les Projets ténébreux					●	●	●			●			●	
Le Doute					●	●	●			●			●	●

PRÉLUDE

Le Prélude de **Lohengrin** nous transporte dans les régions sacrées du Montsalvat. Un seul motif, merveilleusement développé, en fait tous les frais ; il symbolise le *Graal.*

17.

En effet, comme Wagner nous l'a dit lui-même, c'est le retour du Saint-Graal sur la montagne des pieux chevaliers, au milieu d'une troupe d'anges, que cette introduction a pour mission d'exprimer.

Le motif mystérieux apparaît d'abord dans les régions suraiguës des violons divisés, passe aux instruments en bois, de là aux altos, violoncelles, clarinettes, cors et bassons, éclate aux trompettes et trombones, puis, après ce prodigieux crescendo, s'éteint graduellement et meurt dans le scintillement des violons en sourdine, nous laissant un éblouissement de vision surnaturelle qui est comme un avant-goût de « Parsifal[1] ».

[1]. Il ne faut nullement s'étonner de voir ainsi apparaître, dès « Tannhauser » et « Lohengrin », des germes qui, après s'être développés, s'épanouiront, bien des années plus tard, dans « Parsifal », *la merveille des merveilles*. C'est ainsi que Wagner a formé son propre langage ; il a toujours assimilé une pensée philosophique soit à un contour mélodique, soit à une forme harmonique ou ryth-

1er Acte.

Les trompettes et le Héraut proclament *L'Appel du Roi.*
Après un noble récitatif du Roi, coupé de quelques répliques du chœur, vient la dénonciation de Frédéric, qui porte plainte contre Elsa.

Nouvel appel du Héraut, puis entrée d'*Elsa;* à ce moment se fait entendre à l'orchestre ce motif,

plein d'espérance et de résignation, qui lui restera personnellement attaché.

[Il va d'ailleurs se représenter presque aussitôt, sous une forme légèrement modifiée, dans le récit qu'Elsa fait de son rêve.]

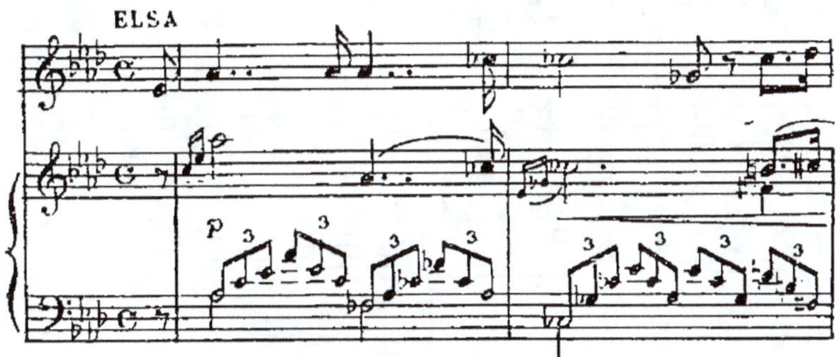

mique, dont l'expression, étant donnés des cas identiques, se conserve à travers tous ses ouvrages ; et en étudiant son œuvre on peut observer de nombreux faits analogues.

Dans ce même morceau, qui dès son début est comme placé sous l'invocation du *Graal,* apparaît un nouveau thème étincelant, représentant *Lohengrin* revêtu de sa blanche armure d'argent, tel qu'elle l'a vu dans son songe,

et tel que nous-mêmes le verrons bientôt.

[Ce motif si caractéristique, svelte, audacieux et chevaleresque, escortera le vaillant chevalier dans toutes les circonstances héroïques, avec peu de transformations.

Nous le retrouverons jusqu'à la dernière page de l'ouvrage, au moment où Lohengrin part; mais là, après s'être présenté sous la forme triomphale qui lui est habituelle, il prend le deuil, il emprunte la tonalité mineure.]

C'est également pendant le récit du Rêve d'Elsa qu'on entend pour la première fois cet autre motif, complétant en quelque sorte celui de Lohengrin, dont il semble proclamer *La Gloire* et célébrer les hauts faits.

LA GLOIRE

[Celui-là se retrouvera à la scène suivante, à l'arrivée du héros,

puis à la scène finale du 3ᵉ acte.]

Frédéric maintenant son accusation calomnieuse, le Roi propose *Le Jugement de Dieu* [1],

LE JUGEMENT DE DIEU

dont le motif est bientôt suivi de celui d'*Elsa*. Le Héraut et ses quatre trompettes font entendre deux appels successifs ; Elsa tombe en prière, accompagnée par un chœur de femmes, et sa prière se termine par un émouvant rappel de son propre motif. C'est alors que Lohengrin apparaît au loin dans une nacelle traînée par un cygne ; l'orchestre fait entendre les motifs de *Lohengrin* et de *La Gloire,* qui ont ici un caractère spécialement pompeux et impressionnant. Un bel ensemble vocal salue son arrivée.

A peine à terre, il bénit son *Cygne* et lui fait ses adieux,

HARMONIE DU CYGNE

précédés d'un rappel du *Graal.* Ce rappel se renouvelle

1. A remarquer une analogie avec *Le Traité,* dans l'*Anneau du Nibelung.*

lorsque, après avoir salué le Roi, il s'adresse à Elsa et lui fait connaître qu'il ne peut prendre sa défense qu'à la condition expresse qu'elle ne saura jamais son nom, et ne cherchera même pas à le savoir.

Ici le thème à la fois étrange et imposant : *Le Mystère du nom,*

qui fait partie du beau récitatif d'entrée de Lohengrin, et qu'il répète deux fois avec insistance, la deuxième fois sur un ton plus élevé, qui lui donne plus de force.

L'ensemble reprend, puis se déroule la superbe scène du combat, dont tout d'abord le Héraut proclame les lois, ce qui ramène *Le Jugement de Dieu ;* ensuite un beau morceau d'ensemble : *Prière du Roi* et *Quintette* avec chœur. Le combat commence ; à chaque attaque de l'un ou l'autre adversaire, le thème du *Jugement de Dieu*, traité en canon, fait une nouvelle entrée ; le motif de *Lohengrin* le remplace pourtant triomphalement lorsque celui-ci va porter le coup décisif.

Une belle phrase enthousiasmée d'Elsa salue sa victoire ; cette même phrase est reprise ensuite par le chœur, mais avec un développement nouveau tiré du motif de *La Gloire*. Ce grand et puissant ensemble, très étendu, couronne brillamment l'acte, puis, au moment où le rideau va se fermer, l'orchestre entonne encore une fois le motif de *Lohengrin*.

2me Acte.

Le 2e acte ne nous révélera que deux nouveaux motifs typiques, tous deux contenus dans la sourde phrase qui gronde aux violoncelles au commencement du Prélude. D'abord, *Les Projets ténébreux* d'Ortrude, ainsi représentés :

[Ce motif reparaîtra notamment au cours du récitatif dialogué entre Ortrude et Frédéric, qui ouvre l'acte.]

Le deuxième, caracté-
risant *Le Doute* qu'Or-
trude veut jeter dans
l'âme d'Elsa, doute qui
doit la perdre, est exposé
dans cette même phrase
des violoncelles, dix me-
sures après son début,

et la voici telle qu'on la retrouve, peu de pages plus loin, dans le
même long récitatif dialogué déjà cité,

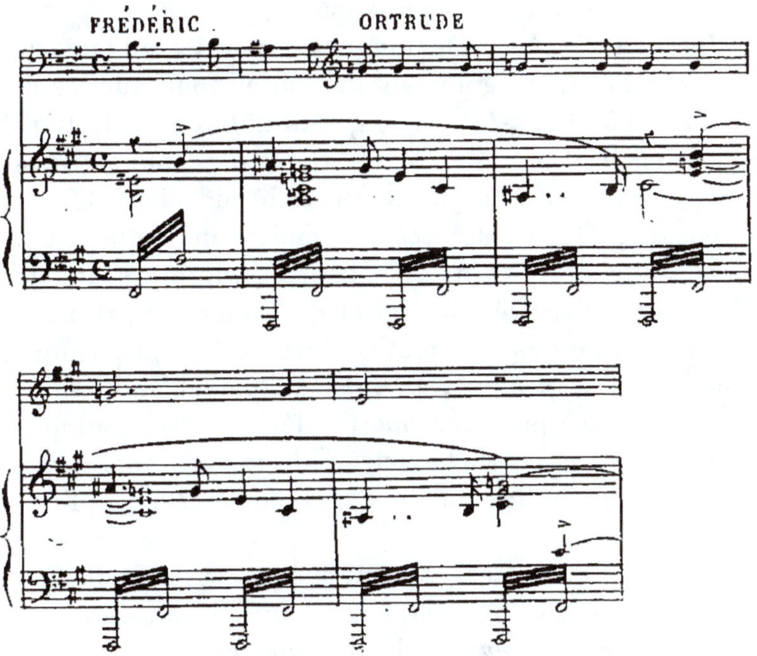

mélangée à de significatifs rappels du *Mystère du nom*.]

Il est impossible de dire plus clairement en musique qu'Ortrude projette d'insinuer perfidement dans l'âme d'Elsa des doutes sur la pureté et l'origine de son chevalier, et veut lui inspirer la curiosité de percer le mystère dont il tient à entourer son nom.

Quand on en pénètre le sens intime, ce sombre et ténébreux épisode constitue l'une des plus belles pages de l'œuvre. Il se termine par une terrible phrase d'imprécation, chantée à l'octave par les deux voix, et qui scelle leur odieux pacte de vengeance.

Elsa paraît et exhale une suave cantilène; dans la seconde partie de son Duo avec Ortrude on reconnaît à l'orchestre le motif du *Doute,* immédiatement suivi du *Mystère du nom;* les projets ténébreux s'accomplissent, le venin est inoculé et fera son œuvre.

Le jour se lève. De longues sonneries de fanfares se font entendre, se répondant de tour en tour, sur les notes de l'accord *ré-fa♯-la,* puis, quand subitement le ton d'*ut* lui succède, c'est *L'Appel du Roi* qui résonne. Aussitôt après, le ton de *ré* reparaît. Procédé audacieux, d'un effet saisissant. Dans cette scène comme dans celles qui suivent : Elsa se rendant à l'église, l'irruption scandaleuse d'Ortrude, l'arrivée du Roi et de Lohengrin, il n'est fait aucun emploi des Leit-motifs, jusqu'à la scène v, qui débute par *L'Appel du Roi,* immédiatement suivi du motif de *Lohengrin;* puis, lorsque Frédéric s'avise d'attribuer à la ruse ou à la magie la victoire de son adversaire, signalons une réapparition du *Jugement de Dieu,* qu'on ose suspecter.

Ensuite, et successivement jusqu'à la fin de l'acte, reparaissent dans l'orchestre : *Le Doute, Le Mystère du nom, Les Projets ténébreux;* puis, au moment où le Roi va franchir, avec Elsa et Lohengrin, le seuil de l'église, retentit de nouveau *L'Appel du Roi,* immédiatement suivi du *Mystère du nom,* et le rideau tombe.

3ᵐᵉ Acte.

Le 3ᵉ acte n'ajoutera rien à la liste des motifs typiques; mais tous y seront activement mis en œuvre. Pas au début, pourtant.

Tout d'abord, servant d'introduction, c'est la splendide *Marche des Fiançailles,* aussi joyeuse que pompeuse, suivie, dès le lever du rideau, d'un charmant chœur, gracieux épithalame; arrive le *Duo* entre Elsa et Lohengrin; là, peu après une belle phrase de Lohengrin, et dès qu'Elsa manifeste sa coupable curiosité, *Le Mystère du nom* se rappelle par deux fois; le motif du *Doute* entré en jeu, toujours de plus en plus envahissant; puis, une courte allusion au *Cygne* qu'Elsa croit voir, ou feint de croire voir; enfin, quand elle a formulé la question fatale, *Le Mystère du nom* éclate furieusement; lorsque Lohengrin vient de tuer Frédéric, *Le Doute* subsiste encore; on emporte le corps, rappel du *Jugement de Dieu;* Lohengrin annonce à Elsa qu'il va apprendre à tous qui il est, de nouveau *Le Mystère du nom,* suivi, cette fois, du *Graal!* Est-ce assez explicite?

Et quand, au dernier tableau, Elsa comparaît devant le Roi, les Nobles et les Guerriers, c'est encore par *Le Mystère du nom,* qu'elle a violé, qu'elle est annoncée; à présent il s'est fait lugubre, et s'enchaîne directement avec le fatal *Doute;* le motif d'*Elsa* ne paraît qu'en troisième, et se termine en mineur; il semble être aussi honteux qu'elle-même. Quand on apporte devant le Roi les restes de Frédéric, *Le Jugement de Dieu* nous rappelle que c'est lui qui l'a frappé; quand Lohengrin, en un récit des plus émouvants, raconte les splendeurs du Montsalvat, *Lé Graal* en dévoile le mystère ; quand, enfin, il prononce son propre nom, *Lohengrin* est redit par les fanfares les plus éclatantes, mais aussitôt l'orchestre s'assombrit.

Le reste est court. Lohengrin va partir : malgré les supplications d'Elsa, du Roi, des Seigneurs, il est inébranlable, il le faut. *Le Cygne* reparaît, avec sa jolie et calme harmonie ; le chevalier fait à Elsa ses tendres adieux, lui remet son cor, son épée, son anneau, l'embrasse au front, met le pied sur la nacelle :... ici, pas de Leit-motifs. Mais aux dernières pages, après l'odieuse malédiction d'Ortrude, quand la blanche colombe vient planer audessus de la tête du héros, se place, avec plus de solennité que jamais, le thème du *Graal*, puis, très large aussi, celui de *Lohengrin*, avec *La Gloire* ; Lohengrin disparu, le même thème est en mineur ; enfin, l'ouvrage s'achève comme il a commencé, par l'harmonie sacrée du *Graal*.

TRISTAN ET ISEULT

DÉSIGNATION des principaux Leit-motifs de **TRISTAN ET ISEULT** dans l'ordre de leur première apparition intégrale. SCÈNES :	Prélude	1er ACTE					Introduction	2me ACTE			Prélude	3me ACTE		
		1	2	3	4	5		1	2	3		1	2	3
L'Aveu	●					●				●			●	●
Le Désir	●	●	●	●	●	●	●	●	●	●		●	●	●
Le Regard	●	●	●	●		●							●	
Le Breuvage d'amour	●			●		●							●	●
Le Breuvage mortel	●			●	●	●		●	●				●	●
Le Coffret magique	●			●		●								
La Délivrance par la mort	●			●		●							●	
La Mer		●	●		●	●								
La Colère		●		●	●	●			●	●				
La Mort			●	●	●	●		●	●		●	●	●	
Gloire de Tristan			●	●		●			●			●		
Tristan blessé				●	●	●						●	●	
Tristan héroïque						●								
Le Jour							●		●	●		●		
L'Impatience							●	●		●				
L'Ardeur							●	●	●			●	●	
L'Élan passionné								●	●					●
Le Chant d'amour								●	●			●	●	
Invocation à la Nuit									●	●		●	●	
La Mort libératrice									●	●		●	●	
La Félicité									●	●		●	●	
Le Chant de mort									●	●			●	●
Le Chagrin de Marke										●				
La Consternation										●				●
La Solitude											●	●	●	
La Tristesse												●		
L'Allégresse de Kurwenal												●		●
Karéol												●		●
La Joie												●		●

PRÉLUDE

Le Prélude du 1er acte de **Tristan et Iseult** est presque
entièrement construit au moyen de sept motifs des plus
importants, faisant dès ce moment pressentir la prédominance du genre chromatique qui persistera dans la
plus grande partie de cet ouvrage, et qui nous sont ainsi
présentés dès le début. Tout d'abord *L'Aveu,*

[que l'on retrouvera à la scène v (au moment où Iseult boit à Tristan) sous cette autre forme :].

mais qui dans le Prélude est constamment suivi de cet
autre motif, *Le Désir* [1],

1. A signaler une certaine analogie avec le motif du *Sort* dans
« l'Anneau du Nibelung ».

qui en complète le sens harmonique et donne l'impression d'un triste et pénible point d'interrogation, quatre
fois répété avec de longs et émouvants silences.

[De fréquents emplois de ce motif ont lieu dans le cours de l'ouvrage sous les formes les plus variées.]

Aussitôt apparaît un nouveau thème exprimant avec
éloquence que la passion de Tristan et Iseult a eu pour
cause première, pour point de départ, la rencontre de
leurs yeux, c'est *Le Regard*.

LE REGARD

[D'ailleurs, ce thème du *Regard* se rencontrera fréquemment au
cours de l'ouvrage, plus ou moins modifié; j'en donne ci-après une
forme intéressante, qui se trouve à la 133e mesure de la scène III
(réduction Kleinmichel, p. 32, 2me mesure).]

Continuant l'analyse du Prélude, dans lequel ce motif du *Regard* est l'objet de nombreux et importants développements, jusqu'au point de prendre en certains moments la prépondérance, nous rencontrons, dans l'espace de quatre mesures, deux phrases fortement expressives, caractérisant les deux philtres, celui d'amour et celui de mort, dont la substitution est comme le nœud de l'action : *Le Breuvage d'amour* et *Le Breuvage de mort,*

le premier plein de poésie et de passion, le deuxième
formant une opposition sinistre et lugubre, qu'accentue
encore l'instrumentation en le confiant tantôt aux gros
cuivres, tantôt à la clarinette-basse et aux hautbois.

[Ce dernier apparaîtra de nouveau à la fin de la scène III, au
moment où Brangaine cherche les flacons dans le coffret.]

Voici maintenant le motif qu'on peut considérer comme
dérivé de celui du Regard, auquel est attachée l'idée de
ce précieux coffret de secours : *Le Coffret magique,*

[motif qui nécessairement trouvera son emploi lorsqu'on aura recours au coffret (scène III) ou lorsqu'il y sera fait allusion.]

Alors, préparé par un superbe crescendo dont le motif du *Regard* fait les frais, est introduit le thème de *La Délivrance par la mort,* le dernier de ceux que nous présente le Prélude, qui se termine ensuite par de nouvelles combinaisons des Leit-motifs déjà énoncés.

[Au sujet du motif de *La Délivrance,* observons qu'il subit souvent des modifications profondes ; c'est ainsi que lorsque nous le retrou-

verons au début de la scène ɪɪ du 3ᵉ acte, il aura revêtu la forme
suivante :}

1ᵉʳ Acte.

Scène ɪ. — Le chant du jeune matelot, perché dans la
mâture, n'est pas par lui-même un Leit-motif; mais son
troisième membre de phrase : *La Mer,*

en constitue un, dont l'emploi sera fréquent, et qui subira
les plus curieuses transformations. Ici, presque au début
de la scène ɪ, c'est Iseult dépitée d'avoir à faire ce voyage
en *Mer,* dont le but ne lui est pas sympathique;

quelques pages plus loin (quand arrive le ton de *fa*), c'est bien le flegme et l'indifférence des matelots pendant une longue et paisible traversée; c'est le calme de *La Mer;*

[à la scène IV, on approche de terre, on est joyeux, et c'est encore le motif de *La Mer* qui est chargé de nous le dire :

Ailleurs, on le rencontrera sous bien d'autres formes, qui ne peuvent trouver leur place ici.]

Le motif de *La Colère* est facilement reconnaissable et expressif.

SCÈNE II. — Il en est de même de celui qui prédit

d'une façon si lugubre *La Mort* de Tristan et les douleurs d'Iseult.

[S'il ne se répète pas toujours dans son entier, il est fréquemment représenté par l'une ou l'autre de ses moitiés, la première entraînant plus spécialement l'idée de Tristan, la deuxième celle d'Iseult, et de nombreuses allusions y sont faites au cours de l'ouvrage.]

Après divers retours, motivés par les épisodes scéniques, de plusieurs des thèmes importants qui nous sont déjà connus, notamment *Le Regard*, *Le Désir*, *La Mer* sous la forme calme que j'ai signalée en troisième lieu, *Le Breuvage d'amour*, etc., la scène se termine par la narquoise chanson d'allure populaire de Kurwenal, dont le refrain, joyeux salut : *Gloire à Tristan,*

18.

GLOIRE A TRISTAN

est repris en chœur par les matelots, mais une tierce plus haut, par un amusant caprice de l'auteur.

SCÈNE III. — La scène III ne fait connaître qu'un seul nouveau motif d'importance capitale, celui qui nous montre Tristan alors que, blessé, il fut soigné et sauvé par Iseult, *Tristan blessé*.

TRISTAN BLESSÉ

Ce motif, dont il sera fait un emploi considérable dans la suite du drame, subit en général peu de modifications dans sa forme mélodique, mais les dessins d'accompagnement avec lesquels il apparaît dans les diverses circonstances sont variés avec une admirable et inépuisable fécondité. En voici quelques exemples :

Le reste de la scène est tissé avec des motifs déjà connus, qui se présentent à peu près dans cet ordre : *Gloire
à Tristan, Le Désir, Le Regard, La Colère, Le Coffret magique, La Délivrance, Le Breuvage d'amour, Le Breuvage
mortel*; pendant qu'Iseult raconte à Brangaine la trahison
de Tristan, et lui révèle ses sinistres projets.

SCÈNE IV. — Après une apparition du motif de *La Mer*,
sous sa forme gaie, reviennent successivement ceux de
Tristan blessé, La Mort, Le Désir, Le Breuvage mortel, et
enfin *La Colère*. Cette scène ne comporte pas de Leit-motif
nouveau.

SCÈNE V. — Les premiers accords de la scène V nous
montrent *Tristan héroïque* venant saluer respectueusement sa souveraine.

Puis, pendant que se déroule l'action capitale de la
pièce, la substitution des philtres, vont défiler tous les motifs du 1er acte, qui se termine par les acclamations du
peuple, avec une nouvelle forme du motif de *La Mer.*

2me Acte.

Scène i. — Presque toute la 1re scène se développe
sur ce nouveau motif, d'une importance considérable, et
l'un de ceux que Wagner s'est complu à présenter sous
les aspects les plus variés et inattendus, après l'avoir
exposé dans sa forme la plus simple dès le début du
Prélude.

C'est *Le Jour,* ennemi des amours de Tristan et Iseult.

[Voici comment on le retrouvera à la scène II, dans l'ensemble en *la* bémol, à trois temps :

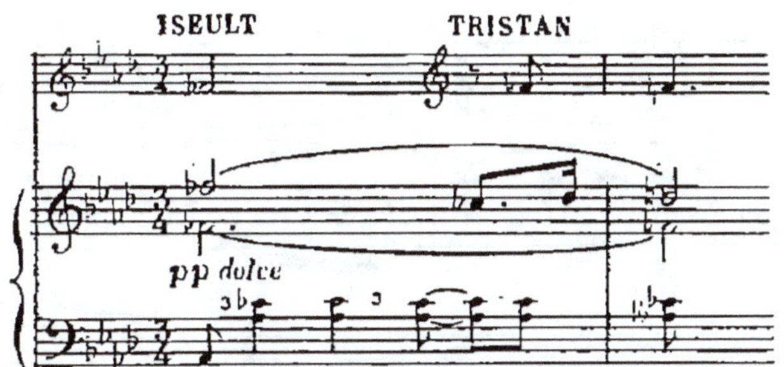

et précédemment, dans le même duo, par diminution :

En voici une autre forme, très fréquente dans le même morceau,

et enfin le voici, cette fois par forte augmentation, tel qu'il est présenté par Brangaine protégeant les amours de Tristan et Iseult :

Une chose à observer, c'est que les deux notes initiales de ce motif sont tantôt en rapport de 5te, tantôt en rapport de 4te ; dans le premier de ces deux cas, il a une ressemblance très marquée avec celui de *Gloire à Tristan*, dont il n'est, pour mieux dire, que la transposition en mineur.

Il subit encore beaucoup d'autres transformations, que je ne puis noter toutes ici, et qu'on aura plaisir à rechercher dans la partition.]

Dès la 9ᵉ mesure du Prélude se dessine le motif de *L'Im-patience*, qui pourtant n'atteint sa forme définitive qu'à la 21ᵉ mesure ;

L'IMPATIENCE

[il trouvera son emploi principal lorsque Iseult, après avoir fait à Tristan le signal convenu, l'attend anxieusement.]

A peine quelques mesures plus loin, ce motif, très légèrement modifié, se combine heureusement avec celui de *L'Ardeur* (qu'on nomme aussi l'Appel d'amour), d'une importance considérable dans tout cet acte ;

L'ARDEUR

le voici sous une deuxième forme,

qui en change complètement le caractère. Il subit en général peu de transformations, et il en est de même du suivant, *L'Élan passionné,*

L'ÉLAN PASSIONNÉ

[que nous retrouverons pourtant, par augmentation et en partie syncopé, à la scène II, peu avant *L'Invocation à la nuit :*

Il reparaîtra encore, à la fin de l'ouvrage, pour servir d'accompagnement aux dernières paroles d'Iseult.]

Le *Chant d'amour,* qui forme la trame orchestrale de

toute la partie de cette scène qui précède l'extinction de la torche, et dont l'allure tout italienne ne laisse pas de surprendre ceux qui n'ont pas encore remarqué combien elle est fréquente chez Wagner,

se représente ensuite très fréquemment dans le reste du 2me acte.

Parmi les thèmes déjà connus, ceux qui concourent spécialement à la structure musicale de cette 1re scène sont : *Le Désir, Le Breuvage mortel, La Mort, L'Impatience,* et ils se présentent à peu près dans l'ordre ci-dessus.

SCÈNE II. — Cette scène n'est qu'un long Duo d'amour (Brangaine dit bien quelques mots, mais elle est invisible, sur la tour); pendant le premier ensemble, la partie symphonique présente les plus beaux entrelacements des motifs de *L'Élan passionné,* de *L'Ardeur;* plus loin reparaît le thème du *Jour,* celui de *Gloire à Tristan,* le *Chant d'amour,* le *Breuvage mortel;* puis apparaît, d'abord sous cette forme provisoire, et fort peu après sous sa forme définitive, *L'Invocation à la nuit,* large et suave cantilène,

INVOCATION A LA NUIT

qui donne lieu à un deuxième et important ensemble, d'une beauté saisissante.

Au cours de ce même ensemble, constamment soutenu par un rythme syncopé plein de vie et de passion, où transparaissent quelques notes du *Jour,* la phrase subit de nombreuses et profondes modifications; elle revêt notamment cet aspect tout nouveau, résultant de l'introduction de notes de passage, et d'une structure tout autre de sa coupe harmonique, qu'on appelle quelquefois « La nuit révélatrice ».

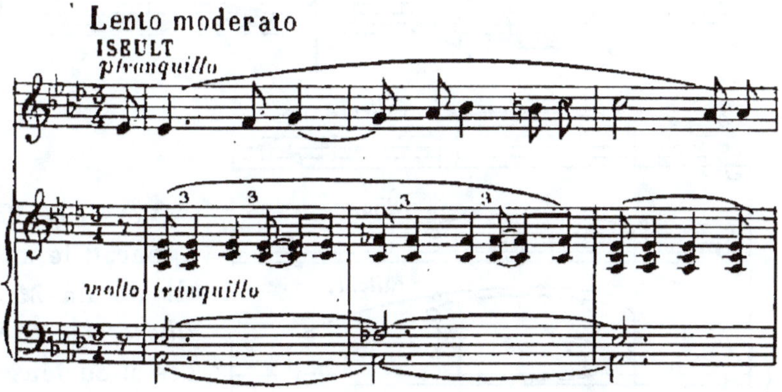

[Or, il faut noter que lorsque cette même phrase, avec ses notes de passage, mais par mouvement contraire, renversée, sera entendue au dernier acte, sa signification sera tout autre et entraînera l'idée du *Soupçon.*]

LE SOUPÇON

LA MORT LIBÉRATRICE

Vers la fin apparaît le motif de *La Mort libératrice*, avec ses si curieuses dissonances,

qui réapparaîtra souvent dans le reste du drame, tantôt aux voix,
tantôt à l'orchestre, rarement modifié en tant que contour mélodique, mais souvent avec des variantes harmoniques ou rythmiques.

Aussitôt cet ensemble terminé, Brangaine, du haut de
la tour, fait entendre le motif du *Jour* sous la forme indiquée page 32, puis arrive alors ce ravissant motif :

d'un charme pénétrant et
d'une suavité idéale, exprimant si bien le bonheur
calme et *La Félicité,*

[lequel ne sera jamais reproduit intégralement; mais, outre les répétitions partielles, de nombreuses allusions y seront faites; et il sera fréquemment transformé; je signale seulement ici l'une des plus curieuses formes, à 5 temps et à la basse (3ᵉ acte, scène II).]

Voici maintenant le superbe *Chant de Mort* sous les deux aspects qu'il revêt dans cette scène,

LE CHANT DE MORT

où il fournit un troisième et merveilleux ensemble.

[Dans la scène finale du drame, légèrement modifié, il servira de
base au chant d'Iseult, jusqu'au moment où celle-ci, s'exaltant de
plus en plus, trouvera son soutien dans le motif de *L'Élan passionné*.]

Après divers retours de *La Félicité*, de *La Mort libératrice*, du *Breuvage mortel*, du *Jour*,... la scène se termine
par l'arrivée subite de Mélot et du roi Marke.

SCÈNE III. — Aussitôt apparaissent de nouveau les motifs de *l'Impatience,* du *Chant de Mort,* du *Jour,* puis deux autres thèmes, qui n'auront pas d'emploi ailleurs qu'en cette fin d'acte; d'abord celui-ci, qui, très en dehors dans l'orchestre, souligne la peine profonde qu'éprouve le roi Marke en constatant la trahison de Tristan : c'est *Le Chagrin de Marke,*

(Le sentiment qui domine chez l'excellent roi Marke, ce n'est pas la colère, ce n'est pas la jalousie, ce n'est pas le désir de vengeance, ni la haine : c'est une vive affliction, un profond chagrin : comme c'est bien exprimé !)

puis, peu après, cet autre, qui caractérise sa *Consternation* et peut-être aussi celle de Tristan :

LA CONSTERNATION
Lento moderato, come primo

La fin de cette scène est construite en grande partie à
l'aide de ces deux nouveaux motifs, avec de fréquents
rappels de *La Colère, L'Aveu, Le Désir, La Félicité, La
Mort libératrice,* et *L'Invocation à la nuit.*

3ᵐᵉ Acte.

Scène 1. — Le Prélude nous transporte de suite au
manoir de Tristan, au moyen d'un motif en exprimant admirablement *La Solitude,* qui ne sera employé qu'au début
de ce dernier acte, mais dont les notes initiales ne sont
pas sans une certaine analogie avec le motif déjà connu
du *Désir.*

En l'analysant par fragments, on découvre dans ces
premières notes le sentiment de la désespérance causée
par la fatalité, auquel succède, dans la montée en tierces
et quartes augmentées, l'image de la solitude, de l'infini
de l'Océan; un nouveau dessin exprime l'état de détresse
et d'isolement où se trouve Tristan (voir p. 338); après
un triple point d'orgue, les mêmes dessins se reproduisent, suivis, cette fois (au *ff*), des dernières notes de *La
Mort;*... puis la montée par tierces revient une troisième
fois et forme le lien avec la 1ʳᵉ scène.

L'ensemble de ce Prélude, d'une profonde mélancolie,
prédispose merveilleusement l'esprit au dénouement du
drame.

19.

LA SOLITUDE

Lento moderato

Aussitôt le rideau levé, on entend, derrière la scène, un navrant solo de cor anglais sans aucun accompagnement, fort curieusement développé et expressif.

LA TRISTESSE

[Au début du 1er acte, un jeune matelot chantait dans les mâts du navire, et un fragment de sa chanson a fourni le motif de *La Mer*;

ici, c'est un pâtre qui joue sur son chalumeau un chant triste et
plaintif, qui servira dans l'orchestre à accompagner une bonne partie du récit de Tristan en délire, après que le pâtre l'aura fait entendre une seconde fois.]

Cet autre motif est spécial au personnage de *Kurwenal,*
dont il dépeint pittoresquement l'allégresse d'abord lorsque Tristan rouvre les yeux, comme plus tard lorsqu'il
pense qu'Iseult peut le guérir définitivement.

L'ALLÉGRESSE DE KURWENAL

[Il apparaîtra encore au moment où Kurwenal s'élance sur la
suite du roi Marke pour y trouver la mort, à la fin de la scène III.]

Le calme et paisible motif de *Karéol,* formant une opposition souriante à l'angoisse de l'action, n'apparaît que
deux fois, et assez rapprochées, à l'orchestre, pour rappeler à Tristan le temps heureux de sa jeunesse.

KARÉOL

A partir d'ici, tous les principaux Leit-motifs se pressent dans un tel enchevêtrement que leur énumération deviendrait fastidieuse; au surplus, on les a rencontrés déjà assez souvent pour les reconnaître facilement, soit à la lecture, soit à l'audition. Parmi les plus fréquents, on peut pourtant appeler l'attention sur : *Gloire à Tristan, La Solitude,* puis, après un retour de *Karéol, L'Invocation à la nuit, La Mort libératrice...*

Un seul motif nouveau reste à signaler; celui-ci aussi dépeint *la Joie,* mais il n'est pas, comme celui de *L'Allégresse,* spécialement attaché à un seul personnage; il se rapporte aussi bien à la joie de Tristan qu'à celle de Kurwenal; de Tristan lorsque, dans sa fièvre, il croit voir Iseult arriver, de Kurwenal lorsque celui-ci peut enfin, en frappant à mort le traître Mélot, venger son maître.

Les scènes II et III ne fournissent pas de motifs nouveaux; voici l'ordre dans lequel on retrouvera les précédents, qui y fourmillent.

Scène II. — *L'Invocation à la nuit, Le Chant d'amour, La Délivrance, La Félicité, L'Ardeur, La Mort, Le Désir, L'Aveu, Le Regard, La Mort libératrice, Le Chant de mort, Tristan blessé, Le Breuvage de mort...*

Scène III. — *La Joie, Karéol, Le Chant de mort, L'Aveu, Le Désir, L'Élan passionné,...* et le rideau se referme sur une dernière transformation du *Désir*.

En dehors de ces thèmes essentiels, il en est plusieurs d'une importance secondaire, mais pourtant d'un usage assez fréquent, tel le motif de *L'Exaltation,* apparaissant dès le 1er acte,

puis au 2e, au moment de l'arrivée de Tristan. Plusieurs fois, il sert de développement au motif de *La Colère.*

Seulement à partir du 3e acte, mais dès le Prélude, on rencontre celui-ci, très expressif :

L'Anéantissement ne se présente que deux fois, sous des formes très distinctes, à la scène 1, après la deuxième apparition de *Karéol,*

L'ANÉANTISSEMENT

et tout à fait à la fin, presque aux derniers mots d'Iseult.

Celui-ci aussi, également à la scène I, arrivant fort peu après le précédent :

L'AMOUR IMPLACABLE

Cet autre, à la scène II, devançant de quelques pages un charmant rappel de *La Félicité :*

MALÉDICTION DU PHILTRE D'AMOUR

Ce dernier enfin, aussitôt après la mort de Tristan.

LA MORT PARTAGÉE

On pourrait certainement en signaler beaucoup d'autres, mais ceux-ci me paraissent suffisants pour l'intelligence de l'œuvre ; d'ailleurs, en entrant dans cette voie, on ne saurait exactement où s'arrêter, et on arriverait finalement à trouver des Leit-motifs là où il n'y a que de la belle déclamation lyrique et des formes caractéristiques du langage musical de Wagner. L'essentiel, c'est que le lecteur sache qu'il lui en reste à découvrir qui, pour être secondaires, n'en sont pas moins intéressants.

LES MAITRES CHANTEURS DE NUREMBERG

DÉSIGNATION des principaux Leit-motifs des MAITRES CHANTEURS dans l'ordre de leur première apparition intégrale.	OUVERTURE	1er ACTE			Prélude.	2me ACTE							Prélude.	3me ACTE — 1er tableau.				2me tabl.
SCÈNES :		1	2	3		1	2	3	4	5	6	7		1	2	3	4	5
Les Maîtres	●	●		●						●	●						●	●
L'Amour naissant	●	●	●	●			●							●	●			●
La Bannière	●	●	●											●				
La Passion déclarée	●	●								●					●			●
L'Ardeur impatiente	●	●	●	●				●		●				●				●
David		●	●											●				
Saint Crépin			●	●		●	●	●		●						●		●
La Couronne			●	●		●												
L'Assemblée				●														●
La Saint-Jean				●	●	●								●			●	●
Walther				●						●						●		●
Beckmesser querelleur				●						●							●	●
La Bonté de Sachs				●														
Motif patronal de Nuremberg								●						●	●	●	●	
Éva									●								●	
Calme de la nuit d'été										●	●	●		●				
La Sérénade											●	●		●		●		
La Bastonnade											●	●		●	●			
Profonde émotion de Sachs													●	●	●	●	●	●
Nuremberg endimanché														●			●	
Harmonie du Songe															●			
Récit du Songe (Chant de Maîtrise)															●		●	●
Anxiété d'Éva																	●	

OUVERTURE

L'Ouverture des **Maîtres Chanteurs,** bien qu'elle
constitue un superbe portique à l'œuvre et un morceau
symphonique en apparence indépendant et complet par
lui-même, ne peut être entièrement comprise et admirée
comme elle le mérite que par celui qui a déjà une connaissance complète de l'ouvrage entier, c'est-à-dire à une
deuxième lecture ou à une deuxième audition. Elle est
construite sur cinq thèmes pris parmi les plus importants
de l'ouvrage, dont elle expose le sujet réduit à sa plus
grande simplicité. Deux de ces thèmes font connaître la
docte et prétentieuse corporation des Maîtres Chanteurs ;
les trois autres nous dépeignent les diverses phases de
l'amour d'Eva et du chevalier Walther de Stolzing.

Tout d'abord, des accords lourds et pompeux, d'une
allure à la fois noble et pédante, affectant un rythme de
marche,

dessinent énergiquement le caractère des *Maîtres Chanteurs,* gens à convictions profondes, à principes inébran-
lables, respectables au fond, mais poussant parfois leur
zèle jusqu'à l'absurdité ; d'ailleurs gais et dispos.

Par une douce opposition, aussitôt se fait entendre le
charmant motif de *L'Amour naissant,* à la fois léger, discret,
déjà tendre pourtant : l'éclosion de l'amour inconscient :

L'AMOUR NAISSANT

Molto tranquillo

[Nous le retrouverons sans cesse dans l'ouvrage, parfois indiqué seulement par quelques notes initiales.]

Cet épisode est court : 14 mesures ; bientôt apparaît un 2e motif caractéristique des Maîtres.

Celui-ci a nom *La Bannière* :

LA BANNIÈRE

Il est moins bourgeois, je dirais presque plus héraldique que le motif des Maîtres proprement dit ; on voit la bannière flotter largement au vent, la belle bannière avec le roi David jouant de la harpe, le signe extérieur et glorieux de la dignité de la corporation, l'emblème de sa science, de sa fidélité aux règles, de son orgueil.

[De même qu'une bannière est faite pour être portée en tête de toute société ou maîtrise qui se respecte, lorsqu'elle a à se manifester, à prendre part à une fête ou une réjouissance publique, nous verrons le motif de *La Bannière* faire escorte à celui des *Maîtres* dans toutes les grandes circonstances.]

Ce motif s'étale largement, ayant pour continuation de
beaux développements qui font voir sous de nouveaux
aspects le motif des *Maîtres*, lequel se termine par une
majestueuse cadence. Après un court épisode de huit
mesures (qu'on a appelé l'Interrogation d'amour), il se
présente un nouveau thème d'importance capitale, *La
Passion déclarée*,

[qui parcourra tout l'ouvrage, et trouvera sa plus haute expression,
comme sa forme définitive, au dernier acte, dans le chant de maîtrise, puis lorsque le peuple s'associe au triomphe de Walther et de
son amour.]

Un dernier motif, attaché, celui-ci, au seul personnage
de Walther, entre encore dans la contexture de l'Ouverture. On l'appelle *L'Ardeur impatiente*.

[Nous le verrons hanter spécialement le bon Sachs, notamment
vers la fin de la scène III du 2e acte.]

L'Ouverture se développe ensuite par des alternances de ces divers motifs, jusqu'au moment où trois d'entre eux : *Les Maîtres, La Bannière,* et *La Passion déclarée,* se combinant simultanément de la façon la plus ingénieuse, viennent nous faire pressentir ce que sera le dénouement de l'action elle-même : l'alliance, la fusion de l'Art savant, mais routinier, des vieux Maîtres avec un Art nouveau, plus spontané, celui de Walther, inspiré par l'amour.

Cette Ouverture est donc entièrement symbolique ; elle résume l'action, en écartant les personnages épisodiques et les incidents burlesques, et en expose nettement la conception philosophique, qui a puissance de thèse.

1er Acte.

Scène i. — Au lever du rideau, et pendant les points d'orgue du *Choral du Baptême* (p. 264), Walther exprime d'abord sa flamme par une mimique expressive, qu'accompagnent tout naturellement, ainsi que son dialogue avec Eva, les motifs de *L'Amour naissant, L'Ardeur impatiente, La Passion déclarée.* Ensuite, préparant l'Assemblée des Maîtres, nous voyons pour la première fois *Da-*

vid, avec son motif gai et sautillant, à l'air bon garçon :

Plus loin nous retrouvons de fréquents emprunts aux *Maîtres* et à *La Bannière,* ainsi qu'aux motifs d'amour précités.

Scène II. — La scène II ne nous fait connaître que deux nouveaux thèmes : celui de *Saint Crépin,* patron des cordonniers, personnifiant Hans Sachs dans l'exercice prosaïque de sa profession manuelle,

qui apparaît ici une seule fois à l'orchestre pendant que David, tout en vaquant à ses occupations, s'efforce d'enseigner à Walther les règles saugrenues de la tablature ; et celui de *La Couronne,* la belle couronne de fleurs, en forme de refrain populaire, que David chante le premier, et que les écoliers joyeux et espiègles reprennent en chœur.

LA COURONNE

[A chacun de ses retours il restera caractéristique de la joie enfantine des écoliers, qui le chantent souvent en dansant une ronde folle.]

Avant l'exposition de ces deux thèmes, ceux de *David*, de *L'Amour naissant*, de *La Bannière*, de *L'Ardeur impatiente*, sont assez souvent rappelés.

Scène III. — Accompagnant l'entrée de Pogner et Beckmesser, nous entendons le thème de *L'Assemblée* :

L'ASSEMBLÉE

celui-ci représente les Maîtres, non plus dans leurs fonctions extérieures, leur apparat, mais dans leurs occupations intérieures et en quelque sorte administratives, leurs examens d'admission, auxquels ils conservent les

mêmes formes solennelles et rituelles, le même sentiment
de leur importance. Moins bouffi d'orgueil que celui des
Maîtres, moins fanfaron que celui de *La Bannière,* celui-
ci est empreint d'une onction et d'une dignité voisines de
la fatuité, et achève délicieusement le portrait musical
de la docte confrérie. Il règne pendant tout le temps où
entrent successivement les douze apôtres de l'art, puis,
aussitôt après l'appel de leurs noms, Pogner nous fait
connaître un motif plein de sérénité, *La Saint-Jean,*

qui, en lui-même, exprime la joie et l'allégresse de la fête
patronale, laquelle sera célébrée le lendemain, mais qui
pour l'instant est inséparable, dans l'esprit du brave orfèvre, de la satisfaction qu'il éprouve à l'idée que sa fille
Eva sera, avec sa fortune, le prix du concours, que cela
la rendra très heureuse et relèvera fameusement le prestige de la docte corporation.

Après son discours, le motif de *La Saint-Jean* se
combine avec *L'Assemblée* et avec *Les Maîtres; La Couronne* fait deux courtes apparitions. La discussion s'aigrit,
tout le monde parle à la fois. C'est alors que Pogner présente le chevalier *Walther* de Stolzing aux Maîtres assem-
blés, et voici le motif qui accompagne cette présentation;

motif dessinant en quelques notes sa tournure élégante et
svelte, sa distinction de race :

[Ce fier motif, qui ne s'applique jamais qu'à Walther, traversera
tout le reste de l'ouvrage.]

Il est très amusant de voir la façon dont il est dénaturé,
au cours de la même scène, une dizaine de pages plus
loin ; c'est alors Walther tel que le voit Beckmesser à travers les yeux hargneux de sa jalousie :

Walther chante presque aussitôt son ravissant Lied,
« le *Lied aux Maîtres de Walther* ». (Voir p. 265.)

Kothner donne, sur une psalmodie bizarre et archaïque,
lecture des règles immuables de la tablature ; Beckmesser
lance son rauque : « Commencez ! » et Walther, saisissant
le mot au vol, improvise son *Hymne au Printemps* (voir

p. 266), qui est fort mal accueilli, surtout par *Beckmesser,* ce qui était à prévoir,

dont ce motif saccadé, cassant, plein de dissonances que l'orchestre se plaît à rendurcir, dépeint bien le caractère rechigné, querelleur, sournois et chicanier.

Une sorte de lutte s'établit à l'orchestre entre le motif de Beckmesser et ceux de Walther, comme sur la scène entre les deux personnages, jusqu'au moment où Hans Sachs prend la parole. Poursuivi par le souvenir de *L'ardeur impatiente,* il s'exprime avec une onction douce et calme qui fait un heureux contraste avec les violences précédentes. Voici le thème qui a été nommé *La Bonté de Sachs :*

[Jusqu'ici, il ne peut éprouver pour Walther que de la sympathie; aussi lorsque, plus tard, nous retrouverons ce motif au 3e acte, scène II, il aura acquis toute son expansion; ce n'est plus alors seulement de la sympathie qu'il exprimera, mais le plus affectueux des dévouements.]

Dans le reste de la scène, la querelle s'envenime de plus en plus entre tous les motifs, et finalement le pauvre Sachs est battu par le haineux Beckmesser, aidé d'un méchant rappel de *Saint Crépin*.

Walther est évincé. Les Écoliers s'en amusent sur l'air de *La Couronne;* les Maîtres routiniers triomphent, mais quand le rideau tombe,... un basson vengeur tourne en ridicule le motif des *Maîtres!*

2me Acte.

Scène I. — Le Prélude du 2e acte rappelle le motif de *La Saint-Jean.* — Le rideau levé, il alterne avec *La Couronne,* celui-ci chanté et dansé par les Écoliers.

Scène II. — Pendant le dialogue entre Pogner et sa fille, se fait jour dans l'orchestre *Le motif patronal de Nuremberg,* qui représente bien le brave bourgeois allemand du XVIe siècle, le contentement qu'il éprouve de la fête populaire, de ce repos à la fois joyeux et pompeux, qui flatte sa vanité de bon citoyen aisé, motif calme, sans bruit, sans tapage, d'une gaieté placide et un peu lourde.

Les motifs de *Saint Crépin* et de *L'Amour naissant*, à peine indiqués, sont les seuls de cette scène.

SCÈNE III. — Après quelques nouvelles allusions à *Saint Crépin*, le motif de *L'ardeur impatiente* prend une grande importance pendant le Monologue de Sachs, de plus en plus ému.

SCÈNE IV. — Ici apparaît, avec *Eva*, son thème caractéristique, empreint de grâce et de charme. C'est bien le type de la jolie fille allemande, gracieuse sans coquetterie, simple, naïve et sensible, intelligente aussi.

C'est bien ainsi que doivent la voir Walther avec son enthousiasme de poète, Sachs avec sa tendresse quasi paternelle. Elle se fait câline auprès du bon Sachs pour tâcher de savoir ce qui s'est passé et ce qui pourra bien advenir.

Les motifs de *Saint Crépin*, de *Walther*, de *Beckmesser querelleur*, reviennent sans cesse sous le dialogue, commentant la conversation animée.

Scène v. — *Walther* paraît, escorté de son motif typique ; il rencontre Eva (motif de *L'Ardeur impatiente*) ; ils causent de la décision de Pogner (motif des *Maîtres*) ; le Veilleur de nuit fait entendre sa trompe burlesque, et aussitôt surgit un nouveau motif d'amour, impersonnel,

celui-là, dont l'harmonie, d'un charme exquis, semble étendre sur toute la nature son influence apaisante. Le Veilleur psalmodie sa mélopée moyenâgeuse, constatant le calme de la petite ville, donne dans le lointain un dernier coup de corne ; et alors commence, pour ne finir qu'avec l'acte, une série de scènes désopilantes dans lesquelles la musique prend la part la plus spirituelle, mais inénarrable.

Scène VI. — Beckmesser arrive pour croasser sa Sérénade sous la fenêtre de sa belle ; il accorde cocassement son luth, et Sachs lui coupe la parole avec sa *Chanson biblique* (p. 367). Il parvient pourtant à chanter, tant bien que mal, et avec force contorsions ; mais le malicieux Sachs scande violemment chacune de ses fautes d'un grand coup de marteau sur sa forme de cordonnier.

La Sérénade elle-même est parfaitement grotesque, aussi bien par sa musique et sa prosodie que par l'absurdité des paroles, un vrai chef-d'œuvre d'ineptie, de bouffonnerie germanique, un peu lourde, un peu grosse, mais bien amusante ; le luth qui l'accompagne est joué dans l'orchestre par un des musiciens-assistants ; c'est une sorte de harpe informe dont les cordes ressemblent à de gros fils de fer ; les sons qui en sortent sont horribles et aussi baroques que la voix du greffier.

Le motif de *La Sérénade* est, dans l'idée de Beckmesser, on le sent, construit selon les principes réguliers, bien carré, et embelli des ornements les plus ridicules. C'est le triomphe de la pédanterie.

SCÈNE VII. — Tout ce bruit ameute d'abord les voisins, puis le quartier et la population entière; tout le monde se querelle, se bat; du motif de *La Sérénade*, né lui-même de l'accord du luth, dérive celui de *La Bastonnade :*

tous deux sont traités par Wagner en forme de fugue des plus spirituelles, dans laquelle chacun a sa partie, Sachs,

Walther, les Maîtres, les Apprentis, les Voisins, les Voisines ; les violons grincent, les cuivres beuglent, le tumulte fait rage, et tout cet admirable charivari n'est fait qu'avec des fragments du Luth et de la malheureuse Sérénade ; c'est Beckmesser bafoué par ses propres motifs.

Un coup de trompe du placide Veilleur met tout le monde en fuite, et quand il arrive, chacun est rentré dans sa demeure.

Seul règne *Le Calme de la nuit d'été,* dont la fraîcheur repose de tout cet amusant vacarme.

3me Acte.

SCÈNE I. — Le Prélude est tissé au moyen de trois motifs nouveaux : *La Profonde Émotion de Sachs*

lui sert de début comme de conclusion ; le *Choral de Sachs* (p. 364) et sa *Chanson biblique* (p. 367) en constituent le milieu. Le premier, grave et triste, qu'on a aussi appelé le thème de la Sagesse Humaine, a déjà fait une très courte apparition, presque inaperçue, au 2e acte (scène III) ; il va devenir très important.

Dès le lever du rideau, il se combine avec le gai motif de *David,* formant une curieuse opposition ; puis viennent des souvenirs du Luth, de *La Sérénade,* de *La Bastonnade ;* peu après, David chante *Le Choral du Jourdain*

(p. 364); rappel de *La Profonde émotion* s'entremêlant avec *L'Amour naissant;* le *Motif Patronal de Nuremberg* reparaît, accompagné d'une nouvelle forme qui semble caractériser *Nuremberg endimanché*, la ville en fête;

Le Calme de la nuit d'été se représente à la pensée de Sachs, avec de nouvelles réminiscences de *La Sérénade* et de *La Bastonnade; La Saint-Jean* se confond avec *L'Amour naissant*. Tous ces motifs nous font pénétrer dans la pensée intime de Sachs, ils se rapportent tous à l'objet de ses préoccupations, et son émotion va croissant à mesure qu'il voit approcher le moment où il pourra terminer son œuvre en faisant deux heureux.

Scène ii. — Un arpège prolongé nous annonce l'arrivée de Walther, accueilli par *La Profonde émotion*, à laquelle se mélange de nouveau *L'Amour naissant*.

Walther raconte qu'il a fait un rêve merveilleux; aussitôt s'esquisse dans l'orchestre l'*Harmonie du songe*,

[qui ne sera exposée en entier qu'à la scène IV,

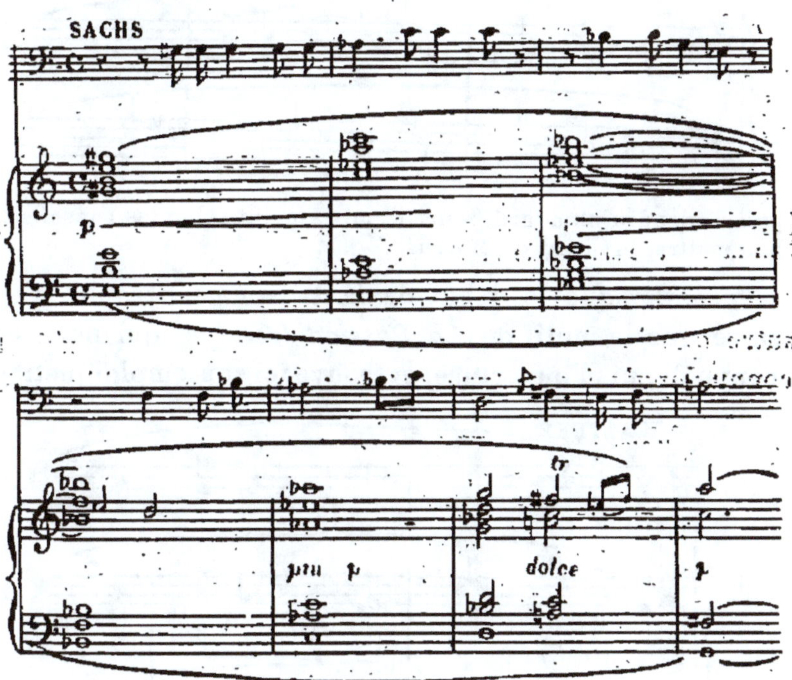

lorsqu'il s'agira de donner un nom à la mélodie issue de ce rêve, c'est-à-dire quelques mesures avant le Quintette du Baptême.]

C'est dans cette scène que le thème de *La Profonde émotion de Sachs* atteint son summum, pendant que Sachs donne à Walther la plus belle et la plus élevée des leçons de composition. Incidemment reparaissent à chaque instant, soulignant les démonstrations, *La Passion déclarée*, *Walther*, *Nuremberg endimanché*, escorté du *Motif Patronal*.

C'est aussi au cours de cette leçon que Sachs intercale la jolie mélodie *Souvenir de jeunesse* (p. 368), et que Walther ébauche son gracieux et poétique *Récit du songe*,

[qui deviendra plus tard, mûri et mis à point selon les conseils du bon maître, le Chant de Maîtrise.]

A noter que le début de la troisième Strophe n'est autre que le motif de *La Passion déclarée*, qui nous est connu depuis l'ouverture, et trouve ici son emploi justifié.

Scène III. — Divers fragments du *Luth*, de *La Séré-nade* et plus encore de *La Bastonnade* accompagnent l'entrée de Beckmesser, non sans se heurter à *La Profonde émotion*, à *Saint Crépin*, au *Récit du songe*, à *Nuremberg*, à *Beckmesser querelleur*, etc. Ici, aucun nouveau motif.

Scène IV. — Peu après l'arrivée d'Eva, il faut remarquer un joli dessin mélodique, d'une charmante souplesse, qui se prêtera à merveille à dépeindre son *Anxiété* dans toutes les phases par où elle passera successivement,

espoir, crainte, inquiétude... La plupart des autres motifs lui font cortège, notamment celui de *Walther*, qui répète intégralement son *Récit du songe*, suivi d'une nouvelle explosion de *La Profonde émotion de Sachs*, bien en situation.

Ici se place un fait musical sans analogue dans toute l'œuvre wagnérienne, et plein d'un spirituel à-propos :

Sachs ayant à dire qu'il connaît l'histoire de Tristan et Iseult, et qu'il n'entend pas donner un pendant au Roi Marke, c'est par des emprunts faits à la partition même de « Tristan et Iseult » que l'orchestre souligne ses paroles. Et combien ils sont heureusement choisis! L'amour de Tristan et Iseult est représenté par le motif du « Désir », et le Roi Marke par celui de la « Consternation ». (Voir p. 310 et 333.)

Ensuite, *Le Choral du Baptême* (acte 1er, scène 1) est plusieurs fois spirituellement rappelé, *L'Harmonie du songe* reçoit ici toute son extension, puis arrive le séduisant ensemble vocal qui a reçu le nom de *Quintette du Baptême*, et qui sort singulièrement des habitudes wagnériennes. Nous en reparlerons (p. 369).

Une sorte d'intermède orchestral, formé surtout des motifs de *Nuremberg*, de *La Saint-Jean*, des *Maîtres*, entrecoupés d'appels de cors et de trompettes, et pendant lequel le décor change, sert de trait d'union avec le tableau suivant, entièrement formé d'une seule scène.

Scène v. — Cette dernière scène de l'ouvrage ne contient aucun thème nouveau.

Les corporations défilent : les cordonniers sont accompagnés par *La Saint-Crépin*; les tailleurs et les boulangers sont précédés de leurs fanfares respectives; les Écoliers dansent une Valse rustique et pleine d'entrain; enfin l'entrée des *Maîtres* a lieu aux sons de leur propre motif typique, escorté, cela va de soi vu la solennité, de *La Bannière*, acclamée par tout le peuple, lequel entonne spontanément *Le Choral de Sachs* (p. 364), ce qui redouble *La Profonde émotion* de l'excellent homme.

Il fait un court mais chaleureux discours, accompagné par le dessin de *L'Assemblée*, par le motif des *Maîtres*, et celui de *La Saint-Jean*. Puis commence le concours.

Beckmesser ouvre le feu. Il ânonne les vers de Walther, défigurés et dépourvus de tout sens, sur une mélodie (?) du genre de sa Sérénade, en s'accompagnant sur son inénarrable guimbarde; il se trompe, il bafouille, il est hué par la foule, et encore plus par l'orchestre, il rage : *Beckmesser querelleur* reparaît.

Après ce retour de la grosse bouffonnerie du 2ᵉ acte, c'est à Walther à chanter ; il fait entendre une dernière fois le *Récit du songe,* parvenu à son complet épanouissement, et qui prend ici le nom de *Chant de Maîtrise.*

Le peuple l'applaudit, les Maîtres eux-mêmes lui sont gagnés, tous les motifs d'amour se croisent dans l'orchestre, et Eva lui décerne la couronne, qu'elle dépose sur son front en reproduisant elle-même le contour mélodique initial de la 3ᵉ Strophe du *Chant de Maîtrise.*

Inutile de dire que tous les motifs ont trouvé l'occasion de s'en donner à cœur joie pendant cette scène d'ensemble.

Sachs s'avance pour haranguer le vainqueur, lui prend la main, et alors nous entendons, comme dans la péroraison de l'ouverture, *La Passion déclarée* (3ᵉ Strophe du Chant de Maîtrise) associée au thème des *Maîtres Chanteurs,* auquel ne tarde pas à se joindre, bien entendu, la pompeuse *Bannière.*

C'est sur ces derniers motifs, c'est-à-dire ceux de l'Ouverture, que l'ouvrage se termine en une orgie de trompettes étincelantes.

CHORALS

La partition des **Maîtres Chanteurs de Nuremberg,** dont l'époque nous reporte aux premiers temps de la réforme luthérienne, contient trois Chorals dont il importe fort d'avoir connaissance.

Le premier est entendu dans la vieille église de Sainte-Catherine, dès le lever du rideau, et harmonisé dans la manière austère et classique de J.-S. Bach.

CHORAL DU BAPTÊME

Le deuxième est entonné par David presque au début du 3e acte (scène 1), sous la forme mélodique.

CHORAL DU JOURDAIN

Le troisième, soi-disant attribué à Hans Sachs, figure dans le Prélude du 3e acte juste assez pour qu'on le reconnaisse lorsqu'à la scène finale le peuple lui en fait une flatteuse ovation.

CHORAL DE SACHS

MOTIFS INDÉPENDANTS

Il convient de signaler encore, bien qu'elles ne constituent pas des Leit-motifs, de grandes et belles formes mélodiques absolument indépendantes, ayant leur autonomie et formant à elles seules un tout complet. Il faut y voir des sortes de *Lieder* qui apportent comme un repos au milieu de la trame contrepointée de la mélodie infinie, à laquelle ils se rattachent pourtant maintes fois, soit par des détails amusants de leur structure harmonique, soit par les contours mélodiques introduits à dessein dans les formules d'accompagnement. Ce sont principalement :

Le motif des *Maîtres de Walther*, qui se déroule en deux strophes, plus l'*envoi* (1er acte, scène III) ;

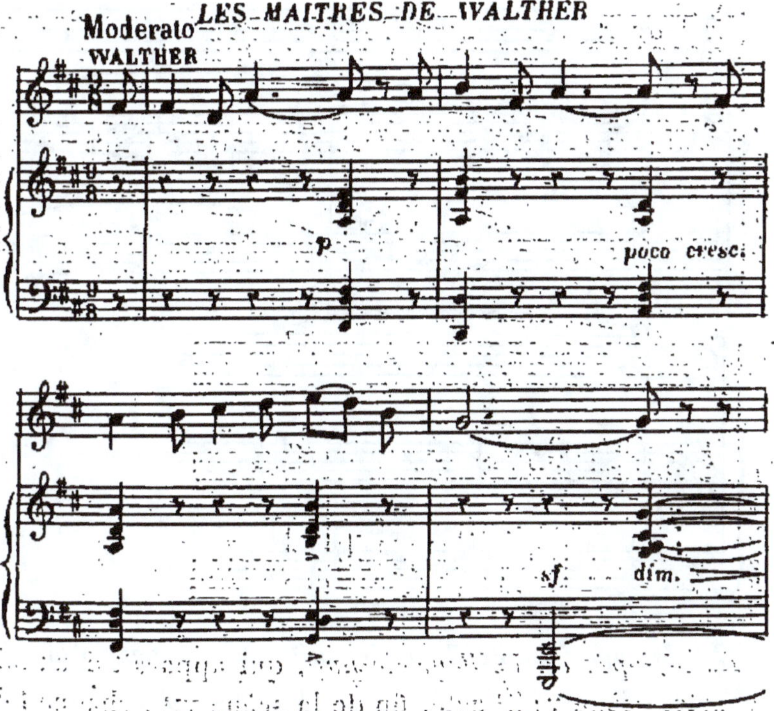

L'Hymne au Printemps, deux strophes aussi, mais dis-semblables celles-ci, d'une ravissante poésie et d'une exquise fraîcheur, dont l'accompagnement est presque entièrement construit avec des fragments de *L'Ardeur impatiente* (1er acte, scène III);

La Mélopée du Veilleur de nuit, qui apparaît deux fois (2e acte, scène v; 2e acte, fin de la scène VII), chaque fois précédée et suivie d'un comique appel de trompe, qui sonne toujours abominablement faux ;

La *Chanson biblique,* d'un tour à la fois archaïque et plein de la plus spirituelle bonhomie,

qui est formée de trois couplets réguliers (2ᵉ acte,
scène VI). Elle est rappelée dans le prélude du 3ᵉ acte;

Le *Souvenir de jeunesse* (3ᵉ acte, scène II),

et le délicieux ensemble du *Quintette du Baptême,* qui

termine la scène iv du 3me acte de la façon la plus gracieuse et la plus poétique.

La présence d'un Quintette, d'un morceau d'ensemble régulièrement développé, est faite pour surprendre dans une œuvre de la pleine maturité de Wagner.

On peut pourtant l'expliquer en considérant que les cinq personnages en scène sont à ce moment en parfaite communion d'idées, ce qui lui enlève tout caractère d'illogisme.

Toutefois, il est vraisemblable que ce morceau aura été écrit longtemps avant le reste de la partition, dont il serait une des premières ébauches (voir p. 285), remontant à l'époque de « Tannhauser ».

L'ANNEAU DU NIBELUNG

L'OR DU RHIN

PRÉLUDE. — Le prélude de l'**Or du Rhin** consiste *uniquement* en cette colossale tenue d'un seul accord, l'accord de *mi* ♭, dont nous avons déjà parlé (p. 282). Cette tenue elle-même est déjà un Leit-motif des plus expressifs et descriptifs, du caractère le plus philosophique. Elle symbolise l'élément primitif, l'eau, à l'état de repos ; l'eau, dont, suivant la donnée mythologique, sortira la vie tout entière, avec ses luttes, ses passions. Pendant cette longue tenue, nous allons entendre se constituer la vie ; voilà de ces choses qui échappent au domaine de la parole, et que seule la musique, parlant sans intermédiaire à l'intelligence, peut tenter de nous faire concevoir.

Une seule note mystérieuse, fort grave, se fait d'abord très longuement entendre : c'est la nature qui sommeille ; à ce son fondamental, unique, primitif, vient s'adjoindre sa quinte ; longtemps après encore, l'octave ; puis peu à peu, tous les autres harmoniques dans l'ordre même où les produit la nature ; puis des notes de passage, de plus en plus fréquentes ; des rythmes apparaissent, d'abord rudimentaires, et se compliquent, se mélangent ; c'est déjà un commencement d'organisation ; les instruments s'ajoutent les uns aux autres, à de longs intervalles ; une sorte d'ondulation, régulière et cadencée, s'établit et donne le sentiment de l'eau en mouvement ; la sonorité s'enfle graduellement, envahit l'orchestre comme un torrent ; l'agitation des vagues s'accentue, un frémissement s'annonce et grandit, faisant pressentir la vie, et lorsque

DÉSIGNATION des principaux Leit-motifs de la Tétralogie de **L'ANNEAU DU NIBELUNG** dans l'ordre de leur première apparition intégrale.

Chart of the principal leitmotifs (rows) against the préludes and scenes of each of the four operas (columns); a filled dot (●) marks each appearance. The very wide table is split by opera below, the motif column repeated in each part.

L'OR DU RHIN

Désignation	Prélude	Sc. 1	Sc. 2	Sc. 3	Sc. 4
Le Rhin	●				
Les Filles du Rhin		●	●		
La Servitude		●	●	●	●
L'Or		●	●	●	●
Adoration de l'Or		●	●	●	●
La Puissance de l'anneau		●	●	●	●
Renoncement à l'amour		●	●	●	
L'Anneau		●	●	●	●
Le Walhalla			●	●	●
Salut au Walhalla			●	●	●
Le Traité			●	●	●
La Fascination de l'amour			●		
Freïa			●	●	●
La Fuite			●	●	●
Les Géants			●	●	
Convention avec les Géants			●	●	
Les Pommes d'or			●		
Loge			●	●	●
Charme des flammes			●	●	●
Le Regret de l'amour			●	●	●
La Forge			●	●	●
Le Pouvoir du Casque			●	●	●
La Réflexion			●	●	
La Puissance d'Alberich				●	●
L'amoncellement du trésor				●	●
Cri de triomphe du Nibelung				●	
Le Dragon				●	
Travail de destruction des Nibelungs					●
Malédiction de l'anneau					●
Les Nornes					●
Le Déclin des dieux					●
Incantation du tonnerre	●				
L'Arc-en-ciel					●
L'Épée					
La Tempête					
Lassitude de Siegmund					
La Compassion					
L'Amour					
La Race des Wælsungs					
Hunding					
L'Héroïsme des Vælsungs					
Hymne au Printemps					
La Volupté					
La Chevauchée					
Cri d'appel des Walkyries					
Le Courroux de Wotan					
Détresse des dieux					
La Poursuite					
Le Sort					
La Mort					
Siegfried gardien de l'Épée					
La Rédemption par l'amour					
Le Sommeil éternel					
Le Sommeil de Brünnhilde					
L'Annonce d'une nouvelle vie					
Chant d'adieu de Wotan					
L'Amour de la vie					
L'Amour filial					
Le Désir de voyager					
Wotan errant					
La Puissance divine					
Mime rampant					
La Fonte de l'acier					
Fafner					
La Vengeance					
L'Oiseau					
L'Héritage du monde					
Salut au monde					
Salut à l'amour					
Enthousiasme de l'amour					
La Paix					
Siegfried, trésor du monde					
La Décision d'aimer					
Brünnhilde					
L'Amour héroïque					
Amitié perfide de Hagen					
La Trahison par la magie					
Bienvenue de Gutrune					
Justice de l'expiation					
Le Meurtre					
Appel au mariage					

LA WALKYRIE

Désignation	Prél.	1er Acte 1	2	3	Prél.	2me Acte 1	2	3	4	5	Prél.	3me Acte 1	2	3
La Servitude						●	●			●				
Le Walhalla		●	●			●	●							
Salut au Walhalla							●		●					
Le Traité									●					
Freïa		●												
La Fuite		●	●	●		●	●	●	●			●		
Les Géants							●	●						
Loge														●
Le Regret de l'amour							●		●					
L'Épée		●	●			●	●			●				
La Tempête	●	●	●							●				
Lassitude de Siegmund		●	●											
La Compassion		●				●	●							
L'Amour		●				●	●	●						
La Race des Wælsungs		●				●	●							
Hunding		●	●			●	●							
L'Héroïsme des Vælsungs			●	●			●	●						
Hymne au Printemps				●			●							
La Volupté				●				●						
La Chevauchée						●	●	●	●	●		●	●	●
Cri d'appel des Walkyries						●	●			●		●	●	
Le Courroux de Wotan						●	●			●			●	
Détresse des dieux							●						●	
La Poursuite						●	●		●					
Le Sort							●						●	
La Mort							●						●	
Siegfried gardien de l'Épée													●	
La Rédemption par l'amour													●	
Le Sommeil éternel													●	
Le Sommeil de Brünnhilde													●	
L'Annonce d'une nouvelle vie													●	
Chant d'adieu de Wotan													●	

SIEGFRIED

Désignation	Prél.	1er Acte 1	2	3	Prél.	2me Acte 1	2	3	Prél.	3me Acte 1	2	3
Le Rhin	●											
La Servitude		●	●	●				●				
L'Or				●			●					
La Puissance de l'anneau			●									
L'Anneau		●				●	●	●		●		
Le Walhalla		●	●	●			●					
Le Traité							●	●		●		
La Fuite						●						
Convention avec les Géants		●										
Loge		●	●				●			●		
Charme des flammes		●	●				●					
Le Regret de l'amour		●	●			●	●					
La Forge		●	●	●								
Le Pouvoir du Casque		●	●	●								
La Réflexion		●	●									
La Puissance d'Alberich		●	●			●		●				
L'amoncellement du trésor		●				●						
Cri de triomphe du Nibelung												
Le Dragon		●	●	●		●						
Travail de destruction des Nibelungs						●	●					
Malédiction de l'anneau		●	●	●		●	●	●				
Les Nornes									●	●	●	
Le Déclin des dieux												
L'Épée		●	●	●		●				●		
La Compassion												
La Chevauchée										●	●	●
Cri d'appel des Walkyries										●		
Le Courroux de Wotan										●		
Le Sort		●	●	●						●		
La Mort		●	●	●								
Siegfried gardien de l'Épée		●	●	●						●	●	
La Rédemption par l'amour		●	●	●								
Le Sommeil éternel		●	●	●						●		
Le Sommeil de Brünnhilde		●	●	●			●					
L'Annonce d'une nouvelle vie		●	●							●		
Chant d'adieu de Wotan		●					●			●		
L'Amour de la vie		●	●	●								
L'Amour filial		●	●	●		●	●					
Le Désir de voyager		●	●			●	●		●	●		
Wotan errant		●	●			●		●	●			
La Puissance divine		●	●			●			●			
Mime rampant		●	●			●						
La Fonte de l'acier				●								
Fafner						●	●	●				
La Vengeance								●				
L'Oiseau						●	●	●		●		
L'Héritage du monde								●				
Salut au monde								●				
Salut à l'amour								●				
Enthousiasme de l'amour								●				
La Paix								●				
Siegfried, trésor du monde										●		
La Décision d'aimer										●		
Brünnhilde										●	●	●
L'Amour héroïque										●	●	●

LE CRÉPUSCULE DES DIEUX

Désignation	Prologue	1er Acte 1	2	3	Prél.	2me Acte 1	2	3	4	5	Prél.	3me Acte 1	2	3
Le Rhin	●										●			●
Les Filles du Rhin														●
La Servitude		●	●	●		●	●	●				●	●	●
L'Or		●	●			●						●	●	
Adoration de l'Or		●	●										●	●
La Puissance de l'anneau		●	●					●				●		
L'Anneau		●	●	●		●		●	●			●		●
Le Walhalla		●				●								●
Salut au Walhalla														●
Le Traité		●												
La Fuite			●											
Loge		●										●		●
Charme des flammes		●										●		●
Le Regret de l'amour		●	●									●		●
La Forge														●
Le Pouvoir du Casque			●											●
La Réflexion														●
La Puissance d'Alberich		●												●
Le Dragon		●						●						●
Travail de destruction des Nibelungs		●	●			●		●						●
Malédiction de l'anneau		●	●			●		●						●
Les Nornes		●												
Le Déclin des dieux												●		
L'Épée		●	●	●				●						
La Chevauchée		●		●										
Détresse des dieux		●												
La Poursuite		●												
Le Sort		●		●				●				●		
La Mort		●		●				●				●		
Siegfried gardien de l'Épée												●		
La Rédemption par l'amour				●								●		
Le Sommeil de Brünnhilde		●												
L'Annonce d'une nouvelle vie				●								●		
L'Amour filial		●												
Fafner		●				●		●						●
La Vengeance						●	●		●					
L'Oiseau		●				●								●
L'Héritage du monde		●				●								●
Salut au monde		●					●							●
Salut à l'amour		●					●							●
Enthousiasme de l'amour		●						●						●
La Paix								●						●
Siegfried, trésor du monde		●					●							
La Décision d'aimer		●												
Brünnhilde		●		●			●	●				●		●
L'Amour héroïque		●		●		●						●		●
Amitié perfide de Hagen		●					●					●	●	
La Trahison par la magie							●					●	●	
Bienvenue de Gutrune						●								●
Justice de l'expiation						●								●
Le Meurtre							●	●						●
Appel au mariage							●	●				●	●	●

le rideau se lève... nous ne sommes nullement surpris de nous trouver au fond d'un large fleuve coulant à pleins bords; notre esprit l'avait déjà conçu tel que le montre le décor.

[Ce prodigieux motif, qu'on appelle souvent motif de l'Élément Originel, restera destiné, dans toute la « Tétralogie », à personnifier *Le Rhin*, et néanmoins ses rappels ne seront pas des plus fréquents. En dehors du Prologue, qu'il encadre, nous le retrouverons seulement, d'une façon incidente, esquissé en passant dans la 1re scène de « Siegfried », simplement parce que celui-ci, dans son langage imagé, parle de poissons qui nagent; il reprend la plus grande importance dans le « Crépuscule », toutes les fois qu'il est question de rendre son bien au Rhin, considéré ici comme représentation de l'élément primordial, l'eau.

Mais son importance capitale domine l'œuvre entière, et se manifeste en ceci que la plupart des motifs les plus essentiels sont formés de ses éléments constitutifs, c'est-à-dire des *sons harmoniques naturels* (l'accord parfait majeur), groupés de différentes façons et plus ou moins ornés de notes de passage que tout musicien saura discerner. Parmi ceux qui en dérivent ainsi le plus indubitablement et qu'on rencontrera par la suite, je citerai principalement : *Les Filles du Rhin, L'Or du Rhin, Les Pommes d'or, Les Nornes, Le Déclin des Dieux, L'Incantation du Tonnerre, L'Arc-en-ciel, L'Épée, La Chevauchée des Walkyries, Le Sommeil de Brünnhilde,...* dont la signification, soit matérielle, soit psychologique, soit métaphysique, permet toujours d'établir un lien quelconque entre eux et l'idée de l'élément originel.]

Voici donc ce très important motif sous quelques-unes des formes principales qu'il revêt successivement dès le début du Prélude,

lequel Prélude il remplit dans son entier, toujours croissant, grandissant et envahissant, sans jamais quitter le
seul et unique accord de *mi* ♭ majeur.

C'est une merveille d'audace et de génie.

SCÈNE I. — Aussitôt qu'apparaît un nouvel accord, la
vie elle-même se manifeste par la présence et le chant
plein de séduisante innocence des charmantes *Filles du
Rhin*, nageant gracieusement autour de leur Or.

Ce motif souple et charmeur, mélangé avec celui du
Rhin, domine tout l'ensemble de la scène I, dans laquelle
pourtant se dessinent certains rythmes saccadés et heur-
tés, apparaissant l'un à l'entrée d'Alberich (*sol* mineur),
l'autre au 2/4, tous deux caractérisant, sans nul doute, la
disgracieuse démarche et les allures répulsives de l'antipathique gnome.

[On reconnaîtra le deuxième au début de la scène III.]

Lorsque Alberich a successivement essuyé les refus moqueurs des trois Ondines, il exhale sa rage en une sorte
de cri douloureux, deux fois répété, formé de deux notes
seulement, en seconde mineure descendante, qui exprime
énergiquement le désespoir que lui cause son impuis-
sance.

[Cette brève formule restera attachée, pendant tout le cours de la « Tétralogie », aux idées de *Servitude*, de servage, d'asservissement, et ses emplois seront très fréquents, pour ne pas dire perpétuels.

Si elle est difficile à reconnaître en raison de sa brièveté, en revanche le caractère pénible de son expression la signale toujours à l'attention.]

Au moment où l'*Or* s'illumine, il est salué par une brillante fanfare, plusieurs fois répétée, qui restera son motif caractéristique,

visiblement dérivé du *Rhin*, ainsi que le veut la logique, puisque c'est de l'Or du Rhin qu'il s'agit.

Dans l'ensemble chatoyant des trois voix qui suit immédiatement cette apparition de l'Or, il est glorifié par une sorte de cri de joie des nymphes, lequel affecte deux formes différentes, pouvant se présenter séparément ou réunies sans pour cela rien perdre de leur signification, mais ne restant pas plus attaché à leur personne qu'il n'entraînera nécessairement par la suite l'idée de la joie. C'est *L'Adoration de l'Or,* et rien autre.

Cette première forme est généralement répétée deux
fois. (Il est d'ailleurs à remarquer que lorsque Wagner
veut incruster un Leit-motif dans l'oreille de l'auditeur,
il ne craint jamais d'insister dessus, et c'est là une des
choses qui font qu'on n'a nul besoin de les chercher; il
suffit de savoir écouter.)

Dans la deuxième forme, il faut distinguer l'accent vocal, son inflexion caractéristique, et le dessin instrumental, scintillant comme du métal poli; l'un et l'autre seront
employés isolément, sans que leur signification soit modifiée : c'est toujours *L'Adoration de l'Or*

C'est alors que l'une des nymphes commet l'imprudence insigne de révéler au gnome la toute-puissance qui
serait attachée à cet or forgé en anneau, et cela, au moyen
de ce nouveau motif, qui, on le remarquera, offre beaucoup de rapports avec celui de l'Anneau, lequel n'apparaît
qu'un peu plus loin.

Ici se noue, à vrai dire, l'action du drame entier; sans
le bavardage inconsidéré des Nixes, Alberich n'aurait
pas songé à dérober l'Or, qui va causer tant de malheurs.

Mais, pour posséder cet or, lui apprend à son tour
une autre fille du Rhin, il faudrait renoncer à l'amour.

Alberich n'hésite pas longtemps ; se voyant dans l'impossibilité d'atteindre et d'enlacer les agiles nymphes, il tourne son ambition vers la richesse et la puissance ; l'orchestre, écho de sa pensée, murmure sourdement le thème de *La Puissance de l'Anneau,* suivi de la formule de *Renoncement,* et dès lors, s'élançant âprement sur le roc, le gravissant, l'escaladant plutôt, il peut s'emparer de l'or convoité.

A l'extrême fin de la scène I apparaît pour la première fois le thème spécialement attaché à *L'Anneau.*

[Celui-là, bien entendu, traversera l'ouvrage tout entier.]

SCÈNE II. — Par un procédé fréquent chez Wagner, mais qui trouve ici une de ses plus belles applications, le motif précédent, au moyen d'une suite de transformations insensibles, vient se fondre en celui du *Walhalla,*

d'un caractère absolument différent, et dépeignant majestueusement la somptuosité du Palais des dieux. Ce
motif déroule placidement sa splendeur dans la douce et
calme tonalité de *ré* ♭ majeur.

[Il sera l'objet de multiples transformations. Au 3ᵉ acte, scène ₁
de « Siegfried », nous le voyons triomphant, à 4 temps, et associé
au thème de *L'Épée*;

au 2ᵉ acte du « Crépuscule », à la fin de la scène ₁, où Alberich excite
Hagen à reconquérir le pouvoir, il apparaît comme démantelé, en
ruine, méconnaissable.

Il a déjà été entrevu en cet état lorsque, à la scène II du 2e acte de la « Walkyrie », Wotan prévoit la fin prochaine des dieux.

Enfin il est souvent représenté par ses seules dernières notes, formant une resplendissante conclusion, dans laquelle on peut voir une sorte de grandiose *Salut au Walhalla*, qui se trouve dans « L'Or du Rhin », scène II, trois mesures avant la suppression des bémols.]

Encore trois mesures plus loin apparaît le thème dit du *Traité,* représentant d'une façon générale l'idée d'un traité quelconque, d'un pacte, d'un marché conclu, ce qu'expriment énergiquement d'abord ses deux notes initiales (qui sont celles de *La Servitude*), puis sa descente par degrés pesants, lourds, implacables comme la destinée, entraînant l'idée d'un devoir à remplir.

42 mesures ensuite se présente le joli thème de *La Fascination de l'amour,* qui forme d'abord la deuxième moitié d'une belle phrase de Fricka (en *fa*), et que Wotan reprend ainsi peu après (en *mi* ♭) :

Au moment même où Freïa entre en scène en courant, on entend pour la première fois ce motif en quelque sorte double, dont les deux parties ont deux significations distinctes : la première appartient à *Freïa,* déesse de l'Amour, et lui restera personnelle ; la deuxième représente *La Fuite,* et exprimera par la suite l'acte de fuir, quel que soit le personnage fuyant. Tel qu'il se présente ici, c'est Freïa en fuite, poursuivie.

Peu après, nous voyons apparaître *Les Géants,* avec leur motif lourd, pesant, massif, qui a l'air de remuer des pierres ;

ce thème sera l'objet d'une curieuse transformation dans « Siegfried », lorsqu'il devra représenter l'un des Géants lui-même métamorphosé en Dragon (page 428).

Lorsqu'il s'agit de désigner, non plus un pacte ou un traité quelconque, mais bien et seulement *celui conclu avec les Géants pour la construction du Walhalla,* Wagner a recours à cette nouvelle forme, qui n'est pas sans quelque parenté avec le motif du Traité,

et qu'il traite généralement *en canon.*

C'est dans cette scène, 37 mesures après l'armature du ton de *la* ♭, que ce motif est entendu pour la première fois.

Environ deux pages plus loin, un gracieux contraste est fourni par l'élégant contour des *Pommes d'or* (ces pommes qui donnent aux dieux la jeunesse éternelle, que seule Freia sait cultiver), que Fafner nous présente sur les notes les plus caverneuses de sa voix de basse-taille, ce qui produit par opposition un effet assez curieux.

Le motif-type correspondant à la personnalité du malicieux dieu *Loge* est aussi changeant et aussi variable que lui-même. L'exemple que j'en donne ici, et qui accompa-

gne ses premières entrées, réunit, groupées, plusieurs
des formules essentiellement chromatiques, tortueuses ou
sifflantes par lesquelles il est toujours représenté ; ces
mêmes dessins sont fréquemment intervertis, devenant
alors descendants, ou tronqués, modifiés, mais ils restent
toujours aisément reconnaissables, aucun autre Leit-motif
n'ayant cette allure sautillante et malicieuse.

Assez proche parent de ce dernier est le scintillant motif des *Flammes*, qui apparaît ici lui faisant suite,

CHARME DES FLAMMES

[et protégera le sommeil de Brünnhilde au 3me acte de « La Walkyrie ».]

Le dernier nouveau motif que nous présente cette scène est celui-ci, qu'on trouvera aisément au moment où apparaît l'armature du ton de *ré* et la mesure à $\frac{3}{4}$, et qui a nom : *Le Regret de l'Amour*.

LE REGRET DE L'AMOUR

Ici se place, pendant le changement de décor, une sorte d'intermède purement-musical, figurant la descente de Wotan et de Loge dans le sombre Nibelheim, dans la forge souterraine d'Alberich. Cet intermède est principalement construit au moyen du motif de *Loge*, avec quelques rappels de *La Lamentation*, de *La Servitude*, de *L'Or* et de *La Fuite*, dont l'à-propos ne fait pas de doute; peu à peu s'établit à l'orchestre le rythme du motif de *La Forge*,

LA FORGE

dont s'emparent avec une vigueur croissante des enclumes accordées placées derrière la scène.

Encore un double rappel de *La Servitude* et de *L'Anneau*, et commence la

Scène III, où, presque au début, Alberich désirant mettre à l'épreuve la puissance du *Heaume magique*, le *Tarnhelm*, qu'il s'est fait forger par Mime, l'orchestre nous fait connaître la mystérieuse harmonie par laquelle il sera désigné musicalement. Ces accords, confiés parfois à des cors placés dans la coulisse, produisent l'effet le plus étrange. Le mot allemand *Tarnhelm* a été traduit de différentes façons : le Casque enchanté, le Charme du Casque, ou encore

Après une bruyante reprise du rythme de *La Forge* se présente une singulière suite de tierces disjointes, qui paraît représenter *La Réflexion*, une méditation profonde,

et peut s'appliquer à divers personnages.

Beaucoup plus loin dans la même scène, lorsque Alberich, au comble de l'orgueil, embrasse son anneau et le brandit d'une façon menaçante, se fait entendre pour la première fois le motif caractéristique de sa puissance, comme de la vanité qu'il en tire. Il est fort intéressant d'étudier de près ce motif en quelque sorte complexe, qui, dans l'exemple ci-dessous, est confié à l'orchestre,

et dans lequel on peut retrouver, quelque peu dénaturées par l'emploi du mode mineur et du genre chromatique, les deux formes de *L'Adoration de l'or* (p. 375) suivies des notes initiales de *L'Amoncellement du trésor*, ci-après.

(La 1re forme de *L'Adoration de l'or* se confond ici avec celle de *La Servitude*.)

Un peu plus loin encore, apparaît le motif de l'*Amoncellement du trésor* qui fait la gloire momentanée du nain.

L'AMONCELLEMENT DU TRÉSOR

[On le retrouvera, curieusement associé à *La Servitude* et à *La Forge*, lorsque le nain capturé devra livrer son trésor à Wotan.]

Un motif curieusement constitué est celui qui a reçu le nom de *Cri de triomphe du Nibelung*. Il se compose d'une mesure empruntée au *Walhalla*, et d'une mesure affectant la forme habituelle à *Loge*, démontrant ainsi qu'Alberich se croit déjà, par le feu, le maître du monde, ce dont il exulte.

Beaucoup plus simple, mais bien descriptif, est le mugissant motif du *Dragon*, qui trouve naturellement sa place lorsque, sur la demande de ses visiteurs, l'orgueilleux nain, à l'aide de son heaume, revêt cette forme.

Le nain capturé, les dieux remontent à la surface de la terre avec leur prisonnier, ce qui donne lieu à un nouveau changement de décor et à un nouvel intermède symphonique. Celui-ci débute par un rappel, à coup sûr ironique, du *Triomphe du Nibelung,* dans lequel l'élément du feu, *Loge,* prend un développement inaccoutumé; *L'Anneau* paraît joyeux, puis se termine par *La Lamentation;* alors reparaissent les bruits de *Forge,* mais en diminuant; on éprouve cette sensation qu'on parcourt le même chemin, mais en sens inverse. Après un retour de *La Fuite,* le motif des *Géants* se fait sourdement entendre, comme pour rappeler qu'ils ne sont pas loin; il se combine avec *Le Walhalla,* puis avec *La Servitude,* et s'enchaîne avec la scène suivante au moyen d'une pédale de dominante sur laquelle on retrouve *L'Adoration de l'or* et plusieurs des motifs précédents.

Scène iv. — Dès le début de la scène, à la 9e mesure, une amusante petite figure sautillante représente le dieu Loge dansant de joie autour du nain ficelé, en faisant claquer ses doigts. Sans avoir caractère de Leit-motif, elle se reproduit deux pages plus loin.

Remarquer aussi la façon imitative dont l'orchestre rend le bruit du frottement des cordes lorsque Loge délivre graduellement le Nibelung de ses liens.

Aussitôt qu'il est libre, gronde sourdement dans les profondeurs de l'abîme mystique ce rythme menaçant,

décelant le travail continu par lequel dorénavant les gnomes rancuniers vont sans cesse miner l'édifice divin, le saper dans sa base jusqu'à sa ruine complète.

[Ce rythme bien reconnaissable ne paraîtra pas dans la « Walkyrie », mais on le retrouvera très souvent dans « Siegfried » et le
« Crépuscule ».]

Aussitôt Alberich, dans une phrase à l'allure démoniaque, lance son anathème à l'*Anneau qu'il maudit*, et qui
devra dorénavant porter malheur à tous ses possesseurs.

Ce haineux motif est presque constamment accompagné du rythme de *Destruction*, et vers la fin du récit par *La
Puissance d'Alberich*, aussitôt atténuée par *La Servitude*.

L'action se déroule sans qu'il soit besoin d'y introduire
de nouveaux motifs jusqu'au moment de l'apparition
d'Erda, qu'annonce sinistrement le thème des *Nornes*, ses
filles, les Parques de la mythologie scandinave. Ce motif

reproduit, mais en mineur et à 4 temps, la forme principale de celui du *Rhin,* de l'élément originel.

De même en dérive, par mouvement contraire, *Le Déclin des dieux* [1],

qui ne tarde pas à apparaître, ainsi que *L'Anneau,* aux
derniers mots de la prophétie d'Erda, laquelle a reçu
pour accompagnement les motifs des *Nornes* et du *Travail de destruction.*

Les nombreux Leit-motifs déjà établis suffisent à Wagner jusqu'à la formidable *Incantation du Tonnerre,* que
répercute avec fracas l'écho des cuivres tonitruants.

1. Le terme classique adopté est : *Le Crépuscule des dieux;* j'emploie ici le mot *déclin* uniquement pour éviter, dans la suite de cette
analyse, la confusion entre le Leit-motif et la 4me journée de la Tétralogie.

INCANTATION DU TONNERRE

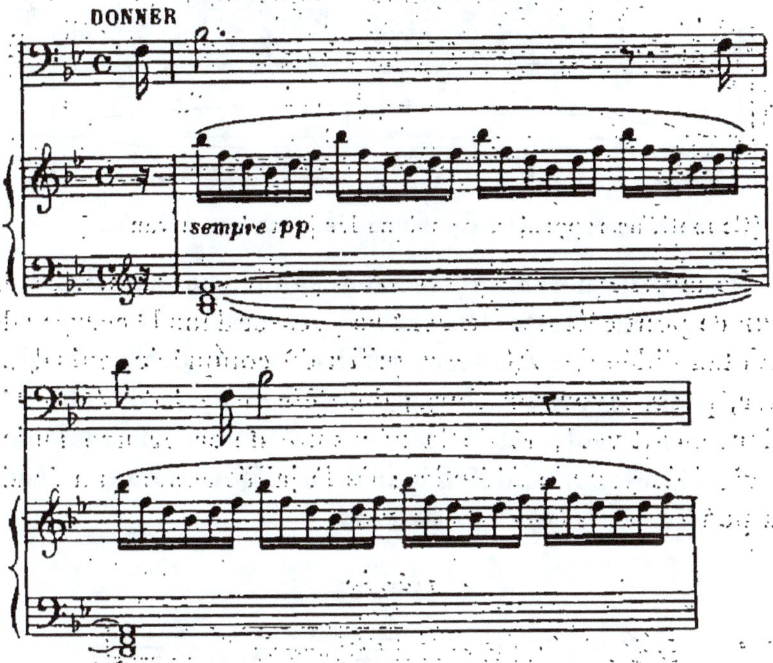

[Ce thème ne se représentera qu'une seule fois, dans le Prélude de « La Walkyrie ».]

Après le passage d'un court orage, apparaît rapidement, radieux, le thème serein de *L'Arc-en-ciel* traçant une belle courbe sous un trille mesuré et étincelant des violons, des flûtes et de tous les instruments aigus.

[Ce motif ne reparaîtra pas dans les journées suivantes.]

Le motif du *Walhalla* accompagne le passage des dieux sur ce pont céleste. On sent se presser dans le cerveau de Wotan l'idée de *L'Anneau* qu'il a dû conquérir, puis donner, pour payer son Burg; du *Rhin* auquel il a été antérieurement volé, et de la nécessité de créer une milice invincible pour le défendre; de là jaillit comme un éclair la pensée de *L'Épée des dieux.*

L'ÉPÉE

le dernier Leit-motif nouveau que présente le Prologue.

Les Filles du Rhin se font entendre, pleurant leur or dérobé, et l'entrée au Walhalla a lieu sur une pompeuse reprise du thème de *L'Arc-en-ciel.*

LA WALKYRIE

1ᵉʳ Acte.

SCÈNE I. — Le Prélude représente un orage violemment déchaîné; au milieu des rafales mugissantes, des éclairs et du tonnerre, des averses, on distingue à plusieurs reprises le thème de *L'Incantation du Tonnerre* combiné avec le thème propre de *La Tempête;* c'est un des plus beaux orages qui existent, soit au théâtre, soit dans la symphonie.

Au lever du rideau, la tempête se calme.

Alors, les six notes descendantes (*si, la, sol, fa, mi, ré*) du motif de *La Tempête,* par une légère modification rythmique, deviennent caractéristiques de *La Lassitude de Siegmund* (lassitude causée en partie par la tempête), venant s'affaler harassé et poursuivi par l'orage.

[Ce fait n'est pas sans analogie avec celui que nous avons remarqué dans la transition du 1er au 2e tableau de « l'Or du Rhin », où le thème du *Walhalla* semble sortir de celui de *L'Anneau* par lequel il a été payé. D'autres exemples du même genre, que nous ne pourrons tous signaler, sont assez fréquents dans l'ouvrage, et toujours ces fusions de motifs trouvent leur logique dans une association d'idées.]

A ce premier motif vient presque aussitôt (un peu après l'arrivée de Sieglinde) s'en adjoindre un deuxième qui lui sera très souvent associé ; celui-ci personnifie la tendre sympathie de Sieglinde pour Siegmund, et a reçu pour nom : *La Compassion.*

A la suite d'un beau contour de violoncelles sans accompagnement, tiré de *La Lassitude,* reparaît le motif de *La Fuite,* que nous avons déjà vu, dans « L'Or du Rhin », mais tout autrement rythmé, et combiné avec celui de *Freïa.* Cette fois, il se relie à un nouveau thème, *L'Amour,* ce qui peut s'expliquer ainsi : c'est *La Fuite* qui a amené Siegmund sous le toit de Sieglinde, et qui est donc par conséquent la cause occasionnelle de *L'Amour.*

[Quelques pages plus loin, le thème de *L'Amour* précédera celui de *La Fuite*; cela signifiera alors que l'*Amour* est à son tour la raison d'être de *La Fuite* des deux jumeaux.]

Au moment où Siegmund, un peu réconforté et déjà prêt à partir, se décide, sur les instances de Sieglinde, à rester sous son toit, se fait entendre pour la première fois l'un des thèmes empreints de noble tristesse qui représenteront dorénavant la race si profondément malheureuse et persécutée, quoique d'essence divine, des *Wälsungs*.

Associé à *La Compassion*, puis suivi de *L'Amour*, ce beau thème se fait entendre deux fois, presque de suite, avant l'arrivée de *Hunding*.

Scène II. — Le thème de celui-ci, quoique noble d'allure, forme par sa violence, son rythme dur et sa rude orchestration, un contraste heurté avec le précédent,

et dès à présent les deux caractères des deux hommes

sont nettement dessinés; autant Siegmund est digne et résigné dans sa souffrance, autant Hunding nous apparaît violent, implacable et brutal. Tout le dialogue entre les deux ennemis est paraphrasé par ces deux motifs alternant entr'eux, avec quelques courtes apparitions de *L'Amour,* de *La Compassion,* correspondant à un mot ou même à un geste de Sieglinde, comme aussi du *Traité,* de *L'Orage* ou même du *Walhalla,* selon les événements antérieurs auxquels le poème fait allusion. C'est seulement lorsque le Wälse termine le récit de ses malheurs, qu'au premier thème de *La Race des Wälsungs* vient s'adjoindre, le suivant immédiatement, un deuxième thème de sentiment analogue, mais caractérisant d'une façon spéciale *L'Héroïsme* de cette race dans la souffrance qui la poursuit.

Avant la fin de la scène, lorsque Sieglinde cherche à attirer l'attention de son hôte sur l'arme qui est plantée

dans le frêne, retentit par deux fois le motif de *L'Épée,*
aussitôt suivi de la menace de *Hunding.*

Scène III. — Cette scène, une des plus émouvantes de
l'ouvrage, se déroule à l'aide des motifs déjà connus,
auxquels s'adjoint, vers la fin du récit de Sieglinde, une
éclatante fanfare et un riche trait de violons qui font penser à Weber, et se retrouvent fréquemment, mais dans
cette scène seule. C'est alors qu'après un souffle de vent
figuré par des arpèges de harpes, souffle par lequel la
massive porte se trouve subitement ouverte, apparaît,
radieux, le délicieux *Hymne au Printemps,*

qui, bien que constituant une phrase indépendante, peut

aussi être considéré comme un Leit-motif, puisqu'il donnera lieu à des rappels suggestifs dans l'acte suivant.

Peu après apparaît, escorté des motifs de *L'Amour*, de *Freïa*, déesse de l'Amour, du *Printemps*, celui, nouveau, de *La Volupté*, enlaçant, enivrant, que nous retrouverons dans le Prélude de la scène III du 2ᵉ acte :

Siegmund va arracher l'épée ; alors se pressent les motifs des *Wälsungs*, de *L'Héroïsme*, du *Traité*, de *L'Épée*, et la formule terrible du *Renoncement à l'amour*, sur un énergique développement de laquelle le glaive des Dieux reste aux mains du héros ; à ce moment précis le thème de *L'Épée* atteint son maximum d'éclat, et l'acte se termine par des combinaisons symphoniques des motifs précédents, parmi lesquels dominent *L'Amour*, *Le Printemps*, *La Fuite*, et finalement, dans les deux derniers accords, *La Servitude*.

2ᵐᵉ Acte.

PRÉLUDE. — Ce Prélude est constitué par le plus curieux amalgame de thèmes saccadés ou rendus saccadés pour la circonstance, ce qui, dès le début, fait pressentir la Chevauchée, qui pourtant n'apparaîtra qu'en dernier.

Dans la mesure du début, il faut reconnaître *L'Épée*, dénaturée comme rythme et comme mode ; viennent ensuite : *La Fuite*, qui ressemble, ainsi, à *L'Appel des Walkyries*, *La Volupté*, et enfin, pour l'explosion finale, *La Chevauchée*.

LA CHEVAUCHÉE

SCÈNE I. — Le strident *Cri d'appel des Walkyries*, avec lequel Brünnhilde fait ici sa première entrée, présente cette particularité, peut-être unique dans l'œuvre wagnérienne, d'une période de 18 mesures formant un sens complet, se terminant par une cadence, et répétée deux fois (presque de suite) sans la moindre modification ni dans la mélodie, ni dans l'harmonie, ni dans l'orchestration.

L'entrée de Fricka, qui suit immédiatement, est annoncée par les deux notes de *La Servitude* ; sa discussion avec Wotan donne lieu à des rappels de *Hunding*, de *L'Amour*, du *Printemps*, de *L'Épée*, de *La Fuite*, du *Traité*, de *L'Anneau*, de *La Convention avec les Géants*, sujets qui se représentent souvent soit dans leur dialogue, soit dans leurs esprits.

Lorsque Wotan se sent vaincu par les arguments et la

ténacité de la vertueuse mais acariâtre déesse, l'orchestre nous fait connaître une nouvelle forme qui représente Wotan en colère, le *Courroux de Wotan;*

à noter que cette forme bien significative, dont il sera fait un très fréquent usage, est souvent réduite à ses deux notes initiales, semblables à celles de *La Servitude,* ce qui s'explique naturellement, mais en conservant presque toujours, dans ce cas, le grupetto qui accentue si énergiquement la première, et lui donne le caractère d'une sorte de rugissement.

Le retour de Brünnhilde nous ramène la *Chevauchée,* accompagnée du *Cri des Walkyries;* après quoi Fricka célèbre la victoire qu'elle vient de remporter sur son époux par une phrase de grande allure, que *Le Traité* vient sceller comme un pacte, suivi de près, aussitôt que Fricka a disparu, par *La Malédiction de l'anneau* et *Le Courroux de Wotan,* qui fournit l'enchaînement avec la scène suivante.

Scène II. — Cette longue scène, dans laquelle Wotan est contraint d'avouer à sa fille ses crimes et ses erreurs aussi bien que les circonstances qui l'ont amené à les commettre, ne peut manquer de nous les remémorer au moyen des Leit-motifs; on y retrouve *L'Amour, Le Traité, Le Regret de l'amour, La Puissance de l'anneau, Le Walhalla,*

Les Nornes, La Chevauchée, L'Anneau, La Convention avec les Géants... Un seul dessin nouveau s'y fait jour, celui qui caractérise *La Détresse des Dieux;*

reviennent ensuite *La Malédiction de l'anneau, L'Épée, Le Travail de destruction des Nibelungs;* ici se place la transformation si curieuse du *Walhalla* (signalée à la page 378), qui laisse entrevoir l'édifice miné, ruiné, écroulé, et qui se représente deux fois à une vingtaine de mesures de distance, annonçant l'effondrement et l'anéantissement de la race des Dieux. Toutefois, le motif qui domine, surtout au début, est celui du *Courroux de Wotan.* — Quand on arrive à surmonter l'impression pénible causée par la situation, cette scène apparaît, malgré sa longueur, comme l'une des plus grandioses de l'ouvrage; mais elle est aussi une des plus difficiles à saisir à première lecture ou audition.

Au moment où Brünnhilde, restée seule, ramasse ses armes, remarquer le thème de *La Chevauchée,* alourdi et attristé; aussitôt après, sa pensée la ramène vers *La Race des Wälsungs,* puis se reporte sur le *Courroux de Wotan* et *La Détresse des Dieux.* Tout cela est merveilleusement exprimé.

Scène III. — Siegmund et Sieglinde arrivent, fuyant devant la poursuite de Hunding; le motif de *La Fuite,* présenté de mille façons plus ingénieuses les unes que les autres, fait tous les frais de la scène pendant une dizaine de pages, parfois accompagné de *L'Amour*, parfois de *La Volupté*. Après un rappel de *L'Héroïsme des Wälsungs* et de *L'Épée*, *Hunding* s'annonce par le rythme de son motif, confié aux timbales, aussitôt suivi de *La Poursuite*

LA POURSUITE

et de l'aboiement rauque de sa meute.

Quand Sieglinde s'évanouit entre les bras de Siegmund, *L'Amour* reparaît avec le souvenir de *La Fuite*.

Scène IV. — Ici, une des scènes capitales. Brünnhilde vient annoncer au héros qu'il va mourir. L'orchestre nous apprend que *Le Sort* a décidé *La Mort* de Siegmund, et qu'il doit aller au *Walhalla*.

Bien examiner ces deux nouveaux motifs, qui sont intimement liés : d'abord *Le Sort*,

LE SORT

23.

dont l'harmonisation est à peu près invariable, et dont la formule, généralement répétée deux fois, séparées par des silences, se dresse comme un énigmatique et lugubre point d'interrogation ; *La Mort* en dérive évidemment, puisque en supprimant ses trois notes de début on se trouve en présence de la double formule du *Sort*.

Ces nouveaux motifs, entremêlés à ceux du *Walhalla*, de *Freïa*, de *La Chevauchée*, de *L'Amour* avec *La Fuite*, du *Courroux de Wotan*, du *Regret de l'amour*, suffisent pour commenter l'action tant que Brünnhilde dépeint à Siegmund, qui ne veut pas abandonner Sieglinde, les splendeurs et les séductions de la céleste demeure ; mais à l'instant où le Wälsung désespéré lève son glaive sur sa femme endormie, nous entendons pour la première fois, sous une forme encore vague, le thème de *Siegfried gardien de l'épée* (voir 3ᵉ acte, scène 1), qui nous révèle la présence de l'enfant dans le sein de sa mère. C'est alors que Brünnhilde, saisie d'une tendre émotion devant cet acte d'héroïsme, se décide, transgressant l'ordre divin, à prendre le parti de Siegmund, décision qui doit la perdre ; c'est alors aussi que, par un merveilleux trait de génie, Wagner transforme subitement le motif de *La Mort* de mineur en majeur, en change l'allure, y introduisant le rythme de *La Fuite* ; ce n'est plus le trépas de Siegmund qui est décrété, c'est celui de Hunding. A partir

de ce moment, voici comment est transfiguré le motif de
La Mort :

Brünnhilde disparue, la question du *Sort* se pose de
nouveau, mélangée au *Courroux de Wotan* et s'enchaînant
avec *L'Amour*.

Scène v. — La scène v ne comporte pas de motifs
nouveaux.

Quoique très courte, on peut la considérer comme divisée en quatre parties : 1, les adieux de Siegmund, partant pour le combat, à Sieglinde endormie ; 2, la poursuite
des adversaires pendant le *Rêve de Sieglinde* ; 3, le combat, avec la double intervention de Brünnhilde et de

Wotan; 4, la malédiction lancée par Wotan à la Walkyrie.

Pendant la première partie dominent les motifs tendres
de *L'Amour* et de *Freïa*, troublés par ceux du *Sort* et de
La Poursuite. — Dans la deuxième, l'appel sauvage
de *Hunding*, *L'Épée*, et *La Poursuite*, qui devient de plus
en plus pressante (çà et là, des éclairs, pareils à ceux
qu'on a vus dans le 1er Prélude). — Dans la troisième, le
combat; en quelques secondes, on perçoit le galop du
cheval de Brünnhilde, venant encourager Siegmund à la
lutte, *La Chevauchée;* puis arrive Wotan, qui, contraint
par *Le Traité*, brise *L'Épée;* la mort de Siegmund est
accompagnée de quatre douloureux rappels de *La Servitude*, suivis de *L'Héroïsme des Wälsungs*, du *Sort*, et du
Courroux de Wotan; enfin Brünnhilde enlève sur son
cheval la malheureuse Sieglinde, d'où un retour de la
Chevauchée, puis toujours du *Sort*. Tout cela se passe
avec une rapidité extrême, en moins de temps qu'il n'en
faut pour le lire ici. — Dans la quatrième partie de la
scène enfin, Wotan, tout en foudroyant Hunding d'un regard, considère qu'il a loyalement accompli son engagement envers Fricka, ce que nous fait connaître le motif
du *Traité*, qui, on s'en souvient, s'applique à tout pacte,
à tout contrat, de quelque genre qu'il soit; d'ailleurs,
aussitôt reparaît le *Courroux*, loin d'être apaisé, et Wotan, éclatant dans une fureur soudaine, maudit la Walkyrie désobéissante et la voue à une vengeance cruelle.
Le rideau se ferme rapidement pendant que l'orchestre
nous rappelle *La Détresse des dieux*, ainsi que divers épisodes de l'acte, les éclairs qui l'ont sillonné, et *La Poursuite*, dont c'est la dernière apparition.

3ᵐᵉ Acte.

Prélude. — Le Prélude du 3ᵉ Acte se passe de tout commentaire. C'est *La Chevauchée* dans son développement complet, avec ses hennissements sonores, ses piaffements, ses cris sauvages et joyeux, son infatigable activité, ses appels et ses rires farouches.

Scène i. — Dans toute la première partie de cette scène, tant que règne le ton de *si* mineur et le rythme à 9/8, tout est emprunté à *La Chevauchée,* dont ce n'est, à vrai dire, que la continuation, sauf une courte allusion au *Walhalla,* lorsque Rossweisse demande s'il est temps de s'y rendre, 23 mesures avant le 3/4 en *ut* mineur qui annonce l'arrivée de Brünnhilde. Là, bien que le rythme en soit changé, on reconnaît le dessin de basses de *La Détresse des dieux;* peu après, en *ré* mineur, c'est le chant de *La Mort,* puis *La Fuite.* Aucun autre motif ne se manifeste d'une façon importante jusqu'aux paroles de Schwertleite dépeignant *Le Dragon* veillant sur l'anneau.

Dans le 6/8 de Brünnhilde apparaît avec toute son ampleur le thème grandiose de *Siegfried gardien de l'Épée,* seulement entrevu dans la scène iv de l'acte précédent,

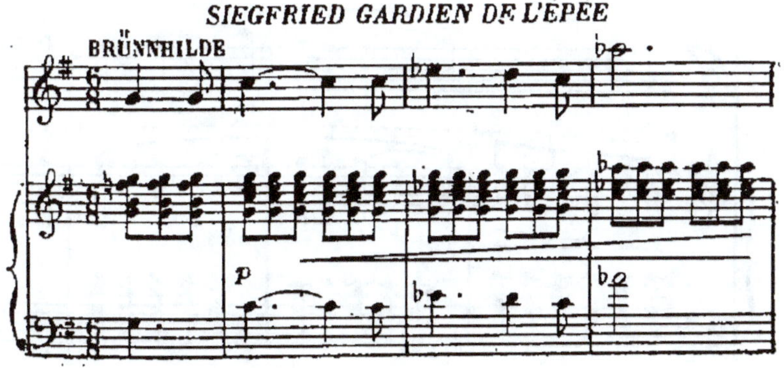

immédiatememt suivi de *L'Epée;* puis, lorsque Sieglinde reprend la parole, apparaît le motif enthousiaste et sublime de *La Rédemption par l'amour.*

LA RÉDEMPTION PAR L'AMOUR

[Celui-là ne reparaîtra plus que dans la scène finale du « Crépuscule des Dieux », où il acquerra une importance prépondérante, et fournira l'émouvant couronnement de l'œuvre tout entière.]

Aussitôt après reparaissent *La Tempête* avec *La Servitude,* puis un ensemble très court des huit Walkyries termine la scène.

SCÈNE II. — La scène II (les admonestations de Wotan à Brünnhilde devant ses sœurs, qui cherchent d'abord à la cacher, puis à la défendre) est assez expressive dramatiquement pour se passer de motifs conducteurs; pourtant, au bout d'un certain temps, on y retrouve, fréquemment renouvelé, *Le Courroux de Wotan,* puis *La Mort,* superbement développée, *Le Traité,* et enfin, au moment de la dispersion des Walkyries, *La Chevauchée,* qui ressemble alors à une déroute, et dont se dégage une large phrase qui s'élève, et n'est pas sans quelque analogie avec le chant de *La Mort.*

SCÈNE III. — Le début de la scène ne met en jeu, pendant assez longtemps, que deux motifs typiques, dont l'un est *Le Courroux,* que nous connaissons. L'autre, qui apparaît, par un dessin de violoncelle, dès la 4e mesure, représente ici la soumission résignée de la pauvre Brünnhilde à la volonté paternelle qui va lui imposer une nouvelle vie, une existence humaine;

il se reproduit de la même manière 7 mesures plus loin, puis, modifié, à la 102ᵉ mesure, cette fois aux violons.

Il faut la considérer comme une forme préparatoire, une
sorte d'acheminement vers un motif très important qui
paraîtra sous peu, à l'arrivée du ton de *mi* majeur, *L'Annonce d'une nouvelle vie*,

mais n'atteindra son plus complet épanouissement que
dans la partie symphonique qui précède les adieux de
Wotan, cette fois à 4/4, presque à la fin de l'acte.

A partir de ce moment on retrouve plus souvent des Leit-motifs : *Le Regret de l'Amour, La Malédiction de l'Anneau, Le Sort, Le Traité, L'Amour, L'Héroïsme des Wälsungs, Siegfried gardien de l'Épée*, puis *L'Épée;* enfin, lorsque Wotan dicte son inflexible sentence, nous entendons résonner pour la première fois l'harmonie mystérieuse du *Sommeil éternel,*

LE SOMMEIL ÉTERNEL

[qui reparaîtra souvent, tant dans la fin de cet ouvrage que dans les suivants, sans s'appliquer plus à un personnage qu'à un autre, et parfois accompagnée d'un dessin emprunté aux *Flammes*.]

Ici nous l'entendons deux fois de suite, séparées par un très court rappel du *Walhalla*.

Presque aussitôt se fait pressentir, à plusieurs reprises, et d'abord en mineur,

le motif saisissant par son calme imposant qui deviendra bientôt *Le Sommeil de la Walkyrie*.

LE SOMMEIL DE BRÜNNHILDE

Celui-ci va prendre de plus en plus d'importance et ter-
minera la deuxième journée de la « Tétralogie », accompagné du scintillement des feux de *Loge*.

Mais auparavant se place la scène si émouvante des
Adieux de Wotan et de l'Incantation du feu. On peut considérer qu'elle commence précisément à cet endroit, dont
nous avons déjà parlé, où le motif de *L'Annonce d'une nouvelle vie*, en *mi* majeur et à 4/4, revêt son aspect le plus
grandiose et le plus éblouissant, pour venir, par un crescendo splendide, s'épanouir magnifiquement sur un accord
de quarte et sixte dans le thème du *Sommeil de Brünnhilde*.

Alors le *Sommeil* s'assombrit, la tonalité mineure reparaît, et, au cours d'une belle période (à la 18e mesure du
mineur), nous entendons la phrase proprement dite *Chant
d'adieu de Wotan*, pleine de tendresse et d'émotion,

CHANT D'ADIEU DE WOTAN

que ne cessera plus jamais d'accompagner le dessin du *Sommeil*.

Ensuite *Le Sort*, *Le Renoncement à l'Amour*, puis, au moment où cesse la parole, *Le Sommeil éternel*, pendant lequel la Walkyrie s'endort dans les bras du dieu. Et pendant qu'il l'étend sur la roche, place ses armes à ses côtés et la couvre de son bouclier, l'orchestre nous redit dans tout son développement la phrase si touchante du *Chant d'adieu*, avec les caressants enlacements du *Sommeil*.

Vient alors l'Incantation du feu. Aussitôt, les motifs changent. C'est d'abord *Le Traité*, puis les dessins chromatiques de *Loge*; encore *Le Traité*, suivi cette fois des *Flammes*. Ces deux motifs (*Loge* et *Les Flammes*) ne cessent de se poursuivre pendant l'embrasement de la roche, et servent d'accompagnement aux autres, quels qu'ils soient, jusqu'à la chute du rideau. Alors revient encore une fois *Le Sommeil éternel*, dans la forme arpégée que nous avons prédécemment notée p. 414, puis, cette fois pour ne plus cesser, *Le Sommeil de Brünnhilde* de plus en plus placide et enveloppant.

Les dernières notes de Wotan pourraient ne pas porter de paroles; elles reproduisent dans son entier, majestueusement amplifié, le beau motif de *Siegfried gardien de l'Épée,* que l'orchestre répète aussitôt, en lui donnant pour conclusion la phrase solennelle des *Adieux de Wotan.*

Dix mesures avant la fin, au dernier regard de Wotan sur sa fille endormie, sans que pour cela s'interrompent ni *Le Sommeil* ni le scintillement des *Flammes,* gronde sourdement la sinistre menace du *Sort;* puis un grand calme se fait, et le rideau se ferme lentement.

SIEGFRIED

1ᵉʳ Acte.

Prélude. — Si l'on envisage l'ensemble de la « Tétralogie » comme une sorte d'immense symphonie conçue dans des proportions gigantesques, et dont chaque journée constituerait l'un des morceaux, « Siegfried » en apparaît comme le Scherzo, le pétulant Intermezzo.

Tout y est gai, alerte et dispos, comme la jeunesse même du héros; l'élément comique lui-même y trouve sa place, et intervient fréquemment dans le rôle de Mime. La plupart des motifs nouveaux présentent des rythmes nerveux, allègres, ou sont empreints d'une ardeur juvénile, communicative. C'est là aussi que les musiciens trouveront les harmonies les plus neuves, les plus téméraires si l'on veut, parfois difficiles à expliquer, et les plus amusantes combinaisons des Leit-motifs entre eux. C'est une journée de repos et de fraîcheur, dont l'élément tragique est presque exclu, au bénéfice de l'esprit et de la verve, pour reparaître plus poignant le lendemain.

Le Prélude se meut sur des thèmes déjà connus : d'abord *La Réflexion,* puis *L'Amoncellement du trésor,* coupé par une brève allusion au *Courroux de Wotan,* lequel se transforme bientôt en *La Servitude, La Forge, Le Cri de triomphe du Nibelung, L'Anneau, L'Épée, Le Dragon,* modifié dans son rythme,... enfin tout ce qu'il faut pour nous faire pressentir que nous sommes dans la forge agréste où le rusé Mime travaille ténébreusement en vue de conquérir à son tour le trésor qui lui assurerait la domination du monde.

Scène i. — Les mêmes motifs, ou d'autres également connus, alimentent la scène i jusqu'à l'arrivée de Siegfried, qui s'annonce allègrement par son *Appel du fils des bois,* la fanfare de chasse du jeune et intrépide héros, respirant la franchise, la hardiesse et la bonne humeur.

APPEL DU FILS DES BOIS

[On la retrouvera, dans ce même rythme à 6/8, mais dans le ton de *fa* et très développée, à la scène ii, car c'est par elle que Siegfried provoque le Dragon ; et encore au début du 3ᵉ acte du « Crépuscule ».]

[Prendre en note que ce même motif, transformé et à 4 temps, se représentera d'autres fois dans le « Crépuscule », où il prendra un caractère spécialement héroïque, en perdant tout son enjouement.]

[Noter aussi la curieuse combinaison de ce motif avec ceux des *Flammes* et du *Sommeil éternel* qui se trouvent dans « Siegfried », au 3ᵉ acte, lorsque le héros va franchir le cercle de feu dans lequel dort la Walkyrie.]

Aussitôt que Siegfried, sur deux rappels successifs du
Gardien de l'Épée, a fait voler en éclats l'arme forgée
par Mime, apparaît un nouveau motif plein d'entrain :
L'Amour de la vie, qui va régner pendant une bonne partie
de la scène ; c'est plutôt l'exubérance de la vie, la joie de
vivre qu'il y faut voir, une joie presque enfantine.

L'AMOUR DE LA VIE

Il n'est guère interrompu que par la Complainte pleur-nicharde de Mime (3/4, *fa* mineur), recommençant dix fois à raconter à Siegfried, sans le convaincre davantage, les bienfaits de l'éducation qu'il lui a donnée, et tentant de l'attendrir sur sa fausse sollicitude. Siegfried ne se laisse nullement toucher, et préfère parler de l'amour des enfants pour leur mère, qu'il a observé lui-même, d'abord chez les oiseaux, puis chez les fauves, ce qui le porte impérieusement à désirer connaître le nom de sa mère.

Toute cette partie se déroule sur une mélodie douce et caressante qui caractérise le sentiment naïf de *L'Amour filial* tel qu'il le conçoit,

fréquemment coupée par des retours intempestifs de la Complainte de l'éducation, comme aussi par des allusions à divers motifs des *Wälsungs*, de *La Forge*, de

L'Épée, dont l'à-propos est toujours saisissant : il raconte avoir vu son image se refléter dans l'eau (*Siegfried gardien de l'épée*); quelle était cette eau? (*Le Rhin*); le récit de sa naissance est accompagné de *La Race des Wälsungs*, de *La Compassion* et de *L'Amour*,... le tout encadré dans *L'Amour de la vie*.

Lorsque enfin il connaît son origine, un intense désir se développe en lui de quitter à jamais l'antre du gnome antipathique, ce qu'exprime à merveille une alerte phrase indépendante à 3/4, vers la fin de laquelle on rencontre ces deux mesures que les divers commentateurs désignent sous les noms de Siegfried errant, Chanson de voyage, le *Désir de voyager*.

Nous nous arrêterons à cette dernière dénomination,

[en constatant que ce même motif se retrouvera exprimer le même sentiment dans le Prologue du « Crépuscule des Dieux », lorsque Siegfried se dispose à quitter Brünnhilde pour courir de nouvelles aventures, puis encore au 1er acte, scène ii, en dialogue avec Günther.]

L'Anneau, *La Forge*, *La Réflexion*, *Le Dragon* et *Le Regret de l'amour* relient cette scène à la suivante.

Scène ii. — Coïncidant avec l'entrée de Wotan sous la forme du Voyageur, apparaît l'harmonie puissante et mystérieuse de *Wotan errant* ou le Voyage de Wotan,

laquelle se divise en deux parties, l'une chromatique et
étrange, l'autre entièrement diatonique et d'une placide
solennité, qui par la suite seront exploitées séparément,
mais seulement dans « Siegfried ».

La façon dont est conduite musicalement cette scène
si curieuse à tous les points de vue mérite un examen
attentif.

Tout d'abord, c'est par le thème du *Traité* que le dieu
oblige le gnome à accepter la singulière gageure dont
l'enjeu est leur propre tête ; et, après malicieuse *Réflexion*,
c'est sur le même motif que le nain accepte le défi ; on
sent qu'il veut en imposer à son tour, faire le brave.

Ensuite, chaque fois que Mime cherche une question à

formuler; cette recherche est accompagnée des bruits de *La Forge* et du motif de *La Réflexion*, auxquels s'adjoignent, la première fois seulement, *Le Traité*, qui le lie, et *L'Anneau*, objet de sa convoitise.

Sa première question porte sur « la race qui vit au sein de la terre ». La réponse de Wotan est soulignée par tous les motifs des *Nibelungs*, *La Forge*, *L'Anneau*, *La Puissance d'Alberich*, *L'Adoration de l'or*, *Le Cri de triomphe du Nibelung*, *L'Amoncellement du trésor*, enfin *Le Traité*.

Sa deuxième question vise « cette autre race qui vit sur le dos de la terre ». Aussitôt, avec la réponse, apparaissent les motifs des *Géants*, de *La Puissance de l'Anneau*, du *Dragon*, et toujours *Le Traité*.

Sa troisième question concerne « la race qui plane sur les sommets, au milieu des nuages ». C'est alors *Le Walhalla* qui se déroule dans sa splendeur, suivi d'une allusion à *Alberich* terrassé et à *L'Anneau*. Pourtant, au cours de cette troisième réponse victorieuse du dieu errant, se fait jour un thème nouveau, de grande allure,

[qui, assez fortement modifié et agrandi, prendra une grande importance dans la 4e journée :]

c'est celui de *La Puissance divine,*

dont je ne donne ici que la première moitié, et qui se
termine, comme on peut le voir dans la partition, par
une longue gamme descendante qui n'a plus rien de
triomphal.

Le voyageur, *Wotan errant*, a satisfait au *Traité* conclu;
l'orchestre le constate avec lui. C'est à son tour à interroger, et Mime devra répondre. Aussitôt s'insinue une
figure humble et sournoise qui dépeindra, pendant toute
cette deuxième moitié de la scène, la contre-partie de la
première, l'attitude piteuse du malicieux Nibelung lorsque
Wotan à son tour le tient sur la sellette.

[Elle ne reparaîtra ensuite qu'à la scène III du 2ᵉ acte, peu avant
la mort de Mime.]

En voici l'un des aspects. Appelons-la *Mime rampant*,

car elle ne s'applique à aucun autre personnage.

Avant que commence son interrogatoire, Mime cherche un prétexte pour s'esquiver; il allègue qu'il habite
depuis longtemps sa *Forge* et ne sait plus rien du monde:
car il a reconnu Wotan dans le Voyageur, ainsi que nous
l'apprend un court rappel du *Walhalla*; pourtant il doit
courber la tête sous *La Servitude*; donc, il répondra.

En premier lieu, Wotan lui demande ce qu'il sait de « la race héroïque à laquelle il semble cruel ». La réponse de Mime est accompagnée par tous les motifs des *Wälsungs,* leur *Race,* leur *Héroïsme,* et même *Siegfried gardien de l'Épée.*

En second lieu, il veut savoir « quel fer doit brandir le jeune homme pour conquérir l'anneau en terrassant le *Dragon* ». Ici le seul motif qui se mélange à ceux de *Mime rampant* et de *La Forge,* c'est *L'Épée,* l'épée des dieux.

En troisième lieu enfin, il est mis en demeure de désigner « celui qui pourra reforger cette lame brisée ». C'est alors que Mime se perd, car il ne sait pas nommer Siegfried ; mais l'orchestre nous le fait connaître par le retour persistant de *l'Amour de la vie,* qui ne laisse aucun doute subsister sur la personnalité du héros.

Wotan va se retirer. L'harmonie étrange et solennelle qui l'a introduit, *Wotan errant,* reparaît, pour bientôt faire place à *L'Épée,* au *Traité,* au *Dragon,* lorsque le dieu vainqueur voue la tête du vaincu à celui qui n'a jamais connu la peur, à celui qui tuera le Dragon, autrement dit à *Siegfried gardien de l'Épée.*

Les sifflements railleurs de *Loge* apparaissent sous les dernières paroles de Wotan, pour continuer pendant une bonne partie de la scène qui vient.

Scène iii. — Quoique très développée et du plus grand intérêt, celle-ci s'analyse assez rapidement.

Mime, resté seul, est d'abord terrorisé par les crépitements de feu de *Loge ;* revient Siegfried, et avec lui les gais motifs du *Désir de voyager* et de *L'Amour de la vie ;* puis, accompagnant de la façon la plus spirituelle chaque phrase, parfois chaque mot du dialogue, on reconnaît successivement : *Le Dragon, L'Épée, La Servitude,*

Wotan errant, Le Gardien de l'Épée, L'Amour de la vie, La Race des Wälsungs, Loge, Le Charme des flammes, Le Sommeil éternel, Le Sommeil de Brünnhilde, L'Appel du fils des bois... Pendant ce temps, Siegfried ne songe qu'à forger lui-même son glaive avec les tronçons que Mime lui a remis. Il se met à l'œuvre et chante gaiement, tout en limant l'acier et activant le feu, un joyeux Chant en trois couplets, le troisième avec d'élégantes variations, dont l'accompagnement imite le sifflement du soufflet de la forge, comme précédemment on a entendu le grincement de la lime : appelons-le Chant du soufflet, pour le distinguer d'un autre qui le suit de près. (Mime, dans un coin, lui prépare sournoisement un breuvage empoisonné qui, selon lui, doit le plonger dans *Le Sommeil éternel,* et lui permettra de s'emparer lâchement du glaive si vaillamment reconstitué, après qu'il aura conquis à son profit *L'Or* et *L'Anneau.*) Peu après que Siegfried a trempé la forme en la plongeant dans une cuve d'eau, ce qui donne lieu à un curieux effet de sonorité imitative, apparaît le seul thème nouveau de cette scène, qu'on appelle généralement *La Fonte de l'acier,*

et qui se mélange avec une sorte de reprise en majeur du Chant du soufflet.

Ici se place un nouveau chant, le Chant de la Forge, rythmé par des coups de marteau sur l'enclume, d'une vérité étonnante; celui-là n'a que deux couplets, séparés par une réplique de Mime, qui continue ses manipulations malfaisantes.

Le deuxième couplet est à peine achevé lorsque Siegfried plonge de nouveau l'arme encore rouge dans l'eau et s'amuse du bruit qu'elle fait en se refroidissant.

Ensuite, pendant qu'il la termine et l'assujettit dans sa poignée, la martèle une dernière fois, nous reconnaissons les motifs de *La Forge*, de *Mime rampant*, de *La Fonte de l'acier*, de *L'Épée*, avec de curieux rythmes de deux et trois mesures, et finalement, lorsque Siegfried brise l'enclume pour essayer le tranchant de son arme, jaillit le motif du *Fils des bois*, qui termine joyeusement l'acte.

2ᵐᵉ Acte.

Scène I. — Le Prélude, intimement lié à la scène I, nous fait tout d'abord entendre les rauques rugissements de *Fafner*, le survivant des deux Géants du prologue, transformé en Dragon, et couvant jalousement son trésor et son *Anneau* (je rappelle que ce motif de Fafner n'est autre qu'une transformation de celui des Géants, dont la note la plus grave est abaissée d'un demi-ton).

FAFNER

Vers le milieu éclate *La Malédiction de l'anneau*, que suivent de près le rythme du *Travail de destruction* et *Le Cri de triomphe du Nibelung*. Alberich est en scène.

A ces motifs viennent s'adjoindre, peu après le lever du rideau, un dessin de *Chevauchée* et le thème de *La Détresse des dieux*, annonçant l'arrivée du dieu-voyageur, que salue un rappel du *Walhalla*.

L'état d'âme du gnome haineux à l'égard du dieu, dont il n'a pas oublié les procédés peu délicats, se manifeste par un nouveau motif, *La Vengeance*,

LA VENGEANCE

qui n'a dans l'ouvrage qu'une importance secondaire.

[Il reparaîtra pourtant dans le « Crépuscule des Dieux » au 2ᵉ acte, scènes IV et V, sous une forme plus saisissante.]

On retrouve plus loin les thèmes de *Wotan errant*, du *Courroux de Wotan*, du *Traité*, de *La Convention avec les géants*, de *Loge*, de *La Malédiction de l'anneau*, et d'autres faciles à reconnaître. Les quelques mots de *Fafner* à Wotan sont soulignés par son propre thème, auquel se mélange curieusement, pendant un instant, *L'Épée* qui semble menacer *L'Anneau*. Ensuite on reconnaît *Les Nornes, Le Désir de voyager*; puis, au moment du départ de Wotan, *La Chevauchée* reparaît, avec un souvenir du *Chant d'adieu de Wotan*, immédiatement suivi de *La Malédiction de l'anneau*, deux fois répétée, avec le rythme de *Destruction*, et la scène finit comme elle a commencé, par le motif de *Fafner*, sinistre et menaçant.

Scène ii. — Arrive Siegfried, conduit par Mime; *L'Amour de la vie* et le joyeux début de la strophe variée du Chant du Soufflet leur font escorte, avec quelques rythmes de *Forge* et une sorte de pressentiment du *Sommeil de Brünnhilde*. Mime, désireux d'enseigner *La Peur* à son élève, emprunte à *Loge* quelques traits chromatiques; on entend rugir *Fafner*, auquel Siegfried oppose *L'Héroïsme des Wälsungs*; *L'Amour de la vie* aussi est brièvement rappelé.

Mime parti, ou plutôt caché, Siegfried reste seul en scène. Ici commence, à proprement parler, avec les dessins de doubles croches à 6/8, en *mi* majeur, la ravissante

idylle dite « *Les Murmures de la forêt* », que les pages
précédentes avaient déjà annoncée. A travers ces frais et
calmes bruissements, nous percevons les idées qui se
pressent dans l'âme du jeune héros; il pense d'abord à
La Race des Wälsungs, puis à sa mère, ainsi que nous
l'apprend *L'Amour filial,* ce qui le conduit à entrevoir la
beauté et *L'Amour,* représenté ici par le thème de *Freïa.*
Mais son attention est bientôt attirée par le chant d'un
oiseau, qui sautille et gazouille dans les branches au-
dessus de lui; voici quelques fragments de ce délicieux
chant de *L'Oiseau.*

[Il est bon de savoir que chacun des fragments ci-dessus aura
par la suite une signification pré-
cise. Pour n'en donner qu'un seul
exemple, le 3me, par lequel *L'Oiseau* révélera à Siegfried l'existence de la Walkyrie endormie,
est identique au thème du *Sommeil de Brünnhilde,* lequel n'est
lui-même qu'une transposition,
avec modifications rythmiques,
des *Filles du Rhin.*]

[A partir d'ici, il sera fait perpétuellement des allusions et des

citations de ce *Chant de L'oiseau*, les unes très étendues et appelant
forcément l'attention, d'autres consistant en quelques notes seulement ; témoin celle-ci, qu'on trouvera dans l'interlude instrumental pendant lequel Siegfried traversera les flammes (3ᵉ acte, après
la fin de la scène II). Ici, quatre motifs sont *en conjonction*.]

Donc, Siegfried, ayant entendu l'Oiseau, essaye d'a-
bord de l'imiter au moyen d'un chalumeau rustique qu'il
taille avec son *Épée,* ce qui motive un incident d'un doux
comique ; n'y parvenant pas, il embouche son cor, et
sonne sa joyeuse fanfare, *L'Appel du fils des bois,* dans
laquelle il intercale, comme pour se mieux faire connaître, *Siegfried gardien de l'Épée.*

C'est *Le Dragon* qui lui répond par d'effroyables bâillements ; c'est *Fafner* qui sort de son antre pour livrer combat à son provocateur. Le combat a lieu ; *L'Épée* atteint le cœur ; *Fafner* va mourir. Mais, avant de mourir, il retrace son histoire, que l'orchestre commente à l'aide de plusieurs Leit-motifs appropriés : *Le Travail de destruction, La Malédiction de l'anneau, Le Gardien de l'Épée,* son vainqueur, *Les Géants, L'Anneau, Le Dragon, Le Fils des bois,* et enfin *Fafner* meurt, sur un coup de timbale, au second temps de la mesure.

Une éclatante fanfare du *Fils des bois* célèbre cette première victoire, puis aussitôt reprennent les « Murmures de la forêt ». Mais cette fois le langage de *L'Oiseau* est devenu intelligible pour le jeune guerrier, parce qu'il a sucé le sang du dragon (?) ; pour nous aussi, mais par une autre raison : c'est qu'il est confié à un soprano.

Scène III. — La scène III, malgré son grand développement et sa complication, ne fait connaître aucun motif nouveau ; il n'y a donc qu'à y rechercher ceux déjà présentés. Pour plus de clarté, considérons-la comme divisée en quatre parties.

Dans la première (dialogue entre Mime et Alberich), les seuls motifs légèrement esquissés sont : *Le Pouvoir du Casque, La Forge,* et *Le Cri de triomphe du Nibelung.*

Dans la deuxième (quand Siegfried sort de la caverne), apparaissent : *L'Anneau, L'Adoration de l'Or, L'Or,* puis de nouveau les « Murmures de la forêt », bientôt associés à la *Race des Wälsungs.*

Dans la troisième (lorsque Mime s'approche obséquieusement de Siegfried), c'est d'abord *L'Oiseau* et *La Fonte de l'acier* ; plus loin, la Complainte de l'Éducation, dont le ton doucereux est démenti par les paroles ; au moment de la mort de Mime, remarquer la singulière suite de 3^{ces} descendantes et discordantes, empruntées à *La Réflexion*, qui, jointes au ricanement d'Alberich (*La Forge*), lui font une assez piteuse mais digne oraison funèbre.

Dans la quatrième partie (qui va de là jusqu'à la fin de la scène), paraissent ou reparaissent *La Malédiction de l'anneau*, *La Forge*, quand Siegfried jette dans l'antre le cadavre de Mime ; *Fafner*, quand il y roule celui du *Dragon* ; puis *L'Anneau*, et, suivi du rappel de *L'Oiseau*, le chant de *L'Amour filial*, qui, avec quelques souvenirs de la *Forge*, nous conduit à un dernier retour des « Murmures de la forêt ». Cette fois, *L'Oiseau* propose à Siegfried de le conduire auprès de la Walkyrie endormie au milieu d'un cercle de feu (voir p. 430); aussi les derniers motifs de l'acte sont-ils : *Le Charme des flammes*, *Siegfried gardien de l'Épée*, *Le Sommeil de Brünnhilde*... et, brochant sur le tout, le ramage de *L'Oiseau*, qui ne se tait qu'à l'accord final.

3me **Acte.**

Prélude. — Un rythme persistant de *Chevauchée* nous fait pressentir la venue de Wotan. En même temps reparaît un imposant dessin ascendant de basse, dans lequel on peut reconnaître soit *Les Nornes*, soit *La Détresse des dieux*, soit encore, lorsqu'il passe en majeur, *Le Rhin*; tous motifs proches parents, par leur contexture et leur sens symbolique, et dont la présence ici s'explique aussi naturellement pour l'un que pour l'autre. *Le Courroux de Wotan*, *Le Traité*, *Le Déclin des dieux*, *La Puissance d'Alberich*, apparaissent çà et là, et le Prélude se soude à la

Scène i par l'harmonie mystérieuse et solennelle du *Sommeil éternel*, à laquelle succèdent, sans interruption, *Le Sort*, *Le Traité*, et, juste avant le premier mot du Voyageur, *L'Annonce d'une nouvelle vie*.

25

Les mêmes motifs accompagnent le monologue de Wotan, l'évocation d'Erda, avec un rappel de *Wotan errant;* ils dominent aussi dans la réponse d'Erda et son dialogue avec Wotan, pendant lesquels reparaissent en plus : *L'Anneau, Le Regret de l'amour, Le Walhalla, Le Travail de destruction des Nibelungs, Le Chant d'adieu de Wotan,* et quelques autres motifs seulement esquissés.

C'est seulement à la fin de cette scène, qui compte parmi les plus admirables de la « Tétralogie » tout entière, qu'apparaît un thème nouveau, *L'Héritage du monde,*

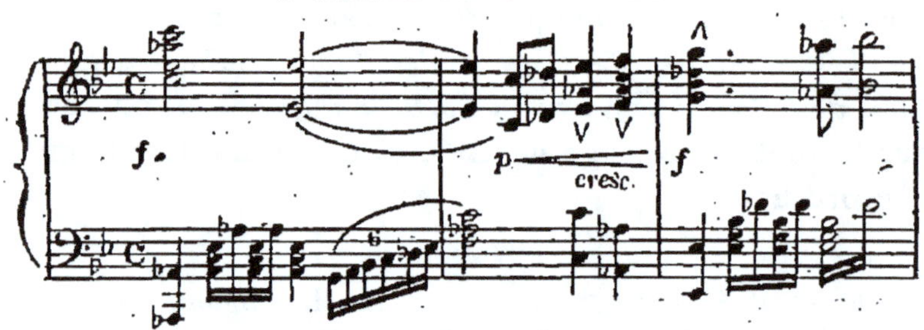

de ce monde sur lequel Wotan, prévoyant et désirant la fin des dieux, n'entend plus régner, et qu'il lègue à son fils, au Wälsung triomphant. Aussi ce motif, qui est exposé à plusieurs reprises avant la disparition d'Erda, est-il escorté de ceux qui touchent de près le jeune héros : *Siegfried gardien de l'Épée, L'Épée, Le Walhalla, La Puissance de l'anneau, La Fuite, L'Amour;* quand Erda s'enfonce sous terre, quatre beaux accords nous annoncent qu'elle se plonge de nouveau dans son *Sommeil éternel.*

Scène II. — Guidé par *L'Oiseau,* Siegfried approche, portant son *Épée.* Wotan lui barre le chemin, et l'oblige à lui raconter le but de son voyage, aussi bien que les raisons qui l'ont porté à l'entreprendre.

De là les fréquentes allusions orchestrales à *L'Oiseau* qui l'a conduit, à *Fafner* dont le sang lui a donné le pouvoir de comprendre le chant des oiseaux, à *La Forge* où il a été élevé ; à *La Race des Wälsungs* dont il est issu ; à *L'Amour de la vie* qui l'anime ; les paroles du Voyageur, au contraire, sont soulignées par *Wotan errant*, par *Le Walhalla*, par *Le Courroux de Wotan*, plus tard par *Le Traité*, par les dessins chromatiques de *Loge*, par *Le Charme des flammes*, par *La Chevauchée* et *Le Sommeil éternel*, lorsqu'il déclare être le gardien de la roche où dort la Walkyrie ; à ces motifs, Siegfried, toujours inspiré par le souvenir de *L'Oiseau*, oppose les siens, *Le Gardien de l'Épée*, *La Race des Wälsungs*, puis enfin, d'un seul coup, *L'Épée* brise la lance du dieu. Alors reparaissent, assombris, *Le Traité*, *Le Déclin des dieux*, *Le Regret de l'amour*, toujours entremêlés des joyeux gazouillements de *L'Oiseau*, et Siegfried s'élance à travers les flammes, accompagné par la merveilleuse combinaison de thèmes typiques que nous avons déjà signalée par avance (p. 431) et où se retrouvent simultanément *L'Appel du fils des bois*, *Le Charme des flammes*, *Siegfried gardien de l'Épée*, *L'Adoration de l'or*, *L'Oiseau*, *Loge*, puis, quelques mesures plus loin, *Le Sommeil éternel* et *Le Sommeil de Brünnhilde*. Tout ce dernier déploiement de Leit-motifs a lieu pendant qu'un rideau de feu et de vapeurs embrasées nous masque le changement de décor.

Scène III. — Les vapeurs se dissipent tandis que transparaissent les motifs du *Sommeil de Brünnhilde* et du *Sort*, suivis d'un chatoyant dessin des violons seuls, dans lequel on reconnaît en plus le profil de *Freïa*, la déesse de l'amour. Puis *Le Sort*, *L'Adoration de l'or*, *L'Oiseau*.

Pendant que Siegfried contemple la Walkyrie immo-

bile, se fait entendre très discrètement d'abord le motif
de *La Fascination de l'amour,* que nous n'avons pas eu à
signaler depuis la 2e scène de « l'Or du Rhin », et dont
l'emploi devient par là particulièrement expressif. Nous
retrouvons Brünnhilde comme entourée encore des motifs au milieu desquels nous l'avons laissée, *La Chevauchée, Le Chant d'adieu de Wotan* qui se déploie en entier ;
en quelques délicats coups d'*Épée,* Siegfried coupe les
liens de la cuirasse ; *La Fascination de l'amour* prend plus
d'importance. Le souvenir de *La Race des Wälsungs* est
évoqué, et nécessairement *Le Sommeil de Brünnhilde* reparaît souvent, accompagné du séduisant contour de *Freïa,*
qu'entrecoupe sinistrement la question du *Sort,* mais dont
les élégants enlacements annoncent gracieusement le réveil de la déesse déchue.

Ce réveil a lieu sur les accords clairs et lumineux du
Salut au monde, d'un merveilleux étincellement,

deux fois répétés, et chaque fois suivis d'arpèges sonores, puis de grésillements scintillants des harpes, se développant en une phrase large à laquelle une longue série de tierces et un trille prolongé donnent une physionomie tout à fait italienne. C'est sur ce *Salut* que Brünnhilde prononce ses premiers mots; mais lorsqu'elle en vient à demander le nom du héros qui l'a réveillée, elle trahit sa pensée intime et son désir, car sa déclamation emprunte les notes mêmes sur lesquelles Wotan l'a quittée, après l'avoir endormie sur son rocher, au dernier acte de « La Walkyrie », lesquelles ne sont autres que celles de *Siegfried gardien de l'épée*.

A son tour, Siegfried radieux entonne son *Salut à l'amour*, plein d'ardeur juvénile et d'enthousiasme,

SALUT A L'AMOUR

se terminant, comme le Salut au monde de Brünnhilde, par la phrase en tierces ci-dessus mentionnée, qui apparaît encore plus italienne à présent qu'elle est chantée en duo par les deux voix.

Aussitôt après les deux points d'orgue et le trille qui terminent cette période, les basses attaquent vigoureusement le thème de *La Race des Wälsungs*, auquel répond joyeusement le nouveau motif de *L'Enthousiasme de l'amour*,

lui encore constitué par une suite de tierces et de sixtes, fait assez rare chez Wagner pour mériter d'être signalé.

L'Héritage du monde fait ensuite plusieurs réapparitions dans des tons différents, mais maintenant à 3/4, ce qui enlève un peu de sa solennité.

Se mélangeant avec lui, selon les péripéties du dialogue, on reconnaîtra principalement *L'Enthousiasme de l'a-mour*, *Le Salut à l'amour*, *L'Annonce d'une nouvelle vie*, un souvenir du *Courroux de Wotan* et de *La Chevauchée*, plus loin *La Malédiction de l'anneau*, *La Servitude*; lorsque arrive le ton de *mi* majeur, nous faisons connaissance avec deux thèmes qui n'en forment presque qu'un seul, le deuxième étant la suite du premier. C'est d'abord *La Paix*,

motif d'une douce et placide sérénité, qui n'a aucun em-ploi en dehors de cette scène, dans laquelle il introduit un élément de calme et de fraîcheur; puis, 20 mesures

plus loin, aussi tendre, mais plus passionné, *Siegfried trésor du monde,*

que nous retrouverons deux fois dans « le Crépuscule ».

Ces motifs paisibles s'associent ensuite, pendant le
reste du duo d'amour que constitue cette scène, à la plupart des motifs déjà cités, auxquels il faut joindre *Le Sort,
Le Sommeil de Brünnhilde, Le Dragon, La Chevauchée,* qui
ne font que de courtes apparitions, puis *Siegfried gardien
de l'épée,* mis cette fois dans la bouche même du héros,
au paroxysme de la passion ; *L'Oiseau, Le Cri des Walkyries,* après quoi une dernière reprise de *L'Enthousiasme*

de l'amour nous conduit à une sorte de strette à deux voix qui a reçu le nom de Résolution de l'amour, ou *La Décision d'aimer*[1].

Dans ce finale entraînant se trouve encore intercalé le *Salut à l'amour* de Siegfried ; ici encore, les deux voix se marient en rapports fréquents de tierces et de sixtes, et la cadence terminale présente un *brio* inaccoutumé. Les derniers accords de l'orchestre reproduisent les motifs du *Gardien de l'épée* et de *L'Enthousiasme de l'amour*.

LE CRÉPUSCULE DES DIEUX

Le **Crépuscule des Dieux** diffère des deux pièces précédentes, en ce qui concerne la coupe générale, par l'adjonction d'un Prologue très développé et remplaçant un

1. Les trois derniers motifs cités ici, *La Paix, Siegfried trésor du monde* et *La Décision d'aimer*, sont avec *Le Sommeil* ceux sur lesquels Wagner a composé la ravissante pièce symphonique « Siegfried-Idyll ». (Voir p. 71.)

Prélude pour le 1er acte, auquel il est relié sans interruption. Ce Prologue peut lui-même être considéré comme divisé en deux parties ; la première est la belle et sombre scène des Nornes filant le câble de la destinée des dieux comme de celle des humains ; la deuxième nous montre les adieux de Brünnhilde à Siegfried partant pour de nouveaux combats.

PROLOGUE. — Dans les deux premiers accords, on reconnaît *Le Salut au monde* de Brünnhilde, auquel succède immédiatement le mouvement ondulatoire de l'élément primordial, *Le Rhin*, qui se transforme (au moment où la 1re Norne va parler) en *La Détresse des dieux* ; quatre mesures après, *Le Charme des flammes*. Comme les trois sœurs, dans leur dialogue, passent en revue tous les événements que nous avons vus se dérouler dans les journées précédentes, il est naturel que l'orchestre, de son côté, fasse défiler les motifs correspondant aux diverses phases du drame ; aussi retrouve-t-on fréquemment *Le Walhalla, Le Salut au Walhalla, La Mort, La Puissance des dieux, Le Traité, Le Déclin des dieux, Le Sort, Loge, Le Charme des flammes, Le Sommeil éternel, L'Anneau, Le Regret de l'amour, L'Adoration de l'or, Le Cri de triomphe du Nibelung, L'Épée, L'Appel du fils des bois, La Malédiction de l'anneau*, qui se produisent une première fois dans l'ordre ci-dessus, ce qui permettra de les retrouver aisément sur une partition ; la scène des Nornes se termine par le motif du *Sort*, deux fois répété.

Pendant l'intermède qui accompagne le lever du soleil, *L'Appel du fils des bois*, héroïquement transformé à 4/4, comme nous l'avons indiqué à la page 418, se combine heureusement avec un nouveau thème, qui personnifie *Brünnhilde* dans son amour humain, dans son amour de

BRUNNHILDE

femme, et dont l'élégance est relevée par un grupetto expressif. Quatre mesures avant que Brünnhilde prenne la parole, signalons un court rappel de *La Chevauchée*, encadrant *Le Fils des bois*; car c'est lui, et non plus elle, qui chevauchera Grane désormais. Quatorze mesures plus loin, apparaît encore un autre motif appartenant spécialement à Brünnhilde et caractérisant son *Amour héroïque*.

L'AMOUR HÉROIQUE

[De ce dernier, il sera fait peu d'emploi en dehors des deux dernières scènes du 2e acte.]

Ces derniers motifs sont ceux qui dominent dans le tissu harmonique de cette deuxième moitié du Prologue, associés à quelques autres que je présente, comme tou-

jours, dans l'ordre de leur production : *Salut à l'amour,
Loge, Siegfried gardien de l'épée, Le Sort, L'Héritage du
monde, L'Anneau, La Chevauchée*, le cri de joie des *Filles
du Rhin, L'Or, La Chevauchée, L'Amour, Le Désir de voyager, L'Épée*; c'est encore le motif de *Brünnhilde* qui suit le
héros du regard pendant qu'il s'éloigne, au début des pages symphoniques qui séparent le Prologue du 1er acte,
puis, lorsqu'on ne le voit plus, résonne dans le lointain sa joyeuse fanfare de chasse, *L'Appel du fils des bois*,
revenu à sa forme primitive ; dans ce même entr'acte on
reconnaît *La Décision d'aimer, Le Regret de l'amour, L'A-
doration de l'or, L'Or* et *Le Rhin, La Puissance de l'anneau*, et enfin *Le Cri de triomphe du Nibelung*, précédant
de quelques mesures seulement le lever du rideau.

Comme on le voit, la plupart des précédents Leit-motifs
sont suggestivement remémorés à l'auditeur dans ce vaste
Prologue, sorte de récapitulation et de résumé des journées précédentes, qui prédispose merveilleusement l'esprit aux émotions violentes qui vont l'assaillir en ce dernier drame.

1er Acte.

Scène i. — Je laisse volontairement de côté, ici, quelques motifs d'importance relativement secondaire, se rapportant à la tribu des Gibichs et au personnage peu sympathique de Hagen, qui sont exposés dès les premières
notes de l'acte ; bien que nettement caractérisés (ce qui
permettra à tout lecteur sagace de les découvrir lui-
même), ils n'ont qu'un emploi épisodique ; c'est ce qui
me porte à n'en pas parler, dans cette étude forcément
brève, pour m'attacher aux grands motifs typiques qui
dominent l'œuvre entière et sont nécessaires pour sa
complète intelligence. Faisons pourtant remarquer que

le motif des Gibichs (6e mesure de cette scène) ne laisse pas ignorer que nous sommes sur les bords du *Rhin*.

C'est Hagen qui conduit cette scène; pour servir ses ténébreuses ambitions, il veut que Gunther épouse Brünnhilde, et que Gutrune devienne la femme de Siegfried. Il cherche à faire naître l'amour dans leurs cœurs (*Freïa*); à Gunther il dépeint Brünnhilde sur son rocher (*La Chevauchée, Le Charme des flammes*, même *L'Oiseau*); à Gutrune il fait le portrait de Siegfried (*Héroïsme des Wälsungs, Appel du fils des bois, L'Anneau*, la victoire sur *Fafner*); il leur explique la cause de sa puissance (*Puissance de l'anneau, Regret de l'amour, L'Or, Le Cri de triomphe d'Alberich*); et enfin il leur révèle par quels moyens magiques il entend arriver à réaliser ce double mariage, sans toutefois leur laisser comprendre qu'au fond de sa pensée le but unique est d'arriver par eux à conquérir l'Anneau avec le pouvoir qui y est attaché. Cette situation motive l'emploi de deux motifs nouveaux : l'un exprime *L'Amitié perfide de Hagen* pour Siegfried, dont au fond il ne désire que la mort,

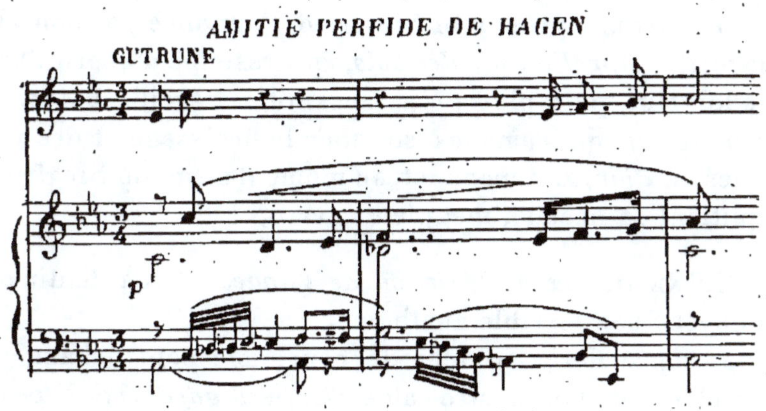

et l'autre *La Trahison par la Magie,*

souvent précédé de quelques notes du *Pouvoir du casque,*
qui nous font savoir que le heaume enchanté, le Tarnhelm,
est l'un des moyens dont Hagen entend se servir.

Ces deux nouveaux motifs apparaissent à peu de distance l'un de l'autre, plus loin que le milieu de la scène,
à l'indication *meno mosso;* d'abord *La Trahison,* après
deux mesures de *La Puissance du casque,* et, 17 mesures
plus tard, *L'Amitié perfide;* ils sont accompagnés de quelques rares rappels de *L'Épée,* de *Freïa,* de *La Malédiction
de l'anneau,* après quoi Siegfried s'annonce par son air
favori, *L'Appel du fils des bois,* qui résonne d'abord dans
le lointain, puis plus près; aussitôt se réveille *L'Adoration de l'or,* qui ramène à son tour le bruissement des vagues du *Rhin, L'Anneau,* et, au moment même où Siegfried
quittant sa nacelle, met pied à terre,

Scène ii, *La Malédiction de l'anneau* fait retentir de
nouveau son terrible anathème.

Les premières paroles de courtoisie sont échangées
pendant que l'orchestre salue *Siegfried gardien de l'épée;*
aussitôt le héros recommande qu'on prenne le plus grand
soin de Grane, ce qui motive le rappel de *La Chevauchée,*

auquel se rattache immédiatement un tendre souvenir de *Brünnhilde*. Dans la conversation qui suit, des allusions sont faites à *L'Amitié perfide de Hagen*, à *L'Héroïsme des Wälsungs*, à *L'Épée* que Siegfried raconte avoir forgée, à *La Forge* par conséquent, au *Dragon* qu'il a tué, à *La Servitude*, au *Pouvoir du casque*, que Hagen fait connaître à Siegfried, à *L'Anneau*, etc.

Ici a lieu l'acte de trahison. A l'instigation de Hagen, sa sœur s'avance gracieusement et offre à Siegfried, avec d'aimables paroles, que souligne le thème de *La Bienvenue de Gutrune*,

la coupe enchantée dans laquelle il doit boire l'oubli ;

avant d'absorber le breuvage magique, Siegfried, encore
fidèle à son amour, envoie un souvenir à Brünnhilde; c'est
à elle qu'il boit, ainsi que l'attestent les thèmes du *Salut à
l'amour*, de *L'Héritage du monde*, et la terminaison en
tierces que nous avons signalée dans le duo du 3ᵉ acte
de « Siegfried ». [Cette forme typique si caractéristique fera sa
dernière apparition à la scène II du 3ᵐᵉ acte, lorsque Siegfried se
retrouve en pleine possession de sa mémoire.]

Au moment même où il absorbe le fatal breuvage (au ton
de sol majeur, après un trille prolongé), résonne sourdement le sombre thème de *La Trahison par la magie*, suivi
de *La Bienvenue de Gutrune;* tout aussitôt le philtre opère,
le pur héros perd la mémoire, oublie le passé, et ne brûle
d'un ardent amour que pour Gutrune. Quelques très fu-
gitives réminiscences de *L'Enthousiasme de l'amour*, du
Charme des flammes, de *L'Oiseau*, font deviner les efforts
impuissants qu'il fait pour ressaisir ses souvenirs envo-
lés; dorénavant il est sous le charme du traître Hagen,
dont il va accomplir passivement les ténébreuses volontés. Aussi les motifs de *La Trahison* (qu'on appelle aussi
l'Imposture magique) et celui de *Gutrune* vont-ils prendre,
dans le reste de la scène, une importance considérable.

Le pacte infâme qu'on lui impose est contracté sur les
thèmes de *La Trahison*, de *Loge* dont il devra de nouveau
traverser les flammes, de *La Chevauchée*, de *L'Épée*, de
La Malédiction de l'anneau, et fréquemment scellé par de
significatifs retours du *Traité*.

Le serment solennel échangé, les voix des deux frères
d'armes s'unissent en un ensemble de courte durée dans
lequel se fait jour *Le Désir de voyager*, sous une forme
dialoguée, ainsi qu'un nouveau motif, que chacun d'eux
chante à son tour, et qui a reçu le nom de *Justice de l'expiation* (selon d'autres *Le droit à l'expiation*).

JUSTICE DE L'EXPIATION

C'est comme la sanction du serment: celui qui le trahirait devrait payer cette trahison de sa mort.

Après quelques courts épisodes, pendant lesquels se font entendre de nouveau *Le Traité*, *La Bienvenue*, *L'Anneau*, *Les Pommes d'or* curieusement associées à *La Forge* (l'origine divine du héros et son éducation par le nain), *Le Regret de l'amour*, *La Chevauchée* combinée avec *Loge* (Grane traversant les flammes), les deux chevaliers se mettent en route sans plus tarder.

Gutrune les suit par la pensée, avec son motif de *Bienvenue*, et, peu après, les espérances ambitieuses de Hagen sont formulées nettement par une série de motifs typiques qui dénotent une association d'idées sur la signification de laquelle il n'y a pas à se méprendre: *Le Travail de destruction des Nibelungs*, *Le Cri de triomphe du Nibelung*, *Siegfried gardien de l'épée*, *La Chevauchée*, *Le Regret de l'amour*, *L'Or*, *L'Anneau*, objet de ses convoitises, *L'Appel du fils des bois*, *La Servitude...*; lui aussi suit les deux guerriers par la pensée. Nous, portés sur les ailes de la symphonie, nous les devançons; au cours du même interlude orchestral, nous sommes déjà ramenés près de *Brünnhilde* d'abord par son propre motif, puis par son

Salut au monde, entremêlés des menaces de *La Malédiction,* du *Travail de destruction* et de *L'Anneau,* qu'elle possède encore.

Scène III. — En effet, quand le rideau se rouvre, aux accents de *La Trahison par la magie,* c'est en contemplation de l'anneau que nous la retrouvons ; son état d'âme nous est de suite révélé par le souvenir de *Siegfried trésor du monde,* auquel succèdent bientôt de vagues bruits de *Chevauchée.* C'est Waltraute qui vient visiter sa sœur exilée, lui révéler la détresse des dieux, et la supplier, pour les sauver, de rendre l'anneau fatal au Rhin. De là une éloquente succession de motifs : *Le Cri d'appel des Walkyries,* avec les hennissements et les piaffements, *L'Annonce d'une nouvelle vie, Le Salut au monde, Le Salut à l'amour,* témoins de l'inébranlable fidélité de Brünnhilde à *Siegfried gardien de l'épée ;* ensuite le souvenir du terrible *Courroux de Wotan,* de *La Détresse des dieux,* des splendeurs du *Walhalla,* du *Traité,* de *La Puissance divine,* si fortement ébranlée, du *Sort,* des *Pommes d'or,* auxquelles Wotan ne touche plus ; ici encore, le *Walhalla* est représenté à l'état de ruine ; puis viennent *La Servitude, L'Adoration de l'or,* cause de tout le mal, un touchant rappel du *Chant d'adieu de Wotan, L'Anneau, La Malédiction, Le Regret de l'amour, Le Cri de triomphe du Nibelung* prêt à ressaisir sa proie, les deux cruelles notes de *La Servitude...* enfin tous ceux des motifs qui s'adaptent aux sujets de l'entretien des deux sœurs ; mais Brünnhilde ne cède pas, elle conservera son anneau de fiancée, tous ses thèmes d'amour se pressent de nouveau pour mieux affirmer sa constance, et Waltraute part précipitamment sur une tumultueuse reprise de *La Chevauchée.*

Restée seule, Brünnhilde voit *Le Charme des flammes*

se renouveler, la roche s'embraser ; elle pressent le retour de Siegfried, dont résonne déjà la fanfare du *Fils des bois;* elle court à sa rencontre !... Soudain *Le Pouvoir du casque* se fait entendre froid comme un glas : Siegfried, coiffé du Tarnhelm, a pris la forme de Gunther ; elle ne peut le reconnaître.

Cette deuxième partie de la scène est une des plus pénibles que je connaisse au théâtre, et le mieux est de se raccrocher à l'intérêt purement musical pour supporter l'odieux spectacle du pur et héroïque Siegfried devenu traître à l'honneur et à l'amour, fût-ce par un subterfuge magique, comme aussi des violences auxquelles il se livre, dans cet état inconscient, envers la malheureuse et toujours aimante Walkyrie. Heureusement cela ne dure pas longtemps.

Dès l'arrivée de Siegfried-Gunther, *Le Pouvoir du casque* s'impose, aussitôt suivi de *La Trahison par la magie; Le Sort* inexorable lui succède, mais c'est le motif des Gibichs qui accompagne la voix de Siegfried !... Le rythme souterrain du *Travail de destruction des Nibelungs* se fait entendre sourdement ; Brünnhilde tente en vain de résister par *L'Anneau* au brutal envahisseur : celui-ci y oppose *La Malédiction de l'anneau,* lutte avec elle, lui arrache la bague, la terrasse, et la contraint de tomber, épuisée, dans ses bras, sur un navrant rappel de *Siegfried trésor du monde,* celui qu'elle aime tant et qui ne la reconnaît plus, effroyable situation que souligne un rappel simultané du *Pouvoir du casque* et de l'amour humain de *Brünnhilde,* et que rend encore plus explicite, s'il est possible, un retour de *La Trahison* infâme.

C'est fini, elle est vaincue, brisée : les thèmes qui reviendront (*Le Travail de destruction, Brünnhilde, Le Sort* même) ne nous diront rien de plus ; mais il faut remar-

quer, bien qu'ils n'aient pas absolument caractère de
Leit-motif, les énergiques accents d'orchestre sur lesquels
Siegfried, convaincu d'avoir agi en loyal et vaillant chevalier, tire son glaive du fourreau, pour protéger sa malheureuse victime.

[On les retrouvera au 2ᵉ acte, puis au 3ᵉ, dans l'émouvante scène
finale, où leur signification ne pourra être bien saisie qu'en se re-
mémorant cette poignante situation.]

A la suite reparaissent *L'Épée*, soi-disant protectrice,
avec *Le Traité*, puis *La Bienvenue de Gutrune*, qui seule
hante maintenant l'esprit du héros; *Le Casque* et *La Trahison par la magie*, dont il est le jouet, et l'amour de *Brünnhilde*, qu'il méconnaît. Le dernier motif énoncé par l'orchestre est celui du *Pouvoir du casque*, qui, de fait, a joué
dans l'acte le rôle le plus terrifiant.

2ᵐᵉ **Acte.**

PRÉLUDE ET SCÈNE I. — Le rythme persistant du *Travail de destruction*, *Le Cri de triomphe du Nibelung*, et en
dernier lieu *L'Anneau*, font seuls les frais de ce Prélude,
qui s'enchaîne directement à la scène I.

Cette scène se passe dans des ténèbres profondes, à la
clarté blafarde de la lune, très voilée, entre le Nibelung
Alberich, émergeant des profondeurs du Rhin, et son fils
Hagen, engourdi dans un demi-sommeil; les motifs de

haine et d'ambition y dominent nécessairement ; d'abord
ceux signalés dans le Prélude, et qui forment le fond,
puis *La Puissance de l'anneau*, *Le Regret de l'amour*, puis
un nouveau thème effroyablement expressif, *Le Meurtre*,
l'excitation au meurtre,

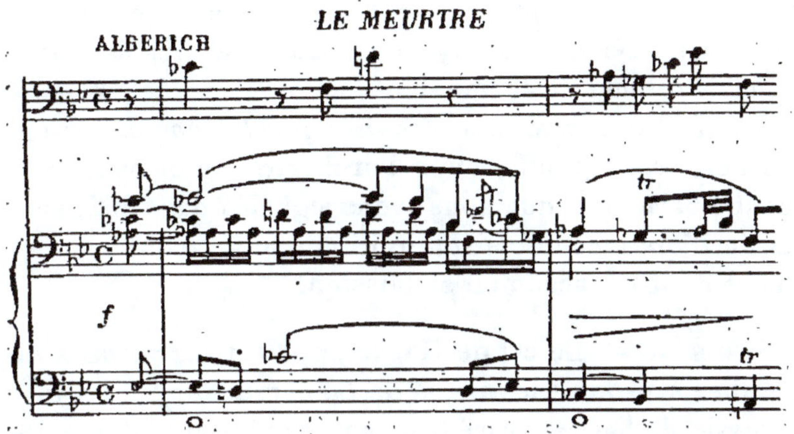

[qui retrouvera son emploi dans les scènes IV et V du même acte ;]

et, comme pour mieux préciser celui à qui s'adresse cette
menace, voici venir *L'Épée* avec laquelle Siegfried a tué
Fafner, *L'Anneau* qu'il a en sa *Puissance*, et *L'Appel du
fils des bois*, sa fanfare caractéristique.

Plus loin, dans la même scène, des allusions sont faites
à Brünnhilde, représentée par *L'Annonce d'une nouvelle
vie*, et aux *Filles du Rhin*, aussi au *Walhalla* défiguré, dont
la ruine est le but final ; mais ces motifs passent rapidement, laissant la prépondérance à ceux de couleur sombre,
qui définissent les caractères vindicatifs et sournois du
père et du fils, *Le Meurtre*, *La Malédiction de l'anneau*,
La Servitude.

SCÈNE II. — Le lever du soleil est ici représenté par
une souple figure traitée en canon sur une assez longue

Pédale de tonique (*si* ♭), qui n'est pas sans quelque rapport éloigné avec le motif du *Rhin*; c'est un lever de soleil sur les bords du Rhin.

L'arrivée de Siegfried est annoncée par *Le Pouvoir du Casque*, qu'il a encore sur la tête; et la fanfare alerte du *Fils des bois*. Il raconte à Hagen, puis à Gutrune qui survient, le succès de son voyage, sa traversée des flammes, d'où des retours du thème scintillant de *Loge*, de *La Bienvenue de Gutrune*, de *La Trahison par la magie*, comme aussi des trois grands coups d'orchestre, en octaves sans aucune harmonie, que nous avons signalés page 452, suivis de *L'Épée*, combinaison qui indique la façon loyale et chaste dont il a accompli sa mission.

Scène III. — Le cri de Hagen appelant les vassaux de Gunther reproduit les notes de *La Servitude*; tandis que le dessin de basse, procédant par grands sauts d'une allure lourdement joviale, semble caractériser la gaîté de Hagen, à la 2me mesure, nous trouvons un thème nouveau, *L'Appel au mariage*,

qui ressemble considérablement à la Bienvenue de Gutrune, dont il n'est qu'une transformation.

Aussitôt les vassaux arrivent, ce qui donne lieu à un chœur d'hommes très développé, pendant lequel la sonnerie d'appel retentit fréquemment, alternant avec la voix de Hagen qui ordonne des sacrifices aux dieux.

Scène iv. — Ce chœur ne prend fin qu'après le début de la scène iv, à l'arrivée de Gunther conduisant Brünnhilde.

L'entrée de cette dernière est soulignée par quelques tristes rappels de *La Chevauchée* suivis de *L'Appel au mariage;* quand elle reconnaît Siegfried et pendant le moment de stupeur qui suit, se succèdent éloquemment à l'orchestre, presque sans interruption : *L'Appel du fils des bois, La Vengeance, Le Sort, Le Pouvoir du casque, La Trahison par la magie, L'Appel au mariage, Brünnhilde, L'Anneau, La Malédiction de l'anneau, Le Travail de destruction, L'Or, Le Dragon, L'Adoration de l'or, Fafner, Siegfried gardien de l'épée, La Servitude,* qui nous font passer avec oppression par toutes les phases rapides de la pensée de la malheureuse Walkyrie déchue. Au moment où elle invoque les dieux, c'est *Le Walhalla* qui résonne, suivi de *La Vengeance* et de *La Destruction.*

Le reste de la scène se déroule à l'aide des motifs précédents; on y retrouve encore, moins fréquemment, *Le Regret de l'amour, L'Amour héroïque, La Justice de l'expiation,* et les trois coups d'épée symboliques de la loyauté avec laquelle Siegfried a conscience d'avoir accompli son pacte; le serment prêté par Siegfried, et que Brünnhilde redit à son tour, recèle vers le milieu le motif du *Meurtre,* auquel il se condamne lui-même sans le savoir. Ensuite nous retrouvons encore *La Servitude, Loge, Le Pouvoir du casque, L'Anneau, L'Appel au mariage,* sur lequel Brünnhilde semble méditer profondément pendant la page d'orchestre qui sépare cette scène de la suivante, après le départ de Siegfried avec Gutrune.

Scène v. — Restée seule avec Gunther et Hagen, ses tristes pensées suivent leur cours, le motif du *Travail de destruction* l'obsède, *La Justice de l'expiation* et *La Servitude* l'accablent, et elle semble pressentir *Le Meurtre; Le Sort*, pourtant, dont elle a été un des agents, la hante particulièrement, *L'Héritage du monde* et *L'Amour héroïque* lui reviennent en cuisants souvenirs; deux de ces motifs spécialement, *Le Meurtre* et *La Servitude*, se combinent simultanément comme pour faire pressentir l'issue fatale; de tendres souvenirs ramènent encore *Siegfried gardien de l'épée*, *L'Enthousiasme de l'amour* avec ses suites de tierces et de sixtes; mais toujours dominent les thèmes sombres... C'est sur le rythme persistant de l'opiniâtre *Travail de destruction des Nibelungs* que Brünnhilde révèle à Hagen que Siegfried reste vulnérable par le dos, et qu'ainsi peut l'atteindre un assassin, ce qui décide de sa perte. *Le Regret de l'amour* apparaît plusieurs fois, avec *La Vengeance, La Servitude;* l'idée du *Meurtre* prend de l'intensité.

Hagen, s'appuyant sur les motifs de *La Vengeance*, de *La Destruction*,... propose la mort de Siegfried.

Gunther, un instant ému par la pensée du chagrin qu'en éprouvera sa sœur, hésite, d'où les retours de *La Bienvenue de Gutrune*, de *Freïa*... « Il aura été tué par un sanglier, » propose Hagen; et Gunther cède, par faiblesse.

Quant à Brünnhilde, s'aidant du motif du *Meurtre*, et considérant Siegfried comme un lâche qui l'a trahie, elle est la première à vouloir sa mort.

Les trois personnages en scène étant mus par cette unique pensée, ici se place un ensemble en Trio, dans lequel la mort de Siegfried est décidée.

Le double cortège nuptial se reforme, aux sons de *L'Appel au mariage*, de *La Bienvenue de Gutrune;* mais au moment où le rideau se referme, l'idée de *La Vengeance* et surtout celle de *La Servitude* dominent les bruits de fête.

3me Acte.

PRÉLUDE ET SCÈNE I. — Après les émotions violentes des deux actes précédents, on éprouve un indicible besoin de calme et de fraîcheur.

La ravissante scène de « Siegfried et les Filles du Rhin » arrive merveilleusement, comme une soulageante diversion, pour détendre les nerfs surexcités, et les rendre par cela même plus sensibles aux tragiques événements qui termineront le drame.

Dès les premières notes du Prélude se fait entendre encore une fois, alerte et joyeuse, la fanfare d'*Appel du fils des bois,* à laquelle répondent dans l'éloignement le cor de Gunther et la trompe de Hagen. (Le motif de chasse de Gunther n'est autre que l'Appel au mariage, dérivé lui-même, on s'en souvient, de la Bienvenue de Gutrune.) Le gémissement de *La Servitude,* qui est rappelé par deux fois, est la seule note sombre de cette scène toute de jeunesse et d'enchantement.

Nous retrouvons d'abord *Le Rhin,* que (sauf une allusion presque inaperçue dans « Siegfried ») nous n'avons pas entendu depuis la première journée; *L'Adoration de l'or* lui fait escorte, avec *L'Or,* sur lequel les appels de chasse se renouvellent. Ensuite l'orchestre nous présente la gracieuse mélodie qui va devenir un nouveau Trio des séduisantes ondines, qui s'ébattent cette fois à fleur d'eau, accompagnées de l'incessant murmure des flots du *Rhin,* avec des souvenirs de *L'Or* perdu.

Le Trio devient Quatuor par l'arrivée de Siegfried, qui s'est égaré à la chasse en poursuivant un ours. Les nymphes l'attirent et le captivent par leur grâce et leur joyeux chant; elles lui demandent de leur donner sa bague (*Adoration de l'or, L'Anneau*), qu'il a conquise en tuant le *Dragon* furieux; il s'y refuse, elles le narguent sur son avarice, l'excitent par leurs rires moqueurs, puis, au moment où il va céder, elles prennent une physionomie sérieuse et lui révèlent l'anathème attaché à *L'Anneau* (cette phrase se termine par *Le Regret de l'amour*); elles lui annoncent sa mort prochaine s'il ne leur rend l'anneau maudit (*Puissance de l'anneau, Malédiction de l'anneau, La Servitude, L'Adoration de l'or,* etc.). Il aurait cédé à leurs charmes, mais il ne cédera pas en face d'une menace; du moment où l'anneau constitue un danger pour son possesseur (*Le Traité, L'Anneau, Fafner*), il le gardera (*Cri de triomphe du Nibelung*). Grande agitation des Nixes, qui voient encore une fois leur or leur échapper; elles essayent de persuader le téméraire de sa démence, mais, voyant qu'il leur faut renoncer à ressaisir *L'Anneau*, elles reprennent paisiblement leurs ébats et disparaissent sur une reprise du chatoyant ensemble qui a ouvert l'acte.

Resté seul, Siegfried entend les fanfares de Gunther et de Hagen se rapprocher, accompagnées par les motifs de *La Malédiction de l'anneau* et *La Servitude,* et leur répond par *L'Appel du fils des bois.*

Scène II. — Pendant que Gunther et Hagen s'approchent, suivis des hommes qui portent le produit de leur chasse et l'entassent au pied des arbres, l'orchestre se joue avec les motifs de chasse, laissant transparaître parfois quelques dessins empruntés au Trio des Filles du Rhin, encore dans l'esprit de Siegfried, auxquels se joignent, dès que le dialogue s'engage, *L'Amitié perfide de Hagen, La Servitude, La Vengeance,* quelques notes de *L'Oiseau,* un peu plus loin *L'Amour héroïque* et *La Jus-*

tice de l'expiation, combinés ensemble, *Loge* (la ruse), *La Trahison par la magie,* qui poursuit son cours, puis, lorsque Siegfried, à l'incitation de Hagen, propose de raconter son enfance et sa jeunesse, *La Forge,* puis encore *L'Oiseau.*

Le récit qui suit, et qui nous conduit directement à la scène de l'assassinat, est si merveilleusement commenté par l'orchestre qu'on pourrait en suivre toutes les péripéties sans le secours des paroles.

C'est d'abord *La Forge* où il a été élevé dans un état de *Servitude,* dans l'espoir qu'un jour il tuerait *Le Dragon;* c'est la doucereuse complainte de Mime; c'est la fonte de *L'Épée* et la victoire sur *Le Dragon;* ensuite reparaissent les « murmures de la Forêt », dans lesquels Siegfried à présent chante la partie de *L'Oiseau;* la mort de Mime motive un dernier retour de *La Forge.* A ce moment, Hagen, poursuivant ses maléfices, prépare un nouveau philtre qui, celui-là, rend la mémoire, et le lui présente sous les contours trompeurs de *L'Amitié perfide;* Siegfried vide la coupe d'un trait, pendant que mystérieusement glisse dans l'orchestre le thème de *La Trahison par la magie,* sournoisement préparé par *La Puissance du Casque,* et instantanément suivi de *L'Amour héroïque* et de l'amour humain de *Brünnhilde.* La mémoire est revenue, le récit reprend; avec lui, de nouveau, les « murmures de la forêt », *L'Oiseau, Le Charme des flammes, Freïa,* la beauté, *Le Sommeil de Brünnhilde, L'Héritage du monde, Le Salut au monde,* avec la terminaison en tierces du Duo d'amour, le souvenir des premières extases... C'est alors que le traître Hagen, montrant à Siegfried les deux corbeaux de Wotan qui passent en croassant, le contraint à tourner le dos, et enfonce son épieu entre les deux épaules du héros. *La Malédiction de l'anneau* retentit violemment, puis, comme un douloureux glas de deuil, *Siegfried gardien de l'épée,* que suivent à peu de distance *Le Sort* et *La Justice de l'expiation,* au milieu de la stupeur générale. Siegfried est blessé à mort, mais il n'est pas mort. Agonisant et dans un état extatique, il poursuit son récit, que le coup fatal a seulement interrompu. *Le Salut au monde* reprend, dans son développement complet, *Le Sort, Le Gardien de l'épée, Le Salut à l'amour, L'Enthousiasme de l'amour,...* puis, sur un dernier rappel du *Sort,* il tombe mort.

Ici commence (au ton d'*ut* mineur) l'admirable page symphonique qu'on a coutume d'appeler la « Marche funèbre de Siegfried », mais dans laquelle il faut voir, plutôt qu'une Marche, la plus émouvante et la plus éloquente des oraisons funèbres : oraison funèbre muette, sans un mot, et par cela même encore plus poignante et plus grandiose, car nous sommes arrivés à ce degré de tension où, la parole devenue impuissante, la musique seule peut encore fournir des éléments à une émotion presque surnaturelle.

Toute la vie du héros va nous être retracée. Tous les motifs héroïques que nous connaissons vont défiler ici, non plus dans leurs allures accoutumées, mais lugubrement voilés de deuil, entrecoupés de sanglots, portant avec eux la terreur, et formant dans l'atmosphère qui entoure le héros mort un cortège invisible et impalpable, le cortège mystique de pensées vivantes. D'abord, grave et solennel, *L'Héroïsme des Wälsungs,* que nous nous souvenons avoir entendu pour la première fois lorsque Siegmund, au début de « la Walkyrie », fait le triste récit de ses malheurs; vient ensuite *La Compassion,* représentant la malheureuse Sieglinde, et *L'Amour,* l'amour de Siegmund et Sieglinde, d'où devait naître Siegfried : ne semble-t-il pas que les tendres âmes de son père et de sa mère, qu'il aimait tant sans les avoir connus, planent sur lui et sont venues conduire le deuil? Puis c'est *La Race des Wälsungs* tout entière qui, dans un superbe mouvement de basses, se joint au funèbre cortège; comme sur un cercueil on pose les armes du défunt : *L'Épée*, la fière épée est là, toujours étincelante, flamboyante, devenue héraldique dans la lumineuse clarté d'*ut* majeur, qui n'apparaît qu'à ce seul instant; enfin voici le motif par excellence du héros, *Siegfried gardien de l'épée*, deux fois répété par une marche ascendante, la deuxième fois avec sa franche et loyale conclusion, et suivi du *Fils des bois* dans sa forme héroïque encore singulièrement élargie, qui fait place à un souvenir embaumé de *Brünnhilde*,... de son unique amour... Que peut-on rêver de plus attendrissant? Aux dernières notes de la « Marche funèbre », qui ne se termine qu'à la

SCÈNE III, se font entendre deux lugubres accords qui participent autant de *La Servitude* que du *Cri de triomphe du Nibelung*, de même qu'aux mesures suivantes un autre contour, souligné par *La Malédiction de l'anneau*, peut être considéré à volonté comme un amer souvenir soit de *La Bienvenue de Gutrune*, soit de *L'Appel au mariage*, deux motifs se rapportant également l'un et l'autre à l'idée de trahison.

Plusieurs fois l'auditeur, s'abusant comme Gutrune, croit entendre *L'Appel* accoutumé du *Fils des bois;* mais la fanfare ne s'en développe point; elle est toujours brisée et comme chancelante; on entend Grane hennir farouchement, avec quelques notes de *La Chevauchée;* inquiète, Gutrune cherche *Brünnhilde :* elle est obsédée par l'idée du *Sort*, auquel s'adjoint *Le Cri de triomphe du Nibelung*. Soudain reparaît le motif de *La Vengeance* accompagnant le rauque appel de Hagen, emprunté à *La Servitude;* d'ici à la mort de Gunther, l'orchestre se meut sur un petit nombre de motifs : *L'Appel du fils des bois,* transformé en mineur, *Le Regret de l'amour;* à l'arrivée du corps, *Siegfried gardien de l'épée,* qui n'est plus représenté que par ses premières notes, *Le Meurtre, La Justice de l'expiation, L'Anneau, La Malédiction, Le Sort.* C'est sur ce dernier que Gunther est frappé.

Aussitôt Hagen veut s'emparer de la bague magique; aussitôt aussi le bras du cadavre de Siegfried se redresse menaçant, serrant l'anneau dans son poing fermé, avec un terrifiant éclat de *L'Épée,* qui, même mort, le protège.

. Alors, sur un large dessin formé du *Déclin des dieux,* des *Nornes,* du *Rhin,* et se terminant tragiquement par *Le Sort,* apparaît Brünnhilde. A la fin de sa première phrase, le développement du Sort nous donne le chant de *La Mort.* Elle congédie Gutrune, lui rappelant sa perfide *Bienvenue,* et, par le thème de *L'Héritage du monde,* se proclame la seule véritable épouse du héros mort; sur un dernier rappel de *La Trahison par la magie,* Gutrune maudit Hagen auquel elle a obéi, et se retire honteuse et désolée.

A partir d'ici, le personnage de Brünnhilde remplira seul cette inoubliable scène de terreur grandiose et resplendissante, tellement splendide et émotionnante qu'elle ne saurait être décrite.

Pendant que Brünnhilde ordonne qu'on élève un bûcher, qu'on aille chercher son cheval, les motifs dominants sont : *La Puissance divine, Le Charme des flammes, Siegfried gardien de l'épée, La Chevauchée;* ensuite reparaissent de tendres souvenirs, avec *Le Salut à l'amour* et un rappel de *L'Épée* (que nous entendons ici pour la dernière fois); ces touchants accents sont brusquement coupés par les trois significatifs coups d'orchestre que nous avons trouvés pour la première fois dans le terrible Duo du 1er acte (scène III) ; dans l'action du héros alors sous le pouvoir d'un charme, ils avaient pour signification ce qui était pour lui la loyauté chevaleresque ; ici, ils représentent pour Brünnhilde la froide et incompréhensible trahison. Après un rappel du *Sort*, elle s'adresse aux dieux ; alors, c'est *Le Walhalla*, *L'Annonce d'une nouvelle vie*, qui reparaissent plus émouvants que jamais ; à *La Servitude*, à *La Malédiction de l'anneau*, et à *La Détresse des dieux*, succède comme un adieu, triste et pourtant radieux, un dernier *Salut au Walhalla*.

La Puissance divine reparaît un instant, suivie du *Déclin des dieux* et du *Rhin*, trois motifs prochement apparentés ; c'est aux *Filles du Rhin* qu'elle parle, maintenant, de *L'Or* qu'elle va leur rendre, sous la forme de *L'Anneau* que le feu du bûcher va enfin délivrer de *La Malédiction* qui pèse sur lui.

Aux accents d'une énergie brutale du *Traité* succèdent les dessins crépitants du *Charme des flammes*, de *Loge*, du *Déclin des dieux*, des *Nornes ;* Brünnhilde a saisi une torche, et, après avoir embrasé le bûcher, elle a lancé un brandon d'incendie jusqu'au *Walhalla*.

La Chevauchée reparaît, impétueuse et farouche ; c'est à son fidèle Grane qu'elle s'adresse à présent, c'est lui qui la portera vivante sur le bûcher, et y mourra héroïquement comme elle. Alors apparaît dans sa prodigieuse splendeur le magnifique motif de *La Rédemption par l'amour*, que l'auteur génial, après nous l'avoir seulement laissé entrevoir au 3e acte de « la Walkyrie » (scène I, dans le rôle de Sieglinde), a tenu en réserve pour en faire ici l'auréole vibrante de la pure et intrépide héroïne. Ce motif va sans cesse montant et grandissant, s'entrelaçant amoureusement avec celui de *Siegfried gardien de l'épée*, pendant que l'exaltation, encore excitée par le pétillement incessant des *Flammes*, atteint au paroxysme de l'intensité ; soudain, avec un entraînant éclat de son ancien *Cri de Walkyrie*, elle enlève son noble cheval au galop, et tous deux vont s'effondrer dans le brasier ardent !

Les flammes s'élèvent, le feu siffle, les motifs de *Loge* et des *Flammes* font rage, *Le Sommeil éternel* s'étend largement, *Le Rhin* monte et envahit la scène ; *La Malédiction de l'anneau* se fait entendre encore une fois, mais brisée, inachevée ; le tenace Hagen se précipite dans les flots pour saisir l'anneau, que, joyeuses, ont enfin reconquis *Les Filles du Rhin*.

Le drame est accompli,... mais il reste à entendre un prodigieux Épilogue purement instrumental, pendant lequel l'émotion, qui semble à son comble, va pourtant s'accroître encore, et cela par la seule puissance de la musique et des combinaisons harmoniques des Leit-motifs. Pendant que le *Rhin*, s'apaisant graduellement, entraîne en son cours *Les Filles du Rhin* jubilantes, folâtrant avec leur anneau d'or, pendant que *Le Walhalla*, perdu à tout jamais, définitivement condamné, mais toujours superbe et solennel, s'éclaire des lueurs de l'incendie naissant qui va le dévorer et l'anéantir, vient planer au-dessus de tout, comme l'enivrant et suave parfum qui s'exhale de l'âme pure de Brünnhilde, comme l'épanouissement de son immense tendresse, le chant radieux de la *Rédemption par l'amour*, devenant de plus en plus éthéré... Tous ces motifs s'échelonnent comme dans un rêve prophétique et lumineux, sans se confondre, chacun conservant immuable son caractère, soit grandiose, soit enjoué, soit extatique, et il en résulte une impression complexe, indéfinissable, profondément troublante, qui plonge l'âme attendrie, après toutes ces scènes d'essence mythologique, dans un état de contemplation surnaturelle et d'idéalisme presque chrétiens.

Je donne ici, dans les quatre pages suivantes, une sorte de maquette montrant de quelle curieuse manière une si prodigieuse combinaison a pu être résolue, et en indiquant, à peu près, l'orchestration merveilleuse.

Ce qui attire d'abord l'attention, c'est le majestueux thème du *Walhalla*, confié à la famille des Tubas et à la Trompette-basse (les cuivres wagnériens), s'épandant avec solennité dans la mesure à 3/2; lorsque ce motif se tait momentanément, les Tubas sont remplacés par les Trombones, avec lesquels ils ne se confondent pas. — Pendant ce temps, aux Violoncelles, aux Altos et aux Harpes se dessine le mouvement ondulatoire des flots du *Rhin*, avec son rythme habituel à 6/8. — Les Hautbois et Clarinettes, auxquels s'adjoignent plus tard le Cor anglais et la 3ᵐᵉ flûte, rappellent les souples évolutions des nageuses *Filles du Rhin*. — Ce n'est qu'en dernier qu'apparaît aux Violons, 1ᵉʳ et 2ᵈˢ, renforcés par deux flûtes, le thème resplendissant comme une merveilleuse apothéose, *La Rédemption par l'amour*, celui-ci dans une large mesure à 2/2, et tellement grand, tellement sublime en cette suprême transformation, que l'on se sent transporté dans les sphères de l'inconnu.

On retrouve ensuite *La Puissance divine*, qui s'effondre en traits de basses précipités; on assiste à l'embrasement et l'écroulement du Palais des dieux, une dernière fois retentit la vaillante sonnerie du *Gardien de l'épée*, tandis que plane encore plus haut, dans les espaces célestes, comme une dernière et suprême bénédiction, la phrase consolatrice si douce et si noblement empreinte de sérénité, en laquelle se résume tout le drame : *La Rédemption par l'amour !*

LES FILLES DU RHIN
Hautb.,Clar.
Hautb.,Clar.,Cors,Bassons
LE WALHALLA
Tromp.basse
Tubas
B. Tuba
2d Violon
LE RHIN
Altos,Violoncelles,Harpes,C. Basses
LA REDEMPTION PAR L'AMOUR
1ers et 2ds Violons,Flûtes
Trombones

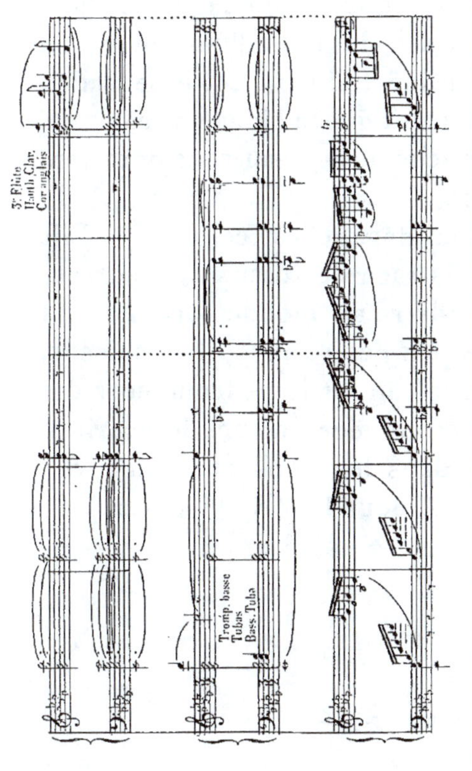

3e Flûte.
Hautb.Clar.
Cor.anglais
Tromp. basse
Tubas
Bass.Tuba

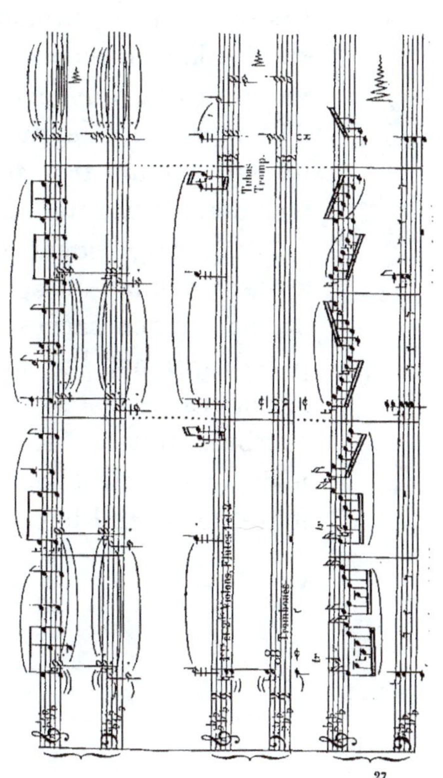

Tubas.
Tromp.
1er et 2e Violons. Flûtes 1et2
Trombones

C'est d'une ampleur inouïe, et tout cela se meut avec une telle aisance que l'auditeur n'éprouve pas un seul instant l'impression de la complication réelle en présence de laquelle il se trouve. Tous les motifs se détachent nettement, et les dissonances qu'ils forment parfois entre eux disparaissent grâce à la diversité nettement tranchée des timbres. Nulle confusion, nulle dureté; on nage avec béatitude dans un océan embrasé de flots d'harmonie, on voudrait pouvoir prolonger indéfiniment cette sensation délicieuse, et, quelque lentement que le rideau se referme, on est toujours trop tôt arraché de ce beau rêve pour rentrer dans la réalité de la vie.

Et l'enseignement qui s'en dégage est celui-ci : « Elle a passé comme un souffle, la race des dieux;... le trésor de ma science sacrée, je le livre au monde : ce ne sont plus les biens, l'or ou les pompes divines, les maisons, les cours, le faste seigneurial, ni les liens trompeurs des sombres traités, ni la dure loi des mœurs hypocrites, mais une seule chose qui dans les bons et les mauvais jours nous rend heureux : l'Amour ! » (R. WAGNER.)

PARSIFAL

DÉSIGNATION des principaux Leit-motifs de **PARSIFAL** dans l'ordre de leur première apparition intégrale. — SCÈNES[1] :	Prélude.	1er ACTE			Prélude.	2me ACTE			Prélude.	3me ACTE	
		1	2	3		1	2	3		1	2
La Cène	●	●	●	●				●		●	●
Le Graal	●	●	●	●		●		●	●	●	●
La Foi	●	●	●	●				●		●	●
La Lance	●	●	●	●		●		●	●	●	●
La Souffrance		●	●			●		●		●	●
La Promesse		●		●		●		●	●	●	●
La Galopade		●	●			●		●			
Kundry		●	●	●	●	●		●	●	●	
Le Baume		●								●	
La Brise		●	●							●	
La Magie		●	●	●	●	●		●	●	●	
Klingsor		●	●		●	●		●			●
Les Filles-Fleurs		●				●					
Parsifal			●	●		●	●	●		●	●
Le Cygne			●	●							
Herzeleide			●					●			
L'Appel au Sauveur			●	●	●	●		●		●	●
Plainte des filles-fleurs							●	●	●	●	
Le Deuil d'Herzeleide								●			
Le Vendredi Saint								●		●	●
Le Désert									●	●	●
L'Expiation										●	
Deuxième forme du Désert										●	●
Le Charme du Vendredi Saint										●	

1. Pour *Parsifal*, cette division par scènes est purement arbitraire, mais correspond à celle adoptée dans l'analyse ci-après.

PARSIFAL

PRÉLUDE. — Par le Prélude même, nous sommes de
suite initiés à tous les grands motifs symboliques de la religion du saint Graal.

Le premier son qui émerge des profondeurs de « l'abîme
mystique », un simple *la* bémol grave de la 4ᵉ corde des
32 violons, dans un mouvement démesurément lent, ce
son « désorientant » en ce qu'il semble surgir à la fois de
tous les points de la salle, est la note initiale du mystérieux motif de *La Cène,*

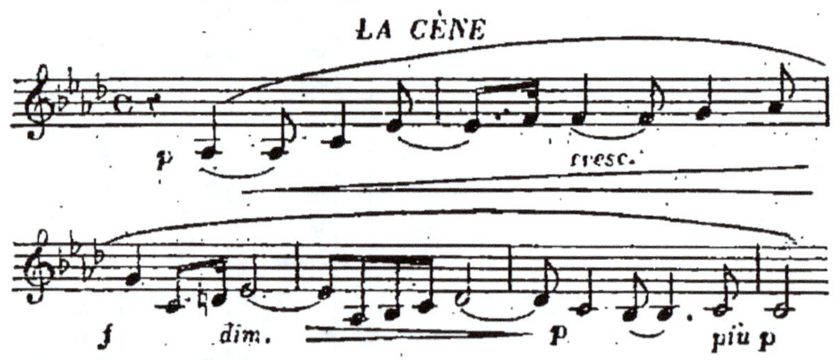

motif d'une ampleur inouïe dans sa calme et majestueuse
simplicité; d'abord présenté à découvert, sans aucune
espèce d'accompagnement, il est aussitôt répété harmonisé par d'enveloppants arpèges auxquels la harpe apporte son caractère hiératique.

Après un long silence, le même motif reprend, mais en
mineur cette fois, ce qui lui communique une extraordinaire expression de souffrance, encore plus pénible lorsqu'elle est soulignée par l'harmonisation.

Nouveau silence, très long! Ces silences solennels sont
prodigieusement éloquents et expressifs; on sent que

sur le sujet unique qui vient d'être exposé il y a à méditer profondément, et on médite.

Dans des analyses plus détaillées, on verra comment ce
premier motif peut être décomposé en plusieurs fragments dont chacun possède une signification mystique
spéciale.

Le deuxième thème qui apparaît, c'est *Le Graal,*

qui représente musicalement le vase sacré, et par extension le temple où il est pieusement conservé.

En troisième lieu, toujours sans quitter le ton de *la
bémol,* l'austère motif de *La Foi,*

longuement et pompeusement développé, un instant coupé
par un retour du *Graal,* et s'épanouissant magnifiquement.

Un mystérieux roulement de timbales, auquel succède
un trémolo prolongé des instruments à cordes, annonce et

accompagne la réapparition de *La Cène* avec de nouvelles
et curieuses harmonies, dont se détache un motif formé
de quatre de ses notes, qui personnifiera *La Lance*

et reparaîtra constamment dans toutes les parties de l'ouvrage, sauf dans le Prélude du 2me acte et dans la scène
des Filles-Fleurs. Bien que fort court, il est aisément
reconnaissable et souvent orchestré d'une façon mordante
et incisive qui appelle sur lui l'attention.

   [Ces quatre motifs, La Cène, Le Graal, La Foi et La Lance constituent, avec un cinquième qui paraîtra bientôt (La Promesse), l'élément religieux et en quelque sorte liturgique qui domine dans les
actes I et III. Seul parmi ces motifs importants, celui de *La Foi* est
soumis à des transformations harmoniques et rythmiques qui peuvent empêcher de le reconnaître à première vue, et dont il est bon
d'être prévenu ; c'est pourquoi je le présente ici sous plusieurs aspects différents qu'il revêt dès le commencement du 1er acte (aux
mesures 34, 134, 404 et 486), toujours dans le rôle de Gurnemanz, le
chevalier à robuste croyance, dont c'est, naturellement, le thème
favori.]

Après un court développement de *La Lance*, le motif de *La Cène* vient enchaîner le Prélude au 1er acte.

1er Acte.

— Parsifal n'étant pas divisé par scènes, nous devrons, pour la clarté de l'analyse, établir des démarcations de convention entre les diverses parties d'un même acte.

Pour le 1er, distinguons trois parties : 1, du début à l'arrivée de Parsifal; 2, de l'arrivée de Parsifal au changement de décor; 3, la scène dans le temple. —

Les motifs de *La Cène*, du *Graal*, de *La Foi* et encore de *La Cène* donnent le signal du réveil et de la prière matinale. Le dialogue s'engage entre Gurnemanz et deux de ses jeunes compagnons, deux écuyers du Graal; ici l'orchestre nous présente *La Foi* sous la première transformation indiquée ci-dessus (en *si* maj.), et, quatre mesures plus loin, un douloureux dessin de basse nous raconte *La Souffrance* physique du roi, d'Amfortas, qui descend, porté sur une litière, prendre le bain qui seul lui apporte un soulagement momentané.

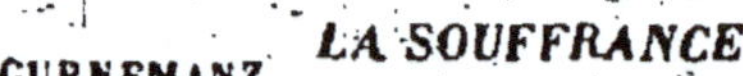

A la 65e mesure de l'acte, l'orchestre indique expressivement, mais encore vaguement, le motif de *La Promesse*, qu'on saisira mieux quelques pages plus loin (voir p. 479).

Un bruissement de feuilles donnant la sensation d'une course échevelée se fait entendre, suivi du rythme nerveux et saccadé de *La Galopade,*

qui, après avoir persisté pendant quelques mesures, grandissant et approchant, vient se terminer sur une sorte de ricanement convulsif, qui accompagnera presque toujours les apparitions de l'étrange personnage de *Kundry.*

Ces trois derniers motifs, celui si pénible de la Souffrance corporelle du roi, ceux si violents de la Galopade et du farouche hennissement de Kundry, arrivant après les harmonies graves et pleines d'onction des thèmes religieux du Prélude, produisent un effet de contraste vivement saisissant.

Celui-ci, de moindre importance, et qui accompagne les quelques mots rudes et entrecoupés de Kundry, est

attaché à l'idée du *Baume* qu'elle a été querir, sans ordre,
et de son propre chef, au fond de l'Arabie.

Le cortège d'Amfortas s'avance ; nous reconnaissons
à l'orchestre *La Souffrance*, *La Foi* dans une deuxième
transformation (page 473 en *ré* bémol) et un court emprunt
à *La Cène*. *La Souffrance* reprend encore, mais elle semble
atténuée par la venue du charmant et rafraîchissant motif
de *La Brise*,

la brise bienfaisante qui apaise pour un instant les douleurs de l'infortuné Amfortas, et vient se terminer par les
dernières notes du thème de *La Cène*.

[Le motif de *La Brise* se retrouvera légèrement indiqué au 3ᵉ acte,
peu après l'arrivée de Parsifal à la cabane de Gurnemanz, mais
modifié d'aspect, en *mi* majeur et à 4/4.]

Quelques notes du récit du Roi nous font connaître le
thème prophétique de *La Promesse* sur la foi duquel il
attend un sauveur, lequel ne peut être qu' « un Simple, un
Pur, qu'instruit son cœur » !

Le flacon que lui remet Gurnemanz rappelle le motif du
Baume, avec celui de *La Galopade* et le sinistre ricane-

ment de *Kundry*; pendant que, farouche, elle refuse les remerciements du roi, des dessins tortueux et sournois, hérissés de notes chromatiques, nous révèlent quelque chose de sa nature bizarre; ils se terminent par un retour plus violent du rire nerveux. Le cortège s'étant remis en marche, aux gémissements de *La Souffrance* cruelle, pourtant tempérée par *La Brise*, la conversation reprend intime et affectueuse entre le chevalier Gurnemanz et les jeunes écuyers avides de s'instruire. Sur quoi peut-elle rouler? Sur le saint *Graal*, objet de toutes les préoccupations des pieux chevaliers, sur les allures singulières et énigmatiques de *Kundry*, sur sa *Galopade* encore récente; sur *La Cène*, qui forme la base symbolique du culte du Graal; sur *La Promesse* d'un nouveau Rédempteur, qui viendra délivrer le roi de ses tortures; sur *La Magie*,

qui oppose ses maléfices et ses envoûtements à la pureté de la sainte religion du *Graal*, de *La Lance* et de *La Foi*, que résume en un mot *La Cène*.

[Le thème de *La Magie*, ainsi que le suivant, *Klingsor*, prendront leur grande extension au 2ᵉ acte; ils ne figurent ici qu'épisodiquement, pour documenter le récit.]

Un court retour de *La Souffrance* adoucie par *La Brise*
a lieu au moment où deux des écuyers, remontant du lac,
donnent en passant des nouvelles du roi; puis le bon
Gurnemanz continue à instruire ses élèves; cette fois,
non sans de nouvelles considérations sur *La Foi, Le Graal,
La Cène, La Lance* (tous ces motifs s'échelonnant comme
je les énonce), il leur révèle ce qu'est *Klingsor,*

son infamie, les séductions par lesquelles il tente de cor-
rompre les saints chevaliers, l'emploi qu'il fait de *La Magie*
(ici passent rapidement dans l'orchestre les motifs de *Kundry* et des *Filles-Fleurs,* suppôts de Klingsor), et enfin
comment le malheureux Amfortas, ayant voulu le combattre, fut sa victime, perdant à la fois et sa chasteté et *La*

Lance divine, rapportant de plus la terrible blessure « que rien ne peut fermer », si ce n'est, comme cela lui a été révélé prophétiquement, l'intervention du « simple et pur », l'objet de *La Promesse*. Émerveillés autant qu'attendris par ce récit, les Écuyers répètent en chœur le motif de *La Promesse*, lorsqu'une fanfare éclatante, alors réduite à ses trois premières notes, mais dans laquelle on reconnaîtra plus tard le motif personnel de *Parsifal*,

suivie de clameurs et de cris d'effroi, met fin à l'entretien.

:[Quand *Parsifal* reparaît dans son armure noire, au début du 3ᵉ acte, ce motif est en *si♭* mineur;

et lorsque, à la fin de l'ouvrage, devenu à son tour Prêtre-Chevalier et Souverain du Graal, il accomplit le miracle de guérir la blessure du Roi, il prend cette forme particulièrement triomphale :]

Ici commence la 2e partie de l'acte. Parsifal, ignorant la loi du Graal qui veut que sur ses domaines la bête soit sacrée, vient de tuer un cygne; cette profanation est cause de tout l'émoi. On apporte le cygne mourant au bon Gurnemanz, qui interroge et réprimande sévèrement l'inconscient. Aux premiers mots de sa réponse, son caractère nous est révélé dans toute sa naïveté.

Aux thèmes de *La Cène* (celui-ci à peine indiqué), de *La Foi,* qui accompagne toujours les discours de Gurnemanz, de *La Brise* bienfaisante, se mélange ici un thème nouveau, consistant en deux accords seulement, mais qui est bien nettement associé chez Wagner à l'idée du *Cygne,* puisqu'il l'a déjà employé dans « Lohengrin ».

Sensible aux reproches paternels du bon chevalier, *Parsifal* ému brise son arc et jette ses flèches. Gurnemanz, poursuivant son interrogatoire, n'en peut rien tirer, sinon qu'il se souvient de sa mère, ce qui nous vaut le triste et doux motif d'*Herzeleïde,*

HERZELEIDE

(Cœur dolent ou la Douloureuse, selon les commentateurs). Entre temps reparaît le motif du *Cygne*, dans les
quelques mesures émues et solennelles qu'on a l'habitude
d'appeler un peu exagérément « La marche funèbre du
Cygne ».

Lorsque plus tard *Kundry*, l'aidant à rassembler ses
souvenirs, lui apprend la mort de sa mère, nous retrouvons *La Galopade*, plusieurs éclairs de *Parsifal*, puis
Herzeleïde ; lorsqu'il veut sauter à la gorge de la femme
sauvage, c'est sur un puissant mais dissonant éclat du
motif de *Parsifal*, auquel succède un douloureux rappel
d'*Herzeleïde* ; lorsque Parsifal s'évanouit, et que Kundry

court lui chercher de l'eau, revient *La Galopade,* suivie du fatal ricanement; lorsqu'elle lui offre cette eau, ce soulagement, c'est *Le Graal* qui l'inspire, l'idée du *Baume* s'intercale; c'est la Kundry bienfaisante, mais aussitôt elle est reprise par les motifs sataniques, *La Magie* et ses envoûtements, *Klingsor* qui déjà l'appelle : elle frémit, cherche à se raidir, tombe à terre en proie à des convulsions, puis elle s'endort profondément.

C'est alors que le décor se déroulant nous donne l'impression de faire, en compagnie de Gurnemanz et Parsifal, l'ascension du Montsalvat; dans ces pages presque exclusivement symphoniques, et dont le motif principal annonce la sonnerie des *Cloches* du Graal, se retrouvent nécessairement tous les thèmes de caractère religieux, et en plus le douloureux dessin, moins fréquemment employé jusqu'ici, mais pourtant caractéristique, de *L'Appel au Sauveur*.

Vers la fin de cet intermède, le motif de *La Cène,* à laquelle nous allons assister, prend une importance prédominante, jusqu'au moment où les *Cloches* (voir p. 502), sonnant à toute volée, nous introduisent dans le sanctuaire même. Pendant toute cette troisième partie de l'acte, Parsifal va rester immobile, comme pétrifié d'étonnement, tournant le dos au public, contemplant en silence la scène grandiose et émouvante de l'office du saint Graal.

Sur un rythme pesant que scande la sonnerie des *Cloches,* les chevaliers, se rendant à l'appel du *Graal,* viennent se ranger solennellement autour des tables; sur le même rythme, mais en doublant le pas, de jeunes écuyers, plus alertes, entrent à leur tour et prennent place. Des voix de Jeunes Gens, formant un chœur à trois parties, placé à mi-hauteur de la coupole, font entendre *L'Appel au Sauveur,* que l'orchestre accompagne des notes de *La Lance,* puis de l'harmonie du *Graal.* Un autre chœur, d'Enfants celui-ci, à quatre parties, et placé tout en haut de la coupole, entonne à son tour le thème de *La Foi,* traité en manière de choral. (Ce curieux échelonnement de trois chœurs placés à des hauteurs différentes, les hommes sur le sol du temple, les adolescents à mi-hauteur et les enfants au sommet du dôme, qui produit un effet des plus saisissants, avait été essayé par Wagner longtemps avant, en 1843, à l'église Notre-Dame de Dresde, dans « La Cène des Apôtres ».)

La voix de Titurel, sortant des profondeurs d'une sorte de crypte, ordonne à son fils d'accomplir le saint sacrifice; Amfortas, sur le motif de *L'Appel au Sauveur,* supplie qu'on le dispense de remplir sa tâche; mais Titurel, soutenu par deux saints rappels du *Graal,* commande qu'on découvre le vase sacré. Alors commencent les effroyables tortures du malheureux Prêtre-Roi déchu, tortures bien plus morales que physiques, que nous révèlent de cuisants souvenirs de *Kundry*, se mêlant aux thèmes sacrés du *Graal*, de *La Cène*, de *L'Appel au Sauveur*, de *La Lance*, avec lesquels lutte le motif satanique de *La Magie*, pendant qu'il nous décrit les cruelles souffrances endurées par lui chaque fois qu'il est contraint d'exercer son sacerdoce. Du chœur de Jeunes Gens tombe mystérieusement le souvenir de *La Promesse*; les chevaliers imposent à l'infortuné l'accomplissement de son devoir, et la voix de Titurel, encore plus impérative, exige qu'on découvre *Le Graal*.

Alors *La Cène* se fait entendre dans toute sa majesté, à peu près dans la même disposition orchestrale qu'au début du Prélude, sauf que les Violons sont remplacés par les voix d'Enfants qui semblent venir du ciel, avec les paroles de la Consécration. C'est pendant ce temps que s'accomplit le miracle.

On entend de nouveau *Les Cloches*; alors les trois chœurs, d'abord celui des Enfants, ensuite celui des Jeunes Gens, et en dernier lieu celui des Chevaliers, entonnent un cantique d'action de grâces. Puis, par une disposition inverse, les hommes d'abord, puis les adolescents et enfin les enfants, s'élèvent en une sorte d'acte de foi, d'espérance et de charité qui a pour harmonie le thème du *Graal*, et va se perdre dans les hauteurs de la coupole.

Le cortège du Roi se retire, puis celui des Chevaliers, et les théories de Jeunes Garçons, toujours marchant d'un pas plus agile, escortés des mêmes motifs qui ont accompagné leur entrée et du carillon des *Cloches du Graal*.

Gurnemanz et Parsifal restés seuls en scène, l'orchestre, dans une combinaison singulièrement expressive, rappelle les motifs de *La Promesse*, de *L'Appel au Sauveur*, *Parsifal* et *Le Cygne*; et lorsque Gurnemanz, après avoir chassé Parsifal, s'est retiré lui-même, quand la scène reste vide, une voix prophétique fait encore entendre *La Promesse,* à laquelle répondent comme un écho céleste les voix de la coupole, par *Le Graal* et *La Lance.*

2me Acte.

— Procédant comme nous l'avons fait pour le 1er acte, nous diviserons celui-ci en trois parties qui s'imposent naturellement : 1, l'évocation de Kundry ; 2, les Filles-Fleurs ; 3, la scène de Kundry avec Parsifal, et la victoire de celui-ci sur Klingsor. —

Le Prélude fait entièrement corps avec la scène ; il serait complètement formé des motifs diaboliques de *Klingsor,* de *La Magie* et de *Kundry,* sans l'immixtion de *L'Appel au Sauveur,* qu'on ne s'explique pas de suite : l'évocation a lieu par *La Magie,* par *Klingsor,* mais l'apparition même de Kundry ramène *L'Appel au Sauveur,* unique et suprême aspiration de la malheureuse damnée ; elle s'y cramponne désespérément, cherchant à se soustraire par cette ardente prière à l'influence du magicien. Chacun de ces efforts impuissants est accentué par un farouche cri de *Kundry,* de la femme sauvage dont la terrible destinée est d'être alternativement soumise aux puissances infernales et aux doux effluves du temple saint.

Klingsor lui rappelle leurs nombreuses victoires, *La Lance* que grâce à elle il a réussi à ravir, et lui désigne la nouvelle victime qu'il lui réserve pour aujourd'hui : « Un simple, un pur, » celui que personnifie le motif de *La Promesse.* Le reste de cette scène, pendant laquelle *Kundry* ne cesse de tenter une résistance inutile à la volonté dominatrice de l'envoûteur, motive de fréquents retours des motifs précédents, entremêlés de rappels de *La Souffrance* d'Amfortas, dont se réjouit le hideux enchanteur ; du

Graal, dont il croit conquérir le sceptre ;... de nouveau retentit la fanfare de *Parsifal...* Klingsor, grimpant sur les créneaux de sa tour, le voit avec bonheur mettre hors de combat tous les défenseurs de son castel, qu'il excite à la bataille, pendant que Parsifal continue à avancer, accompagné tantôt par son propre thème, *Parsifal,* tantôt par celui qui symbolise son caractère et sa mission inconsciente, *La Promesse.* Entre temps, *Kundry,* définitivement subjuguée, a disparu pour se préparer à son rôle de séductrice.

Deuxième tableau : les Filles-Fleurs. A cette scène sombre et farouche succède instantanément, par un de ces violents contrastes que Wagner recherche toujours, le tableau séduisant, sinon par le décor, au moins par la musique et l'action, des Jardins Enchantés, du lieu de perdition créé par Klingsor à l'intention des chevaliers du Graal. Là, de séduisantes et perfides créatures, moitié femmes, moitié fleurs, vont soumettre notre chaste héros aux épreuves pour lesquelles il est le moins préparé. Avant son arrivée, tout effarées, elles exhalent leur *Plainte* en un dialogue très serré, où intervient fréquemment ce dessin caractéristique :

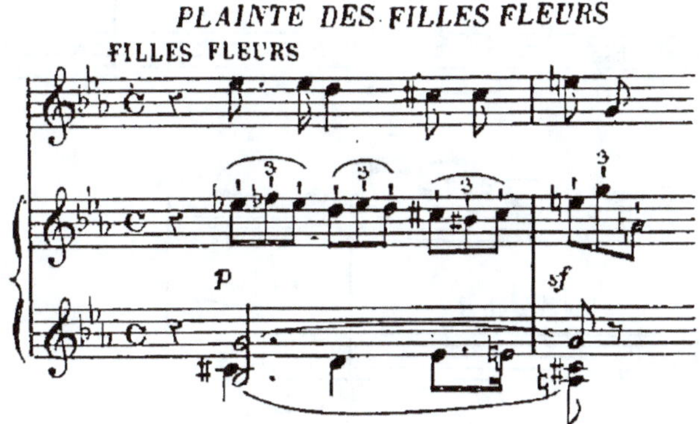

elles ne songent qu'à déplorer l'agression qui vient de
semer la terreur parmi leurs amants, les asservis de
Klingsor ; mais, dès qu'apparaît *Parsifal,* leurs allures se
modifient subitement, elles ne sont plus que des enjôleu-
ses ; la *Plainte* s'éteint graduellement et fait place à des
motifs pleins de grâce et de charme, parmi lesquels plusieurs formes enveloppantes, telles que celles-ci,

s'enlacent de la façon la plus voluptueuse et la plus chatoyante. Moitié chanteuses, moitié danseuses (mimes), les *Filles-Fleurs* renouvellent bien des fois leurs assauts, que *Parsifal* repousse toujours avec une douceur qui n'est pas exempte d'une certaine curiosité, bien excusable en présence de si provocantes agaceries ; de là de fréquents entrelacements du motif typique du chaste héros et de ceux, pleins de perverse câlinerie, des charmeuses séductrices.

C'est alors que Kundry entre en jeu ; c'est aussi la première fois que le nom de Parsifal est prononcé, et les notes sur lesquelles il est prononcé ne sont autres que celles du motif de *La Promesse*. La perfide enchanteresse commence par l'attendrir en lui parlant longuement de sa mère, *Herzeleïde*, après avoir renvoyé la folâtre troupe dont on reconnaît encore *La Plainte*.

La grande scène de séduction, fortement développée et l'une des plus importantes de l'œuvre, met en action plusieurs des thèmes déjà connus, et nous en fait connaître deux nouveaux ; voici à peu près dans quel ordre les uns et les autres se présentent : *La Promesse*, personnifiant le caractère chaste et pur du héros ; *La Lance*, qu'il vient conquérir ; *La Magie*, qui lui tend ses filets ; *Herzeleïde*, *Le Deuil d'Herzeleïde* (qu'on appelle souvent 2me motif d'Herzeleïde).

Ensuite reparaît le thème propre à *Kundry ;* le baiser de celle-ci appartient à *La Magie ;* mais aussitôt Parsifal se souvient de *La Cène* à laquelle il a assisté, de *L'Appel au Sauveur,* il comprend le rôle odieux de *Kundry, La Souffrance* d'Amfortas lui revient à l'esprit avec *Le Graal, La Lance...* Tous ces motifs, puissamment développés, luttent avec ceux de *La Magie* et de *Kundry,* qu'il reconnaît pour être celle qui a perdu le Roi. Elle-même lui révèle sa nature psychique, la malédiction qui pèse sur elle, et la faute par laquelle elle a mérité ce châtiment : qu'elle a vu le Sauveur (*La Cène*), au jour de son supplice (*Le Vendredi Saint*[1]),

qu'elle a ri (*Kundry*), qu'elle est la cause des douleurs

1. Il faut bien se garder de confondre ce motif avec *Le Charme du Vendredi Saint* (ci-après, p. 498), d'un tout autre caractère.

d'Amfortas (*La Souffrance*), qu'elle agit sous la puissance de l'envoûtement d'un magicien (*Klingsor, La Magie*). Parsifal promet à *Kundry* sa rédemption (*La Promesse, La Foi*); elle, de plus en plus passionnée, déploie de nouveau tous ses moyens de séduction, elle le supplie (*Plainte des Filles-Fleurs*), elle le menace, le poursuit (*La Galopade*), elle veut de force l'étreindre dans ses bras (*Kundry*)... Soudain apparaît Klingsor, brandissant *La Lance* dont il menace Parsifal; mais l'arme reste suspendue immobile au-dessus de la tête de celui-ci, qui s'en saisit et trace dans les airs le signe de la croix (*Le Graal*)[1]. A ce signe, les jardins s'effondrent, les fleurs magiques se dessèchent, *Klingsor* tombe mort.

On voit avec quel art admirable le procédé des Leit-motifs est exploité dans cette scène capitale, dont, grâce à eux, on peut suivre pas à pas les émouvantes péripéties, même dans l'ignorance de la langue ou sans distinguer les paroles.

3me Acte.

— Ce dernier acte se divise de lui-même en deux tableaux : 1, la cabane du vieux chevalier Gurnemanz, sur les domaines du Graal ; 2, la scène dans le Temple. —

Le Prélude, qui, ici encore, s'unit directement à l'action, nous présente, dès le début, un des aspects à la fois riants et austères de la campagne avoisinant le burg du Montsalvat, celui du *Désert*

---

1. A l'instant précis où Klingsor lance l'arme sacrée dans la direction de Parsifal, un curieux effet d'orchestre mérite d'être signalé à l'auditeur attentif : pour produire l'impression du *sifflement* de la lance dans l'air, Wagner emploie un long *glissando* des harpes, sur une étendue de deux octaves, singulièrement descriptif.

LE DÉSERT

où a établi sa retraite le pieux serviteur du *Graal,* ainsi que les sujets qui font l'objet de sa méditation constante, l'énigmatique *Kundry, La Promesse* d'un nouveau rédempteur, les sortilèges de *La Magie, La Lance* que seul « un pur et simple » pourrait reconquérir, le rôle diabolique des *Filles-Fleurs* (représentées par leur *Plainte*) et du sorcier *Klingsor*. L'attention de Gurnemanz est attirée par des gémissements qui semblent partir d'un buisson, et auxquels sa piété le porte aussitôt à rattacher l'idée de

L'EXPIATION

L'Expiation; en effet, sous des broussailles, il découvre le corps inerte de Kundry, encore sous l'influence occulte de *La Magie.* Il réussit à la ranimer, et en s'éveillant, avec un souvenir de *La Plainte,* de son sommeil hypnotique, bien que désormais sous la douce influence du *Graal,* elle pousse un grand cri, que continue sinistrement le dessin fantastique du ricanement de *Kundry;* un rappel du *Baume* démontre clairement que nous sommes en présence de la Kundry bienfaisante et repentante. Gurnemanz remarque pourtant un changement dans ses allures, qu'il attribue à la sainteté du jour béni entre tous au *Graal,* le *Vendredi Saint.* Tout en vaquant à des occupations qui paraissent lui être habituelles, elle prévient par signe Gurnemanz qu'un étranger s'approche du côté de la forêt. De suite l'orchestre nous apprend quel est cet étranger; c'est *Parsifal,* couvert d'une armure noire, visière baissée, et que Gurnemanz ne peut reconnaître. Il le reçoit pourtant avec bienveillance, avec le salut du *Graal,* et lui apprend qu'en ce jour de *Vendredi Saint* on ne marche pas en armes sur le domaine sacré. *Parsifal* alors se dépouille de son armure, et la dispose en une sorte de trophée, devant lequel il s'agenouille pieusement. Alors aussi Gurnemanz et Kundry le reconnaissent, ce qui ramène nécessairement les motifs saints de *La Cène,* de *La Lance,* que Gurnemanz revoit avec une fervente émotion, de *La Promesse,* de *L'Appel au Sauveur,* du *Vendredi Saint,* et, au moment où Parsifal achève sa prière, du *Graal.*

Ici se présente, sous quelques mots du vieux Chevalier, un court dessin mélodique qui se reproduira avec une certaine fréquence, et qu'on peut considérer comme un nouvel aspect de la campagne environnante, une *deuxième forme du Désert;*.

huit mesures plus loin, remarquer un joli et séduisant
retour de *La Brise*. Tous les motifs qui s'entre-croisent
pendant la suite de la scène sont maintenant trop connus
du lecteur pour qu'il y ait lieu de les lui signaler ; de
même, pendant la scène d'essence biblique ou plutôt
évangélique où Kundry lave les pieds de Parsifal, où Gurnemanz le sacre et l'oint roi du Graal, nous retrouvons
nécessairement tous les thèmes de caractère sacré, avec
quelques rares allusions, comme soumises, à ceux de nature démoniaque, tels que celui de la *Plainte des Filles-
Fleurs,* devenue à partir d'ici la Plainte de Kundry. Lorsqu'à son tour Parsifal baptise la pécheresse, c'est *La
Foi* qui domine ; le sinistre ricanement nerveux s'est tu
et ne reparaîtra plus désormais.

Aussitôt après le baptême, une ravissante phrase, un
dessin enveloppant et empreint de la plus douce onction,
s'impose doucement à l'attention (il a déjà été annoncé
d'une façon vague et sous un rythme syncopé, dans le
ton de *la* bémol, tel que je le reproduis ci-dessous,

peu après le début de l'acte, à l'arrivée de Parsifal, quand Kundry annonce à Gurnemanz l'approche d'un étranger); sans constituer absolument un Leit-Motif, car une seule allusion y sera faite par la suite, il a une très grande importance dans cette scène, sur laquelle il répand un intense sentiment de calme et de doux recueillement; on l'appelle *Le Charme* (ou l'*Enchantement*) *du Vendredi Saint*[1].

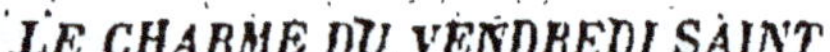

1. On l'appelle aussi parfois : *La Prairie fleurie*.
Il a été écrit longtemps avant le reste de la partition.

Au cours de ce suave et placide épisode, pendant lequel
Gurnemanz explique à son nouveau roi comment ce jour,
que tous considèrent comme néfaste et maudit, est au
contraire envisagé au Montsalvat comme celui de la suprême bénédiction, nous retrouvons dans la trame orchestrale : *L'Expiation*, plusieurs fois répétée ; *La Cène*, le
Vendredi Saint, *La Lance*, *L'Appel au Sauveur*, *Le Graal*,
la *Plainte des Filles-Fleurs* (plainte de Kundry), et finalement *La Promesse*. Mais ce qui est particulièrement intéressant, c'est qu'on y trouve aussi cet emploi, si caractéristique du style wagnérien, de la marche harmonique et
mélodique qui forme le milieu des deux Chœurs des Pèlerins dans « Tannhauser », sur lequel j'ai déjà appelé
l'attention page 295.

Il ne faudrait pas croire à une ressemblance fortuite ou
à une simple réminiscence ; en présence de sentiments
identiques, il était rationnel d'employer un mode d'expression identique, et c'est ce que l'auteur a fait sans
hésiter.

Les Cloches du Montsalvat nous rappellent vers le saint lieu. Comme au 1er acte, un décor mouvant nous y conduit. Nous y pénétrons même avant l'arrivée des personnages.

Là, dans le même décor qu'au 1er acte, nous voyons d'abord deux cortèges se croiser, portant, l'un le cercueil de Titurel, l'autre la litière d'Amfortas, et de nouveau ce dernier est mis en demeure par tous les Chevaliers d'accomplir encore une fois ses fonctions sacerdotales ; mais ni *L'Appel au Sauveur,* ni *La Foi,* ni *La Cène* et *Le Vendredi Saint* ne peuvent l'y déterminer ; *La Souffrance* à endurer le remplit d'épouvante.

C'est alors qu'apparaît *Parsifal,* suivi de Gurnemanz et de Kundry, encore mieux escorté par les divins motifs du *Graal* et de *La Lance,* qu'il tient dans sa main. De la pointe de l'arme sainte, il touche la cruelle blessure, et *La Souffrance* vient s'évanouir dans le thème de *La Promesse,* désormais réalisée.

Le motif de *Parsifal* résonne alors triomphant, suivi de *La Foi,* de *La Lance,* et à son tour il commande « qu'on découvre le saint Graal ». Entre ses mains alors, le miracle se renouvelle ; au milieu d'étincelants arpèges se font entendre les thèmes du *Graal,* de *La Cène,* de *La Foi,* et les trois chœurs étagés, cette fois marchant ensemble, chantent en un puissant alléluia : « Rédemption au Rédempteur ».

Puis les motifs de *La Foi,* et finalement de *La Cène,* terminent grandiosement l'épilogue symphonique. « *Fort est le Désir ; mais plus puissante est la Résistance.* » (R. WAGNER.)

On peut encore, dans le courant de l'œuvre, relever un certain nombre de thèmes secondaires ayant plus ou moins caractère de Leit-motifs, mais dont la connaissance n'est pas indispensable pour l'intelligence de l'œuvre, en raison de l'emploi purement épisodique qui en est fait. J'en signale ici quelques-uns seulement, dans le seul but de faciliter les recherches, en répétant qu'une fois entré dans cette voie, on peut, ici comme ailleurs, en découvrir un bien plus grand nombre :

L'Ardeur, qui n'apparaît que dans la deuxième partie du Duo entre Kundry et Parsifal, au 2e acte :

La Résignation, seulement esquissée quelques pages plus loin, mais qu'on retrouve dans la forme exacte où je la donne ici, dans la 1re scène du 3e acte, lorsque Kundry apporte de l'eau à Parsifal défaillant :

La Bénédiction, qui succède immédiatement au motif précédent :

Les Lamentations de Gurnemanz sur la mort de Titurel, qui ne sont séparées de la Bénédiction que par 26 mesures, et se retrouveront aux premières paroles du chœur des Chevaliers (dernier tableau) :

Les Cloches du Montsalvat, dont le grave et solennel tintement accompagne ou annonce presque toujours les cérémonies religieuses,

lequel, par une transformation toute naturelle, devient le rythme de marche sur lequel défilent les Chevaliers du saint Graal, etc.

En terminant par la sonnerie des cloches du Montsalvat cette brève analyse du style créé par Wagner, je ne puis manquer de placer ici une remarque (qui vient à l'appui de ce que nous avons déjà dit, pages 263, 269, 270, 275, 276, 296, 298, 371 et autres, et qui sera mieux compris maintenant) sur ce qu'on pourrait appeler *les racines* de la langue musicale wagnérienne.

Si on compare entre eux certains motifs bien caractéristiques, notamment : *Les Cloches du Montsalvat,* qui fournissent la marche des chevaliers,

    do   la
       sol mi

L'Amour naissant .... des « Maîtres Chanteurs »,

    sol fa mi
       ré do

La Bastonnade .... du 2ᵐᵉ acte du même ouvrage,

    sol mi ré
       ré si la

La Valse des apprentis .... du 3ᵐᵉ acte,

    ré do si♭
  si♭ la sol fa

L'Amour de la vie .... dans « Siegfried »,

    sol mi♭ do
    ré si♭ sol

et *La Décision d'aimer* ...... également dans « Siegfried », 3ᵐᵉ acte,

    la sol fa
    mi ré do

on est frappé par l'analogie de structure qu'ils présentent, avec leurs descentes régulières par quartes justes successives, comme de la similitude des sentiments exprimés par les uns et par les autres : c'est toujours l'idée du mouvement volontaire et de la décision, d'une résolution prise.

Il est donc indiscutablement certain que cette forme particulière et énergique se présentait naturellement à l'esprit de Wagner chaque fois qu'il s'agissait d'exprimer l'idée de l'action volontaire, du mouvement libre, sans contrainte, et qu'il l'employait ainsi. Que ce soit de parti pris ou inconsciemment, peu importe; c'est un fait.

Et cette remarque devient encore plus intéressante si l'on constate que Beethoven, qui est à coup sûr un des ancêtres géniaux de Wagner, le plus indiscutable de ses précurseurs, avait déjà employé une formule identiquement semblable dans le but d'exprimer un acte de laborieuse décision : la do ⟍ sol si ♭ ⟍ fa.

« Der schwer gefasste Entschluss [1].

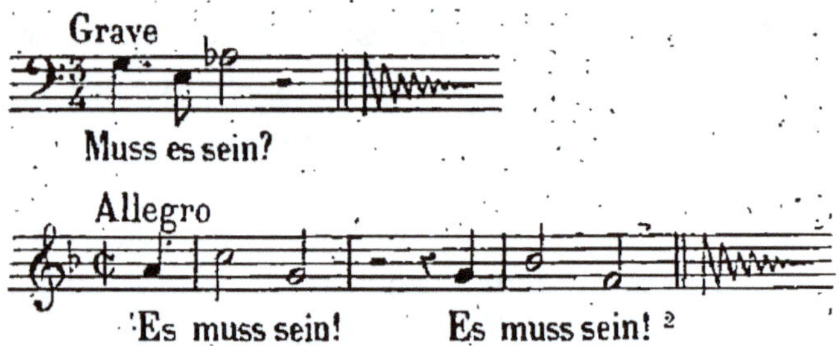

Voilà une *racine*. — Il y en a d'autres, il y en a beaucoup d'autres, dont quelques-unes seulement ont pu être indiquées par des rapprochements, au cours de ce chapitre. — C'est toute une mine inexplorée à exploiter pour les savants chercheurs musicographes qui voudront pénétrer plus profondément les mystères de la philosophie wagnérienne, où tout n'est pas encore découvert.

1. « La résolution difficilement prise » (mot à mot).

2. « Le faut-il? — Il le faut! il le faut! » (BEETHOVEN, épigraphe du quatuor en *fa* majeur, op. 135.)

CHAPITRE VI

L'INTERPRÉTATION

« Accommode l'action à la parole,
la parole à l'action, en observant
toujours avec soin de ne jamais
dépasser les bornes du naturel :
car tout ce qui va au delà s'écarte
du but de la scène, qui a été de
tout temps et est encore maintenant de réfléchir la nature comme
dans un miroir. »

SHAKESPEARE.

On a vu dans la vie de Wagner à quel point lui répu-
gnait la simple pensée de *faire de l'art pour de l'argent*. L'argent lui était pourtant nécessaire, indispensable
même, pour la réalisation de ses vastes conceptions ; mais
il ne l'a jamais considéré que comme un *moyen*, non comme
un *but*.

Cette noble façon de comprendre le culte de l'art est
devenue en quelque sorte la devise de la valeureuse phalange que recrute le Théâtre des Fêtes, chaque fois qu'il
s'ouvre pour une série de représentations ; la caractéristique de tout artiste-interprète wagnérien, tel qu'on le
trouve à Bayreuth (et *là* seulement), c'est le désintéresse-
ment complet, l'abnégation de sa personnalité, aussi bien
que de ses intérêts ; selon l'exemple donné par le Maître,
il vient là n'ayant d'autre mobile que le pur désir de
faire *de l'art pour l'art*. Aussi aucun, pas plus les chanteurs que les choristes, pas plus les instrumentistes que
les assistants sur la scène, les répétiteurs ou les chefs
d'orchestre, ne touche rien qui ressemble à un cachet ou

à des appointements ; tous reçoivent une simple indem-
nité, à peine égale à leurs frais de séjour ; parfois même
ils l'ont refusée ; on leur rembourse leur dépense de
voyage, et ils sont logés chez l'habitant par les soins de
l'administration ; ils repartent, les représentations ter-
minées, sans avoir réalisé aucun bénéfice, car ils n'étaient
pas venus pour cela. Le bonheur de collaborer à la grande
œuvre, de participer à une grandiose manifestation du
beau, leur suffit ; ce sont des Prêtres de l'Art, des *artistes*
dans le sens le plus pur et le plus élevé du mot, et, sauf
de rares exceptions, des artistes religieux et convaincus
de la hauteur de leur mission.

Pour le chanteur qu'on entend à Paris, à Munich, à
Bruxelles ou ailleurs, le plus grand compositeur sera toujours celui qui lui a valu les plus nombreux succès ; le
meilleur ouvrage, celui dans lequel il a le plus beau rôle ;
il ne sépare pas la cause de l'art de celle du métier, vise
avant tout à plaire au public et à se faire confier un rôle
important et sympathique, afin de pouvoir ambitionner
par la suite un engagement plus avantageux, et finalement
s'enrichir. Mais le jour où il vient à Bayreuth, toute idée
de lucre a été par avance écartée : c'est un pèlerinage qu'il
accomplit, et dès lors toute sa volonté, toute son intelligence, ne tendront plus qu'à une pieuse interprétation de
l'œuvre, en laissant de côté les mesquineries et les jalou-
sies de coulisses. Son seul but désormais sera de s'ef-
forcer à rendre aussi fidèlement qu'il est en son pouvoir
la part de pensée qui lui est confiée, sans chercher à y
introduire d'autres effets que ceux qui y sont contenus,
en se conformant respectueusement à la lettre écrite et à
la tradition encore vivante dans l'esprit et dans la mémoire
des derniers collaborateurs du Maître respecté.

On conçoit, abstraction faite de la valeur individuelle

de chacun, ce que l'exécution et l'interprétation peuvent gagner de cohésion et de vérité lorsque l'acteur se pénètre de tels sentiments, lorsqu'il envisage sa fonction comme un sacerdoce accompli avec bonheur et fierté, et lorsqu'il ne sent autour de lui que des camarades imprégnés du même respect de la dignité artistique.

Ce n'est donc pas à la perfection ou à la virtuosité personnelle de tel ou tel sujet qu'il faut attribuer le caractère particulièrement saisissant et captivant des représentations de Bayreuth, mais à cette intime solidarité, à ce dévouement sans bornes à la cause commune, qui permet à un artiste habitué à jouer, partout ailleurs, les premiers rôles, d'accepter ici, sans se figurer déchoir, un personnage épisodique, dont il s'acquittera avec autant de conscience, autant de zèle que s'il était le héros de la pièce. On pourra retrouver ces mêmes chanteurs sur d'autres scènes, ils n'y seront plus les mêmes, parce que ce ne sera plus le même milieu.

L'interprète qui entend s'attaquer au répertoire wagnérien doit être doué de qualités rares et multiples. Il faut avant tout qu'il possède nativement le sens artistique, qu'il soit excellent musicien, un musicien qu'aucune difficulté d'intonation ne saurait dérouter : — car Wagner, par la logique même de son style, nous l'avons démontré, traite les voix comme des instruments chromatiques, ou mieux à clavier[1], ayant une limite grave et une limite

---

1. J'ai vu, dans un ouvrage que j'estime tout particulièrement (Ernst, *Richard Wagner et le drame contemporain*), ce même sujet exposé en termes qui, à première lecture, semblent contradictoires avec les miens; il n'en est pourtant rien, et c'est une simple question de mots. J'appelle *style vocal* la façon dont Mozart a traité les voix, ne négligeant pas entièrement le côté virtuosité, et je trouve par comparaison la manière dont Beethoven emploie les voix plus *instrumentale*. Quand je dis que Wagner traite la voix comme un ins-

aiguë, et des registres divers, mais il ne tient et ne doit tenir aucun compte de l'effort exigé pour passer d'une note à l'autre, pour changer constamment de tonalité, pour franchir des intervalles difficiles ; il ne cherche ni à être facile ni à favoriser les effets de virtuosité du chanteur ; l'accent dramatique, la déclamation chantée et notée, passent pour lui avant toute autre considération, et c'est par ce moyen qu'il obtient la vérité de la parole, la cohésion absolue entre le poème et le récitatif mesuré que les chanteurs doivent débiter en scène, pendant que dans l'orchestre se déroule la trame symphonique, deux éléments d'égale importance. — L'interprète wagnérien doit aussi avoir de véritables qualités de tragédien ; car il y a autant à jouer et mimer qu'à chanter, et la moindre faute, la moindre maladresse scénique devient ici l'équivalent d'une fausse note : c'est une discordance.

Mais ce qu'il lui faut indispensablement, c'est une souplesse et une docilité à toute épreuve à toutes les observations qui lui seront faites, d'ailleurs avec une douceur et une urbanité parfaites, par les répétiteurs chargés de l'étude des rôles, par M. J. Kniese, qui remplit depuis de longues années les fonctions de Chef du chant, et surtout par Mme Wagner, qui veille maternellement sur les merveilles confiées à sa garde, assiste et prend part active à toutes les études et répétitions, possède mieux que qui que ce soit la précieuse tradition *et n'entend pas la laisser péricliter,* ce en quoi elle a bien raison.

Chaque rôle a été minutieusement réglé par Wagner jusque dans ses plus petits détails ; il n'y a pas d'effets *à*

---

trument, j'entends par là un *instrument spécial,* l'*instrument vocal-déclamatoire,* si l'on veut, et je ne prétends pas plus dire qu'il écrit pour la voix comme pour le violon, qu'il n'écrit les parties de flûtes comme celles de trombones, ce qui serait une simple absurdité.

chercher, mais simplement à se rendre compte de ceux qui sont *voulus.* Le meilleur interprète est donc le plus

Julius Kniese.

fidèle et le plus sincère. Et qu'on n'aille pas croire, surtout, que cette façon docile et respectueuse de comprendre l'interprétation amoindrit en quoi que ce soit le prestige du chanteur ; elle démontre au contraire chez lui l'existence du plus pur et du plus exquis sentiment artistique.

Voici d'ailleurs comment Wagner lui-même, parlant du célèbre ténor *Schnorr,* le merveilleux créateur du rôle de Tristan, s'exprime à ce sujet :

« Schnorr était né poète et musicien : ainsi que moi, il passa d'une éducation classique générale à l'étude particulière de la musique ; il est très vraisemblable qu'il serait déjà parvenu de bonne heure à la voie où *il aurait suivi,* d'intention et de fait, *ma propre direction,* s'il ne s'était pas produit chez lui ce développement de l'appareil vocal qui, en sa qualité d'organe inépuisable, devait servir à réaliser mes visées les plus idéales, et qui, par conséquent, devait l'associer directement à ma carrière, en apportant un complément à la tendance propre de ma vie. Dans cette situation nouvelle, notre civilisation moderne n'offrait pas d'autre expédient que d'accepter les engagements de théâtre, de se faire *ténor,* à peu près comme Liszt, dans un cas analogue, s'est fait *pianiste.* »

Ce disant, il assimilait le génie d'interprétation au génie créateur, et montrait en quelle estime il tenait lui-même l'artiste capable de s'imprégner de la pensée intime de l'auteur et de la traduire fidèlement.

Au surplus, on ne doit pas venir à Bayreuth pour écouter l'acteur, mais pour contempler l'œuvre, s'estimant heureux si on a la bonne chance de tomber sur une interprétation géniale, ce qui arrive parfois, sans être *nécessaire* pour l'intelligence des œuvres.

Depuis son origine jusqu'en 1892, le Théâtre des Fêtes était entièrement tributaire, en ce qui concerne son personnel chantant, des grands théâtres d'Allemagne ; à présent commence à porter ses fruits l'École de chant dramatique dont Wagner avait depuis longtemps rêvé la création, qui n'existe encore, à vrai dire, qu'à l'état rudimentaire, et qu'on appelle souvent, assez improprement, le Conservatoire de Bayreuth.

Là, sous la direction de M. Julius Kniese, et sous la haute impulsion de Mme Wagner, des jeunes gens bien doués vocalement apprennent ce qu'il faut savoir pour interpréter l'œuvre wagnérienne ; on en fait d'abord de vrais musiciens et des lecteurs, on développe leur voix, on élève leur intelligence de la musique et de l'art dramatique, on leur fournit l'occasion de s'exercer sur des scènes d'ordre secondaire et parfois mieux, puis ils font modestement leurs premières armes au Théâtre des Fêtes en qualité de simples choristes. C'est ainsi que, dès 1894, on voit figurer dans les chœurs 5 élèves de l'École de Bayreuth, dont 3 femmes et 2 hommes, MM. Breuer et Burgstaller ; l'un et l'autre étaient en même temps pourvus de rôles épisodiques dans *Lohengrin*, *Parsifal* et *Tannhauser*. Le premier a fourni en 1896 un excellent Mime, tandis que le second interprétait d'une façon plus que satisfaisante le rôle important de Siegfried.

Ce sont là les premiers produits de la jeune École de Bayreuth, dont on peut espérer voir sortir une race de *chanteurs-musiciens,* espèce d'une extrême rareté, presque introuvable, hélas ! en nos climats.

Le théâtre de Bayreuth a été ouvert 11 fois depuis sa création jusqu'en 1896.

En 1876, on a donné trois exécutions
de la Tétralogie de *L'Anneau du Nibelung,* soit.   12 repr.
En 1882, on a joué *Parsifal* . . . .   16 fois.
En 1883,   —   *Parsifal* . . . .   12 —
En 1884,   —   *Parsifal* . . . .   10 —
En 1886,   —   *Parsifal* . . . .   9 —
                    et *Tristan et Iseult* . . . .   8 —

En 1888, on a joué *Parsifal* ....   9 fois.

            et *Les Maîtres chanteurs* ....   8 —

En 1889,   —   *Parsifal* ....   9 —

            Tristan et Iseult ....   4 —

            et *Les Maîtres chanteurs* ....   5 —

En 1891,   —   *Parsifal* ....   10 —

            Tristan et Iseult ....   3 —

            et *Tannhäuser* ....   7 —

En 1892,   —   *Parsifal* ....   8 —

            Tristan et Iseult ....   4 —

            Tannhäuser ....   4 —

            et *Les Maîtres chanteurs* ....   4 —

En 1894,   —   *Parsifal* ....   9 —

            Lohengrin ....   6 —

            et *Tannhäuser* ....   5 —

En 1896, on a donné cinq exécutions
de la Tétralogie de *L'Anneau*, soit ....   20 repr.

ce qui fait un total de 182 soirées,

    dont 32 de la Tétralogie (8 fois chaque pièce),
       92 de *Parsifal,*
       19 de *Tristan,*
       17 des *Maîtres chanteurs,*
       16 de *Tannhäuser,*
    et 6 de *Lohengrin.*

Et voici quelle a été la distribution des rôles, ainsi
que le personnel dirigeant, à chacune de ces séries de
représentations ; je crois que l'on pourra trouver à l'occasion des renseignements intéressants, à des points de
vue très divers, dans ces documents absolument inédits,
dont je garantis la parfaite authenticité :

L'ANNEAU DU NIBELUNG
En 1876 et en 1896.

	1876 [1]	**1896**
CHEFS D'ORCHESTRE :	Hans Richter.	Hans Richter. Félix Mottl. Siegfried Wagner.
DIRECTEUR DE LA SCÈNE :	Karl Brandt.	Julius Kniese.
RÉPÉTITEURS *et musiciens- assistants sur la scène :*	Anton Seidl. Franz Fischer. Hermann Zimmer. Demetrius Lallas. Joseph Rubinstein. Félix Mottl.	Michael Balling. Frantz Beidler. Willibald Kälber. Oscar Merz. Carl Pohlig. Edouard Risler.

L'OR DU RHIN

	1876	1896
Wotan.	Frantz Betz.	Hermann Bachmann. Carl Perron.
Donner.	Eugen Gura.	Hermann Bachmann.
Froh.	Georg Unger.	Alois Burgstaller.
Loge.	Heinrich Vogl.	Heinrich Vogl.
Alberich.	Carl Hill.	Fried. Friedrichs.
Mime.	Carl Schlosser.	Hans Breuer.
Fasolt.	Albert Eilers.	Ernst Wachter.
Fafner.	Franz von Reichenberg.	Johannes Elmblad.
	Mesdames	*Mesdames*
Fricka.	Friederike Grün.	Marie Brema.
Freïa.	Marie Haupt.	Marion Weed.
Erda.	Luise Jaïde.	E. Schumann-Heink.
Filles du Rhin.	Lilli Lehmann. Marie Lehmann. Minna Lammert.	Joséphine v. Artner. Katharina Rösing. Olive Fremstad.

1. Les noms des créateurs de la *Tétralogie* sont gravés sur une plaque de marbre sous le péristyle du théâtre.

LA WALKYRIE

Siegmund.	Albert Niemann.	Emil Gerhäuser. Heinrich Vogl[1].
Hunding.	Joseph Niering.	Ernst Wachter.
Wotan.	Frantz Betz.	Hermann Bachmann. Carl Perron.
	Mesdames	*Mesdames*
Sieglinde.	Joséphine Schefzky.	Rosa Sucher.
Brünnhilde.	Amalie Materna.	Ellen Gulbranson. Lilli Lehmann-Kalisch.
Fricka.	Friederike Grün.	Marie Brema.
Gerhilde.	Marie Haupt.	Joséphine v. Artner.
Helmwige.	Lilli Lehmann.	Auguste Meyer.
Ortlinde.	Marie Lehmann.	Marion Weed.
Waltraute.	Luise Jaïde.	E. Schumann-Heink.
Siegrune.	Antonie Amann.	Johanna Neumayer.
Rossweisse.	Minna Lammert.	Luise Reuss-Belce.
Grimgerde.	Hedwig Reicher-Kindermann.	Katharina Rösing.
Schwartleite.	Johanna Jachmann-Wagner.	Olive Fremstad.

SIEGFRIED

Siegfried.	Georg Unger.	Alois Burgstaller. Wilhelm Grüning. Gustav Seidel[2].
Mime.	Carl Schlosser.	Hans Breuer.
Le Voyageur.	Frantz Betz.	Hermann Bachmann. Carl Perron.
Alberich.	Carl Hill.	Fried. Friedrichs.
Fafner.	Franz von Reichenberg.	Johannes Elmblad.
	Mesdames	*Mesdames*
Erda.	Luise Jaïde.	E. Schumann-Heink.

1. Le nom de M. Vogl n'était pas porté sur les programmes.
2. M. Seidel figurait sur les programmes, mais n'a pas été appelé à remplir le rôle.

| Brünnhilde. | Amalie Materna. | Ellen Gulbranson.
Lilli Lehmann-Kalisch. |
| L'Oiseau. | Marie Haupt. | Joséphine v. Artner. |

LE CRÉPUSCULE DES DIEUX

Siegfried.	Georg Unger.	Alois Burgstaller. Wilhelm Grüning. Gustav Seidel.
Gunther.	Eugen Gura.	Carl Gross.
Hagen.	Gustav Siehr.	Johannes Elmblad. Carl Greng.
Alberich.	Carl Hill.	Fried. Friedrichs.

	Mesdames	*Mesdames*
Brünnhilde.	Amalie Materna.	Ellen Gulbranson. Lilli Lehmann-Kalisch.
Gutrune.	Mathilde Weckerlin.	Luise Reuss-Belce.
altraute.	Luise Jaïde.	E. Schumann-Heink.
Les Nornes.	Johanna Jachmann-Wagner. Joséphine Schefzky. Friederike Grün.	Marie Lehmann. Luise Reuss-Belce. E. Schumann-Heink.
Les Filles du Rhin.	Lilli Lehmann. Marie Lehmann. Minna Lammert.	Joséphine v. Artner. Katharina Rösing. Olive Fremstad.

<table>
<tr><td></td><td>Chœurs de 28 hommes
et 9 femmes.</td><td>Chœurs de 30 hommes
et 12 femmes.</td></tr>
</table>

PARSIFAL

En 1882, 1883, 1884, 1886, 1888, 1889, 1891, 1892, 1894.

	1882	1883	1884	1886	1888	1889	1891	1892	1894
Chefs d'orchestre :	Hermann Levi. Franz Fischer.	Hermann Levi. Franz Fischer.	Hermann Levi. Franz Fischer.	Hermann Levi. Félix Mottl	Hans Richter. Félix Mottl.	Hermann Levi. Félix Mottl. Hans Richter.	Hermann Levi. Félix Mottl.	Julius Kniese. Hermann Levi. Félix Mottl. Carl Muck. Hans Richter.	Julius Kniese. Hermann Levi. Félix Mottl. Hans Richter. Rich. Strauss.
Chefs des chœurs :					Julius Kniese.	Julius Kniese. H. Porges.	Julius Kniese. H. Porges.		
Répétiteurs et assistants sur la scène :	Julius Kniese. H. Porges. Oscar Merz. Eng. Humperdinck. C. Franck. Otto Hieber. Stich. Franz Thoms. A. Gorter.	H. Porges. J. Kniese. O. Franck. Otto Hieber. Stich. Franz Thoms. O. Merz. A. Gorter. Eichel.	J. Kniese. H. Porges. Oscar Merz. Eng. Humperdinck. C. Franck. Otto Hieber. Stich. Franz Thoms. A. Gorter.	H. Porges. C. Franck. F. Weingaertner. Armbruster. O. Merz. A. Gorter. Wirth. C. Harder.	H. Porges. C. Franck. C. Armbruster. E. Humperdinck. Bopp. O. Merz. Singer. Schlosser. Steinmann. Kienzt.	C. Armbruster. Otto Gieseler. Eng. Humperdinck. O. Merz. Hugo Röhr. H. Schwartz. Art. Smolian. Rich. Strauss.	C. Armbruster. A. Gorter. Eng. Humperdinck. Otto Lohse. O. Merz. Paumgaertner. Hugo Röhr. Hans Steiner. Rich. Strauss.	Armbruster, *directeur de la musique de scène.* Kurt. Hösel. Eng. Humperdinck. O. Merz. C. Pohlig. H. Porges, *directeur du chœur des Filles-Fleurs.* Max Schillings. Siegf. Wagner.	Armbruster. E. Humperdinck. Oscar Jünger. Fr. Mikoren. C. Pohlig. H. Porges. Ant. Schlosser. Siegf. Wagner.
Amfortas.	Reichmann. Fuchs.	Reichmann.	Reichmann.	E. Gura. Reichmann.	Reichmann. Scheidemantel	Carl Perron. Reichmann.	Reichmann. Scheidemantel.	J. Kaschmann. Scheidemantel.	Kaschmann. Reichmann. Takàtz.
Titurel.	Kindermann.	Fuchs.	Fuchs.	Schneider.	Heinr-Hobbing. Schneider.	Lievermann.	C. Bucha. Fr. Schlosser.	C. Bucha.	Bucha. Wilhelm Fenten.
Gurnemanz.	Scaria. Siehr.	Scaria. Siehr.	Scaria. Siehr.	Siehr. Wiegand.	Gillmeister. Wiegand.	E. Blauwaert. Siehr. Wiegand.	Carl Grengg. Wiegand.	Moritz Frauscher. Carl Grengg.	Carl Grengg. Max Mosel.
Parsifal.	Gudehus. Winkelmann. Jaeger.	Gudehus. Winkelmann.	Gudehus. Winkelmann.	Gudehus. Heinr. Vogl. Winkelmann.	Ernst van Dyck. Ferd. Jäger.	Van Dyck.	Van Dyck. Grüning.	Van Dyck. Grüning.	Birrentovan. Doeme. Van Dyck. Grüning.
Klingsor.	Hill.	Pegela.	Plank.	Plank. Scheidemantel.	Plank. Scheidemantel.	Anton Fuchs. Lievermann.	Liepe. Plank.	Liepe. Plank.	Plank. Popovici.
1er Chevalier.	Fuchs.	Fuchs.	Kellerer.	A. Grupp.	A. Grupp.	A. Grupp.	A. Grupp.	Gerhäuser.	Gerhäuser.
2e Chevalier.	Stumpf.	Stumpf.	Wieden.	Schneider.	Wieden.	Wieden.	C. Bucha.	C. Bucha.	C. Bucha.
3e Écuyer.	Hubbenet.	Hubbenet.	Hubbenet.	Forest.	Hofmüller.	Dippel, Hofmüller.	Zeller.	Max Wandren.	Scheulen.
4e Écuyer.	Mikorey.	Mikorey.	Mikorey.	Guggenbähler.	Guggenbähler.	Guggenbühler.	Scheulen.	Guggenbühler.	Hans Brener.
Mesdames	*Mesdames*	*Mesdames*	*Mesdames*	*Mesdames*	*Mesdames*	*Mesdames*	*Mesdames*	*Mesdames*	*Mesdames*
1er Écuyer.	Keil.	Keil.	Keil.	Reuss-Belce.	Kanfer.	Kanfer. Reuss-Belce.	Klein.	Luise Mulder.	Luise Mulder.
2e Écuyer.	Galfy.	Galfy.	Galfy.	Sieher.	Franconi.	Franconi.	Luise Mulder.	Franconi.	Deppe.
Kundry.	Materna. Malten.	Materna. Malten.	Materna. Malten.	Malten. Materna. Sucher.	Malten. Materna. Sucher.	Malten. Materna.	Mailhac. Malten. Materna.	Mailhac. Malten. Mohor-Ravenstein.	Brema Malten. Sucher.
Les Filles-Fleurs.	Harson. Meta. Keil. André. Belce. Galfy.	Herzog. Meta. Harson. Keil. Galfy. Belce.	Herzog. Meta. Harson. Keil. Galfy. Belce.	Fritsch. Forster. Hedinger. Kauer. Reuss-Belce. Sieher.	Bottaque. Dietrich. Fritsch. Hedinger. Kanfer. Rigl.	Borchers. Lilli Dressler. Fritsch. Hedinger. Kanfer. Reuss-Belce.	de Anna. Hedinger. Herzog. Klein. Stolzenberg. Wiborg.	Hartwig. Hedinger. Mitschiner. Mulder. Pfund. Wiborg.	de Anna. Deppe. Hälldobler. Krauss. Mulder. Zerna.
	Chœurs de 46 hommes, 36 femmes et 45 enfants.	Chœurs de 46 hommes, 36 femmes et 45 enfants.	Chœurs de 46 hommes, 36 femmes et 45 enfants.	Chœurs de 46 hommes, 36 femmes et 45 enfants.	Chœurs de 56 hommes, 41 femmes et 45 enfants.	Chœurs de 55 hommes, 41 femmes et 45 enfants.	Chœurs de 53 hommes, 48 femmes et 40 enfants.	Chœurs de 61 hommes, 42 femmes et 40 enfants.	Chœurs de 65 hommes, 52 femmes et 40 enfants.

Page 545. — 1.

TRISTAN ET ISEULT

En 1886, 1889, 1891 et 1892.

	1886	1889	1891	1892
Chefs d'orchestre :	Hermann Levi. Félix Mottl.	Hermann Levi. Felix Mottl. Hans Richter.	Hermann Levi. Felix Mottl.	Julius Kniese. Hermann Levi. Felix Mottl. Carl Muck. Hans Richter.
Chefs des chœurs :		Julius Kniese. Heinrich Porges.	Julius Kniese. Heinrich Porges.	
Répétiteurs et musiciens-assistants sur la scène :	Heinrich Porges. Carl Frank Felix Weingaertner. Armbruster. Oscar Merz. Albert Gorter. Wirth. C. Harder.	Carl Armbruster. Otto Gieseler. Eng. Humperdinck. Oscar Merz. Hugo Röhr. Heinrich Schwartz. Arthur Smolian. Richard Strauss.	Carl Armbruster. Albert Gorter. Eng. Humperdinck. Otto Lohse. Oscar Merz. Paumgartner. Hugo Röhr. Hans Steiner. Richard Strauss.	Carl Armbruster (directeur de la musique de scène). Kurt. Hösel. Eng. Humperdinck. Oscar Merz. Carl Polig. Heinrich Porges (directeur des chœurs). Max Schilling. Siegfried Wagner.
Tristan.	Heinr. Gudehus. Heinr. Vogl. Herm. Winkelmann?	Heinrich Vogl.	Max Alvary.	Heinrich Vogl.
Le Roi Marke.	Gustav Siehr. Wiegand.	Franz Betz. Eugen Gura.	Georg Döring. Heinr. Wiegand.	Georg Döring. Eugen Gura.
Kurwenal.	Plank. Scheidemantel.	Franz Betz. Anton Fuchs.	Fritz Plank.	Fritz Plank.
Melot.	A. Grupp.	A. Grupp.	A. Grupp.	Heinr. Zeller.
Un berger.	W. Guggenbühler.	W. Guggenbühler.	W. Guggenbühler.	W. Guggenbühler.
Un jeune matelot.	Halper. Kellerer.	A. Dippel. Seb. Hofmüller.	Heinr. Scheuten.	Georg Anthes.
Un pilote.	Schneider.	W. Gerhartz.	Rudolf Pröll.	Georg Hüpeden.
Iseult.	*Mesdames* Thérèse Malten. Amalie Materna. Rosa Sucher.	*Mesdames* Rosa Sucher.	*Mesdames* Rosa Sucher.	*Mesdames* Rosa Sucher.
Brangaine.	Gisela Staudigl. Sthamer-Andriessen.	Gisela Staudigl.	Gisela Staudigl.	Gisela Staudigl.
	Chœurs de 31 hommes.	Chœurs de 55 hommes.	Chœurs de 53 hommes.	Chœurs de 61 hommes.

LES MAITRES CHANTEURS

En 1888, 1889 et 1892.

	1888	**1889**	**1892**
Chefs d'orchestre	Hans Richter. Félix Mottl.	Hermann Levi. Felix Mottl. Hans Richter.	Julius Kniese. Hermann Levi. Felix Mottl. Carl Muck. Hans Richter.
Chefs des chœurs :	Julius Kniese.	Julius Kniese. Heinrich Porges.	
Répétiteurs et musiciens-assistants sur la scène :	Heinrich Porges. Carl Franck. C. Armbruster. E. Humperdinck. Bopp. Oscar Merz. Singer. Max Schlosser. Alfred Steinmann. Kienzl.	Carl Armbruster. Otto Giesecker. Eng. Humperdinck. Oscar Merz. Hugo Röhr. Heinrich Schwartz. Arthur Smolian. Richard Strauss.	Carl Armbruster (*directeur de la musique de scène*). Kurt Hösel. Eng. Humperdinck. Oscar Merz. Carl Pohlig. Heinrich Porges (*directeur des chœurs*). Max Schillings. Siegfried Wagner.
Hans Sachs.	Fritz Plank. Theodor Reichmann. Carl Scheidemantel.	Franz Betz. Eugen Gura. Theodor Reichmann.	Eugen Gura. Fritz Plank.
Veit Pogner.	C. Gillmeister. H. Wiegand.	Heinrich Wiegand.	Moritz Frauscher.
Sextus Beckmesser.	F. Friedrichs. B. Kürner.	F. Friedrichs.	Emil Müller. Carl Nebe.
Fritz Kothner.	Emil Hettstädt. Osc. Schneider.	Ernst Wehrle.	Hermann Bachmann.
Walther von Stolzing.	Heinr. Gudehus.	Heinr. Gudehus.	Georg Anthes.
David.	C. Hedmondt. S. Hofmüller.	Seb. Hofmüller.	Max Krausse. Fritz Schrödter.
Vogelsang.	Otto Prelinger.	Franz Denninger.	Gerhard Pikaneser.
Nachtigall.	W. Gerbartz.	W. Gerbartz.	Theodor Bertram.
Zorn.	A. Grupp.	A. Grupp.	A. Grupp.
Eislinger.	J. Demuth.	A. Dippel.	F. Palm.
Moser.	W. Guggenbühler.	W. Guggenbühler.	M. Moscow.
Ortel.	Eugen Gebrath.	Eugen Gebrath.	Carl Bucha.
Schwartz.	Max Halper.	Heinrich Hobbing.	Oscar Schlemmer.
Foltz.	Carl Selzburg.	Carl Selzburg.	Adalbert Krähmer.
Le Veilleur de nuit.	F. Ludwig.	F. Ludwig.	Peter Ludwig.
Eva.	*Mesdames* Kathi Bettaque. Therese Malten. Rosa Sucher.	*Mesdames* Lilli Dressler. Louise Reuss-Belce.	*Mesdames* Alexandra Mitschiner. Luise Mulder.
Madeleine.	Gisela Staudigl.	Gisela Staudigl.	Gisela Staudigl.

Chœurs de 56 hommes et 41 femmes.

Chœurs de 55 hommes et 41 femmes.

Chœurs de 61 hommes et 42 femmes.

TANNHAUSER

En 1891, 1892 et 1894.

	1891	1892	1894
CHEFS D'ORCHESTRE :	Hermann Levi. Felix Mottl.	Julius Kniese. Hermann Levi. Felix Mottl. Carl Mück. Hans Richter.	Julius Kniese. Hermann Levi. Felix Mottl. Hans Richter. Richard Strauss.
DIRECTEURS DES CHŒURS :	Julius Kniese. Heinrich Porges.		
RÉPÉTITEURS *et musiciens-assistants sur la scène :*	Carl Armbruster. Albert Gorter. Engelbert Humperdinck. Otto Lohse. Oscar Merz. Paumgartner. Hugo Röhr. Hans Steiner. Richard Strauss.	Carl Armbruster (*directeur de la musique de scène*). Kurt. Hösel. Engelbert Humperdinck. Oscar Merz. Carl Pohlig. Heinrich Porges (*directeur des chœurs*). Max Schillings. Siegfried Wagner.	Carl Armbruster. E. Humperdinck. Oscar Jünger. Franz Mikorey. Carl Pohlig. Heinrich Porges. Anton Schlosser. Siegfried Wagner.
Le Landgrave Hermann.	Georg Döring. Heinr. Wiegand.	Georg Döring.	Georg Döring.
Tannhauser.	Max Alvary. Herm. Winkelmann. Heinr. Zeller.	Wilhelm Grüning.	Wilhelm Grüning.
Wolfram.	Theodor Reichmann. Carl Scheidemantel.	J. Kaschmann. Carl Scheidemantel.	G. Kaschmann. Theodor Reichmann.
Walther.	Wilhelm Grüning.	Emil Gerhäuser.	Emil Gerhäuser.
Biterolf.	Emil Liepe.	Emil Liepe.	Michael Takats.
Henry.	Heinrich Zeller.	Heinrich Zeller.	Alois Burgstaller.
Reinmar.	Franz Schlosser.	Carl Bucha.	Carl Bucha.
	Mesdames	*Mesdames*	*Mesdames*
Elisabeth.	Pauline de Anna. Elisa Wiborg.	Adolphine Welschke. Elisa Wiborg.	Pauline de Anna. Elisa Wiborg.
Vénus.	Pauline Mailhac. Rosa Sucher.	Pauline Mailhac.	Pauline Mailhac.
Un jeune pâtre.	Emilie Herzog. Luise Mulder.	Luise Mulder. Ida Pfund.	Marie Deppe. Luise Mulder.
	Chœurs de 53 hommes et 46 femmes.	Chœurs de 61 hommes et 42 femmes.	Chœurs de 65 hommes et 52 femmes.

Partie chorégraphique sous la direction de Mme *Virginia Zucchi*, invariablement composée de 30 danseurs et 34 danseuses.

LOHENGRIN

1894.

CHEFS D'ORCHESTRE :	Julius Kniese. Hermann Levi. Felix Mottl. Hans Richter. Richard Strauss.
RÉPÉTITEURS et *musiciens-assistants sur la scène :*	Carl Armbruster. E. Humperdinck. Oscar Jünger. Franz Mikoren. Carl Pohlig. Heinrich Porges. Anton Schlosser. Siegfried Wagner.

Le roi Henri. — Carl Greng. — Max Mosel.

Lohengrin. — Ernest van Dyck.

Frédéric. — Demeter Popovici.

Le Hérault. — Hermann Bachmann.

4 nobles. — Hans Breuer, Carl Bucha, Joseph Cianda, Heinr. Scheuten.

Mesdames

Elsa. — Lilian Nordica.

Ortrude. — Marie Brema. — Pauline Mailhac.

Chœurs de 65 hommes et 52 femmes.

La composition de l'orchestre est à peu près invariablement fixée; elle ne peut guère être augmentée, étant donnée l'inextensibilité de l'espace qui lui est réservé, mais certains ouvrages nécessitent la présence d'un nombre plus ou moins grand d'instrumentistes sur le théâtre.

Voici l'état numérique exact de la composition de l'orchestre aux diverses époques de représentations :

En	1876	1886	1888	1889	1891	1892	1894	1896
Violons...................	32	32	31	32	32	32	32	33
Altos.................	12	12	13	12	12	12	12	13
Violoncelles.............	12	12	12	12	12	12	12	13
Contrebasses..........	8	8	8	8	8	8	8	8
Flûtes...............	4	4	5	5	5	5	5	5
Hautbois	4	4	4	4	4	4	4	4
Cor anglais.........	1	1	1	1	1	1	1	2
Clarinettes............	4	5	4	4	4	4	4	4
Clarinette-basse.....	1	1	1	1	1	1	1	1
Bassons	4	4	4	4	4	4	4	4
Contrebasson	1	1	1	1	1	1	1	1
Cors...............	7	9	7	9	11	11	10	10
Trompettes	4	4	4	4	4	4	4	4
Trompette-basse....	1							1
Trombones	4	4	4	4	4	4	4	5
Tromb.-contrebasse.	1							1
Tubas-ténors.........	2							2
Tubas-basses	2	1	1	1	1	1	1	2
Tuba contrebasse ...	1							1
Paires de timbales	3	2	2	2	2	2	2	3
Harpes	8	4	4	4	4	4	4	8

Comme on voit le Quatuor n'a jamais subi que des modifications insignifiantes; les plus curieuses se rapportent
aux Cors, dont le nombre a varié de 7 à 11; la Trompette-
basse, le Trombone-contrebasse et le Tuba-contrebasse
n'apparaissent que lorsqu'on joue *L'Anneau du Nibelung*,
qui seul exige également un troisième Timbalier, et
4 Harpes supplémentaires.

L'orchestre le plus nombreux a donc été celui de 1896,
comprenant 125 musiciens, 9 de plus qu'en 1876.

Comme le personnel chantant, celui de l'orchestre est
recruté un peu de tous les côtés, en Allemagne surtout,
naturellement, mais aussi, pour une assez grande partie,
à l'étranger. C'est un personnel d'élite, incontestablement, et il n'est pas rare d'y rencontrer des artistes remplissant ailleurs les fonctions et portant le titre de Chef

d'orchestre, de Capellmeister, de Directeur de musique de la cour... Mais ici, sous l'admirable direction des grands artistes que sont MM. Hans Richter, Hermann Levi et Félix Mottl, ils reçoivent à la fois un complément d'instruction technique et une impulsion artistique qu'ils chercheraient vainement ailleurs.

Nul besoin de sévérité pour obtenir d'eux exactitude et discipline; tous sont venus bénévolement, avec la conscience de leur valeur, se ranger sous la grande et noble bannière; l'orchestre est une famille unie, et l'autorité indiscutée du chef est empreinte d'une bonhomie toute paternelle. A une récente répétition de *Siegfried,* l'un des timbaliers avait donné un coup de baguette un peu avant le moment voulu : « Monsieur, lui dit doucement Richter, je vous ferai observer que Fafner ne meurt qu'au deuxième temps. » Ce qui fut compris.

Pendant les exécutions, s'il lance un coup d'œil courroucé vers celui qui vient de commettre une faute (là comme ailleurs cela arrive), il ne manque jamais d'adresser un sourire de satisfaction et d'encouragement au soliste qui vient de se distinguer par une interprétation exacte de son rôle; je dis rôle, car, il ne faut pas s'y tromper, tous les rôles ne sont pas sur la scène : il y en a beaucoup, et non des moins importants, exclusivement confiés à l'orchestre, et chaque musicien, de par l'instruction même acquise au cours des répétitions, sait, à tout moment, ce que veut dire ce qu'il fait, s'il concourt simplement à un effet d'ensemble, ou si le contour musical dont il est chargé possède une signification précise, à souligner, et dans quel sens elle doit être soulignée; il n'est pas un d'eux qui ne connaisse, mieux encore que tous les commentateurs, la portée des Leit-motifs, souvent sans en savoir le nom, toujours de convention et souvent variable, mais en comprenant, ce qui vaut mieux, l'esprit et le sentiment intime. De là une exécution symphonique qui, si elle pèche parfois par la virtuosité indi-

Hans Richter.

viduelle, a pour caractéristique une intelligence excep tionnelle; ce n'est pas toujours la perfection, mais l'intention juste est toujours perceptible, et jamais ne se produit un non-sens.

A Bayreuth, l'orchestre, pourtant nombreux, n'est jamais bruyant. Si on pouvait lui adresser un reproche, ce serait plutôt celui d'être parfois trop discret; il ne

Hermann Levi.

couvre jamais la voix du chanteur, et toutes les syllabes arrivent distinctement à l'auditeur; cela peut tenir partiellement à la diction généralement très nette des acteurs et aux consonnes multiples de la langue allemande; mais il est certain que la disposition même de l'orchestre en

Felix Mottl.

sous-sol, comme un amphithéâtre renversé, et en partie recouvert par des écrans, y est pour beaucoup; la fusion des cuivres et des instruments à cordes dans le grave

y produit parfois une sonorité d'orgue qu'on n'entend
que là.

Rien de plus curieux, d'ailleurs, que la physionomie
de l'orchestre pendant une représentation; malheureusement personne, sans exception aucune, n'est autorisé à y
pénétrer, la consigne est formelle. Les lampes à incandescence, soigneusement recouvertes d'abat-jour, n'é-
clairent que les pupitres devant lesquels sont assis les
musiciens, la plupart en manches de chemise, car il fait
chaud, en juillet, et on y va de tout cœur; on aime à raconter qu'auprès d'eux s'accumulent des bocks, auxquels
on ne toucherait, bien entendu, que lorsqu'il y a un certain nombre de pauses à compter, mais c'est absolument
faux. Ce qui est vrai, c'est que lorsque leur partie leur
laisse des loisirs, les déshérités de l'orchestre, les Trombones, les Tubas, qui habitent le fond de la cave, grim-
pent subrepticement, se faufilant à travers les pupitres,
pour essayer d'apercevoir, ne fût-ce qu'un instant, un coin
de la scène, bonheur réservé seulement à ceux des 1ers et
2mes violons placés à la première rangée, celle du haut.

Seul, le chef d'orchestre (qui, comme les autres, a retiré sa vareuse et sa cravate) est éclairé de face par deux
lampes dont les puissants réflecteurs sont tournés vers
lui, afin que personne, sur la scène ou dans l'orchestre,
ne perde un de ses gestes, un de ses jeux de physionomie; ce n'est pas sa partition qu'on éclaire, il la sait par
cœur et la regarde rarement; c'est lui, le maître absolu,
le seul sur lequel retombe toute la responsabilité de l'ensemble de l'interprétation.

Malgré le talent et la conscience de chacun, malgré la
profonde expérience et la conviction des chefs, ce n'est
pas sans des études nombreuses et laborieuses qu'on

arrive à mettre debout des œuvres aussi complexes que celles qui forment le répertoire de Bayreuth. Les chanteurs arrivent, sachant leurs rôles par cœur, et la plupart des musiciens ont déjà eu l'occasion, dans d'autres théâtres allemands, de jouer leur partie (sauf toutefois lorsqu'il s'agit de *Parsifal,* qui n'a jamais été représenté ailleurs); mais il leur reste à acquérir cette merveilleuse cohésion, ce sentiment respectueux de l'œuvre, qui caractérise spécialement et donne une couleur particulière à l'interprétation-modèle du Théâtre des fêtes.

Aussi me paraît-il intéressant de mettre sous l'œil du lecteur, à titre d'exemple, le Tableau des Répétitions auxquelles a donné lieu, en 1896, la Tétralogie de *L'Anneau du Nibelung.*

Ce travail préparatoire, absolument combiné et arrêté d'avance, a duré du 15 juin au 18 juillet, sans autres arrêts que trois jours de *repos,* savamment ménagés vers la fin des études.

Le voici, avec tous ses détails :

L'Or du Rhin.

	9 h. à 11 h.	Instruments à vent[1].
	11 h. à 1 h.	Instruments à cordes.
15 juin.	10 h.	En scène, au piano.
	3 h. 1/2 à 5 h. 1/2.	Tout l'orchestre.
	5 h. 1/2 à 8 h.	En scène, au piano.
	9 h. à 11 h.	Tout l'orchestre.
16 juin.	11 h. à 1 h.	En scène, au piano.
	3 h. à 7 h.	En scène, au piano.
17 juin.	10 h. à 1 h.	En scène, avec orchestre.
	4 h. à 7 h.	Orchestre.

1. Les répétitions partielles d'orchestre ont lieu dans le Restaurant-Brasserie qui est à gauche en regardant le théâtre. Le chef d'orchestre s'installe bravement sur une table, avec sa chaise et son pupitre, et les musiciens se groupent autour de lui. C'est très pittoresque et très familial.

La Walkyrie.

18 juin.	9 h. à 11 h.	Instruments à vent.	1er Acte.
	11 h. à 1 h.	Instruments à cordes.	
	10 h.	En scène, au piano.	
	3 h. à 5 h.	Tout l'orchestre.	
	5 h.	En scène, au piano.	
19 juin.	9 h. à 11 h.	Instruments à vent.	2me Acte.
	11 h. à 1 h.	Instruments à cordes.	
	10 h. à 1 h.	En scène, au piano.	
	3 h. à 5 h.	Tout l'orchestre.	
	5 h. à 8 h.	En scène, au piano.	
20 juin.	9 h. à 11 h.	Instruments à vent.	3me Acte.
	11 h. à 1 h.	Instruments à cordes.	
	10 h. à 1 h.	En scène, au piano.	
	3 h. à 5 h.	Tout l'orchestre.	
	5 h.	En scène, au piano.	
21 juin.	9 h. 1/2 à 1 h.	En scène, avec orchestre.	1er et 2me Actes.
	5 h.	En scène, avec orchestre.	3me Acte.

Siegfried.

22 juin.	9 h. à 11 h.	Instruments à vent.	1er Acte.
	11 h. à 1 h.	Instruments à cordes.	
	10 h.	En scène, au piano.	
	3 h. à 5 h.	Tout l'orchestre.	
	5 h.	En scène, au piano.	
23 juin.	9 h. à 11 h.	Instruments à vent.	2me Acte.
	11 h. à 1 h.	Instruments à cordes.	
	10 h. à 1 h.	En scène, au piano.	
	3 h. à 5 h.	Tout l'orchestre.	
	5 h. à 8 h.	En scène, au piano.	
24 juin.	9 h. à 11 h.	Instruments à vent.	3me Acte.
	11 h. à 1 h.	Instruments à cordes.	
	10 h. à 1 h.	En scène, au piano.	
	3 h. à 5 h.	Tout l'orchestre.	
	5 h.	En scène, au piano.	
25 juin.	9 h. 1/2 à 1 h.	En scène, avec orchestre.	1er et 2me Actes.
	5 h.	En scène, avec orchestre.	3me Acte.

Le Crépuscule des Dieux.

26 juin.	9 h. à 11 h.	Instruments à vent.	Prologue.
	11 h. à 1 h.	Instruments à cordes.	
	10 h.	En scène, au piano.	
	3 h. à 5 h.	Tout l'orchestre.	
	5 h.	En scène, au piano.	

27 juin.	9 h. à 11 h.	Instruments à vent.	1er Acte.
	11 h. à 1 h.	Instruments à cordes.	
	10 h.	En scène, au piano.	
	3 h. à 5 h.	Tout l'orchestre.	
	5 h.	En scène, au piano.	
28 juin.	9 h. à 11 h.	Instruments à vent.	2me Acte.
	11 h. à 1 h.	Instruments à cordes.	
	10 h.	En scène, au piano.	
	3 h. à 5 h.	Tout l'orchestre.	
	5 h.	En scène, au piano.	
29 juin.	9 h. à 11 h.	Instruments à vent.	3me Acte.
	11 h. à 1 h.	Instruments à cordes.	
	10 h.	En scène, au piano.	
	3 h. à 5 h.	Tout l'orchestre.	
	5 h.	En scène, au piano.	
30 juin.	9 h. 1/2 à 1 h.	En scène, avec orchestre.	Prol. et 1er Acte.
	5 h.	En scène, avec orchestre.	2me et 3me Actes.

1 juillet.	**L'or du Rhin.**	
2 juillet.	»	
3 juillet.	**La Walkyrie.**	
4 juillet.	»	
5 juillet.	**Siegfried.**	Répétitions intégrales
6 juillet.	»	avec orchestre.
7 juillet.	**Le Crépuscule des Dieux.**	
8 juillet.	»	
9 juillet.	»	
10 juillet.	(Jour de repos).	
11 juillet.		Raccords.
12 juillet.	**L'or du Rhin.**	Répétition générale.
13 juillet.	**La Walkyrie.**	Répétition générale.
14 juillet.	(Jour de repos).	
15 juillet.	**Siegfried.**	Répétition générale.
16 juillet.	**Le Crépuscule des Dieux.**	Répétition générale.
17 juillet.		Raccords.
18 juillet.	(Jour de repos).	

Le lendemain, le 19, ont commencé les représentations.

Les études avaient été autrement conduites et plus
longues à l'époque de l'inauguration.

Les quatre semaines de juillet 1875 avaient été consa-
crées aux répétitions au piano : 1re semaine, *L'Or du Rhin ;*

2me. *La Walkyrie*; 3me *Siegfried*; 4me *Le Crépuscule des Dieux*. Du 1er au 15 août de la même année, répétitions des mêmes pièces, avec orchestre; dans la 3me semaine d'août, étude de la mise en scène et des évolutions scéniques.

Ce n'étaient pourtant que des répétitions préparatoires : car, en 1875, on recommença dès le 3 juin les répétitions partielles, tantôt au piano, tantôt à l'orchestre, puis en scène; du 6 au 9 août eurent lieu les répétitions générales, et le dimanche 13, à 7 h., la première représentation commençait, par *L'Or du Rhin*.

Tant en 1875 qu'en 1876, on avait donc répété environ trois mois.

On voit par là que la vie des artistes de l'orchestre n'est pas oisive pendant le temps des études préparatoires.

Mais on sait la leur rendre agréable. Mme Wagner est là, qui aime à les recevoir, à leur faire bon accueil, les fêter, les encourager au travail. Ils sont les bienvenus à Wahnfried.

En général, ils prennent leurs repas en commun, par groupes, selon leurs heures de répétitions, dans l'un des grands restaurants qui avoisinent le théâtre, où ils sont fort bien servis, à des prix fort réduits.

Certes, ils travaillent beaucoup, ils se fatiguent; mais, au-dessus de leur fatigue plane l'idée fortifiante de la belle exécution à réaliser, du but à atteindre; et pas un ne se plaint, tous se réjouissent des efforts communs, s'entr'aident et s'encouragent.

Directement sous les ordres du chef d'orchestre sont placés les *musiciens-assistants* sur la scène, généralement au nombre de huit, parfois six, rarement neuf. Leurs fonctions sont multiples et participent de celles de chef du Chant, de chef des Chœurs, de souffleur, de répétiteur, d'accompagnateur chargé de l'étude des rôles; ils sont constamment disséminés sur le théâtre, les uns à poste fixe, à droite et à gauche du rideau, les autres suivant les chanteurs, en se dissimulant derrière les portants et les décors, tous une partition à la main, s'occupant sans cesse à guider les acteurs, à leur donner le ton, à battre la mesure pour les faire *partir,* à assurer la concordance absolue entre la manœuvre des trucs et le texte musical, à donner le signal pour les effets de lumière, etc. Ce sont les officiers d'ordonnance du chef. Rentrent encore dans leurs attributions le jeu des instruments d'un emploi exceptionnel, du grand orgue dans *Lohengrin* et dans les *Maîtres Chanteurs,* d'un autre orgue tout petit (il n'a que quatre tuyaux), qui est placé dans un coin de l'orchestre et sert notamment à renforcer le *mi* ♭ au début de *L'Or du Rhin,* du Glockenspiel, des Cloches, du Luth de Beckmesser, du tonnerre... Inutile de dire que ces importantes fonctions, pleines de responsabilité, ne peuvent être remplies que par des musiciens d'une sûreté impeccable, doués d'un grand sang-froid et capables d'initiative. En 1876, Mottl était au nombre des assistants; plus tard on y voit fréquemment les noms d'Humperdinck, de Carl Armbruster, capellmeister à Londres; de Heinrich Porges; enfin, en 1892 et 1894, Siegfried Wagner y prélude à ses fonctions de chef d'orchestre.

Je regrette de ne pouvoir donner les noms de tous ces vaillants musiciens, venus de tous les points de l'Allemagne, de l'Autriche, de l'Angleterre, de la Suisse, de la Russie... Je constate seulement ce fait intéressant, que deux Français ont pris part à l'exécution de 1876, et que deux autres Français ont participé à celle de 1896, l'un comme premier violon, l'autre comme répétiteur des rôles et assistant sur la scène ; ce sont : MM. Gustave Fridrich, qui fut pendant longtemps 1er violon à

Siegfried Wagner.

l'Opéra et à la Société des Concerts ; et Édouard Risler, le jeune et déjà grand pianiste, l'un des plus beaux fleurons de notre Conservatoire de Paris, qui a accompagné au piano la plupart des répétitions en scène.

Ces deux artistes, dont Mme Wagner a su apprécier la haute valeur ainsi que le dévouement, ont été appelés à plusieurs reprises à charmer, concurremment avec les premiers sujets du chant, l'auditoire d'élite convié pendant la saison des fêtes théâtrales aux soirées de Wahnfried.

Wagner attachait une très grande importance aux décors, qu'il composait lui-même, et qui étaient exécutés sous ses ordres, d'après ses indications précises, par les artistes décorateurs. Aucun détail ne lui était indifférent.

Il est facile de concevoir que dans une salle entièrement obscure, où l'œil du spectateur n'est ni aveuglé par

la rampe, ni attiré par aucune distraction futile ou mondaine, la puissance expressive du décor s'accroît singulièrement. Le Rideau lui-même est déjà expressif. Il ne se
lève pas, comme partout ailleurs; il s'ouvre par le milieu
en se soulevant gracieusement vers les angles, et cela,
selon les circonstances, avec une soudaineté ou une majestueuse lenteur, réglées, comme tout le reste, par le
Maître méticuleux qui ne laissait rien aux hasards de
l'interprétation. Après la terrifiante scène qui termine le
Crépuscule des dieux, par exemple, il se referme comme
à regret, laissant voir encore longtemps les émouvantes
lueurs du bûcher et l'embrasement du Walhalla; tandis
qu'il clôt brusquement les scènes bouffonnes du 2me acte
des *Maîtres Chanteurs* en retombant d'un seul coup, pendant que la salle s'inonde de lumière, au milieu des rires
joyeux des spectateurs.

Si les décors wagnériens ne sont pas toujours d'une
extrême richesse, s'ils sont plus sobres que ceux de
l'Opéra de Paris ou du Châtelet, en revanche, ils sont
plus harmonieux, j'entends par là qu'ils s'harmonisent
mieux avec l'œuvre, et font, pour ainsi dire, corps avec
elle; sauf de rares exceptions, ils sont suffisants pour produire l'illusion désirable.

Parmi ceux qui me paraissent défectueux, je signalerai
celui des Filles-Fleurs, aux tons criards et brutaux, aux
floraisons difformes et invraisemblables, qui font plutôt
penser à certaines tentures de chambres d'hôtel dans les
petites villes de province, qu'à une végétation magique et
ensorcelée; l'Arc-en-Ciel du 3me acte de *L'Or du Rhin,*
qui a l'air d'être en bois; le tableau du Vénusberg, qui,
celui-là, n'a jamais été réussi sur aucun théâtre, et qui
est peut-être irréalisable; on peut reprocher au dieu Loge
d'être bien parcimonieux des flammes qui devraient en-

tourer de toutes parts la Walkyrie endormie ; on peut trouver la Chevauchée enfantine... Mais ce sont là des détails minimes, auxquels on ne prête plus aucune attention quand on est captivé par le sujet.

Ce qu'on peut admirer sans restriction, ce sont les superbes toiles du 3me acte de *Tannhäuser*, du 1er et du 3me acte de *Lohengrin*, du Vaisseau et de Karéol dans *Tristan et Iseult*, presque tous les décors des *Maîtres Chanteurs*, et celui, peut-être le plus saisissant de tous dans son austère sincérité, des 1er et 3me actes de *Parsifal*; dans la Tétralogie de l'*Anneau du Nibelung*, le premier décor du prologue, les profondeurs du Rhin, la caverne d'Alberich, le Rocher des Walkyries, la Forge, le site forestier sur le Rhin, et les deux vues, intérieure et extérieure, avec le fleuve comme fond, de la demeure de Gunther. Tous ceux-là sont vraiment splendides, et ajoutent quelque chose à l'émotion musicale.

La machination n'a rien d'extraordinaire, quoi qu'on en ait dit ; c'est celle de tout théâtre bien organisé; elle est pourtant parfois ingénieuse, mais toujours avec des procédés simples; ainsi le décor qui marche, d'abord de droite à gauche, ensuite de gauche à droite, dans *Parsifal*, donnant au spectateur l'illusion que c'est lui qui se déplace, est obtenu par le simple enroulement, avec des vitesses différentes, de toiles placées à divers plans, sur des cylindres verticaux plantés entre les portants. — Pour éviter de fermer les rideaux entre les tableaux, on a recours à un ingénieux système de jets de vapeur montant du plancher et venant habilement se confondre avec les rideaux de nuages peints sur gaze qui masquent au public les changements de décors. — Les Filles du Rhin, qui semblent vraiment nager entre deux eaux, qui évoluent avec une aisance surprenante et parcourent toute la hauteur de la scène, bondissant parfois jusqu'aux cintres comme pour aller respirer l'air à la surface de l'eau, sont simplement couchées sur une armature de fer, une sorte de gouttière, et soulevées, au moyen de fils invisibles, par de vigoureux machinistes circulant au-dessus du théâtre [1]. A la première répétition, l'une d'elles s'est évanouie ; il n'y a pourtant aucun danger, car chacune des Ondines est confiée à une équipe de six hommes, commandée par l'un des musiciens-assistants sur la scène, afin de faire coïncider leurs évolutions avec la musique et avec les efforts impuissants d'Alberich, qui a un faux air de bernard-l'ermite poursuivant des crevettes ou des hippocampes dans un aquarium. — Le Dragon est un truc ordinaire de féerie ; un homme lui fait ouvrir la gueule et rouler les yeux, tandis que l'acteur (Fafner), placé derrière la toile de fond, bâille et mugit dans un immense porte-voix.

La mise en scène est autrement comprise que chez nous. Les acteurs jouent beaucoup moins pour le public que pour eux-mêmes ; quand ils se parlent, ils se regardent ; ils ne craignent pas de tourner le dos au public si la vérité l'exige, témoin Parsifal, qui reste dans cette attitude immobile, à l'avant-scène, pendant la moitié du 1er acte ; ils se comportent sur la scène comme ils le feraient dans la vie, sans paraître s'apercevoir qu'il y a une salle devant eux. Cette façon d'être leur est si naturelle qu'on ne la remarque nullement ; mais s'il arrive que l'un d'eux s'en écarte et joue selon la convention généralement admise, en adressant gestes et paroles au spectateur, celui-ci en est immédiatement étonné et choqué. Les choristes, quand

1. Ce truc date de 1896. Le procédé employé en 1876 était à la fois plus compliqué et moins ingénieux.

il y en a, ne viennent pas davantage se ranger symétriquement sur deux rangs, alignés comme des soldats, ou en demi-cercle, bien en face du public, pour lever les bras comme des automates, tous à la fois, à la note la plus forte. Chacun a son rôle individuel, il le joue, le mime et le chante, ce qui donne une apparence de vie et de vérité infiniment plus satisfaisante.

Wagner avait donc réalisé, depuis longtemps, le système de mise en scène sincère tenté dans ces dernières années à Paris, au Théâtre-Libre, par un comédien français, système qui, fort heureusement, tend de plus en plus à se généraliser.

Les costumes d'hommes sont en général fort beaux; ceux des femmes prêtent moins au luxe que les brillantes armures des chevaliers. A part l'équipement guerrier de la Walkyrie, quelques riches toilettes féminines dans *Lohengrin,* les atours de fiancée d'Éva, ceux d'Iseult reine de Cornouailles, les héroïnes, par leurs caractères mêmes, n'ont pas à faire parade d'élégance. Signalons en passant que le parure de Freïa, dans *L'Or du Rhin,* a été copiée trait pour trait sur une des plus gracieuses figures du Printemps de Botticelli.

Les dépenses sont très considérables; pour n'en donner qu'un exemple, les frais nécessités en 1896, pour remettre à la scène *L'Anneau du Nibelung,* se sont montés à la somme de 800,000 francs, répartie en deux années de travail.

A ceux que cette dépense étonnerait, je puis apprendre que les décors seuls (ceux de 1876 ayant été perdus) ont coûté 155,000 fr., dont 35,000 rien que pour les nuages; et les décors ne sont pas tout; il y a leur entretien et leur machination, l'entretien du théâtre lui-même pendant les années de sommeil; il y a les costumes, il y a l'éclairage, pour lequel a été établie, à proximité du théâtre, une usine spéciale d'électricité; il y a les indemnités de voyage et de séjour à payer à tous les artistes, chanteurs solistes ou choristes, instrumentistes, etc.

Il y a enfin, là comme dans tout théâtre, un nombreux personnel que le spectateur ne voit jamais, nécessaire pour le maniement des décors, la machination, pour l'éclairage, l'habillage; celui-là, on le paye; en voici le détail :

Sur la scène :
- 2 chefs mécaniciens.
- 2 sous-chefs.
- 28 ouvriers mécaniciens, venus de Dresde, Carlsruhe, Darmstadt...
- 45 charpentiers.
- 10 menuisiers.
- 10 simples ouvriers.
- 1 chef de l'éclairage pour les effets de lumière.
- 3 ouvriers.
- 1 chef d'éclairage général.
- 5 ouvriers.

À l'usine d'électricité :
- 1 chef mécanicien.
- 2 ouvriers électriciens pour la manœuvre des dynamos.
- 2 simples ouvriers.
- 1 chef tailleur.
- 4 tailleurs.
- 5 couturières.
- 12 habilleuses (quand on joue *Tristan* ou *Lohengrin*, où il y a parfois 250 personnes en scène, le nombre des habilleuses est porté à 80).
- 1 chef coiffeur.
- 1 maîtresse coiffeuse.
- 4 coiffeurs.

Total : de 140 à 220 personnes.

En additionnant les acteurs et figurants ou choristes qui peuvent se trouver en scène (250 parfois), l'orchestre, lorsqu'il est au grand complet avec 11 cors et 8 harpes

(125), les assistants (8) et le personnel de la scène (220), on arrive au total de *603* pour l'effectif respectable de la petite armée que le chef d'orchestre réunit directement ou indirectement sous son commandement.

Il n'y a pas de sonnette pour annoncer la fin des en-

La fanfare d'appel.

tr'actes. Quand le moment est venu, une bande de trompettes et de trombones, fournie par le corps de musique du régiment en garnison à Bayreuth, mais en costume civil, sort du théâtre, et lance successivement aux quatre points cardinaux une éclatante fanfare. Les motifs de ces *sonneries d'appel,* comme tout le reste, ont été réglés par Wagner lui-même. Ils sont toujours empruntés à l'ouvrage joué, et annoncent l'un des motifs de l'acte qui va commencer. Les voici d'ailleurs au complet :

TANNHAUSER

1er Acte.

La Chasse.

2me Acte.

Début de la Marche.

3me Acte.

Motif du Pardon

LOHENGRIN

1er Acte.

L'appel du Roi

2me **Acte.**

Le mystère du nom

3me **Acte.**

Le Graal

TRISTAN ET ISEULT   1er **Acte.**

Fragment de la Chanson du Jeune matelot

VOYAGE A BAYREUTH

La Mort

Fragment de la Tristesse — Motif du pâtre.

LES MAITRES CHANTEURS

Les Maîtres

2me Acte.

La Sérénade

3me Acte.

Fanfare des corporations

LA TÉTRALOGIE DE L'ANNEAU DU NIBELUNG

L'OR DU RHIN

Le Charme du Tonnerre

LA WALKYRIE

1er et 2me Actes.

L'Épée

3ᵐᵉ Acte.

L'Épée

SIEGFRIED

1ᵉʳ Acte.

Appel du fils des bois

2ᵐᵉ Acte.

Variante de l'appel du fils des bois

3ᵐᵉ Acte.

Siegfried gardien de l'Epée

LE CRÉPUSCULE DES DIEUX   1er Acte.

Malédiction de l'anneau

2me Acte,

Appel au mariage

3me Acte.

Le Walhalla

PARSIFAL   1er Acte.

2me Acte.

3me Acte.

Selon l'importance du *Motif* servant d'annonce, selon qu'il est présenté avec ou sans son harmonie, le nombre des exécutants varie ; pour les derniers appels de *Lohengrin* et du *Crépuscule des Dieux*, qui sont particulièrement pompeux, il y a eu jusqu'à 24 musiciens.

On ne frappe pas « les trois coups » traditionnels. Lorsque chacun, obéissant à l'injonction des trompettes héraldiques, a regagné sa place, l'obscurité se fait, entraînant avec elle le silence le plus complet. Une minute s'écoule ainsi, dans un recueillement absolu ; puis le premier son sort de l'orchestre.

C'est solennel, digne et majestueux ; cela commande le respect.

Péristyle du Théâtre.

Ici prend fin cette Étude du Théâtre de Bayreuth et de son fonctionnement. Je souhaite que le lecteur ait pris autant d'intérêt à la lire que j'ai moi-même éprouvé de plaisir à en rassembler les éléments.

J'ai cru devoir entrer dans bien des détails matériels, parmi lesquels il en est qui pourront paraître oiseux à quelques-uns, mais non à tous ; selon mon sentiment, il n'en est pas d'insignifiants, lorsqu'on se trouve en face d'une organisation si merveilleusement comprise et si complète.

J'ai pu démontrer la facilité et l'agrément du court voyage nécessaire, décrire l'accueil courtois et empressé dont on peut être certain de la part des habitants bavarois; j'ai pu retracer à grands traits les principales époques de la vie si agitée, et pourtant conduite en ligne droite, tendant fermement et inébranlablement vers le but unique auquel il a atteint, du créateur de toutes ces prodigieuses merveilles; j'ai pu fournir une double analyse, dramatique et musicale, qui me semble de nature à guider le néophyte, et à lui faciliter, au moins lors d'une première audition, l'intelligence du style wagnérien pur; j'ai pu encore faire connaître les détails de l'agencement intérieur du Théâtre des Fêtes et de ses Représentations-Modèles, où tout est à la fois si savamment et si artistement combiné pour le triple plaisir de l'intelligence, des oreilles et des yeux; mais ce que je dois renoncer à exprimer, parce que c'est inexprimable, c'est l'émotion profonde et durable qui ressort de l'ensemble enveloppant d'une interprétation ainsi conçue et préparée. On peut entendre du Wagner partout ailleurs, dans des conditions en apparence satisfaisantes, avec une partie des mêmes interprètes, ou même des interprètes supérieurs, si l'on veut; nulle part on ne vit de la vie des personnages du drame, on ne s'identifie avec eux de la même manière, nulle part on n'est envahi jusqu'à l'obsession, et quelle douce obsession! par l'action dramatique et musicale.

D'une belle représentation bayreuthienne de *Parsifal,* de la *Tétralogie* ou des *Maîtres Chanteurs,* celui qui sait entendre et jouir sort avec la sensation intime et délicieuse d'une amélioration morale.

Faute de points de comparaison, il n'y a qu'une seule

manière de se rendre compte de cette bienfaisante fascination quasi magnétique, c'est d'aller soi-même à Bayreuth ; aucune description, si ardente et enthousiaste qu'elle soit, ne peut remplacer le voyage.

« *Celui qui veut comprendre le poète doit aller dans le pays du poète.* » On ne comprend réellement Wagner qu'en allant à Bayreuth, comme on ne comprend Raphaël qu'en visitant les musées d'Italie.

FIN

CHAPITRE COMPLÉMENTAIRE

Il m'a semblé qu'il ne serait pas indifférent de connaître les noms de ceux de nos compatriotes qui ont été, aux différentes époques, assister aux représentations du Théâtre de Fêtes.

J'ai eu beaucoup de peine à en reconstituer la liste, et encore ne puis-je affirmer que celle que je présente ici ne contient ni erreurs ni omissions, parce que les listes d'étrangers (*Fremdenlist*) publiées à Bayreuth à l'aide des feuilles de location et des feuilles de police ont toujours été aussi mal faites que possible, cela souvent, il faut le dire, par la faute des voyageurs eux-mêmes. Parfois, pour une famille nombreuse, le chef de famille seul s'est inscrit ; il en est de même, et c'est plus grave, pour un groupe d'amis voyageant ensemble ; d'autres fois, par une exagération de scrupule, on a donné les noms, prénoms et âge de la femme de chambre ; très souvent, une écriture peu soignée a conduit le typographe allemand à dénaturer les noms en les germanisant : la plupart des noms sont défigurés au point d'être méconnaissables ; souvent aussi, des étrangers venant de France ou des Français venant de l'étranger ont cru bien faire en indiquant leur lieu de provenance, tandis qu'on leur demandait leur nationalité ; il y en a encore qui avaient pris des billets, et, bien qu'empêchés de venir, sont restés inscrits ; enfin, sans parler des gens qui se refusent à remplir les feuilles de police, il existe des spectateurs (j'ai connu beaucoup

de Français dans ce cas) qui, arrivant de Nuremberg, de
Carlsbad ou d'ailleurs, pour l'heure de la représentation,
reprennent le train aussitôt après le spectacle, sans laisser trace de leur passage dans la ville. On conçoit que
toutes ces circonstances réunies rendent matériellement
impossible de songer à dresser maintenant une liste d'une
exactitude rigoureuse. J'ai fait de mon mieux, en m'entourant de documents, pour rectifier l'orthographe de
beaucoup de noms propres, mais je n'ose me vanter d'être
arrivé à un résultat complet; et, en cas d'erreur, je décline
ici toute responsabilité[1].

LISTE APPROXIMATIVE DES FRANÇAIS

VENUS AUX REPRÉSENTATIONS DU THÉÂTRE DES FÊTES DE BAYREUTH

Depuis l'origine jusqu'en 1896.

1876. — Tétralogie.

Adelsdörfer (Mme). — Paris.
Arco-Walley (Comte Louis), secré-
    taire d'ambassade. — Paris.

Baron (Raoul), professeur. — Alfort.
Bénédictus (L.). — Paris.
Benoist, organiste. — Paris.
Bertin. — Blois.
Beyer (J.), compositeur. — Paris.
Bordier (Jules). — Angers.
Bovet. — Montbéliard.
Brayer (J. de), comp. — Paris.
Bumay (Alfred). — Paris.

Caters (Mme de), cantatrice. — Paris.

Duvernoy (Alphonse). — Paris.

Eichtal (Eugène d'). — Paris.

Erlanger (Émile). — Paris.

Fantin. — Paris.
Fuillard (Baronne). — Paris.

Gaillard. — Bordeaux.
Gaillard-Lechat. — Paris.
Gautier (Mme Judith), écrivain. —
    Paris.
Gouzien (A.), journaliste. — Paris.
Guiraud (E.), compositeur. — Paris.

Holmès (Mlle A.), compositeur. — Paris.

Kastner (Mme Léonie). — Paris.
Kern. — Paris.
Kunkelmann. — Reims.

Lasaux (Mlle). — Paris.
Lascoux (M., Mme A.). — Paris.

---

1. Les personnes qui voudraient bien me faire le plaisir de m'a-
dresser des rectifications peuvent être certaines qu'il en sera tenu
compte au tirage suivant.

Latham. — Paris.
Laugier-Villars (Comte de), secrétaire de l'ambassade de France. — Berlin.
Leroy (Léon), journaliste. — Paris.
Lévy (Joseph). — Paris.
Lorbac (de). — Paris.
Lyrot (Vicomte de). — Nantes.
Mendès (Catulle), écrivain. — Paris.
Michael (M., Mme). — Paris.

OEchsner. — Le Havre.
Ordenstedy. — Paris.
Ott (Mme). — Paris.

Pelouze (Mme). — Paris.

Saint-Saëns (Camille), compositeur. — Paris.
Schall. — Paris.
Schénégans, journaliste. — Paris.
Schuré (M., Mme Édouard). — Paris.
Sinibaldi, artiste peintre. — Paris.
Tardieu (Ch.), journaliste. — Paris.
Toché (Ch.), artiste peintre. — Paris.
Villaud (Mme de). — Paris.

Wagner (F.). — Paris.
Weber (Johannes). — Paris.
Widor, organiste. — Paris.
Wolff (Albert), du *Figaro*. — Paris.

1882. — Parsifal.

Ackermann (Baronne d'). — Paris.
Allard (Mlle). — Paris.
Alois. — Paris.
Aranda (de). — Paris.
Argeni (Léo d'). — Paris.

Baraite (Ed.). — Paris.
Baronnet, ingénieur. — Paris.
Beaufort (Duc de). — Paris.
Benoit (Camille), compositeur. — Paris.
Bordier (Jules), compositeur. — Angers.
Boring. — Le Havre.
Bouchor (Maurice), homme de lettres. — Paris.
Bouis (Mme). — Nice.
Brayer (J. de), compositeur. — Paris.
Bréville (Onfroy de). — Paris.
Broulin. — Paris.

Cahen (Albert). — Paris.
Cahen (Louis). — Paris.
Cammel. — Paris.
Capsewitch. — Paris.
Cercau (M. et Mme). — Paris.
Chalier. — Paris.
Chausson (E.), compositeur. — Paris.
Chevalier. — Paris.
Collary. — Paris.
Cosquin. — Vitry-le-François.
Cougoul. — Paris.

Davidoff (Mme). — Paris.

Delhomme (Mme). — Paris.
Delibes (Léo), compositeur. — Paris.
Dujardin (É.), journaliste. — Paris.

Egusquiza (de). — Paris.

Faber. — Paris.
Ferry (Comtesse). — Paris.
Fischer. — Paris.
Four. — Paris.

Ganjeau (Mme Théa). — Paris.
Garcin (Jules), professeur au Conservatoire. — Paris.
Gautier (Mme Judith), écrivain. — Paris.
Girette (Marcel), reporter. — Paris.
Graffenried (de). — Paris.
Grensli. — Paris.
Goudchaux, banquier. — Nancy.
Goudchaux (Mme). — Nancy.
Goutrion. — Paris.
Guiraud (E.), compositeur. — Paris.

Hahne (Franz). — Paris.
Hammer, organiste. — Cette.
Hermann Polemann. — Paris.
Hess (Mlle Amélie). — Nancy.
Hess (Henri). — Nancy.
Hippeau (Edouard), chef d'orchestre. — Paris.
Hochstedt. — Paris.

Indy (Vincent d'), compositeur. — Paris.

Isaac (Léon). — Paris.

Jaccoud (Docteur et Mme). — Paris.
Jacquemont (Colonel de). — Paris.
Jehin (Léon), chef d'orchestre. — Bruxelles.
Joly. — Paris.

Kling (Auguste). — Nancy.

Lannelier.— Lyon.
La Rochefoucauld (Cte de). — Paris.
Lascoux (A.). — Paris.
Laurence (Raymond). — Lyon.
Leclerc (André), ingénieur. — Paris.
Le Crosnier (R.). — Paris.
Lefebvre (Ch.), compositeur. — Paris.
Lejeune. — Paris.
Lepetit. — Paris.
Leroy (Léon). — Paris.
Libioulle. — Charleroy.
Linche (H. de). — Paris.
Lorrain (Mlle). — Paris.
Lucas (de). — Paris.

Macon. — Bordeaux.
Marise (J.), consul de Russie.— Paris.
Martinet (André). — Paris.
Mausselin (M., Mme et Mlle). — Paris.
Mekay. — Paris.
Mendel (Christophe). — Paris.
Mendelssohn. — Paris.
Mendès (Catulle). — Paris.
Mendl (Mme). — Paris.
Million (de). — Paris.

Missalière (M. et Mme). — Versailles.
Mourousy. — Paris.
Néron. — Lyon.
Pétronio. — Paris.
Pierrefond (Lieutenant). — Paris.
Polignac (Princesse L. de). — Paris.
Pourtalès (Cte Alphonse de). — Paris.
Pucher. — Paris.
Purgnets. — France.

Reinach. — Paris.
Rollan du Roquan. — Carcassonne.
Rosemond. — Paris.
Rossini. — Paris.
Ruchti. — Lyon.

Saint-Saëns(C.),compositeur.—Paris.
Salvayre, compositeur. — Paris.
Sammels. — Chantilly.
Sarembe. — Nice.
Schickler (Baron de). — Paris.
Steumann. — Paris.
Stoullig, journaliste. — Paris

Tavarith. — Paris.
Turner (Mlle). — Paris.

Vaney. — Paris.
Vollhardt. — Paris.

Wagner. — Paris.
Wilhelm (Léo), architecte. — Lyon.

Ziérouc. — Paris.
Zischet. — Paris.
Zuylen de Nyevelt (Baron). — Paris.

1883. — Parsifal.

Achard (J.). — Paris.
Arlès-Dufour. — Lyon.

Bellaque (de). — Paris.
Berlier de Vauplane, avocat. — Marseille.

Caillarder, professeur. — Paris.
Cambert. — Paris.
Chausson (E.), compositeur. — Paris.
Crignier (de). — Tours.

Damon. — France.
Dujardin. — Paris.
Dumesnil. — Paris.

Dumont. — Paris.
Duparc, compositeur. — Paris.

Egusquiza (de). — Paris.
Eugeroff. — Paris.

Flandres (Chevalier de). — Paris.
Forbes (Charles). — Paris.

Gordridge. — Paris.

Iménéz (N.). — Tours.
Indy (Vincent d'), compositeur. — Paris.

Jaccoud (Docteur et Mme). — Paris.
Jaëll (Mme). — Paris.

Kapff (A. de). — Paris.
Lamoureux (Charles), chef d'orches-
tre. — Paris.
Lamoureux (Mlle). — Paris.
Lascoux. — Paris.
Lechat. — Paris.
Leroy (Léon). — Paris.
Lerves (Baron de). — Paris.
Loignier (de). — Tours.
Macon. — Bordeaux.
Macon (Jacques). — Paris.
Marre (de). — Paris.
Martin. — Lyon.
Mersier. — Paris.
Meunier. — Lyon.
Orville. — Paris.
Patilla (de). — Paris.
Péerèse (de). — Paris.
Pelouze (Mme). — Paris.

Pinède (Mme). — Paris.
Pinneda (A. de). — Agen.
Randolph (Mme). — Paris.
Rilchis. — Paris.
Roda. — Paris.
Roder (Jean). — Paris.
Rollan du Roquan. — Carcassonne.
Schauer. — Bordeaux.
Schuré (Édouard). — Paris.
Séligmann, banquier. — Paris.
Serf (de). — Paris.
Tachard. — Paris.
Tennal. — Paris.
Timmo. — Paris.
Vigier (Vicomte, Vicomtesse René).
— Paris.
Wilder (Victor). — Paris.
Wolikopff. — Paris.

1884. — Parsifal.

Alençon (Duc, Duchesse d'). — Paris.
Alençon (Princesse Sophie d'). — Pa-
ris.
Berger (M. et Mme). — Paris.
Bœswilwald (Aug.). — Le Havre.
Bouchet (Mme de). — Paris.
Bouchet (Charles de). — Paris.
Bouchet (Victor de). — Paris.
Carlsbon (Arthur). — Paris.
Chamberlain (H. S.), homme de let-
tres. — Paris.
Colemann (Mme de). — Paris.
Cousinno (A.). — Paris.
Davanie (Mme). — Arras.
Dervier. — Paris.
Gérond (E.). — Paris.
Girard. — Paris.

Goldschmidt (Otto). — Paris.
Jaquartier (M., Mme et Mlles). — Le
Havre.
Lambert (A.), architecte. — France.
Lamoureux (Charles), chef d'orches-
tre. — Paris.
Lamoureux (Mme). — Paris.
Lascoux. — Paris.
Le Crosnier. — Paris.
Lewita (Gustave), prof. — Paris.
Marie. — Paris.
Marre (de). — Paris.
Pelouze (Mme). — Paris.
Servuls (O.). — Paris.
Vancy. — Paris.
Vigier (Vte et Vtesse René). — Paris.

1886. — Parsifal, Tristan et Iseult.

Albert (M. et Mme Eugène d'). — Paris.
Allard (André), sculpteur. — Paris.
Badène (Marquis de). — Paris.
Bagès (Maurice). — Paris.
Bannelier (Charles). — Paris.
Baron (Raoul). — Altfort.

Barrère (Camille), ministre plénipo-
tentiaire. — Paris.
Bauer (Henri). — Paris.
Beausacq (Comtesse de). — Paris.
Bellaigue (Camille). — Paris.
Beulé (Mme). — Paris.
Bonheur. — Paris.

Bonnanza (Comte de). — Paris.
Bonnier. — Paris.
Bonnières de Wierre (M. et Mme de). — Paris.
Bordes (Charles). — Paris.
Bourget (Paul), écrivain. — Paris.
Bovet (Alfred). — Valentigny.
Brandlin (Mme J.). — Paris.
Bransay (Mme). — Paris.
Brantès (Mme de). — Paris.
Brantès (Mlle C. de). — Paris.
Brayer (J. de), compositeur. — Paris.
Bréville (P. de), compositeur. — Paris.
Bruck (Paul), professeur. — Besançon.
Buchet (Charles de). — Paris.
Burns (Mme). — Paris.

Cahen (Albert). — Paris.
Cahen (Louis). — Paris.
Cambford (Marquis de). — Paris.
Chabrol (Comte de). — Paris.
Chambrun (Comte de). — Paris.
Chevillard. — Paris.
Chevillier (Mme Fanny). — Paris.
Clémenceau. — Paris.
Coquiet (Marcel). — Paris.
Combertens (de). — Paris.
Conchy (de). — Paris.
Couillard (Michel). — Paris.
Cordier (M. et Mme Henri). — Paris.
Cossy (J.). — Paris.
Costa-Foro (Mme). — Paris.
Courmont (Emile). — Paris.
Courval (M. et Mlle de). — Paris.
Cousinno. — Paris.
Croy (P^esse de). — Paris.

Damacke (Mme). — Paris.
Delagrave (Charles). — Paris.
Deldevez. — Paris.
Denys (Docteur Joseph). — Louvain.
Dépinay (Joseph). — Paris.
Derenbourg (M. et Mme Hartwig). — Paris.
Desplanques, attaché à l'ambassade française. — Munich.
Dettelbach (M. et Mme Charles). — Paris.
Diémer (M. et Mme Louis). — Paris.
Dujardin (Édouard), journaliste. — Paris.
Dukas. — Paris.

Dutacq (Mlle). — Paris.
Duttenhofer (M. et Mme). — Paris.
Egusquiza (R. de). — Paris.
Ernst (Alfred), critique musical. — Paris.
Ettinger (Mme). — Paris.

Flat. — Paris.
Fouques-Duparc. — Paris.
Fourchy. — Paris.
Fridrich (Gustave). — Paris.
Fuchmann. — Paris.
Fuchs (Mme M.). — Paris.

Garcin (J.). — Paris.
Gaupillat (Marcel). — Paris.
Gilmann (M. et Mme). — Paris.
Godet (Robert). — Paris.
Grégoire (Jacques). — Paris.
Grunebaum (Mme). — Paris.
Grunebaum (F.). — Paris.
Gubbay (Reuben). — Paris.
Guilmant (Alexandre), organiste. — Paris.
Gunbrum (Comtesse de). — Paris.

Hallays (André). — Paris.
Hardion. — Paris.
Hartmann (M. et Mme). — Paris.
Henningen (Albert). — Paris.
Helmann (M. et Mme). — Paris.
Hutchins. — Paris.

Indy (Vincent d'), compositeur. — Paris.

Jay (Mme). — Paris.
Jossouin de Valgorge (Comte de). — Paris.

Kœcklin (Jean). — Paris.
Kœcklin (Raymond). — Paris.
Krafft (Hugues). — Paris.
Kuhn (M. et Mme). — Paris.
Kunkelmann-Kerval. — Paris.

Lagrenée (M. et Mlle de). — Paris.
Lamoureux (M. et Mlle). — Paris.
Lascoux. — Paris.
Lauth (Docteur). — Paris.
Lavedan. — Orléans.
Lazzari (Sylvio), compositeur. — Paris.
Le Crosnier (M. et Mme H.). — Paris.
Legoux (Baronne Jules). — Paris.
Lenoir (Charles). — Paris.

Lévy (M. et Mme Émile). — Paris.
Loiseau (Charles). — Paris.
Lorning (James). — Paris.
Lutz (Henri). — Paris.

Magnard (Albéric). — Paris.
Maillart (Georges), avocat. — Paris.
Marioni. — Paris.
Marty (Georges), comp. — Paris.
Mary (C.). — Lyon.
Massenet, compositeur. — Paris.
Mendel (H.). — Paris.
Messager (André), compositeur. — Paris.
Messey (Comte de). — Paris.
Montesquiou (Comte de). — Paris.
Montpensier (Duc de). — Paris.
Moullé. — Paris.
Mucke. — Paris.

Négrat (Stanislas). — Lyon.
Nicole (Maurice). — Paris.

Oppenheim. — Paris.

Paunier (Paul). — Paris.
Pavilly. — Paris.
Pelouze (Mme). — Paris.
Penel (M. et Mme Julien). — Paris.
Pépin Lehalleur. — Paris.
Périn (Mme). — Paris.
Perreau (Xavier), comp. — Paris.
Petit (Fernand). — Paris.
Picot (Mlle). — Paris.
Podenas (Comte de). — Paris.
Podenas (Marquis de). — Paris.
Polignac (Princesse de). — Paris.
Poujaud (Paul). — Paris.

Read (Mme Fanny). — Paris.
Roll (M. et Mme). — Paris.
Rolland du Roquan. — France.
Romain (Comte, Comtesse de). — Paris.
Saint-René-Taillandier (G.). — Paris.
Schmidt. — Paris.
Schuré (Mme Mathilde). — Paris.
Soldi (Émile), sculpteur. — Paris.
Souza (Docteur). — Paris.
Sylvestre (Henri). — Paris.

Thième (Docteur). — Nice.
Thomé (Francis), compositeur. — Paris.
Tiersot (Julien). — Paris.
Toché (Charles), artiste peintre. — Paris.
Tuchmann (A.). — Paris.

Vaney (Ém.). — Paris.
Vauvray. — Paris.
Vidal (Paul). — Paris.
Vigier (Vicomte et Vicomtesse). — Nice.
Villars (Mme Marguerite). — Paris.
Villeneuve (Marquis et Marquise de). — Paris.
Virieu (Marquise de). — Paris.

Weiland (Ed.). — Reims.
Weiland (Mlle Marie). — Reims.
Weissweiller (Baron de). — Paris.
Wiernsberger. — Reims.
Wilder (M. et Mlle). — Paris.
Winchester du Bouchet. — Paris.
Wyzewa (de). — Paris.

1888. — Parsifal, Les Maîtres Chanteurs.

Aderhoff (Docteur et Mme). — Paris.
Appia (Adolphe). — Paris.
Armaven (H.). — Marseille.

Bagés (Maurice). — Paris.
Bardet (Louis). — Nantes.
Bargon (Docteur). — Paris.
Bastard (Mme et Mlle de). — Paris.
Bauguies (M. et Mme Eugène). — Paris.
Bénardaky (M., Mme et Mlles). — Paris.
Berckheim (Baron de). — Paris.
Berckheim (de). — Paris.

Bernard (Augustin). — Saint-Valéry.
Beulé (Max). — Paris.
Blanche (Jacques). — Paris.
Boscowitch (A.). — Paris.
Bourbon (Docteur H.). — Paris.
Bovet (Alfred). — Valentigny.
Brayer (de). — Paris.
Breitner (Ludovic). — Paris.
Bréville (Pierre de), compositeur. — Paris.

Cantacuzène (Jean). — Paris.
Chapuis (A.), comp. — Paris.

Chardons. — Paris.
Chevillard (M. et Mme). — Paris.
Contour (Mme F.). — Paris.
Coppet (Ed. de). — Paris.
Courval (Vicomtesse de). — Paris.
Cros Saint-Ange, professeur. — Paris.
Croy (Princesse Elisabeth de). — Paris.
Cuvier. — Nancy.

Damacke (Mme Louise). — Paris.
Debussy (Achille), compositeur. — Paris.
Demaisons, avocat. — Reims.
Destranges (Raoul). — Nantes.
Dettelbach (Charles). — Paris.
Diémer (Louis), pianiste. — Paris.
Diémer (Mme Louis). — Paris.
Dujardin (Édouard), éditeur. — Paris.
Dupin (Charles). — Paris.
Dupont (Henri), banquier. — Valenciennes.
Duval (Albert), avocat. — Paris.

Egusquiza (R. de). — Paris.
Ernst (Alfred), critique musical. — Paris.
Ernst (Mme Alfred). — Paris.
Eyragues (M. et Mme d'). — Paris.

Fallot (M. et Mme A.). — Valentigny.
Ferron (Docteur). — Nice.
Ferronay. — Paris.
Fook. — Paris.

Gama. — Paris.
Godet (Robert). — Paris.
Grelloy. — Paris.
Griffon. — Paris.
Grunebauer (Mme Paula). — Paris.
Guilhorin, avocat. — Paris.
Gunstier (Mme W.). — Bordeaux.

Hellmann. — Paris.
Helmore (Walter). — France.
Heugel (Henri), directeur du *Ménestrel*. — Paris.

Indy (Vincent d'), compositeur. — Paris.

Jaccoud (Docteur). — Paris.

Kahn (Édouard). — Paris.
Knox (Mlle Suzanne). — Paris.
Krafft (Hugues). — Paris.

Kunkelmann. — Paris.
Kunst (D.). — Paris.

Lafond (Horace). — Boulogne-s.-Mer.
Lamoureux (Ch.), ch. d'orch. — Paris.
Lascoux (A.). — Paris.
Lazzari (Sylvio), comp. — Paris.
Lefebvre (Ch.), comp. — Paris.
Lefèvre (E.). — Reims.
Lemoine (A.). — Paris.
Lepelletier. — Paris.
Loring (James). — Paris.
Loyd (Mme Dolorès). — Paris.
Lurcy (Mme et Mlle de). — Paris.
Luze (M. et Mlle de). — Bordeaux.

Magnard (Albéric). — Paris.
Mailhac (Georges). — Paris.
Massini (Mme). — Le Havre.
Messager (A.), compositeur. — Paris.
Metman (Louis). — Paris.
Michon. — Lyon.
Montesquieu. — Paris.
Montgommery (M. et Mme de). — Paris.
Montpensier (Duc de). — Paris.
Montpensier (Prince A. de). — Paris.
Mücke. — Paris.

Picard, banquier. — Paris.
Polignac (Prince de). — Paris.
Polignac (Princesse de). — Paris.
Porcier (François). — Bretagne.
Prado. — Paris.

Rain (Mme). — France.
Rebell (Hugues). — Nantes.
Remesson. — France.
Romain (Comte de). — Angers.

Saint-Mesmin (de). — Paris.
Savard (A.) compositeur. — Paris.
Séailles. — France.
Scey-Montbéliard (Prince, Princesse de). — Paris.
Senn (Olivier). — Paris.
Sériba (de). — Nice.
Sieberg (Auguste). — Paris.
Souso (Mme). — Paris.
Souza (Docteur A. de). — Paris.
Standish (H.). — Paris.
Stewart (Robert). — Paris.

Talleyrand-Périgord (Comte, Comtesse). — Paris.
Tedtewroth (Comte). — France.

Thième (Docteur). — Nice.
Thomas (Jules). — Châlons.

Valentin. — Paris.
Van Zandt (Mlle), cantatrice. — Paris.
Vernes d'Arlandes (M. et Mme Théo-
   dore). — Paris.

Vernier (A.). — Boulogne-sur-Mer.
Viola (Georges). — Paris.
Walmann (Henri). — Paris.
Weiland (M. et Mme). — Reims.
Wiernsberger. — Reims.
Wittering (Mme). — Reims.

1889. — Parsifal, Tristan et Iseult, Les Maîtres Chanteurs.

Backham. — Boulogne.
Bagès (Maurice). — Paris.
Barthélemy (Marquis de). — Paris.
Batès. — Paris.
Beer (M. et Mme Jules). — Paris.
Bénédictus (Édouard). — Paris.
Bergame. — Valence.
Bergen (Frédéric). — Paris.
Berthier (R.). — Le Havre.
Blanche (Jacques). — Paris.
Bockhaus. — Paris.
Bonnanza (Comte de). — Paris.
Bonnat (Léon), de l'Institut. — Paris.
Bonnet (de). — Paris.
Bontan. — Nice.
Boulenger (Mlle Thérèse). — Paris.
Bouret (M., Mme et Mlle). — Paris.
Bovet (M. et Mme Alfred). — Valen-
   tigny.
Boyadiou (Docteur). — Paris.
Bréville (P. de) compositeur. — Paris.
Bunge (T.). — Paris.

Cahen (Albert), compositeur. — Paris.
Cahen d'Anvers. — Paris.
Campocelice (Duchesse de). — Paris.
Cantacuzène (Jean). — Paris.
Chabrier (Em.), compositeur. — Paris.
Chambrun (Cte, Ctesse de). — Paris.
Chapman. — Paris.
Charlonne. — Reims.
Chausse (Roger). — Paris.
Chausson (Er.), compositeur. — Paris.
Chausson (Mme). — Paris.
Chéramy (M. et Mme). — Paris.
Chevillard (M. et Mme). — Paris.
Chollet (de). — Paris.
Clermont (de). — Paris.
Clermont (Mme et Mlle de) — Paris.
Cleveland. — Paris.
Cohen. — Paris.

Cosquin (Emmanuel). — Paris.
Dargent (Docteur et Mme). — Paris.
Debussy (Achille). — Paris.
Dépinay. — Versailles.
Desplanques (Abel). — Paris.
Destranges (Étienne). — Nantes.
Diotatis (Comtesse). — Paris.
Doirielle (Pierre de). — Paris.
Dupin (Étienne). — Paris.
Duteil d'Ozanne. — Paris.
Duteurtre (Mme). — Paris.

Eggers (Mme Élisabeth). — Marseille.
Egusquiza (R. de). — Paris.
Eichtal (Eugène d'). — Paris.

Fabre (Joseph). — Paris.
Familleureux (de). — Paris.
Fontanes (M. et Mme). — Paris.
Frary-Leyssier (de). — Paris.

Gallet (M. et Mme). — Paris.
Garnier (Charles). — Paris.
Gaupillat (Mme). — Paris.
Gauthier (Antoine). — Nice.
Geiger (Baron A. de). — Paris.
Germain (M. et Mme). — Bordeaux.
Godet (R.). — Paris.
Grenay (Mme de). — Paris.
Guéry. — Paris.

Hallue (Marquis de). — Paris.
Halphen (Edmond). — Paris.
Harcourt (Eugène d'). — Paris.
Helmann. — Paris.
Hennecourt-Mackau (Ctesse). — Paris.
Hérold (A.), homme de lettres. — Paris.
Heyberger, professeur au Conserva-
   toire. — Paris.

Indy (Vincent d'), comp. — Paris.
Iniéjné (de). — Paris.

Jaccoud (Docteur). — Paris.

Jaigné (M. et Mlle de). — Lyon.
Jousselin (Armand). — Paris.
Kam (M. et Mme). — Paris.
Lamoureux, chef d'orch. — Paris.
Lascoux. — Paris.
Lascoux (Antoine). — Paris.
Launay (Mme Julie). — Saint-Germain.
Laurencie (de la). — Valence.
Leborne (F.), compositeur. — Paris.
Lebrun. — Paris.
Le Camos. — Paris.
Léclanché (M. et Mme). — Paris.
Lehalleur (M. et Mme Pépin). — Paris.
Lubeck du Planty. — Paris.
Luzzato (F.), compositeur. — Paris.
Luzzato (Mme). — Paris.

Magnard (M. et Mme Francis). — Paris.
Marcel. — Paris.
Mathieu (Maurice). — Paris.
Matton (Docteur René). — Paris.
Mazelière (de la). — Paris.
Ménil (Baron de). — Paris.
Michent (Paul). — Paris.
Montgommery (M. et Mme de). — Paris.
Montgommery (G. de). — Paris.
Montpensier (Duc de). — Paris.
Moorhouse (M. et Mlle). — Paris.
Moson (Mme Jeanne). — Paris.

Neufville (Sébastien de). — Paris.
Nicolle (Maurice). — Paris.

Oppenheim (Mme). — Paris.
Orval (M. et Mme d'). — France.
Ozoad. — Nice.

Paléologue. — Paris.
Paléologue (Mme). — Paris.
Pelouze (Mme). — Paris.
Pernolet (Mme). — Paris.
Poujaud (Paul), avocat. — Paris.

Rain (Mlle Clotilde). — Paris.
Reilleur (D.). — Paris.
Risler (Édouard), pianiste. — Paris.

Roll (Mme). — Paris.
Romain (Comte, Comtesse de). — Paris.
Ropartz (Guy), compositeur. — Paris.
Rossel. — Paris.
Roux (Gaston). — Paris.
Rush (M. et Mme). — Le Havre.

Saillard. — Valence.
Saint-Étienne (F.). — Bourg.
Saint-Phalle (Comte de). — Paris.
Sardou (Gaston). — Paris.
Saussine (Comte, Comtesse de). — Paris.
Scey-Montbéliard (Princesse de). — Paris.
Schilling (Théodore). — Paris.
Schmitt (F.). — Bordeaux.
Schnecklied. — Paris.
Scriba (Baron de). — Nice.
Seckendorf (de). — Paris.
Sée (Mlle R.). — Paris.
Séguier (Baronne). — Paris.
Séguier (Mlle M.). — Paris.
Seillère (Baronne). — Paris.
Séligmann (Mme). — Paris.
Séligmann, banquier. — Paris.

Thorel (Jean). — Paris.

Vancy (Emmanuel). — Paris.
Vancy (Mlle). — Paris.
Varagnac (M. et Mme). — Paris.
Villars (M. et Mme). — Paris.
Viollat. — Paris.

Wailly (Paul de). — Paris.
Wassermann (Mme et Mlle). — Paris.
Wassermann-Melville (Docteur). — Paris.
Wiernsberger. — Reims.
Willemin (Alexandre). — Paris.
Willemin (Eugène). — Paris.
Wolff (Mme). — Paris.
Worms (Docteur). — Paris.
Wyzewa (de). — Paris.

1894. — Parsifal, Tristan et Iseult, Tannhauser.

Albuquerque (Baron d'). — Paris.
Astorg (Comtesse d'). — Paris.
Avaray (Comtesse d'). — Paris.

Bacqua (Auguste). — Nantes.

Bagès (Maurice). — Paris.
Ball (Mlle J.). — Paris.
Barrère (M. et Mme). — Paris.
Barrès (M. et Mme Maurice). — Paris.
Bartholoni (Mme et Mlle). — Paris.

Bastard (Mme et Mlle de). — Paris.
Baume (Comtesse de la). — Paris.
Beer (Jules). — Paris.
Bergout. — Paris.
Bernard (Mme et Mlle). — Paris.
Berseville (E.). — Paris.
Bertelin (M. et Mme). — Paris.
Bertrand (E.), dir. de l'Opéra. — Paris.
Béthouart. — Chartres.
Billy (Mme). — Paris.
Bimont. — Paris.
Biron (Prince). — Paris.
Bischoffsheim (R.). — Paris.
Blackenhagen (L.). — Paris.
Bonnet (Maurice). — Paris.
Bordier (J.), compositeur. — Angers.
Bossy (Albert). — Paris.
Bouchard. — Paris.
Bougère (G.), banquier. — France.
Bouichère, maître de chapelle. — Paris.
Bourras (Eugène). — Lyon.
Bovet (Alfred). — Valentigny.
Bréat (Mlle). — Paris.
Breton (Jules). — France.
Bréville (P. de), compositeur. — Paris.
Bruge (de). — Paris.
Brück (Paul). — Paris.

Caillet (Louis). — Paris.
Cahen d'Anvers (Comtesse). — Paris.
Cantacuzène (Jean). — Paris.
Caraman (Mlle de). — Paris.
Carré de Malberg (Mme et Mlle). — Paris.
Champigny-Lamarque (Mme et Mlle). — France.
Chaponay (Marquise de). — Paris.
Charbonneau (Émile). — Reims.
Charbonneau (Georges). — Reims.
Charpentier (G.), comp. — Paris.
Chauvel. — Paris.
Cholet (Guy de). — Paris.
Clairin (Georges), peintre. — Paris.
Clercy (Mme de). — Paris.
Cochin (M. et Mme Henri). — Paris.
Codegen. — Lyon.
Collinet. — Paris.
Combe (Édouard). — France.
Combes (Alphonse). — Paris.
Combes (Charles). — Paris.
Contapie (Docteur Henri). — Lyon.

Coppet (M. et Mme de). — Nice.
Cossé (Comte, Comtesse de). — Paris.
Cottinet (Émile). — Paris.
Courcy (Henri de). — Paris.

Danel-Duplan (Julien). — Paris.
Dargent (Docteur et Mme). — Paris.
Demouts (Mme et Mlle). — Paris.
Desnoyers. — Paris.
Deutsch (Emile). — Paris.
Deutsch (Henri), ingénieur. — Paris.
Diaz-Albertini. — Paris.
Donard (Eugène). — Paris.
Doncieux (Docteur). — Paris.
Dubois (Th.), compositeur. — Paris.
Duchesne (Comtesse). — Paris.
Dufer (Mme). — France.
Dukas (Adrien). — Paris.
Dupont (M. et Mme Gustave). — Paris.
Durand (Auguste), éditeur. — Paris.
Durand (Jacques), éditeur. — Paris.
Durand (Mme Jacques). — Paris.
Duringe (A.). — Lyon.

Ehonnié (M. et Mlle). — Moulins.
Eggers (Mme E.). — Marseille.
Egusquiza (de). — Paris.
Eichtal (Eugène d'). — Paris.
Ermont (Mme d'). — Paris.
Ernst (A.), critique musical. — Paris.
Eroset (Mme). — Paris.
Estang (de l'). — Paris.
Eyrargues (M. et Mme d'). — Paris.

Fabre (Eugène). — Narbonne.
Fabre (Maurice), avocat. — Narbonne.
Fabry (André). — Paris.
Falcke (Henri). — Paris.
Flachat, ingénieur. — Paris.
Flaget (Docteur le). — Paris.
Flat (M. et Mme). — Paris.
Fonjallaz. — Versailles.
Fontainas (M. et Mme André). — Paris.
Fontana (M. et Mme Marius). — Paris.
Fortun (M. et Mme Émile). — Paris.
Fould (André). — Paris.
Fourchy. — Paris.
Fournier. — Paris.
Frank. — Paris.
French. — Paris.
Friédrich (Otto). — Paris.

Gallet (M. et Mme Maurice). — Paris.
Gans (Alfred). — Paris

Ganté. — Nantes.
Garden (Mlle L.). — Paris.
Gaupillat (Marcel). — Paris.
Gay (Charles le). — Paris.
Girette (Marcel). — Pontoise.
Glandaz (Albert). — Paris.
Godebski. — Paris.
Goguel (Docteur). — Paris.
Goldschmidt (Henri). — Paris.
Goldschmidt (Mme L.). — Calais.
Gramacini-Soubre (Mme). — Paris.
Grammont (Comte Th. de). — Paris.
Grange (de la). — Paris.
Grant (Mlle). — Paris.
Grunebaum (Mme et Mlle). — Paris.
Guilhommet (M. et Mme Henri). — France.
Guilmant (Alex.), organiste. — Paris.
Hagermann (James), peintre. — Paris.
Halphen (Constant). — Paris.
Halphen (Edmond). — Paris.
Halphen (Fernand). — Paris.
Harilowsky (Mme). — Paris.
Hébrard (Jacques). — Paris.
Hellmann. — Paris.
Henry, auteur dramatique. — Paris.
Herbaut (d'). — Lyon.
Hermant (M. et Mme Abel). — Paris.
Hermant (Pierre). — Paris.
Hérold (Ferdinand). — Paris.
Heymann. — Paris.
Histouri (d'). — Paris.
Hoffmann (Mme). — Paris.
Holmès (Mlle Aug.), comp. — Paris.
Horrack (M., Mme et Mlle de). — Paris.
Hoskier (E.). — Paris.
Howell (M. et Mme). — Paris.
Hüe (Mme). — Paris.
Hüe (Georges), compositeur. — Paris.
Huffer (M., Mme et Mlle). — France.
Humbert, ingénieur. — Blois.
Jaccoud (Docteur, et Mme). — Paris.
Jacquet (Docteur). — Paris.
Jacquot (Général), consul. — Leipsig.
Japy (M. et Mme E.). — Paris.
Javal (Mme et Mlle). — Paris.
Jœst (Mme). — Paris.
Joly (Charles), critique d'art. — Paris.
Kann (Édouard). — Paris.
Kann (René). — Paris.
Kann (Rodolphe). — Paris.

Kauffmann. — Paris.
Keidel. — Lyon.
Knox (Mme Suzanne). — Paris.
Lambelin (Roger). — Paris.
Lambert (A.). — Paris.
Lamoureux (M. et Mme). — Paris.
Langenhagen (Charles). — Nancy.
Lascoux (M., Mme et Mlle). — Paris.
Lascoux (Antoine). — Paris.
Laurencé (Vicomte de La). — Paris.
Lautier (Eugène). — Paris.
Lefebvre (Ch.), compositeur. — Paris.
Lefèvre, professeur. — Reims.
Legendre (Louis). — Paris.
Legras (Paul). — Paris.
Lehideux (Roger). — Paris.
Lelièvre. — Le Havre.
Lemonnier (Mme Suzanne). — Paris.
Léopold (Richard). — France.
Lepel-Cointet (Mme). — Paris.
Le Rouvre (Mme Alfred). — Paris.
Leroyer (Mme). — Paris.
Le Slay. — Paris.
Lestra (Mme). — Lyon
Lévêque (Docteur et Mme). — Reims.
Limet (Charles), avocat. — Paris.
Livingston (J.-H.). — Clermont-Ferrand.
Llano (Eusèbe de). — Paris.
Lœb (Louis), peintre. — Paris.
Louys (Pierre). — Paris.
Lur-Saluces (Cte, Ctesse de). — Paris.
Luzzato (F.). — Paris.

Malherbe (Maurice). — Paris.
Mangin (Marc). — Lyon.
Marcel (B.), homme de lettres. — Toulouse.
Marie (G.), chef d'orchestre. — Paris.
Marteau (M. et Mme Ch.). — Reims.
Martin du Nord (Fernand). — Paris.
Marx (M. et Mme Louis). — Paris.
Marx (Marcel). — Paris.
Mazelière (Marquise de). — Paris.
Méandre (L.). — France.
Mélinette, avocat. — Paris.
Mendolia. — Paris.
Motman (M. et Mme Louis). — Paris.
Michaux (Lucien), ingénieur. — Paris.
Michel (Charles). — Marseille.
Michel (Marius). — Paris.
Mignard (Joseph). — Paris.

Moch (M. et Mme Gaston). — Paris.
Monod (Jacques). — Paris.
Montesquiou (Comte R. de). — Paris.
Montgommery (M. et Mme de).—Paris.
Montgommery (Mme J.-N. de).—Paris.
Morell (M. et Mme Jules). — France.

Nédonchel (Marquis de). — France.

Ochs (M. et Mme Louis). — Paris.
Oppenheim (Stanislas). — Paris.
Ouarassoff (Prince Léon). —Paris.

Panton (M. et Mlle). — Paris.
Paraf (M. et Mme Gustave). — Paris.
Parker (Stephen). — Paris.
Paunier (D.). — Nantes.
Pelouze (Mme). — Paris.
Pennantier (M. et Mme de). —Paris.
Pfeiffer (Georges), compositeur. —
  Paris.
Picquart (Georges). — Paris.
Piérard (Baronne de). — Paris.
Poirée (Élie). — Paris.
Polignac (Princesse de). —Paris.
Pottecher (Maurice). — Paris.
Potter. — Pau.
Pouzait (Mme). — Paris.
Pugno (Raoul), pianiste. —Paris.

Raphaël. —Paris.
Raynaud, maître de chap. —Toulouse.
Rebatel (Docteur). — Lyon.
Rebell, homme de lettres. — Paris.
Récy (René de). — Paris.
Renard. — France.
Renaud (F.). — Lyon.
Richelot (Gustave). — Paris.
Rikoff (Martin). — Paris.
Risler (Édouard), pianiste. — Paris.
Rivollet. — Paris.
Robillart. — Paris.
Robins (Mme). — Paris.
Roll (Mme).—Paris.
Romain (Cte, Ctesse de). — France.
Ronjat, avocat. — Paris.
Rosenier. — Tours.
Rothan (Mme, Mlle). — Paris.
Rouché (Jacques). — Paris.
Round (Mlle). — Paris.
Roussel (Ernest). — Roubaix.
Roussel (Raymond). — Paris.
Roux (Gaston). — Paris.
Rowe (William). — Paris.

Rubinstein (Adolphe). — Paris.
Rubinstein (Mlle Ida). — Paris.
Sabachnikoff (Théodore). — Paris.
Sachs (Gustave). — Paris.
Saimes. — Paris.
Saint-Didier (Baronne de). — Paris.
Saint-Paul (Marquise de). — Paris.
Saint-Phalle (Comte de). — Paris.
Saint-René Taillandier (M. et Mme).
  — Paris.
Saint-René Taillandier (Mme E.). —
  Paris.
Sainville (Emmanuel de). — Paris.
Sandoz (Mme). — Paris.
Sarchi (Paul). — Paris.
Schaeppi (Mme). — Paris.
Schaff. — Paris.
Schlumberger (Emmanuel). — Paris.
Schlumberger (Georges). — Paris.
Schön (Mlle Olga). — Paris.
Schuré (M. et Mme Édouard). — Paris.
Séguin (Paul). — Lyon.
Séligmann (Arthur). — Paris.
Serres (M. et Mme Louis de). — Paris.
Sérullaz (Victor). — Lyon.
Singer (M. et Mme). — Paris.
Sizeranne (M. et Mme M. de la). —Paris.
Sorbée (de). — Paris.
Soubre (Mlle Mariette). — Paris.
Spielmann. — Paris.
Steinitz (Mme). — Paris.
Stern (Ernest). — Paris.
Stern (René). — Paris.
Tardy. — Lyon.
Tenstin. — Lyon.
Terrand-Holstein (Mme). — Lyon.
Terrand-Holstein (M. et Mlles).—Lyon.
Theurey (Mme). — Paris.
Thième (Docteur). — Nice.
Thisen, peintre. — Paris.
Thureau-Dangin (M. et Mme). — Paris.
Tiersot (Julien). — Paris.
Toché (Mme). — Paris.

Vaney (Emmanuel). — Paris.
Varsagnac (M. et Mme Emile).—Paris.
Vergennes (Comte de). — Paris.
Véry (Mme). — Paris.
Vèzes (Maurice). — Paris.
Vigier-Cruvelli (Comtesse). — Paris.
Vincennes (Mme de). — Paris.
Vincent. — Paris.

Voorhève (Mlle Marguerite). — Pau.
Vuillet (Baron Maurice). — Paris.
Walz (Mme). — Paris.
Wassermann (Mme et Mlles). — Paris.
Wedel (Comte). — Paris.
Weiland (M. et Mme). — Reims.
Weisweiller (Georges de). — Paris.

Wilder (André). — Paris.
Wilder (Victor). — Paris.
Wisser (J.). — Paris.
Witte (Baron et Baronne de). — Paris.
Wolff (Bernard). — Paris.
Wyzewa (de). — Paris.
Zerk (Mme Berthe). — Pau.

1892. — Parsifal, Tristan et Iseult, Les Maîtres Chanteurs, Tannhäuser.

Adam (M. et Mme). — Paris.
Adam (M. et Mme Eugène). — Paris.
Aicard, avocat. — Marseille.
Alvin (Henri). — Limoges.
Ambre (Mme), professeur. — Paris.
Amic (Henri). — Paris.
Aquard. — Paris.
Arietta (Louis). — Paris.
Armand (Auguste). — Paris.
Aron (M. et Mme Arthur). — Paris.
Audibert (M. et Mme Adrien). — Paris.
Autran. — Marseille.
Aynard (Édouard), banquier. — Lyon.
Bachelet (Al.), compositeur. — Paris.
Baignières (A.). — Paris.
Baignières (Jacques). — Paris.
Baillehache (Alfred). — Paris.
Bamet (Louis). — Lyon.
Barnaby (Mme). — Paris.
Barnicka (Comtesse). — Paris.
Baronnet, ingénieur. — Paris.
Barrère, ministre de France. — Munich.
Barrès (Maurice), député. — Paris.
Base (Mlle). — Bordeaux.
Baudenet. — Paris.
Béarn (Comtesse de). — Paris.
Beaucaire (Georges). — Paris.
Beaudet (Jean). — Paris.
Beer (Édouard). — Paris.
Bégoüen (Vicomte et Vtesse). — Paris.
Belden (Mme). — Paris.
Benoist (René), journaliste. — Paris.
Béraud (M. et Mme A.). — Paris.
Bernard (F.). — Paris.
Berthelier (E.). — Paris.
Berthelier (M. et Mme). — Paris.
Berthen. — France.
Bertin. — France.

Bertrand, direct. de l'Opéra. — Paris.
Besfond. — Paris.
Béthouart, ingénieur. — Chartres.
Béthouart (Mme et Mlle). — Chartres.
Beulé (Mme). — Paris.
Billy (Mme). — Paris.
Binder. — Paris.
Blain (Paul). — France.
Blanche (Jacques), peintre. — Paris.
Boellmann (M. et Mme). — Paris.
Boisard (Aug.), journaliste. — Paris.
Boissard. — Aix.
Boissert. — France.
Bompaix, avocat. — Paris.
Bonnadier (A.). — Paris.
Bonnet (E.). — Paris.
Bonnet, avocat. — Paris.
Bossy (Albert). — Paris.
Bougère (F.). — Angers.
Bonichère (E.), maître de chap. — Paris.
Bourgault-Ducoudray, professeur au Conservatoire. — Paris.
Bourras (Eugène). — Lyon.
Brisac (Edouard). — Paris.
Britt (Ernest), professeur. — Paris.
Browning (John). — Paris.
Bucquet, avocat. — Paris.
Bucquet (Mme). — Paris.
Cage. — Paris.
Cahen (M. et Mme Albert). — Paris.
Cahen (Mme et Mlles). — Paris.
Cahen (René). — Paris.
Cail (Edmond). — Paris.
Caillat (Pierre). — Paris.
Caillebotte (M. et Mme Martial). — Paris.
Calmann-Lévy (G.), éditeur. — Paris.
Campbell (Mme et Mlle). — Paris.
Cantacuzène (Jean). — Paris.

Carage (Comte de). — France.
Carpentier (Henri). — Paris.
Carraud (G.), compositeur. — Paris.
Carré (Albert). — Paris.
Carter (Mme E.-B.). — Dieppe.
Casagrande (Emile). — Valence.
Catusse. — Paris.
Cazalis (Mme L.). — Paris.
Ceulon (Paul). — France.
Ceux (Herbert de). — Paris.
Chain (Henri), avocat. — Paris.
Chair (Henri). — Paris.
Chappuy (Léo). — Paris.
Chartier (Émile). — Paris.
Chauvinière (de la). — Paris.
Chéramy. — Paris.
Chéronnet (Henri). — Paris.
Chevarrier (de). — Paris.
Chéveneau (Louis). — Paris.
Chevillard (M. et Mme). — Paris.
Chevillard (Mme). — Paris
Chiault. — Belfort.
Chibret (Docteur Paul). — France.
Chobert (Henri). — Paris.
Choisnel, compositeur. — Paris.
Cholet (Guy de). — Paris.
Chopperin (Joseph). — Paris.
Christensen, consul d'Italie. — Paris.
Christophle (M. et Mme Paul). — Paris.
Clapiers (Comte de). — Paris.
Clarke (Alexandre). — Paris.
Clarke (Mlle L.). — Paris.
Clausse (Roger), attaché d'ambassade.
　— Munich.
Cointreau. — Angers.
Colonne (É.), chef d'orchestre. — Paris.
Combes (Alphonse). — Paris.
Combes (Ch.), professeur. — Paris.
Corbin (Mme). — Paris.
Corneau (A.), critique musical. — Paris.
Cornély. — Paris.
Cornier. — Lille.
Cornu (Marcel), avocat. — Paris.
Cotelle. — Paris.
Courtois (A. de). — Paris.
Cousino (Albert). — Paris.
Cramaussel (Edmond). — Paris.
Crane. — Paris.
Crémieux (Mme P.). — Paris.
Cretonnier (Jules). — Marseille.
Cuffer (Docteur et Mme). — Paris.
Cuix (Robert de). — Paris.

Culmann (Mme Camille). — Paris.
Cunha (Louis da), ingénieur. — Paris.
Cuntz (M. et Mme). — Paris.
Custot. — Paris.

Daubels (Mlle). — Paris.
Debrinay (M. et Mme). — Paris.
Degoulet (Charles), avocat. — Paris.
Delacroix (Henri). — Paris.
Delasalle (Mme). — Paris.
Delbruck. — Paris.
Delsart (J.), violoncelliste. — Paris.
Derembourg, professeur. — Paris.
Dethomas (Maxime). — Paris.
Dettelbach. — Paris.
Deutsch. — Paris.
Dezanneau (Alfred). — Angers.
Diaz (M. et Mme). — Paris.
Diaz-Albertini (M. et Mme). — Paris.
Diémer (Louis), professeur au Con-
　servatoire. — Paris.
Diémer (Mme Louis). — Paris.
Diesbach (Mme de). — Paris.
Dissard (Mme). — Lyon.
Dolhassary (Lucien). — Bordeaux.
Drée (Comtesse de). — France.
Droz (M., Mme et Mlle). — Paris.
Dubufe (M. et Mme). — Paris.
Dujardin (E.). — Paris.
Dulong (de Rosnay). — Paris.
Dumont (Mme et Mlles). — Paris.
Dumont (Henri-Louis). — Paris.
Duperrier (G.), ingénieur. — Paris.
Durand (Auguste), éditeur. — Paris.
Durand-Dassier (Mme). — Paris.
Dussau (Charles). — France.
Duteil de Berset (M., Mme et Mlles).
　— Paris.
Duteil d'Ozanne, comp. — Paris.
Dyhan (Félix). — France.

Édouard (Mlle). — Paris.
Egusquiza (R. de). — Paris.
Eichtal (Baron et Mlle d'). — France.
Eisenmann (M. et Mlle). — Paris.
Ellissen (Mme). — Paris.
Engels (M. et Mlle). — Le Havre.
Enthoven (M. et Mme). — Paris.
Erhard (Dr). — Clermont-Ferrand.
Ernst (Alf.), critique musical. — Paris.
Ernst (Mme Alfred). — Paris.
Eu (Comtesse d'). — Paris.

Fairchild (Mlle). — Paris.

Farre (M. et Mme). — Reims.
Faucheur. — Lille.
Favarger (M. et Mme Th.). — Paris.
Fels (Comte et Comtesse de). — Paris.
Ferreira-Lage. — Paris.
Ferry (M. et Mme de). — Paris.
Fielde (Mme Adèle). — Paris.
Finaly (Mlle). — Paris.
Fischer (Docteur Henri). — Paris.
Flamentz (François). — Paris.
Flamm (Rodolphe). — Paris.
Flat (M. et Mme Paul). — Paris.
Flery (Comtesse). — Paris.
Foucart (Léon), ingénieur. — Paris.
Fournier (Paul). — Paris.
Frank (Mlle Valentine). — Lille.
Frankfurter (Eugène). — Paris.
Frazier. — Bordeaux.
Fridrich (G.), violoniste. — Paris.

Gabé (Eugène). — Paris.
Gaillard (Mme et Mlle). — France.
Galinier (M.), avocat. — Versailles.
Gallé (Emile). — Paris.
Gallet (Mme B.). — Paris.
Garde (Marquise de la). — Lyon.
Garden (Mlle L.). — Paris.
Garnaud, avocat. — Paris.
Garnaud (Mme). — Paris.
Garnier. — Paris.
Gauthier-Villars (Henri). — Paris.
Gautier (Antoine). — Paris.
Gelet (M. et Mme). — Paris.
Gellis (Mme et Mlle). — Paris.
Gentien (Maurice). — Paris.
Gentien (Paul). — Paris.
Gersdorff (Georges de). — Paris.
Gervex, peintre. — Paris.
Gignoux (Mme). — Lyon.
Gilbert (René). — Paris.
Girodon (Paul). — Paris.
Gironde (Comte et Csse de). — Paris.
Gœrsan (H.). — Paris.
Gonté (Arthur). — Paris.
Gonté (Charles). — Nantes.
Gouin (M. et Mme Jules). — Paris.
Goujon (A.), ingénieur. — Paris.
Goullet (Auguste). — Paris.
Grammont (Duchesse de). — Paris.
Grammont (Comte Ch. de). — Paris.
Grandprey (C. de). — Paris.
Grangez du Bonet (Adrien). — Nantes.

Granier (André). — Paris.
Granier (Charles). — Paris.
Granier (Mme Jeanne), artiste drama-
    tique. — Paris.
Grant (Mlle). — Paris.
Grimann (M. et Mlle). — Paris.
Grimberghe (Edmond de). — Paris.
Grimberghe (Vicomte R. de). — Paris.
Grincour (Mme Gustave). — Paris.
Grunebaum (Mme et Mlle). — Paris.
Grunebaum (Louis). — Paris.
Grunebaum (Paul). — Paris.
Guénantin (Mme Marie). — Paris.
Guérin (Alexis). — Paris.

Haas (Charles). — Paris.
Haar (Baronne de la). — Paris.
Hahn (Reynaldo), comp. — Paris.
Hamel (Albert). — Paris.
Hank (Mme Jeanne). — Paris.
Harrisson. — Paris.
Hart (Benjamin). — Paris.
Hartmann (Henri). — Paris.
Haupt, journaliste. — Paris.
Hautière (Mme de la). — Paris.
Hayn (Mme). — Le Havre.
Heaton (Mme). — Paris.
Hébert (Marcel). — Paris.
Hellmann (M. et Mme). — Paris.
Henry (G.). — Paris.
Hermann. — Paris.
Hermant (J.), architecte. — Paris.
Hermant (Mme Jacques). — Paris.
Herzl. — Paris.
Hesse (Lucien). — Paris.
Heydt (Mme et Mlles). — Paris.
Hillemacher (M. et Mme L.). — Paris.
Hœrner (Mme Marie). — Paris.
Hofmann (Baronne de). — Paris.
Horn (de). — Paris.
Hornor (Mme). — Paris.
Horrack (M., Mme et Mlle de). — Paris.
Horsfall (Ch.). — Paris.
Horton (Mme). — Nice.
Hottinguer (Baronne). — Paris.
Howard (Mme). — Paris.
Howell (Mlle). — Paris.
Huard (Gustave). — Paris.
Hüe (Georges), compositeur. — Paris.
Humbert (G.), ingénieur. — Paris.
Humières (Comte d'). — Paris.
Hunt (Mlle Julie). — Paris.

Isaac (Maurice). — Lyon.
Ivan (Guillaume), ingénieur. — Paris.
Jaccoud (Docteur). — Paris.
Jacquet (Docteur L.). — Paris.
Jacqueminot (Mlle Élisabeth).— Paris.
Jametel (Comte). — Paris.
Jamin (Docteur). — Lyon.
Jandouin, professeur. — Angers.
Jobin (M. et Mme). — Belfort.
Jollivet (M. et Mme Gaston). — Paris.
Jolly (Charles). — Paris.
Joly (Emile), ingénieur. — Paris.
Jones (Mlle). — Pau.
Jonge (M. et Mme S. de). — Paris.
Joret (Pierre). — Paris.
José (Mlle). — Paris.
José (Emile). — Paris.
Jouffroy d'Abbans (Ctesse Iseult). — Paris.
Jousselin (Mme). — Paris.
Jullien (Ad.), journaliste. — Paris.
Kahn (Mme Édouard). — Paris.
Kann (Rodolphe). — Paris.
Kapferrer (Charles). — Paris.
Kern (Alexandre). — Paris.
Kleisy (Mme). — Belfort.
Kohn (G.). — Paris.
Kornprobost. — Orléans.
Krafft (Hugues). — Paris.
Krohn (Mme). — Paris.
Krumpschneid (Mme). — Paris.
Kunkelmann. — Paris.
Labbé (Albert). — Montmirail.
Lackenmeyer (M. et Mme). — Paris.
Lambari (M. et Mme). — Paris.
Lambert de Rothschild (M. et Mme). — Paris.
Landowsky (Docteur). — Paris.
Langlois (M. et Mlle). — Paris.
Lasand (Docteur et Mme). — Nice.
Lascoux (M., Mme et Mlles). — Paris.
Lassier. — Paris.
Lau (Marquise de). — Paris.
Lavoignat. — Paris.
Laya (Mlle de). — Paris.
Lazard (Simon), banquier. — Paris.
Leborne. — Paris.
Lecreux (M. et Mme Gaston). — Paris.
Le Crosnier. — Paris.
Lefèvre (du *Figaro*). — Paris.
Lefévre (Mme). — Paris.

Lefèvre (Ém.), compositeur. — Paris.
Legage. — Paris.
Legrand (Mme). — Paris.
Legras (Auguste). — Paris.
Legras (Paul). — Paris.
Legendre. — Paris.
Lehideux (M., Mme et Mlle). — Paris.
Lehideux (André). — Paris.
Lehmann (Albert). — Paris.
Leite (Mme). — Paris.
Lemsine, procureur de la république — Bar-sur-Aube.
Léo (Auguste). — Paris.
Lepel-Cointet (Mme Eric). — Paris.
Lepelletier (Émile). — Paris.
Lepière. — Paris.
Lequen (D^r et Mme Félix). — Paris.
Leser (Georges). — Lyon.
Leven (M. et Mme Émile). — Paris.
Leverroy. — Paris.
Lévy (Charles). — Paris.
Lewin-Bendit (M. et Mme Jules). — Paris.
Liwache (Achille). — Paris.
Lloyd (Mme Dolorès). — Paris.
Lœb (J.). — Paris.
Lœwenstein (M., Mme et Mlles).—Paris.
Lorgeril (de). — Nantes.
Louys (Pierre). — Paris.
Lur-Saluces (Cte et Ctesse de). — Paris.
Lutaud. — Paris.
Lutz (Henri). — Paris.
Luze (Cte et Ctesse Maurice de). — Paris.
Lyon-Caen (Charles). — Paris.
Magitot (Docteur Émile). — Paris.
Mahr (Harald), journaliste. — Paris.
Malartic (Comte G. de). — Paris.
Malherbe (Maurice). — Paris.
Malherbe de Maraimbois (Comte). — Paris.
Marc (A.). — Paris.
Maréchal (Henri). — Saint-Quentin.
Marie (Gabriel), chef d'orchestre. — Paris.
Marqué (L.). — Paris.
Martimprey (Hugues de). — Nancy.
Martin (M. et Mme Alphonse).—Paris.
Martin (Auguste), avocat. — Paris.
Massougnes. — Paris.
Mathews (Mme). — Paris.
Mathews (Édouard). — Paris.

Mathias. — Paris.
Maupéou (M. et Mme de). — Paris.
Maurel (M. et Mme). — Paris.
Maurocordato (Marquis de). — Paris.
Maurocordato (Mathieu). — Paris.
Mayrarques (Mme Alfred). — Paris.
Mayrarques (Mlle et M.). — Paris.
Melb (Mme). — Paris.
Ménard-Dorian (M., Mme et Mlle). — Paris.
Mendel (M. et Mme Henri). — Paris.
Mercier (Charles). — Paris.
Mermann (M. et Mme G.). — Bordeaux.
Mermann (M. et Mme J.). — Bordeaux.
Mermann (Mlle V.). — Bordeaux.
Mesnard (Léon et Georges). — Paris.
Meyer (Docteur). — Paris.
Meynier (Mme Raoul). — Paris.
Michaux (Lucien), ingénieur. — Paris.
Michonnes. — Paris.
Millot (Étienne), avocat. — Paris.
Mimaut (Mme Louise). — Paris.
Miquel (M. et Mme Mathieu). — Paris.
Mocqueris (Ed.). — Neuilly.
Molend (A.). — Paris.
Momey (Comte de). — Paris.
Montbrison (de). — Paris.
Montesquiou (Comtesse de). — Paris.
Montesquiou (Léon de). — Paris.
Montigny (Comte et Ctesse de). — Paris.
Morel (Jules). — Lyon.
Morla (Mme). — Paris.
Mors (Louis), ingénieur. — Paris.
Morsier (M. et Mme Ed. de). — Paris.
Moustier (M. et Mme de). — Paris.
Munroe (John). — Paris.

Natanson (Stéphane), archit. — Paris.
Nicholson. — Paris.
Nievlas-Goérens. — Paris.
Nivac (Comte de). — Reims.
Normand (Jacques), homme de lettres. — Paris.

Ochs (Mme E.). — Paris.
Odéro (Alexandre). — Nice.
Odéro (Florent). — Nice.
Oppenheim (Mme). — Paris.
Oppenheim (Stanislas). — Paris.
Oppert (M. et Mme). — Paris.
Orbier (Eugène). — Marseille.
Orléans (S. A. R. le duc d').
Ormesson (Comte et Ctesse d'). — Paris.

Ostheimer (Georges). — Paris.
Painlevé (Paul), professeur à l'Université. — Paris.
Pallier (Félix). — France.
Parafe (Gustave). — Paris.
Pasteur (Docteur). — Morillon.
Patinot (Georges). — Paris.
Paty de Clam (Marquis). — Paris.
Payson (Charles). — Paris.
Pelletier (Mme). — Paris.
Pentia (Mlle da). — Reims.
Percave (Léonce). — Bordeaux.
Pérez de Brambilla (Mlle). — Paris.
Pérouze (Denis), ingénieur. — Paris.
Perrot (Mme). — Paris.
Petit-Dutaillis (Charles). — Paris.
Pfeiffer (Georges), compositeur. — Paris.
Philipon (Paul). — Paris.
Philipon (René). — Paris.
Picard (Charles), professeur. — Paris.
Pictet (Auguste). — Chambéry.
Pidoux (Mme). — Paris.
Pierre (Louis). — Paris.
Pillet-Will (Comtesse). — Paris.
Piol (René). — Paris.
Polières (Marquis de). — Toulon.
Polignac (Princesse de). — Paris.
Poterie (de la), avocat. — Paris.
Pourtalès (Comtesse de). — Paris.
Pozzi (Docteur). — Paris.
Pressensé (Francis de). — Paris.
Prieur (R.), professeur. — Limoges.
Propper (Siegfried), banq. — Paris.

Quaire (Mme du). — Paris.

Rain (Mme). — Paris.
Rain (Pierre). — Paris.
Raynal (Mme). — Paris.
Reada (Mme). — Paris.
Rebell. — Paris.
Récy (R. de). — Paris.
Reitlinger (Arnold). — Paris.
Remours. — Tunis.
Renouard (Mme Eugène). — Paris.
Richard (Marc). — Paris.
Richelot (Docteur et Mme). — Paris.
Riéger (Mme). — Paris.
Rikoff (M. et Mme Martin). — Paris.
Risler (Édouard), pianiste. — Paris.
Rist (Édouard). — Paris.
Ritter (William). — Besançon.

Rivollet, conseiller à la cour des comptes. — Paris.
Robb. — Paris.
Robertson (Adolphe). — Paris.
Roger (Mᵐᵉ et Mˡˡᵉ). — Paris.
Rolle (A.). — Paris.
Romain (Comte et Cᵗᵉˢˢᵉ de). — Paris.
Romazotti (Maurice). — Paris.
Romieu, professeur. — Paris.
Rondeau (Paul). — Angers.
Rongier (Émile). — France.
Rossel. — Montbéliard.
Rossignot (Mᵐᵉ Charlotte). — Paris.
Rostand (Alexis). — Paris.
Rothan (Mᵐᵉ). — Paris.
Rothschild (Baronne Ed. de). — Paris.
Rouast (M. et Mᵐᵉ G.). — Lyon.
Rousau (Mᵐᵉ). — Paris.
Roussel (M. et Mᵐᵉ). — Paris.
Roussel (Mˡˡᵉ). — Paris.
Roussel (MM.). — Paris.
Rousselt (Vicomtesse). — Lyon.
Rubinstein (Mˡˡᵉ Ida). — Paris.

Saint-Mesmin (Mᵐᵉ de). — Paris.
Saint-Mesmin (M. et Mᵐᵉ J. de). — Paris.
Saint-Phalle (Comte A. de). — Paris.
Sainville (E. de). — Paris.
Salomon (Mᵐᵉ et Mˡˡᵉ). — Paris.
Salomon (Mᵐᵉ Adèle). — France.
Salomon (Ch.). — Paris.
Sands (Henri). — Paris.
Sandoz (Mᵐᵉ). — Paris.
Sarcbi (Paul). — Paris.
Sauvy (François). — Perpignan.
Sccy-Montbéliard (Princesse de). — Paris.
Schlesinger (M. et Mᵐᵉ H.). — Paris.
Schneider (Eugène). — France.
Schœn (Baronne de). — Paris.
Seligmann, banquier. — Paris.
Sembat (Marcel). — Paris.
Serre (M. et Mᵐᵉ Louis de). — Paris.
Sevestre (Albert). — Paris.
Shea. — Paris.
Siegfried (Jacques). — Paris.
Singer (M. et Mᵐᵉ Louis). — Paris.
Singer (Otto). — Paris.

Smith. — Paris.
Somerville (M. et Mᵐᵉ Alb.). — Paris.
Somier. — Paris.
Spandow. — Paris.
Stern (Jean). — Paris.
Stern (Mᵐᵉ Louis). — Paris.

Taffanel (Jacques). — Paris.
Taffanel (P.), chef d'orch. — Paris.
Talbot (R.). — Paris.
Tardé (MM. et Mˡˡᵉ). — Paris.
Tardy. — Lyon.
Teil (Baron Joseph du). — Paris.
Théveneau (M. et Mᵐᵉ Louis). — France.
Tillet (Jacques du). — Paris.
Torriziani (Mᵐᵉ). — Paris.
Tonteuille (Mᵐᵉ de). — Paris.
Tracy. — Paris.
Tucher, consul. — Paris.
Tuchmann (Émile). — Paris.
Turckheim (Baron de). — Paris.
Ullmann (Constantin). — Paris.

Valcours (Docteur et Mᵐᵉ Théodore de). — Cannes.
Vallet (Joseph). — Paris.
Vallet (Mˡˡᵉ Marie). — Paris.
Vancy (Emmanuel). — Paris.
Vergennes (Comte de). — Paris.
Vézes (Maurice). — Paris.
Vidal (E.). — Paris.
Vidal-Naquet. — Paris.
Vielle. — Angers.
Vignot (Pierre). — Paris.
Villeneuve. — Marseille.
Vital (Mᵐᵉ). — Paris.

Wagram (Princesse de). — Paris.
Watermann (Charles). — Paris.
Weckermann. — Paris.
Weisweiller (Henri). — Paris.
Weisweiller (Jacob), avocat. — Paris.
Weisweiller (Charles). — Paris.
Wilmerding. — Paris.
Wolff (Mᵐᵉ). — Paris.
Wolkenstein (de). — Paris.
Worms (Docteur et Mᵐᵉ). — Paris.
Wuel (MM.). — Paris.

Zuylen de Nyevelt (Baronne). — Paris.

1894. — Parsifal, Lohengrin, Tannhauser.

Accard. — Marseille.
Ackermann. — Paris.
Adt (Émile). — Paris.
Albert (Eugène d'). — Paris.
Alvin. — Limoges.
Anthen. — Paris.
Augustin. — Paris.
Avril (Charles). — Paris.
Azvédo (Comte d'). — Paris.

Barbaux (M. et Mme). — France.
Bauer (de). — Paris.
Baxter (Mme). — Paris.
Béarn (Comte et Ctesse de). — Paris.
Becke (Comtesse de). — Paris.
Béhier. — Paris.
Bémont (Docteur et Mme Ch.) — Paris.
Bénard (M. et Mme). — Paris.
Bernestiel (MM.). — Paris.
Bernête. — Paris.
Bernheim. — Paris.
Béthouart. — Chartres.
Bettwiller. — Paris.
Blanc. — Digne.
Blangy (Mlle). — Paris.
Blumenthal (M. et Mme). — Lyon.
Bœsch. — Paris.
Bos (M. et Mme du). — Paris.
Bosdari (Comte et Ctesse de). — Paris.
Boucher (Henri). — Paris.
Boucher (Mme G.). — Paris.
Bouguet (Mme). — Paris.
Bouiller (Victor). — Paris.
Bourlon de Sarty. — Paris.
Bourton. — Lille.
Boutard (Joseph). — Lyon.
Bouwens van der Boyen (Mme). — Paris.
Bovet (Alfred). — France.
Bresson (Comtesse de). — Paris.
Bret. — Marseille.
Bret (Gustave). — Aix.
Bréville (Comte de). — Paris.
Bright (M. et Mme). — Paris.
Brissac (Comte de). — Paris.
Broch, statuaire. — Paris.
Brull. — Paris.
Brunière (de la). — Paris.

Caduneau (Mme H.). — Paris.

Camondo (Comte de). — Paris.
Campincan. — Versailles.
Cantacuzène (Docteur Jean). — Paris.
Cantriano (Prince). — Paris.
Capitant (Henri). — Grenoble.
Cardier (Joseph). — Lyon.
Carels (M. et Mme). — Paris.
Carlfield. — Paris.
Carmouche (Henri), avocat. — Nancy.
Carré (Albert). — Paris.
Casembroct (M. et Mme de). — Paris.
Castellane (Marquis de). — Paris.
Castrone (Marquis et Marquise de). — Paris.
Cerutti (Mlle). — Paris.
Cervetti (M. et Mme). — Paris.
Cessoles (Comte de). — Paris.
Chandon de Briailles (Baron). — Paris.
Chandon de Briailles (Cte). — Paris.
Chenevière (Paul), avocat. — Lyon.
Chevillard (M. et Mme). — Paris.
Chollet (M. et Mme Ludovic). — Paris.
Clapiers (Comte de). — Paris.
Claude (Mme Nicolas). — Paris.
Codman. — Paris.
Combe (Docteur et Mme). — Paris.
Corneau (André). — Paris.
Corneau (Georges). — Paris.
Cornu (Mme). — Paris.
Cornu. — Paris.
Cossé (de). — Paris.
Costabelle (Mme de). — Montpellier.
Courtois (Georges), architecte.
Cousin (Mlle Pauline). — Paris.
Creyeran (M. et Mme). — Bordeaux.
Crozier (Philippe). — Paris.
Custard (Henri). — Paris.
Custot. — Paris.

Dagmann. — Paris.
Daiart (Raymond). — Paris.
Danel-Duplan (M. et Mlle). — Paris.
David (Lucien). — Paris.
Davidson. — Paris.
Debore (Maurice). — Paris.
Decugis (M. et Mme). — Paris.
Decugis (Mlle). — Paris.
Decugis (MM.). — Paris.
Delaborde (Léon). — Paris.

Delaborde (Marquise). — Paris.
Delagrave (M., Mme et Mlle). — Paris.
Delbrück (Alfred). — Paris.
Delius (MM.). — Paris.
Demonts. — Paris.
Denègre. — Paris.
Desforges (Pierre). — Paris.
Désiard (Pierre). — Paris.
Devy (Mme). — Paris.
Dichie (Mlles de). — Lyon.
Dietrich (Baron et Baronne). — Paris.
Dino (Duchesse de). — Paris.
Dolhassary. — Bordeaux.
Dubasty, avocat. — Paris.
Dubasty (Mme). — Paris.
Duberrier. — Paris.
Dufourmantelle. — Paris.
Duluard (Gaston). — Paris.
Dumba. — Paris.
Dumont (MM.). — Paris.
Dupert (Paul). — Paris.
Dupont (E.) architecte. — Paris.
Durand (Auguste), éditeur. — Paris.
Durand (Jacques), éditeur. — Paris.

Economos. — Paris.
Egusquiza (M. et Mme de). — Paris.
Ephrussi (Chevalier Ignace). — Paris.
Erlanger, compositeur. — Paris.
Ernst (Alfred). — Paris.
Estrées de Lanzac de Laborie (M., Mme et Mlle d'). — Paris.
Falkemberg. — Nice.
Fancheville (M. et Mme). — Paris.
Faugier. — Lyon.
Faulotte (Mme de la). — Paris.
Faulotte (Louis de la). — Paris.
Fernandez. — Paris.
Ferrerie. — Nice.
Feuilloy. — Paris.
Fligel (Émilien). — Paris.
Forêts (des). — Paris.
Fournier-Sarlovèze. — Paris.

Gadot. — Paris.
Gailhard, direct. de l'Opéra. — Paris.
Galin (Mme). — Paris.
Gardier (Jean). — France.
Gardner (Mme Hélène). — Paris.
Garnier (Adolphe). — Nancy.
Garnier (Charles), architecte. — Paris.
Gasmault (Paul). — Paris.
Gautier (A.), avocat. — Nice.

Gehin (Mme Claude). — Paris.
Gensoul (Mme). — Lyon.
Gentien (Maurice). — Paris.
Gentil. — Paris.
Germain (Mme). — Paris.
Germain. — Paris.
Germiny (Comte Charles de). — Paris.
Gilbert-Boucher (M. et Mme). — Paris.
Gillet (Paul). — Lyon.
Gillon (Albert). — Paris.
Gilmour. — Paris.
Giollet, avocat. — France.
Girard (Mme). — Lyon.
Godet (Docteur). — Paris.
Gortschakoff (Prince). — Paris.
Goudchaux (Edmond). — Paris.
Gounet (Jean de). — Paris.
Grammont (Comte de). — Paris.
Grandin. — Paris.
Green. — Paris.
Grensard. — France.
Griess (M. et Mme Jean). — Alger.
Griswold. — Paris.
Grochu. — Paris.
Guérin (Charles). — Paris.
Guérin (M. et Mme Edmond). — Paris.
Guérin (Marcel). — Paris.
Guignet. — Paris.

Haag (Mme). — Le Havre.
Hache (Mlle et M.). — Paris.
Hacke (Mme). — Paris.
Halipre (André). — Paris.
Harcourt (Eugène d'). — Paris.
Hart (Mme Charlotte). — Paris.
Hartenstein (Léon). — Paris.
Hartmann (Mme). — Paris.
Hartmann (Alfred). — Paris.
Hayn. — Le Havre.
Hecht (Mme Albert). — Paris.
Hecht (Mlle). — Paris.
Henry (Paul). — Paris.
Hermann (Mme). — Paris.
Hoppin. — Paris.
Horrack (de). — Paris.
Hoskier (M. et Mme). — Paris.
Hosstrup. — Bordeaux.
Hottinger (Joseph). — Paris.
Hovelacque (Docteur). — Paris.
Howland. — Paris.
Hubbel. — Paris.
Hubert (Alfred). — Paris.

Huf. — Paris.
Hurt (Victor). — Paris.

Jacob (Eugène). — Paris.
Jamain. — Paris.
Jansenn. — Lyon.
Johnson. — Paris.

Kahn (Albert). — Paris.
Kinen (M. et Mme). — Paris.
Knopff (Docteur et Mme). — Paris.
Komorowicz. — Nice.
Krafft (Hugues). — Paris.
Kullmann (Mlle Berthe). — Paris.
Kullmann (Henri). — Paris.

Labbé (M. et Mlle). — Paris.
Laborie (M. et Mme). — Paris.
Lacotte-Minard. — Paris.
Lafermé (Adolphe). — Paris.
Lamoureux (Charles). — Paris.
Lamy. — Paris.
Langer (Mme). — Paris.
Lannelongue (Docteur). — Paris.
Lascoux. — Paris.
Lascoux (Antoine). — Paris.
Lassalle (Docteur, Mme et Mlle). — Villefranche.
Lassimonne (Mlle). — Paris.
Laubergat. — Paris.
Laurençot (Mme). — Paris.
Lauvajat (de). — Paris.
Lazard (M. et Mme Adolphe). — Paris.
Leclercq (l'abbé). — Paris.
Lefébure (Mme). — Paris.
Lefébure (Léon). — Paris.
Lefebvre. — Paris.
Lefére (M. et Mme). — Paris.
Leglay (M. et Mme André). — Paris.
Legras (Docteur Paul). — Épinal.
Lehideux (Frédéric). — Paris.
Lehideux (Jacques). — Paris.
Lenormant (Charles). — Paris.
Léon (Docteur de). — Mende.
Lerch (de). — Paris.
Leredde (Émile). — Paris.
Levalois. — Paris.
Levy (M. et Mlles). — Paris.
Lutaud (Charles). — Ajaccio.
Lyon (Mme Édouard). — Paris.
Lyon (Mlle Jeanne). — Paris.
Lyon (M. et Mme Gustave). — Paris.
Lyon (M. et Mme Max). — Paris.

Mallet (Albert). — Paris.
Mallet (Guillaume). — Paris.
Manessie (Docteur). — Paris.
Marchesi (Mme M.). — Paris.
Margerie (de). — Paris.
Marion (Edgar). — Paris.
Marsay (Vicomte R. de). — Paris.
Martimprey (de). — Nancy.
Martin (Docteur). — Paris.
Max (Louis). — Paris.
Mauvernay (M. et Mme de). — Paris.
Méguin (Mme). — Paris.
Méletta (Louis). — Paris.
Mendel (Henri). — Paris.
Messerer. — Marseille.
Michaux (Lucien). — Paris.
Michel (Édouard). — Paris.
Michelot (L.), professeur. — Paris.
Miguot-Arduin-Chedaille (MM.). — France.
Mocqueris. — Neuilly.
Monnier (Henri). — Paris.
Montgolfier. — Paris.
Morane. — Paris.
Morisse (Paul). — Paris.
Mugnier (l'abbé). — Paris.
Murat (M. et Mme). — Paris.

Nivac (Baron et Baronne de). — Paris.
Nœtzlin (Edmond). — Paris.
Normant (Pierre). — Paris.

Olonne (d'). — Saint-Dié.
Oppenheim (D.). — Paris.
Osiander. — Lyon.
Oulif (Edmond). — Nancy.
Oursel. — Paris.

Paillette (Henri). — Paris.
Parciuncula (Mme). — Paris.
Pariset. — Paris.
Payen (MM.). — Paris.
Périaul, professeur. — Paris.
Perkins (M. et Mme). — Paris.
Petit (Charles). — Paris.
Philibert (Henri). — Paris.
Pichin (M. et Mme). — Paris.
Picquart, professeur. — Paris.
Picquart (Mlle). — Paris.
Pillet-Will (Comtesse). — Paris.
Pillon (Pierre). — Lyon.
Pointu (Jules). — France.
Pomereu (Vte et Vtesse de). — Paris.

Pons (Charles). — Nice.
Pottiche (M. et Mme Maurice). — Paris.
Potter (Mme). — Paris.
Pottier (René). — Paris.
Pozzi (Docteur). — Paris.
Prax (Georges). — Béziers.
Prégi (Mlle M.), cantatrice. — Paris.
Prévost. — Paris.
Prieur, professeur. — Limoges.
Pujo (Maurice). — Paris.
Pujol (Joseph). — Paris.
Querqui (Mme). — Paris.
Rastit (Henri). — Marseille.
Reed (Mlle Jenny). — Paris.
Regressier (Jean). — Paris.
Remond (Mme). — Paris.
René (Pierre). — Paris.
Reneufre. — Bordeaux.
Reneuille (Henri). — Paris.
Renié (Jean), compositeur. — Paris.
Renié (Mlle H.). — Paris.
Renié. — Paris.
Renré. — Paris.
Rey. — Paris.
Reynaud. — Paris.
Ribot (Mme). — Paris.
Richard. — Paris.
Ringley. — Paris.
Riom (Gustave). — France.
Riom (Robert). — France.
Riquencourt (de). — Paris.
Riqueur (Mme). — Paris.
Risler (Édouard), pianiste. — Paris.
Risler (Georges). — Caudebec.
Robert (Géorges). — Paris.
Robin (Jules). — Paris.
Robin (Docteur Laurent). — Paris.
Rondebusk. — Paris.
Rondolotti. — Paris.
Rongier (H.). — France.
Rouché (Jacques). — Paris.
Roulier. — Paris.
Rouvenat (Mlle). — Paris.
Rouy (Paul). — Paris.
Ruckston. — Paris.

Sachs (Docteur). — Paris.
Saint-Chéron (René). — Paris.
Saint-Didier (Baronne de). — Paris.
Saint-Paul (Marquise de). — Paris.
Saint-Quentin (Gabriel de). — Paris.
Salaberry (de). — France.

Salles (Adolphe). — Paris.
Sallion (Mme). — Paris.
Sampayo (de). — Paris.
Saudmayer (Mlle). — Paris.
Sbriglia, professeur. — Paris.
Schepper (M. et Mme). — Paris.
Schœn (Mme). — Paris.
Schuré (Edouard). — Paris.
Schwabacher. — Paris.
Serpelli-Giffard. — Paris.
Severyns (Jean). — Paris.
Seydoux. — Paris.
Silhol (Louis). — Paris.
Simon (Mlle Marie). — Paris.
Sommier (Alfred). — Paris.
Soulier. — Paris.
Soutif (Auguste), professeur. — Paris.
Souza (Comtesse de). — Nice.
Spandoni (Eugène). — Paris.
Spanier (M. et Mme). — Bordeaux.
Spandous (Alexandre). — Paris.
Sperry. — Paris.
Staron (Henri). — Lyon.
Steinbruck. — Nice.
Stern (Mme). — Paris.
Steuben (Baron de). — Paris.

Tabor. — Rochefort.
Tardy. — Lyon.
Ternaux-Compans (M. et Mme). — Paris.
Théveneau. — Béziers.
Thorailler (Henri). — Paris.
Thorailler (Jacques). — Paris.
Thorel (Jean). — Paris.
Thurner. — Paris.
Tisserand (Pierre). — Bourges.
Tonger (Benoît). — Lyon.
Trafford. — Paris.
Thrystam. — Paris.
Tucher (Henri de). — Paris.

Ullmann (Constantin). — Paris.

Vagliano (M. et Mme). — Marseille.
Vallin (G.), compositeur. — Nancy.
Van Delden. — Paris.
Vernet (Camille). — Cannes.
Vèzes (Docteur et Mme). — Rennes.
Vicas. — Paris.
Vidal (Mme Blanche). — Paris.
Vidal (Paul). — Montpellier.
Viennot. — Paris.
Villard. — Lyon.

Waddington (M. et Mlle). — Paris.
Wegmann (Mlle de). — Paris.
West (Mme Clara). — Paris.
Williams (Georges). — Paris.
Worth. — Paris

1896. — La Tétralogie.

Adam (M. et Mme Eugène). — Paris.
Alberton. — Paris.
Allix (Georges). — Grenoble.
Amic (Henri). — Paris.
Amillet (M. et Mme). — Paris.
Anderson (Mlle). — Paris.
Antoque (André d'). — Béziers.
Aramon (Comte et Ctesse d'). — Paris.
Aramon (Marquise douairière d'). — Paris.
Aramon (Marquis et Marquise d'). — Paris.
Aron (Mme). — Paris.
Artigue. — Paris.
Astruc. — Bordeaux.
Aubey (Léon). — Paris.
Aubry (M. et Mme H.). — Paris.
Auby. — Paris.
Ausset (Mme). — Algérie.
Autran (Frédéric), avocat. — Marseille.
Auvray (Gaston d'). — Sceaux.

Bagès (Maurice). — Paris.
Balfour (M. et Mme). — Marseille.
Barbarroux. — Marseille.
Barbaux (M. et Mme Ernest). — Paris.
Barthelès (M. et Mme). — Lyon.
Basch (Victor), professeur à l'Université. — Rennes.
Bastien (Mlle). — Paris.
Baume (Comtesse de la). — Paris.
Béarn (Comtesse de). — Paris.
Beer (Jules). — Paris.
Bélard. — Paris.
Bemberg, compositeur. — Paris.
Benoit (Camille). — Paris.
Bérard (MM.). — Paris.
Bérardi (Gaston). — Paris.
Bérengier. — Paris.
Béret (Ernest). — Paris.
Bergon (Mlle Claire). — Paris.
Bergon (Frédéric). — Paris.
Bergon (Paul), compositeur. — Paris.

Berkheim (Baron Th. de). — Paris.
Bernard (Mme). — Paris.
Bernier (Louis). — Paris.
Bertrand, directeur de l'Opéra. — Paris.
Bessand (Charles). — Paris.
Béthouard. — Chartres.
Bibesco (Princesse). — Paris.
Bibesco (Princes Antoine et Emmanuel). — Paris.
Bigot (Mme Ch.). — Paris.
Bischoffsheim (Raphaël). — Paris.
Blanchart. — Tours.
Blumenschein. — Paris.
Blumenthal. — Paris.
Bocchois. — Paris.
Boddien (de). — Strasbourg.
Bois (Docteur du). — Paris.
Boizel (M. et Mme). — Paris.
Bonnet (Maurice). — Paris.
Bonnier (Jules). — Paris.
Bonnin. — Paris.
Bordes (Ch.), compositeur. — Paris.
Borel (Marius). — Paris.
Borel (Maxime), secrétaire d'ambassade. — Paris.
Borel (Mme Maxime). — Paris.
Borghèse (Princesse Jeanne). — Paris.
Borlant. — Paris.
Bougère. — Angers.
Bouiller (Victor). — Paris.
Boullé. — Paris.
Bourdin-Bourg. — Paris.
Bourtouline (Comtesse). — Paris.
Bousquer (Georges). — Paris.
Boutard (Joseph). — Lyon.
Bouteiller. — Paris.
Boutroue (Alexandre). — Paris.
Bouval (Jules), compositeur. — Paris.
Bouvard (Mme). — Paris.
Bovet (Alfred). — Valentigny.
Boyer, professeur de lettres. — Paris.
Brasseur (Mlle Marguerite). — Paris.

Bréal. — Paris.
Bregfur (Hippolyte). — Paris.
Breitling (M. et Mme). — Paris.
Brémont (M. et Mme Charles). — Paris.
Bret (Gustave), avocat. — Paris.
Breuilland (Edmond). — Paris.
Bréville (J. de). — Paris.
Bréville (Mme J. de). — Paris.
Bréville (P. de), compositeur. — Paris.
Brosset-Hœckel (Mme). — Lyon.
Brugnon (Henri). — Ay.
Bullet (Mme Emma). — Paris.
Burlet (Mme). — Paris.

Cagarriga (Raymond de). — Paris.
Cahen d'Anvers (Comtesse). — Paris.
Cahen d'Anvers (Mlles). — Paris.
Caillat (Pierre). — Paris.
Caillebotte (M. et Mme M.). — Paris.
Callemand (de). — Montpellier.
Calmann-Lévy (Mme). — Paris.
Campbell-Wallet (M. et Mlle). — Paris.
Cané (M.). — Paris.
Capet (Eugène). — Paris.
Carlo-Germano, artiste musicien. —
    Nice.
Carltrian. — Paris.
Carmouche (Henri), avocat. — Nancy.
Carnes. — Paris.
Carnot, ingénieur. — Paris.
Caron (Mme Rose), cantatrice. — Paris.
Carré (Albert), directeur du Vaude-
    ville et du Gymnase. — Paris.
Cartes (Mlle Marie de). — Paris.
Cézanne (Alphonse). — Marseille.
Chapias (Comte de). — Paris.
Chauffour (G.). — Paris.
Chaumeix (André). — Paris.
Chaumet (W.), compositeur. — Paris.
Chénevière (Paul). — Lyon.
Chéradame (André), avocat. — Paris.
Chéramy (Paul). — Paris.
Chérissy (MM. E. et P.). — Nice.
Chesnay (la), professeur. — Paris.
Chevereau (Comtesse U.). — Paris.
Chevillard, compositeur. — Paris.
Chevillard (Mme). — Paris.
Choisnel (M. et Mlle). — Paris.
Chopelot (M. et Mme). — Paris.
Clary. — Paris.
Claussmann (Aloys), compositeur. —
    Clermont-Ferrand.

Clicquot de Mentque (Mlle). — Paris.
Clouet (M. et Mme). — Paris.
Cochin (Henri), député. — Paris.
Cochin (Mme Henri). — Paris.
Cogordan, ministre de France en
    Égypte. — Paris.
Cogordan (Mme). — Paris.
Collas. — Paris.
Colonne (Édouard), chef d'orchestre.
    — Paris.
Comminges (Comtesse de). — Paris.
Conte (Alfred). — Paris.
Coppet (M. et Mme de). — Nice.
Corneau (André). — Paris.
Cortot (Alfred), pianiste. — Paris.
Cossé (Comtesse de). — Paris.
Coste (M. et Mme). — Marseille.
Cottet (Charles). — Paris.
Cottinet. — Paris.
Courcy (de). — Paris.
Courtier (Jules), professeur à l'Uni-
    versité. — Paris.
Cramer (Mlle Olga de). — Paris.
Crémer. — Paris.
Crosse de Bionville (Paul). — Paris.
Curel (François de), homme de let-
    tres. — Paris.
Currie (J.). — Le Havre.
Curtis. — Lille.

Dalmas (Comte de). — Paris.
Dargent (Docteur et Mme). — Paris.
Debaise (Mlle). — Paris.
Deceter (Arthur). — Paris.
Décrais, secrétaire d'ambassade. —
    Paris.
Decrais (Mme). — Paris.
Degoulet (Charles), avocat. — Paris.
Deharme. — Paris.
Deitte (Mme Marie). — Paris.
Delacroix (Henri). — Paris.
Delafosse (Léon), pianiste. — Paris.
Delanglade (Ch.), sculpteur. — Paris.
Delanslade (M. et Mme). — Marseille.
Delasalle (M. et Mme A.). — Paris.
Deléage. — Paris.
Deleschamps (Docteur). — Paris.
Delinois (M. et Mlle). — Paris.
Delna (Mlle Marie), cantatrice. — Paris.
Delpire (Mme et Mlle). — Paris.
Demaisons (Maurice), avocat. —
    Paris.

Denucé, professeur à la faculté de médecine. — Bordeaux.
Desgaroc. — Marseille.
Deslandes (Baron). — Paris.
Destranges (Étienne). — Nantes.
Deville (Mme Jeanne). — Paris.
Dino (Duchesse de). — Paris.
Dolhassary, avocat. — Bordeaux.
Doncieux (M. et Mme). — Paris.
Donne (Mme). — Paris.
Dosen (Mme). — Paris.
Doyen (M. et Mme). — Paris.
Drake (Jacques). — Paris.
Droit (Charles). — Nancy.
Dubreuil (MM.). — Paris.
Ducasse (Henri). — Bordeaux.
Duchêne (M. et Mme). — Paris.
Dufrêne (M. et Mlle). — Paris.
Dujardin. — Lille.
Dujardin (Édouard). — Paris.
Dukas (Adrien). — Paris.
Duluard (Gaston). — Paris.
Dumas (Adrien). — Nîmes.
Dumas (Mlle Alice). — Nîmes.
Dumas (Alphonse). — Nîmes.
Dumont (H.-L.). — Paris.
Dunoyer (Léon), avocat. — Paris.
Dupré (Henri). — Paris.
Dupuis (Mme J.). — Paris.
Durand (M. et Mme). — Paris.
Durand (Auguste), éditeur. — Paris.
Dusart (Paul). — Paris.
Duteil d'Ozanne, compositeur. — Paris.

Eardley (Mme). — Paris.
Economos (Aristide). — Paris.
Egusquiza (Roger de). — Paris.
Eichtal (M. et Mlle d'). — Paris.
Eiffeneau. — Paris.
Engel (Alfred), professeur. — Paris.
Epinois (de l'). — Paris.
Ephrussi (J.). — Paris.
Erlanger (C.), compositeur. — Paris.
Ernst (Alf.), critique musical. — Paris.
Essel (Mlle). — Paris.
Estermières (Robert d'). — Paris.
Estienne (Henri). — Paris.
Eymar (Edmond). — Marseille.

Fabre (M. et Mme Marc). — Paris.
Fabre (Maurice). — Narbonne.
Falconnet (Mme). — Paris.

Falleck (Mlle, M. L. de la). — Bordeaux.
Fanta (Mlle). — Versailles.
Farcley. — Lyon.
Fauconnier (L.). — Narbonne.
Faugier. — Lyon.
Favatier (P.). — Narbonne.
Ferry (M. et Mme de). — Paris.
Fey (Mme). — Paris.
Fey (Comtesse). — Paris.
Fey (Vicomte). — Paris.
Fiérens-Gévaert (Mme). — Paris.
Fildesoye (M. et Mme). — Paris.
Filliaux-Tiger (Mme), compositeur. — Paris.
Fitz-Douglas. — Paris.
Fontanes (M. et Mme). — Paris.
Fougère (Mlle de). — Paris.
Fouillée (M. et Mme Alfred). — Paris.
Foulquier. — Paris.
Fourchy (J.). — Paris.
Francillon (Mlle). — Paris.
Frank (Eugène), maître de chapelle. — Avignon.
Freyreau (M. et Mme). — Bordeaux.
Fridrich (Gust.), violoniste. — Paris.
Frœlich (Mme). — Paris.
Froment (Marquis de). — Toulouse.

Garets (M. et Mme des). — Paris.
Garnier (Charles). — Paris.
Gasnier (Mme Guy). — Paris.
Gasparin (Comtesse et Mlle de). — Nîmes.
Gauthier-Villars (Henri), critique musical. — Paris.
Gauthier-Villars (Mme H.). — Paris.
Gautier (Antoine). — Paris.
Gavignot (André). — Paris.
Gély (Paul). — Béziers.
Gentien (André). — Paris.
Gentien (M. et Mme Maurice). — Paris.
Gentien (Paul). — Paris.
Geoffroy (Édouard). — Paris.
Georges (Mme). — Paris.
Georges (Éd.), architecte. — Paris.
Gifford-Dyer (M., Mme et Mlle). — Paris.
Gilbert (Mme). — Paris.
Gillot. — Paris.
Gimbat (M. et Mme). — Paris.
Girette (M., Mme et Mlle). — Paris.
Gironde (Comte et Ctesse de). — Paris.

Gjertz (Bernard). — Marseille.
Godillot (M. et Mme Alexis). — Paris.
Goguet (Docteur et Mme). — Paris.
Goirand (Louis). — Paris.
Goldschmidt (Fernand). — Paris.
Goldschmidt (Léopold). — Paris.
Goluta. — Nice.
Gompel. — Paris.
Gonnet (Marquis de). — Paris.
Gonse (Mme). — Paris.
Gouget (Albert). — Paris.
Goutière-Vernolle. — Nancy.
Gouttenoire de Toury. — Paris.
Granfeem (Mlle Jeanne). — Paris.
Gras (Edmond). — Paris.
Griset (M. et Mme Jules). — Paris.
Grousset (M. et Mme de). — Marseille.
Grunbaum (Paul), auditeur au conseil
    d'État. — Paris.
Grunebaum (Mlle). — Paris.
Grunebaum-Ballin (Mme). — Paris.
Gsell (Paul). — Paris.
Guérin (MM.). — Lunéville.
Guilmant (Alex.), organiste. — Paris.
Guyon (Mme). — Paris.
Guyot (M. et Mme Émile). — Paris.
Guyot (Joseph). — Paris.

Haech (Mme Jeanne). — Paris.
Hallays (André), avocat. — Paris
Halphen. — Paris.
Harcourt (Comte Eugène d'). — Paris.
Hartenstein (Léon). — Paris.
Hartmann (Docteur). — Paris.
Hartmann (Mme). — Paris.
Haviland. — Paris.
Hayn. — Le Havre.
Hébrard (J.), sénateur. — Paris.
Hecht (Ernest). — Paris.
Hecht (M. et Mme Myrtil). — Paris.
Heine (Louis), architecte. — Paris.
Hellmann (M., Mme et Mlle). — Paris.
Herbault. — Paris.
Hérold (Ferdinand). — Paris.
Herrenschmidt (Mlles). — Paris.
Hervé (M. et Mme). — Paris.
Heuzey (M. et Mlle). — Le Havre.
Hewlett (Charles). — Paris.
Higel (Docteur). — Paris.
Hillemacher (P.), composit. — Paris.
Hirsh (Edmond). — Paris.
Hohn (Romana). — Paris.

Holden (Mme). — Paris.
Homberg (Octave). — Paris.
Horrack (M., Mme et Mlle de). — Paris.
Housebeke (Mme). — Paris.
Huard (Gustave). — Paris.
Hubert (Mme). — Paris.
Hüe (G.), compositeur. — Paris.
Hüe (Joseph). — Béziers.
Humbert (Georges), ingénieur des
    mines. — Paris.
Humières (Vicomte d'). — Paris.
Hunt (Mlle). — Paris.
Hutchinson (Mlle). — Clermont.

Imbs (MM.). — Paris.

Jaccoud (Docteur). — Paris.
Jannel (Mlle Marie de), professeur. —
    Paris.
Jansen (Mme). — Paris.
Jarreau (Gustave). — Bordeaux.
Javal (Mlle). — Paris.
Jeanselme. — Paris.
Jobin (Joseph). — Belfort.
Joly (Charles). — Paris.
Jossic (M. et Mme Henri). — Paris.
Jouon (Docteur). — Nantes.
Jourdan (Henri). — Marseille.
Jouve (Mlle Marie-Th.). — Cavaillon.
Juigné (de). — Lyon.
Juillard (MM.). — Épinal.
Julien (Charles). — Paris.
Jumet (M. et Mme). — Paris.

Kahn (Albert). — Paris.
Kahn (Léopold). — Paris.
Kahn (Mme Pauline). — Montmédy.
Keller (Docteur). — Paris.
Kinen (M. et Mme). — Paris.
Kleeberg (Mlle Cl.), pianiste. — Paris.
Klein (Léon). — Paris.
Klepper (Mlle Anna). — Bordeaux.
Klug (Christian). — Paris.
Koning (Mme de). — Paris.
Kopff (Docteur et Mme). — Paris.
Kunkelmann (Henri). — Paris.

Lackenbacher, avocat. — Paris.
Lacombe (M. et Mme Daniel). — Paris.
Lacroix (M. et Mme). — Mulhouse.
Lacroix (Mlle Jeanne). — Mulhouse.
Ladureau. — Pontoise.
Lafaulotte (Henri). — Paris.
Lambert (Ant.), architecte. — Paris.

Lambert-Cousin (René). — Paris.
Langen (Mme). — Paris.
Langlois (Armand). — Paris.
Langlois (Charles). — Paris.
Langlois (Jacques). — Paris.
Langlois (Mlle M.). — Paris.
Langlois (Pierre). — Paris.
Lardé (M. et Mme René). — Paris.
Lascoux (Ant.), ingénieur. — Arbois.
Lascoux (M. et Mlle). — Paris.
Lasseux de Chambine (Mme). — Paris.
Lassow (Mme et Mlle). — Paris.
Laurand (Docteur). — Paris.
Lautier. — Paris.
Léauté (MM.). — Paris.
Léauté (Mlle). — Paris.
Le Bas (Mlle). — Paris.
Lebaudy (M. et Mme Pierre). — Paris.
Lebrasseur (M. et Mme). — Paris.
Leclercq (l'abbé). — Paris.
Leclercq (M. et Mme). — Paris.
Le Crosnier (M. et Mme). — Paris.
Ledoux (Charles). — Paris.
Leduc (M., Mme et Mlle). — Paris.
Lee (Mme Austin). — Paris.
Lefebvre (Ch.), compositeur. — Paris.
Lefèvre (Gustave). — Paris.
Lefèvre (Mme). — Paris.
Lefranc (M., Mme et Mlle). — Paris.
Le Glay. — Paris.
Legras (Docteur Paul). — Épinal.
Leix (Charles). — Paris.
Lemoine (Albert), procureur de la république. — Bar-sur-Seine.
Lemonnier (M. et Mlle). — Paris.
Lepel-Cointet (Mme). — Paris.
Leredde (Docteur et Mme). — Paris.
Leser (Georges). — Lyon.
Level. — Paris.
Levéziel (Mme). — Paris.
Levillain (Docteur). — Nice.
Lévy (Ernest). — Paris.
Lévy (M. et Mme). — Paris.
Lian (Mme A.). — Paris.
Lichtal (Docteur de). — Gironde.
Lichtenberger (Henri), professeur. — Nancy.
Lidenlaub (Théodore). — Paris.
Liebmann. — Paris.
Ligeret, professeur. — Paris.
Limet (Charles), avocat. — Paris.
Lionel-Dauriac. — Paris.

Litvinne (Mme). — Paris.
Livington (M. et Mlle). — Clermont.
Loys (R.), violoncelliste. — Paris.
Lucas (Mlle Reine), gouvernante française. — Boston.
Luquet (Docteur). — Paris.
Lur-Saluces (Comtesse de). — Paris.
Luzzato (F.), compositeur. — Paris
Lyon (Mme Édouard). — Paris.
Lyon (Mlle Jeanne). — Paris.
Lyon (M. et Mme Gustave). — Paris.
Lyon (Max), ingénieur. — Paris.
Lyon (Mme Max). — Paris.

Madero (C.) — Paris.
Madrazo, peintre. — Paris.
Maès (M. et Mme). — Paris.
Maf (Eugène). — Paris.
Magnard (Albéric). — Paris.
Magny (Comtesse de). — Paris.
Malherbe (Gaston). — Rennes.
Mallarmé (André). — Alger.
Mallet (M. et Mme Guillaume). — Paris.
Mancel (M. et Mlle). — Paris.
Manchon. — Paris.
Mancilla (Garcia). — Paris.
Mandard (M. et Mme). — Paris.
Maquet (M. et Mme). — Lille.
Maquet (Henri). — Lille.
Marcel. — Paris.
Marcy (Mme), cantatrice. — Paris.
Mare (M. et Mlle de). — Paris.
Margolie (de). — Paris.
Marie (Docteur). — Paris.
Marigny (de). — Marseille.
Marotte (Francisque). — Paris.
Martimprey (de). — Paris.
Martin (M. et Mme Al.). — Narbonne
Martin (Émile). — Paris.
Martin (Maurice). — Paris.
Martinet (Mme). — Vendôme.
Marx (M. et Mme E.). — Paris.
Marx (J.). — Paris.
Marx (L.). — Paris.
Masse, avocat. — Nice.
Masse (Mme). — Nice.
Masurel (Albert). — Tourcoing.
Mathieu (Maurice). — Paris.
Mattel (Mme Marie). — Paris.
Mauban. — Paris.
Mauny (de). — Paris.
Maupéou (Mme et Mlle). — Paris.

Maury-Renaud (Mme). — Paris.
Ménard-Dorian (Mme). — Paris.
Mendelssohn (Théodore). — Paris.
Merle (M. et Mme Louis). — Paris.
Mersch (Mme). — Paris.
Mesnard (Georges). — France.
Mesnard (Léon). — France.
Messager (A.), compositeur. — Paris.
Messerer (Henri). — Marseille.
Michaux (M. et Mme L.). — Chartres.
Michel (Édouard). — Paris.
Michelot, maître de chapelle. — Paris.
Migeon (Gaston). — Paris.
Millot (MM. Al. et Étienne). — Paris.
Mimaut. — Paris.
Molinier (Auguste). — Paris.
Molinier (Mlles). — Paris.
Monnier (Adolphe). — Paris.
Monod (M. et Mlle). — Versailles.
Monod (Édouard). — Lyon.
Mourel (Mlles de). — Paris.
Montefiore (de). — Paris.
Montesquiou (Comte et Comtesse L. de). — Paris.
Montesquiou (Comte Vladimir de). — Paris.
Montrichard (de). — France.
Moore (M. et Mme). — Paris.
Moqueris. — Neuilly.
Moreau (Emmanuel). — Paris.
Moret (Alexandre). — Paris.
Morisse (Paul). — Paris.
Mortier (Alfred). — Paris.
Motereau (Louis). — Paris.
Mouchet (Mme). — Paris.
Mouchet (Paul). — France.
Mugnier (l'abbé). — Paris.

Navello. — Paris.
Neufville (Alexandre de). — Paris.
Neufville (Jean de). — Paris.
Nicolopulo. — Paris.
Nivard-Vaudrey (Paul). — Paris.

Ocampo (Narciosso). — Paris.
Ollone (Max d'). — Paris.
Oppenheim (Baron Félix). — Paris.
Oppermann (M. et Mme). — Marseille.
Ostermeyer-Chatelain. — Alsace.
Oulmont. — Paris.
Ouvré (Henri). — Bordeaux.

Painlevé. — Paris.

Paléologue (Maurice), homme de lettres. — Paris.
Panier (Paul). — Lille.
Parconnel (de). — Marseille.
Parent (Mlle), prof. de piano. — Paris.
Parissot (Albert). — Paris.
Pavia. — Paris.
Pegnaux. — Paris.
Péladan (Princesse). — Paris.
Péladan (Sâr). — Paris.
Perreau (Xavier), compositeur.
Perret (Mlle Méry). — Paris.
Peter (René). — Paris.
Petit-Thomas (Mme du). — Paris.
Pfeffel (Baron et Baronne). — Paris.
Pfeiffer (G.), compositeur. — Paris.
Philibert. — Le Havre.
Philipp (J.), compositeur. — Paris.
Piault (René), avocat. — Paris.
Piazzi (C.). — Paris.
Pillet-Will (Comtesse). — Paris.
Pister (L.), chef d'orchestre. — Paris.
Poix (Princesse de). — Paris.
Polignac (Princesse de). — Paris.
Polignac (Prince Ed. de). — Paris.
Poncé (Elie). — Paris.
Porgès-Wodianer (Mme et Mlle). — Paris.
Pottier (René). — Paris.
Pouselle (Mme et Mlle). — Paris.
Pouy (Vicomte de). — Paris.
Pozzi. — Paris.
Propper (Siegfr.), banquier. — Paris.
Provost (Mlle Cécile). — Paris.
Pugno (Raoul), pianiste. — Paris.
Puyfontaine (Comte de). — Paris.

Rabaud (H.), prix de Rome. — Paris.
Raffard (Mme). — Paris.
Raimbourg. — Paris.
Rastit (Henri). — Paris.
Reed (Mlle Fanny). — Paris.
Reinach (Joseph). — Paris.
Rémy (Mlle Adèle). — Paris.
Renaudin (Paul). — Paris.
Renoir (Pierre). — Paris.
Renou-Soye. — Vendôme.
Réol (M. et Mme). — Paris.
Ricard (Mme). — Paris.
Richard (Marius). — Paris.
Richelot (Gustave). — Paris.
Risler (Mlle M.). — Paris.
Risler (Édouard), pianiste. —

Rivollet (M. et Mme). — Paris.
Robert (Gustave), avocat. — Riom.
Robinot de la Pichardais. — Paris.
Roccolino (Baron de). — Paris.
Roche (Jules), député. — Paris.
Rodel (M. et Mme). — Bordeaux.
Rodocanachi (Théodore). — Paris.
Roger (Mme et Mlle). — Paris.
Rollez (Gustave). — Paris.
Romain (Comte et Mlle de). — Angers.
Romain-Rolland (M. et Mme). — Paris.
Romieu. — Paris.
Ronjat (Jules). — Paris.
Rose (M. et Mme). — Paris.
Rosset (Charles). — Paris.
Rosset (Mme Ernest). — Paris.
Rostand (Alexis). — Paris.
Rothschild (Baronne G. de). — Paris.
Rouff (Marcel). — Paris.
Roujon (Henri), directeur des Beaux-Arts. — Paris.
Round (Mlle). — Paris.
Rouville (Ulric). — Paris.
Roux (Émile). — Paris.
Ruyssen, professeur. — Paris.

Sachs (M. et Mme). — Paris.
Saint-Didier (Baronne de). — Paris.
Saint-Didier (Mlles de). — Lyon.
Saint-Paul (A. de). — Nantes.
Saint-Paul (Marquise de). — Paris.
Saint-Pierre (Baronne R. de). — Paris.
Saint-Sauveur (Ctesse de). — Paris.
Saint-Selve (de). — Gironde.
Sainville (M. et Mme de). — Paris.
Salles (M. et Mme). — Paris.
Samazeuilh (M. et Mme Ferdinand). — Bordeaux.
Samazeuilh (Gustave). — Bordeaux.
Sampago (O. de). — Paris.
Sarchi (Paul). — Paris.
Sarti (M. et Mme). — Paris.
Saujaud (Charles), avocat. — Paris.
Saussaie (de la). — Paris.
Sauvage (Mlle Louise). — Paris.
Sauvrezis (Mme Alice). — Paris.
Scaramangua (M. et Mlle). — Marseille.
Schaff (Otto), compositeur. — Paris.
Schirmer (Henri). — Lyon.
Schlumberger (Emmanuel). — Paris.
Schlitts (M. et Mlles). — Paris.
Schmidt. — Paris.

Schutz. — Paris.
Scossa (M. et Mme). — Paris.
Serres (Baron et Baronne de). — Paris.
Servières. — Paris.
Siegfried (Mme). — Paris.
Silva (Comtesse). — Paris.
Silva-Lisboa (Mme). — Paris.
Simon (André). — Paris.
Simon (Mme). — Sarbruck.
Simon (Mlle Marguerite). — Paris.
Simon (Stanislas), banquier. — Paris.
Simon-Mégret (Emile). — Paris.
Singer (L.). — Paris.
Siry (Mme). — Paris.
Solenière (Eugène). — Paris.
Soubre (Mlle). — Paris.
Spanier (C.) — Bordeaux.
Spanier (J.), avocat. — Bordeaux.
Stanley. — Paris.
Stouls (M., Mme et Mlle). — Paris.
Stuers (de), ministre plénipotentiaire. — Paris.
Suarez (M. et Mme). — Paris.
Sultzbach (Mme Maurice). — Paris.
Sutte (J.-F.). — Paris.
Sylvestre (Armand). — Paris.

Taffanel (Jacques). — Paris.
Toisne (Baron de). — Paris.
Talansier (M. et Mme). — Paris.
Tanstein. — Paris.
Taravant (Mlle). — Paris.
Ternaux-Compan (Mme). — Paris.
Thériane (Mme Hélène de). — Paris.
Thévenin. — Paris.
Thiault (Camille). — Paris.
Thibault. — Chambéry.
Thiébaut. — Paris.
Thion de la Chaume. — Paris.
Thorailler (Jacques et Henri). — Paris.
Thoret (M. et Mme). — Paris.
Tiersot (J.), critique musical. — Paris.
Tillet (Jacques du). — Paris.
Torre (Mis de), diplomate. — Paris.
Tracol (André). — Paris.
Trélat (Mme). — Paris.
Trézel, avocat. — Paris.
Trézel (Mme). — Paris.
Trompeaux (Mme de). — Paris.
Trouselle (Mme). — Paris.

Ulmann (Constantin). — Paris.
Unziker (Paul). — Paris.

Vaissier (Mᵐᵉ A.). — Paris.
Valette (M., Mᵐᵉ et Mˡˡᵉ). — Paris.
Vallon (Antoine). — Paris.
Varcy (Félix). — Paris.
Vaucher (M. et Mᵐᵉ). — Mulhouse.
Vercher (Gabriel). — Saint-Germain.
Verdier (Herman). — Paris.
Verneaux (Vᵗᵉˢˢᵉ et Mˡˡᵉˢ). — Paris.
Vidal-Naquet. — Paris.
Vidil (Paul). — Giens.
Viennot. — Paris.
Vignon (A.) — Lyon.
Villeneuve (Docteur). — Marseille.
Vital (Mᵐᵉ). — Paris.
Vitali (Comtesse). — Paris.
Vlasto (Mᵐᵉ). — Paris.
Vuasiné (M. et Mᵐᵉ Léon). — Paris.
Vuillet (Baron). — Paris.

Wailly (Paul de). — Paris.
Walker (Mᵐᵉ). — Paris.
Weingerber (M. et Mᵐᵉ). — Paris.
Wendel (M.) — Paris.
Wendel (Mᵐᵉ). — Paris.
Wetmore (Mˡˡᵉ). — Paris.
Willière (Mᵐᵉ Berthe). — Paris.
Willemin (Mᵐᵉ Eugène). — Paris.
Wolff (Bernard). — Paris.
Wolkenstein–Trotsburg (Cᵗᵉˢˢᵉ). — Paris.
Wood (Mᵐᵉ Alice). — Paris.
Woolett. — Paris.
Worms (Docteur). — Paris.
Wyzewa (M. et Mᵐᵉ de). — Paris.

Zegers-Veckens, consul. — Nice.
Zeigler de Loes (M. et Mᵐᵉ). — Paris.

CATALOGUE DES OUVRAGES LES PLUS IMPORTANTS

Publiés en français sur Richard Wagner et son œuvre[1].

(Je place en tête les écrits de Wagner lui-même. Les autres sont classés par ordre alphabétique d'auteurs. L'astérisque indique ceux qui m'ont fourni le plus grand nombre de documents.)

R. WAGNER. Art et Politique. (Bruxelles. *J. Sannes*, 1868.)

R. WAGNER. Le Judaïsme dans la musique. (Bruxelles. *J. Sannes*, 1869.)

* R. WAGNER. L'Œuvre et la Mission de ma vie, trad. Hippeau. (*Dentu*.)

* RICHARD WAGNER. Quatre Poèmes d'opéras (Le Vaisseau Fantôme, Tannhæuser, Lohengrin, Tristan et Iseult) précédés d'une lettre sur la musique, avec notice de Charles Nuitter. Nouvelle édition. (*A. Durand et fils* et *Calmann-Lévy*, 1893.)

BAUDELAIRE. Richard Wagner et Tannhauser à Paris. (1861.)

* CAMILLE BENOIT. Richard Wagner, *Souvenirs* traduits de l'allemand. (*Charpentier*, 1884.)

CAMILLE BENOIT. Les Motifs typiques des Maîtres chanteurs. (*Schott*.)

LÉONIE BERNARDINI. Richard Wagner. (*Marpon et Flammarion*.)

* LOUIS-PILATE DE BRINN' GAUBAST et EDMOND BARTHÉLEMY. La Tétralogie de l'Anneau du Nibelung. (*E. Dentu*, 1894.)

* LOUIS-PILATE DE BRINN' GAUBAST et EDMOND BARTHÉLEMY. Les Maîtres chanteurs de Nürnberg. (*E. Dentu*, 1896.)

* HOUSTON STEWART CHAMBERLAIN. Le Drame wagnérien. (*Léon Chailley*, 1894.)

COMTE DE CHAMBRUN et STANISLAS LEGIS. Wagner, avec une introduction et des notes, illustrations par Jacques Wagrez (2 volumes). (*Calmann-Lévy*, 1895.)

CHAMPFLEURY. Richard Wagner. (1860.)

GUY DE CHARNACÉ. Wagner jugé par ses contemporains. (*Lachèze et Cie*, Angers.)

---

1. Il existe un catalogue général de tous les écrits publiés sur Wagner, sous le titre : *Katalog einer Richard-Wagner-Bibliothek, Nachschlagebuch in der gesammten Wagner-Litteratur.* — 3 vol., Leipzig, 1886-1891.
   Prix : 35 marks ; relié : 40 marks 50 pfennigs.

ERNEST CLOSSON. Siegfried de Richard Wagner. (Bruxelles. *Schott frères*.)

CHARLES COTARD. Tristan et Iseult. Essai d'analyse du drame et des Leitmotifs. (*Fischbacher*, 1895.)

THÉODORE DURET. Critique d'Avant-Garde. (1869.)

DWELSHAUVERS. R. Wagner. (*Bibliothèque Gilon*. Verviers, 1889.)

DWELSHAUVERS-DERY. Tannhæuser et le Tournoi des chanteurs à la Wartbourg. (*Fischbacher*.)

*ALFRED ERNST. Richard Wagner et le Drame contemporain. (*Calmann-Lévy*.)

*ALFRED ERNST. L'Art de Richard Wagner. (*Plon, Nourrit et C*^{ie}, 1893.) 1er volume (paru). L'œuvre poétique; 2me volume (annoncé). L'œuvre musicale.

ALFRED ERNST et POIRÉE. Tannhauser. (*Durand et fils*.)

EDMOND EVENEPOEL. Le Wagnérisme hors d'Allemagne (Bruxelles et la Belgique). (*Fischbacher*, 1891.)

FLAT (PAUL). Lettres de Bayreuth.

FUCHS (Mme). L'Opéra et le Drame musical, d'après l'œuvre de Richard Wagner. (1887.)

GASPERINI (A. DE). La Nouvelle Allemagne musicale : Richard Wagner.

* JOHN GRAND-CARTERET. Wagner en caricatures. (*Larousse*, 1891.)

MARCEL HÉBERT. Trois Moments de la pensée de Richard Wagner. (*Fischbacher*, 1894.)

MARCEL HÉBERT. Le Sentiment religieux dans l'œuvre de Richard Wagner. (*Fischbacher*, 1895.)

EDMOND HIPPEAU. Parsifal et l'Opéra wagnérien. (*Fischbacher*, 1883.)

ADOLPHE JULLIEN. Mozart et Richard Wagner à l'égard des Français (1881.)

* ADOLPHE JULLIEN. Richard Wagner, sa vie et ses œuvres. (1886).

M. K. (Maurice Kufférath). Richard Wagner et la 9me symphonie de Beethoven. (*Schott*, 1875.)

M. KUFFERATH. Parsifal de Richard Wagner. (1890.)

M. KUFFERATH. L'Art de diriger l'orchestre. Richard Wagner et Hans Richter. La Neuvième Symphonie de Beethoven. (1891.)

* MAURICE KUFFERATH. Le Théâtre de R. Wagner. De Tannhæuser à Parsifal. (*Fischbacher*, 1891.)

* MAURICE KUFFERATH. Lettres de R. Wagner à Auguste Rœckel. (*Breitkopf et Härtel*, 1894.)

PAUL LINDAU. Richard Wagner. (*Louis Westhauser*, 1885.)

CHARLES DE LORBAC. Richard Wagner. (1861.)

CATULLE MENDÈS. Richard Wagner. (1886.)

Mme ÉMILIE DE MORSIER. Parsifal et l'idée de la Rédemption. (*Fischbacher*, 1893.)

GEORGES NOUFFLARD. Richard Wagner d'après lui-même. (1885.)

Jacques d'Offoel. L'Anneau du Nibelung et Parsifal, traduction en prose rythmée exactement adaptée au texte musical allemand. (*Fischbacher*, 1895.)

Hippolyte Prévost. Étude sur Richard Wagner, à propos de Rienzi. (1869.)

M. de Romain. Étude sur Parsifal. (*Lachèze et Cie*, Angers.)

M. de Romain. Musicien-philosophe et Musicien-poète. (*Lachèze et Cie*, Angers.)

Émile de Saint-Auban. Un pèlerinage à Bayreuth. (*Albert Savine*, 1892.)

Camille Saint-Saens. Harmonie et Mélodie.

* Édouard Schuré. Le Drame musical. (1886.)

Georges Servières. Richard Wagner jugé en France. (*Librairie illustrée.*)

Albert Soubies. L'Œuvre dramatique de Wagner. (1886.)

Albert Soubies. Mélanges sur Richard Wagner. (1892.)

Albert Soubies et Charles Malherbe. Mélanges sur Richard Wagner. (*Fisbacher*, 1892.)

Charles Tardieu. Lettre de Bayreuth. L'Anneau du Nibelung. Représentations données en 1876. (*Schott*, 1883.)

Eliza Wille, née Sloman. Quinze Lettres de Richard Wagner, traduites de l'allemand par *Auguste Staps*. (Bruxelles, *veuve Monnom*, 1894.)

Hans de Wolzogen. *L'Anneau des Nibelungen*, l'Or du Rhin, la Valkyrie, Siegfried, le Crépuscule des Dieux. *Guide musical*. (Paris, Delagrave.)

* La Revue wagnérienne. 1re année, du 8 février 1885 au 8 janvier 1886; 2e année, du 8 février 1886 au 15 janvier 1887 (très rare.)

TABLE DES MATIÈRES

SOCIÉTÉ ANONYME D'IMPRIMERIE DE VILLEFRANCHE-DE-ROUERGUE
Jules BARDOUX, Directeur.

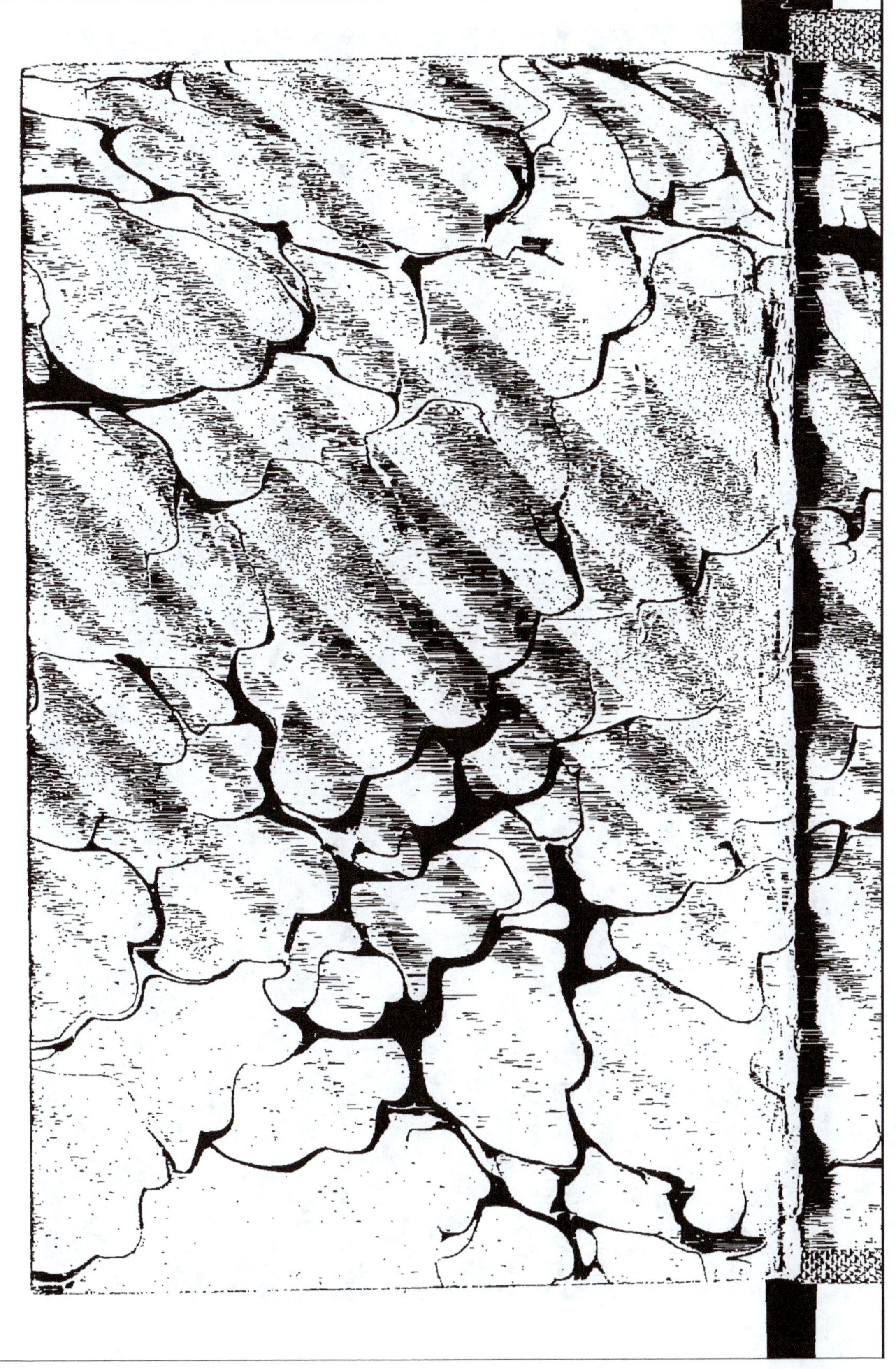

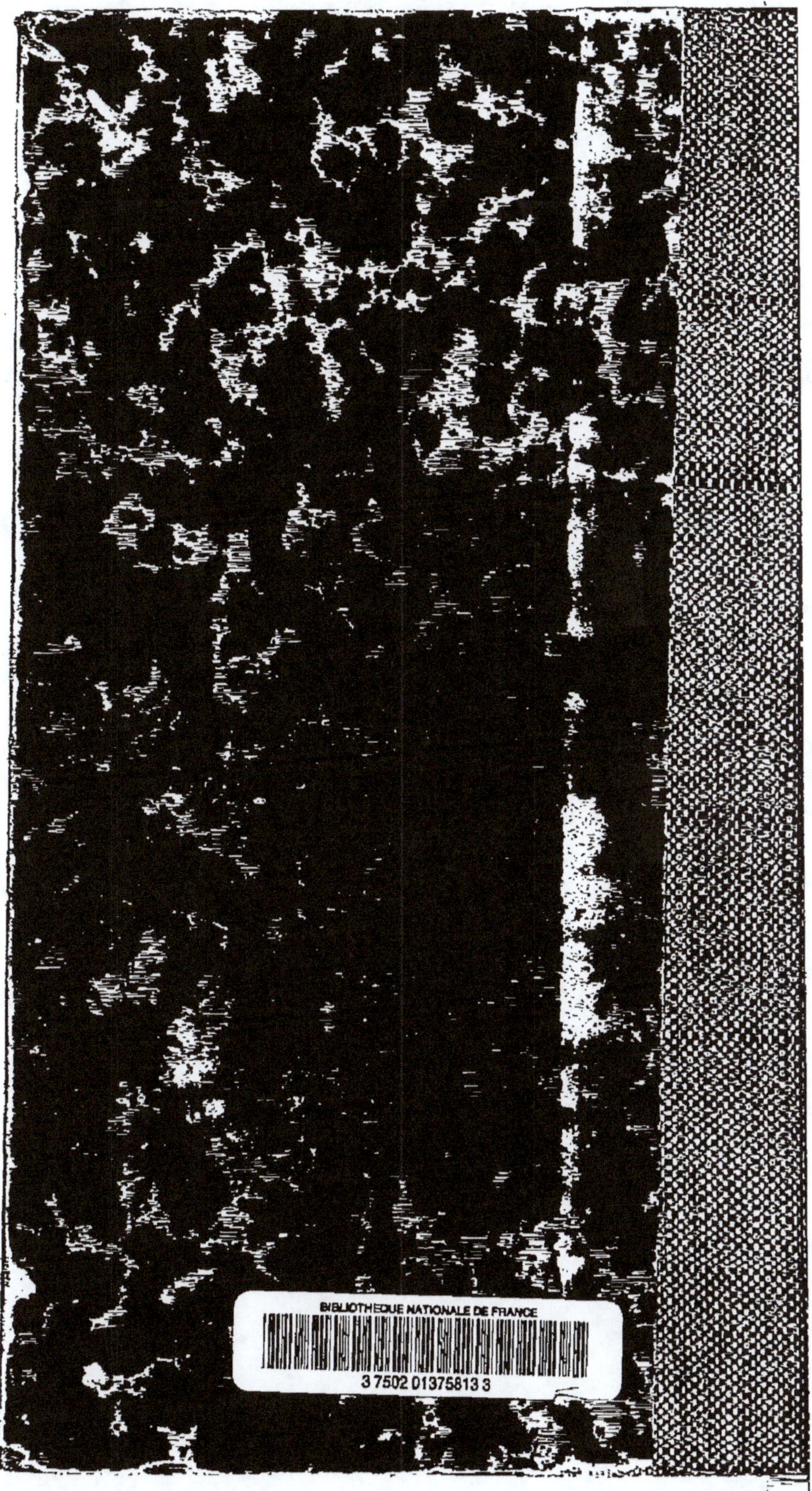